THE SCIENCE FICTION HALL OF FAME, Volume I
Copyright ⓒ 1970, 1998 by The Science Fiction Writers of America

No part of this book may be used or reproduced in any manner
whatever without written permission except in the case of brief quotations
embodied in critical articles or reviews.

Korean Translation Copyright ⓒ 2010 by Woongjin Think Big Co., Ltd.
Korean edition is published by arrangement with
The Science Fiction & Fantasy Writers of Americas(SFWA Inc.),
c/o Spectrum Literary Agency through BC Agency, Seoul.

이 책의 한국어판 저작권은 BC 에이전시를 통해
원 저작권자와의 독점 계약한 (주)웅진씽크빅에 있습니다.
저작권법에 의해 한국 내에서 보호를 받는 저작물이므로 무단전재와 복제를 금합니다.

1 SF 명예의 전당
The Science Fiction Hall of Fame
전설의 밤

미국 SF 작가협회

로버트 실버버그 엮음
아이작 아시모프 외 지음 박병곤 외 옮김

THE
SCIENCE
FICTION
HALL
OF
FAME

VOLUME 1, 1929~1964

서문

이 작품집은 현대 과학소설 작품집의 결정판이다. 그리고 꽤나 오랜 시간에 걸쳐 편집한 작품집이기도 하다. 여기에 실린 단편들은 SFWA(미국과학소설작가협회)의 회원들이 투표로 선정한 것이다. SFWA는 현존하는 작가 중에서 미국에서 단 한 편이라도 과학소설을 출판한 작가라면 사실상 모두가 회원으로 있는 조직이다. 여러분이 지금 들고 있는 책은 과학소설이란 것을 현재의 모습으로 만들어낸 사람들이 신중하게 고른 결과물이다. 훌륭한 과학소설의 기준에 대해서 누구보다도 잘 아는 사람들이 선별한 작품인 것이다.

SFWA는 1965년에 설립되었다. "과학소설 작가의 직업적인 관심사에 대한 정보를 제공하고 복리를 증진하며, 효과적으로 출판사와 대리인, 편집자를 대할 수 있도록 돕기 위한" 목적을 지닌 조직이다. 미국미스터리작가협회나 서부소설작가협회와 같은 다른 전문 작가들의 조직은 이미 오래 전에 만들어졌지만, 과학소설 작가 모임을 만들려는 시도는 항상 무산되기 일쑤였다. 그러나 초대 회장인 데이먼 나이트와 초대 회계인 로이드 비글의 열정과 헌신적인 노력 덕분에 개인적이기로 악명 높은 이 분야에서 대다수의 작가들이 참여했다. 결속력을 강화하기 위해 자격은 미국에서 작품을 출판한 작가에게만 회원 자격을 주었지만 국적이나 거주지 제한은 없었다. 그 결과 SFWA에는 부수적으로 상당수의 영국 작가와 호주, 캐나다 그리고 일부 영연방 국가의 작가가 회원으로 있다.

1966년 미국과학소설작가협회는 첫 번째 시상식을 개최했다. 회원들의 투표를 통해 1965년에 가장 뛰어난 과학소설을 쓴 작가에게 네뷸러라는 멋진 별명이 붙은 트로피를 수여했다. 시상은 단편소설, 중단편, 중편, 장편의 네 개 분야에서 매년 전 해에 발표된 작품을 대상으로 이루어졌다.

내가 두 번째 회장으로 있었던 1967~1968년에는 시상의 대상을 SFWA가 생기기 전의 기간까지 소급해 확장하기로 했다. 1964년 12월 31일 이전에 발표된 작품을 대상으로 회원들이 투표를 하는 것이다. 트로피는 주지 않았지만 뽑힌 작품은 몇 권 분량의 특별 작품집으로 내기로 했으며, 그것이 바로 '과학소설 명예의 전당' 이다.

이 책은 그 첫 번째 작품집으로, 단편소설과 중단편 분야의 작품이 실려 있다. 자체적으로 1만 5000단어가 넘는 작품은 차후의 작품집을 위해 남겨 놓기로 하고 대상에서 뺐다. 1년이 넘는 기간 동안 회원 중 상당수가 자신이 좋아하는 작품을 추천했다. 자기 작품을 뽑은 사람은 아무도 없었다. 마침내 76명의 작가가 쓴 132편의 작품이 최종 투표에 올랐다. SFWA 회원들은 이 명단에서 각각 열 개의 작품씩을 뽑았다. 한 작가의 작품은 하나씩만 뽑을 수 있다는 제한을 두었고, 역사적인 맥락을 고려해달라고 요청했다. 그런 방법으로 현대 과학소설의 혁명적인 단계를 잘 드러낼 수 있는 방법으로 분산되리라고 기대한 것이다. (최종 투표에 오른 작품들이 처음 출판된 년도는 1929년에서 1964년 사이다.)

    투표가 끝난 뒤 편집자로서 나는 약간의 특권을 발휘했다. 투표 결과에 따른 상위 15편의 작품에 대해서는 이견이 없었다. 작품집에 이들을 넣는 건 당연했다. 가장 표를 많이 받은 15편의 작품은 순서대로 다음과 같다.

1. 「Nightfall」, 아이작 아시모프
2. 「A Martian Odyssey」, 스탠리 와인봄
3. 「Flowers for Algernon」, 대니얼 키스
4. 「Microcosmic God」, 테오도어 스터전
   (동률) 「First Contact」, 머레이 라인스터
6. 「A Rose for Ecclesiastes」, 로저 젤라즈니
7. 「The Roads Must Roll」, 로버트 하인라인
   (동률) 「Mimsy Were the Borogoves」, 루이스 패짓
   (동률) 「Coming Attraction」, 프리츠 라이버
   (동률) 「The Cold Equations」, 톰 고드윈
11. 「The Nine Billion Names of God」, 아서 클라크
12. 「Surface Tension」, 제임스 블리시
13. 「The Weapon Shop」, A. E. 밴 보그트
   (동률) 「Twilight」, 존 캠벨
15. 「Arena」, 프레드릭 브라운

    (아서 클라크의 「별 The star」은 15위 안에 들었지만 11위에 다른 작품이 뽑혔다는 이유로 제외했다. 클라크는 15위 안에 두 작품을 올린 유일한 작가다. 20위

안에 두 작품을 올린 작가로는 로버트 하인라인과 레이 브래드버리가 있다.)

　15위 밖의 작품에서는 이야기가 조금 달라졌다. 책이 무한히 두꺼워지지 않게 하려면 선택을 해야만 했다. 난 상위권에 다른 작품이 뽑힌 작가의 작품만 제외하면서 가능한 한 투표 결과에 따르려 했다. 하지만 공정하지 못한 결과가 눈에 띄어 어쩔 수 없이 손을 대야만 했다. 아주 중요하고 명망 있는 작가 한 명의 작품이 비슷한 시기에 쓴 작품 두 개를 포함해 총 네 개나 후보에 올라왔던 것이다. 그가 얻은 표를 모두 합하면 충분히 상위권에 올라가고도 남지만, 이 네 작품이 서로 경쟁을 하는 바람에 그의 작품은 어느 것도 상위 20위 안에 들지 못하는 결과가 나오고 말았다. 이런 성격의 작품집에서 그처럼 뛰어난 경력을 쌓은 작가를 빼뜨린다는 건 부적절해 보였다. 그래서 나는 그의 네 작품 중 하나에 우선권을 주어 그보다 약간 앞선 순위에 하나의 작품만을 올린 작가보다 앞에 놓았다. 이 경우에는 작품 하나를 인정하는 것보다 전체적인 작품 활동을 인정하는 게 더 중요해 보였다.

　한 작가의 작품 두 개가 16위에서 30위 사이에 포함된 사례도 있었다. 두 작품은 한 표 차이로 나란히 있었는데, 작가 본인이 한 표 더 받은 작품이 책에 실리기를 바라지 않았다. 나는 한 표 차이는 통계적으로 무의미하다고 생각해서 순위를 바꾸어 작가 본인이(그리고 나도) 좀 더 낫다고 생각하는 작품을 싣도록 했다.

　이런 식으로 조정한 게 몇 가지 더 있다. 대개 분량이나 균형감, 과학소설에 대한 작가의 전반적인 공헌을 고려한 결과였다. 따지고 보면 엄밀히 말해서 이 책에 실린 작품이 SFWA 회원들의 투표 결과를 그대로 반영한다고 할 수는 없다. SFWA가 최고로 꼽은 1965년 이전의 작품 15편에 30위까지의 작품 중 일부를 더했다고 보는 편이 옳을 것이다.

16~30위의 작품 중에서 일부를, 거의 5만 단어나 되는 분량을 제외할 수밖에 없었던 출판 현실은 유감스럽다. 하지만 책의 두께를 적절하게 만들 수밖에 없었던 점을 고려해도, 나는 이 책이 현대 과학소설의 형태와 내용에 큰 공헌을 한 작가들의 결정적인 작품을 제공해준다고 생각한다. 이 한 권의 책에는 단편 과학소설의 기본이 담겨 있는 것이다.

로버트 실버버그

The
Science Fiction
Hall of Fame

Volume 1, 1929-1964

★★★
차
례

☆ 서문 : 로버트 실버버그 ___ 5

☆ 어스름 Twilight ─ 존 캠벨 John W. Campbell ___ 13
☆ 전설의 밤 Nightfall ─ 아이작 아시모프 Isaac Asimov ___ 47
☆ 무기 상점 The Weapon Shop ─ A. E. 밴 보그트 A. E. van Vogt ___ 109
☆ 투기장 Arena ─ 프레드릭 브라운 Fredric Brown ___ 177
☆ 허들링 플레이스 Huddling Place ─ 클리포드 D. 시맥 Clifford D. Simak ___ 221
☆ 최초의 접촉 First Contact ─ 머레이 라인스터 Murray Leinster ___ 251
☆ 남자와 여자의 소산 Born of Man and Woman ─ 리처드 매디슨 Richard Matheson ___ 299
☆ 커밍 어트랙션 Coming Attraction ─ 프리츠 라이버 Fritz Leiber ___ 305
☆ 작고 검은 가방 The Little Black Bag ─ 시릴 콘블루스 Cyril M. Kornbluth ___ 331
☆ 성 아퀸을 찾아서 The Quest for Saint Aquin ─ 앤소니 바우처 Anthony Boucher ___ 375
☆ 표면장력 Surface Tension ─ 제임스 블리시 James Blish ___ 405
☆ 90억 가지 신의 이름 The Nine Billion Names of God ─ 아서 클라크 Arthur C. Clarke ___ 465
☆ 차가운 방정식 The Cold Equations ─ 톰 고드윈 Tom Godwin ___ 477

☆ 작품 해설 : 황금시대를 빛나게 하는 것들 | 고호관 ___ 519

The Science Fiction Hall of Fame

어스름
☆☆☆

John W. Campbell **Twilight**

존 챔벨 지음
지정훈 옮김

"히치하이커 얘기가 나와서 말인데,"
짐 벤델은 조금 당황한 말투로 이야기했다.
"전에 진짜 특이한 녀석을 태운 적이 있어."
그는 웃음소리를 냈지만 웃지는 않았다.
"지금까지 들었던 것 중에 제일 이상한 허풍을 쳤어. 보통은 어쩌다가 자기가 좋은 직업을 잃고 이 넓은 서부에서 일을 찾게 되었는지, 뭐 그런 얘긴데 말이야. 그런 말을 하는 놈들은 여기에 얼마나 사람이 많이 사는지 모르는 것 같아. 이런 멋진 동네에 아무도 살지 않을 거라고 생각하는 거지."
짐 벤델은 부동산 중개업자였고, 나는 그가 어떤 이야기를 계속할지 알고 있었다. 방금 그건 그가 즐겨 하는 말이었으니까. 하지만 사실은 우리 주의 이주 지역이 아직도 많이 비어 있었기 때문에 걱정하고 있었다. 그래서 그는 멋진 동네에 대해서 이야기할 때, 마을 밖의 사막에 대해서는 결코 언급하지 않았다. 사실 말하는 것을 꺼렸다. 그래서 난 하던 이야기를 계속했다.

"그래서 그 사람이 뭐라고 큰소리치길래? 이런 건 어때, 자기가 채광업자인데, 땅을 파려고 봤더니 일단 땅을 사야 팔 수 있겠더라고."

"재미없어, 바트. 그런 게 아니고 뭐랄까, 내용만 이상한 게 아니었어. 큰소리치지도 않았고. 진짜라고 우기는 게 아니라, 아무렇지도 않게 말하는 거였어. 그게 인상적이었지. 거짓말이라는 걸 알면서도 그걸 말하는 방식이…… 음, 그건 됐고."

내가 아는 한 '됐을' 리 없었다. 짐 벤델은 평소에 말을 아주 조리 있게 하는 사람이었고, 그것을 매우 자랑스러워했다. 그가 슬쩍 넘어갈 때는 뭔가 당혹스러운 점이 있다는 뜻이었다. 전에 방울뱀을 나뭇가지인 줄 알고 불에 넣으려고 했을 때처럼.

짐은 이야기를 계속했다.

옷도 좀 이상했어. 보기에는 은 같았는데, 비단처럼 부드러웠지. 그리고 밤에는 약간 빛이 나더군.

그를 실은 건 해질 무렵이었어. 말 그대로 짐짝처럼 실었어. 남부 대로를 가는데, 길에서 3미터 정도 떨어진 곳에 쓰러져 있었거든. 처음엔 뺑소니 사고를 당한 사람인 줄 알았지. 뚜렷하게 잘 보이진 않았지만. 그를 들어서 차에다 싣고 다시 출발했어. 목적지까지는 500킬로미터 정도 남아 있었는데, 워렌 스프링에 가면 밴스 선생님한테 보일 생각이었지. 그런데 한 5분 있으니까 정신을 차리고 눈을 뜨더군. 그는 앞에서 눈을 돌리더니 차를 먼저 둘러본 다음, 달을 쳐다봤어.

"다행이다!"

그는 이렇게 말하고 나를 봤어. 나는 좀 놀랐지. 그는 아름다웠어. 아니지, 잘생겼다고 해야 하나 어느 한쪽이라고 말하기 힘든데, 아무튼 그는 아주 멋졌어. 키는 180센티미터 정도 되고, 갈색 머리에 약간 붉은 색에 가까운 금발이 섞여 있었어. 머리카락은 갈색으로 변한 가느다란 구리선 같았지. 곱슬머리였고. 이마가 넓어서 내 이마의 두 배는 되겠더군. 이목구비가 우아한 느낌을 주면서 아주 인상적이었어. 눈동자는 에칭한 철판 같은 회색이었는데 나보다 훨씬 컸지.

입고 있던 옷은…… 바지가 헐렁한 수영복 같았어. 팔은 길고 인디언처럼 탄탄했지. 백인이었는데, 갈색이 될 만큼은 아니고 살짝 피부를 태웠어.

어쨌든 그는 굉장했어. 내가 이제까지 봤던 사람 중에 가장 멋졌지. 뭐라고 해야 할지 모르겠군, 젠장!

"안녕하세요!"

내가 말했어.

"사고가 나셨나 봐요?"

"아니오, 적어도 이번엔 아닙니다."

그는 목소리도 멋졌어. 평범한 음색이 아니었지. 마치 무슨 오르간이 사람의 말을 하는 것 같더군.

"그래도 아직 마음이 가라앉질 않네요. 저는 실험을 했었거든요. 저기, 오늘이 며칠이고, 몇 년인지 좀 알려주세요."

그가 물었어.

"그러니까…… 12월 9일, 1932년입니다."

나는 대답했지. 그런데 그는 기분이 별로 나아지지 않는 것 같았어. 조금은 불쾌한 듯했지. 하지만 쓴웃음은 금방 사라지고 곧바로 싱글싱글 웃더군.

"1000년이나……."

그는 회상하듯 말했어.

"700만 년보다는 나은가. 이 정도도 감사해야겠군."

"700만 뭐라구요?"

"년이라고요."

그가 말했어. 정말이라는 듯이.

"저는 실험을 했습니다. 혹은 할 겁니다. 이제 다시 해봐야 되구요. 그 실험을 한 게…… 3059년이었지. 방출 실험을 막 마친 상태였고. 실험한 건 공간이었는데, 시간은…… 여전히 아닌 것 같지만. 원래는 공간이었는데. 장에 사로잡힌 걸 느꼈고 몸을 빼낼 수가 없었지. 장은 감마-H 481, 강도는 펠만 한도 내에서 935. 그게 나를 빨아들였고 나는 거기서 나왔지.

그 장은 태양계가 나중에 차지하게 될 위치로 가는 지름길을 이용한 것 같군. 더 높은 차원을 통해서, 빛보다 빠른 속도를 얻은 다음 미래 평면에 날 내던진 거야."

그는 나에게 말하는 게 아니었어. 소리 내어서 생각을 하고 있는 것이었지. 그러더니 갑자기 내가 옆에 있다는 걸 깨닫고는 말했어.

"저는 그들의 계기를 전혀 읽을 수 없었습니다. 700만 년의 진화는 모든 걸 바꿔놓았습니다. 그래서 다시 돌아올 때는 목표를 조금 벗어나 버렸지요. 저는 3059년의 사람입니다."

그나저나, 올해를 기준으로 가장 새로운 과학적 발명은 무엇인지 알려주실 수 있습니까?"

"그러니까, 텔레비전이겠죠, 아마. 라디오나 비행기도 있겠군요."

"라디오…… 좋아. 적어도 계기판은 달려 있겠군."

"잠시만요……. 당신은 누구십니까?"

"아…… 죄송합니다. 깜빡했습니다."

그는 오르간 같은 목소리로 대답했어.

"저는 아레스 센 켄린입니다. 그쪽은요?"

"제임스 워터스 벤델입니다."

"워터스…… 그건 뭔가요? 잘 모르겠습니다."

"그러니까…… 이름이죠, 당연히. 뭘 모르겠다는 건가요?"

"알겠습니다…… 그러니까 분야명은 쓰지 않고 있다는 거군요. 제 이름의 '센'은 과학을 의미합니다."

"대체 어디서 오신 건가요, 켄린 씨?"

"제가 온 곳이요?"

그는 웃었고, 목소리는 느리고 부드러웠어.

"700만 년 정도 떨어진 시공간으로부터 왔습니다. 그들은 더 이상 해를 세지 않았어요…… 인간은 말입니다. 기계들이 불필요한 서비스를 제거했거든요. 그들은 그 해가 몇 년도인지 몰랐습니다. 하지만 그 전에는…… 저희 집은 3059년의 네바드 시티에 있습니다."

나는 이때부터 그가 어딘가 모자란 사람이라고 생각하기 시작했지.

"저는 실험자였습니다."

그는 계속 말했어.

"말했듯이, 과학 실험이었습니다. 저희 아버지도 과학자셨는데, 인간 유전학자였지요. 제 자신이 바로 실험체입니다. 아버지는 자신의 주장을 관철시켰고, 온 세상이 그를 따랐습니다. 저는 새로운 종족의 첫 번째 인간입니다.

새로운 종족은…… 아, 영광스러운 운명이…… 이미…… 앞으로……

그 끝은 뭐지? 난 봤는데…… 거의. 난 그들을 봤어…… 그 작은 사람들을…… 당황하고…… 길 잃은 사람들. 그리고 기계들. 그건 틀림없이…… 아무것도 그걸 바꿀 수는 없는 걸까?

들어보세요……, 전 이런 노래를 들었습니다."

그는 노래를 불렀어. 그러자 난 더 이상 그가 말한 사람들에 대해 설명을 들을 필요가 없었지. 난 알 수 있었어. 그들의 목소리를, 기묘하고 바작거리는, 영어가 아닌 말들을 들었어. 그리고 방황하는 그들의 열망을 읽을 수 있었어. 단조로 된 노래였던 것 같아. 그 노래는 소리치고, 소리쳐 애원하고, 절망적으로 헤매였어. 그리고 그 위로, 이미 잊혀진 알 수 없는 기계들의 끊임없는 울림과 흐느낌이 가득했어.

그 기계들은 멈추는 법이 없었어. 그 작은 사람들은 기계를 멈추는 법을 잊어버렸고, 심지어는 그 기계들이 무엇을 위해 만들어졌는지도 잊고, 그것들을 보고 들으면서…… 경탄했어. 그들은 더 이상 읽거나 쓸 수 없었고, 언어가 변해서 말이야, 조상들의 음성 기록도 아무런 의미가 없었지.

하지만 그 노래는 전해졌고, 그들은 경탄했어. 그들은 우주 저편을 쳐다보고 따뜻하고 친근한 별들을 바라봤어. 그것들은 너무나 멀었지. 그들이 알았던, 사람이 살았던 아홉 개의 행성들은. 끝없이 먼 거리에 가로막혀, 그들은 더 이상 새로운 종족, 새로운 생명을 볼 수 없었어.

이 모든 것들을 관통하는…… 두 가지가 있었어. 기계들, 그리고 당혹스러운 망각. 어쩌면 하나가 더 있을지도 모르지. 어째서일까?

그 노래는 그랬고, 나를 떨게 만들었어. 지금은 불러서는 안 되는 노래였어. 무언가를 없애버릴 것 같았지. 그건 마치 희망을 없애는 듯했어. 그 노래를 들은 다음엔…… 난…… 난 그를 믿었어.

그는 노래를 마치고 한동안 아무런 말도 하지 않았어. 그리고 살짝 떨고 있었지.

(그가 계속 말했어.) 당신은 이해하지 못할 겁니다. 아직은…… 하지만 저는 그들을 봤습니다. 그들은 우두커니 서 있었어요. 큰 머리를 가진 작고 이상한 사람들. 하지만 그들은 머리를 전혀 사용하지 않았습니다. 대신 그들에겐 생각하는 기계들이 있었어요……. 하지만 언젠가 오랜 옛날, 누군가가 그 기계를 꺼버렸고 아무도 그걸 다시 켜는 법을 몰랐습니다. 그게 그들의 문제였습니다. 그들은 훌륭한 두뇌를 갖고 있었습니다. 당신이나 저보다 훨씬 나은 두뇌를 말이죠. 하지만 그걸 사용하지 않은 지도 몇 백만 년은 된 것 같았고, 그들은 그 뒤로 별다른 생각 없이 살았습니다. 자신들이 다정하고 작은 사람들이라는 사실. 그들이 아는 건 그게 전부였습니다.

제가 빠져 들어갔던 장은 우주 수송선을 행성으로 돌아 내려오게 하듯이 저를 붙잡았습니다. 그것이 저를 빨아들인 다음 다른 쪽으로 내보냈죠. 다만 나온 곳이 700만 년 뒤였을 뿐입니다. 저는 미래에 있었습니다. 그 위치는 지구 표면상의 똑같은 좌표였는데, 어째서 그렇게 된 건지 도무지 모르겠습니다.

그때는 밤이었고, 저는 조금 멀리 있는 도시를 발견했습니다. 그 위를 달이 비추고 있었고, 경치는 전부 이상하게 느껴졌습니다. 700만 년 동안 인간은 소행성들의 위치를 많이 바꾸었습니다. 우주 정기선이 다니면서, 정기선의 경로에 있는 운석들을 치우거나 하면서 말입니다. 게다가 700만 년이라는 시간은 자연적인 것들의 위치도 조금씩 변하게 했지요. 달은 지금보다 8만 킬로미터는 더 떨어져 있었고, 달의 자전을 볼 수도 있었습니다. 저는 한동안 그 자리에서 달을 지켜보았습니다. 심지어 별들도 어쩐지 달라 보였습니다.

도시로부터 나오는 비행선들이 있었습니다. 끈에 매달려 미끄러지는 것처럼 왔다 갔다 했지만, 실제로 끈에 매달린 것은 아니었습니다. 도시의 아래쪽 일부분이 밝게 빛나고 있었는데, 그건 수은 증기가 내는 빛이 틀림없었습니다. 청록색 빛이었죠. 저는 거기엔 사람이 없을 거라고 확신했습니다. 그 빛은 눈에 안 좋기 때문이죠. 하지만 도시의 윗부분에는 빛이 드문드문 밝혀져 있었습니다.

그때 저는 하늘에서 뭔가가 내려오는 것을 보았습니다. 그것은 밝게 빛나는 커다란 공 같았는데, 검정색과 은색이 섞인 거대한 도시의 중심으로 곧장 가라앉았습니다.

그게 뭔지는 모르겠지만, 그때도 저는 도시에 사람이 살지 않을 거라고 짐작했습니다. 그 전까지 사람이 없는 도시를 한 번도 본 적이 없었는데, 제가 그런 걸 상상할 수 있다는 게 신기했지요. 그래도 저는 도시를 향해 25킬로미터 정도를 걸어갔습니다. 거리에는 돌아다니며 기계를 수리하는 기계들이 있었습니다. 그것들은 도시를 더 이상 유지할 필요가 없다는 것을 몰랐기 때문에, 계속 일하고 있었습니다. 그 가운데 꽤 익숙하게 느껴지는 택시 기계가 눈에 띄었습니다. 그것은 수동으로 운전할 수도 있었습니다.

그 도시에 얼마나 오래도록 사람이 살지 않았는지는 모르겠어요.

나중에 다른 도시의 어떤 사람이 말하길, 15만 년 정도 되었다고 했습니다. 어떤 사람은 30만 년이라고도 했지요. 도시에 사람의 발길이 닿은 지 30만 년이라니. 하지만 택시 기계는 잘 정비되어 있어서 곧바로 작동했습니다. 택시는 깨끗했고, 도시도 깔끔하고 질서정연했지요. 배가 고팠는데 마침 식당을 발견했습니다. 하지만 배고픔보다 대화를 나눌 사람에 대한 열망이 더 컸습니다. 물론 식당엔 사람이 아무도 없었지만, 들어가기 전까지는 몰랐습니다.

식당에는 음식들이 직접 진열되어 있었고, 저는 메뉴를 골랐습니다. 거기 있는 건 아마 30만 년 전의 음식이었을 겁니다. 그때는 몰랐지만, 기계들은 그런 것에 신경 쓰지 않았습니다. 그것들은 말이죠, 음식을 완벽하게 합성해냈습니다. 도시의 건설자들이 도시를 세울 때 깜빡한 것이 하나 있습니다. 그들은 사물이 영원히 지속될 필요가 없다는 것을 깨닫지 못한 겁니다.

제가 다시 장치를 만들어서 그 기계들로부터 떠날 수 있게 된 것은 6개월 뒤였습니다. 기계들은 맹목적으로, 완벽하게, 의무를 계속했습니다. 지치지도 않고 쉬지도 않고 설계자들이 자기들에게 지시한대로, 설계자들과 그들의 아들들과, 다시 그들의 아들들이 더 이상 그 기계들을 사용하지 않게 된 뒤로도 계속…….

지구가 식고 태양이 죽어가도 기계들은 계속 작동할 겁니다. 지구가 갈라지고 부서지면 쉬지 않는 완벽한 기계들은 지구를 수리하려고 하겠지요…….

저는 식당을 나와 택시로 도시를 돌아다녔습니다. 택시는 작은 전기 모터로 작동했는데, 모터는 거대한 중앙 동력 방출기로부터 전력을 얻는 것 같았습니다. 그때는 이미 제가 먼 미래에 와 있다는 것을 알고 있었습니다. 도시는 위아래로 나뉘어 있었는데, 아래쪽 구역의 여러 층에서는 기계들이 부드럽게 작동했고, 그곳에서 낮게 울리는 고동 소리가 마치 끝없이 광대한 동력의 노래인 듯 도시 전체에 메아리치고 있었습니다. 도시의 금속 골격은 메아리를 만들고, 소리를 전하고, 함께 울리고 있었습니다. 하지만 그건 부드럽고 편안한, 안도감을 주는 고동 소리였어요.

거기엔 지상 30층, 지하로는 20층 정도 되는 금속 벽면과 금속 바닥, 그리고 금속, 유리, 동력으로 구성된 기계들이 있었습니다. 유일한 빛은 수은 증기 아크가 만드는 청록색 빛뿐이었습니다. 수은 증기의 빛은 높은 에너지 준위에서 나오는데, 알칼리 금속 원자를 자극해서 광전 효과를 만드는 겁니다. 어쩌면 이 이론은 당신 시대의 과학을 넘어서는 것인지도 모르겠군요. 깜빡했습니다.

하지만 빛을 만드는 건 거기서 일하는 많은 기계들에게 빛이 필요했기 때문이었습니다. 그 기계들은 정말 놀라웠습니다. 저는 다섯 시간 동안 가장 아래층의 드넓은 발전소를 돌아다니며 그들을 지켜봤습니다. 그곳의 기계들은 끊임없이 움직였고, 마치 살아 있는 것처럼 느껴졌기 때문에 저는 덜 외로웠습니다.

방금 이야기한 발전기는 제가 발견한 방출 기술의 산물이었습니다. 그게 뭐냐구요? 물질 에너지의 방출 말입니다. 저는 그걸 보면서 그 기술이 얼마나 오랜 시간 동안 지속될 수 있었는지 알았습니다.

도시의 아랫부분 전체가 기계들의 차지였습니다. 수없이 많은 기계들이 있었습니다. 하지만 그것들 가운데 대부분은 놀고 있거나, 기껏해야 가벼운 일만 하고 있었습니다. 저는 전화를 발견했지만, 걸려오는 전화는 없었습니다. 그 도시에는 살아 있는 것이 없었습니다. 하지만 어떤 방의 화면 옆에 있는 작은 단추를 누르자, 기계들은 즉시 움직이기 시작했습니다. 그것들은 대기 중이었습니다. 다만 아무도 그걸 필요로 하지 않았을 뿐이죠. 인간은 죽을 줄 알았고, 그래서 죽었지만, 기계들은 죽지 않았습니다.

마침내 저는 도시의 윗부분, 상층부로 올라갔습니다. 그곳은 천국 같았죠.

관목과 나무가 무성한 공원이 있었고, 공중에 떠 있는 부드러운 빛이 사방을 비추고 있었습니다. 그들은 500만 년 정도 전에 그런 기술을 얻었습니다. 200만 년 전에는 잊어버렸죠. 하지만 기계들은 잊지 않았고, 여전히 빛을 만들었습니다. 공기 중을 떠도는 그 빛은 부드러운 은색과 약간의 장밋빛이 섞여 있었습니다. 그 빛이 정원을 어슴푸레하게 비추었습니다. 그때는 기계가 보이지 않았지만, 저는 낮이 되면 기계가 나와서 정원 일을 할 것을 알고 있었습니다. 이제는 죽어서 움직이지 않는 주인들을 위해, 끝없이 움직이는 기계들은 낙원을 유지할 겁니다.

도시 밖의 사막은 차갑고 아주 건조했습니다. 하지만 그곳의 공기는 인간이 수십만 년 동안 노력해서 만들어낸 완벽한 향기가 부드럽고 따뜻하고 달콤한 느낌을 주었습니다.

그때 어디선가 음악이 시작되었습니다. 그 음악은 공기 중으로 부드럽게 퍼져 나갔습니다. 달이 막 지고 있었고, 완전히 진 다음에는 은장밋빛도 사라지면서 음악 소리가 더욱 커졌습니다.

그 음악은 모든 방향에서 들려오는 것 같았습니다. 그리고 제 안에서도 울려 퍼졌습니다. 어떻게 한 건지 모르겠습니다. 더군다나, 어떻게 그런 음악이 쓰여질 수 있는지도 모르겠습니다.

원시인들의 음악은 너무 단순해서 아름답지는 않지만, 그래도 사람을 흥분시킵니다. 반쯤 미개한 사람들은 아름답도록 단순한, 단순히 아름다운 음악을 만들죠. 당신의 시대에는 흑인 음악이 가장 훌륭합니다. 그들은 듣자마자 음악을 이해하고 느끼는 대로 부를 수 있습니다. 반쯤 문명화된 인간들은 장대한 음악을 만들죠. 그들은 자신들의 음악을 자랑스러워하고, 그 음악이 위대하다는 것을 알리려고 합니다. 하지만 너무 장대해서 불안정하죠.

저는 언제나 우리의 음악이 훌륭하다고 생각했습니다. 하지만 공기 중에 울려 퍼진 것은 승리의 노래, 성숙한 인류가 거둔 완벽한 승리를 노래한 것이었습니다! 인간의 승리를 노래하는 웅장한 소리가 저에게 휘몰아쳤습니다. 그것은 제 앞에 놓여 있는 것이 무엇인지를 보여주었습니다. 그 음악은 저를 미래로 데려가는 것 같았습니다.

사람 없는 도시를 둘러보는 동안 음악이 멈췄습니다. 기계들이 그 노래의 나머지 부분을 잊어버린 것 같았습니다. 그보다 훨씬 전에 잊어버린 그들의 주인들처럼 말이죠.

저는 어떤 집을 둘러보았습니다. 새벽빛에 현관이 어둑하게 보였지만, 제가 들어서자마자 지난 30만 년 동안 들어오지 않았던 반딧불 같은 녹색과 백색의 빛이 저를 위해 켜졌습니다. 저는 현관을 지나 들어갔습니다. 그러자 제 뒤에 있던 공기에 무언가가 변했고, 현관은 우유처럼 불투명하게 변했습니다. 제가 서 있던 방은 금속과 돌로 되어 있었습니다. 그 돌은 새까만 원석을 벨벳처럼 부드럽게 만든 것이었고, 금속은 은과 금이었습니다. 바닥에 깔린 양탄자는 제가 입고 있는 옷과 같은 소재였는데, 더 두껍고 부드러웠습니다. 방에 놓인 낮고 긴 의자는 부드러운 금속성 재질로 되어 있었습니다. 그것들도 검은색과 금색, 은색이었습니다.

그런 것은 전에 본 적이 없었습니다. 아마 앞으로도 그럴 겁니다. 저나 당신의 언어에는 그것을 기술할 말이 없을 겁니다.

　그 도시의 건설자들은 승리의 노래를 부를 만한 이유와 자격이 있었습니다. 아홉 개의 행성과 열다섯 개의 위성을 휩쓴 승리의 노래였죠.

　하지만 그들은 더 이상 거기에 없었고, 저는 떠나고 싶었습니다. 저는 한 가지 생각나는 게 있어서 전에 본 적 있는 지도를 다시 살펴보기 위해 전화국으로 갔습니다. 세계는 변함없이 그대로 있었습니다. 700만 년이 아니라 7000만 년이라고 해도 나이 든 어머니 지구에게는 별것 아닐 겁니다. 그녀는 심지어 그 놀라운 기계 도시들을 입고 있었지만 그다지 달라 보이지 않았습니다. 산산조각 나기 전까지 그녀는 아마 수억 년, 수십억 년을 더 기다릴 수 있겠죠.

　저는 지도에 보이는 다른 도시들로 전화를 걸어보았습니다. 중앙 기계 장치를 조사해서 재빨리 그 시스템을 파악할 수 있었거든요.

　한 번, 두 번, 세 번, 딱 열두 번씩 걸어봤습니다. 요크 시티, 런던 시티, 파리이, 싯카고, 싱포르, 등등. 저는 지구상에 더 이상 인간이 없다고 생각하기 시작했습니다. 도시마다 기계가 전화를 받고 지시를 따르자 저는 희망을 잃었습니다. 그렇게 먼 대도시들에 모두 기계들뿐이었습니다. 제가 있던 곳은 그들 시대의 네바 시티였는데, 그건 작은 도시였습니다. 요크 시티는 지름이 800킬로미터도 넘었습니다.

　각각의 도시마다 저는 여러 개의 번호를 시험해보았습니다. 샌프리스코에 걸었을 때였습니다. 누군가 있었습니다. 대답하는 목소리가 들리고 작게 빛나는 화면에 사람의 모습이 나타났습니다. 저는 그가 저를 보고 놀랐다는 걸 알 수 있었습니다. 그는 저에게 말하기 시작했습니다. 물론 저는 알아들을 수 없었죠. 제가 당신의 말을, 당신이 제 말을 알아들을 수 있는 것은 지금 시대의 말이 다양한 방식으로 많이 기록되어서 제 시대의 발음에 영향을 주었기 때문입니다.

사물은 변합니다. 특히 도시의 이름은 다음절이면서 자주 사용되기 때문에 변하기 쉽습니다. 사람들은 음절을 생략하거나 줄이려고 하기 마련입니다. 저는 당신이 '네바다'라고 부르는 곳에서 왔습니다. 우리는 보통 네바라고 부르죠. 요크 주처럼 말입니다. 하지만 오하이오와 아이오와는 그대로입니다. 단어들은 기록되는 한 1000년 정도는 크게 변하지 않습니다.

하지만 700만 년이 지나는 동안 사람들이 오래된 기록을 잃어버리고, 시간이 갈수록 기록을 적게 남기면서, 그들의 말은 더 이상 과거의 기록을 이해할 수 없을 정도로 변해버렸습니다. 물론 그들은 더 이상 글씨를 쓰지 않았습니다.

남은 인류 가운데 어떤 이들은 가끔 지식을 추구했을지도 모르지만, 얻을 수는 없었습니다. 고대의 문자는 어떤 기본적인 규칙이 있다면 해석될 수 있었습니다. 하지만 고대의 음성은 번역될 수 없었습니다……. 그리고 인류는 과학 법칙과 정신의 산물들을 잃어버렸습니다.

그래서 그가 회선 저편에서 대답했던 말들은 저에게 낯설었습니다. 그의 목소리는 가늘었고, 단어들은 부드러웠고, 말투는 얌전했습니다. 그의 말은 마치 노래와 같았지요. 그는 흥분해서 다른 사람들을 불렀습니다. 그들의 말은 이해할 수 없었지만 그들의 위치는 알 수 있었으므로, 저는 그들에게 가기로 했습니다.

그래서 천국의 정원을 나와, 동 틀 녘에 떠날 준비를 했습니다. 기묘하게 밝은 별들이 반짝거리며 빛나다니 사라져갔습니다. 떠오르는 하나의 밝은 별, 금성만이 익숙했습니다. 금성은 이제 금색으로 빛났습니다. 저는 그 기묘한 하늘을 바라보면서, 처음에 어째서 경치가 이상하다고 느꼈는지 마침내 깨달았습니다. 별자리가 전부 달랐던 겁니다.

저의 시대, 그리고 당신 시대의 태양계는 마침 은하 도로의 교차로를 지나고 있는 외로운 방랑자와 같습니다. 우리가 밤에 보는 별들은 거의 다 운동 성단의 별들입니다. 사실 우리 태양계는 큰곰자리 운동군의 중심을 통과하고 있지요. 여섯 개의 다른 운동군이 우리로부터 500광년 떨어진 곳을 중심으로 두고 있습니다.

하지만 700만 년이 지나자 태양은 운동군을 벗어났습니다. 밤하늘은 텅 비어 보였습니다. 가끔 여기저기에 흐릿한 별들이 하나 둘씩 빛날 뿐이었습니다. 그리고 은하수가 거대한 검은 하늘을 가로질렀지요. 남은 공간은 그냥 비어 있었습니다.

아마 그것이 그 사람들이 노래에서 표현하고자 했던——가슴 깊이 느꼈던——또 다른 부분일 겁니다. 외로움, 가깝고 친근했던 별들이 사라진 느낌. 지금의 우리에겐 다른 별들이 5, 6광년 안에 있습니다. 그런데, 다른 별까지의 거리를 알려주는 기계에 따르면, 그들에겐 가장 가까운 별이 150광년 떨어진 곳에 있다고 했습니다. 가장 가까운 별은 매우 밝았습니다. 우리가 보는 시리우스보다 밝았으니까요. 하지만 그 별의 색깔이 오히려 그것을 낯설게 만들었습니다. 청백색 초거성이었기 때문입니다. 우리의 태양은 그 별에 비하면 행성만 한 크기였습니다.

저는 그 자리에 서서 태양이 만들어내는 강렬한 핏빛이 지평선 위를 서서히 밝히고, 남아 있던 은장밋빛 조명이 사라져가는 것을 지켜봤습니다. 저는 별들을 보고 제가 지금의 시대로부터, 마지막으로 떠오르는 태양을 본 뒤로부터 몇 백만 년이나 지났음을 알았습니다. 태양이 만든 핏빛을 본 저는 혹시 태양마저 죽어가는 것은 아닐까 의심했죠.

거대한 핏빛 태양의 일부가 나타났습니다. 해가 떠오르면서 붉은 색은 엷어졌고, 30분 정도 지나자 태양은 익숙한 황금빛 원으로 변했습니다.

그 오랜 시간 동안 태양은 전혀 변하지 않았습니다.

변할 거라고 생각한 제가 바보 같더군요. 700만 년은 지구에게도 별것 아니었는데, 태양에게는 어땠겠어요? 해는 제가 마지막으로 일출을 보고 나서 20억 번 정도 떠올랐을 겁니다. 그래봐야 20억 일이죠. 20억 년이었다면 뭔가 달랐을 겁니다.

우주는 천천히 움직입니다. 오래가지 못하는 것은 생명뿐입니다. 오직 생명만이 빠르게 변합니다. 짧은 800만 년, 지구의 삶으로 치면 8일밖에 안 되는 시간에, 인류는 죽어가고 있었습니다. 남긴 것도 있었죠. 기계들 말입니다. 하지만 그것들도 언젠가는 죽을 겁니다. 비록 죽음을 이해할 수는 없겠지만. 그래서 저는 깨달았습니다. 저는…… 그걸 바꿀 수 있을지도 모른다고. 나중에 다시 말씀드리겠습니다.

태양이 떠오르고 나서 저는 다시 하늘과 땅, 그리고 50층 정도 아래에 있는 땅바닥을 내려다보았습니다. 저는 도시의 가장자리에 와 있었습니다.

기계들은 바닥에서 움직이며, 아마도 땅을 고르고 있는 것 같았습니다. 넓은 회색 선이 평평한 사막을 가로질러 동쪽으로 뻗어 있었는데, 태양이 떠오르기 전에 저는 그것이 희미하게 빛나는 것을 봤습니다. 그것은 지상의 기계들을 위한 도로였습니다. 하지만 그 길은 비어 있었습니다.

동쪽에서 비행기가 미끄러져 들어오는 것이 보였습니다. 그것은 어린아이가 잠꼬대하듯 부드럽고 낮게 울리는 소리를 내며 부풀어 오르는 풍선처럼 점점 커졌습니다. 도시 아래쪽의 커다란 선착장에 정박했을 때 보니 정말 거대했습니다. 기계들이 철컹거리고 으르렁거리는 소리가 들렸습니다. 틀림없이 가져온 자재들을 옮기는 소리였을 겁니다. 기계들은 원자재를 주문했습니다. 그리고 다른 도시의 기계들이 그것을 공급했습니다. 배달은 운송 기계들이 도맡았습니다.

북아메리카에 사람이 사는 도시는 샌프리스코와 잭스빌 뿐이었습니다. 하지만 기계들은 다른 모든 도시에서도 일을 계속했습니다. 그들은 멈출 수 없었으니까요. 그들은 멈추라는 명령을 받은 적이 없었습니다.

그때 높은 곳에서 무언가가 나타났고, 제 아래에 있는 도시의 중앙 구역에서 세 개의 작은 공이 떠올랐습니다. 그것들은 좀 전에 본 운송선처럼 눈에 보이는 추진 기관이 없었습니다. 파란 하늘에 검은 별처럼 보였던 먼 하늘의 작은 점은 달만큼 커졌습니다. 세 개의 공이 높은 곳에서 그것을 마중했습니다. 그러고는 함께 내려와 도시의 중앙으로 내려갔고, 저는 더 이상 그것들을 볼 수 없었습니다.

그것은 금성에서 온 화물선이었습니다. 전날 밤에 착륙하는 것을 본 화물선은 화성에서 온 것임을 나중에야 알게 되었습니다.

그 다음엔 택시 비행기 같은 것을 찾아 다녔습니다. 도시를 돌아다니는 동안 그런 것은 눈에 띈 적이 없었습니다. 저는 도시 상층부를 돌아다니며 찾아보았습니다. 여기저기에 버려진 비행기가 있긴 했지만 저에겐 너무 컸고, 조종 장치도 없었습니다.

정오 무렵에 다시 밥을 먹었습니다. 음식은 훌륭했습니다.

그 무렵 저는 이 도시가 바로 잿더미로 변해버린 인간 종족의 희망이라는 생각이 들었습니다. 백인이나 황인, 흑인과 같은 특정한 인종의 희망이 아니라 인류의 희망이라는 말이죠. 저는 도시를 떠나고 싶어 미칠 지경이었습니다. 제가 몰았던 택시는 도시의 어떤 동력원으로부터 전원을 얻고 있었기 때문에, 지상으로는 서쪽을 향해 얼마 못 갈 것임을 알고 있었습니다.

오후가 되어서야 저는 거대한 도시의 바깥쪽 벽 근처에서 작은 격납고를 발견했습니다. 거기엔 세 대의 비행기가 있었습니다. 그 전까지는 거주 지역인 도시 위쪽 부분의 낮은 층들을 헤매고 돌아다녔습니다. 거기엔 레스토랑과 상점과 극장이 있었습니다. 어떤 곳에서는 제가 들어가자 부드러운 음악이 흘러나오면서 앞쪽 화면에 색과 형태가 떠올랐습니다.

그것은 500만 년에 걸친, 성숙한 인류의 꾸준한 진보를 형태와 소리와 색으로 노래했습니다. 그러나 그것은 그 앞에 놓여 있는 사라져가는 길을, 그들이 죽어서 움직이지 못하고 도시 자체가 죽어버리는—하지만 끝없이 움직이는—미래를 보지 못했습니다. 저는 서둘러 그곳을 나왔습니다. 그러자 30만 년 만에 나왔던 그 노래는 제 뒤에서 다시 그쳤습니다.

그렇게 돌아다니다 격납고를 찾았습니다. 아마 개인용이었을 겁니다. 거기에 비행기가 세 대 있었습니다. 하나는 길이가 15미터 정도 되고 지름이 4~5미터 정도 됐습니다. 그것은 쾌속선, 아마도 우주용 쾌속선이었을 겁니다. 또 하나는 길이 5미터에 지름이 1.5미터였습니다. 틀림없이 가족용 비행기였겠지요. 세 번째는 아주 작았는데, 길이 3미터에 지름은 60센티미터 정도였습니다. 그 안에 누워서 가는 것이 틀림없었습니다.

거기에는 앞쪽과 바로 위쪽을 볼 수 있는 잠망경 같은 장치가 있었습니다. 아래쪽을 볼 수 있는 창도 하나 있었고, 또 다른 장치는 불투명

유리 가리개 아래로 지도를 움직여서, 화면의 +자 표시가 항상 저의 위치를 가리키도록 지도를 화면에 투사했습니다.

저는 30분 동안 그 비행기의 구조를 이해하려고 노력했습니다. 하지만 그걸 만든 사람들은 500만 년의 과학과 지식, 그리고 그만큼 완벽한 기계를 갖춘 사람들이었습니다. 저는 동력을 공급하는 에너지 방출 장치를 알아봤습니다. 그 원리를 이해하고 있었기 때문에, 그 부분에 대해서는 대충 파악할 수 있었습니다. 하지만 그 기계에는 도체가 전혀 없었습니다. 그저 희미한 빔들이 매우 빠른 펄스로 전해졌는데, 너무나 빨라서 측시로도 진동을 알아챌 수가 없었습니다. 대여섯 개의 펄스가 30만 년, 혹은 그보다 더 오랜만에 빛나기 시작한 거죠.

제가 기계 안으로 들어가자, 또 다른 여섯 개의 빔이 나타났습니다. 약간 떨리는 기색이 있더니, 제 몸에 기묘한 긴장감이 돌았습니다. 그 순간 저는 그 기계가 중력 무효화 장치에 기반을 둔 것임을 깨달았습니다. 그것은 방출 실험 이후에 발견한 공간 장에 대해 연구할 때 제가 꿈꾸었던 것이었습니다.

하지만 그들은 죽지 않는 완벽한 기계들을 만들기 수백만 년 전에 이미 그 장치를 갖고 있었습니다. 탑승한 저의 몸무게를 감지하자 기계는 즉시 반응해서 비행을 준비했습니다. 기계 안에서는 땅에 있을 때와 같은 인공 중력이 저를 붙들고 있었고, 바깥쪽과 안쪽의 중간 영역이 제 몸에 긴장을 만들어낸 것입니다.

기계는 항상 준비되어 있었습니다. 연료도 가득했습니다. 그 기계들은 부족한 것이나 필요한 것을 알아서 보고하게 되어 있었으니까요. 그것들은 마치 살아 있는 것 같았습니다. 모든 기계들이 말입니다. 관리 기계들은 필요할 때, 그리고 가능할 때 다른 기계들에게 필요한 것을 보급하고, 조정하고, 수리하기까지 했습니다. 나중에 알았지만, 수리가 불가능한 기계는 자동으로 정비 트럭에 실려 가고 똑같은 다른 기계로 대체되었습니다. 만들어졌던 곳으로 실려 간 기계들은 그곳에서 자동으로 다시 만들어졌습니다.

비행기는 참을성 있게 제 명령을 기다렸습니다. 조종 장치는 간단하고 명확했습니다. 왼쪽 손잡이를 앞으로 밀면 전진, 뒤로 당기면 후진이었습니다. 오른쪽에는 아래쪽 끝만 고정된 손잡이가 있었습니다. 왼쪽으로 기울이면 동체가 왼쪽으로, 오른쪽으로 기울이면 오른쪽으로 기울었습니다. 끝을 당기면 동체도 그에 따라 움직였고, 전후진을 제외한 나머지 동작은 모두 마찬가지였습니다. 손잡이를 위로 당기면 동체도 올라갔고 아래로 누르면 동체도 내려갔습니다.

손잡이를 살짝 들자, 누워 있던 제 앞에 있는 게이지의 바늘이 가볍게 움직였고, 아래 있던 바닥은 순식간에 멀어졌습니다. 또 다른 장치를 뒤로 당기자, 비행기는 바깥쪽으로 부드럽게 나가면서 속도를 더했습니다. 두 장치를 모두 중립으로 두었더니 기계는 고도를 유지한 채 공기 저항에 의해 멈출 때까지 계속 나아갔습니다. 기체의 방향을 돌리면 위치를 알려주는 또 다른 다이얼이 돌아갔습니다. 하지만 계기를 읽을 수는 없었습니다. 제가 바랐던 대로 지도의 방향이 돌아가지는 않았습니다. 그래서 저는 서쪽이라고 생각되는 쪽으로 출발했습니다.

그 놀라운 기계 안에서는 가속도를 전혀 느낄 수 없었습니다. 그저 땅이 뒤쪽으로 멀어지기 시작했고, 순식간에 도시는 사라졌습니다. 지도가 화면 아래쪽에서 빠르게 펼쳐지며 올라와서, 제가 남서쪽으로 가고 있다는 것을 알았습니다. 저는 살짝 북쪽으로 방향을 돌리고 나침반을 봤습니다. 나침반 보는 법은 곧바로 알 수 있었고, 비행기는 속도를 더했습니다.

지도와 나침반에 한참 빠져 있는데, 갑자기 날카로운 소음과 함께 제 의지와는 상관없이 기계가 고도를 올리고 북쪽으로 향했습니다. 제가 미처 보지 못한 앞쪽의 산을 비행기가 본 것이었습니다.

저는 그제야 전에 눈치채지 못했던 것을 발견했습니다. 지도를 움직이는 데 사용하는 두 개의 작은 손잡이였습니다. 지도를 움직이자 날카로운 딸깍 소리와 함께 비행기가 느려지기 시작했습니다. 잠시 뒤에는 매우 느린 속도로 나아가다가, 기계는 새로운 방향으로 돌아섰습니다. 저는 방향을 돌리려고 했지만, 조종 장치가 말을 듣지 않아서 깜짝 놀랐습니다.

바로 지도 때문이었지요. 지도가 비행경로를 보여주거나, 비행기가 지도를 따르거나 둘 중 하나로 동작하는 거였습니다. 그래서 제가 지도를 움직이자 기계가 거기에 맞춰 조종했던 겁니다. 그 전에 미리 눌렀어야 하는 작은 버튼이 있었는데, 그때는 미처 몰랐습니다.

마침내 비행기가 멈추고 땅에서 20센티미터 정도의 높이까지 낮아졌을 때 도착한 곳은 폐허가 된 어떤 커다란 도시의 중심가였습니다. 아마 새크라멘토였을 겁니다.

작동법을 이해한 저는 지도를 샌프리스코에 맞췄고, 기계는 단번에 다시 날았습니다. 총알처럼 생긴 자동 조종 다트핀은 커다랗게 부서진 바위들을 돌아 원래의 항로에 올랐습니다.

샌프리스코에 도착했을 때는 기계가 스스로 고도를 낮추지 않았고, 그저 공중에 떠 있는 채로 부드럽고 짧은 음악이 울렸습니다. 음악이 두 번 울리고 나서 비행기는 그대로 대기했습니다. 저도 가만히 기다리면서 아래를 내려다봤습니다.

거기엔 사람이 살고 있었습니다. 저는 처음으로 그 시대의 사람을 봤습니다. 그들은 작고 방황하는 난장이들 같았는데, 몸의 다른 부분에 비해 머리가 컸지만, 지나치게 큰 것은 아니었습니다.

가장 인상적인 것은 그들의 눈이었습니다. 그들이 그 커다란 눈으로 저를 볼 때면, 깨어나기엔 너무 깊이 잠들어 있는 어떤 힘을 느낄 수 있었습니다.

저는 수동으로 착륙했습니다. 제가 나오자마자 비행기는 스스로 떠오르더니 어딘가로 갔습니다. 비행기에는 자동 주차 장치가 있어서, 알아서 연료를 채우고 점검받을 수 있는 가장 가까운 공용 격납고로 날아간 것이었습니다. 작은 휴대용 호출 장치가 있어서, 그 장치의 버튼을 누르면 도시 어디에서든 비행기를 부를 수 있었습니다.

제 주변의 사람들이, 마치 노래하듯 서로 이야기하기 시작했습니다. 어떤 사람들은 천천히 다가왔습니다. 남자도 있고 여자도 있었지만, 늙은 사람은 없었고 어린 사람도 거의 없었습니다. 얼마 안 되는 어린 사람들은 발을 잘못 내딛거나 넘어지지 않도록 보살핌을 받으며 거의 존경에 가까운 대우를 받았습니다.

거기엔 이유가 있었죠. 그들은 매우 오랜 시간을 살았습니다. 어떤 사람은 3000년을 살았죠. 그리고 갑자기 죽었습니다. 그들은 늙지 않았고, 어째서 그렇게 사람이 죽는지 알 수 없었습니다. 심장이 멈추고, 두뇌가 사고를 멈추고, 그리고 죽었습니다. 하지만 어린아이들은, 아직 성숙하지 않은 어린이들은 극진한 보살핌을 받았습니다. 10만 명이 살고 있는 도시에서 한 달에 한 명 정도의 아이가 태어났습니다. 인류는 점점 아이를 낳지 못하고 있었습니다.

그들의 외로움에 대해 제가 이야기했던가요? 그들은 희망보다 외로움이 더 많았습니다. 왜냐하면, 인간은 성숙해가면서 자신들에게 위협이 되는 모든 종류의 생명을 파괴했기 때문입니다. 질병들. 해충들. 마침내 마지막 해충이 사라지고 마지막 식인 동물이 사라졌습니다.

그러자 자연의 균형이 무너지고, 그들은 계속해서 생명을 파괴할 수밖에 없었습니다. 기계들의 경우와 마찬가지였습니다. 인간은 기계들을 만들었지만 그것을 멈출 수 없었죠. 마찬가지로 그들은 생명을 파괴하기 시작했고, 멈출 수 없었습니다. 그들은 전에는 해를 끼치지 않았던 온갖 종류의 잡초를 없애기 시작했습니다. 그리고 초식 동물, 사슴과 영양, 토끼와 말들의 차례였습니다. 초식 동물은 인간이 기계로 키우는 작물들에 위협이 되었기 때문입니다. 인간은 그때까지 자연에서 키운 음식을 먹었습니다.

이해하시겠죠. 더 이상은 제어불능이었습니다. 마침내 그들은 스스로를 지키기 위해 해양 생물들조차 죽였습니다. 그들을 가로막았던 많은 생물들이 사라지자, 인간은 어디든 원하는 대로 헤엄칠 수 있었습니다. 그리고 마침내 합성된 음식이 자연을 대체하는 날이 왔습니다. 지금 시대로부터 250만 년이 지났을 무렵, 공기에서는 모든 세균이 제거되었습니다.

그것은 물 또한 정화되어야 한다는 뜻이었습니다. 따라서 물도 정화되었고, 바다는 숨을 거두었습니다. 박테리아의 형태로 살아가는 미생물들과, 그것들을 먹고 사는 작은 물고기들, 그리고 그 물고기를 먹는 물고기와 다시 그들을 먹고 사는 더 큰 물고기들이 있었지만, 그 고리의 시작이 사라져버린 거죠. 한 세대 만에 바다에서 생명이 사라졌습니다. 그들에게 한 세대란 1500년에 해당하지요. 바다 식물들조차 사라졌습니다.

그러자 지구상에는 오직 인간과 인간이 보존한 식물들, 즉 장식을 위해 남긴 식물들과 매우 깨끗해진 동물 한 종류만이 주인들만큼 오래 살아남았습니다. 개들 말입니다. 그들은 정말 놀라운 동물입니다. 인류가 성숙했을 무렵, 우리 시대까지 수백만 년 동안 인간을 따랐던 그 동물 친구들은, 인류가 성숙기에 들어서는 400만 년을 다시 함께하면서 지능을 발달시켰습니다. 저는 이미 버려진 고대사 박물관에서――그곳은 그때로부터 550만 년 전에 죽은 인류의 위대한 지도자의 몸을 완벽하게 보존하고 있는 놀라운 곳이었습니다――전시된 개를 보았습니다. 두개골이 거의 저만 하더군요. 훈련을 통해 개가 운전할 수 있는 자동차도 있었고, 그걸 이용한 경주도 있었습니다.

그리고 인간은 완전한 성숙기에 접어들었고, 그것은 100만 년 이상 지속되었습니다. 인류가 너무나 앞서 나간 나머지, 개들은 더 이상 친구가 될 수 없었습니다. 그들은 점점 쓸모없어졌습니다. 100만 년이 지나자 인류의 몰락이 시작되었고 개들은 사라졌습니다. 멸종한 것이지요.

점점 줄어들고 있는 이 마지막 인간 집단에게는 뒤를 이을 다른 생명체가 없었습니다. 전에는 항상 한 문명이 비틀거릴 때 그 잿더미 속에서 새로운 문명이 태어났습니다. 하지만 이제는 단 하나의 문명밖에 남지 않았고, 다른 모든 종족과 다른 모든 종마저도 식물들을 제외하고는 모두 사라졌습니다. 식물들에게 지성과 이동성을 부여하기에는 인류는 너무나 오랜 노년기를 지내왔습니다. 어쩌면 전성기에는 가능했을지도 모르지요.

다른 행성들은 그 100만 년, 전성기의 100만 년 동안 인간으로 넘쳐났습니다. 태양계의 모든 행성과 모든 위성에 적당한 수의 사람들이 살았었습니다. 하지만 이제 사람이 사는 곳은 행성들뿐이었고, 위성들에는 인적이 끊겼습니다. 제가 도착했을 때 명왕성에서는 이미 인간이 떠났고, 제가 머무는 동안 해왕성에서 태양 쪽으로, 지구로 옮겨온 사람들이 있었습니다. 기묘하게 조용한 그 사람들은 대부분 인류가 태어난 행성을 태어나서 처음으로 보는 것이었습니다.

우주선에서 물러나 그것이 멀리 떠오르는 것을 지켜보았을 때, 저는 인류가 어째서 죽어가고 있는지 깨달았습니다. 저는 그 사람들의 얼굴을 돌아보고, 그 얼굴에서 대답을 읽을 수 있었습니다. 여전히 굉장한 그들의 두뇌에는 한 가지 자질이 빠져 있었습니다. 물론 그들의 두뇌는 당신이나 저보다 훨씬 좋았지요. 저는 문제를 푸는 동안 그들 가운데 한 명의 도움을 받은 적이 있습니다. 우주에서는 스무 개의 좌표를 사용합니다. 그 가운데 열 개는 0이고, 여섯 개는 고정된 값이고, 네 개는 우리에게 친숙한 시공간 차원에서의 변화를 나타냅니다. 2중, 3중, 4중이 아니라 10중 적분이라는 말입니다.

그것은 너무 오랜 시간이 걸리는 문제였습니다. 저는 풀어야 할 문제들의 해답을 결코 얻어내지 못할 것 같았습니다. 게다가 저는 그들의 수학 기계를 사용할 줄 몰랐고, 제 계산기는 물론 700만 년 전의 과거에 두고 왔지요. 하지만 그들 가운데 한 명이 흥미를 갖고 저를 도와주었습니다. 그는 4중, 5중식과 심지어 지수 극한값이 변하는 4중 적분도 머릿속에서 풀어냈습니다.

바로 제가 부탁을 했을 때만 말이죠. 왜냐하면 인간을 위대하게 만들었던 한 가지가 그에게는 없었기 때문입니다. 저는 그곳에 착륙했을 때 그들의 얼굴과 눈을 보고 알 수 있었습니다. 그들은 저를 보자 이상하게 생긴 이방인에게 관심을 갖긴 했지만, 그게 전부였습니다. 그들은 비행기의 도착을 보러 온 것이었습니다. 흔치 않은 일이죠. 하지만 그들은 친절하게 저를 반겼을 뿐입니다. 궁금해 하지 않았어요! 인간은 호기심을 잃어버린 것입니다.

아, 전혀 없는 것은 아니었죠! 그들은 기계에 경탄하고 별들을 보며 감탄했습니다. 하지만 그들은 거기에 대해 아무것도 하지 않았습니다. 호기심이 완전히 사라진 것은 아니었지만 거의 없는 것이나 마찬가지였고, 그나마도 죽어가고 있었습니다. 제가 그들과 함께했던 짧은 6개월 동안, 저는 그들이 2000년, 심지어 3000년 동안 기계들 사이에서 살아오면서 배운 것보다 많은 것들을 배웠습니다.

제가 얼마나 큰 비탄에 빠졌는지 알 수 있으시겠습니까? 저는 과학을 사랑하는 사람으로서 과학에서 구원을, 인류의 번영을 찾았고, 찾아왔습니다. 그 놀라운 기계들과 인류의 의기양양한 성숙기가 잊혀지고 무시당하는 것을 보았습니다. 그 놀랍고 완벽한 기계들은 그 친절하고 점잖은 사람들을 돌보고, 보호하고, 보살폈지만, 그들은 모든 걸 잊어버렸습니다.

그들은 길을 잃어버렸습니다. 그들에게 도시는 그들을 둘러싸고 거대하게 솟아 있는 웅장한 폐허에 불과했습니다. 그것은 이해할 수 없는, 그저 자연스러운 것이었습니다. 도시는 그저 있을 뿐이었습니다. 만들어진 것이 아니고, 그냥 있는 거였죠. 산이나 사막이나 바닷물처럼 말입니다.

아시겠어요? 그 기계들이 만들어졌을 때가 지금부터 인류가 탄생했을 때보다 더 오래 전이었다는 게 말입니다. 우리는 첫 번째 조상의 전설을 기억하고 있나요? 그들이 가르친 숲과 동굴에 대해 알고 있나요? 날카로워질 때까지 돌을 다듬는 비법을 알고 있습니까? 검치 호랑이를 몰래 추적해서 사냥하는 법은 어떻습니까?

그들은 이런 곤경에 처해 있었습니다. 흘러간 시간은 더 길었지만, 언어는 너무나 많이 변했고 기계들이 여러 세대에 걸쳐 그들을 위해 모든 것을 관리해주었기 때문입니다.

예를 들면, 명왕성에는 사람이 전혀 살지 않았습니다. 하지만 명왕성에는 가장 큰 금속 광산들이 있고, 기계들이 여전히 작동하고 있었습니다. 태양계 전체는 완전히 통합되어 있었습니다. 완벽한 기계들의 통합된 체계였죠.

그런데 이 사람들이 아는 것이라고는 어떤 레버를 당기면 어떤 결과가 일어난다는 것뿐이었습니다. 마치 중세 사람들이, 어떤 물질과 나무를 놓고 다른 빨갛게 뜨거워진 나무를 거기에 더하면 나무가 사라지고 열이 나온다는 것을 아는 수준이었습니다. 그들은 나무가 산화되면서 열이 나오고 이산화탄소와 물로 변한다는 것을 이해하지 못했어요. 마찬가지로 미래의 사람들도 그들이 먹고 입고 이동하는 방식을 이해하지 못했습니다.

저는 사흘 동안 그들과 함께 있었습니다. 그리고 잭스빌로 향했습니다. 요크 시티에도 갔습니다. 그곳은 거대했습니다. 그들이 요크 시티라고 불렀던 곳은 그러니까, 이 시대에 보스턴이 있던 곳만큼 북쪽에서부터 워싱턴이 있던 자리만큼 남쪽까지 뻗어 있었습니다."

나는 그의 말을 믿지 않아, 라고 짐은 이야기를 멈추고 말했다. 나도 그가 믿지 않았다는 걸 알고 있었다. 짐이 그 이야길 믿었더라면, 그는 이야기에 나온 곳 근처 어딘가에 땅을 사고 땅값이 오르길 기다렸을 테니까. 짐이라면 그러고도 남을 것이다. 그는 700만 년이 무슨 700년 비슷한 거라고 생각했을 테고, 아마도 그의 손자의 손자 정도면 그 땅을 팔 수 있을 거라고 생각했을 것이다.

어쨌거나, 하고 짐은 이야기를 계속했다.

"그는 여러 도시들이 바깥쪽으로 퍼져 나갔기 때문에 그렇게 된 거라고 말했어. 그가 계속 말했지."

"보스턴은 남쪽으로, 워싱턴은 북쪽으로. 그리고 요크 시티는 사방으로 퍼져 나가서, 마침내 도시들이 요크 시티로 모여든 겁니다.

도시는 하나의 거대한 기계와 같았습니다. 완벽하게 질서정연했지요. 거기엔 북쪽 끝에서 남쪽 끝까지 3분 만에 갈 수 있는 운송 수단도 있었습니다. 제가 직접 시간을 재봤어요. 그들은 가속을 중화시키는 법을 알고 있었습니다.

그 다음엔 해왕성으로 향하는 장거리 우주 정기선을 탔습니다. 아직도 운항 중인 것들이 몇 개 남아 있었어요. 돌아오는 사람들도 있었다고 아까 이야기했지요.

그 우주선은 거대했고, 주로 화물칸이 많았습니다. 길이 1.2킬로미터, 지름 400미터의 거대한 금속 실린더가 지구를 떠났습니다. 그리고 대기권을 벗어나자 가속을 시작했습니다. 저는 지구가 점점 작아지는 것을 볼 수 있었습니다. 3048년에 화성 정기선을 탄 적이 있었는데, 화성까지 5일이나 걸렸습니다. 해왕성 정기선에선 30분 만에 지구가 하나의 별이 되어버렸고, 달은 그 근처의 흐리고 더 작은 별이 되었습니다. 한 시간 만에 우주선은 화성을 지나쳤습니다. 해왕성에 착륙한 것은 여덟 시간 뒤였지요. 그곳의 도시 이름은 므린이었습니다. 제 시대의 요크 시티만큼 거대했지만, 아무도 살고 있지 않았습니다.

해왕성은 춥고 어두웠습니다. 끔찍하게 추웠어요. 태양은 작고 창백한 원이었고, 열도 없고 빛도 거의 내지 않았습니다. 하지만 도시 안은 너무나 안락했습니다. 공기는 차갑고 신선했고, 습기와 함께 막 돋아

나는 꽃의 향기가 섞여 있었습니다. 그리고 도시를 위해 만들어진 강력한 기계들의 힘찬 고동소리가 울리면서 거대한 금속 구조물 전체가 조금씩 떨렸습니다.

저는 암호를 해독하듯 기록을 해석해야 했습니다. 인류 노년기의 그들에게, 제가 알고 있는 말은 그들의 기원이 된 고대인의 말이었기 때문입니다. 그렇게 알아낸 것은 제가 태어난 지 3,730,150년 뒤에 그 도시가 세워졌다는 것입니다. 그 뒤로는 인간의 손길이 그 기계들에 닿은 적은 없었습니다.

하지만 공기는 여전히 사람이 살기에 적당했습니다. 그리고 여기에도 따스한 은장밋빛이 공중을 떠다니며 빛을 제공했습니다.

저는 인간이 살았던 다른 도시들도 가보았습니다. 그리고 인류의 영역이 점점 줄어들고 있는 외곽 지역에서, 제가 '그리움의 노래'라고 이름 붙인 노래를 처음 들었습니다.

그리고 '잃어버린 기억의 노래'도 있었습니다. 들어보세요……."

"그는 또 다른 노래를 불렀어. 여기서 적어도 한 가지는 확실히 말할 수 있지."

짐은 단언했다.

"그의 목소리에서 당혹스러운 음조가 아까보다 강해졌다는 것 말이야."

나는 그때 짐의 기분을 잘 알 수 있었다. 왜냐하면 나는 그 노래를 평범한 사람을 통해 전해 들었을 뿐이지만, 짐은 평범하지 않은 오르간 같은 목소리를 지닌 사람이 직접 듣고 기억한 것을 들었기 때문이다. 어쨌거나, 짐이 했던 이야기 가운데 이것 하나는 틀림없었다.

"그는 평범한 사람이 아니었어."

평범한 사람은 그런 노래를 생각해낼 수 없어. 그 노래들은 뭔가 이상하거든. 이번에 그가 부른 노래는 아까보다 애처로운 단조가 훨씬 더 강했어. 나는 누군가 잊어버린 무언가를 찾아 마음속을 헤매는 것을 느낄 수 있었어. 그는 무언가를 기억해내려고 필사적으로 노력했고, 반드시 알고 있어야 하는데도 전혀 기억이 나지 않는 것 같았어. 그가 노래를 부를수록 나는 그 무언가가 점점 더 멀어지는 것을 느낄 수 있었어. 그 외롭고 정신 나간 탐색자가 그것을, 자신을 구원해줄 무언가를 기억해내기 위해 노력하는 것을 느꼈어.

나는 그가 패배감에 살짝 우는 것을 들었고, 노래는 끝났지.

짐은 몇 소절을 불러보았다. 그는 노래에 별로 소질이 없었지만, 그 노래는 잊어버리기에는 너무나 강렬했다. 단지 몇 소절을 흥얼거렸을 뿐인데도 말이다. 내 생각엔 짐에게 상상력이 별로 없거나, 그에게 노래를 불러준, 미래에서 온 그 사람이 살짝 정신이 나간 것 같았다.

그것은 요즘 사람들이 부를 만한 노래가 아니었고, 그들을 위해 만들어진 것도 아니었어. 어떤 동물의 울음소리가, 마치 사람의 울음처럼 가슴을 찢는 걸 들어본 적 있어? 그는 미치광이 같았지. 끔찍하게 살해당하는 미친 사람처럼 노래를 불렀어.

그건 그저 불쾌할 뿐이었어. 그 노래는 부르는 사람이 의도한 바로 그 느낌을 주었지. 그것은 전혀 인간의 소리로 들리지 않았지만, 부른 것은 바로 인간이었으니까. 마치 인간의 최종적인 패배의 정수 같았어. 열심히 노력했지만 실패한 녀석에게는 동정심을 갖기 마련이잖아. 인류 전체가 열심히 노력했지만 실패했을 때에도 그렇지. 그런데 그들은 실패할 수조차 없었어. 다시 노력할 수가 없었거든.

그는 그 전까지는 흥미로웠다고 말했어. 멈추지 않는 기계들에도 별로 기분 나빠하지 않았지. 하지만 그 노래는 아니었어.

그는 말했어.

"저는 그때부터 그 사람들과는 같이 살 수 없겠다고 생각했습니다. 그들은 죽어가고 있었지만, 전 인류의 젊음 속에서 살아가고 있었으니까요. 그들이 별과 기계들을 바라볼 때 갖는 희망 없는 경이로움, 그런 그리움으로 그들은 저를 바라보았습니다. 그들은 제가 무엇인지 알고는 있었지만 이해할 수 없었습니다.

저는 다시 떠날 준비를 했습니다.

거기에는 6개월이 걸렸습니다. 물론 계기판이 없어서 고생했습니다. 그들의 계기판은 단위도 달랐고, 게다가 계기 자체가 별로 없었습니다. 기계들은 계기판을 읽지 않으니까요. 그 기계들은 그냥 알 수 있었고, 또 감각 기관도 갖추고 있었습니다.

하지만 레오 랜탈이라는 사람이 도움을 준 덕분에 저는 돌아왔습니다.

저는 떠나기 전에 도움이 될 만한 일을 한 가지 했습니다. 그래서 저는 언젠가 다시 돌아가려고 노력할지도 모릅니다. 결과를 봐야죠.

그들에게 정말로 생각할 수 있는 기계들이 있다는 이야기를 했던가요? 하지만 누군가 오래 전에 그것들을 멈췄고, 어떻게 다시 움직이게 하는지 모른다구요.

저는 기록을 찾아서 해석했습니다. 그리고 마지막으로 남은 그 기계들 가운데 가장 훌륭한 것을 작동시켜서 커다란 문제를 맡겼습니다. 필요한 것은 간단한 정비뿐이었습니다. 기계는 필요하다면 1000년이 아니라 100만 년이라도 그 문제에 매달릴 수 있었습니다.

사실 전 다섯 대를 작동시켰고, 기록에 나와 있는 대로 그들을 연결

했습니다.

그 기계들의 목적은 인간이 잃어버린 것을 지닌 기계를 만드는 것이었습니다. 우습게 들릴지도 모릅니다. 하지만 웃지 말고 상상해보세요. 레오 랜탈이 작동 스위치를 돌리기 직전에, 제가 지상에서 네바 시티를 올려다봤던 모습을 떠올려보세요.

해가 지고 어스름이 깔렸습니다. 멀리 바깥쪽 사막의 색은 신비롭게 변하고 있었습니다. 수직으로 뻗은 거대한 금속 도시의 벽은 위쪽의 거주 지역으로 이어졌고, 그곳엔 첨탑과 성채와 거대한 나무들과 향기로운 꽃들이 있었습니다. 은장밋빛이 낙원의 정원을 비추고 있었습니다.

그리고 거대한 도시 구조물 전체는, 300만 년 전에 만들어진——그 뒤로 사람의 손길이 한 번도 닿지 않은——죽지 않는 완벽한 기계들의 부드럽고 일정한 박자에 맞춰 고동치고 울렸습니다. 기계들은 멈추지 않았습니다. 하지만 도시는 죽어 있었습니다. 거기에 살았던, 그리고 희망이 있었던, 도시를 건설했던 사람들은 죽고, 그 뒤에 남은 것은 잊혀진 동무들을 그리워하며 도시를 경탄하고 바라보는 작은 사람들뿐이었습니다. 그들은 도시에 대해 기계들보다도 모르는 채로, 조상들이 지은 거대한 도시들을 돌아다녔습니다.

그리고 그 노래들. 그것들이 가장 많은 이야기를 담고 있다고 생각해요. 300만 년 전에 작동하기 시작한 맹목적인 기계들 사이를 돌아다니는 작고 절망적인 사람들은 기계를 멈추는 법을 전혀 알 수 없었습니다. 기계는 살아 있지 않았으니, 죽어서 멈출 수도 없었습니다.

그래서 저는 다른 기계를 작동시키고, 앞으로 수행할 임무를 설정했습니다. 저는 그 기계에게 인간이 잃어버린 것을 가진 기계를 만들도록 명령했습니다. 호기심을 가진 기계 말입니다.

그리고 나서 저는 빨리 그곳을 떠나려고 했습니다. 저는 인류의 하루에서 처음으로 밝게 빛나는 시기에 태어났습니다. 천천히 죽어가는 인류의 어스름과 같은 시기에는 속해 있지 않았습니다.

그래서 저는 돌아왔습니다. 조금 먼 과거로 돌아오긴 했지만요. 하지만 이번에는 정확하게 돌아가는 데 오래 걸리지 않을 겁니다."

"뭐, 그런 이야기였어."
짐이 말했다.
"그는 진짜로 겪은 일이라고 주장하지 않았어. 아무것도 우기지 않았지. 게다가 난 그 이야기에 대해 너무 열심히 생각하느라 리노에서 주유소에 멈췄을 때 그가 내리는 것을 눈치 채지도 못했지.
어쨌거나…… 그는 평범한 사람은 아니었어."
짐은 어쩐지 화난 듯한 말투로 반복했다.
짐은 그런 허풍을 믿지 않는다고 주장하긴 했다. 하지만 그는 믿고 있었다. 그래서 그 이방인이 평범하지 않은 사람이었다고 말할 때에는 항상 강조하는 것이었다.
내 생각에도 그 이방인은 보통 사람이 아니었다. 나도 그가 31세기 즈음에 태어나고 죽었을 거라고 믿는다. 그리고 그는 틀림없이 인류의 밝아오는 어스름도 보고 간 것이리라.

전설의 밤 ☆☆☆

Isaac Asimov **Nightfall**

아이작 아시모프 지음
: 박병곤 옮김

천 년 동안 단 하룻밤만 별이 보인다면,
어떻게 인간이 신의 존재를 믿고 숭배하며
수많은 세대 동안 천국에 대한 기억을 보존할 수 있겠는가!

— 에머슨

사로 대학교의 아톤 77 학과장은 아랫입술을 호전적으로 삐죽 내밀고 몹시 화난 표정으로 젊은 신문기자를 노려보고 있었다. 하지만 테레몬 762는 태연히 그의 분노를 잘 받아넘기고 있었다. 지금은 널리 읽히는 그의 칼럼이 한낱 애송이 기자의 정신 나간 아이디어로 취급받던 젊은 시절, 그는 불가능해 보이는 인터뷰 전문이었다. 그 대가로 그에게

47

돌아온 것은 타박상과 눈언저리의 검은 멍, 부러진 뼈 등이었지만 덕분에 그는 풍부한 자신감과 냉정함을 갖게 되었다. 따라서 그는 정면으로 무시당한 손을 내리고는 늙은 학과장이 평정심을 되찾을 때까지 조용히 기다렸다. 어쨌든 천문학자들이란 별난 존재들이다. 특히 지난 두 달 동안 그가 한 일들이 어떤 형태로든 의미 있는 것이라면, 바로 이 아톤이야말로 가장 별난 존재가 아닌가 말이다.

아톤 77은 감정을 억제하느라 떨리는 목소리로, 그러나 유명한 천문학자 특유의 주의 깊고 다소 현학적인 어투로 말했다.

"기자 양반. 내게 그런 뻔뻔스런 제의를 하러 오다니 당신도 정말 강심장이군."

천문대의 전송사진 전문가 비니 25가 허로 마른 입술을 적시며 안달이 나서 쉰 목소리로 끼어들었다.

"저, 교수님, 어쨌든······."

국장은 그를 돌아보며 흰 눈썹을 치켜뜨고 말했다.

"참견하지 말게, 비니. 나는 자네를 믿고 기꺼이 이 친구를 데려와도 좋다고 했네만 지금 대드는 것은 참을 수 없어."

테레몬은 지금이 끼어들 때라고 생각했다.

"아톤 교수님, 제가 하던 이야기를 마저 하게 해주십시오. 제 생각에는······."

아톤은 반박했다.

"지난 두 달 동안 자네가 써온 그 일간지 칼럼을 생각해볼 때······ 나는 지금 자네가 말하려는 것이 어떤 것이든, 들을 만한 가치가 있다고 생각지 않네. 나와 내 동료들은 세계적인 조직체를 만들어서 이미 피하기에는 너무 늦어버린 이 위험에 대비하려고 노력했지만, 자네는 그에 반대하는 광범위한 신문 캠페인을 이끌어왔지 않나? 자네는 이 천문대의 직원들을 조롱거리로 만드는 데 충분히 최선을 다했네."

아톤은 책상 위에서 사로 시 《크로니클》을 집어 테레몬 앞에서 사납게 흔들어댔다.

"자네가 아무리 뻔뻔스럽기로 정평이 나 있다 하더라도, 적어도 내게 오늘 있을 사건을 취재하겠다는 요구를 하러 올 땐 망설이기라도 했어야지. 다른 기자들보다 특히 자네는!"

아톤은 신문을 바닥에 내동댕이치고 창문으로 성큼 성큼 걸어간 다음 뒷짐을 지고 서서 어깨 너머로 매섭게 말했다.

"이젠 가도 좋네."

그는 이 행성의 여섯 태양 중 가장 밝은 감마가 지고 있는 것을 우울하게 바라보았다. 그것은 벌써 어두워져서 지평선의 안개 속으로 노랗게 가라앉고 있었다. 아톤은 자기가 맨정신으로는 그 모습을 다시 바라볼 수 없다는 것을 알고 있었다.

아톤은 돌아섰다.

"아니야, 기다려. 이리 오게!"

그는 단호하게 손짓했다.

"자네에게 기삿거리를 주겠네."

기자는 떠날 생각도 하지 않고 있다가 노인에게 천천히 다가섰다. 아톤은 바깥을 가리켰다.

"여섯 개의 태양 중 하늘에 남은 것은 베타밖에 없네. 보고 있나?"

그것은 다소 불필요한 질문이었다. 베타는 거의 천정에 와 있었다. 이미 넘어가고 있는 감마의 밝은 광선이 사라져가면서, 베타의 붉은 빛이 대지를 색다른 오렌지 빛으로 물들이고 있었다. 베타는 원일점에 있었으므로 작게 보였다. 그것은 테레몬이 지금까지 보아온 것 중 가장 작은 모습이었다. 그리고 바로 그 순간 베타는 라가시 하늘의 의심할 바 없는 지배자였다. 라가시가 공전하고 있는 태양 알파는 다른 두 동반성과 함께 대척점에 있었다. 알파 바로 옆에 있는 동반성인 적색 왜성 베타만이 섬뜩하게도 홀로 떠 있었다. 치켜 든 아톤의 얼굴은 햇빛 속에서 붉게 물들고 있었다.

"이제 네 시간도 지나지 않아서, 우리가 알고 있는 바로 이 문명은 종말을 맞게 된다네. 그것은 자네도 보다시피 베타가 하늘에 떠 있는 유일한 태양이기 때문이네."

그는 잔인하게 미소를 지으며 말했다.

"그걸 쓰게. 아무도 그걸 읽을 사람은 없을 걸세."

"하지만 만약 네 시간이 지나고, 또 네 시간이 더 지나도 아무 일도 일어나지 않는다면 어떻게 되죠?"

테레몬은 부드럽게 물었다.

"그 점에 대해서는 염려하지 말게. 충분히 많은 일들이 일어날 테니."

"당연하겠죠. 하지만 그래도 아무 일도 일어나지 않는다면?"

또다시 비니 25가 말문을 열었다.

"교수님, 제 생각으로는 그의 이야기를 들으셔야 할 것 같습니다."

테레몬이 말했다.

"표결에 붙이시지요, 아톤 학과장님."

지금까지 주의 깊게 중립적인 태도를 유지하고 있던 나머지 다섯 명의 천문대 연구원들 사이에 동요가 일었다.

아톤은 단호하게 말했다.

"그럴 필요 없네."

그는 주머니에서 시계를 꺼냈다.

"자네의 훌륭한 친구 비니가 이렇게 간곡히 주장하니 자네에게 5분의 시간을 주겠네. 얘기해보게."

"좋습니다. 자, 앞으로 일어날 일에 대해서 제 눈으로 직접 본 사실들을 기사로 쓸 수 있게 허락하신다고 해서 달라질 게 뭐 있습니까? 만약 교수님의 예언이 사실이라면 제가 있다고 해서 나빠질 건 없습니다. 왜냐하면 그 경우엔 제 칼럼은 쓸 수 없을 테니까요. 반대로 아무 일도 일어나지 않는다면 국장님께서는 조롱당하거나 더 나쁜 일도 각오하셔야 할 겁니다. 그런 조롱 따위는 우호적인 손길에 맡겨버리는 것이 현명한 판단이죠."

아톤은 콧방귀를 뀌며 말했다.

"우호적인 손길이라는 건 자네 손을 뜻하는 건가?"

"물론입니다."

테레몬은 다리를 꼬고 앉았다.

"제 칼럼이 때때로 다소 거친 점이 있긴 하지만, 언제나 사람들을 위해서 의심스러운 점은 유리하게 해석합니다. 어쨌든 지금이 라가시에게 '종말이 다가왔느니라' 하고 설교하는 시대는 아니죠. 사람들이 더 이상 묵시록을 믿지 않는다는 것을 이해하셔야 합니다. 오히려 교수님의 예언은 사람들을 성가시게 해서 과학자들에게 외면 받고, 우리에게 컬트교도들이 결국 옳았노라고 말하고 있습니다."

"그런 게 아니라네, 젊은이."

아톤이 가로막으며 말했다.

"우리 자료 중 많은 부분이 컬트교로부터 얻은 것이긴 하지만, 우리의 결론에는 컬트교의 신비주의 같은 것은 포함돼 있지 않네. 사실은 사실 그 자체이고, 컬트교의 이른바 신화라는 것도 그 이면에는 사실이 어느 정도 포함되어 있다네. 우리는 그것들을 들춰내서 그 신비를 벗겨 냈네. 보장하건대 이젠 자네보다 컬트교가 더 우리를 증오할 거야."

"저는 당신들을 미워하지 않습니다. 저는 단지 시민들의 분위기가 험악하다는 것을 말하고 싶을 뿐입니다. 그들은 성나 있습니다."

아톤은 비웃으면서 입을 삐죽거렸다.

"마음대로 하라지."

"좋습니다. 하지만 내일은 어떻게 하시겠습니까?"

"내일이라는 건 없어!"

"만약 있다면요. 내일이 온다고 치고 무슨 일이 벌어질지 봅시다. 시민들의 분노는 심각한 사태를 몰고 올 겁니다. 교수님도 아시다시피 지난 두 달간 경제는 폭락했습니다. 투자자들은 실제로 세계의 종말이 올 거라고는 믿지 않습니다만, 이 일이 끝날 때까지는 자신들의 돈에 대해 빈틈없는 태도를 보일 겁니다. 일반 대중들도 교수님을 믿지 않습니다. 하지만 봄 신상품은 역시 두세 달쯤 출시를 미룰 겁니다. 그저 분명히 해두기 위해서요."

학과장은 준엄하게 칼럼니스트를 주시하며 말했다.

"그런데 이 상황에 도움이 되기 위해 자네가 계획하고 있던 일은 뭔가?"

"글쎄요."

테레몬은 씩 웃으며 대답했다.

"제 제안은 사람들을 제게 맡기시라는 겁니다. 제게는 어떤 일의 우스운 면만 보이도록 사물을 잘 조절할 수 있는 능력이 있습니다. 물론 참기 힘드실 거라는 생각은 듭니다. 왜냐하면 여러분 모두를 바보들의 집단으로 보이게 만들어야 할 테니까요. 하지만 만약 제가 사람들에게 여러분을 비웃도록 만든다면, 그들은 아마 화내는 것을 잊어버리게 될 겁니다. 그 대가로 저희 사장님이 요구하는 건 독점 취재권이 전부입니다."

비니가 갑자기 고개를 끄덕이며 말했다.

"교수님, 저희는 모두 그가 옳다고 생각합니다. 지난 두 달간 우리는 우리의 이론이나 계산, 둘 중의 하나에 잘못이 있을 100만분의 1의 확률을 제외하고는 모든 것을 다 고려해왔습니다. 우리는 그 100만분의 1의 확률 역시 고려해야 한다고 생각합니다."

책상 주위에 둘러앉아 있던 사람들 모두가 동의의 뜻으로 수군댔다. 그러나 아톤은 마치 입안 가득히 뭔가 쓴 것을 물고는 뱉지도 삼키지도 못하는 사람처럼 보였다.

"그렇다면, 자네 소원대로 여기 머물러도 좋네. 하지만 어떤 방식으로든 우리 일을 방해하는 것은 그만뒀으면 하네. 자네가 명심해야 할 것은 이곳에서 벌어지는 모든 일은 내가 관할한다는 것이네. 그리고 칼럼에 쓴 자네 의견에도 불구하고 전적으로 이 일에 협력하고 존중하기를……"

아톤은 뒷짐을 진 채 일그러진 얼굴을 앞으로 내밀고는 결연하게 내뱉었다. 만약 새로운 목소리가 방해하지만 않았다면 그는 언제까지나 그렇게 하고 있었을 것이다.

"안녕, 안녕, 안녕!"

하이 테너의 목소리와 함께 나타난 새로운 방문객의 살찐 뺨은 즐거운 미소로 가득 차 있었다.

"여기는 왜 이렇게 시체보관소 같은 분위기지? 아무도 기가 죽지 않았으면 좋겠는데."

아톤은 깜짝 놀라서 언짢은 기색으로 말했다.

"도대체 여기서 뭘 하는 건가, 쉬린? 나는 자네가 대피소에 남아 있기로 한 줄 알았는데."

쉬린은 웃으면서 뚱뚱한 몸을 의자에 던졌다.

"대피소는 잊어버리게. 거긴 너무 지루해. 나는 한창 달아오르고 있는 바로 이곳에 있고 싶네. 내게도 호기심이 있다는 걸 모르겠나? 나는 컬트교도들이 언제나 떠들어대는 바로 그 별이라는 것을 보고 싶네."

그는 손을 문지르면서 절제된 톤으로 덧붙였다.

"바같은 얼어붙을 것 같네. 바람이 너무 차서 코에 고드름이 낄 정도야. 저렇게 먼 거리에서는 베타의 열이 조금도 도달하지 않는 것 같아."

흰 머리의 학과장은 갑자기 화가 나서 이를 갈며 말했다.

"자네는 나가서 자네가 좋아하는 미친 짓이나 하게, 쉬린. 자네가 여기서 얼쩡대서 무슨 좋은 일이 있겠나?"

"내가 여기 있어서 무슨 좋은 일이 있겠느냐고?"

쉬린은 우스꽝스럽게 손바닥을 펴면서 말했다.

"대피소에서는 심리학자가 자기 밥값을 할 만한 데가 없다네. 그들에게는 활동적이고 힘센 남자와 어린애들을 키울 수 있는 건강한 여자가 필요하지. 나 말인가? 90킬로그램의 몸무게는 활동적인 남자로서는 너무 무겁고, 애들을 키우는 데도 나 같은 사람은 실패작이지. 그런데 무엇 때문에 군입을 하나 더 늘려서 그들을 괴롭히겠나? 나는 여기가 훨씬 더 좋다네."

테레몬이 활발한 목소리로 물었다.

"도대체 대피소가 뭡니까, 교수님?"

쉬린은 그 칼럼니스트를 처음 보는 것 같았다. 그는 불쾌한 듯이 넓은 뺨을 볼룩하게 부풀리고서 말했다.

"근데 빨강머리, 자네는 도대체 누군가?"

아톤은 입술을 깨물고 나서 무뚝뚝하게 투덜거렸다.

"그 사람은 테레몬 762라고 하는 신문기자라네. 자네도 들어봤을 텐데?"

칼럼니스트는 손을 내밀었다.

"교수님은 사로 대학교의 쉬린 501이시죠, 들은 적이 있습니다."

그리고 그는 다시 물었다.

"대피소가 뭡니까, 교수님?"

"글쎄……"

쉬린은 말했다.

"우리는 우리의 그…… 말하자면 파멸에 대한 예언이 옳다는 것을 몇 사람에게 납득시켜서 주의를 끄는 데 성공했다네. 그리고 그들은 적절한 조치를 취했네. 그들은 주로 천문대 직원들의 직계 가족들과 사로 대학교의 교수 요원들, 그 밖에 외부 사람들도 조금 포함돼 있다네. 다 합치면 약 300명 정도 되지만 4분의 3 정도는 여자와 아이들이야."

"알겠습니다. 그들은 암흑과 그, 별이라는 것이 미치지 못하는 곳에 숨어 있다가 세계의 나머지 지역이 파멸될 때 그곳에서 버티고 있겠다는 계획이로군요?"

"할 수만 있다면. 아마 쉽지는 않을 거야. 모든 사람들이 미치광이가 되고 거대한 도시가 불길에 싸여 타오르는 속에서는. 주위 환경은 살아남는 데 전혀 도움이 되지 않을 걸세. 그러나 그들에게는 음식과 물과 은신처와 무기가 있어."

"그게 다는 아니지."

아톤이 말했다.

"그들은 오늘 우리가 수집할 기록을 제외한 우리의 모든 기록을 가지고 있네. 그 기록들은 다음 주기의 문명을 위해 우리가 남길 모든 것이며, 바로 그것이야말로 끝까지 남아야 하는 것이라네. 그 나머지는 내버려둬도 좋아."

테레몬은 낮고 긴 휘파람을 불고는 몇 분 동안 생각에 잠긴 채 앉아 있었다.

탁자 주위에 모여 있는 사람들은 체스판을 들고 나와 6인 경기를 시작했다. 침묵 속에서 말들은 매우 빠르게 움직였다. 모든 눈이 체스판 위에 집중되어 있었다. 테레몬은 그들을 응시하고 있다가 일어나서 낮은 목소리로 쉬린과 이야기하고 있는 아톤에게 다가갔다.

"저 좀 보시겠습니까? 사람들에게 방해받지 않을 만한 곳으로 갔으면 합니다. 여쭤볼 게 있습니다."

늙은 천문학자는 불쾌한 기색으로 그를 바라보았다. 그러나 쉬린이 호들갑스럽게 말했다.

"나야 언제나 얘기하는 걸 좋아하지. 예언이 실패할 경우 예상되는 세계의 반응에 대한 자네의 생각은 아톤에게 들었네. 나도 자네 생각과 같네. 그건 그렇고, 난 정기적으로 자네 칼럼을 읽는다네. 그리고 자네의 관점도 대체로 좋아하는 편이지."

"제발, 쉬린!"

아톤이 으르렁거렸다.

"응? 오, 알았네. 우리 옆방으로 가세. 그 방 의자가 더 편하기도 하니까."

옆방에는 좀 더 푹신한 의자가 놓여 있었다. 창에는 두꺼운 붉은 커튼이 드리워져 있고 바닥에는 밤색 카펫이 깔려 있었다. 베타의 벽돌색과 어울려서 전체적으로는 마치 말라붙은 핏빛과 같은 색을 띠고 있었다.

테레몬은 전율했다.

"단 1초 동안이라도 좋으니 따스한 햇볕을 한 번만 비춰준다면 10크레디트를 지불할 텐데. 감마나 델타만 하늘에 있어도 좋으련만……."

"자네가 질문하고 싶은 게 뭔가?"

아톤이 물었다.

"우리에게는 시간이 별로 없다는 것을 기억해주게. 한 시간 십오 분 정도만 지나면 우리는 위층으로 올라가야 돼. 그리고 그 다음에는 얘기할 시간이 없다네."

"제 의문점은 바로 이겁니다."

테레몬은 벽에 기대어 서서 팔짱을 끼고 말했다.

"여러분이 하도 터무니없이 심각해 하시는 바람에 저도 교수님을 믿기 시작하게 되었습니다. 이 모든 일에 대해 설명 좀 해주시겠습니까?"

아톤이 폭발했다.

"자네 지금 거기 앉아서 지금까지 우리가 하는 일에 대해 제대로 알아보지도 않고 그렇게 조롱거리로 공격해왔다고 말하고 있는 건가?"

칼럼니스트는 싱글싱글 웃으며 말했다.

"그렇게 나쁜 것만은 아니랍니다, 교수님. 제가 말씀드리는 것은 대중적인 이야기입니다. 교수님께서는 몇 시간 이내에 전 세계가 암흑에 빠져 들고 모든 인류가 미쳐 날뛸 것이라고 말씀하십니다. 제가 알고 싶은 것은 그 뒤에 있는 과학입니다."

"아니, 아니야. 그렇게 물으면 안 돼!"

갑자기 쉬린이 나섰다.

"아톤에게 그런 걸 물으면, 물론 그가 대답해줄 거라는 가정 하에서 말이지만, 이 친구는 그림과 그래프를 한아름 꺼낼 거야. 자네는 하나도 이해할 수 없을 걸세. 내게 묻는다면 문외한의 관점에서 설명해주지."

"좋습니다. 그럼 교수님께 여쭤보겠습니다."

"그럼 난 우선 한잔해야겠네."

쉬린은 손바닥을 비비면서 아톤을 바라보았다.

"물 말인가?"

아톤은 투덜거렸다.

"멍청한 소리 하지 말게!"

"자네나 멍청한 소리 하지 말게. 오늘 술은 안 되네. 내 동료들을 취하게 만드는 건 아주 쉬운 일이야. 그 사람들을 유혹하는 것은 허락할 수 없네."

심리학자는 더 말하지 못하고 툴툴대더니 테레몬에게 돌아서서 날카로운 눈으로 테레몬을 꼼짝 못하게 하고서 말하기 시작했다.

"자네도 라가시 문명의 역사가 순환한다는 것은 알고 있겠지? 분명히 말하지만 순환한단 말이야."

"저도 알고 있습니다. 그것이 현대의 고고학 이론이지요. 사실로 받아들여지지 않았나요?"

테레몬은 신중하게 대답했다.

"대강 그렇지. 지금 이 마지막 세기에 와서는 일반적으로 동의하는 이론이고. 이 순환의 속성은 가장 큰 수수께끼 중의 하나라네. 아니, 과거에는 그랬지. 우리는 일련의 문명들을 조사했는데, 그 중 아홉 문명은 분명히, 그리고 나머지 문명들도 지금 우리의 문명에 필적할 만큼 발달했다는 근거를 찾아냈다네. 그리고 그 모든 문명들이 하나도 예외 없이 그 발전의 극한에 이르렀을 때 불타서 파괴되었다는 것도 알아냈어. 그리고 아무도 그 이유를 말할 수 없었지. 모든 문화의 중심지는 알맹이까지 모두 불타 없어져서 그 원인에 대한 어떤 증거도 남기지 않았던 거야."

말이 끝나자마자 테레몬은 말했다.

"석기시대는 없었습니까?"

"아마 있었겠지. 하지만 아직까지는 아무것도 알려진 바 없네. 그 시대의 사람들이 단지 지능이 있는 유인원 정도의 수준을 못 벗어났다는 것 이외에는. 그건 별로 중요한 문제가 아니야."

"알겠습니다. 계속하시지요."

"이 순환하는 대이변에 대한 설명들도 있었지. 모두 다소 환상적인 것들이네만. 어떤 사람들은 주기적으로 불의 비가 내린다고 하고, 또 어떤 사람들은 라가시가 가끔 태양을 통과한다고도 했네. 이것보다 더 황당한 설명들도 있었다네. 하지만 이런 것들과는 전혀 다른 이론이 하나 있네. 그 이론은 수세기에 걸쳐 이어져 내려오고 있지."

"알겠습니다. 컬트교도들이 그들의 묵시록에서 말하는 '별'의 신화를 말씀하시는 거지요?"

"바로 맞혔네."

쉬린은 만족한 목소리로 대답했다.

"컬트교도들은 2050년마다 라가시가 거대한 동굴로 들어가서 모든 태양이 사라지고 완전한 어둠이 온 세계를 덮는다고들 말하네. 그런 다음에는 '별'이라는 것이 나타나서는 사람들의 영혼을 빼앗아서 그들을 이성이 없는 짐승처럼 만들어버리고, 그들 자신이 이룩한 문명을 파괴하게끔 만들어버린다는군. 물론 그들은 이 모든 것들을 종교적이고 신화적인 언어로 뒤섞어놓았지만 중심이 되는 생각은 바로 이것이라네."

쉬린이 긴 한숨을 쉬는 동안 짧은 침묵이 흘렀다.

"그리고 지금 우리는 만유인력의 법칙까지 이르렀다네."

그는 만유인력이라는 말을 특히 강조해서 말했다. 바로 그때 아톤이 창문에서 돌아서서 큰소리로 콧방귀를 뀌더니 방 밖으로 성큼성큼 걸어갔다.

두 사람은 그의 뒤를 바라보고 있었다.

"뭐 잘못된 게 있습니까?"

"특별한 건 없네. 연구원 두 사람이 한 시간 전까지 오기로 돼 있었는데 아직까지 나타나지 않았다네. 아톤은 지금 대단히 일손이 부족하다네. 왜냐하면 반드시 필요한 사람들을 제외하고는 거의 모두 대피소로 가버렸거든."

"교수님께서는 그들 두 사람이 도망가버렸다고는 생각하지 않는군요. 그렇죠?"

"누구? 파로와 이모트 말인가? 물론 아니지. 하지만 그들이 제시간에 나타나지 않으면 조금 귀찮게 될 걸세."

쉬린은 갑자기 일어나더니 눈을 깜박거렸다.

"어쨌든, 아톤이 가고 없으니……"

그는 가장 가까운 창문까지 발끝으로 걸어가서는 쭈그리고 앉았다. 그리고 창문 바로 밑에 있는 상자에서 붉은 액체가 담긴 병을 꺼냈다. 그가 그것을 흔들자 뭔가를 암시하듯 출렁거리는 소리가 났다.

"나는 아톤이 이건 모를 거라고 생각했지."

쉬린은 빠른 걸음으로 탁자로 돌아오면서 말했다.

"여기 잔은 하나밖에 없네. 자네가 손님이니까 잔에 마시게. 나는 병을 택하겠네."

그는 작은 컵을 신중하게 채웠다. 테레몬이 일어나서 거절하려고 하자 쉬린이 엄격한 눈으로 쏘아보았다.

"어른을 공경하게, 젊은이!"

기자는 난감한 표정으로 자리에 도로 앉으며 말했다.

"계속하시지요. 악당 어르신."

병을 거꾸로 세우고 마시자 심리학자의 목젖이 아래위로 움직였다. 그는 쩝쩝거리며 만족스러운 소리를 내더니 다시 이야기를 시작했다.

"그런데 자네는 중력에 대해서 뭘 알고 있나?"

"그것이 아주 최근의 성과라는 것 외에는 모릅니다. 그리고 아직은 그렇게 잘 정리되지 않았다면서요. 거기에 사용되는 수학은 너무 어려워서 라가시에서 열두 사람만이 이해할 수 있을 거라고 하던데요?"

"하! 말도 안 되는 소리. 허튼 수작이야! 나는 자네에게 그 속에 들어 있는 기본적인 수학을 한 문장으로 말해줄 수 있네. 만유인력의 법칙이란 우주의 모든 물체 사이에 서로 끄는 힘이 존재한다는 것인데, 주어진 두 물체 사이에 존재하는 이 힘의 양은 두 물체의 질량 곱을 두 물체 사이의 거리의 제곱으로 나눈 것에 비례한다는 것이라네."

"그게 전부입니까?"

"그걸로 충분하네. 그 법칙을 세우는 데 400년이 걸렸어."

"왜 그렇게 오래 걸렸죠? 교수님 말씀대로 하면 아주 단순하게 들리는데요."

"왜냐하면 위대한 법칙이란 번뜩이는 영감만으로 간파되는 것이 아니기 때문이라네. 자네는 어떻게 생각할지 모르지만 말이야. 그런 법칙은 일반적으로 과학자로 가득 찬 세계의 수세기에 걸친 노력이 합쳐져서 얻어지는 것이지. 제노비 41이 라가시와 알파가 상호 공전하는 것이 아니라, 라가시가 알파의 주위를 도는 것이라는 사실을 발견한 이래로──그건 400년 전이었지──천문학자들은 계속 연구해왔다네. 여섯 개의 태양에 의한 복잡한 운동을 기록하고 분석하고 해석해왔네. 계속해서 이론들이 발전하고 검토되고, 서로 비교되면서 개선되고, 또 버려지거나 살아남아서 또 다른 이론이 만들어졌지. 엄청난 일이었다네."

테레몬은 생각에 잠겨서 고개를 끄덕이고는 잔을 들어 술을 한 잔 더 청했다. 쉬린은 아까워하면서 겨우 몇 알의 루비 구슬을 그의 잔에 떨어뜨려주었다.

"20년 전……"

그는 목을 축인 뒤 계속 이야기했다.

"만유인력의 법칙으로 여섯 개 태양의 궤도 운동을 정확하게 설명할 수 있다는 사실이 발표되었네. 그것은 위대한 승리였지."

쉬린은 술병을 든 채 일어나서 창문 쪽으로 걸어갔다.

"그리고 우리는 중요한 시점에 서 있네. 지난 10년간 알파에 대한 라가시의 운동은 중력에 의하여 계산되었네. 그런데 계산 결과는 관측된 궤도를 설명하지 못하고 있었어. 다른 태양들에 의한 섭동까지 모두 고려했는데도 말이네. 법칙이 잘못되었거나 아직까지 우리가 알지 못하는 어떤 사실이 관련되었거나 둘 중 하나일세."

테레몬은 창가로 가서 쉬린과 함께 나무가 심어진 경사로를 넘어 지평선 위에 사로 시의 뾰족탑이 핏빛으로 빛나는 것을 바라보았다. 베타를 잠깐 바라보는 동안 신문기자는 의혹이 점점 더해갔다. 베타는 천정에서 작고 불길한 붉은 빛을 내고 있었다.

"계속 말씀하시지요, 교수님."

테레몬은 부드럽게 말했다.

"천문학자들은 여러 해 동안 방황하고 있었네. 그 전보다도 더 불안정한 이론을 내놓기도 했고. 아톤이 컬트교에 도움을 청할 생각을 하기 전까지는 그랬다네. 컬트교의 지도자 소르 5는 그 문제를 아주 단순화할 수 있는 분명한 자료들을 가지고 있었지. 아톤은 새로운 방향에서 연구를 시작했다네.

만약 라가시처럼 빛을 내지 않는 행성체가 존재한다면 어떻게 될까? 만약 그런 것이 존재한다면 자네도 알다시피 그것은 반사광에 의한 빛밖에는 내지 못하네. 그리고 만약 그것이 라가시의 대부분이 그런 것처럼 푸른색 바위로 구성되어 있다면, 붉은 하늘에서 영원히 빛나는 태양의 밝은 광채가 그 빛을 완전히 삼켜버려서 보이지 않게 돼버릴 걸세."

테레몬은 휘파람을 불며 말했다.

"터무니없는 이론도 다 있군요."

"터무니없다고 생각하나? 한번 들어보게. 만약 이 물체가 적당한 질량과 궤도를 가지고 적당한 거리에서 라가시 주위를 공전한다면, 그래서 이 물체의 인력이 라가시의 실제 궤도와 이론적인 예측 사이의 편차를 정확하게 설명할 수 있다면, 자네는 어떤 일이 벌어질 거라고 생각하나?"

칼럼니스트는 고개를 저었다.

"글쎄요, 때로 이 물체는 태양의 경로를 가로지를 수도 있겠군요."

쉬린은 병에 남아 있던 것을 단숨에 비워버렸다.

"그리고 제 생각에는 그렇게 되고 있는 것 같습니다."

테레몬은 단호하게 말했다.

"맞았어! 그러나 단 한 개의 태양만이 그 물체의 공전궤도에 있다네."

그는 엄지손가락으로 하늘에 움츠리듯 떠 있는 태양을 가리키며 말했다.

"베타! 그리고 일식은 태양들의 배열 구조상 베타가 가장 먼 거리에 있으면서 동시에 혼자서 하늘에 떠 있을 때 일어난다네. 그리고 바로 그때 그 달은 언제나 최소 거리에 와 있지. 달의 겉보기 크기가 베타보다 일곱 배나 크기 때문에 일식은 라가시의 전 지역에서 하루의 절반 동안 일어나게 되고, 이 행성의 어느 지점도 그 영향에서 벗어날 수가 없다네. 이런 일식이 2049년마다 한 번씩 일어나는 거야."

테레몬의 얼굴이 표정 없는 가면처럼 굳어졌다.

"그게 제가 쓸 기사입니까?"

심리학자는 고개를 끄덕였다.

"그게 전부네. 먼저 일식이 일어나고——앞으로 45분 후에 시작되네만——그리고 전 세계적인 암흑, 그리고 아마도 그 신비의 별들, 그리고 나면 광기, 이것이 한 주기의 끝이라네."

그는 골똘히 생각하며 말했다.

"우리——천문대에 있는 우리들——에겐 두 달의 여유가 있었네.

그리고 그 시간은 라가시 주민들에게 위험을 설득하기에는 불충분한 시간이었지. 그러나 우리의 기록들은 대피소에 있고 오늘 우리는 일식을 촬영하네. 다음 문명 주기는 진실과 함께 시작할 것이고, 다음 일식이 돌아올 때 인류는 마침내 그것을 맞이할 준비가 되어 있을 거야. 생각해 보게나. 그것 역시 자네 기사의 일부이니까."

테레몬이 창문을 열고 창틀에 몸을 기대자 가벼운 바람이 커튼을 흔들었다. 그가 햇빛에 붉게 물든 자신의 손을 내려다보는 동안 바람은 그의 머리카락을 차갑게 스쳐갔다. 갑자기 그는 돌아서서 반항조로 말했다.

"도대체 그 암흑 속에서 저를 미치게 만드는 건 뭡니까?"

쉬린은 무심하게 빈 술병을 돌리다가 속으로 미소 지었다.

"젊은이, 자네는 암흑을 경험해본 적이 있나?"

신문기자는 벽에 기대어 서서 생각했다.

"아뇨, 경험해봤다고는 말할 수 없습니다. 하지만 그게 어떤 것인지는 저도 압니다. 바로, 음……"

테레몬은 손을 비비며 머뭇거리다가 말했다.

"빛이 없는 상태지요. 동굴 속에서처럼."

"동굴 속에 가본 적 있나?"

"동굴이라고요? 물론 없습니다."

"그럴 거라고 생각했네. 나는 지난주에 한번 가봤네. 그저 어떤가 보려고 말이지. 하지만 허둥지둥 빠져나오고 말았다네. 나는 주위가 모두 깜깜하고 동굴 입구가 겨우 희미하게 보이는 곳까지 들어갔다네. 나 정도 몸무게의 사람이 그렇게 빨리 달릴 수 있을 거라고는 한 번도 생각해보지 않았네."

테레몬은 입술을 비꼬며 말했다.

"글쎄요, 제가 그곳에 있었다면 그렇게 도망쳐 나오지는 않았을 것 같습니다만……."

심리학자는 눈썹을 찡그리며 젊은이를 유심히 바라보았다.

"허풍 떨지 말게나! 감히 커튼을 닫을 수 있으면 닫아보게."

테레몬은 놀라서 말했다.

"무엇 때문에요? 태양이 네다섯 개 떠 있을 때라면 빛을 조금 가리는 것이 편안하겠지만 지금은 아시다시피 햇빛의 양도 충분하지 않잖습니까?"

"바로 그거라네. 커튼을 치게. 그리고 이리 와서 앉게."

"좋습니다."

테레몬은 커튼 쪽으로 다가가서 장식 술이 달린 끈을 세게 잡아당겼다. 붉은 커튼이 넓은 창문을 가로질러 미끄러지고 황동으로 만든 고리들이 쇠막대 위로 마찰음을 내면서 움직였다. 그리고 어두운 붉은색 그림자가 방을 뒤덮었다.

★ ★ ★

탁자를 향해 걸어오는 테레몬의 발소리가 침묵 속에서 공허하게 울려 퍼졌다. 그는 반쯤 걸어오다가 멈춰 서서 속삭이는 목소리로 말했다.

"교수님, 교수님을 볼 수가 없습니다."

"길을 더듬어보게."

쉬린은 긴장한 목소리로 명령했다.

"하지만 교수님이 보이질 않습니다."

신문기자의 숨결이 거칠어졌다.

"아무것도 볼 수 없어요."

준엄한 대답이 들렸다.

"자네가 원하던 건 뭐였나? 이리 와서 앉게!"

발소리가 다시 들려왔다. 머뭇거리면서, 천천히 다가오고 있었다. 누군가가 의자를 더듬어 찾는 소리가 들렸다. 테레몬의 목소리가 가냘프게 들렸다.

"여기 왔습니다. 저는 음…… 괜찮습니다."

"괜찮지, 안 그래?"

"아, 아닙니다. 아주 무서웠습니다. 벽들이 마치……"

그는 말을 멈췄다.

"벽들이 제게 다가오는 것 같았습니다. 계속해서 그것들을 밀어내고 싶었습니다. 하지만 제가 미쳐가고 있었던 것은 분명히 아닙니다. 사실 그렇게까지 나쁜 기분은 아니었습니다."

"좋아, 커튼을 다시 열게."

어둠 속에서 조심스러운 발소리가 들렸다. 테레몬이 장식 술을 더듬어 잡느라 커튼에 부딪쳐서 바스락거리는 소리가 나더니 커튼이 힘차게 주르륵 소리를 내며 열렸다. 붉은 빛이 방 안에 가득 찼다. 테레몬은 기쁨에 넘친 소리를 지르며 태양을 바라보았다. 쉬린은 손등으로 이마의 땀을 닦아내고 떨리는 목소리로 말했다.

"이건 그냥 암실에 지나지 않네."

"참을 만했습니다."

테레몬은 가볍게 말했다.

"그렇지, 암실 정도면. 하지만 자네는 2년 전에 정글러 시 100주년

기념 박람회에 간 적이 있지 않나?"

"아뇨, 공교롭게도 가보지 못했습니다. 아무리 박람회라고는 하지만 9600킬로미터는 여행하기엔 너무 먼 거리였죠."

"나는 거기에 갔었다네. 어쨌든 자네는 시작하자마자 한 달 만에 전례 없는 기록을 세운 수수께끼의 터널에 대해서는 들어봤겠지?"

"네, 근데 거기서 무슨 소란이라도 있었습니까?"

"별거 아니라네. 그건 비밀에 붙여졌어. 자네도 알겠지만 수수께끼의 터널은 그냥 1.6킬로미터 정도의 빛이 없는 터널이었다네. 작은 무개차를 타고 암흑 속을 덜컹대며 15분 동안 달리는 거지. 상당히 인기를 끌었다네. 운행하는 동안에는."

"인기라고요?"

"분명히 그랬어. 그것이 게임의 일부분일 때에는 공포에 질린다는 것도 매력 있는 일이지. 아기들은 태어날 때부터 본능적인 세 가지 두려움을 가지고 있다네. 소음, 추락, 그리고 어둠이지. 이것이 바로 사람들 앞에 갑자기 뛰어가서 '왁'하고 소리를 지를 때 재미를 느끼는 이유이고, 또 롤러 코스터를 재미있어 하는 이유가 된다네. 그리고 그것이 바로 수수께끼의 터널이 돈을 벌기 시작한 이유이기도 하지. 사람들은 암흑 속에서 두려움에 떨며 숨도 못 쉬고 반쯤 죽어서 나왔지. 그렇지만 여전히 사람들은 거기에 참가하기 위해서 돈을 지불했다네."

"잠깐만 기다려보십시오. 이제 기억이 났습니다. 몇 사람이 죽어서 나왔지요. 그렇지 않습니까? 문 닫은 뒤에 소문이 돌았었습니다."

심리학자는 비웃으며 말했다.

"흥, 두세 사람이 죽었지. 그건 아무것도 아니란 말일세! 그들은 죽은 사람의 가족에게 보상을 했고, 정글러 시의회를 설득해서 그 사건을

68

무마시켰지. 결국 그들은 이렇게 말했네. 심장이 약한 사람이 터널을 통과한다면 그 결과는 자신의 책임이라고. 뿐만 아니라 다시 그런 일은 발생하지 않을 거라고. 그들은 입구에 있는 사무소에 의사 한 사람을 배치해두고 차를 타는 사람은 누구나 사전에 의무적으로 의료 검진을 받도록 했지. 그건 확실히 더 많은 표가 팔리는 효과를 가져왔고 말이지."

"그리고 나서는 어떻게 되었습니까?"

"하지만 또 다른 일이 벌어졌다네. 사람들은 때로는 완전히 멀쩡한 채로 나왔지만 그 뒤엔 건물 안으로 들어가기를 거부했다네. 궁전이나 맨션, 아파트, 공동주택, 별장, 오두막, 판잣집, 텐트 등 어떤 종류의 집에도 들어가려고 하지 않는 거야."

테레몬은 충격을 받은 것 같았다.

"그럼 그 사람들이 밖에서 집 안으로 들어가려고 하지 않는단 말입니까? 잠은 어디서 자고요?"

"밖에서."

"억지로라도 집 안에 들여놨어야죠."

"아, 그렇게 했지. 그렇게 했어. 그랬더니 그들은 격렬한 광기에 빠져서 벽에 자기 머리를 찧으려고 날뛰는 거야. 집 안으로 일단 들여놓고 나면 구속복을 입히고 모르핀 주사를 놓지 않고는 가만히 있게 할 수가 없었다네."

"그들은 미쳤던 게 틀림없습니다."

"분명히 그랬네. 터널에 들어간 사람 중 열 명에 한 명이 그런 꼴로 나왔다네. 그들은 심리학자에게 도움을 요청했는데, 우리는 가능한 단 한 가지 방법을 실행에 옮겼어. 박람회 문을 닫는 것이었지."

쉬린은 두 손을 펼쳤다.

"그 사람들의 문제는 뭐였습니까?"

마지막으로 테레몬이 물었다.

"어둠 속에서 벽이 덮친다고 자네가 느꼈던 것과 정확히 같은 문제라네. 어둠에 대한 인류의 본능적인 공포를 지칭하는 심리학적인 용어가 있네. 우리는 그것을 '폐소공포증'이라고 부르지. 왜냐하면 어둠은 언제나 닫힌 공간과 밀접한 연관이 있어서, 전자에 대한 공포와 후자에 대한 공포는 같은 것이거든. 이해가 가나?"

"그러면 터널 속의 사람들 경우는요?"

"그들은 불행히도 암흑 속에서 자신들을 덮친 폐소공포증을 극복할 만한 정신적 탄력성을 가지지 못한 사람들이었지. 암흑 속의 15분이란 긴 시간이라네. 자네는 기껏해야 2~3분 정도 있었는데도 내가 보기엔 상당히 당황했어. 터널에서 나온 사람들은 소위 말하는 '폐소공포증의 고착 상태'에 빠지게 된 것이네. 암흑과 폐쇄된 공간에 대한 그들의 잠재적 공포가 결정화되고 심해져서 우리가 말할 수 있는 한도 내에서는 영원히 계속된다네. 이것이 바로 어둠 속의 15분이 할 수 있는 일이지."

긴 침묵이 흐른 후, 테레몬은 이맛살을 찌푸리며 말했다.

"저는 그것이 그렇게 나쁜 영향을 미친다는 걸 믿을 수가 없습니다."

"자네의 진심은 믿고 싶지 않다는 거겠지."

쉬린은 몰아세우듯이 말했다.

"자네는 믿는 것이 두려운 거야. 창밖을 보게!"

테레몬은 그렇게 했다. 심리학자는 쉬지 않고 계속 말했다.

"암흑을 상상해보게. 모든 곳에서. 자네가 볼 수 있는 한 어디에도 빛은 없네. 집, 나무, 들, 땅, 하늘 모든 것이 검은색이네! 그리고 별이 나타난다네. 내가 아는 한 그것이 무엇이건 간에. 상상이 되나?"

"네, 상상할 수 있습니다."

테레몬은 반항적으로 말했다.

쉬린은 갑자기 열정적으로 주먹으로 책상을 내리쳤다.

"거짓말이야! 자네는 상상할 수 없어! 자네의 두뇌는 무한이나 영원과 같은 개념 이상의 어떤 개념에도 적합하지 않도록 만들어져 있어. 자네는 단지 그것에 대해 이야기할 수 있을 뿐이지. 사실의 일부분조차 자네를 당혹하게 만들 수 있네. 그리고 사실이 눈앞에 다가왔을 때 자네의 두뇌는 이해 범위의 바깥에서 일어나는 현상에 직면하게 되는 걸세. 자네는 완전히, 그리고 영원히 미쳐버릴 거야! 의심할 바 없이."

쉬린은 슬픈 목소리로 덧붙였다.

"그리고 2000년에 걸친 또 하나의 고통스런 투쟁이 허무로 막을 내리는 거야. 내일이면 라가시 어디에도 멀쩡하게 서 있는 도시는 하나도 없을 걸세."

테레몬은 다소 마음의 안정을 되찾고 말했다.

"그렇게 되지 않을 겁니다. 저는 아직도 하늘에 해가 없다는 사실 하나만으로 제가 미치게 된다는 것을 이해할 수 없습니다. 그리고 설사 제가 그렇게 되고, 모든 사람들이 다 미치광이가 된들 어떻게 도시를 파괴하겠습니까? 우리가 도시들을 불어 쓰러뜨리게 되나요?"

그러나 쉬린도 화가 나 있었다.

"만약 자네가 암흑 속에 있게 되면, 다른 무엇보다도 자네가 가장 원하게 될 것이 뭔지 아나? 자네의 모든 본능이 요구하게 될 게 뭔지 아느냐 말일세. 그건 빛이야. 제기랄, 빛이라고!"

"그런데요?"

"그런데 빛을 어떻게 얻을 건가?"

"잘 모르겠습니다."

테레몬은 담담하게 말했다.

"해가 없을 때 빛을 얻을 수 있는 유일한 방법이 뭔가?"

"제가 어떻게 알겠습니까?"

그들은 코와 코가 닿을 정도로 얼굴을 가까이 대고 서 있었다.

"선생, 당신은 뭔가를 불태우게 될 거란 말일세. 산불을 본 일이 있나? 캠핑 가서 나무로 스튜 요리를 해본 적 있나? 자네도 알겠지만 나무에 불을 붙였을 때 얻을 수 있는 건 열만이 아니란 말일세. 거기서는 빛도 나오네. 그리고 사람들은 그 사실을 알고 있지. 어두워지면 사람들은 빛을 원하게 되고 그들은 그것을 얻으려고 할 거야."

"그래서 나무를 불태웁니까?"

"그들은 손에 넣을 수 있는 건 뭐든지 태우게 되네. 그들은 빛을 얻으려고 하지. 뭔가를 태워야겠는데 나무는 손쉽게 얻어지지 않네. 그래서 그들은 가까운 데에 있는 것은 뭐든지 태울 거야. 그들은 빛을 얻게 될 걸세. 그 대신 사람 사는 곳은 어디든지 화염에 휩싸이게 되네!"

마치 모든 문제가 각자의 의지력에 달려 있다는 것처럼 두 사람은 서로 마주 노려보다가 이윽고 테레몬이 말없이 그 상황에서 빠져나왔다. 그의 숨소리는 귀에 거슬리게 거칠어졌고, 그 때문에 그는 닫힌 문 뒤의 옆방에서 벌어진 소동을 거의 알아차리지 못했다.

쉬린은 자기 말이 사실처럼 들리도록 애쓰면서 말했다.

"이모트의 목소리를 들은 것 같네. 그와 파로가 돌아온 것 같으니 가서 어떻게 된 일인지 알아보도록 하세."

"그게 좋겠습니다."

테레몬은 중얼거렸다. 그는 긴 한숨을 쉬고 몸을 한 번 떨었다. 긴장이 풀리는 것 같았다.

그 방에서는 연구원들이 외출복을 벗고 있는 두 사람에게 몰려들어 온갖 질문을 해대며 법석을 떨고 있었다. 아톤은 사람들을 헤치고 들어가서 새로 온 사람들에게 화를 내며 말했다.

"자네들은 마지막 순간까지 30분도 안 남았다는 것을 알고나 있나? 도대체 어디에 있었나?"

파로 24는 앉아서 손바닥을 비볐다. 밖의 냉기 때문에 뺨이 상기되어 있었다.

"이모트와 저는 조금 정신 나간 것처럼 보이는 실험을 방금 마쳤습니다. 저희는 암흑과 별에 대해서 그것이 어떤 것인지 알아보는 데 도움이 될 만한 상황을 직접 만들 수는 없을까 하고 생각했지요."

듣고 있던 사람들 사이에 혼란스런 웅성거림이 지나갔다. 그리고 아톤의 눈이 갑자기 관심의 빛을 보였다.

"이런 이야기는 처음 듣는데? 어떻게 그런 일을 하게 됐지?"

파로는 말했다.

"이모트와 저는 오래 전부터 그 생각을 하고 있었고, 시간이 날 때마다 조금씩 작업을 했습니다. 이모트는 시내에 둥근 지붕이 있는 낮은 일층집을 하나 알고 있는데, 제 생각에는 한때 박물관으로 쓰였던 것 같습니다. 어쨌든 저희는 그 집을 샀습니다."

"돈은 어디서 났지?"

아톤이 위압적으로 말을 끊었다.

"저희 은행 계좌에서요."

이모트 70이 말했다.

"2000크레디트 들었습니다."

그리고 방어적으로 덧붙였다.

"그게 무슨 상관이겠습니까? 내일이면 2000크레디트는 2000장의 종잇조각이 되고 말 텐데요 뭐."

"맞습니다."

파로가 동의했다.

"저희는 그 집을 사서 가능한 한 완전한 암흑으로 만들기 위하여 검은색 벨벳으로 꼭대기에서 바닥까지 덮어버렸습니다. 그 다음에 천장과 지붕에 작은 구멍을 뚫고 조그만 금속 뚜껑으로 덮고 나서, 스위치를 한 번만 조작하면 한꺼번에 뚜껑들이 모두 열릴 수 있도록 장치했습니다. 적어도 그 부분만은 저희가 직접 하지 않았습니다. 목수와 전기 기사, 그리고 인부 몇 명을 고용했지요. 돈은 문제가 되지 않았습니다. 요점은 지붕에 있는 그 구멍들을 통해 저희가 빛을 받을 수 있는가 하는 것이었습니다. 마치 별과 같은 효과를 얻을 수 있는가 하는 것이었죠."

숨소리조차 들리지 않는 침묵이 뒤따랐다. 아톤은 사무적으로 말했다.

"자네들은 개인적인 실험을 할 권리가……."

파로는 겸연쩍어하는 듯이 보였다.

"알고 있습니다, 교수님. 하지만 솔직히 말해서 이모트와 저는 이 실험이 다소 위험하다고 생각했습니다. 만약 그 효과가 실제로 나타난다면 쉬린 교수님이 이 모든 것에 대해 이야기했던 내용으로 볼 때 저희들이 미치게 될 가능성이 높다고 생각했고, 그런 위험은 스스로 감당하고 싶었습니다. 물론 저희가 만약 제정신을 유지하는 경우에는 면역성을 갖게 될 것이라고 생각해서 나머지 사람들에게 같은 경험을 하게 할 작정이었습니다. 하지만 일이 제대로 되지 않았습니다."

"왜? 무슨 일이 생겼나?"

대답한 사람은 이모트였다.

"저희는 들어가서 문을 닫고 어둠에 눈이 익숙해질 때까지 기다렸습니다. 극도로 으쌕한 느낌이었습니다. 왜냐하면 완전한 암흑 속에서는 마치 천장과 벽이 무너져 내리는 것 같은 느낌이 들었기 때문입니다. 하지만 저희는 그 느낌을 이겨내고 스위치를 올렸습니다. 금속 뚜껑들이 열리고 지붕은 조그만 빛의 점들로 가득 차서 반짝였습니다."

"그래서?"

"그런데 아무것도 아니었습니다. 그것이 바로 그 실험의 이상한 부분이었습니다. 아무 일도 일어나지 않았습니다. 그건 구멍 뚫린 지붕이었고 실제로 그렇게 보였습니다. 저희는 실험을 계속해서 되풀이했습니다. 그게 저희가 늦은 이유입니다. 여전히 아무런 효과도 볼 수 없었습니다."

충격을 받은 듯 침묵이 뒤따랐다. 그리고 모든 눈이 쉬린에게로 향했는데 그는 꼼짝 않고 입을 벌린 채 앉아 있었다.

테레몬이 먼저 말을 꺼냈다.

"쉬린 교수님은 이 실험 결과가 당신이 세운 이론과 어떤 관계가 있는지 알고 계시지요. 그렇지 않습니까?"

테레몬은 안도의 한숨을 쉬며 웃고 있었다.

그러나 쉬린이 손을 들며 말했다.

"잠시 기다리게. 충분히 생각할 시간을 좀 주게."

그는 손가락으로 깍지를 끼고 있었다. 그가 머리를 들었을 때 그의 눈에는 놀라움도 의혹도 보이지 않았다.

"물론……"

그는 말을 마칠 수가 없었다. 어딘가 위쪽에서 날카롭게 '쨍그랑'하는 소리가 들렸다. 그리고 비니가 계단을 달려 올라가면서 말했다.

"도대체 뭐야?"

나머지 사람들도 그를 따랐다.

사건은 급작스럽게 일어났다. 돔에 올라가자마자 비니는 사진 건판들이 산산이 부서져 있고 한 사람이 그것을 보고 있는 무서운 광경을 목격했다. 그는 침입자에게 사납게 몸을 날려 필사적으로 그의 목을 잡았다. 격투가 벌어졌다. 다른 연구원들이 합세하자 침입자는 여섯 명의 성난 남자들에게 짓눌려 허헉거리며 숨을 내뿜었다.

아톤은 마지막으로 올라와서 무거운 숨을 내쉬며 말했다.

"그를 일으키게!"

그들은 마지못해 떨어졌다. 침입자는 숨을 거칠게 몰아쉬며, 옷이 찢어지고 이마에는 멍이 든 채 끌려 일어섰다. 그의 짧은 노란색 턱수염은 컬트교 양식으로 정성 들여 꼬여 있었다. 비니는 그의 손을 목깃으로 옮겨서 움켜쥐고 거칠게 흔들며 말했다.

"좋아, 이 도둑놈아. 도대체 무슨 생각으로 이런 짓을 했어? 이 건판들은……"

컬트교도는 차갑게 반박했다.

"난 그 뒤에 있지 않았어! 그건 사고였어."

비니는 강렬한 눈빛으로 으르렁거렸다.

"알았어. 너는 카메라 바로 뒤에 있었지. 그렇다면 사진 건판에 사고가 난 건 너를 위해선 다행이었다. 만약 네놈이 스내핑 베르타나 그

외에 하나라도 더 건드렸다면 너를 서서히 고문해서 죽여버렸을 거야. 이렇게……."

그는 주먹을 뒤로 뺐다. 아톤이 그의 소매를 잡았다.

"멈춰! 그를 놔주게."

젊은 기술자는 망설이다가 내키지 않는다는 듯이 팔을 내렸다. 아톤은 그를 한쪽으로 밀어내고 컬트교도 앞에 섰다.

"자네 이름은 라티머지, 그렇지 않나?"

컬트교도는 뻣뻣하게 절을 하고는 자기 엉덩이에 있는 기호를 가리켰다.

"저는 라티머 25, 소르 5 전하의 3급 부관입니다."

아톤은 흰 눈썹을 위로 치켜뜨며 말했다.

"그리고 자네는 지난주에 전하가 나를 찾아왔을 때 함께 있었지, 아닌가?"

라티머는 다시 한 번 절을 했다.

"자, 그럼 자네가 원하는 건 뭐지?"

"당신 자신의 자유 의지로 제게 주실 수 있는 것뿐입니다."

"내 생각엔 소르 5가 자네를 보냈겠군. 아니면 자네 스스로 생각해서 온 건가?"

"그 질문엔 대답하지 않겠습니다."

"다른 사람들이 또 오기로 되어 있는 건가?"

"그 질문에도 대답하지 않겠습니다."

아톤은 시계를 흘낏 보고 나서 노려보며 말했다.

"자네 주인이 내게 원하는 게 뭐지? 나는 이미 계약 조건을 다 이행했다네."

라티머는 희미하게 미소 지었지만 아무 말도 하지 않았다. 아톤은 화난 목소리로 계속했다.

"나는 그에게 컬트교만이 제공할 수 있는 자료를 요청했고 그는 그것을 내게 주었네. 그것에 대해서는 고맙게 생각하네. 그 대가로 나는 컬트교 경전의 근본적인 진실을 규명해주겠다고 약속했네."

"규명할 필요 없습니다."

확신에 찬 대답이 돌아왔다.

"그것은 묵시록이 이미 증명하고 있으니까요."

"자네들 몇 안되는 컬트교도들에게는 그렇겠지. 내 말의 의미를 곡해하려고 하지 말게. 나는 당신네 신앙에 과학적인 뒷받침을 제공하겠다고 했고, 그 약속을 지켰어."

컬트교도는 불쾌한 듯 눈을 가늘게 떴다.

"그랬지요. 여우처럼 교활하게. 당신의 거짓 설명은 우리 신앙을 뒷받침하면서 동시에 신앙 자체가 필요 없도록 만들었지요. 당신은 암흑과 별을 자연 현상으로 만들어버림으로써 그것들의 진정한 의미를 모두 제거했지요. 그것은 신성 모독입니다."

"만일 그렇다면 그건 내 잘못이 아니네. '사실'이란 엄연히 존재하는 것이네. 그것을 말하는 것 말고 내가 달리 무엇을 할 수 있겠나?"

"당신의 그 '사실'은 사기이고 협잡입니다."

아톤은 화가 나서 발을 구르며 말했다.

"자네가 어떻게 아나?"

라티머는 확신에 찬 목소리로 대답했다.

"난 알아요!"

학과장의 얼굴이 상기되었고, 비니가 급히 그에게 속삭였다. 아톤은 손을 들어 그를 제지하며 말했다.

"그래서 소르 5가 우리에게 원하는 건 뭐지? 그는 여전히 우리가 광란에 대응할 조치를 취하도록 시도하는 것이 무수한 영혼들을 위험에 빠뜨리는 행위라고 생각하는 것 같군. 그렇게 생각한다면, 우리는 지금 성공하지 못하고 있다네."

"시도 그 자체만으로도 충분히 해롭습니다. 그리고 저 악마의 기계를 이용해서 정보를 얻으려는 사악한 노력은 그만두셔야 합니다. 우리는 별의 의지에 복종합니다. 제 손으로 저 사악한 장치들을 부수지 못한 것이 아쉬울 뿐입니다."

"그건 자네들에게 그리 많은 영향을 미치지 않았다네."

아톤은 대답했다.

"지금 여기서 우리가 얻으려고 하는 직접적인 증거 빼고는 모든 자료들이 이미 안전하게 보관되어 있고, 해를 끼칠 가능성은 거의 없네."

그는 잔인한 미소를 띠며 말했다.

"그렇다고 해서 자네 지위가 밤도둑에서 달라지는 건 아니지."

그는 뒤돌아보며 말했다.

"누가 경찰을 불러주게."

쉬린이 버럭 소리를 질렀다.

"젠장, 아톤. 어디 잘못된 거 아냐? 그럴 시간이 없잖아."

그는 앞으로 나서며 말했다.

"이 일은 내가 처리하겠네."

아톤은 심리학자를 빤히 노려보면서 말했다.

"쉬린, 지금은 자네가 못된 장난이나 치고 있을 때가 아니라네. 이 일을 내 방식대로 처리하도록 가만히 있어주겠나? 지금 이 순간 자네는 순전히 국외자라는 사실을 잊지 말게."

쉬린이 유창하게 말했다.

"왜 우리가 경찰을 불러서 해결하지도 못할 문제를 자초해야 하나? 베타의 일식은 이제 몇 분 남지도 않았네. 게다가 여기 이 젊은 친구가 아무런 말썽도 피우지 않겠다고 다짐만 하면 되는 거 아닌가?"

컬트교도가 즉각 반박했다.

"그런 약속은 안 할 겁니다. 당신 하고 싶은 대로 하십시오. 하지만 이 얘기는 해드리는 것이 공평하겠군요. 저는 기회만 주어진다면 제가 여기 올 때 목적했던 일을 마무리 지을 겁니다. 제게서 그런 약속을 받아내시겠다면 차라리 경찰을 부르시는 게 더 나을 겁니다."

쉬린은 친절한 태도로 미소 지으며 말했다.

"자네는 단호한 저주꾼이군, 그렇지? 내가 설명해줄 것이 있네. 창가에 서 있는 저 젊은이를 보게. 그는 힘세고 거친 친구일세. 주먹도 잘 쓰고, 게다가 그도 역시 국외자이기 때문에 일식이 시작된 후에 그가 할 일이라곤 자네를 감시하는 일 말고는 없다네. 그의 옆에는 내가 있을 걸세. 격렬한 주먹다짐을 하기에는 조금 뚱뚱한 편이지만 아직도 도울 수는 있다네."

"그래서요, 어쩌실 겁니까?"

라티머는 겁에 질려서 물었다.

"들어보게. 일식이 시작되자마자 우리——테레몬과 나——는 문이 하나밖에 없는 작은 방으로 자네를 데려갈 걸세. 거기엔 창문도 없고 문은 커다란 자물쇠로 잠가놓을 걸세. 자네는 일식이 진행되는 동안 그 방에 가만히 있기만 하면 되네."

라티머는 격하게 숨을 몰아쉬며 말했다.

"그래서 결국에는, 저를 꺼내줄 사람이 아무도 없겠군요. 저는 별이 나타난다는 것이 무슨 뜻인지 당신들보다 훨씬 더 잘 알고 있습니다. 당신들이 모두 미쳐버리고 나면 아무도 저를 풀어주지 않을 테지요. 질식사하거나 천천히 굶어죽거나. 그렇지 않습니까? 당신네 과학자들에게서 기대할 거라곤 그 정도밖에 없겠지요만. 하지만 전 아무 약속도 하지 않을 겁니다. 이건 원칙입니다. 더 이상 얘기하지 않겠습니다."

아톤은 동요하는 듯했다. 그의 그늘진 눈빛이 흔들렸다.

"옳네, 쉬린. 그를 가두는 것은……."

"잠깐!"

쉬린이 참을성 없이 그의 말을 끊었다.

"한순간에 일이 그렇게 많이 진행될 거라고는 생각되지 않네. 라티머는 그저 허세를 좀 부리고 있을 뿐이야. 내가 그냥 심리학자가 된 건 아니라네."

그는 컬트교도를 노려보았다.

"이리 오게. 자네는 내가 자네를 서서히 굶겨 죽인다거나 하는 따위로 서툴게 일할 거라고는 생각하지 않지? 친애하는 라티머 군. 내가 자네를 작은 방에 가두게 되면 자네는 암흑이나 별 같은 것은 경험하지 않게 될 걸세. 별이 나타날 때 숨겨져 있다는 것이 불멸의 영혼을 얻지 못하게 된다는 의미인 것쯤은 컬트교 경전에 대해 잘 모르는 사람도 충분히 알 수 있다네. 자네는 명예를 존중하는 사람일 거라고 믿네. 더 이상 일을 방해하지 않겠다고 약속하면 받아주겠네."

라티머의 관자놀이 혈관이 꿈틀거렸다. 그는 위축되어서 탁한 목소리로 말했다.

"알고 계시는군요."

그는 격정에 찬 목소리로 빠르게 덧붙였다.

"하지만, 당신들이 모두 오늘 당신들 스스로의 행위로 인해 저주받을 거라는 사실 때문에 위로가 됩니다."

그는 일어나서 문 옆에 서 있는 다리 세 개 달린 의자로 걸어갔다.

쉬린은 칼럼니스트에게 고개를 끄덕였다.

"그의 옆에 가서 앉게, 테레몬. 그냥 형식적으로 말이네. 이봐, 테레몬!"

그러나 신문기자는 움직이지 않았다. 그는 입술까지 온통 창백해져 있었다.

"저걸 보세요!"

하늘을 가리키는 그의 손가락은 떨고 있었고, 그의 목소리는 건조하게 갈라졌다. 손가락이 가리키는 방향으로 눈을 돌린 순간 모든 시선이 얼어붙어버렸다.

베타의 한쪽 가장자리가 잘려 나가고 없었던 것이다!

검게 변한 부분은 손톱 두께 정도밖에 안 되었지만 바라보는 사람들에게 그것은 운명의 신호로 확대되어 보였다. 그들은 아주 잠깐 동안 그 광경을 바라보았고 혼란스런 상황은 그보다 더 짧았다. 각자는 미리 정해진 자기 위치로 재빠르게 움직였다. 그 중요한 순간에 감정에 휩쓸릴 여유는 없었다. 그들은 다만 해야 할 일이 있는 과학자일 뿐이었다. 아톤조차 감정이 가라앉았다.

쉬린은 무미건조하게 말했다.

"첫 번째 접촉은 15분 전에 일어난 것이 틀림없어. 조금 빠르긴 하지만 계산 오차를 고려한다면 아주 정확하네."

쉬린은 테레몬을 찾아 둘러보다가 아직도 창밖을 응시하고 있는 테레몬에게 발끝으로 다가가서 그를 살짝 끌어당겼다.

"아톤은 화가 나 있다네."

쉬린이 속삭였다.

"그러니 가까이 가지 말게. 아톤은 라티머 때문에 벌어진 소동으로 최초의 접촉 순간을 놓쳐버렸네. 그러니 만약 자네가 그를 방해하면 자네를 창문 밖으로 집어 던져버릴 걸세."

테레몬은 짤막하게 고개를 끄덕이며 앉았다. 쉬린은 그를 바라보고는 놀라면서 말했다.

"이런 제기랄, 자네는 떨고 있군."

"네?"

테레몬은 마른 입술을 적시며 웃으려고 노력했다.

"기분이 좋지 않을 뿐입니다. 사실입니다."

심리학자의 눈빛이 굳어졌다.

"공포에 질린 건 아닌가?"

"아뇨!"

테레몬은 화가 나서 소리쳤다.

"제게 기회를 좀 주시겠습니까? 저는 사실 바로 조금 전까지만 해도 이런 황당무계한 이야기는 믿지 않았습니다. 이 상황에 적응할 수 있게 시간을 좀 주십시오. 교수님은 두 달, 아니 그 이상 준비해오시던 일 아닙니까?"

"그건 자네 말이 맞네."

쉬린은 생각에 잠겨서 대답했다.

"들어보게. 자네에게도 가족, 그러니까 부모님과 아내, 아이들이 있겠지?"

테레몬은 고개를 저었다.

"대피소 얘기를 하시려나 본데, 그건 걱정 안 하셔도 됩니다. 여동생이 하나 있긴 합니다만 여기서 3200킬로미터나 떨어진 곳에 살고 있습니다. 심지어 정확한 주소조차 모르고 있습니다."

"좋네. 그러면 자네 자신에 대해서는 어떤가? 아직도 거기에 갈 수 있는 시간은 충분해. 그리고 내가 나왔기 때문에 한 사람의 여분도 있다네. 어쨌든 자네는 여기서 할 일이 없네."

"교수님께서는 제가 지나치게 겁에 질려 있다고 생각하시는 것 아닙니까? 좋습니다. 제 이야기를 좀 들어보십시오. 저는 신문기자로서 이야기를 보도할 임무가 있습니다. 그리고 지금도 그렇게 하려고 생각하고 있습니다."

심리학자의 얼굴에 희미한 미소가 번졌다.

"알겠네. 직업적인 자세, 바로 그거지?"

"그렇게 말씀하실 수도 있겠지요. 하지만 교수님, 저는 지금 교수님께서 마시던 그 술의 절반짜리 크기라도 좋으니 술 한 병만 준다면 제 오른팔이라도 잘라 주고 싶은 심정입니다. 누군가에게 술이 필요하다면 그건 바로 접니다."

테레몬은 말을 멈췄다. 쉬린이 갑자기 그의 옆구리를 찔렀다.

"저 소리가 들리나? 들어보게."

테레몬은 그가 턱 끝으로 가리키는 방향을 따라 컬트교도를 보았다. 그는 주위에 대해서는 잊어버린 채 창문을 향해 의기양양한 얼굴로 마치 노래를 부르듯 단조롭게 중얼거리고 있었다.

"무슨 이야기를 하고 있는 겁니까?"

칼럼니스트는 속삭였다.

"그는 지금 묵시록 제5장을 인용하고 있는 거라네."

쉬린은 대답하고는 다급히 말했다.

"제발 잠자코 들어보게."

컬트교도의 목소리가 갑자기 열정적으로 높아졌다.

"그리고 그때에 태양 베타는 그 공전 중의 가장 긴 시간 동안 하늘의 외로운 파수꾼이 되었도다. 그 공전 시간의 절반 동안 그것은 홀로 차가운 빛을 라가시의 머리 위에 뿌렸도다. 사람들은 그 광경에 놀라 광장과 도로에 모여 수군거렸도다. 모든 사람들의 마음이 침울해지고 그들의 대화는 혼란스러워졌도다. 그것은 인간의 영혼이 별의 재림을 대비하고 있기 때문이로다.

그리고 정오에 트리곤에서 벤드렛 2가 나타나서 트리곤의 사람들에게 말하기를 '오, 너희 죄인들이여! 그대들이 정의의 길을 멸시하였으나 심판의 날은 올 것이니라. 지금 이 순간에도 동굴이 라가시와 라가시에 속한 모든 것을 삼키러 오고 있도다.' 그리고 그가 말하고 있는 동안에조차 캄캄한 동굴의 혓바닥은 베타의 가장자리를 지나, 라가시의 어디에서도 베타를 볼 수 없었도다.

베타가 사라지자 인간의 비명소리가 울려 퍼졌으며 영혼의 두려움이 그들을 엄습하였도다. 동굴의 암흑이 라가시를 덮치자 땅 위에서는 한 줌의 빛도 찾을 수 없었도다. 인간은 장님과 같이 되었으며 이웃의 숨결이 얼굴에 느껴지는데도 그를 볼 수는 없었도다. 바야흐로 어둠 속에서 수많은 별들이 나타났도다. 그리고 말로 형언할 수 없는 가락이 흘러나와 나뭇잎들조차 혀로 변하여 기적을 노래하였도다.

바로 그때 인간의 영혼은 그들을 떠났고 버려진 인간의 육체는 야수와 같이 되어버렸도다. 캄캄한 라가시의 도시 위를 그들은 야수의 소리를 지르며 헤매고 다녔도다. 그때 별로부터 하늘의 불길이 쏟아져 내려와 그것이 닿은 라가시의 모든 도시는 불꽃 속에서 완전히 파괴되어 인간과 인간이 만든 모든 것은 아무것도 남지 않았도다. 그때에도……."

라티머의 어조에 미묘한 변화가 일어났다. 그의 눈빛은 변하지 않았지만 어쩐지 자기에게 열중하고 있는 두 사람의 존재를 알아차린 것 같았다. 숨쉬기 위해 멈추지도 않은 채 그의 음색은 순조롭게 변했으며 음절은 더욱 유창해졌다.

테레몬은 놀라움에 사로잡혀 바라보았다. 그 단어들은 그에게 익숙한 말과는 거리가 좀 있는 것 같았다. 강세에 미묘한 변화가 있었고 모음의 억양에도 약간의 변화가 보였다. 그뿐이었다. 그런데도 라티머의 이야기는 하나도 이해할 수가 없었다.

쉬린은 장난스럽게 웃으며 말했다.

"고대어로 말을 바꾼 것이라네. 아마 그들의 용어로는 제2차 주기의 언어일거야. 자네도 알겠지만 묵시록은 원래 그 언어로 쓰였지."

"상관없습니다. 들을 건 다 들었으니까요."

테레몬은 의자를 옮기고 이제는 떨리지 않는 손으로 머리를 뒤로 빗어 넘겼다.

"이젠 기분이 훨씬 나아졌습니다."

"그래?"

쉬린은 조금 놀란 것 같았다.

"그렇게 말할 수 있을 것 같습니다. 조금 전까지는 신경과민이었나 봅니다. 교수님의 이야기와 중력에 관해 듣고, 일식이 시작되는 것을 직접 보는 바람에 거의 죽을 뻔했습니다. 하지만 이제는……"

테레몬은 엄지손가락으로 노란 턱수염을 기른 컬트교도를 경멸하듯 가리키며 말했다.

"이런 이야기는 제 유모가 제게 말하곤 하던 이야기들입니다. 저는 언제나 이런 이야기는 웃어넘겨왔습니다. 이제 그런 이야기에 놀라지는 않을 겁니다."

그는 깊은 숨을 한 번 쉬고 나서 매우 유쾌한 목소리로 말했다.

"하지만 저는 제 자신의 좋은 면만 간직하고 싶습니다. 창문에서 의자를 멀리 띄워두겠습니다."

"알겠네. 하지만 목소리를 좀 낮추는 게 좋겠네. 아톤이 방금 저 박스 너머로 고개를 들어 자네를 죽일 듯이 쏘아보았다네."

테레몬은 입을 벌렸다.

"그 노인네를 잊고 있었군요."

그는 조심스럽게 창문에서 의자를 돌려놓고는 불쾌하다는 듯 어깨 너머를 한 번 돌아보고는 말했다.

"저는 이 '별의 광기'에는 확실히 꽤 면역성이 있을 것이라는 생각이 듭니다."

심리학자는 바로 대답하지 않았다. 베타는 천정을 지나고 있었다. 그리고 바닥에 비친 창문 모양의 핏빛 사각형은 이제 쉬린의 무릎까지 올라와 있었다. 그는 생각에 잠겨서 그 음침한 빛을 보고 있다가 허리를 굽힌 다음 눈을 가늘게 뜨고 태양을 바라보았다. 한쪽 가장자리의 작은 조각이었던 것이 이제는 베타의 3분의 1정도를 침범하고 있었다. 그는 전율했다. 그가 다시 허리를 폈을 때 그의 혈색 좋던 뺨에서는 원래의 빛을 찾아볼 수 없었다.

겸연쩍게 웃으면서 그도 역시 의자를 뒤로 돌렸다.

"사로 시에 사는 약 200만 명의 사람들이 이 한 번의 거대한 사건으로 즉시 컬트교에 가입하려 하고 있네."

그리고 나서 그는 비꼬는 듯한 투로 덧붙였다.

"역설적이게도 컬트교는 한 시간 동안 전례 없는 부흥을 이루게 될 것이네. 그들은 그 순간을 최대한 이용할 것이 틀림없네. 그런데 자네가 하던 이야기는 뭐였지?"

"그건 바로 이런 것입니다. 어떻게 컬트교도들은 여러 문명 주기에 걸쳐서 묵시록을 보존하고 관리할 수 있었을까요? 그리고 도대체 그 책은 처음에 어떻게 쓰일 수 있었을까요? 어떤 종류의 면역성이 존재해왔음이 틀림없습니다. 만약 모든 사람들이 미치광이가 되었다면 누가 남아서 그 책을 썼겠습니까?"

쉬린은 침울하게 바라보며 대답했다.

"젊은 친구, 직접적인 증거는 없네만 어떻게 된 건지 알 수 있는 몇 가지 단서는 있다네. 보게나. 사람들 중에는 상대적으로 덜 영향을 받을 것 같은 부류가 세 가지 정도 있다네. 우선, 별을 전혀 보지 않은 소수의 사람들이 있을 것이네. 지능 발달이 더디거나 일식이 시작될 때 벌써 고주망태가 되어버려서 끝날 때까지도 술에서 깨지 못한 사람들 말이야. 그 사람들은 제외해야 하네. 그들은 증인이 될 수 없으니까. 두 번째로 여섯 살 미만의 어린아이들을 들 수 있네. 그 아이들에게는 이 세계 전체가 너무나 새로운 것들로 가득 차 있어서 별이나 암흑 앞에서 크게 놀라는 것 자체가 이상한 일이지. 그것들은 또 다른 종류의 놀라운 세상일 뿐이니까. 이해가 가나?"

테레몬은 미심쩍은 표정으로 고개를 끄덕였다.

"그럴 거라고 생각합니다."

"마지막으로 정신적으로 매우 억세어서 쉽게 흔들리지 않는 사람들이 있다네. 감수성이 부족한 사람들은 심리적인 영향도 덜 받게 되지. 평생 육체노동만 해온 노인들 중에 그런 사람이 있지 않나? 어쨌든, 어린아이들의 부정확한 기억과 반쯤 미친 바보들의 혼란스럽고 일관성 없는 이야기들이 뒤섞여서 묵시록의 기초가 되었을 거야.

자연스럽게, 최초에 그 책은 역사학자로서의 교육을 전혀 받지 않은 사람들, 즉 어린아이나 저능아들의 증언을 토대로 하여 씌어졌다네. 그리고 아마 여러 문명 주기에 걸쳐 광범위하게 재편집되었을 걸세."

테레몬이 끼어들었다.

"그럼 교수님은, 우리가 중력의 비밀을 다음 주기로 전달하려고 하는 바로 그 방법을 이용해서 그들이 그 책을 전해오고 있다고 생각하시는 겁니까?"

쉬린은 어깨를 으쓱하며 말했다.

"아마도. 하지만 정확한 방법이 무엇이었는지는 중요하지 않네. 어떤 방법을 썼건 그들은 그렇게 하고 있네. 내가 주목하는 점은 그 책이 전혀 도움이 되지 않을 뿐만 아니라, 사실에 근거했다 하더라도 오히려 왜곡된 내용이라는 점이네. 예를 들자면, 파로와 이모트가 지붕에 구멍을 뚫고 했던 실험이 그 예지. 아무 효과가 없었던 그 실험 말일세."

"네."

"자네는 왜 그 실험이 효과가 없었는지 알고……"

그는 말을 멈추고 놀라면서 일어났다. 아톤이 놀라서 일그러진 표정으로 다가오고 있었다.

"무슨 일인가?"

아톤은 그를 한쪽으로 끌고 갔다. 쉬린은 그의 팔꿈치를 잡고 있는 아톤의 손가락이 경련하는 것을 느꼈다.

"그렇게 큰소리로 말하지 말게."

아톤의 낮은 목소리는 불안에 떨고 있었다.

"방금 비밀회선을 통해 대피소로부터 연락을 받았네."

쉬린은 말을 가로채며 걱정스럽게 물었다.

"그들에게 문제가 있나?"

"그들이 아닐세."

아톤은 그들이라는 말을 강조하면서 말했다.

"그들은 조금 전 대피소를 폐쇄시켰네. 모레까지는 거기 묻힌 채로 있게 될 걸세. 그들은 안전해. 그러나 쉬린, 도시가…… 도시는 지금 아수라장이네. 자네는 몰라……."

그는 말하기 힘든 것 같았다.

"뭐라고?"

쉬린은 조급하게 말했다.

"그게 어쨌단 말인가? 도시 상황은 점점 나빠질 걸세. 도대체 뭘 걱정하고 있는 건가?"

그는 의심스러운 말투로 물었다.

"자네, 지금 기분은 어떤가?"

아톤은 그의 암시에 화가 나서 눈을 부릅떴다가 다시 걱정스러운 표정으로 돌아와 말했다.

"자네는 이해하지 못하네. 컬트교도들은 활동적이야. 그들이 사람들을 선동하여 함께 천문대로 몰려오고 있다네. 그들은 약속을 하지. 지금 즉시 은총의 문으로 들어갈 수 있다, 구원을 받을 수 있다, 그들은 뭐든지 약속한다네. 쉬린, 어떻게 하면 좋지?"

쉬린은 고개를 숙이고 발끝을 바라보며 곰곰이 생각했다. 그는 손가락으로 턱 끝을 두드리며 건조하게 말했다.

"뭘 하냐고? 우리가 할 수 있는 일이 뭐가 있겠나? 저 친구들은 그 사실을 알고 있나?"

"아니, 물론 모르지."

"좋아. 계속 숨겨야 하네. 개기식까지는 얼마나 남았나?"

"한 시간도 채 남지 않았네."

"도박을 해보는 수밖에 없지. 위협적일 만큼 많은 수의 폭도들을 조직하려면 시간이 걸릴 걸세. 그들을 여기까지 끌고 오는 데에는 더 많은 시간이 걸릴 테고. 우리는 도시에서 8킬로미터는 족히 떨어져 있네."

그는 창밖을 응시했다. 비탈길 아래 경작지가 끝나고 교외의 하얀 집들이 모여 있는 곳을 지나, 꺼져가는 베타의 광채 속에 안개처럼 보이는 지평선 위로 대도시 전체가 희미하게 보이는 곳까지 바라보았다.

그는 돌아보지 않고 말했다.

"시간이 걸릴 걸세. 계속 일하게. 그리고 개기식이 먼저 오기를 기도하게나."

베타는 절반이 잘려 나가서, 나누는 선이 태양의 아직도 밝은 면 쪽으로 약간 들어간 곡선을 이루고 있었다. 그것은 마치 이 세계를 비추는 빛 위에서 비스듬하게 감고 있는 거대한 눈썹처럼 보였다. 방에서 희미하게 딸깍거리던 소리들도 망각 속으로 사라지고, 지금 그는 오직 창밖 들판의 무거운 침묵만 느끼고 있었다. 곤충들조차 놀라서 침묵해버린 것 같았다. 그리고 모든 사물이 희미해졌다.

그는 귓전에서 들리는 소리에 깜짝 놀랐다.

테레몬이 말했다.

"뭐가 잘못되었습니까?"

"응? 아, 아니야. 의자로 가서 앉게. 우리는 잘해 나가고 있어."

그들은 자기들이 있던 구석 쪽으로 미끄러져 갔다. 그러나 심리학자는 한동안 아무 말도 하지 않았다. 그는 윗단추를 풀고 목을 앞뒤로 흔들어보았지만 기분은 별로 나아지지 않았다. 그는 갑자기 고개를 들었다.

"자네, 숨쉬기가 힘들지 않나?"

신문기자는 눈을 크게 뜨고 두세 번 깊은숨을 쉬었다.

"아뇨, 왜 그러십니까?"

"아마 창밖을 너무 오래 보고 있었나 보네. 어둠에 취해버렸어. 폐소공포증의 첫 번째 증세 중의 하나가 바로 호흡 곤란이라네."

테레몬은 다시 한 번 깊은숨을 내쉬었다.

"아직 저는 괜찮습니다. 저기 또 한 사람 오는군요."

비니는 구석에 있는 두 사람 앞에서 빛을 등지고 서 있었다. 쉬린은 걱정스런 눈으로 그를 쳐다보며 말했다.

"비니, 안녕?"

천문학자는 다른 발로 체중을 옮기면서 힘없이 웃었다.

"잠시 앉아서 대화에 끼어도 괜찮겠지요? 제 카메라는 설치가 끝났고 개기식까지는 할 일이 없습니다."

비니는 말을 멈추고 컬트교도에게 눈을 돌렸다. 그는 15분 전부터 소매에서 작은 가죽 표지의 책을 꺼내서 줄곧 그 책만 열심히 보고 있었다.

"저 녀석이 무슨 말썽을 부리지는 않았습니까?"

쉬린은 고개를 저었다. 그는 어깨를 뒤로 젖히고 규칙적으로 숨을 쉬려고 노력하느라 얼굴을 찡그리고 있었다.

"숨 쉬는 데 지장을 느끼지 않나, 비니?"

비니는 돌아서면서 코로 숨을 들이쉬었다.

"전 별로 거북하지 않은데요?"

"폐소공포증이라네."

쉬린은 변명하듯 설명했다.

"오오! 그 증세는 내겐 조금 다르게 나타났네. 마치 눈이 뒤로 당겨지는 듯한 느낌이야. 사물이 흐릿하게 보이고…… 글쎄, 아무것도 분명히 보이질 않네. 그리고 추워."

"네, 춥습니다. 맞아요. 그건 착각이 아닙니다."

테레몬은 얼굴을 찡그렸다.

"저는 마치 발가락을 냉동차에 싣고 온 나라를 가로질러 운반하는 듯한 느낌입니다."

쉬린은 말했다.

"우리에게 필요한 건, 바깥 상황에 마음을 모두 빼앗기는 걸세. 테레몬, 나는 조금 전 자네에게 지붕에 구멍을 뚫고 했던 파로의 실험이 왜 아무 결과 없이 끝났는지를 말하고 있었네."

"교수님은 말씀을 꺼내기만 하셨습니다."

테레몬은 대답했다. 그는 두 팔로 무릎을 감싸 안고 턱을 비비고 있었다.

"맞아, 말을 꺼내기만 했지. 그들은 묵시록을 씌어진 그대로 받아들이는 실수를 저질렀다네. 그 책에서는 아마 별들에 대해 아무런 과학적인 의미도 부여하지 않았을 걸세. 자네도 알다시피 완전한 암흑 속에서 인간의 마음은 빛을 만드는 일이 절대적으로 필요한 것이라고 느끼게 된다네. 빛에 대한 이런 환상 때문에 별들이 실제로 존재한다고 믿게 되는 것이지."

테레몬이 말을 가로챘다.

"다른 말로 하면, 별은 광기의 결과이지 원인이 아니란 말씀이시군요. 그렇다면 비니의 사진은 무슨 소용이 있습니까?"

"내가 아는 한, 그것이 환상이라는 것 또는 그 반대라는 것을 입증하기 위해서 필요하지. 그리고 다시……."

그러나 그때 비니가 의자를 가까이 당겨 앉았다. 그의 얼굴에는 갑작스럽게 열정이 떠올랐다.

"두 분께서 이런 이야기를 화제로 삼고 계시는 것을 보니 즐겁습니다."

비니는 눈을 가늘게 뜨고 손가락을 쳐들었다.

"별에 대해 생각하다가 제게 정말로 근사한 생각이 떠올랐습니다. 물론 물거품 같은 개념이지요. 저는 그런 개념을 진지하게 발전시킬 생각 같은 건 없습니다만 재미는 있을 겁니다. 한번 들어보시겠습니까?"

반쯤은 마지못해 승낙하는 듯, 쉬린은 뒤로 기대며 말했다.

"계속하게, 듣고 있네."

"좋습니다. 그럼, 우주에 또 다른 태양들이 존재한다고 가정해봅시다."

비니는 수줍어하면서 잠시 말을 멈췄다.

"제 얘기는, 너무 멀리 떨어져 있기 때문에 어두워서 우리 눈에는 보이지 않는 별들을 말하는 것입니다. 마치 제가 환상소설을 읽고 있는 것처럼 들릴 것 같습니다만."

"꼭 그런 것만은 아니네. 물론 그 태양들이 중력법칙에 따라 서로의 인력에 이끌려서 결국 눈에 보이게 될 것이라는 가능성은 배제되어 있네만."

비니가 대답했다.

"그 태양들이 충분히 멀리 떨어져 있다면이 아니라, 정말로 멀리 ──4광년 또는 그 이상── 떨어져 있다면 말입니다. 그러면 우리는 섭동을 측정할 수 없을 겁니다. 섭동의 크기가 너무 작기 때문이죠. 그 정도로 먼 거리에 많은 별들이, 그러니까 열두 개나 스물네 개 정도 있다고 생각해보지요."

테레몬은 노래 부르듯이 휘파람을 불었다.

"일요일 숙제로는 훌륭하군. 우주 속에서 8광년 떨어진 거리에 있는 열두 개의 태양이라. 우와! 그건 아마 우리 우주를 짜부라뜨려서 하찮은 것으로 만들어버릴걸? 독자들은 그 책을 먹어버릴 거야."

"생각일 뿐입니다."

비니는 씩 웃으며 말했다.

"하지만 교수님은 요점을 이해하고 계십니다. 일식이 진행 중일 때 이 열두 개의 태양은 눈에 보이게 됩니다. 왜냐하면 그것들을 가릴 진짜 태양이 없어져버렸기 때문이죠. 그것들은 너무 멀리 떨어져 있기 때문에 마치 조그만 공깃돌처럼 작게 보이게 됩니다. 물론 컬트교도들은 수백만 개의 별에 대해 이야기합니다만 그건 아마 과장일 겁니다. 우주에는 100만 개의 태양이 있을 공간이 없습니다. 있다면 서로 들러붙어버리겠죠."

쉬린은 점점 더 관심을 가지며 듣고 있었다.

"비니, 자네는 뭔가 중요한 것을 알아낸 것 같네. 실제로 일어날 일에 대해서는 과장되었다고 보는 것이 정확할 것이네. 우리의 심리는, 자네도 알겠지만, 5 이상 되는 숫자는 직접적으로 이해하지 못한다네. 그 이상의 숫자에 대해서는 '많다'라는 개념만이 존재하지. 열둘은 100만이 될 수도 있다네. 정말 훌륭한 생각이야."

"그리고 저는 또 다른 작은 개념 하나를 생각해봤습니다."

비니는 말했다.

"충분히 단순한 중력계에서 인력이 얼마나 쉬운 문제인지 생각해 본 적 있으십니까? 이 우주에 단지 하나의 태양만 가지는 행성이 존재한다고 생각해보십시오. 그 행성은 완벽한 타원궤도를 그릴 것이고, 중력이 너무나 정확하게 작용하기 때문에 하나의 공리로서 받아들여질 수 있을 것입니다. 그와 같은 세계의 천문학자들은 망원경이 발명되기도 전에 이미 중력에 대해 알고 있을 겁니다. 맨눈으로만 관측해도 충분하지요."

"하지만 그런 시스템이 동역학적으로 안정적일까?"

쉬린이 미심쩍다는 듯 질문했다.

"물론입니다. 그런 경우를 '일대일'의 경우라고 부릅니다. 수학적으로 이미 증명되었지요. 하지만 제가 관심 있는 것은 철학적인 함의입니다."

"매우 훌륭한 생각이야."

쉬린은 비니의 가정을 받아들였다.

"이상기체나 절대영도 같은 순수한 이상으로는."

"물론,"

비니는 계속해서 얘기했다.

"그런 행성에는 생명체가 존재할 수 없다는 지적도 있습니다. 열과 빛이 충분하지 않을 것이고, 만약 그 행성이 자전한다면 하루의 절반은 완전히 캄캄해져 버립니다. 그런 환경에서 생명체의 발생──그것은 근본적으로 빛에 의존하기 때문에——은 기대할 수 없습니다. 뿐만 아니라……"

쉬린이 갑자기 뛰어 일어나는 바람에 의자가 뒤로 쑥 밀려났다.

"아톤이 빛을 가지고 왔다네."

비니는 '허!' 하고 말하며 돌아보고 나서 입이 찢어질 정도로 웃었다. 아톤은 팔에 길이 30센티미터에 굵기가 3센티미터 정도 되는 막대기 여섯 개를 들고 서서 연구원들을 바라보고 있었다.

"다들 가서 일하게. 쉬린, 자네는 날 좀 도와주게나."

쉬린은 아무 말 없이 아톤 옆으로 갔다. 그리고 두 사람은 임시변통으로 벽에 매단 금속제 통에 막대기를 하나씩 끼워 넣었다. 쉬린은 경건한 자세로 커다란 성냥개비를 탁탁 튀는 소리를 내는 생명체로 만들어서 아톤에게 넘겨주었고, 아톤은 그 불꽃을 막대기의 위쪽 끝으로 옮겼다.

그것은 잠깐 동안 꼭대기 근처에서 머뭇거리다가 갑자기 타닥 소리를 내며 섬광을 일으켜 아톤의 주름진 얼굴을 노랗게 비췄다. 그가 성냥을 던지자 동시에 환호성이 일었고 창문이 부르르 떨렸다. 막대기 끝에는 불길이 활활 타오르며 흔들리고 있었다. 같은 방법으로 다른 막대기에도 불을 붙여서 모두 여섯 개의 불빛이 방의 뒤쪽을 노란 빛으로 물들였다.

그 빛은 어두웠다. 보잘것없는 태양빛보다 더 어두웠다. 불꽃은 미친 듯이 비틀거려서 그림자를 술에 취한 듯이 흔들리게 했다. 횃불에서는 지독하게 연기가 많이 났고 마치 부엌에서 뭔가를 태우는 것 같은 냄새가 났다. 그러나 횃불들은 노란 빛을 내뿜고 있었다. 베타의 음침하고 어두운 빛과 함께 네 시간을 보낸 뒤여서인지 그 노란 빛 속에는 어떤 의미가 있는 것 같았다. 라티머조차 책에서 눈을 떼고 경이에 찬 눈으로 바라보았다. 쉬린은 검댕이 묻는 것도 아랑곳하지 않고 가장 가까운 막대기의 불에 손을 쬐면서 기쁨에 찬 목소리로 중얼거렸다.

"아름답군, 아름다워. 노란색이 이렇게 멋있는 줄 이제야 알았어."

그러나 테레몬은 의심스러운 눈으로 횃불을 주시했다. 그는 코를 벌름거리며 고약한 냄새를 맡고 나서 말했다.

"이건 무엇으로 만든 겁니까?"

"나무라네."

쉬린은 짧게 대답했다.

"오, 아닙니다. 나무가 아닌데요? 나무가 타고 있는 것이 아니지 않습니까? 꼭대기 3센티미터는 숯으로 되어 있고, 불꽃이 어디에서 일어나는지 모르겠군요."

"그게 바로 이 물건의 매력적인 점이라네. 이건 정말 효율적인 인공 광원이지. 우리는 이런 것을 한 200~300개 정도 만들었는데, 물론 대부분은 대피소에 갖다 뒀지. 보게나."

쉬린은 돌아서서 검게 더럽혀진 손을 손수건에 닦고 말했다.

"갈대의 심을 뽑아서 완전히 말린 다음 동물성 수지에 적신다네. 그 다음에 불을 붙이면 기름이 조금씩 타들어가지. 이 횃불은 거의 30분 동안 쉬지 않고 탄다네. 교묘하지, 안 그런가? 우리 사로 대학교의 젊은 친구 하나가 개발한 작품이라네."

잠깐 동안의 흥분이 지나가고, 돔은 다시 정적에 휩싸였다. 라티머는 의자를 횃불 바로 아래로 끌고 와서 계속 경전을 읽고 있었다. 그는 끊임없이 단조롭게 입술을 달싹거리며 별에 대한 기도를 계속 낭독하고 있었다. 비니는 다시 한 번 카메라 쪽으로 돌아갔고 테레몬은 내일자 사로 시 《크로니클》을 위해 지난 두 시간 동안 겪은 일에 대해 지극히 방법적으로, 지극히 세심하게, 그리고 그가 익히 알고 있는 바와 같이 지극히 무의미한 방향으로 기사를 작성하고 있었다. 그러나 즐거움으로 반짝이는 쉬린의 눈빛에서 볼 수 있는 것처럼, 주의 깊게 메모를 적는 그의 마음속에도 하늘이 점점 무섭게 붉은 보랏빛으로 변해간다는 사실 이상의 무엇인가가 들어앉는 것 같았다. 그럼으로써 어둠은 소기의 목적을 달성한 셈이었다.

분위기는 점점 무거워져 갔다. 땅거미가 마치 만져질 듯 뚜렷이 방 안으로 들어왔고, 횃불 주위의 춤추는 노란빛 원은 더욱 뚜렷해졌다. 연기에서 나는 악취와 횃불이 탈 때 나는 타닥거리는 작은 소리, 탁자 주위를 조심스럽게 발끝으로 다니면서 일하는 사람의 부드러운 발끌림 소리, 그림자 속으로 빨려 들어갈 듯한 상황에서 냉정을 잃지 않으려고 가끔씩 누군가가 들이쉬는 숨소리 이외에는 아무 소리도 들리지 않았다.

이상한 소음을 가장 먼저 들은 것은 테레몬이었다. 그것은 공허하고 아무 체계도 없는 소리였는데, 돔을 가득 채우고 있는 죽음의 침묵이 아니었다면 거의 알아차릴 수 없었을 것 같았다. 신문기자는 똑바로 앉아서 수첩을 바로잡았다. 테레몬은 숨을 멈추고 듣고 있다가 마지못해 일어나 태양망원경과 비니의 카메라 사이로 가서 창문 앞에 섰다.

소스라치는 고함 소리에 침묵은 산산조각 나서 흩어져버렸다.

"쉬린 교수님!"

작업은 중단되었다. 한순간에 쉬린은 그의 옆에 와서 섰다. 아톤이 그를 뒤따랐다. 거대한 태양망원경의 대안렌즈에 눈을 대고 관측용 의자에 기대 앉아 있던 이모트 70조차 관측을 중단하고 아래를 내려다보았다.

베타는 이제 연기를 내며 타는 한낱 파편이 되어 마지막 절망적인 모습을 보이고 있었다. 도시 쪽의 동쪽 지평선은 어둠 속으로 사라져버렸고, 사로 시에서 천문대로 오는, 양쪽 가장자리에 나무를 심어놓은 도로는 흐릿한 붉은색으로 보였는데, 거기 서 있는 나무들은 알아볼 수 없게 한덩어리로 뭉쳐서 연속된 그림자 덩어리처럼 보였다.

그러나 주의를 끈 것은 도로 그 자체였다. 도로를 따라 한없이 많은 군중의 그림자가 물결치고 있었다. 아톤은 갈라진 목소리로 외쳤다.

"도시의 미친 군중들! 그들이 왔어!"

"개기식까지는 얼마나 남았지?"

쉬린이 물었다.

"15분. 하지만…… 그들은 5분이면 이곳에 도착한다네."

"괜찮아, 사람들에게는 계속 일하라고 하게. 그들은 막을 수 있네. 이곳은 요새처럼 지은 곳이야. 아톤, 우리의 젊은 컬트교도를 감시하며 행운이나 빌고 있게. 테레몬, 나와 함께 가세."

쉬린은 문밖에 섰고 테레몬은 그의 뒤에 서 있었다. 그들의 발아래 펼쳐진 계단은 건물의 주기둥 둘레를 둥글게 휘감고 내려가서 그 끝은 습기 차고 음산한 어둠 속에 잠겨 있었다.

처음 한순간 그들은 15미터 정도 아래로 뛰어 내려갔다. 그러자 돔의 열린 문에서 어둡게 깜빡거리며 비치던 노란빛이 사라져버리고 위아래 모두 음침한 그림자가 그들을 덮쳐왔다. 쉬린은 멈춰 서서 짧고 두터운 손으로 가슴을 꽉 잡았다. 그는 툭 튀어나온 눈을 하고 마른기침 소리를 내며 말했다.

"나는…… 숨을…… 쉴…… 수가…… 없네……. 자네 혼자…… 가게. 문을 모두 닫아."

테레몬은 몇 발자국 더 내려가다가 돌아섰다.

"기다려요! 1분만 참으실 수 없겠습니까?"

테레몬은 헐떡이면서 말했다. 그의 폐를 드나드는 공기는 마치 같은 양의 꿀이 드나드는 것처럼 느껴졌다. 바로 발밑에 있는 불가사의한 어둠 속으로 혼자 내려간다는 데 생각이 미치자 그는 공포에 질려 날카로운 비명을 지를 것 같았다. 테레몬도 결국 어둠이 두려웠던 것이다.

"여기 계십시오. 곧 돌아오겠습니다."

테레몬은 한 번에 두 계단씩 밟으며 위로 뛰어 올라갔다. 단지 빨리 돌아가려는 노력 때문만은 아니었다. 심장이 미칠 듯이 고동쳤다. 그는 돔으로 구르듯이 뛰어 들어가서 벽걸이에서 횃불을 낚아챘다. 횃불에서는 지독한 냄새가 났고 연기 때문에 눈이 쓰려서 거의 앞이 보이지 않았지만 그는 마치 기뻐서 키스라도 할 듯이 횃불을 움켜쥐었다. 그가 다시 계단을 돌진해 내려가자 횃불이 뒤로 길게 늘어졌다.

테레몬이 내려다보자 쉬린은 눈을 뜨고 신음하고 있었다. 테레몬은 그를 거칠게 흔들었다.

"괜찮습니다. 당황하지 마십시오. 우리에겐 빛이 있습니다."

그는 발 옆에 횃불을 세우고 버둥대는 심리학자를 팔로 받치고 나서 안전한 빛의 원 한가운데에 그의 머리를 내려놓았다.

1층에 있는 사무실들은 아직 빛이 있을 때와 같은 상태였다. 테레몬은 자기를 둘러싸고 있던 공포감이 사라지는 것을 느꼈다.

"여기 있습니다."

그는 무뚝뚝하게 말하고는 횃불을 쉬린에게 건네주었다.

"밖에서 그들이 떠드는 소리를 들을 수 있을 겁니다."

그리고 실제로 들을 수 있었다. 떠들썩한 소음의 파편들과 무언의 외침을.

쉬린이 옳았다. 천문대는 마치 요새처럼 지어져 있었다. 지난 세기에 신 가보티안 양식의 건축이 전성기를 맞고 있을 즈음 건축되었기 때문에 미적인 면보다는 안정성과 견고함에 더 치중하여 설계된 건물이었다. 창문은 콘크리트 창턱에 깊이 박힌 두꺼운 강철 창살로 보호되어 있었다. 벽은 단단한 돌로 되어 있었는데 지진에도 끄떡없을 것 같았고, 정문은 전략적인 면을 고려하여 강철로 강화된 거대한 참나무 판으로 되어 있었다. 테레몬이 빗장을 지르자 둔탁하게 덜커덩 소리를 내며 닫혔다.

회랑의 반대편 끝에서 쉬린이 욕하는 소리가 희미하게 들려왔다. 그는 쇠지렛대로 뒤집어서 쓸모없게 되어버린 뒷문의 자물쇠를 가리키며 말했다.

"라티머가 들어올 때 이렇게 해놓은 것이 틀림없어."

"자, 거기 서 계시지 마십시오."

테레몬은 조급하게 소리쳤다.

"가구들을 끌어내는 거나 도와주십시오. 제 눈앞에서 횃불 좀 치워주시겠습니까? 연기 때문에 죽겠습니다."

테레몬은 두꺼운 탁자를 문에 밀어붙였다. 그리고 몇 분이 지나자 그는 미와 조화가 결여된, 단지 그 무게의 관성에 따라 만들어진 장벽을 하나 설치할 수 있었다.

어디선가 주먹으로 문을 맹렬히 두드리는 소리와 바깥에서 지르는 비명과 고함 소리가 들려왔다.

폭도들은 사로 시를 떠날 때 두 가지만을 마음에 담고 출발했다. 그것은 천문대를 파괴하여 컬트교의 구원을 얻는다는 것과 그들을 거의 마비시켜버린 미칠 듯한 공포였다. 자동차나 무기, 지도자나 조직에 대해 생각할 시간은 없었다. 그들은 천문대까지 걸어와서 맨손으로 공격하고 있는 것이었다.

그리고 그들이 도착했을 때, 베타의 마지막 빛, 불꽃의 마지막 루비색 붉은 방울이 이제 삭막한, 전 세계적인 공포만이 남은 인류의 머리 위에서 희미하게 깜박이고 있었다!

테레몬은 신음 소리를 냈다.

"돔으로 돌아갑시다!"

돔에서는 이모트만이 태양망원경 앞의 자기 자리를 지키고 있었다. 나머지는 카메라를 둘러싸고 있었는데, 비니가 쉰 목소리로 떠들썩하게 지시를 내리고 있었다.

"여러분, 분명히 말씀드립니다. 저는 개기식 직전에 베타를 찍고 나서 건판을 교환할 겁니다. 여러분은 각자의 카메라를 맡으십시오. 다들 노출 시간은 알고……, 알고 계시겠지요?"

다들 숨소리도 내지 않고 동의의 뜻을 나타냈다.

비니는 손으로 눈 위를 쓰다듬으며 말했다.

"햇불이 여전히 타고 있습니까? 걱정 마십시오. 제가 햇불을 보고 있습니다."

그는 의자에 강하게 몸을 밀어붙이며 말했다.

"기억하십시오. 절대…… 절대 좋은 사진을 기대하지는 마십시오. 두, 두 개의 별을 동시에 카메라 시야 속에 넣으려고 시간을 낭비하지 마십시오. 하나면 충분합니다. 그리고…… 그리고 만약 자기가 미칠 것 같은 조짐이 보이면 카메라에서 멀리 도망가십시오."

문에서 쉬린은 테레몬에게 속삭였다.

"아톤에게 데려다주게. 나는 그를 볼 수가 없다네."

신문기자는 곧바로 대답하지 않았다. 천문학자들의 공허한 모습이 흐릿하게 흔들거렸다. 머리 위에 있는 횃불은 마치 노란 얼룩처럼 보였다.

"너무 어둡습니다."

테레몬은 울먹이듯이 말했다.

쉬린은 손을 내밀었다.

"아톤."

쉬린은 앞으로 비틀거리며 걸어갔다.

"아톤!"

데레몬은 뒤따라가서 그의 팔을 잡았다.

"잠깐, 제가 모시겠습니다."

그는 방을 가로질러 갔다. 그리고 어둠에 대해 눈을 감고 암흑 속에 있을 혼란을 생각하지 않으려고 마음의 문을 닫았다. 아무도 그들의 소리를 듣지도, 주의를 기울이지도 않았다. 쉬린은 벽을 향하여 비틀거리며 다가섰다.

"아톤!"

심리학자는 떨리는 손 하나가 자기를 치더니 중얼거리는 목소리가 들리는 것을 느꼈다.

"쉬린, 자넨가?"

"아톤!"

그는 숨을 고르려고 애쓰며 말했다.

"폭도들은 걱정하지 말게. 이곳은 그들을 막아줄 걸세."

★ ★ ★

컬트교도 라티머는 두 발로 일어섰다. 그의 얼굴은 절망으로 일그러져 있었다. 그는 맹세를 했고, 맹세를 깬다는 것은 자신의 영혼을 치명적인 위험에 빠뜨린다는 의미였다. 그러나 그 약속은 강요된 것이었다. 별들이 곧 나타날 것이다! 그는 이들의 행위를 방관하고 허용할 수 없었다. 그러나 맹세는 여전히 유효했다.

베타의 마지막 햇빛을 바라보는 비니의 얼굴이 희미하게 빛났다. 카메라 위에 허리를 굽히고 있는 비니를 보던 라티머는 결정을 내렸다. 그는 손톱으로 자기 손바닥의 살점을 뜯어내며 몸을 긴장시키고 있었다. 그는 뛰기 시작하면서 미친 듯이 비틀거렸다. 그의 앞에는 그림자밖에 없었고 그의 발밑 바닥에는 아무것도 없었다. 그때 누군가가 그를 덮쳐서 바닥에 넘어뜨린 후 목을 조르기 시작했다. 라티머는 무릎을 굽히고 공격자를 강하게 걷어찼다.

"일으켜주지 않으면 죽여버릴 테다."

테레몬은 날카롭게 고함을 지르고는 고통스런 오리무중의 어둠속에서 낮게 으르렁거렸다.

"이 배신자 녀석!"

신문기자는 모든 것을 단숨에 알아차린 것 같았다. 비니가 쉰 목소리로 말하는 것이 들렸다.

"잡았습니다, 카메라로. 여러분!"

그러자 햇빛의 마지막 줄기가 솎아내어져서 마침내 카메라에 잡혀버렸다는 이상한 느낌을 받았다. 비니가 헐떡이며 말하는 소리와 쉬린의 이상야릇한 환성, 귀에 거슬리게 신경질적으로 낄낄대는 소리들이 거의 동시에 들려왔다. 그리고 갑작스런 침묵, 죽음과도 같은 기이한 침묵이 이어졌다.

라티머의 손에서 힘이 풀리면서 축 늘어졌다. 테레몬은 컬트교도의 눈을 들여다보았다. 위를 쳐다보는 검은 동자 속에서 횃불의 반짝이는 노란 빛이 반사되고 있었다. 라티머의 입술 사이에서 거품방울이 끓어오르고 목에서는 동물적인 흐느낌 소리가 새어 나오고 있었다.

서서히 두려움에 질려서 그는 한쪽 팔을 짚고 일어나 창밖으로, 피마저 얼어붙을 것 같은 암흑으로 눈을 돌렸다.

창문 밖으로 별이 빛나고 있었다!

지구에서 맨눈으로 볼 수 있는 3600개의 반짝이는 별들이 아니었다. 라가시는 거대한 성단의 한가운데에 있었던 것이다. 3만 개의 강력한 태양이 지금 전 세계를 휩쓸고 있는 모진 바람보다 더욱 무섭고 냉담하게 영혼조차 태워버릴 듯한 광채를 내리비추고 있었다.

테레몬은 비틀거리며 일어섰다. 그의 목은 옥죄어져서 숨쉬기도 힘들었고 참을 수 없는 공포로 온몸의 근육이 뒤틀렸다. 그는 미쳐가고 있었고, 자신도 그것을 알 수 있었다. 마음속 깊은 어딘가에서 의식이 희망 없는 암흑의 공포와 싸우며 비명을 질렀다. 미친다는 것, 미치고 있다는 것을 안다는 것, 몇 분만 지나면 물리적으로 몸은 이곳에 있을지언정 본질은 모두 죽어서 암흑의 광기에 빨려들어 없어질 거라는 사실을 안다는 것은 너무나 무서운 일이었다. 그것은 암흑—암흑과 냉기와 멸망이었다. 우주의 찬란한 벽이 산산이 부서져 무서운 검은 파편들이 그를 짓밟고, 압박하고, 말살하기 위하여 무너져 내리고 있었다. 손과 무릎으로 기며 누군가와 엎치락뒤치락하다가 어느 순간 그는 상대방을 딛고 일어섰다. 그리고 고통스럽게 목을 움켜쥔 채 미쳐버린 그의 시야를 가득 채운 횃불을 향해 비척거리며 나아갔다.

"빛이다!"

테레몬은 비명을 질렀다.

어딘가에서 아톤이 마치 놀란 아이처럼 떨며 울부짖고 있었다.

"별…… 모두 별이야……. 우린 전혀 모르고 있었어. 우린 아무것도 모르고 있었던 거야. 우리는 이 우주에서 여섯 개의 별이 전부 다인 줄 알았어, 암흑이 영원히, 영원히, 영원하리라고 생각했는데 저 별이 갑자기 나타났어. 우리는 몰랐어, 우리는 알 수가 없었어. 아무것도……."

누군가 횃불을 집어던져서 꺼버렸다. 그러자 별의 냉랭하고 무서운 광채는 그들에게 더욱 가까이 다가섰다.

사로 시 쪽으로 난 창 밖의 지평선 위로 시뻘건 빛이 점점 밝게 커지고 있었다. 그것은 태양빛이 아니었다.

전설의 밤이 다시 돌아온 것이다.

무기 상점 ☆☆☆

A. E. van Vogt **The Weapon Shop**

A. E. 밴 보그트 지음
고호관 옮김

    한밤중의 마을은 기이하게도 시간을 초월한 듯한 분위기를 풍겼다. 파라는 만족스러운 기분으로 아내와 함께 밤길을 걸었다. 공기가 마치 와인 같았다. 머릿속에서 어렴풋이 과거 임페리얼 시티에서 온 한 예술가가 떠올랐다. 그는 텔레스탯에서 '7000년 전 전자 시대의 풍경을 떠올리게 하는 상징적인 그림'——이 표현은 생생하게 떠올랐다——이라고 평했던 그림을 그렸다.

    파라는 그 말에 전적으로 동의했다. 잡초 하나 없이 자동으로 관리되는 정원과 꽃밭 속에 가지런히 늘어선 상점들, 언제나 단단하고 풀이 무성한 보도, 흠집 하나 없이 밝게 빛나는 가로등—시간이 멈춰버린 평안한 낙원에서나 볼 수 있는 광경이었다.

그리고 눈앞에 놓여 있는 조용하고 평화로운 광경을 그린 위대한 예술가의 그림이 이제 여왕 폐하의 소장품에 포함되어 있다는 사실은 마치 그의 삶의 일부가 된 것 같았다. 여왕 폐하가 그림을 칭송하자 그 축복받은 예술가는 즉시 그림을 바칠 수 있게 해달라며 폐하에게 간원했던 것이다.

왕실 혈통의 1180번째 계승자이자, 거룩하고 성스러우며 자애롭고 아름다우신 이넬다 이셔에게 직접 존경을 바칠 수 있다니 얼마나 기뻤을지 이루 헤아릴 수 없었다.

파라는 아내를 향해 몸을 반쯤 돌린 채 걸음을 옮겼다. 가까운 가로등 불빛이 그림자에 가린 아내의 정겹고, 여전히 젊은 얼굴을 희미하게나마 비춰주었다. 그는 본능적으로 밤이 드리우는 파스텔 색조의 그림자와 조화를 이루려 목소리를 낮추면서 부드럽게 중얼거렸다.

"그분이…… 그러니까 여왕 폐하가 말씀하시길, 우리 마을 글레이는 건강하고 점잖은 기운이 충만해서 폐하의 신민 중 가장 훌륭한 성품을 지니고 있다는 거야. 생각만 해도 멋지지 않아, 크릴? 폐하는 엄청나게 자애로운 분이 틀림없어. 난……"

파라는 걸음을 멈췄다. 골목길로 접어들던 그들의 눈앞에 뭔가 있었던 것이다. 대략 50미터쯤 앞에…….

그는 뻣뻣하게 팔을 들어 어둠 속에서 빛나는 표지판을 가리켰다. 표지판에는 이렇게 쓰여 있었다.

훌륭한 무기
무기를 살 수 있는 권리는 자유로워질 수 있는 권리입니다.

빛나는 표지판을 바라보는 파라는 기이하고 텅 빈 듯한 감정을 느꼈다. 마을 주민들이 그 주위로 몰려드는 모습이 보였다. 마침내 쉰 목소리로 파라가 말했다.

"이런 가게가 있다는 이야기를 들은 적이 있어. 파렴치한 곳이지. 조만간 여왕 폐하의 정부가 뭔가 조치를 취할 거야. 비밀 공장에서 만들어서 우리 마을 같은 곳으로 가져온 다음에 재산권 따위는 안중에도 두지 않고 가게를 세운다지. 저건 한 시간 전만 해도 저기 없었다고."

파라의 얼굴이 굳어졌다. 그는 거칠게 날이 선 목소리로 말했다.

"집으로 가, 크릴."

크릴이 곧바로 걸음을 떼지 않자 파라는 놀랐다. 함께 산 이후 자신의 말에 기꺼이 따르는 아내의 성격 덕분에 결혼생활은 언제나 즐거웠던 것이다. 그의 눈에 크게 뜬 아내의 눈과 그 안에 깃든 희미한 불안감이 들어왔다. 아내가 말했다.

"뭘 하려는 거예요, 파라? 설마……."

"집에 가라니까!"

아내가 두려워하자 그의 본성에 내재돼 있던 단호한 결단력이 튀어나왔다.

"저런 말도 안 되는 게 우리 마을을 모독하게 할 수는 없어. 생각해보라고."

섬뜩한 상상에 그의 목소리가 떨려 나왔다.

"언제까지나 여왕 폐하의 그림과 똑같은 모습으로 보존하기로 한 우리의 고귀하고 유서 깊은 공동체가…… 저것 때문에 타락하고 망가져버린다니…… 그렇게 내버려둘 순 없어. 그렇게 해서는 안 돼."

골목길의 희끄무레한 어둠 속에서 크릴의 목소리가 부드럽게 울려 퍼졌다. 목소리에 이제 불안감은 없었다.

"서두르지 말아요, 파라. 그 그림이 그려진 이래로 글레이에 새로운 건물이 생긴 건 처음이 아니잖아요."

파라는 침묵했다. 별로 반갑지 않은 사실을 불필요하게 상기시키는 아내의 성격이 그는 탐탁지 않았다. 아내가 무슨 소리를 하는지는 분명히 알고 있었다. 자동 원자 모터 정비 공업 Automatic Atomic Motor Repair Shops이라는 이름의 거대 기업은 국법의 허가를 받아 마을 의회의 반대를 물리치고 번쩍이는 건물을 문어발처럼 여기저기 들이밀고 있었다.

"그건 달라!"

끝내 파라가 소리를 질렀다.

"첫째, 시간이 지나면 사람들은 이 자동 수리란 게 얼마나 형편없는지 알게 될 거야. 둘째, 이건 공정한 경쟁이어야 한다고. 하지만 이 무기 상점은 이셔의 궁정 아래서 살아가는 삶을 즐겁게 해주는 고상함에 도전하고 있잖아. 저 위선적인 말을 보라고. '무기를 살 수 있는 권리.' 파핫!"

파라가 단호하게 내뱉었다.

"집에 가, 크릴. 저 작자들이 우리 마을에서 무기를 팔도록 놔두지는 않을 거니까."

파라는 아내의 날씬한 몸이 그림자 속으로 사라지는 모습을 보았다. 아내가 길을 반쯤 건넜을 때 파라는 문득 떠오르는 게 있어 아내에게 외쳤다.

"가다가 골목길에서 우리 아들이 보이면 집에 데리고 가. 이렇게 밤늦게 쏘다니면 안 된다는 걸 좀 가르쳐야 한다고."

그림자가 드리워진 아내의 모습은 뒤돌아보지 않았다. 파라는 부드럽게 빛나는 희미한 가로등 불빛을 받으며 걸어가는 아내를 물끄러미 바라보다가 몸을 돌려 빠른 걸음으로 무기 상점을 향했다. 군중의 숫자가 시시각각 늘어나고 있었고, 흥분한 목소리가 밤공기를 울렸다.

글레이 마을에 역대 최대의 사건이 일어난 것만큼은 의심의 여지가 없었다.

파라가 본 무기 상점의 표지판은 전형적인 착시 기법을 쓴 물건이었다. 어느 각도에서 봐도 항상 똑바로 쳐다보게끔 되어 있었다. 파라가 마침내 커다란 전시용 창문 앞에 서자, 글귀가 가게 정면에 눌러붙더니 깜빡이지도 않은 채 그를 내려다보았다.

파라는 그 선전문구의 의미를 생각해보고는 다시 한 번 콧방귀를 뀌었지만, 곧 그런 단순한 일 따위는 잊어버리고 말았다. 창문 안에 아래와 같은 또 다른 문구가 쓰여 있었던 것이다.

전 우주에서 가장 뛰어난 에너지 무기

파라는 갑자기 흥미가 동했다. 의지와는 반대로 그 광경에 매료된 채 멋지게 진열된 총들을 바라보았다. 새끼손가락처럼 작은 권총에서부터 속사총까지 다양한 크기의 총을 모두 갖추고 있었다. 하나하나가 모두 가볍고 단단하며 장식용으로도 손색이 없는 물질, 이를테면 반짝이는 글라세인이나 다채롭지만 불투명한 오딘 플라스틱, 담록색의 마그네사이트 베릴륨 등으로 만들어져 있었다.

위험한 무기가 치명적일 정도로 많이 진열된 모습을 보자 파라의 가슴 속에 한기가 돌았다. 그가 알기로는 이 작은 마을에서 총을, 그것도 단지 사냥을 위해서만 가지고 있는 사람도 기껏해야 두 사람을 넘지 않았다. 그런 글레이에 이렇게나 많은 무기라니. 맙소사, 이건 말도 안 되며, 엄청나게 해롭고, 또 극도로 위협적인 일이었다.

파라의 등 뒤에서 누군가가 말했다.

"란 해리스의 땅에 들어섰잖아. 고소하게 됐군. 그 늙은 악당이 한바탕 난리를 치겠구먼!"

몇 명이 작은 소리로 킬킬대며 웃자, 따뜻하고 신선한 공기에 잠시 야릇한 기운이 감돌았다. 그 사람이 맞는 말을 하긴 한 모양이었다. 무기 상점은 전면의 길이가 12미터로, 인색한 늙은이 해리스의 녹색 정원 같은 땅 한가운데를 차지하고 있었다.

파라는 얼굴을 찡그렸다. 마을에서 가장 미움받는 자의 땅을 골라 가볍게 빼앗는 동시에 사람들에게 기분 나쁘지 않은 흥밋거리를 안겨 주다니, 무기 상점을 운영하는 자들은 교활한 악마들이었다. 바로 이런 교활함 때문에라도 절대 이자들의 속임수가 성공하게 내버려둘 수 없었다.

오만상을 찌푸리고 있던 파라에게 시장인 멜 데일의 뚱뚱한 몸집이 눈에 들어왔다. 파라는 서둘러 군중 사이를 헤치고 시장에게 다가갔다.

"조르는 어디 있나요?"

"여기 있어."

마을 치안관이 사람들을 팔꿈치로 밀치며 다가왔다.

"무슨 계획이라도 있나?"

그가 물었다.

"계획이랄 게 뭐가 있어."

파라가 단호히 말했다.

"들어가서 체포하는 거지."

놀랍게도 그 둘은 서로를 바라보더니 시선을 내렸다. 잠시 후 덩치 큰 치안관이 말했다.

"문이 잠겼어. 두드려도 아무도 대답하지 않는다고. 내일 아침까지 기다려보자고 말할 참이었네만."

"말도 안 돼!"

자기 말소리에 되레 놀란 파라는 초조해졌다.

"도끼로 부수고 들어가자고. 미뤄봤자 저 쓰레기 같은 놈들이 반항할 구실만 줄 거야. 저런 건 우리 마을에 단 하룻밤도 있어선 안 돼. 안 그래?"

근처에 있는 사람들이 모두 황급히 동의한다며 고개를 끄덕였다. 너무 빠른 반응이었다. 파라가 당혹스러워 주위를 둘러보자 다들 파라와 눈이 마주치는 것을 피했다. '다들 무서워하고 있군. 의욕이 없어.' 파라는 생각했다. 파라가 입을 열기 전에 치안관인 조르가 먼저 말했다.

"자네는 이런 상점의 문이 어떤지 들어보지 못한 것 같군. 무슨 수를 써도 부수고 들어갈 수 없어."

그 소리를 듣자 파라는 바로 자기가 나서야 할 때라는 사실을 깨달았다. 그는 말했다.

"내가 가게에 가서 원자 절단기를 가져오지. 그거면 될 거야. 허락해주시겠죠, 시장님?"

그 뚱뚱한 남자가 땀을 흘리고 있다는 건 무기 상점의 창문에서 나오는 불빛만으로도 충분히 알 수 있었다. 그는 손수건을 꺼내 이마를 닦으며 말했다.

"아무래도 내가 퍼드에 있는 제국 수비대 사령관에게 전화로 물어보는 게 나을 것 같은데."

"안 됩니다!"

은근슬쩍 빠져나가려는 눈치였다. 파라는 스스로 강철같이 단단해지는 느낌이었다. 마을의 모든 힘이 자신 안에 있다는 확신이 들었다.

"우리 스스로 처리해야 합니다. 이자들이 다른 마을에 침투할 수 있었던 건 아무도 단호하게 행동에 나서지 않았기 때문이에요. 우리는 할 수 있는 한 막아야 합니다. 바로 지금, 이 순간부터요. 아시겠지요?"

시장의 입에서 나온 "알았어!"란 말은 들릴락 말락 한 한숨에 불과했다. 하지만 파리에게는 충분했다.

그는 군중에게 큰 소리로 자기 계획을 알렸다. 그리고 사람들 사이를 빠져나오다가 아들이 다른 젊은이들과 함께 상점에 진열된 무기를 바라보는 모습을 목격했다.

파라가 소리쳤다.

"케일, 이리 와서 날 좀 도와라."

케일은 고개도 돌리지 않았다. 파라는 잔뜩 열 받은 상태로 서둘러 발걸음을 옮겼다. 망할 녀석 같으니! 파라는 언젠가 아들에게도 단단히 조치를 취해야겠다고 생각했다. 안 그러면 아무짝에도 쓸모없는 녀석이 되고 말 터였다.

소리 없고, 부드러운 에너지. 파편도 튀지 않고, 불꽃도 일지 않았다. 부드럽고 순수한 백색의 빛이 상점 문의 금속판을 어루만지듯 달구었다. 하지만 금속판에는 그을음 하나 생기지 않았다.

시간이 흘렀지만 파라는 이 믿을 수 없는 실패를 완강히 받아들이지 않고 저항하는 벽을 향해 강한 에너지를 끝없이 쏟아부었다. 마침내 기계를 거두었을 때, 그는 비오듯 땀을 흘리고 있었다.

"이해가 안 돼."

그는 숨을 몰아쉬었다.

"이렇게 꾸준히 원자력을 가하는 데는 어떤 금속도 견딜 수 없어. 모터의 연소실 안쪽에 쓰는 강한 금속판도 우리가 무한한 흐름이라고 부르는 폭발은 흡수한다고. 그러면 각 금속판이 계속 안정된 상태를 유지할 수 있다고 하지만 그건 이론일 뿐이야. 실제로는 꾸준히 흘려주면 몇 달 만에 금속판 전체가 결정화돼버린다고."

"조르가 말한 대로잖나."

시장이 말했다.

"무기 상점은…… 크다고. 제국 전체에 퍼져 있어. 그리고 그들은 여왕을 인정하지 않아."

파라는 기분이 상한 채 단단한 풀밭 위로 옮겨 섰다. 그는 이런 대화가 마음에 들지 않았다. 마치 신성모독과도 같았다. 게다가 말도 안 됐다. 말이 안 돼야만 했다. 파라가 뭐라고 말하기 전에 뒤쪽에 있던 누군가가 먼저 말했다.

"내가 듣기로는 그 안에 있는 사람을 해칠 수 없는 사람만 저 문을 열 수 있다고 하던데."

그 말에 파라는 정신이 번쩍 들었다. 깜짝 놀란 파라는 처음으로 자신의 실패가 사람들의 심리에 악영향을 끼쳤다는 사실을 깨달았다. 그는 날카롭게 말했다.

"말도 안 돼! 만약 그런 문이 있다면 누가 안 쓰겠어. 우리도……"

갑자기 누가 문을 열려는 모습을 한 번도 보지 못했다는 사실에 생각이 미치자 그는 말을 멈췄다. 아무도 나서서 열어보려 하지 않는 분위기가 팽배했지만 어쩌면…….

그는 앞으로 걸어 나가 문고리를 잡고, 당겼다. 문이 열렸다. 부자연스러울 정도로 가벼워 순간적으로 마치 문고리만 슬쩍 빠져나온 것 같은 느낌이었다. 파라는 심호흡을 한 번 하고 문을 활짝 열었다.

"조르!"

그가 외쳤다.

"들어가!"

치안관은 어색하게──수많은 사람 앞에서 뒤로 빠질 수 없다는 순간적인 깨달음에 뒤이어 조심해야 한다는 생각이 떠올랐기 때문이 분명했다──움직였다. 그는 서툰 동작으로 열린 문을 향해 뛰었다. 그리고 문은 그의 눈앞에서 닫혔다.

파라는 아직도 굳게 쥔 두 손을 멍청하게 바라보았다. 그러나 천천히 소름 끼치는 긴장감이 신경망을 훑었다. 문고리는 사라졌다. 형체가 비틀리더니 끈적이는 무정형의 액체가 되어 긴장한 손가락 사이로 빠져나간 것이다. 그 짧았던 느낌마저 뭔가 비정상적이라는 느낌을 주기에 충분했다.

파라는 사람들이 침묵에 잠긴 채 자기를 뚫어지게 바라보고 있다는 사실을 깨달았다. 파라는 이번에는 약간 머뭇거리며 문고리를 향해 손을 뻗었다. 하지만 손잡이는 어느 쪽으로도 돌아가거나 움직이지 않았고, 그 순간 그는 자기가 머뭇거렸다는 사실을 깨닫고 화가 났다.

다시 완전히 결단력이 돌아왔고, 그러자 생각이 떠올랐다. 파라는 치안관을 향해 손짓했다.

"뒤로 가, 조르. 내가 밀게."

치안관이 물러났지만, 효과가 없었다. 잡아당겨도 소용없었다. 문은 열리지 않았다. 군중 속에서 누군가가 음울하게 말했다.

"문이 자네를 들여보내기로 결심한 거야. 그리고 생각을 바꾼 거지."

"바보 같은 소리 하지 마!"

파라가 거칠게 말했다.

"마음을 바꾸다니. 미쳤어? 문은 그런 생각 못 해."

하지만 갑자기 솟구친 두려움에 목소리가 떨려 나왔다. 정상적으로 주의를 기울이고 있었는데도 파라가 갑자기 대담해진 건 바로 그 때문이었다. 파라는 몸을 부르르 떨더니 상점을 향해 몸을 돌렸다.

건물은 밤하늘 아래서 희미하게 빛나고 있었지만, 그 안은 대낮처럼 밝았고 널찍한 데다가 이국적이고 위협적이며, 더 이상 쉽게 정복하기 어려워 보였다. 만약 여왕 폐하의 병사가 이 일을 맡는다면 과연 어떻게 할까 하는 유쾌하지 않은 의문이 떠올랐다. 그러자 순간 적나라한 현실이 눈앞을 스쳐가면서 그들이라 해도 어쩔 수 없으리라는 느낌이 점점 커졌다.

파라는 그런 생각을 자기가 떠올렸다는 데 돌연 두려움을 느꼈다. 그는 머릿속에서 들리는 외침 소리를 막으려 했다.

"한번 열린 문이잖아. 또 열릴 거야."

열렸다. 그냥 열렸다. 부드럽게, 아무런 저항 없이, 무게감이 전혀 느껴지지 않던 느낌 그대로, 기이하고 민감한 문은 그의 손에 이끌려 움직였다. 문간 너머에는 어둡고 희미한 넓은 공간이 펼쳐져 있었다. 파라는 등 뒤에서 멜 데일의 목소리를 들었다. 시장은 이렇게 말하고 있었다.

"바보짓 하지 말게, 파라. 안에 들어가서 뭘 어쩌려고?"

파라는 자기가 이미 문턱을 넘어가고 있다는 사실을 깨닫고 희미하게 놀랐다. 그는 놀란 채 뒤돌아서 흐릿하게 보이는 얼굴들을 바라보았다.

"아······."

그가 멍하게 말했다. 그러고는 표정이 밝아지며 덧붙였다.

"아, 당연히 총을 사야지요."

파라는 자기 대답이 영리하고 은근한 교활함까지 갖추고 있다는 생각에 한 30초 동안 스스로 감탄하고 있었다. 하지만 그런 감정은 곧 희미하게 밝혀진 무기 상점의 내부에 들어와 있다는 사실을 깨달으면서 천천히 사라졌다.

안은 기이할 정도로 조용했다. 바깥의 소리도 전혀 들리지 않아서, 놀랍게도 상점 안의 사람들은 바깥에 군중이 모여 있다는 걸 전혀 모를 수도 있겠다는 생각도 들었다.

파라는 조심스럽게 앞으로 걸어갔다. 바닥에 양탄자가 깔려 있어서 발소리를 완전히 없애주었다. 잠시 후 벽과 천장의 반사광처럼 보이는 약한 불빛에 눈이 적응됐다. 왠지 모르겠지만 그는 막연하게 극도로 정상적인 분위기를 예상했다. 그리고 원자 조명이 풍기는 평범한 분위기는 긴장한 그의 신경에 기운을 불어넣어주는 것 같았다.

파라는 화를 내며 몸을 떨었다. 분위기에 압도될 이유가 어디 있는 거지? 그는 바깥에 서 있는 순진한 멍청이들과 똑같아지고 있었다.

그는 자신감을 그러모으며 주위를 둘러보았다. 겉모습은 꽤나 평범해 보였다. 흔한 상점이었고, 가구는 거의 없었다. 벽과 바닥에는 진열장이 있었다. 화려하고 예쁘지만 특별히 비정상적이지는 않았고, 갯수도 별로—몇 십 개 정도—많지 않았다. 거기다 뒤쪽으로 통하는 쪽에는 장식이 멋지게 된 이중문이 있었다……

파라는 그 문에서 눈을 떼지 않으려 애쓰며 진열장을 살펴보았다. 진열장 하나마다 서너 개의 무기가 놓여 있거나 상자 또는 홀스터에 들어 있었다.

갑자기 무기가 파라를 흥분시키기 시작했다. 저 중에 아무 총이나 집어들고 누군가 나오는 순간 밖으로 내몰아 조르에게 체포하도록 할 수 있겠다는 멋진 생각이 떠오르면서, 그는 문을 감시한다는 의도를 깜빡 잊고 말았다…….

그때, 등 뒤에서 한 남자가 조용히 말했다.

"총을 사시려고요?"

파라는 펄쩍 뛰며 뒤로 돌았다. 점원이 나타나 자기의 계획이 망쳐지자 순간적으로 분노가 치솟았다.

그러나 자신을 방해한 자가 자기보다 나이가 많아 보이는 은발의 점잖은 남자라는 것을 알게 되자 화는 가라앉았다. 뭔가 크게 허를 찔린 것 같았다. 파라는 나이가 많은 사람만 보면 거의 자동적으로 매우 예의바르게 구는 사람이었다. 그래서 한동안 입을 벌린 채 서 있을 수밖에 없었다. 마침내 파라가 어색하게 말했다.

"네, 네, 총이요."

"어디에 쓰시렵니까?"

그 남자가 조용한 목소리로 물었다.

파라는 멍하니 그를 쳐다볼 수밖에 없었다. 너무 순식간에 닥친 일이었다. 원래 그는 화를 내려 했었다. 이자들에게 자기 생각이 어떤지를 말해주려고 했다. 하지만 대표로 이야기를 들어야 할 사람이 하필이면 나이가 많은 바람에, 혀가 굳고 감정이 엉켜버린 것이다. 파라는 억지로 의지를 짜내 겨우 말을 이을 수 있었다.

"사냥을 하려고요."

그럴 듯하게 들린 대답에 파라는 다른 생각을 할 수 없었다.

"맞아요. 당연히 사냥 때문이죠. 북쪽에 호수가 있거든요."

그는 계속해서 집요하게 그럴듯한 말을 주워섬겼다.

"그리고……"

파라는 거짓말이 점점 늘어나자 깜짝 놀라 스스로를 꾸짖으며 입을 다물었다. 그는 아직 그렇게 새빨간 거짓말을 감내할 수 있는 사람이 아니었다. 그는 짧게 내뱉었다.

"사냥에 쓸 겁니다."

파라는 다시 정신을 차렸다. 그러자 갑자기 자기를 완벽하게 불리한 상황에 처하게 한 그 남자가 싫어졌다. 그는 분노에 불타는 눈빛으로 그 노인이 진열장을 열고 초록색으로 빛나는 라이플을 꺼내는 모습을 지켜보았다.

무기를 손에 들고 자기를 바라보는 노인을 보며 파라는 생각했다.

'아주 영리하군. 노인을 전면에 내세우다니.'

수전노 해리스의 땅을 고른 것과 마찬가지로 교활한 수법이었다. 파라는 차가운 분노를 머금은 채 목적에 충실하기 위해 라이플을 향해 손을 뻗었다. 하지만 노인은 파라의 손이 닿지 않는 곳에서 총을 쥔 채 말했다.

"손님이 이 총을 안 사실지도 모르지만 저희 내규에 따라 총을 구입하실 수 있는 조건을 먼저 말씀드려야 합니다."

그러니까 규칙도 있단 말이군. 잘 속는 바보들이라면 바로 넘어가 버릴 만한 심리학적 속임수까지 갖추고 있군! 훗, 늙은 악당아, 얼마든지 떠들어보라고. 파라는 손에 라이플이 들어오기만 하면 곧바로 이 위선을 끝장내버릴 참이었다.

"우리 무기 제작자들은 말입니다."

노인이 부드럽게 말했다.

"특정 범위 안에서는 물질로 이루어진 그 어떤 기계나 물체도 파괴할 수 있는 총을 개발했습니다. 우리 무기를 가진 사람은 여왕의 병사 누구와도 맞먹거나 그 이상의 힘을 발휘할 수 있습니다. 그 이상이라고 한 이유는 모든 총을 중심으로 무형의 파괴력에 대항하는 완벽한 방어막 역할을 하는 역장이 생기기 때문입니다. 몽둥이나 창이나 총알처럼 물질로 만들어진 무기에 대해서는 방어력을 제공하지 못하지만, 소유주 주위에 생성되는 역장을 꿰뚫으려면 최소한 작은 원자포 정도는 있어야 하지요."

노인은 계속 말을 이었다.

"이렇게 강력한 무기가 아무런 제한 없이 무책임한 자의 손에 들어가면 안 된다는 건 아시겠지요. 따라서 저희가 파는 무기는 공격이나 살인 용도로 써선 안 됩니다. 사냥용 라이플의 경우 저희가 수시로 진열용 창에 게시하는 특정 새와 동물에게만 쏠 수 있습니다. 마지막으로 저희의 허가 없이 무기를 되팔아서는 안 됩니다. 동의하십니까?"

파라는 묵묵히 고개만 끄덕였다. 그 순간 그는 아무 말도 할 수 없었다. 믿을 수 없고, 터무니없을 정도로 멍청한 말이 여전히 그의 머릿속을 뱅뱅 돌고 있었다. 큰 소리로 웃어야 한다는 생각이 들다가도, 자신의 지성을 그렇게나 모욕한 노인을 저주해야 하나 오락가락했다.

그러니까 총을 살인이나 강도짓에 쓰면 안 된다는 소리지. 그러니까 정해진 새와 동물만 쏴야 한다는 거지. 그리고 되파는 거라면, 가령 여기서 총을 사서 수천 킬로미터 떨어진 곳까지 가져간 다음에 그곳의 어느 돈 많은 사람한테 2크레디트만 받고 판다 한들 누가 알까?

아니면 그 돈 많은 사람을 털거나 쏴버린다 한들 무기 상점이 그걸 어떻게 알겠어? 완전히 어처구니없는…….

파라는 노인이 자루 쪽으로 라이플을 들어 자신에게 내밀고 있다는 사실을 알아챘다. 그는 냉큼 받아들고 곧바로 총구를 노인에게 향하고 싶은 충동을 억눌렀다. 서두를 필요 없잖아. 파라는 스스로를 타이르며 말했다.

"어떻게 쓰는 거지요?"

"그냥 조준하고 방아쇠를 당기면 됩니다. 혹시 원하신다면 여기 있는 표적에 대고 연습해보셔도 됩니다."

파라는 총을 들어올렸다.

"그러죠."

승리감에 도취된 그가 말했다.

"바로 당신이 표적이야. 자, 저 문을 통해서 밖으로 나가라고."

파라는 목소리를 높였다.

"뒷문으로 아무도 들어오지 않는 게 좋을 거야. 다 보고 있다고."

그는 노인을 향해 몸짓했다.

"빨리 움직여! 쏴버린다! 농담이 아냐."

노인은 당황하지 않고 냉정함을 유지했다.

"그러시겠지요. 손님이 적대적임에도 불구하고 들어올 수 있도록 문을 조정하기로 했을 때, 이미 살인이 일어날 가능성을 염두에 두고 있었습니다. 하지만 여긴 우리 터전이지요. 아무래도 손님이 몸가짐에 주의하셔야 할 겁니다. 뒤를 보시죠…….”

한동안 침묵이 감돌았다. 파라는 방아쇠에 손가락을 올린 채 움직이지 않고 서 있었다. 근래 들어 들었던 무기 상점에 대한 뜬소문이 전부 희미하게 떠올랐다. 구역마다 비밀리에 조력자를 숨겨두고 있다는 이야기나, 은밀하고 잔인한 비밀 정부가 따로 있다는 이야기나, 일단 그들 손아귀에 떨어지면 빠져나올 방법은 오로지 죽음뿐이라는…….

하지만 끝내 명확해진 것은 마음속에 떠오른 자기 자신의 모습이었다. 파라 클락. 가정적인 남자이자 여왕 폐하의 충실한 신민이 무기 상점의 희끄무레한 조명 아래 서서 여왕 폐하를 위협하는 거대한 조직에 맞서 침착하게 싸우고 있다. 너무 무모한 짓이었던 게 분명했다.

그러나 돌이킬 수 없는 일. 파라는 축 늘어진 근육에 용기를 불어넣었다. 그가 말했다.

“내 뒤에 누가 있는 척 속여봤자 소용없다. 자, 문으로 가. 빨리!”

노인의 담담한 눈빛은 파라의 등 뒤를 향했다. 그가 말했다.

“흠, 라드, 자료는 다 얻었나?”

“첫 조사로는 충분합니다.”

파라의 뒤에서 젊은 남자의 바리톤 목소리가 흘러나왔다.

“A-7형의 보수주의자. 지능은 평균이지만 작은 마을 특유의 모나릭 발달을 보이고 있습니다. 제국 학교에서 습득한 편향적인 사고방식이 과장된 형태로 남아 있고요. 이성으로 설득하는 건 소용없습니다. 감정적인 접근은 광범위한 치료가 필요하겠는걸요. 제가 보기엔 신경 쓸 필요 없어 보입니다. 좋을 대로 살게 내버려두지요."

"혹시라도 말이야."

파라가 날카로운 목소리로 말했다.

"저 가짜 목소리 때문에 내가 돌아설 거라고 생각했다면, 너희들 모두 미친 놈들이야. 저쪽은 건물 왼쪽 벽이라고. 거기엔 아무도 없어."

"라드, 나도 저 사람이 살던 대로 내버려두고 싶네."

노인이 말했다.

"하지만 저 사람은 밖에 있는 군중을 움직이는 주동자야. 기를 꺾어줄 필요가 있을 것 같은데."

"저자의 존재를 널리 알리죠."

라드가 말했다.

"남은 평생 동안 쏟아지는 비난을 부정하며 살게 될 겁니다."

당황스럽고 불편한 기분으로 이해할 수 없는 대화를 듣고 있자니 라이플이 주는 자신감은 점차 옅어지다가 마침내 완전히 사라져버렸다. 파라가 입을 열었지만, 그 전에 노인이 완고한 투로 말했다.

"감정을 약간 자극하는 게 효과는 더 길지도 몰라. 저 사람에게 궁전을 보여주게."

궁전! 놀라운 단어가 잠시 마비 상태에 있던 파라를 뒤흔들었다.

"이봐."

그가 말했다.

"당신이 거짓말했다는 걸 알겠어. 이 총은 장전이 돼 있지 않은 거로군. 그건……."

온몸의 근육이 경직돼버렸는지 목소리가 나오지 않았다. 그는 미친 사람처럼 두 손을 바라보았다. 거기엔 총이 없었다!

"이건, 너……."

파라가 거칠게 입을 열었다가 다시 다물었다. 마음이 이리저리 요동쳤다. 파라는 빙글빙글 도는 감각과 싸우기 위해 엄청나게 애를 써야만 했다. 마침내 그가 몸을 떨며 생각했다. 누군가 몰래 총을 빼간 게 분명했다. 그건 곧 누군가 등 뒤에 있었다는 뜻이었다. 목소리는 기계에서 나는 게 아니었다. 그들이 어떤 수작을 부렸는지는 모르겠지만.

그는 몸을 돌리려 했지만, 몸이 말을 듣지 않았다. 빌어먹을. 그는 근육에 힘을 줘가며 애썼다. 하지만 움직일 수도, 꿈틀거릴 수조차 없었다.

이상하게도 실내가 어두워지고 있었다. 노인의 모습이 잘 보이지 않았다. 할 수 있었다면 파라는 비명을 질렀을 것이다. 왜냐하면 무기상점이 아예 없어져버렸기 때문이다. 파라는…….

파라는 거대한 도시 상공에 떠 있었다.

발밑에 아무것도 없고 사방에 공기 말고는 아무것도 없는 허공, 위로는 푸른 여름 하늘이 펼쳐져 있었고, 2~3킬로미터 아래에는 도시가 있었다.

허공, 허공이었다―비명을 지르고 싶었지만 호흡이 폐 속에 단단히 붙잡혀 있는 것 같았다. 공포에 질린 파라가 제정신으로 돌아온 것은 그가 실제로는 단단한 바닥에 서 있다는 사실을 어렴풋이 깨달은 뒤였다. 그렇다면 발 아래의 도시는 착각하기 쉽게 교묘하게 그려진 영상일 게 분명했다.

그제야 파라는 발 아래의 거대 도시를 인지할 수 있었다. 바로 꿈의 도시, 영예로운 여왕 폐하 이셔가 사는 제국의 수도였다. 파라가 있는 높이에서는 정원과 은빛 궁전의 멋진 대지, 제국의 공관을 모두 볼 수 있었다.

마지막 한줄기 두려움마저 가시자 황홀함과 경이가 다가왔다. 그러나 그 감정은 궁전이 엄청난 속도로 가까워지고 있다는, 예상치 못했던 사실이 가져온 무시무시한 전율에 밀려 완전히 사라졌다.

"궁전을 보여주게."

그렇게 말했었지. 그게 설마, 이런 뜻…….

번쩍이는 지붕이 얼굴에 정면으로 부딪치는 순간 그런 생각은 산산이 흩어져버렸다. 파라는 숨을 들이켰지만, 단단한 금속은 그대로 그를 통과했다. 벽과 천장도 마찬가지였다.

탁자 주위에 스무 명 남짓 되는 남자들이 앉아 있고 상석에는 젊은 여자가 앉아 있는 거대한 방에서 그림이 멈추자 파라는 곧바로 놀라운 신성모독의 현장을 목격했다.

아무 제약 없이 자유롭게 그 광경을 비추던 카메라는 냉혹하고 모욕적이게도 탁자를 가로질러 상석의 여자 얼굴을 화면 전체에 담았다.

잘생긴 얼굴이었다. 하지만 흥분과 분노로 인해 일그러졌고, 눈빛은 불타오르고 있었다. 여자가 몸을 앞으로 기울이면서 아주 익숙하지만──차분하게 조절된 그 목소리를 텔레스탯에서 얼마나 자주 들었던가──뒤틀린 목소리로 말했다. 울화와 확신에 가득 차 명령을 내리는 거만한 어투로 인해 완전히 비틀린 목소리였다. 사랑스러운 원래 목소리를 비꼬기라도 하는 듯한 소리가 실제로 그 방에서 듣는 것처럼 분명하게 침묵을 갈랐다.

"그 빌어먹을 놈을 없애버리라고, 알겠어? 무슨 수를 쓰든 상관없으니까 내일 밤까지 그놈이 죽었다는 소식을 가져와."

그림이 사라지더니 그 순간 바로──시간이 느껴지지 않을 정도로 빨랐다──파라는 다시 무기 상점 안에 있었다. 그는 한동안 몸을 비틀거리며 다시 눈을 어둠에 적응시키려고 애쓰며 서 있었다. 그리고……

가장 먼저 느낀 감정은 자기를 상대로 그런 단순한 속임수—움직이는 영상—을 썼다는 모욕감이었다. 누가 봐도 비현실적인 것에 속을 줄 알았다니 도대체 그를 얼마나 바보로 여겼던 걸까?

파라는 갑자기 그 수법의 소름끼치는 음란성, 그리고 방금 그들이 시도한 계획의 이루 말할 수 없는 사악함에 분노가 치솟았다.

"이 더러운 놈들!"

그는 폭발했다.

"누굴 시켜서 여왕 폐하인 척 연기를 했다 이거지, 이 망할……"

"그래도 됐겠죠."

라드의 목소리였다. 덩치 큰 젊은이가 시야에 들어오자 파라는 몸을 떨었다. 그렇게 야비하게 여왕 폐하의 위엄을 더럽히는 놈들이라면 파라 클락 정도에게야 아무 주저 없이 육체적인 상해를 입힐 수 있을 거라는 불길한 생각이 들었다. 젊은이가 완고한 목소리로 계속 말했다.

"당신이 본 것이 바로 이 순간 궁전에서 일어나고 있는 일이라는 건 아닙니다. 그랬다면 우연의 일치가 너무 심했겠죠. 방금 본 일은 두 주 전에 일어난 일입니다. 그 여자가 여왕이죠. 여왕이 죽이라고 명령한 남자는 여왕이 거느렸던 수많은 애인 중 한 명입니다. 두 주 전에 살해된 채로 발견됐지요. 뉴스를 검색해보면 알겠지만 그 사람의 이름은 반톤 맥크레디입니다. 하지만 그건 중요하지 않아요. 당신하고는 이제 끝났으니까요. 그리고……"

"난 안 끝났어."

파라가 쉰 목소리로 말했다.

"내 평생 이렇게 모욕적인 건 들은 적도 없고 본 적도 없어. 우리 마을이 이 정도로 끝날 거라고 생각한다면 너희들은 미친 거야. 우린 여기에 낮이나 밤이나 항상 보초를 세워서 아무도 드나들지 못하게 할 거야. 우린……"

"좋을 대로 하시지요."

은발 노인이 말했다. 이번에는 노인을 공경해야 한다는 생각조차 떠오르지 않았다. 노인이 계속 말했다.

"아주 흥미로운 실험이었습니다. 손님은 정직한 사람이니 곤란한 일이 생기면 우리를 불러도 좋습니다. 이게 전부입니다. 옆쪽 문으로 나가시면 됩니다."

그게 전부였다. 이해할 수 없는 힘이 그를 감쌌고, 그는 몇 초 전만 해도 궁전이 있던 벽에 기적처럼 나타난 문을 향해 밀려났다.

파라는 어느새 멍하니 꽃밭에 서 있었다. 왼쪽에는 남자들이 잔뜩 모여 있었다. 그는 마을의 동료들을 알아보았고, 자기가 밖에 나와 있다는 사실을 깨달았다.

믿기 어려운 악몽은 끝났다.

"총은 어디 있어요?"

30분 뒤 집 안에 들어서자 크릴이 물었다.

"총?"

파라는 아내를 바라보았다.

"좀 전에 라디오에서 당신이 무기 상점의 첫 번째 고객이 됐다고 그러던데요. 이상하다는 생각은 들었지만……."

아내의 목소리가 섬뜩하게 몇 마디 더 이어졌지만, 파라에게는 완전히 뒤죽박죽으로 들릴 뿐이었다. 충격이 너무 커서 그는 마치 심연의 가장자리에 서 있는 듯한 끔찍한 기분이었다.

그 젊은 놈이 말한 게 이거였구나.

"저자의 존재를 널리 알리죠. 그러면……."

파라는 자기의 명성을 생각했다. 대단한 이름은 아니었지만 그는 평소에 파라 클락의 모터 정비소가 공동체와 인근 마을에 널리 알려져 있다는 은근한 자부심을 지니고 있었다.

우선 상점 안에서 개인적으로 당한 모욕이 있었다. 그리고 이것— 그가 왜 상점에 들어갔는지 모르는 사람들에게 거짓말을 한 것. 악마 같은 놈들.

이 비열한 중상모략을 바로잡아야 한다는 결심이 서자 파라는 마비 상태에서 벗어나 텔레스탯으로 달려갔다. 잠시 후 시장인 멜 데일의 졸음에 겨운 살찐 얼굴이 화면에 나타났다. 파라는 속사포처럼 퍼부어댔지만, 시장의 말 한 마디에 희망은 꺾이고 말았다.

"미안하네, 파라. 자네가 어떻게 텔레스탯을 이렇게 오래 쓸 수 있는지 모르겠군. 비용은 지불해야 할 거야. 그 사람들도 냈으니까."

"돈을 냈다고요!"

그는 자기가 느낀 것처럼 목소리가 공허하게 들렸는지 살짝 궁금했다.

"그리고 란 해리스에게도 땅값을 지불했어. 그 노인네가 비싸게 불렀는데 결국 받아냈지. 조금 전에 명의를 변경해달라고 전화를 했었네."

"아!"

세상이 흔들리고 있었다.

"그러니까 다들 가만히 있을 거라는 말이지요. 퍼드에 있는 제국 수비대는요?"

파라는 시장이 제국의 군대는 민간인 문제에 간섭하기를 거부했느니 운운 하며 중얼거리는 말을 들었다.

"민간인 문제라고요!"

파라가 폭발했다.

"우리가 원하건 원하지 않건 저치들이 마음대로 와서 불법으로 사유지를 점거해서 강제로 무기를 사게 해도 괜찮다는 뜻인가요?"

갑자기 떠오른 생각이 그를 숨막히게 했다.

"시장님, 조르가 상점 앞에서 보초를 서기로 한 생각을 바꾼 건 아니겠죠?"

파라는 텔레스탯 화면 속의 뚱뚱한 얼굴이 깜짝 놀라 점점 초조해지는 모습을 보았다.

"이보게, 파라."

시장이 거만하게 말했다.

"이 문제는 정부에 맡기라고."

"그래도 조르를 거기에 배치하실 거죠?"

파라가 집요하게 물었다.

시장은 짜증이 난 표정을 짓다가 마침내 언짢은 투로 말했다.

"약속했잖나. 안 그래? 그러니까 조르는 거기 있을 거야. 그리고 자네, 텔레스탯 사용 시간을 더 사고 싶은 건가? 1분에 15크레디트야. 친구로서 말하는데 자넨 지금 돈을 낭비하고 있는 거라고. 아직 허위 진술을 처벌한 적은 없으니까."

파라는 단호하게 말했다.

"둘을 세워요. 하나는 아침에, 하나는 저녁에."

"좋아. 어쨌든 우리는 완전히 부인할걸세. 잘 자게."

텔레스탯 화면이 꺼졌다. 그 자리에 앉은 파라는 또 다른 생각에 얼굴이 굳었다.

"우리 아들 말이야. 어떻게든 해야겠어. 내 정비소에서 일하게 해. 아니면 용돈을 주지 않을 거야."

크릴이 말했다.

"당신이 그 아이를 잘못 다뤘어요. 걘 스물세 살이라고요. 그런데 당신은 애 취급을 하잖아요. 생각해봐요. 스물세 살에 당신은 결혼한 남자였다고요."

"그건 달라."

파라가 말했다.

"난 책임감이 있었다고. 걔가 오늘밤에 뭘 했는지 알아?"

그는 아내의 대답을 잘 듣지 못했다. 한동안 그는 아내가 "아뇨. 당신이 먼저 걔를 어떻게 모욕했지요?"라고 말했다고 생각했다.

그는 너무 조급한 나머지 아내의 믿기 어려운 말이 무슨 뜻인지 확인도 못하고 서둘러 말했다.

"마을 사람들 앞에서 도와달라는 내 청을 거절했다고. 나쁜 녀석이야, 나쁜 놈."

"맞아요."

크릴이 쓸쓸하게 말했다.

"나쁜 놈이에요. 당신은 얼마나 나쁜지 모를 거예요. 쇳덩어리만큼 차갑다고요. 하지만 쇳덩어리처럼 단단하거나 속이 있지도 않죠. 오랫동안 참았지만 이제는 나까지도 싫어해요. 당신이 틀린 걸 알면서도 너무 오래 당신 편에 섰기 때문이에요."

"무슨 소리야?"

파라가 놀라며 말했다. 그러나 곧 무뚝뚝하게 덧붙였다.

"이리 와, 여보. 우리 둘 다 기분이 상해 있을 뿐이야. 이제 자자고."

그는 잠을 설쳤다.

한동안 이건 그 자신과 무기 상점 사이의 개인적인 싸움이라는 확신이 무겁게 느껴질 때가 있었다. 직접 어찌할 수는 없지만 파라는 굴하지 않고 꼬박꼬박 무기 상점 앞을 지나가며 치안관 조르와 이야기를 나누곤 했다. 그런데……

4일째 되는 날, 경찰의 모습이 보이지 않았다.

일단 파라는 기다렸다. 잠시 후, 그는 화가 난 채 서둘러 정비소로 가서 조르의 집에 전화를 걸었다. 조르는 집에 없었다. 무기 상점을 감시하고 있다는 것이었다.

파라는 머뭇거렸다. 정비소에는 일거리가 한가득이었다. 그는 난생 처음으로 손님을 소홀히 대하고 있다는 죄책감을 느꼈다. 시장에게 전화를 걸어 조르의 직무 태만을 보고하는 편이 간단했다. 하지만 그는 조르를 곤란에 처하게 하고 싶지 않았다.

길가로 나가자 무기 상점 앞에 사람들이 많이 모여 있는 모습이 보였다. 파라는 서둘러 가보았다. 아는 얼굴 하나가 흥분한 채 그에게 말을 걸었다.

"조르가 살해당했어, 파라!"

"살해당했다고!"

파라는 그 자리에 멈춰 섰다. 처음에 그는 마음속에 떠오른 끔찍한 기분을 분명히 인지하지 못했다. 만족감! 불타오르는 만족감. 그는 생각했다. 이제 군인들이 나설 수밖에 없게 됐군. 군인들이…….

순간 파라는 자기가 얼마나 소름 끼치는 생각을 했는지 깨달았다.

그는 몸을 떨었다. 하지만 결국 마음속에서 부끄러움을 몰아냈다. 그는 천천히 말했다.

"시체는 어디 있어?"

"안에."

"그러니까 저…… 개자……"

생각과는 달리 그는 그 표현에서 머뭇거렸다. 아직까지도 세련된 얼굴을 한 은발 노인을 그런 식으로 말하기 어려웠던 것이다. 하지만 순간 그는 마음을 굳게 먹고 외쳤다.

"저 개자식들이 조르를 죽이고는 시체를 안으로 가져갔다는 말이지?"

"죽이는 장면은 아무도 못 봤어."

파라 옆에 있던 다른 남자가 말했다.

"하지만 없어졌으니까. 세 시간 동안 보이지 않아. 시장이 무기 상점에 텔레스탯을 걸었는데 자기들은 아무것도 모른다는 거야. 그놈들이 처치한 거야. 그렇겠지. 그리고 결백한 척하는 거라고. 흠, 이번에는 저번처럼 쉽게 빠져나가지 못할걸. 시장이 퍼드에 있는 군인들한테 전화를 해서 커다란 총을 좀 가져오라고 했대. 그리고……"

군중 사이를 떠도는, 뭔가 큰일이 벌어질 거라는 강렬한 흥분이 파라를 들뜨게 했다. 이제껏 그의 신경망을 자극했던 자극 중 가장 감미로웠다. 게다가 자신이 옳았으며 그는 단 한 번도 무기 상점이 악이라는 사실을 의심해본 적이 없다는 기이한 자부심까지 섞여 있었다.

그는 자기가 느낀 감정이 군중들 사이에서 활짝 꽃피우곤 하는 즐거움이라는 사실을 깨닫지 못했다. 하지만 이렇게 말하는 그의 목소리는 떨려 나왔다.

"총? 좋지. 총으로 해결해야지. 당연히 군인들이 뭔가 해야 하고말고."

파라는 이제 제국의 군대가 아무 조치도 취하지 않을 변명의 여지가 없다는 강한 확신에 스스로에게 고개를 끄덕였다. 그는 만약 여왕 폐하가 군인들이 의무를 회피했기 때문에 한 사람이 목숨을 잃었다는 사실을 알면 어떻게 하겠냐는 말을 꺼냈지만, 고함 소리에 묻혀버렸다.

"시장이 온다! 어이, 시장님, 원자포는 언제 도착하는 건가요?"

시장이 탄 잘 빠진 다용도 승용차가 사뿐히 내려앉는 동안 사람들이 비슷한 말을 몇 마디 더 외쳤다. 덮개가 열린 2인승 자동차에 선 채로 조용히 해달라고 손을 내민 것으로 보아 몇몇 질문은 시장 각하의 귀에 들어간 게 분명했다.

놀랍게도 뚱뚱한 얼굴의 시장은 비난하는 눈빛으로 파라를 바라보았다. 이해할 수 없는 일이라 파라는 본능적으로 뒤를 돌아보았다. 하지만 다른 사람들은 이미 앞으로 몰려나간 뒤였고 주변에는 거의 그 혼자였다.

파라는 시장의 시선이 당황스러워 고개를 저었다. 그런데 다음 순간 아연하게도 멜 데일 시장은 손가락으로 그를 가리키며 떨리는 목소리로 말했다.

"저 사람이 바로 우리에게 닥친 문제에 책임이 있는 사람입니다. 숨지 말고 앞으로 나오시오, 파라 클락. 당신 때문에 우리 마을은 700크레디트라는 무거운 부담을 지게 됐소."

파라는 움직이거나 변명도 하지 못했다. 그는 그저 어리둥절한 채 그 자리에 서 있었다. 무슨 생각이 떠오르기도 전에 시장이 말을 이었다. 자기 연민이 담겨 떨리는 어조였다.

"우리는 모두 무기 상점에 간섭하지 않는 게 현명하다는 사실을 알고 있었습니다. 제국 정부가 가만히 있는 한 우리가 무슨 권리로 감시인을 두거나 제재하는 행위를 할 수 있겠습니까? 처음부터 그렇게 생각했건만, 이 사람…… 이…… 파라 클락은 계속 우리를 쫓아다니며 우리의 생각과 어긋나는 일을 강요했습니다. 그 결과 이제 우리는 700크레디트라는 빚을 지게 되었습니다. 그리고……"

그는 잠시 말을 끊었다.

"짧게 이야기하는 편이 낫겠군요. 수비대에 전화를 하자 사령관은 그냥 웃더니 조르가 다시 나타날 거라고 했습니다. 그리고 제가 전화를 끊자마자 조르에게서 돈을 요청하는 연락이 왔습니다. 그는 화성에 있더군요."

시장은 놀란 군중이 외치는 소리가 잦아들기를 기다렸다.

"우주선으로 돌아오는 데 3주가 걸립니다. 그 돈은 우리가 내야 하고요. 이 일의 책임은 파라 클락에게 있습니다. 그는……"

충격은 가셨다. 파라는 냉정하게 마음을 굳게 먹고 서 있었다. 마침내 그가 차갑게 내뱉었다.

"그래서 포기하자는 거군요. 책임은 나한테 덮어씌우고요. 당신들은 모두 멍청이요."

돌아서는 등 뒤로 그는 멜 데일 시장이 상황이 완전히 나쁜 건 아니라며 이야기하는 소리를 들었다. 그들이 무기 상점을 글레이에 세운 이유는 글레이가 네 군데의 도시로부터 같은 거리에 있기 때문이며 무기 상점은 도시민들을 상대로 영업을 하려 한다는 것이었다. 이건 곧 글레이에 관광객을 끌어들이고 마을의 상점에서는 기념품 따위를 팔 수 있다는……

파라는 더 이상 듣지 않았다. 고개를 꼿꼿이 든 채 그는 자기 정비소로 걸어갔다. 몇몇 사람들이 야유를 보냈지만 무시했다.

그는 단순히 무기 상점에 대해 분노를 끌어모으는 일이 이렇게 자기를 이웃 사이에서 비참한 상태로 몰아넣게 되는 결과를 가져오리라는 것을, 그 다가오는 재앙을 전혀 눈치 채지 못했다.

최악은 그날 하루가 지나면서 무기 상점 사람들이 그에게 아무런 관심이 없다는 사실을 깨달았을 때였다. 그들은 손이 닿지 않는 곳에서 우월함을 과시하며 불패를 자랑했다. 아무리 억눌러도 정복하기 불가능하다는 생각이 어렴풋이 고개를 들었다.

그런 생각이 들자 그들의 수법에 대해 두려움이 느껴지기 시작했다. 가장 빠른 우주선으로도 화성까지는 3주가 걸린다는 사실을 세상 모든 사람들이 아는데, 그들은 고작 세 시간도 안 걸려서 조르를 화성으로 보낸 것이다.

파라는 집으로 돌아오는 조르를 보러 특급편 정거장으로 나가지 않았다. 그는 위원회가 구설수를 일으키면 일자리를 빼앗아버리겠다고 위협해 경비의 절반을 조르에게 부담시키기로 결정했다는 이야기를 들어 알고 있었다.

조르가 돌아온 지 이틀째 되는 밤 파라는 슬쩍 치안관의 집을 찾아 175크레디트를 건네주고 왔다. 자기한테 책임이 있는 것은 아니지만 그래도, 하고 말하면서 말이다.

돈 때문이었는지는 모르겠지만 조르는 책임을 부인하는 파라의 말을 기꺼이 받아들였다. 그는 더 개운해진 기분으로 집으로 돌아왔다.

사흘째 되는 날 누군가 정비소 문을 박차고 들어왔다. 파라는 누구인지 알아보고는 얼굴을 찡그렸다. 캐슬러, 마을의 한량이었다. 그는 씩 웃었다.

"자네가 흥미 있어 할 만한 소식이야, 파라. 오늘 누가 무기 상점에서 나왔어."

파라는 고치고 있던 원자 모터의 강판을 고정하는 볼트를 신중하게 풀었다. 잠시 기다렸지만 캐슬러가 알아서 더 정보를 내놓지 않자 슬슬 짜증이 났다. 여기서 질문을 하는 건 쓸모없는 녀석의 기만 살려줄 뿐이다. 하지만 결국 호기심이 동한 나머지 그는 마지못해 입을 열었다.

"치안관이 바로 그놈을 체포했겠지?"

그러리라는 생각을 하지는 않았지만 그냥 말을 꺼내보았다.

"놈이 아니야. 여자애야."

파라는 이마를 찌푸렸다. 여자랑 얽히는 건 좋아하지 않았다. 하지만 이 교활한 악마들! 여자애를 이용하다니. 노인을 점원으로 쓴 수법과 똑같잖아. 망해야 마땅할 수법이었다. 여자애는 아마도 다루기 힘든 스타일로 강력한 처방이 필요할 것이다. 파라가 사나운 말투로 말했다.

"그래서 어떻게 됐어?"

"아직 밖에 있어. 아주 대담하지. 예쁘기도 하고."

볼트가 빠졌다. 파라는 침착하게 강판을 연마기로 가져가, 한때는 빛났을 금속에 열을 가해 부착한 크리스털을 부드럽게 다듬는 길고 조심스러운 작업을 시작했다. 연마기가 부드럽게 웅웅거리는 소리를 배경으로 파라가 다음 말을 이었다.

"아무 조치도 없었나?"

"전혀. 치안관도 소식을 들었지만, 또 3주씩이나 가족으로부터 떨어지고 싶지 않대. 게다가 헛돈 쓰게 되는 것도 싫고."

파라는 연마기가 돌아가는 동안 우울한 기분으로 생각에 잠겼다. 분노를 억누르느라 떨리는 목소리로 마침내 그가 말했다.

"그러니까 그놈들이 마음대로 하게 내버려둔다는 거네. 정말 영리하기 그지없군. 이…… 이 범법자들에게는 일말의 여지도 줘서는 안 된다는 걸 도대체 모르는 건가! 그건 죄악을 장려하는 거나 마찬가지야."

흘깃 옆을 본 파라는 캐슬러의 얼굴에 떠오른 묘한 웃음을 눈치 챘다. 순간 파라는 그가 자기의 분노를 즐기고 있다는 사실을 깨달았다. 그리고 웃음만이 아니었다. 뭔가…… 혼자만 알고 있는 정보가 있었다.

파라는 연마기에서 엔진의 강판을 떼어냈다. 그는 쓸모없는 밥벌레를 똑바로 쳐다보며 차갑게 말했다.

"당연히 자네는 죄악에 대해 별 생각이 없겠지."

"아."

그는 태연자약하게 말했다.

"살면서 고생을 많이 한 사람은 참을성이 많게 마련이지. 예를 들어, 자네도 그 여자애를 더 잘 알게 되면 아마 우리 모두에게는 선량한 면이 있다는 걸 깨닫게 될 거야."

파라가 냉큼 외친 건 그가 한 말 때문이 아니라 '내겐 비밀 정보가 있다'고 암시하는 묘한 어조 때문이었다.

"무슨 소리야? 그 여자애를 더 잘 알게 되면, 이라니! 난 그런 뻔뻔스러운 짐승하고는 말도 하지 않을 거라고."

"그게 마음대로 되는 건 아니지."

그는 정말 아무것도 아니라는 투로 말했다.

"걔가 그 여자애를 집에 데려오기라도 하면."

"누가 누굴 집에 데려와?"

파라가 화급하게 말했다.

"캐슬러, 자네……."

그는 입을 다물었다. 뱃속으로 무거운 게 가라앉는 기분이었다. 그의 존재 자체가 꺼져버리는 듯한.

"자네 말은……"

그가 말했다.

"내 말은……"

승리의 눈빛을 보내며 캐슬러가 대답했다.

"남자애들이 그렇게 예쁜 여자애를 혼자 두지는 않을 거라는 소리지. 그리고 당연하게도 자네 아들이 그 여자애한테 말을 건 첫 번째 인물이라네."

마지막으로 그는 몇 마디 덧붙였다.

"지금 같이 2번가를 걷고 있어. 이쪽으로 오고 있지. 그러니까……"

"여기서 나가!"

파라가 고함쳤다.

"어디 다른 데 가서 고소해 하든지 말든지 하라고! 나가!"

캐슬러는 이렇게 굴욕적인 마무리를 예상하지는 않은 모양이었다. 그는 빨갛게 물든 얼굴로 문을 쾅 닫고 나갔다.

파라는 한동안 제자리에 서 있었다. 온 몸의 근육이 뻣뻣했다. 잠시 뒤 그는 갑자기 경련하듯 몸을 움직이며 전원을 끄고 거리로 나갔다.

그 일에 종지부를 찍을 시점은 바로 지금이었다!

특별한 계획이 있는 건 아니었다. 그저 이 말도 안 되는 상황을 즉시 끝장내야겠다는 단호한 결심뿐이었다. 그런 감정은 케일에 대한 분노와도 섞여 있었다. 열심히 일해 빚도 모두 갚고 여왕 폐하의 지고한 기준에 맞는 고상한 삶을 영위하려고 노력하는 그에게 어쩌다가 이렇게 쓸모없는 아들이 생겼을까?

 순간적으로 아내 쪽 피에 뭔가 나쁜 요소가 있을지도 모른다는 음험한 생각이 들었다. 당연히 외할머니 쪽은 아니지, 파라는 황급히 속으로 덧붙였다. 크릴의 어머니는 성실하고 훌륭한 여인으로, 차곡차곡 돈을 모았고 조만간 딸에게 적지 않은 유산을 물려주게 될 터였다.

 반면에 크릴의 아버지는 크릴이 고작 어린아이였을 때 사라졌고, 텔레스탯 여배우와의 추문에 관한 막연한 소문도 떠도는 사람이었다.

 그런데 케일이 무기 상점에서 나온 여자애와 같이 있는 꼴이라니. 그 여자애는 일부러……

 모퉁이를 돌아 2번가로 접어들자 그들이 보였다. 30미터쯤 떨어진 곳에서 파라로부터 멀어지고 있었다. 여자애는 날씬하고 키가 컸다. 거의 케일만 했다. 가까이 다가간 파라는 여자애가 말하는 소리를 들었다.

 "그건 잘못 생각하고 있는 거야. 그쪽 같은 사람은 우리 조직에서 일할 수 없어. 당신은 제국군 같은 곳이 어울려. 좋은 교육을 받고, 외모도 단정하고, 무엇이든 기꺼이 하겠다는 마음가짐을 가진 젊은이를 활용하기 좋은 곳이지. 난……"

 파라는 추측에 불과하지만 케일이 이자들한테서 일자리를 구해보려 했다는 것을 깨달았다. 확실한 건 아니었지만, 머릿속으로 한 가지 목적에만 집중해 있던 터라 다른 생각을 떠올릴 수 없었다. 그는 사납게 외쳤다.

 "케일!"

남녀가 몸을 돌렸다. 케일은 오랫동안 단련돼 신경이 무뎌진 젊은이답게 일부러 느긋하게 행동했다. 여자애는 좀 더 반응이 빨랐지만, 한편으로는 당당했다.

파라는 어렴풋이 자기가 너무 크게 화를 내고 있는 게 아닌가 하는 끔찍한 느낌이 들었다. 하지만 감정이 너무 격렬해, 그런 느낌은 오자마자 사라졌다. 그가 거친 목소리로 말했다.

"케일, 집에 가라. 지금 당장."

파라는 여자애가 기묘한 회녹색의 눈으로 자기를 바라보고 있는 것을 느낄 수 있었다. 부끄러울 것 없다고 그는 생각했다. 그의 분노는 몇 단계 상승해, 케일의 뺨이 붉게 물드는 광경을 보고는 머리에 울린 경계 신호마저 날려버렸다.

붉게 물든 뺨은 곧 차갑고 단단한 분노로 변했다. 케일은 여자애 쪽으로 반쯤 몸을 돌리며 말했다.

"이 사람이 바로 내가 참고 견뎌야 하는 유치한 늙은 바보야. 자주 볼 일이 없는 게 다행이지. 식사도 같이 안 하니까. 이 사람을 어떻게 생각해?"

여자애가 무심한 듯 미소 지었다.

"아, 파라 클락은 우리도 알아. 글레이에서 여왕 폐하의 중추적인 역할을 하고 계신 분이지."

"맞아."

케일이 비웃었다.

"말하는 걸 들어보라니까. 우리가 천국에서 사는 줄 알아. 여왕은 무슨 신성한 힘이고. 최악인 건 저 얼굴에서 거만한 표정을 싹 없앨 가능성이 안 보인다는 거야."

그들은 멀리 걸어가버렸다. 파라는 제자리에 서 있었다. 방금 일어난 일이 분노를 모두 고갈시켜, 마치 애초에 그런 분노가 없었던 것처럼 만들어버렸다. 뭔가 커다란 실수를 했다는 생각이 들었지만, 그는 그게 뭔지 알 수 없었다. 오래, 아주 오랫동안, 케일이 정비소에서 일하기를 거부한 뒤로 쌓이기 시작해 이제야 절정에 달했다는 느낌이었다. 갑자기, 제어할 수 없는 그의 만행도 훨씬 더 깊은 문제의 부산물이라는 생각이 들었다.

그렇지만 일단 대실패를 겪은 지금, 그는 현실을 직면하고 싶지 않았다…….

정비소에서 남은 하루를 보내며 그는 계속 그 생각을 머릿속에서 밀어냈다. 그는 생각했다.

이게 앞으로도 계속될까? 예전처럼 케일과 한집에 살면서 마주쳐도 쳐다보지도 않고, 서로 다른 시각에 잠자리에 들고 일어나는─파라는 6시 반에, 케일은 정오나 돼야 일어날까─일이? 앞으로 평생 동안 이렇게?

집에 도착하자, 크릴이 그를 기다리고 있었다. 크릴이 말했다.

"여보, 걔가 500크레디트를 빌려달래요. 제국의 수도로 가겠대요."

파라는 말없이 고개를 끄덕였다. 다음날 그는 돈을 집으로 가져와 크릴에게 주었고, 크릴은 받아서 침실로 가져갔다.

잠시 후, 크릴이 나왔다.

"작별 인사를 전해달래요."

그날 저녁 파라가 돌아오자 케일은 떠나고 없었다. 그는 안도해야 할지─아니면 어째야 할지─궁금했다.

시간이 흘렀다. 파라는 일을 했다. 달리 할 일이 없었다. 가끔씩 죽는 날까지 이렇게 살다 갈 거라는 음울한 생각도 들었다. 만약······.

바보 같지만──얼마나 바보 같은 생각인지는 천 번도 넘게 스스로 되뇌였다──그는 케일이 언젠가 정비소로 걸어 들어와 "아버지, 이제야 깨달았어요. 절 용서하신다면 제게 일을 가르쳐주고 은퇴해서 편안한 노후를 보내세요"라고 하기만을 바랐다.

케일이 떠난 지 정확히 한 달이 되는 날 파라가 점심 식사를 마치자마자 텔레스탯이 딸각거렸다.

"유료 통화입니다."

한숨 쉬는 듯한 소리였다.

"유료 통화입니다."

파라와 크릴은 서로 마주보았다.

"어······."

마침내 파라가 말했다.

"유료 통화라는데."

안색이 좋지 않은 크릴의 얼굴을 보자 그는 아내의 속마음을 알 수 있었다. 그는 한숨을 내쉬며 말했다.

"망할 녀석 같으니라고!"

하지만 그는 안도했다. 놀랍게도, 안도했다! 케일이 부모의 가치를 인식하기 시작한 것이다.

그는 화면을 켜고 말했다.

"받겠소."

턱살은 두껍게 늘어지고 눈썹이 굵은 남자의 얼굴이 화면에 나타났다. 남자가 말했다.

"저는 퍼드의 제5은행에서 근무하는 피어튼입니다. 저희가 고객님 이름으로 되어 있는 1만 크레디트짜리 일람불어음을 받았습니다. 수수료와 세금을 포함해 총액은 1만 2100크레디트입니다. 지금 지불하시겠습니까, 아니면 오늘 오후에 내방하셔서 지불하시겠습니까?"

"하, 하지만…… 하, 하지만……."

파라가 말했다.

"누, 누가……."

파라는 입을 다물었다. 어리석은 질문임을 자각한 그는 육중한 얼굴의 남자가 오늘 아침 제국 수도에서 케일 클락이라는 사람에게 돈이 지급되었다고 알려주는 소리를 어렴풋이 들었다. 마침내 파라가 제 목소리를 되찾았다. 그가 따지고 들었다.

"하지만 은행이 무슨 권리로 내 허락 없이 돈을 내준단 말입니까. 난……."

남자의 목소리가 차갑게 끼어들었다.

"그러면 사기로 돈이 인출되었다고 본점에 연락할까요? 당연히 고객님의 아들에 대한 체포 명령도 떨어질 겁니다."

"잠깐, 잠깐만요……."

파라는 무턱대고 외쳤다. 고개를 저으며 옆에 서 있는 크릴이 보였다. 얼굴은 종잇장처럼 창백했고, 파라를 향한 목소리는 병에 걸린 듯 힘이 없었다.

"여보, 내버려둬요. 우리랑은 끝났잖아요. 우리도 그렇게 단단히 마음을 먹어야죠. 그냥 둬요."

단어가 의미 없이 그의 귓가를 맴돌았다. 정상적인 문장으로 배열이 되지 않았다. 그는 이렇게 말하고 있었다.

"지…… 지금은 돈이……. 할부로 낼 수 있나요? 난……."

"대출을 원하신다면 기꺼이 상담해드리겠습니다."

피어튼이 말했다.

"실은 어음을 받았을 때 고객님의 재정 상태를 조사했는데, 그 결과 정비소를 담보로 잡는다면 1만 1000크레디트를 무기한으로 대출해드릴 수 있습니다. 여기 서류가 있는데, 동의하신다면 안심 회선으로 통화를 옮기겠습니다. 그러면 바로 서명하실 수 있습니다."

"여보, 안 돼요."

은행원이 말을 이었다.

"나머지 1100크레디트는 현금으로 지불하셔야 합니다. 동의하십니까?"

"그래요, 물론. 나한테 2500크……."

그는 침을 삼키고 혀를 그만 놀리기로 했다.

"네, 그 정도면 됩니다."

거래가 끝났다. 파라는 아내를 향해 돌아섰다. 쓰라린 가슴과 당황스러움 속에서 분노가 솟았다.

"거기 서서 무슨 소리를 하는 거야, 돈을 내지 말라니? 걔가 그렇게 된 게 내 책임이라고 몇 번이나 말한 건 당신이잖아. 게다가 왜 걔가 돈이 필요한지도 모르면서. 혹시……."

크릴이 낮고 흐릿한 목소리로 말했다.

"그 아이는 한 시간 만에 우리 평생의 사업을 빼앗아갔어요. 일부러 그런 거예요. 우리가 돈을 내지 않고는 못 배길 늙은 멍청이들이라고 여긴 거죠."

파라가 입을 열기도 전에 아내가 말을 이었다.

"아, 내가 당신을 비난한 건 맞아요. 하지만 근본적으로 문제는 그 녀석이라는 걸 알고 있었어요. 걔는 언제나 차갑고 계산적이었지요. 하지만 나는 힘이 없었고, 당신이 그 아이를 다르게 다뤄준다면 혹시나 하고…… 그리고 그 아이의 단점을 오랫동안 보지 않으려 했어요. 걔는……"

"내가 아는 건 우리 이름이 불명예로 더럽혀지는 걸 막았다는 것뿐이야."

파라가 고집스럽게 끼어들었다.

일처리를 제대로 했다는 자부심은 이른 오후, 퍼드에서 집행관이 정비소를 넘겨받으러 왔을 때까지 지속됐다.

"하지만 이건,"

파라가 항의했다.

집행관이 말했다.

"자동 원자 모터 정비 공업사가 은행에서 당신의 담보를 인수했고, 당신은 권리를 상실했소. 무슨 할 말 있소?"

"이건 불공평해."

파라가 말했다.

"이 문제를 법정으로 가져가겠어. 정말……"

그는 멍하니 생각했다.

"만약 여왕 폐하께서 이 사실을 알면, 분명히…… 분명히……."

법정은 커다란 회색 건물이었다. 회색빛 복도를 걸어 들어가면 갈수록 차갑고 텅 빈 듯한 느낌이 강하게 들었다. 글레이에서는 흡혈귀 같은 변호사에게 몸을 의탁하지 않겠다고 결심했던 게 현명한 행동 같았다. 그런데 여기, 이 거대한 홀과 호화로운 방에서는 그게 참으로 어리석기 그지없게 보였다.

그럼에도 불구하고, 파라는 어찌어찌 애초에 케일에게 돈을 지급하고 그가 서명을 하자마자 가장 강력한 경쟁자에게 담보를 넘겨버린 은행의 괘씸한 행위에 대해 똑똑히 설명할 수 있었다. 그는 이렇게 끝맺었다.

"저는 여왕 폐하께서 정직한 시민을 상대로 벌어지고 있는 이런 행위를 용납하지 않으실 거라고 확신합니다. 전……"

"어디서 감히!"

판사석에 앉은 놈이 차가운 목소리로 말했다.

"신성한 폐하의 존함을 추잡한 이기심을 정당화하는 데 쓰겠다는 거냐?"

파라는 몸을 떨었다. 여왕 폐하와 같은 훌륭한 종의 구성원으로서 느끼는 친밀감이, 이렇게 얼음처럼 차가운 수천만 개의 법정과 여왕 폐하와 파라 같은 그녀의 충복 사이에 버티고 서 있는——이렇게——심술궂고 무정한 놈들을 떠올리자 갑자기 다가온 냉기에 자리를 내주었다.

그는 열정적으로 여왕 폐하에 대해 생각했다. 여기에서 무슨 일이 벌어지고 있는지, 내가 얼마나 부당한 취급을 받고 있는지 폐하께서 아신다면, 분명히…….

아니, 과연 그럴까?

그는 마음속으로 몰려드는 끔찍한 의심을 밀어냈다. 깜짝 놀라 그 끔찍한 망상에서 빠져나온 그는 판사가 말하는 소리를 들었다.

"원고의 청원은 기각한다. 비용은 700크레디트로 정하며, 법원과 피고 측 변호사에게 5대 2의 비율로 분배한다. 청원자는 비용이 정산된 뒤에 떠날 수 있도록 한다. 다음 사건!"

다음 날 파라는 혼자서 크릴의 어머니를 만나러 갔다. 먼저 그는 마을 외곽에 있는 '파머스 레스토랑'으로 갔다. 아직 오전이었는데도 식당은 절반은 차 있었다. 꾸준히 들어올 돈을 생각하니 마음이 흡족했다. 하지만 주인은 거기 없었다. 사료 판매점에 가봐야 할 모양이었다.

파라는 사료 판매점 뒤에서 곡물의 무게를 재는 일을 감독하고 있는 장모를 찾았다. 단단한 얼굴을 한 노인은 아무 말 없이 그의 사연을 들었다. 마침내 장모가 무뚝뚝하게 말했다.

"내가 해줄 건 없네. 난 거래 때문에 은행에서 종종 대출을 받아야 하는 사람이야. 만약 내가 자네를 도와 사업을 시작하게 하면, 자동 원자 정비 공업사 사람들이 나에게까지 손을 뻗을 걸세. 게다가 난 못된 아들 녀석한테 재산을 털리는 사람한테 돈을 줄 정도로 바보는 아니네. 그런 사람은 세상 일에 대한 감각이 없는 거야. 그리고 자네에게 일사리를 줄 수도 없어. 친인척을 고용하지 않는 게 내 원칙이거든."

그녀는 한 마디만 더 하고 입을 다물었다.

"우리 집에 와서 지내라고 크릴에게 전해주게. 난 남자는 부양하지 않아. 그게 다네."

파라는 수심에 잠긴 채 더 이상 정확한 측정이 되지 않는 오래된 기계를 조작하는 일꾼을 조용히 감독하고 있는 장모를 한동안 바라보았다.

"최소한 1그램은 넘쳤잖아. 기계를 똑바로 봐"라고 날카롭게 외칠 때마다 두 배씩 커지는 장모의 목소리가 먼지로 가득한 실내에 울려퍼졌다.

파라에게 등을 돌린 상태였지만, 그는 뒷모습만 보아도 장모가 아직 자기가 가지 않고 있다는 사실을 의식하고 있음을 알 수 있었다. 한참 후 장모는 갑자기 몸을 돌리며 말했다.

"무기 상점에 가보지 그러나? 가봤자 잃을 것도 없고, 계속 이렇게 살 수는 없지 않나."

파라는 다소 멍한 기분으로 밖으로 나왔다. 처음에는 총을 사서 자살한다는 게 실질적으로 무슨 소용이 있는가 하고 생각했다. 하지만 장모가 안겨준 엄청난 상처가 느껴졌다.

자살? 아, 그건 말도 안 됐다. 그는 이제 쉰 살을 향해 달려가는 젊은이에 불과했다. 적절한 기회만 있다면, 아무리 자동 기계가 모든 분야를 잠식해 들어가는 세상이라고 해도, 숙련된 기술을 이용해 훌륭한 삶을 영위할 수 있었다. 자기 일에 능란한 사람을 위한 공간은 언제나 있는 법이었다. 이것이야말로 그의 삶의 바탕이 된 신조였다.

자살이라······.

파라가 집에 가니 크릴이 짐을 싸고 있었다.

"이렇게 하는 게 당연하겠죠."

아내가 말했다.

"집을 세놓고 방을 얻어 나가야죠."

그는 아내에게 장모가 집으로 들어오란다는 이야기를 전하며 눈치를 보았다. 크릴은 어깨를 으쓱했다.

"어제 싫다고 얘기했어요."

크릴이 신중하게 말했다.

"왜 그 얘기를 당신한테 했는지 모르겠군요."

파라는 빠른 걸음으로 전면창으로 가 꽃과 수영장과 바위로 장식된 정원을 내려다보았다. 그는 이 정원과 인생의 3분의 2를 산 이 집에서 쫓겨나 단칸방에 사는 아내를 상상해보려 애썼다. 그리고 장모가 한 말의 의미를 깨달았다. 희망은 하나였다······.

그는 아내가 위층으로 올라가기를 기다렸다가 텔레스탯으로 멜 데

일에게 연락했다. 파라를 알아본 시장의 뚱뚱한 얼굴에 불편한 표정이 떠올랐다.

하지만 그는 거만한 표정으로 이야기를 듣더니 결국 입을 열었다.

"미안하네. 위원회는 돈을 빌려주지 않아. 그리고 파라, 내가 한마디 하자면, 난 이 일과 전혀 관련이 없네. 그리고 잘 듣게. 자네는 더 이상 정비소 영업 허가를 얻을 수 없어."

"뭐, 뭐라고요?"

"나도 미안하다고!"

시장은 목소리를 낮췄다.

"이 봐, 파라. 내 충고대로 무기 상점에 가보게. 다 쓸모가 있다고."

화면이 꺼졌다. 파라는 그 자리에 앉아 텅 빈 화면을 멍하니 바라보았다.

이렇게 끝나는 거란 말이군—죽음으로!

그는 거리에 인적이 없어질 때까지 기다렸다가 대로를 건너, 꽃으로 장식된 정원을 가로질러, 무기 상점으로 향했다. 문이 열리지 않을까 잠깐 걱정스러웠지만, 열렸다. 너무 쉽게.

어두침침한 그늘을 지나 상점에 완전히 들어서자 은발 노인이 한쪽 구석에 있는 의자에 앉아 부드럽게 밝혀진 밝은 빛 아래서 책을 읽고 있는 모습이 보였다. 노인이 책을 내려놓으며 고개를 들었다. 그리고는 곧 자리에서 일어났다.

"클락 씨로군요."

노인이 조용히 말했다.

"무엇을 도와드릴까요?"

파라의 볼이 살짝 붉게 물들었다. 그는 내심 노인이 자기를 알아보는 굴욕적인 상황에 처하지 않기를 바랐다. 바라던 바는 들어졌지만 그는 꿋꿋이 그 자리에 서 있었다. 자살을 행하는 데 있어 중요한 건 크릴이 비싼 돈을 내고 묻어야 하는 시체를 남기지 않아야 한다는 것이었다. 칼이나 독으로는 그런 기본 조건을 만족시킬 수 없었다.

"총이 필요합니다."

파라가 말했다.

"한 방에 반경 1.8미터를 분해해버릴 수 있는 걸로요. 그런 것도 있습니까?"

노인은 아무 말 없이 진열장으로 향하더니 꽤나 명품으로 보이는 권총 한 자루를 꺼냈다. 권총은 오딘 플라스틱 특유의 은은한 색으로 반짝였다. 노인이 꼼꼼하게 설명했다.

"이 총열에 붙어 있는 플랜지는 그냥 있는 게 아니라는 점을 알아두십시오. 이것 덕분에 코트 속 어깨 아래의 권총집에 넣고 다니기에는 아주 이상적이지요. 적절히 동조만 해두면 총을 뽑으려 할 때 손 안으로 저절로 들어오기 때문에 아주 빨리 뽑을 수도 있습니다. 지금은 제대로 동조돼 있습니다. 보세요. 권총집에 다시 넣고 이렇게……."

총을 뽑는 속도는 그야말로 놀라웠다. 노인의 손가락이 움직이자 1미터도 더 밖에 있던 총이 어느 순간 손 안에 들어가 있었다. 흐릿하게 움직이는 것조차 보이지 않았다. 마치 예전에 문고리가 파라의 손을 빠져나가며 문이 치안관 조르의 눈앞에서 소리도 없이 닫혀버렸던 것과 똑같았다. 순간이동!

노인이 설명을 계속하자 파라는 쓸데없이 물어보지도 않은 기능까지 설명해줄 필요는 없다고 하려다 입을 다물고 말았다. 파라는 잠시 총에 매료되어, 그리고 일종의 경이에 몸과 마음이 사로잡힌 채 멍하니 바라만 보았다.

그도 예전에 군인들이 쓰는 총을 본 적이 있고, 만져본 적도 있었다. 그 총은 그저 물질로 만들어진 다른 기구와 마찬가지로 조악하게 작동하는 평범한 금속이나 플라스틱일 뿐이었다. 그러나 이건 전혀 달랐다. 마치 눈부신 생명력이라도 있는 듯, 자기가 지닌 뛰어난 힘을 모조리 발휘해 주인의 의지를 뒷받침하고 싶다는 강렬한 열망으로 움직이는 이 총은…….

파라는 갑자기 깜짝 놀라며 자기의 본래 목적을 떠올렸다. 그는 비틀린 미소를 지으며 말했다.

"전부 흥미로운 얘기긴 하지만 확장이 가능한 빔은요?"

노인이 차분하게 말했다.

"연필 정도의 두께라면 360미터 정도의 거리에서도 납 합금만 아니면 어떤 물체도 뚫을 수 있습니다. 총구를 적절히 조정하면 45미터 정도의 거리에서 1.8미터짜리 물체를 분해할 수 있지요. 이 나사가 조정기입니다."

그는 총구에 달려 있는 조그만 장치를 가리켰다.

"왼쪽으로 돌리면 빔이 확장되고, 오른쪽으로 돌리면 조여지지요."

파라가 말했다.

"그 총으로 사겠습니다. 얼마죠?"

그는 노인이 생각에 잠긴 표정으로 자기를 바라보는 모습을 보았다. 마침내 노인이 느릿하게 말했다.

"예전에 손님께 저희 규칙을 설명해드린 적이 있지요, 클락 씨. 그 내용은 당연히 기억하시겠지요?"

"아!"

파라는 눈을 크게 뜨며 말하려다 입을 다물었다. 기억을 못하는 건 아니었지만, 그저……

그는 숨을 헐떡거렸다.

"그러니까 그냥 하는 소리가 아니라 그게 정말로 적용된다는 말이군요."

엄청난 노력 끝에 그는 핑핑 도는 머리와 당황해서 잘 나오지 않는 목소리를 억눌렀다. 딱딱하고 냉정하게, 그가 말했다.

"내가 원하는 건 자기 방어용으로 쓸 총입니다. 하지만 그럴 필요가 있다거나—혹은 그러고 싶다면 나 자신에게도 쓸 수 있어야 합니다."

"아, 자살이로군요!"

노인이 말했다. 갑자기 충분히 이해한다는 표정이 그의 얼굴에 떠올랐다.

"손님, 저희는 어느 때라도 손님이 자살하는 데 반대하지 않습니다. 그건 손님의 개인적인 특권이지요. 요즘 세상에는 해마다 이런 특권이 점점 없어지거든요. 권총 가격으로 말할 것 같으면, 4크레디트입니다."

"4크레…… 4크레디트라고요!"

파라가 외쳤다.

우울한 계획 따위는 까맣게 잊은 채 그는 깜짝 놀라 제자리에 서 있었다. 맙소사, 플라스틱 가격만 25크레디트라고 해도 껌값일 텐데, 섬세하고 정교한 장인의 손길이 닿은 권총이 고작 그 가격이라니.

호기심이 동한 그는 잠시나마 전율을 느꼈다. 갑자기 무기 상점의 미스터리가 자신의 어두운 운명만큼이나 거대하고 중요해 보였다.

"자, 그러면 코트를 벗으시지요. 권총집을 채워드리겠습니다."

파라는 거의 자동적으로 그 말에 따랐다. 이제 몇 초 후면 자살에 필요한 장비를 갖추고 밖에 나갈 것이고, 그의 죽음을 가로막을 장애물 따위는 아무것도 없다는 사실을 깨닫자 서서히 놀라운 기분이 들었다.

신기하게도, 실망스러웠다. 뭐라고 설명할 수는 없지만 어쩐지 마음 한 구석에는 일종의 희망이 있었다. 그것은 이 무기 상점들이, 상점들이…… 뭘까?

정말 뭘까? 파라는 지친 나머지 한숨을 쉬었다. 그러자 노인의 목소리가 점점 또렷하게 들렸다.

"어쩌면 옆으로 나가시는 게 좋을지도 모르겠군요. 그 쪽이 정문보다 눈에 덜 띕니다."

파라는 순순히 따랐다. 자신의 팔을 잡고 부드럽게 방향을 안내하는 노인의 손가락이 희미하게 느껴졌다. 노인이 벽에 있는 버튼 중 하나를 누르자——이렇게 작동하는 거였군——거기 문이 있었다.

파라는 출구 너머의 꽃밭을 볼 수 있었다. 그리고 아무 말 없이 그쪽으로 걸어갔다. 미처 정신을 차리기도 전에 그는 어느새 밖으로 나와 있었다.

파라는 잠시 단정하게 정돈된 좁은 길에 서서 자신이 처한 상황을 정리해보려 애썼다. 하지만 떠오르는 건 아무것도 없었고 단지 이상하게도 주위에 사람들이 많다는 사실을 알게 되었을 뿐이었다. 마치 머리가 한밤중에 강을 떠내려가는 통나무라도 된 것처럼 한참 동안 정신이 없었다.

막막한 어둠 속에서 서서히 뭔가 잘못됐다는 생각이 들기 시작했다. 무기 상점의 앞으로 가려고 왼쪽으로 향하자 무엇이 잘못됐는지 드러났다.

모호했던 느낌은 충격과 외마디 비명으로 바뀌었다. 왜냐하면 그가 있는 곳은 글레이가 아니었기 때문이다. 무기 상점도 없었다. 그 자리에는…….

수십 명의 사람들이 파라를 스치고 지나가 좀 떨어진 곳에 길게 늘어서 있는 줄에 합류했다. 그러나 파라는 그들의 존재나 그들이 보여주는 기이함 따위에 신경 쓸 겨를이 없었다. 온 정신과 시선, 그리고 그의 존재 자체가 무기 상점이 있었던 자리에 놓여 있는 기계의 일부분에 집중되어 있었던 것이다.

기계, 과연 기계라고 할 수 있을까…….

머나먼 남쪽 바다처럼 푸른 하늘 아래 떠 있는 여름의 태양을 향해 뻗은 둔탁한 금속 구조물의 거대함을 파악하기 위해 그는 애써 고개를 들어올려야 했다.

그 기계는 탑처럼 하늘로 솟아 있었고, 각각의 높이가 30미터쯤 되는 다섯 개의 거대한 금속단으로 이루어져 있었다. 유선형으로 멋지게 빠진 150미터 높이의 탑 꼭대기에는 빛나는 돌출부가 있었다. 원추형의 찬란한 돌출부는 깎아지른 듯 수직으로 60미터나 더 솟아 있었고, 밝기는 태양과도 맞먹었다.

그래도 건물이 아니라 기계는 기계였다. 최하단 전체가 주로 녹색으로 명멸하며 작동하고 있었다. 거기에 붉은색이, 또 가끔씩 푸른색과 노란색이 흩뿌려지면서 다채로움을 더했다. 파라가 보는 동안 두 번이나 바로 눈앞에서, 번쩍인다는 느낌도 없이 녹색 빛이 붉은 빛으로 바뀌었다.

두 번째 단은 흰색과 붉은색으로 깜빡였지만, 아랫단에 비해 빛의 수가 적었다. 세 번째 단에서는 거친 금속 구조물 위에 떠오르는 색이라고는 파란색과 노란색뿐이었다. 파랑과 노랑은 광대한 영역 여기저기에서 부드럽게 깜빡였다.

네 번째 단에 이르러서야 겨우 이해를 돕는 실마리가 보였다. 네 번째 단에는 이렇게 쓰여 있었다.

흰색 —탄생
붉은색 —사망
녹색 —생존
파란색 —지구 이주
노란색 —지구 밖 이주

다섯 번째 단 역시 표지판으로, 이제야 무슨 뜻인지 이해할 수 있었다.

인구

태양계	19,174,463,747
지구	11,193,247,361
화성	1,097,298,604
금성	5,141,053,811
위성	1,742,863,971

그가 보고 있는 와중에도 숫자는 오르락내리락 하거나 원래 있던 곳에서 위나 아래로 자리를 바꾸는 등 계속 변했다. 사람들은 죽고, 태어나고, 화성이나, 금성, 목성과 지구의 위성으로 이주하고, 돌아오고, 매 분마다 수천 개의 우주항에서 쏟아져 나오고 있었다. 아주 넓은 관점에서 보면 삶은 이렇듯 계속되고 있었다. 그리고 여기 그에 대한 엄청난 기록이 있었다. 여기…….

"줄을 서는 게 좋을 거예요."

옆에서 친절한 목소리가 들렸다.

"개인 사건을 처리하려면 시간이 꽤 오래 걸리거든요."

파라는 그 남자를 바라보았다. 이게 무슨 뚱딴지 같은 말인가 싶었다.

"줄을 서라고요?"

그는 입을 열었다가 갑자기 말을 멈추는 바람에 목이 아팠다.

그는 자기보다 젊어 보이는 남자 앞에서 멍하니 앞을 향해 걷고 있었다. 치안관 조르를 화성에 보낸 게 이런 방식이었던가 하며 혼란스러워 하고 있을 때 그 남자의 말소리가 또 들렸다.

"사건?"

파라가 화난 어조로 외쳤다.

"개인 사건이라고!"

선이 굵고 푸른 눈에, 대략 서른다섯 살쯤 되어 보이는 그 젊은 남자가 이상하다는 듯 파라를 쳐다보았다.

"설마 여기에 왜 왔는지 모르고 온 건 아니겠죠. 당연히 무기 상점의 법정에서 해결해야 할 문제가 있는 게 아니라면 여기까지 보냈을 리도 없지요."

파라도 이제 줄에 서 있었기 때문에 계속 걸었다. 빠르게 움직이는 줄을 따라 그는 어쩔 수 없이 기계 주위를 돌았다. 줄은 거대한 기계 구조물 내부로 이어지는 문을 향해 이어진 듯했다.

말하자면 기계이자 건물인 셈이었다.

그는 문제가, 그것도 아주 당연한 문제가 있다고 생각했다. 희망이 보이지 않고, 대책도 없고, 완벽하게 비비 꼬인 채 제국 문명의 기본 구조에 깊숙이 뿌리박혀 있어 바로잡으려면 전 세계를 전복시켜야만 하는 문제가.

어느새 입구에 다다른 파라는 깜짝 놀랐다. 곧 두려운 생각이 들었다. 이제 얼마 뒤면 그는 돌이킬 수 없는 상황에 맞닥뜨릴 것 같았다. 그런데 과연 어떤 상황일까?

안으로 들어서자 길고 윤이 나는 복도가 나왔다. 양 옆에는 주 복도에서 갈라지는 수십 개의 복도로 들어가는 완전히 투명한 입구가 보였다. 파라의 뒤에서 아까 그 젊은 친구가 말했다.

"저기 거의 빈 곳이 있네요. 갑시다."

파라는 앞을 향해 걸었다. 어느 새 그는 떨고 있었다. 각각의 복도 끝에서 수십 명의 젊은 여자들이 책상에 앉아 사람들을 인터뷰하고 있는 모습이 일찌감치 눈에 띄었던 것이다. 맙소사, 혹시 이건······.

정신을 차릴 새도 없이 파라는 그 여자들 중 한 명의 앞에 서게 되었다.

여자는 대략 서른은 넘은 듯 멀리서 봤을 때보다 나이 들어 보였지만, 기민하고 보기 좋은 외모였다. 여자가 밝지만 감정이 결여된 듯한 미소를 지으며 말했다.

"이름이 어떻게 되시나요?"

그는 반사적으로 이름을 대고 글레이라는 마을에서 왔다는 말을 중얼중얼 덧붙였다. 여자가 말했다.

"감사합니다. 고객님의 파일을 찾으려면 몇 분 걸리는데, 앉으시겠습니까?"

의자가 있는 것도 알아채지 못하고 있었던 그는 무너지듯 의자에 주저앉았다. 심장이 너무 세게 고동쳐서 숨이 막힐 것만 같았다. 희한하게도 머릿속에는 아무 생각이 없었고, 희망이랄 것도 전혀 없었다. 있는 것이라고는 오로지 강렬하고, 마음을 거의 무너뜨릴 정도의 흥분뿐이었다.

그는 여자가 다시 말을 하고 있다는 것을 깨닫고 몸을 움찔했다. 하지만 긴장한 마음속을 뚫고 들어온 건 고작 몇 마디뿐이었다.

"고객정보센터는…… 효율적인…… 통계청입니다. 태어나는 사람은 모두…… 여기에 등록되고…… 교육, 주소 변경…… 직업…… 인생의 하이라이트…… 이 시설은…… 비공식적이고 비공개로 되어 있는 중개소…… 제국 통계청과…… 요원들을 통해…… 모든 공동체의……."

파라는 뭔가 중요한 정보를 빠뜨리고 있는 느낌이었다. 주의를 집중해 듣는다면 좀 더 자세히―그는 정신을 차리려 애썼지만 소용없었다. 온 신경이 제멋대로 날뛰고 있었다. 그리고……

그가 아무 말도 못 하고 있는 사이 찰칵 하는 소리가 나면서 얇고 어두운 금속판 하나가 책상 위에 나타났다. 여자는 금속판을 집어 들고 살펴보았다. 잠시 후 여자가 마이크에 대고 뭐라고 말하자, 곧 금속판 두 개가 갑자기 책상 위의 허공에서 나타났다. 여자는 태연하게 금속판을 살펴보다가 마침내 고개를 들고 말했다.

"아드님인 케일 씨가 5000크레디트의 뇌물을 써서 제국군의 장교로 임관되었다는 사실을 알려드리고 싶군요."

"네?"

파라는 의자에서 반쯤 몸을 일으키며 말했다. 하지만 그 전에 여자가 먼저 단호한 어조로 말하기 시작했다.

"무기 상점은 개인에 대해서는 어떠한 조치도 취하지 않는다는 점을 분명히 말씀드립니다. 아드님은 훔친 돈이나 직업을 그대로 유지할 수 있습니다. 저희는 양심 교정에는 관여하지 않습니다. 그건 개인적인 차원에서 자연스럽게, 하나의 인간으로서 이뤄야 할 일입니다. 그러면 이제 법정 기록을 위해 어떤 문제가 있는지 간단하게 설명해주세요."

파라는 땀을 흘리며 다시 의자에 앉았다. 정신이 요동치고 있었다. 그는 케일의 소식을 더 듣고 싶어 정말 필사적이었다. 그가 말했다.

"하지만……하지만 그게…… 어떻게……."

그는 자신을 억눌렀다. 그리고 낮은 목소리로 무슨 일이 일어났는지 설명했다. 이야기를 마치자 여자가 말했다.

"이제 대기실로 가시면 됩니다. 기다렸다가 이름이 나오면 바로 474호로 가세요. 잊으면 안 됩니다. 474호. 그러면 기다리는 사람들이 있으니……."

여자는 정중하게 미소 지었고, 파라는 어느새 또 이동 중이었다. 몸을 돌려 몇 가지 물어보려고 했지만, 이미 노인 한 명이 의자에 걸터앉고 있었다. 파라는 거대한 복도를 따라 서둘러 걸었다. 앞에서 들려오는 굉음이 무슨 소리인지 궁금했다.

그는 냉큼 문을 열었다. 그러자 망치로 내려치는 듯한 충격과 함께 아까의 그 소리가 휘몰아쳤다.

　너무 크고 엄청난 소리라 그는 문을 들어서자마자 뒤로 움츠러들며 그 자리에 멈춰 섰다. 잠시 뒤에는 믿을 수 없을 정도로 엄청난 소리의 폭풍과 맞먹는 시각적 혼란에 적응하려 애를 써야 했다.

　사람들, 사람들이 가득했다. 수천 명에 달하는 사람들이 거대한 강당 안에서 의자에 빽빽이 앉아 있거나 쉬기를 포기한 듯 위아래로 복도를 걸어 다니며 전광판을 뚫어지게 바라보고 있었다. 전광판은 네모난 구역으로 나뉘어 있었는데, 각각의 구역은 A, B, C에서 Z까지 표시되어 있었다. 수많은 이름이 표시된 그 거대한 전광판은 방 한쪽을 가득 채웠다.

　이게 대기실이군. 파라는 몸을 떨며 생각했다. 그는 자리에 앉았다. 그의 이름은 C 구역에 나타날 터였다. 그러면······.

　마치 베팅 한도가 없는 포커 게임을 하며 패가 뜨기만을 기다리는 기분이었다. 혹은 주가가 대폭락하는 와중에 전 세계를 대상으로 환거래를 하는 기분이었다. 신경이 곤두서고, 어지럽고, 기운이 고갈되면서 매혹적이고, 끔찍하고, 정신이 무너질 것만 같고, 압도적인 느낌이었다. 마치······

　지구상에 이것과 비길 만한 건 없었다.

　26개 구역에 계속해서 이름이 반짝였다. 어떤 사람은 미친 듯이 소리를 질렀고, 어떤 사람들은 정신을 잃었다. 그야말로 엄청난 아수라장이었고, 계속해서 휘몰아치는 소란 때문에 믿을 수 없을 정도로 거대한 굉음이 끊이지 않았다.

　몇 분마다 한 번씩 강당에 모인 사람 전원을 대상으로 전광판에 거대한 안내문이 떴다.

　"본인의 머릿글자를 확인하십시오."

파라는 온몸을 떨면서 지켜보았다. 더 이상 1초도 참을 수 없을 것 같은 느낌이 시시각각 다가왔다. 전부 닥치고 조용히 하라고 소리치고 싶었다. 자리에서 뛰쳐나가 좀 걸어다니고 싶었지만, 이미 그러고 있는 다른 사람들은 흥분한 고함 소리를 듣거나 거칠게 위협을 당하고, 미친 듯한 증오의 대상이 되고 있었다.

파라는 갑자기 이런 맹목적인 야만성이 두려워졌다. 그는 불안한 마음에 이렇게 생각했다.

"난 바보 같은 짓을 하지 말아야지. 난,"

클락, 파라.

전광판이 깜빡였다.

클락, 파라.

머리 뚜껑이 벗겨질 정도로 소리를 지르며 파라가 뛰어올랐다.

"나다!"

그가 날카로운 목소리로 외쳤다.

"나라고!"

아무도 돌아보지 않았다. 누구도 전혀 관심을 보이지 않았다. 부끄러워진 그는 살며시 강당을 가로질러 수많은 사람들이 줄 지어 강당 너머의 복도로 들어가고 있는 곳으로 갔다.

긴 복도를 감도는 정적은 조금 전까지 듣던 굉음만큼이나 정신을 산란하게 했다. 474라는 숫자에 집중하기도 어려웠다.

474호. 그 안에서 과연 무슨 일이 기다리고 있을지는 상상하기조차 불가능했다.

방은 작았다. 가구로는 작은 사무용 탁자와 의자 두 개가 있었다. 탁자 위에는 서로 다른 색깔의 서류철이 일곱 개로 나뉘어 가지런히 쌓여 있었다. 서류철 더미는 우윳빛의 커다란 구체 앞에 일렬로 놓여 있었는데, 그 구체는 그가 들어서자 곧 부드럽게 빛나기 시작했다. 심연에서 흘러나오는 듯한 굵직한 남자 목소리가 울렸다.

"파라 클락 씨?"

"네."

파라가 대답했다.

"판결을 내리기 전에 파란색 서류철을 읽어보길 바랍니다."

그 목소리가 나직하게 말했다.

"그 목록에는 클락 씨의 세계는 물론 클락 씨 자신과도 밀접한 관련을 맺고 있는 제5행성 간 은행이 들어 있습니다. 자세한 내용은 차차 설명하겠습니다."

파라가 살펴보니 목록에는 단순히 회사 이름만 나열되어 있을 뿐이었다. A부터 Z까지 대략 500개 정도였다. 다른 설명은 전혀 없었다. 파라가 자동적으로 그 서류를 옆주머니에 슬쩍 집어넣자, 빛나는 구체에서 목소리가 다시 흘러나왔다.

"제5행성 간 은행이 클락 씨로부터 큰 금액을 사취했다는 사실은 이미 밝혀졌습니다."

목소리가 또박또박 흘러나왔다.

"게다가 사기와 탈취, 협박 혐의로 유죄이며, 범죄 음모를 공모한 죄가 있습니다.

은행 측은 흔히 스캐빈저라고 하는 사람을 통해 클락 씨의 아들인 케일 군에게 접근했습니다. 스캐빈저란 은행에 고용된 일꾼으로, 흔히 부모 또는 다른 피해자로부터 예금을 인출할 수 있는 젊은 남녀를 찾아다니는 사람입니다. 스캐빈저는 이 작업에서 한 건당 8퍼센트의 수수료를 받는데, 그 수수료는 언제나 돈을 인출하는 사람이—이 경우에는 클락 씨의 아들입니다—내게 되어 있습니다.

사기는 은행의 정식 요원이 클락 씨가 서명하기 전에는 돈이 인출되지 않음에도 불구하고 마치 1만 크레디트가 클락 씨의 아들에게 지불된 것처럼 가장하는 악질적인 방법으로 클락 씨를 속인 사실에 적용됩니다.

거짓으로 돈을 대출했다는 빌미로 클락 씨의 아들에게 체포되도록 하겠다고 위협한 사실로부터는 협박 혐의에 유죄 판결을 받았습니다. 당시 이 협박은 아직 돈이 인출되기도 전에 이루어졌습니다. 클락 씨의 어음을 즉각적으로 경쟁사에 넘긴 행위는 범죄 공모에 해당합니다.

이에 따라 제5행성 간 은행은 피해액의 세 배인 3만 6300크레디트의 벌금을 부여받았습니다. 파라 클락 씨, 이 벌금을 받아내는 방법에 대해서 아실 필요는 없을 것 같군요. 은행이 지불하고, 벌금의 절반은 무기 상점에 배분돼 자산으로 포함된다는 사실만 아시면 충분합니다. 그 나머지 절반은……"

쿵 소리가 났다. 깔끔하게 포장된 돈뭉치가 탁자 위에 떨어진 것이다.

"클락 씨의 몫입니다."

목소리가 울렸다. 파라는 떨리는 손으로 돈뭉치를 집어 코트 주머니에 넣었다. 이어지는 말을 집중해서 듣는 데는 극도의 정신적, 육체적 노력이 필요했다.

"이제 모든 문제가 해결됐다고 생각해서는 안 됩니다. 글레이에 있는 모터 정비소를 다시 세우기 위해서는 힘과 용기가 필요합니다. 신중하고 용감하며 결단력 있게 행동하십시오. 그러면 실패하지 않을 겁니다. 자신의 권리를 보호하기 위해서라면 구입하신 총을 사용하는 데도 주저하지 마십시오. 차후에 계획을 설명해드릴 겁니다. 그러면 이제 정면의 문으로 나가시면 됩니다."

파라는 애써 스스로를 부여잡고 문을 연 뒤 걸어 나갔다.

그가 들어선 곳은 어두침침했지만 눈에 익은 방이었다. 세련된 얼굴의 은발 노인이 어둠에 잠겨 있던 독서용 의자에서 일어나 근엄하게 미소 지으며 걸어 나왔다.

흥분으로 가득했던 장대하고 환상적인 모험이 끝난 것이다. 이제 그는 다시 글레이의 무기 상점으로 돌아와 있었다.

무자비하기 그지없는 문명, 고작 몇 주 사이에 파라가 지니고 있던 모든 것을 빼앗아가버린 바로 그 문명의 한가운데에 이렇게 훌륭하고 환상적인 조직이 존재하고 있다니…… 파라는 경이로움에서 아직 헤어나지 못하고 있었다.

그는 감정에 들뜬 나머지 흘러나오는 생각을 억지로 막아야 했다. 탄탄하게 생긴 얼굴에 어두운 주름이 잡혔다. 그가 말했다.

"저…… 그 판사……,"

파라는 판사의 이름을 몰라서 머뭇거리다 스스로 짜증이 나 얼굴을 찌푸렸다.

"판사 말로는 정비소를 다시 일으키려면 내가……."

"그 얘긴 잠시 미룹시다."

노인이 조용히 말했다.

"먼저 갖고 계신 파란 서류를 보시지요."

"서류요?"

파라는 멍하게 말했다. 474호에서 탁자 위에 있던 서류를 하나 가지고 온 걸 기억하는 데는 시간이 좀 걸렸다.

거기에 적힌 회사 목록을 훑어보니 의혹은 점점 커졌다. 자동 원자 모터 정비 공업도 A항목 아래 있었고, 제5행성 간 은행도 다른 유수한 거대 은행 중 하나로 들어 있었다. 파라가 마침내 고개를 들었다.

"이해가 안 됩니다. 이 회사가 당신들이 상대했던 회사인 건가요?"

은발 노인이 차갑게 웃어 보이며 고개를 저었다.

"그런 뜻이 아닙니다. 이 목록은 우리 장부에 항상 기록되어 있는 80만 개 회사의 아주 작은 일부에 불과합니다."

그는 또다시 냉정한 미소를 지었다.

"이들 회사는 모두 우리 때문에 자신들의 서류상 이익이 자산에 도움이 안 된다는 사실을 알고 있습니다. 다만 그 차이가 실제로 얼마나 되는지 모를 뿐이지요. 우리는 전반적인 상도덕이 발전하기를 바라지, 우리의 허를 찌를 정도로 교활해지는 걸 바라지 않기 때문에 그냥 모르는 채로 두고 있습니다."

그는 잠시 말을 멈추더니 이번에는 뭔가를 찾는 눈으로 파라를 바라보았다. 잠시 후 그가 다시 말을 시작했다.

"이 목록에 있는 회사들의 특이한 점은 모두 여왕 폐하 이셔가 소유하고 있다는 겁니다."

그가 재빠르게 말을 끝맺었다.

"물론 이 주제에 대해 손님이 과거에 견지하던 관점에서 보자면, 믿으실 거라고는 생각하지 않습니다만."

파라는 죽은 듯 가만히 서 있었다. 이제야 그는 분명한 확신을 가지고 완벽하게 믿을 수 있었기 때문이었다. 평생 동안 몰락한 사람들이 궁핍함과 불명예의 망각 속으로 줄지어 걸어 들어가는 모습을 지켜보기만 ──게다가 비난하기까지── 했다는 게 놀랍고, 또 스스로 용서할 수 없었다.

파라가 신음하듯 말했다.

"난 지금까지 미친놈 같았습니다. 여왕 폐하와 신하들은 언제나 옳았죠. 가식적인 그 겉모습에 대한 믿음을 공유하지 않는 우정이나 관계는 내게 필요 없었습니다. 지금이라도 여왕에게 반기를 든다면 어떨까요. 죄를 지은 만큼 참회할 시간이 있을지 궁금합니다."

"그 어떤 상황에서도 여왕의 권위에 반하는 말을 해서는 안 됩니다." 노인이 엄격하게 말했다.

"무기 상점은 그런 발언을 장려하지 않습니다. 그리고 그렇게 신중하지 못한 사람에게는 더 이상 도움을 제공하지 않습니다. 우리는 제국 정부와 한동안 거북하지만 평화롭게 지내는 관계에 이르렀고, 이 상태를 유지하고 싶기 때문입니다. 우리의 정책에 대해서는 더 이상 설명하지 않겠습니다.

이 이야기는 할 수 있겠군요. 마지막으로 무기 상점을 파괴하려는 본격적인 시도가 있었던 건 7년 전입니다. 영예로운 이넬다 이서가 스물 다섯 살 때의 일이군요. 새로운 발명품을 가지고 비밀리에 시도한 계획이었지요. 그리고 7000년 전의 과거에서 온 우리 측 사람의 희생으로 인해 실패했습니다. 순전히 우연이었죠. 손님께는 불가사의하게 들릴 수도 있겠지만, 그 이상의 설명은 않겠습니다.

40년 전에는 최악의 시기를 맞기도 했습니다. 우리에게서 도움을 받던 사람들이 모두 어떤 방법으로든 살해당했던 것이죠. 손님의 장인어른도 당시 암살된 사람 중 하나였다는 사실을 알면 놀라실 지도 모르겠군요."

"크릴의 아버지가요?"

파라가 헐떡이며 말했다.

"하지만……."

그는 입을 다물었다. 머리가 어지러웠다. 순간적으로 피가 머리에 몰리면서 잠시 눈앞이 보이지 않았다. 마침내 그가 겨우 입을 열었다.

"하지만 그 사람은 다른 여자하고 도망갔다고들 하던데요."

"그들은 언제나 그런 종류의 악의적인 이야기를 퍼뜨리지요."

노인이 말했다. 파라는 충격을 받고 조용히 있었다.

노인이 말을 이었다.

"우리는 왕족을 제외한 최고 서열부터 시작해 상류층 인사 세 명을 살해한 끝에 겨우 그들의 살인 행각을 막았습니다. 손님의 장인어른을 살해하라는 명령을 내린 것도 그들입니다. 하지만 우리는 다시는 그런 피바람이 몰아치기를 원치 않습니다.

동시에 악에 대해 너무 관대하다는 비판 또한 원치 않습니다. 우리가 인류 존재의 큰 줄기에 간섭하지 않는다는 사실은 반드시 알아두십시오. 우리는 잘못된 점을 바로잡을 뿐입니다. 사람들을 무자비한 착취자로부터 보호하는 벽의 역할을 하는 거지요. 일반적으로 우리는 정직한 사람만을 돕습니다. 덜 양심적인 사람에게는 도움을 제공하지 않고 무기만 판다는 소리는 아닙니다. 그래도 사실 무기가 큰 도움이 되는 건 분명하지요. 정부의 권력이 거의 전적으로 경제적인 책략에만 의지하는 이유에는 우리가 파는 무기도 있거든요.

월터 S. 딜라니라는 빛나는 천재가 진동 처리 기술을 개발해 무기 상점을 가능하게 만들고 우리의 정치 철학에 있어 최우선 원칙을 마련한 이래로 우리는 수많은 정부의 물결이 입헌군주제와 절대 독재 체제 사이를 오가는 모습을 지켜보았습니다. 그 결과 우리는 하나의 원칙을 알아냈지요.

사람들은 언제나 그들이 원하는 정부를 얻는다는 겁니다. 만약 변화를 원한다면 스스로 바꿔야 합니다. 우리는 언제나 똑같이 타락하지 않는 핵심 세력으로 남아 있을 겁니다. 이건 그냥 하는 소리가 아닙니다. 우리에겐 인간의 품성에 대해서는 절대로 거짓말을 하지 않는 심리 분석기가 있습니다. 다시 말해서, 우리는 인류의 이상을 수호하는 정의의 핵심 세력으로서 어떤 형태의 정부 아래에서든 필연적으로 발생하는 병폐를 제거하는 데 헌신할 겁니다.

이제 손님의 문제를 이야기해볼까요. 사실은 매우 간단합니다. 손님은 싸우셔야 합니다. 태초 이래 다른 모든 사람들이 스스로의 가치와 권리를 위해 싸워왔듯이 말입니다. 아시다시피 자동 정비 공업사는 손님이 정비소에 대한 권리를 상실한 지 한 시간도 되지 않아 기계장치와 도구를 모두 치워버렸습니다. 전부 퍼드로 실어 나른 뒤에 해변에 있는 커다란 창고로 보내버렸지요.

그러나 우리가 모두 되찾아서 우리만의 특별한 운송 수단을 이용해 손님의 정비소에 되돌려 놓았습니다. 따라서 이제 정비소로 가시면……."

파라는 그의 지시를 들으며 마음을 단단히 먹었다. 그리고 마침내 입을 굳게 다물고 고개를 끄덕였다.

"절 믿어도 됩니다."

그는 단호하게 말했다.

"전 평생 동안 고집이 센 사람이었죠. 이제 편은 바뀌었지만, 그 성격만큼은 그대로라고요."

무기 상점을 떠나는 길은 마치 삶을 떠나 죽음으로, 희망을 떠나 현실로 가는 것과 같았다.

파라는 글레이의 어두운 밤길을 조용히 걸었다. 그때 문득 처음으로 무기 상점의 고객정보센터가 세상 반대편에 있는 게 분명하다는 생각이 떠올랐다. 그곳은 환한 대낮이었으므로.

그곳의 모습은 마치 처음부터 존재하지 않았던 것처럼 사라지고, 이제는 다시 모두 잠든 글레이의 풍경이 초자연적으로 점점 다가왔다. 조용하고 평화로운—하지만 추악한. 그는 생각했다. 악이 옥좌에 앉음으로써 추악해졌어.

그는 오래 전에 죽은 크릴의 아버지를 생각하며 손으로 흐릿해진 눈을 문질렀다. 그리고 아무 부끄러움 없이 씩씩하게 길을 걸었다. 분노한 남자에게 때로는 눈물이 약이 될 때가 있는 법이다.

정비소는 예전과 같았다. 단단한 금속 자물쇠는 작은 권총의 현란하고 강력한 힘에 맥없이 무릎을 꿇었다. 단 한 번의 발사로 금속이 분해되자 그는 안으로 들어갔다.

안은 어두웠다. 어두워서 아무것도 보이지 않았다. 하지만 파라는 곧바로 불을 켜지 않았다. 그는 더듬거리며 창문 제어판까지 간 뒤에 창문을 암진동 상태로 바꾸었다. 그리고 불을 켰다.

그는 안도의 한숨을 크게 내쉬었다. 집행관이 온 지 한 시간도 안 되어서 전부 실려나갔던 기계장치와 귀중한 도구가 말끔한 상태로 돌아와 있었던 것이다.

치솟아오르는 감정에 몸을 떨며 파라는 텔레스탯으로 크릴을 불러냈다. 아내가 나타나기까지는 시간이 좀 걸렸다. 크릴은 실내용 가운을 입고 있었다. 남편을 알아본 그녀의 얼굴이 백짓장처럼 하얗게 변했다.

"파라, 아, 여보, 난 당신이……."

그는 굳은 목소리로 아내의 말을 끊었다.

"무기 상점에 다녀왔어, 여보. 이제 내가 시키는 대로 하도록 해. 바로 장모님 댁으로 가. 난 여기 있을 테니까. 이곳이 내 것이라는 걸 확실하게 할 때까지 난 낮이고 밤이고 여기 있을 거야……. 이따가 옷하고 먹을 걸 좀 가지러 가야겠지만, 그 전에 떠나도록 해. 알겠지?"

크릴의 야위고 단정한 얼굴에 혈색이 돌아왔다. 아내가 말했다.

"집에 올 필요 없어요, 여보. 내가 할게요. 접는 침대랑 다른 필요한 걸 내가 전부 챙겨서 비행차로 가져갈게요. 우리 함께 정비소 뒷방에서 자요."

아침은 어슴푸레했다. 하지만 10시가 지나자 열린 문에 그림자가 어둡게 드리웠다. 그리고 치안관 조르가 들어왔다. 얼굴에는 부끄러운 기색이 담겨 있었다.

"자네를 체포하라는 명령을 받고 왔네."

"자네를 보낸 작자들에게 전해."

파라는 침착하게 말했다.

"체포에 저항하겠다고. 이 총으로 말이야."

그 말을 신속하게 행동으로 옮기자 조르는 눈만 깜빡이고 있었다. 졸린 표정을 한 덩치 큰 치안관은 한동안 제자리에 서서 빛나는 마법의 권총을 뚫어져라 쳐다보더니 말했다.

"오늘 오후에 퍼드에 있는 대법원에 출두하라는 소환장도 가지고 왔네. 이건 받아들일 건가?"

"물론이지."

"거기 간다는 소리지?"

"변호사를 보낼 거야."

파라가 말했다.

"소환장은 거기 바닥에 놓으라고. 가서 내가 받았다고 전해줘."

무기 상점의 노인이 일전에 충고한 바가 있었다.

"제국 정부의 합법적인 조치에 대해 비꼬거나 하지 마십시오. 조용히 복종을 거부하십시오."

조르가 나갔다. 한시름 놓은 듯한 표정이었다. 한 시간 뒤에는 멜 데일 시장이 거들먹거리며 문가에 나타났다.

"이보게, 파라 클락."

그가 문가에서 큰 소리로 말했다.

"이대로 넘어갈 수는 없어. 이건 법을 무시하는 행위라고."

고매하신 시장님이 비척거리며 정비소 안으로 걸어 들어오는 동안 파라는 아무 말도 하지 않았다. 시장이 소중하기 그지없는 자기의 뚱뚱한 몸을 위험에 빠뜨린다는 게 당황스럽고, 거의 놀랄 지경이었다. 그러나 시장이 낮은 목소리로 속삭이자 당황스러움은 싹 가셨다.

"잘했네, 파라. 역시 자네한테는 뭐가 있다니까. 우리 글레이 사람들이 자네 뒤에 수십 명이나 있으니까 끝까지 버티라고. 아까는 밖에 사람들이 있어서 소리치는 척했네. 자네도 나한테 맞받아 소리를 쳐. 알았지? 서로 신나게 욕 좀 해보자고. 그런데 그 전에 경고해줄 게 있네. 자동 정비 공업사의 매니저가 경호원을 데리고 이리로 오는 길이야. 그 중에 둘은······."

파라는 몸을 떨며 시장이 떠나는 모습을 지켜보았다. 위기가 눈앞에 있었다. 그는 마음을 다잡으며 생각했다.

"어디 와보라고. 어디······."

일은 생각했던 것보다 쉬웠다. 매니저는 정비소에 들어서자마자 권총집에 들어 있는 총을 보고 얼굴이 창백해졌던 것이다. 하지만 그래도 거친 말이 오갔고, 결국 다음과 같이 귀결되었다.

"이봐요."

매니저가 말했다.

"우리는 당신 어음을 1만 2100크레디트에 샀다고요. 그 돈을 우리에게 빚지고 있다는 걸 부정하지는 않겠죠?"

"내가 다시 살 겁니다."

파라가 단호한 목소리로 말했다.

"정확히 절반 값으로요. 한 푼도 더 못 냅니다."

턱이 단단해 보이는 젊은 남자는 한참 동안 그를 쳐다보았다.

"좋습니다."

마침내 그가 내뱉었다.

파라가 말했다.

"여기 계약서가 있으니······."

그의 첫 번째 손님은 수전노 늙은이인 란 해리스였다. 파라는 그 노인네의 침울한 얼굴을 보며 고개를 갸웃거리다 그제야 무기 상점이 어떻게—물론 합의에 의해서였겠지만—해리스의 땅에 자리 잡았는지를 깨닫고는 깜짝 놀랐다.

해리스가 떠난 뒤 크릴의 어머니가 발소리도 크게 정비소로 걸어 들어왔다. 파라의 장모는 문을 닫았다.

"흠. 해냈군? 잘했네. 저번에 날 찾아왔을 때 내가 심하게 굴었다면 미안하네. 하지만 우리처럼 무기 상점을 후원하는 사람들은 우리 편이 아닌 사람을 돕는 위험을 감수할 수 없어. 하지만 크게 신경 쓰지는 말게. 난 크릴을 데려다주려고 왔으니까. 중요한 건 가능한 빨리 모든 걸 정상으로 되돌려놓아야 한다는 걸세."

이제 끝이었다. 믿을 수 없지만 끝이었다. 그날 밤 집으로 돌아가는 길에 파라는 두 번이나 길 한가운데 멈춰 서서 이 모든 게 꿈이었는지 의심했다. 공기가 마치 와인 같았다. 작은 마을 글레이가 눈앞에 펼쳐져 있었다. 시간이 멈춰버린 초록빛의 우아하고 평화로운 낙원이.

투기장

Fredric Brown **Arena**

프레드릭 브라운 지음
고호관 옮김

    카슨은 눈을 떴다. 그는 희미하게 반짝이는 파란색의 빛을 올려다보고 있었다.
    뜨거웠다. 그리고 그는 모래 위에 누워 있었다. 모래에 박힌 뾰족한 돌멩이 때문에 등이 아팠다. 그는 몸을 옆으로 돌려 돌멩이를 떼어내고, 다시 상체를 일으켜 앉은 자세를 취했다.
    "내가 미쳤나 보군."
    그는 생각했다.
    "미쳤든지 죽었든지, 아니면 다른 뭐든지."
    모래밭은 파란색, 밝은 파란색이었다. 지구나 다른 행성 어디에도 파란 모래밭 따위는 없었다.

파란 모래밭이라.

파란 돔 아래의 파란 모래. 하늘도 아니었고 그렇다고 방이라고 할 수는 없는 푸른 돔에 둘러싸인 공간—꼭대기까지는 볼 수 없었지만 어떤 이유에선지 그는 이곳이 돔에 둘러싸인 한정된 공간이라는 사실을 알고 있었다.

그는 모래를 한 줌 쥐어 손가락 사이로 흘려보냈다. 모래가 맨살이 드러난 다리에 닿아 간지러웠다. 맨살?

나신裸身. 그는 완전히 벌거벗고 있었다. 이미 그의 몸은 온몸의 힘을 빼앗아가는 열기 때문에 땀을 뚝뚝 흘리고 있었고, 모래가 닿은 곳은 어김없이 파란색 모래로 덮여 있었다.

하지만 몸의 그 외 부분은 허얬다.

그는 생각했다. 그렇다면 이 모래는 정말로 파란색이군. 만약 파란 빛 때문에 파랗게 보이는 거라면 나 역시 파랗게 보일 테니까. 그런데 난 하얀색이니까 모래가 파란거야. 파란 모래. 파란 모래 같은 건 없어. 여기 같은 곳은 어디에도 없다고.

땀이 눈으로 흘러내리고 있었다.

더웠다. 지옥보다도 더 더웠다. 다만 지옥—고대인들이 상상한 지옥—이라면 파랗지 않고 붉어야 했다.

하지만 이곳이 지옥이 아니라면 뭐지? 행성 중에서라면 오로지 수성만이 이렇게 뜨거울 텐데 여기는 수성도 아니잖아. 수성은 여기서 64억 킬로미터나 떨어져…….

그때 카슨은 자기가 어디에 있었는지 떠올렸다. 그는 명왕성 궤도 바깥쪽에서 침입자들을 찾아내기 위해 1인승 정찰기를 타고 전투 대형으로 정렬해 있는 지구 함대의 한쪽 측면까지의 160만 킬로미터 구역을 수색하고 있었다.

　적 정찰기──침입자들의──가 탐지기의 범위 내로 들어온 순간 갑작스럽게 신경을 뒤흔들어놓을 정도로 귀에 거슬리는 경고음이 울려퍼졌고…….

　플레이아데스 성단이 있는 방향에서 왔다는 사실을 빼고는 침입자들이 어떤 종족인지, 어떻게 생겼는지, 어느 곳의 머나먼 은하계에서 왔는지 아무도 알지 못했다.

　먼저 그들은 지구의 식민지와 전초기지에 산발적인 공격을 가해왔다. 지구의 정찰선과 작은 무리의 침입자 우주선 사이에서 독립적인 전투가 벌어졌다. 서로 승패를 나누어 가졌지만, 아직까지는 한 번도 외계 우주선을 나포하지 못했다. 뿐만 아니라 공격받은 식민지의 주민들 중 누구도 살아남아 우주선 밖으로 나온 침입자의 모습을 보지도 못했다. 밖으로 나오기는 하는지 모르겠지만.

　처음에는 공격 횟수도 많지 않고 위력도 약해 그다지 심각한 위협이 되지 않았다. 그리고 개별적으로 보자면 외계 우주선은 지구 최고의 전투기에 비해 속도와 기동성 면에서는 우월했지만 무장은 다소 뒤떨어졌다. 속도가 뛰어나다 보니 사실상 포위당하지 않는 한 싸우느냐 도망가느냐 하는 선택의 기회는 침입자들 쪽에 있었다.

　그런데도 지구에서는 심각한 사태에 대비한 준비가 진행되었다. 최종 결판을 내기 위해 역사상 가장 강력한 함대를 결성한 것이다. 그 함대는 지금까지 때를 기다려왔다. 그리고 이제 최후의 대결이 다가오고 있었다.

　300억 킬로미터 떨어진 곳에 있던 정찰 부대가 최후의 결전을 위해 접근하는 침입자들의 함대를 발견한 것이다. 그 정찰 부대는 끝내 귀환하지 못했지만, 경고 신호는 무사히 도착했다. 그리하여 10만 척의 전함과 50만 명의 우주군으로 이루어진 지구의 함대가 이곳 명왕성 궤도 바깥쪽에서 목숨을 걸고 침입자들을 저지하기 위해 싸울 준비를 하고 있는 것이다.

전초선에서 보내온——이 정보를 보내기 위해 그들은 목숨을 바쳐야 했다——외계인 함대의 규모와 화력에 대한 정보를 바탕으로 추정하건대, 막상막하의 전투가 예상됐다.

누가 이길지 모르는 싸움이었다. 태양계의 운명은 저울 한가운데에 놓여 있었다. 마지막이자 유일한 기회. 만약 힘든 싸움 끝에 침입자들이 승리한다면 지구와 식민지 전체는 그들의 자비를 바랄 수밖에 없는 처지가 되는 것이다.

맞아, 그랬지. 봅 카슨이 마침내 기억을 되살렸다.

그렇다고 파란색 모래나 깜빡이는 파란 빛을 설명할 수 있는 건 아니었다. 하지만 날카로운 경고음을 듣고 조종 패널로 화들짝 달려갔던 일, 가슴이 떨려서 손을 더듬거리면서 의자에 몸을 고정시켰던 일, 화면에 나타난 점이 점점 커지던 광경은 기억났다.

바싹 마른 입안. 이젠 끝장이라는 끔찍한 생각까지. 주력 함대는 아직 사정거리 밖에 있었지만 적어도 카슨 자신만큼은 끝장날 수 있었다.

드디어, 처음 겪어보는 전투의 향기. 약 3초 후면 승리하느냐 까맣게 타 죽어버리느냐 어느 쪽이든 결론이 날 터였다.

3초—우주에서 전투가 지속되는 시간이다. 여유 있게 천천히 셋까지 세고 나면 이겼거나, 아니면 죽어 있는 것이다. 정찰기처럼 장갑이 얇고 무장이 빈약한 1인승 우주선 따위는 한 방이면 간단히 처리할 수 있다.

　미칠 듯한 심정으로──그리고 무의식적으로 마른 입술을 움직여 '하나'라고 말하면서──그는 조종 패널에 매달려 점점 커지는 점이 화면 속 그물망의 정가운데에 오게 하려고 애썼다. 손으로 그 일을 하는 동안 오른발은 발사 페달 위를 맴돌고 있었다. 화력을 집중해 한 방에 맞춰야 했다. 그렇지 않으면──두 번째 발사 기회는 없을 터였다.

　"둘."

　그는 자기가 숫자를 세고 있다는 것도 몰랐다. 이제 화면 속의 점은 더 이상 점이 아니었다. 불과 수천 킬로미터 떨어져 있는 지금은 고작 몇 백 미터 밖에 있는 듯 확대된 모습으로 화면에 떠 있었다. 잘 빠진 모양의 작고 빠른 정찰기로, 크기는 얼추 서로 비슷했다.

　외계인의 우주선이라. 한번 붙어보자고.

　"세……."

　그의 오른발이 발사 페달에 닿았다. 그 순간 갑자기 침입자가 움직이더니 십자선 밖으로 벗어났다. 카슨은 적기를 쫓아 미친 듯이 키를 두드렸다.

　적기는 약 0.1초 동안 완전히 화면을 벗어났다가 그가 정찰선의 방향을 바꿔 추적하자 다시 나타났다. 땅을 향해 수직으로 돌진하고 있는 중이었다.

　땅?

　착시 현상의 일종으로 보였다. 그래야만 했다. 행성──혹은 다른 뭐든──하나가 화면을 완전히 덮고 있었다. 그게 뭐든 간에 거기 있을 리가 없었다. 그건 불가능했다. 명왕성이 궤도 반대편에 가 있는 지금 가장 가까운 행성이라고 해야 50억 킬로미터 떨어진 곳에 있는 해왕성이었다.

탐지기는 또 어떤가! 탐지기에는 행성 규모는 고사하고 소행성 규모의 물체도 전혀 나타나지 않았다. 지금도 마찬가지였다.

따라서 불과 몇 백 킬로미터 아래에, 지금 그가 돌진하는 방향에 있는 정체불명의 물체는 존재할 수가 없었다.

추락을 막아야겠다는 생각에 갑자기 마음이 급해진 나머지 그는 침입자의 정찰기에 대해서도 까맣게 잊어버렸다. 그는 제동용 역추진 로켓을 점화했다. 순간적으로 속도가 변하면서 몸이 앞으로 쏠리다 안전띠에 호되게 걸렸지만, 그는 우측 분사를 최대로 올려 긴급히 방향을 전환했다. 추락하지 않으려면 정찰선의 성능을 최대한 발휘해야 하며 그렇게 급격히 방향을 바꾸면 정신을 잃게 되리라는 사실을 알면서도 그 상태를 끝까지 유지했다.

그리고 정신을 잃었다.

그게 끝이었다. 이제 그는 벌거벗었지만 다친 곳 하나 없이 뜨거운 파란 모래밭 위에 앉아 있는 것이다. 타고 있던 정찰선의――물론 우주도――흔적은 보이지 않았다. 머리 위의 곡면은 뭔지는 모르겠지만 하늘은 아니었다.

그는 자리에서 일어섰다. 중력은 정상적인 지구 중력보다 다소 높은 듯했지만, 큰 차이는 아니었다.

평평한 모래밭이 넓게 펼쳐져 있었고 앙상한 나무 덤불이 드문드문 보였다. 덤불도 파란색이었다. 하지만 명암이 조금씩 달라서 어떤 곳은 모래보다 덜 파랬고, 어떤 곳은 더 짙었다.

가까운 곳에 있는 덤불 하나에는 다리가 네 개가 넘는다는 사실만 빼면 도마뱀과 닮은 조그만 생물이 튀어나왔다. 그것도 역시 파란색이었다. 밝은 파란색. 그 녀석은 카슨을 보더니 다시 덤불 아래로 뛰어들었다.

그는 다시 위를 올려다보면서 머리 위에 있는 게 뭔지 알아내려 애썼다. 지붕이라고 할 수는 없었지만, 돔 모양이었다. 계속 깜빡이는 바람에 쳐다보기가 어려웠다. 하지만 분명히 땅을 향해 굽어 내려와 그를 둘러싸고 있는 파란 모래밭에 맞닿아 있었다.

그가 있는 곳은 돔의 한가운데에서 그리 멀지 않았다. 눈짐작으로 보건대 가장 가까운 벽까지—그게 벽인지는 모르겠지만—90미터 정도 돼 보였다. 둘레가 대략 230미터인 파란색 반구 같은 것을 평평한 모래밭 위에 엎어놓은 듯한 모양이었다.

주변의 모든 것은 파란색이었다. 그런데 단 하나 예외가 있었다. 곡면으로 된 벽 근처에 붉은색 물체가 있었다. 그것은 구체에 가까운 모양으로, 지름이 대략 1미터 정도로 보였는데 너무 멀리 떨어져 있어서 깜빡이는 파란 불빛 아래에서는 똑똑히 보기 힘들었다. 하지만 왠지 모르게 몸이 떨렸다.

그는 손등으로 이마의 땀을 닦았다. 아니, 닦으려 했다.

이건 꿈, 악몽일까? 열기와 모래, 그리고 저 붉은 물체를 보자 느껴진 알 수 없는 두려움은 도대체?

꿈? 아니다. 우주에서 한창 전투를 하다가 잠에 빠져 꿈을 꾸는 사람이 어디 있겠는가?

사후세계? 아니, 그럴 리 없다. 파란 열기에 파란 모래에 붉은 공포라니, 설사 내세가 있다고 해도 이런 느낌일 리 없다.

그때 그는 목소리를 들었다.

목소리는 귀가 아니라 머릿속에서 울렸다. 어딘지 모를 곳에서 들리는 것 같기도 하고 사방에서 들리는 것 같기도 했다.

"시간과 차원을 뚫고 우주를 방랑했다."

마음속에서 목소리가 울렸다.

"그리고 이 시간과 이 공간에서 나는 막 전쟁을 벌이려는 두 종족을 발견했다. 전쟁이 끝나면 한 종족은 절멸해버리고, 다른 한 종족은 너무 쇠약해져 퇴보하고 결코 운명을 충족시키지 못하게 된다. 결국 본래의 모습이었던 의미 없는 먼지로 썩어 없어지겠지. 나는 이런 일이 절대로 일어나서는 안 된다고 생각한다."

"누……, 당신 뭐야?"

카슨의 목소리는 크지 않았지만, 머릿속에서 다시 울렸다.

"네가 완벽하게 이해할 것 같지는 않군. 나는……"

목소리는 카슨의 머릿속에서 거기에 존재하지 않는, 그가 알 수 없는 단어를 찾는 듯 잠시 멈추었다.

"나는 진화의 궁극에 이른 종으로 아주 오랜 옛날, 너희들이 이해할 수 있는 말로는 설명할 수 없는 과거부터 있어왔다. 종족 전체가 영원히 하나의 존재로 융합했지. 때때로 너희 같은 원시 종족이……"

목소리는 또다시 단어를 찾고 있었다.

"……경지에 이르기도 하지. 네가 지금 속으로 침입자라 부르고 있는 종족도 마찬가지다. 그래서 내가 이 전쟁에 관여했다. 두 함대의 전력이 엇비슷해서 만약 싸운다면 두 종족 모두 멸망하게 된다. 둘 중 하나는 살아남아야 한다. 한 종족만은 살아서 발전하고 진화해야 한다."

"하나?"

카슨은 생각했다.

"우리? 아니면……"

"지금 내 힘으로도 전쟁을 중단시키고 침입자를 고향으로 돌려보낼 수 있다. 하지만 그들은 결국 돌아올 것이고, 그렇지 않다면 조만간 너희 종족이 그들을 추격하겠지. 너희 둘이 서로 파괴하지 못하도록 막으려면 내가 이 시공간에 머물면서 계속 관여해야 한다. 물론 나는 계속 머물 수 없다. 그래서 지금 손을 쓸 수밖에 없다. 난 어느 한쪽의 함대를 완전히 파괴하고 다른 쪽을 온전하게 놓아두겠다. 두 문명 중 하나는 살아남아야 하니까."

악몽. 이건 악몽이야. 카슨이 생각했다. 하지만 그렇지 않았다.

너무 황당했고 도저히 불가능한 일이라 오히려 현실이 아니라고는 생각할 수 없었다.

그는 '누가?'라는 질문을 차마 하지 못했다. 하지만 생각만으로 질문이 전달되었다.

"더 강한 종족이 살아남는다."

목소리가 말했다.

"그것만큼은 내가 바꿀 수 없다. 바꿀 생각도 없다. 나는 단지 한쪽의 승리가 완벽한 승리가 되도록 만들 뿐이다."

목소리는 또다시 탐색했다.

"……피루스 왕의 승리처럼 불구의 종족이 되어선 안 된다.

난 전쟁이 벌어지기 직전의 전장 외곽에서 두 개체를 빼냈다. 바로 너와 침입자 한 명이다. 난 너의 마음속을 보았고, 너희들이 국가를 이루고 살던 초기에는 종족 간의 문제를 해결하기 위해 전사들끼리 싸움을 벌였다는 사실을 아직 잊지 않았음을 알 수 있었다.

너와 네 상대자는 여기서 싸움을 벌이게 된다. 벌거벗은 채로 아무 무기 없이, 너희 둘 모두에게 똑같이 익숙하지 않고, 똑같이 불편한 조건 아래서 싸우는 거다. 시간 제한은 없다. 이곳엔 시간이란 게 없으니까. 살아남는 자는 종족을 대표하는 전사다. 그자의 종족이 살아남는다."

"하지만……."

카슨의 항변은 뭐라 표현하기 힘들 정도로 모호했지만, 목소리는 대답했다.

"공평한 대결이다. 우연한 요소인 육체적인 힘과 같은 조건은 승부를 가르는 데 전혀 영향을 끼치지 않는다. 경계가 있기 때문이다. 너도 곧 알게 된다. 힘보다는 두뇌와 용기가 훨씬 더 중요하다. 특히 용기, 살아남고자 하는 의지가 중요하다."

"하지만 그동안 함대가……."

"그렇지 않다. 너는 그곳과 다른 시공간에 와 있다. 여기 있는 동안 네가 알고 있는 우주에서는 시간이 흐르지 않는다. 이곳이 과연 실재인지 궁금해 하고 있군. 그렇기도 하고 아니기도 하다. 나 역시―너의 제한적인 이해력으로 보자면―존재이며 또한 비존재이다. 나는 육체적인 존재가 아니라 정신적인 존재다. 지금 너는 나를 행성으로 보지만, 나는 먼지일 수도 있고 태양일 수도 있다.

하지만 너에게 있어 현재 이 장소는 실재다. 네가 여기서 받을 고통도 진짜다. 만약 여기서 죽는다면, 죽음 또한 진짜다. 네가 죽는다면, 너의 실패는 곧 네 종족의 종말을 뜻한다. 이 정도가 네가 알아야 할 전부다."

목소리는 사라졌다.

이제 그는 홀로 남았다. 아니, 혼자는 아니었다. 카슨이 고개를 들자 붉은 물체, 이제는 침입자라는 사실을 알게 된 붉은 구체가 그를 향해 굴러오고 있었다.

굴러왔다rolling.

겉보기에는 팔이나 다리가 없어 보였다. 특징이랄 게 없었다. 그 롤러roller는 흐르는 수은 방울처럼 매끄럽게 파란 모래밭을 가로질러 굴러왔다. 왠지 알 수는 없지만 역겹고, 불쾌하고, 구역질 나는 증오의 물결이 먼저 다가와 온몸을 마비시켰다.

카슨은 황급히 주변을 둘러보았다. 1미터쯤 떨어진 모래밭 위에 놓인 돌멩이 하나가 가장 가까운 무기였다. 크지는 않았지만 부싯돌처럼 모서리가 날카로웠다. 파란색 부싯돌처럼 보이기도 했다.

그는 돌멩이를 집어들고 몸을 수그리며 공격을 받을 준비를 했다. 그것은 그가 뛰는 속도보다 빠르게 다가오고 있었다.

어떻게 싸울지 생각할 시간도 없었다. 생각한다고 해봤자 힘이 얼마나 센지, 특징이 무엇인지, 어떤 전투 기술을 쓰는지도 모르는 상대와 싸울 계획을 무슨 수로 짠다는 말인가? 구르는 속도가 빨라지자 롤러는 전에 비해 완벽한 구체로 보였다.

10미터. 5미터. 그때 롤러가 멈췄다.

아니, 막혔다는 편이 가까웠다. 갑자기 보이지 않는 벽에 충돌한 것처럼 가까운 쪽 면이 평평해지더니 롤러는 뒤로, 실제로 뒤로 튀어나갔다.

그리고 다시 앞으로 굴러왔다. 하지만 좀 더 천천히, 좀 더 조심스럽게 다가왔다. 롤러는 또다시 멈췄다. 같은 장소였다. 그것은 옆으로 몇 미터 떨어진 곳에서 똑같은 시도를 했다.

그곳에는 일종의 경계가 있었다. 그때 카슨의 머릿속에 떠오르는 게 있었다. 그를 이곳으로 데려왔다는 존재가 머릿속에 불어넣은 생각이었다. '우연한 요소인 육체적인 힘과 같은 조건은 승부를 가르는 데 전혀 영향을 끼치지 않는다. 경계가 있기 때문이다.'

역장이겠군, 물론. 지구의 과학자들도 알고 있는 네치안 필드는 아니었다. 네치안 필드는 발광 현상을 일으켰고 딱딱거리는 소리도 냈다. 하지만 이건 투명하고 조용했다.

경계는 뒤집힌 반구를 반으로 가르는 벽이었다. 카슨이 직접 알아볼 필요는 없었다. 롤러가 탐색하고 있었다. 롤러는 경계를 따라 옆으로 구르며 구멍을 찾았지만 헛수고였다.

카슨은 왼손을 앞으로 내밀어 더듬으면서 몇 걸음 앞으로 걸어갔다. 그러자 손이 경계에 닿았다. 부드럽고 살짝 들어가는 느낌이 유리라기보다는 고무막에 가까웠다. 따뜻했지만 발 아래의 모래만큼 따뜻하지는 않았다. 그리고 가까이서 보아도 완전히 투명했다.

그는 돌멩이를 버린 뒤 두 손을 대고 밀어보았다. 밀리는 것 같긴 했지만 아주 약간에 불과했다. 온몸의 무게를 실어서 밀어보아도 그 이상은 더 들어가지 않았다. 강철판으로 덧댄 고무막 같은 느낌이었다. 제한된 탄력과 변함 없는 강도.

그는 발끝으로 서서 최대한 손을 높이 뻗어보았다. 경계는 거기에도 있었다.

그는 롤러가 원형경기장 한쪽 끝까지 갔다가 다시 돌아오는 모습을 보았다. 카슨은 또다시 구역질 나는 기분을 느꼈다. 그는 롤러가 지나가자 경계에서 뒤로 몇 걸음 물러섰다. 롤러는 멈추지 않았다. 그런데 혹시 경계가 지면에서 끝나는 건 아닐까? 카슨은 무릎을 꿇고 모래를 파헤쳤다. 부드럽고 가벼워 파기 쉬웠다. 60센티미터 정도를 파보았지만 경계는 여전히 존재했다.

롤러가 다시 돌아오고 있었다. 그쪽에서도 구멍을 찾지 못한 게 분명했다.

분명히 통하는 길이 있을 거야. 카슨은 생각했다. 상대방을 공격할 수 있는 방법. 그게 없다면 결투는 무의미했다.

하지만 당장 그걸 알아내느라 급할 건 없다. 먼저 시험해봐야 할 일이 있었다. 롤러는 다시 돌아와 이제 불과 2미터쯤 떨어진 경계 건너편에 가만히 있었다. 카슨을 관찰하는 모양이었다. 하지만 카슨은 아무리 살펴봐도 롤러에게 어떤 외부 감각기관이 있다는 증거를 찾을 수 없었다. 눈이나 귀, 심지어는 입처럼 생긴 것도 없었다. 그런데 한참 보고 있자 일련의 홈이 보였다. 다 합쳐서 대략 몇십 개 정도였는데, 갑자기 그 중 두 곳에서 촉수가 하나씩 튀어나와 강도를 측정하려는 듯이 모래 속에 박혔다. 촉수는 지름이 대략 2.5센티미터 정도에 길이는 50센티미터 정도 돼 보였다.

하지만 촉수는 사용할 때를 빼고는 홈 속으로 집어넣을 수 있었다. 롤러가 구를 때는 촉수가 들어가 있었고, 촉수와 이동 방법은 아무 상관이 없어 보였다. 카슨이 보기에 롤러는 중력의 중심을 이동시켜서—어떻게 그럴 수 있는지는 상상도 안 되지만—움직이는 것 같았다.

그는 롤러를 바라보며 몸을 떨었다. 그것은 외계인, 지구에 살거나 혹은 다른 행성에서 발견된 그 어떤 생명체와도 끔찍할 정도로 다른 완전한 외계인이었다. 구체적으로 말할 수는 없지만 그는 본능적으로 정신 또한 육체만큼이나 다르다는 걸 알 수 있었다.

하지만 시도해봐야 했다. 만약 롤러가 텔레파시 능력을 전혀 갖고 있지 않다면 실패로 끝나겠지만, 그의 생각에는 그런 능력이 있을 것 같았다. 어쨌든 몇 분 전에 그를 향해 다가올 때만 해도 물질적이지 않은 뭔가를 투사했던 것이다. 거의 확실하게 느껴지는 증오의 파동이었다.

그런 것을 투사할 수 있다면 마음을 읽을 수 있을지도 몰랐다. 그 정도면 지금 하려는 일에 충분했다.

카슨은 의도적으로 조금 전 유일한 무기로 갖고 있던 돌멩이를 집어 들었다가 다시 땅에 던지고 빈 손을 손바닥이 보이게 앞쪽으로 들었다. 무기를 버렸다는 몸짓이었다.

그는 큰 소리로 말했다. 앞에 있는 외계인에게 말소리가 아무 의미 없으리라는 사실은 알고 있었지만, 말을 함으로써 스스로 전달하고자 하는 의미에 생각을 더욱 완전하게 집중할 수 있었다.

"우리 평화롭게 지낼 수 없을까?"

그는 말했다. 쥐죽은 듯 조용한 공간에 울려 퍼지는 목소리가 이상하게 들렸다.

"우리를 여기 데려온 존재가 말했잖나. 우리 종족이 싸우면 어떻게 될지. 한 종족은 멸종하고 다른 종족은 쇠약해져서 퇴보할 거라고. 두 종족 사이의 전쟁은 우리가 여기서 어떻게 하는지에 따라 결정될 거라고 그 존재가 말했어. 우리가 여기서 평화 협정을 맺지 말라는 법도 없잖아? 너희 종족은 너희 은하계로, 우리는 우리 은하계에서."

카슨은 답변을 듣기 위해 마음을 비웠다.

답이 왔다. 답변은 그를 육체까지 뒤흔들어놓았다. 실제로 그는 자신에게 투사된 깊고 강렬한 증오와 죽이고 싶어 하는 갈망이 느껴지는 붉은 이미지에서 순수한 공포를 느끼고 뒤로 몇 걸음 물러났다. 정확한 단어가 아니라—그 존재의 생각이 카슨에게 전해졌던 것처럼—겹겹이 쌓인 강렬한 증오의 파동이었다.

상대의 증오가 불러일으킨 정신적인 충격에 대항하고, 스스로 마음을 비워가며 받아들였던 외계인의 생각을 몰아내고 정신을 가다듬느라 애쓰던 잠깐 동안의 시간이 마치 영원처럼 느껴졌다. 그는 속을 게워내고 싶었다.

악몽에서 깨어난 사람이 천천히 꿈이 엮어놓은 공포에서 벗어나듯, 그도 서서히 정신을 차렸다. 숨을 쉬기 힘들었고 점점 쇠약해지는 느낌이었다. 하지만 생각은 할 수 있었다.

그는 선 채로 롤러를 관찰했다. 롤러는 자신이 근소하게 승리를 거둔 정신력 대결이 이어지는 동안 움직이지 않고 있었다. 그때 롤러가 가장 가까운 파란색 덤불을 향해 1미터가량 굴러갔다. 홈에서 촉수 세 개가 나오더니 덤불을 뒤지기 시작했다.

"좋아. 전쟁을 하자 이거지."

그는 비틀린 웃음을 지어 보였다.

"내가 이해한 게 맞다면 넌 평화에 전혀 관심이 없는 거로군."

결국, 조용한 젊은 청년이었던 그는 극적인 상황에 대한 충동을 억누르지 못하고 이렇게 덧붙였다.

"누군가가 죽을 때까지!"

하지만 적막한 공간에 울린 그의 목소리는, 심지어 스스로에게조차 아주 바보같이 들렸다. 그러자 이게 정말 목숨을 건 일이라는 사실이 직접적으로 다가왔다. 자기 자신이나 그가 롤러라고 부르는 붉은 구체는 물론, 한 종족 전체가 죽는 것이다. 만약 그가 실패한다면, 그건 인류의 종말을 뜻했다.

그 사실은 갑자기 그를 아주 소심하게 만들었다. 그런 생각을 하기조차 두려웠다. 생각하는 것보다 더 두려운 건 그 사실을 안다는 것이었다. 어찌된 일인지 그는 이 대결을 주관하는 존재가 이야기해준 자신의 의도와 힘이 진실임을 알 수 있었다. 그건 신념조차 넘어서는 앎이었다. 그 존재의 말은 분명 농담이 아니었다.

인류의 미래가 그에게 달려 있었다. 깨닫고 나니 너무나 끔찍한 일이라, 그는 그 생각을 떨쳐버렸다. 당장은 눈앞의 상황에 집중해야만 했다.

뭔가 경계를 뚫고 가거나, 아니면 경계를 사이에 두고 상대를 죽일 방법이 있을 터였다.

정신적으로? 그는 그렇지 않기를 바랐다. 원시적이고 개발되지 않은 인류의 텔레파시 능력보다는 롤러가 훨씬 강한 능력을 갖고 있는 게 분명해 보였다. 과연 그럴까?

그는 조금 전 자신의 마음속에서 롤리의 생각을 몰아낼 수 있었다. 롤러도 그럴 수 있을까? 만약 투사하는 능력이 더 강하다면 수신하는 능력에는 허점이 있을 수 있지 않을까?

그는 롤러를 응시하며 온 힘을 다해 롤러에 초점을 맞추고 생각을 집중했다.

"죽어라."

그는 생각했다.

"넌 죽을 거야. 넌 죽고 있어. 넌……."

그는 생각을 바꾸어가며 시도했고, 영상을 떠올리기도 했다. 이마에서 땀이 흘렀고, 너무 집중해서 애를 쓴 나머지 몸이 떨렸다. 하지만 롤러는 여전히 덤불을 조사하고 있었다. 마치 카슨이 구구단이라도 외고 있었던 양 전혀 영향을 받지 않는 듯했다.

결국 아무 소용없는 일이었다.

그는 집중하는 데 너무 애를 쓴 데다가 열기 때문에 기운이 없고 어지러웠다. 그는 파란 모래밭에 앉아서 휴식을 취하며 주의를 집중해 롤러를 관찰했다. 어쩌면 자세한 관찰을 통해 녀석의 힘이나 약점을 알아내거나, 언제라도 직접 맞붙게 될 때 쓸모 있을 정보를 얻게 될지도 몰랐다.

롤러는 나뭇가지를 꺾어내고 있었다. 카슨은 신중히 살펴보면서 그 일을 하는 데 롤러가 얼마나 힘을 쓰는지 판단하려 노력했다. 잠시 후, 그는 자기가 있는 쪽에서도 비슷한 덤불을 찾아 비슷한 굵기의 나뭇가지를 직접 꺾어보면 그의 팔과 롤러의 촉수의 완력을 비교해볼 수 있겠다는 데 생각이 미쳤다.

나뭇가지는 꽤 단단해 보였다. 롤러는 힘을 줘서 가지를 꺾고 있었다. 관찰 결과 촉수는 끝부분에서 두 개의 손가락으로 나뉘며, 각각의 손가락 끝은 손톱이나 갈고리로 되어 있었다. 그 갈고리가 특별히 길거나 위험해 보이지는 않았다. 좀 더 자라면 카슨의 손톱과 비슷해질 것 같았다.

전반적으로 보아 몸으로 싸우기에 그렇게 힘들지는 않을 것 같았다. 물론 저 나무덤불이 아주 단단한 물질로 이루어져 있다면 얘기가 다르지만. 카슨은 주위를 둘러보았다. 좋아. 바로 근처에 똑같은 종류의 덤불이 있었다.

그는 손을 뻗어 가지 하나를 꺾었다. 가지는 약했고, 쉽게 부러졌다. 물론 롤러가 고의로 힘든 척했을 가능성도 있었지만 그는 그렇게 생각하지 않았다.

그런데, 롤러의 약점은 어디 있을까? 기회가 왔을 때 어떻게 해야 상대를 죽일 수 있을까? 그는 다시 롤러를 관찰했다. 외피는 꽤 튼튼해 보였다. 날카로운 무기가 필요했다. 그는 다시 돌멩이 하나를 집어 올렸다. 돌멩이는 대략 30센티미터 길이에 좁고 끝이 꽤 날카로웠다. 부싯돌처럼 날카롭게 쪼갤 수 있다면 쓸 만한 칼이 될 것 같았다.

롤러는 여전히 덤불 조사를 계속하고 있었다. 이번에는 가까운 곳에 있는 다른 종류의 덤불로 굴러갔다. 아까 카슨이 자신의 구역에서 보았던 것과 비슷한, 작고 다리가 많은 파란색 도마뱀이 덤불 아래서 뛰어나왔다.

롤러의 촉수 하나가 득달같이 움직여 도마뱀을 잡아 올렸다. 다른 촉수가 채찍처럼 도마뱀의 다리를 움켜잡아 뽑아내기 시작했다. 덤불에서 나뭇가지를 꺾듯 차갑고 무심한 모습이었다. 도마뱀은 미친 듯이 허우적거리면서 날카로운 비명 소리를 냈다. 자신의 목소리를 빼고는 카슨이 이곳에서 처음 들어보는 소리였다.

카슨은 몸을 떨었다. 눈을 돌리고 싶었다. 하지만 그는 가까스로 지켜보았다. 상대에 대한 정보라면 어떤 것이든, 이렇게 불필요해 보이는 잔인함에 대한 정보조차도 나중에 유용할 수 있었다. 특히 이렇게 상대가 쓸데없이 잔인하다는 사실을 알게 되자 갑자기 악독한 감정마저 솟아났다. 기회가 온다면 저놈을 죽이는 일이 즐거울 것이다.

그는 바로 그 이유를 들어 도마뱀이 해체되는 광경을 묵묵히 지켜보았다.

하지만 마침내 다리 절반이 사라진 도마뱀이 소리지르며 허우적대기를 멈추고 롤러의 촉수 안에서 죽어 축 늘어지자 그는 안도했다.

롤러는 나머지 다리는 내버려두었다. 롤러는 거만한 태도로 죽은 도마뱀을 카슨 쪽으로 던졌다. 도마뱀은 곡선을 그리며 허공을 날아오더니 그의 발치에 떨어졌다.

경계를 통과했다! 경계가 사라졌다! 카슨은 순식간에 일어나 돌칼을 손에 쥐고는 앞으로 달려들었다. 바로 지금 여기서 끝장을 보는 것이다! 경계가 사라……

하지만 경계는 그대로 있었다. 카슨은 경계를 머리로 들이받고 거의 기절할 정도로 호되게 그 사실을 깨달았다. 그는 뒤로 튕겨 나와 넘어졌다.

그가 몸을 일으켜 앉아 정신을 차리려고 고개를 흔들고 있을 때 뭔가가 허공을 날아오는 게 보였다. 그는 옆으로 납작하게 몸을 엎드려 그것을 피했다. 몸통은 무사히 피했지만 순간적으로 왼쪽 장딴지에서 날카로운 고통이 느껴졌다.

그는 고통을 무시한 채 뒤로 굴러 물러난 뒤 일어섰다. 그제야 비로소 자기를 때린 게 돌이라는 것을 알 수 있었다. 그리고 롤러는 촉수 두 개로 돌을 하나 더 들어 올려 뒤로 젖힌 채 다시 던질 준비를 하던 참이었다.

돌멩이가 그를 향해 허공을 날아왔지만, 쉽게 옆으로 피할 수 있었다. 확실히 롤러는 똑바로 던질 수는 있었지만, 세게 던지거나 멀리 던지지는 못했다. 첫 번째 돌에 맞은 건 앉아 있다가 거의 맞을 때까지도 미처 보지 못했기 때문이었다.

약하게 날아오는 두 번째 돌을 피해 옆으로 걸으며 카슨은 계속 손에 쥐고 있던 돌을 던지려고 오른팔을 뒤로 뻗었다. 갑자기 의기양양해진 그는 만약 던지는 무기가 경계를 통과할 수 있다면, 그 방법으로 대결을 펼칠 수 있겠다고 생각했다. 그리고 지구인의 강력한 오른팔도.

4미터밖에 안 되는 거리에서 1미터짜리 구체를 빗맞히긴 어려웠다. 그는 빗맞히지 않았다. 돌멩이는 공기를 가르며 직선으로, 롤러가 던졌던 돌보다 두세 배는 빠른 속도로 날아갔다. 돌은 정가운데에 맞았다. 하지만 불행히도 뾰족한 부분이 아닌 평평한 부분으로 맞았다.

그래도 육중한 소리가 난 것으로 보아 아팠던 게 분명했다. 롤러가 다른 돌을 집어 올리려다가 생각을 바꿔 그 자리에서 벗어났던 것이다. 카슨이 돌 하나를 더 집어 던지려고 했을 때 롤러는 이미 경계에서 30여 미터나 떨어진 곳에 가 있었다. 놈은 아직 멀쩡해 보였다.

두 번째 던진 돌은 몇십 센티미터 차이로 빗나갔고, 세 번째 돌은 거리가 미치지 못했다. 롤러는 다시 사정거리에서 — 적어도 다칠 정도로 무거운 돌이 날아올 수 있는 범위에서는 — 벗어나 있었다.

카슨은 씩 웃었다. 이번 판은 그의 승리였다. 하지만……

그는 웃음을 거두고 허리를 숙여 장딴지를 살펴보았다. 돌멩이의 날카로운 모서리가 몇 센티미터에 걸쳐 꽤 깊은 상처를 냈다. 피가 계속 흘러나왔지만 동맥을 건드릴 정도로 깊게 다치지는 않은 것 같았다. 피가 저절로 멈춘다면 상관없겠지만, 그렇지 않다면 문제였다.

그러나 상처보다도 한 가지 먼저 알아내야 할 게 있었다. 바로 경계의 성질.

그는 다시 앞으로 걸어갔다. 이번에는 손을 내밀어 더듬으며 걸었다. 경계에 손이 닿자, 그는 한 손을 댄 채로 다른 손으로 모래를 한 줌 집어서 던졌다. 모래는 그대로 통과했지만 손은 막힌 채였다.

유기물과 무기물의 차이일까? 그건 아니었다. 죽은 도마뱀은 경계를 통과했는데, 죽었건 살았건 도마뱀은 유기물이 분명했기 때문이었다. 식물은 어떨까? 그는 나뭇가지를 꺾어 경계를 찔러 보았다. 나뭇가지는 아무 저항 없이 경계를 통과했다. 하지만 가지를 쥐고 있는 손가락이 경계에 닿자 손은 막혔다.

그는 경계를 통과할 수 없고, 그건 롤러도 마찬가지였다. 하지만 돌이나 모래나 죽은 도마뱀은 통과했다.

살아 있는 도마뱀이라면? 그는 덤불 아래서 도마뱀 사냥에 나섰다. 한 마리를 찾아내서 잡은 뒤 경계를 향해 부드럽게 던졌다. 도마뱀은 튕겨 나오더니 파란 모래밭을 가로질러 서둘러 도망쳤다.

지금까지의 정보로 미루어 보건대 이제 답이 보였다. 경계는 살아 있는 존재를 막고 있었다. 죽은 생물이나 무기물은 통과할 수 있었다.

결론이 내려지자 카슨은 다시 다친 다리로 시선을 돌렸다. 출혈은 줄어들고 있었고, 그건 곧 굳이 지혈을 하지 않아도 된다는 뜻이었다. 하지만 상처를 깨끗이 닦기 위해 혹시 근처에 신선한 물이 있는지 찾아봐야 했다.

신선한 물―그 생각을 하자 그는 갑자기 지독하게 목이 마르다는 사실을 깨달았다. 이 결투가 오래 지속될 경우에 대비해서 물을 찾아야 했다.

살짝 다리를 절며 그는 원형경기장의 절반인 자기 구역을 한 바퀴 돌기 시작했다. 왼손을 경계에 댐으로써 방향을 잡고 오른쪽을 향해 곡면의 벽이 나올 때까지 걸었다. 벽은 눈에 보였다. 가까운 거리에 탁한 청회색의 벽이 있었고, 그 표면도 경계와 똑같은 느낌이었다.

그는 시험 삼아 모래 한 줌을 던져보았다. 모래는 벽에 닿더니 그대로 통과하면서 사라져버렸다. 공 모양의 벽 역시 역장이었다. 다만 경계처럼 투명하지 않고, 불투명했을 뿐이었다.

그는 다시 경계에 닿을 때까지 벽을 따라 걸었다. 그리고 경계를 따라 처음 출발했던 곳으로 돌아왔다.

물의 흔적은 없었다.

슬슬 걱정이 된 그는 경계와 벽 사이를 지그재그로 왔다 갔다 하며 그 사이의 공간을 철저히 수색했다.

물은 없었다. 파란 모래, 파란 덤불, 그리고 참을 수 없는 열기. 그게 전부였다.

갈증 때문에 이렇게 괴롭다는 건 상상일 뿐이야. 그는 화가 난 듯 스스로에게 말했다. 여기에 얼마나 있었지? 물론 본래의 시공간 틀에서 생각하면 조금도 시간이 흐르지 않았다. 그 존재는 그가 여기 있는 동안 바깥에서는 시간이 흐르지 않는다고 말했다. 하지만 여기에서도 신진대사는 똑같이 이루어졌다. 그리고 몸이 인식하는 시간의 변화는 얼마나 될까? 아마 서너 시간은 흐른 듯했다. 갈증으로 심각한 고통을 받을 정도는 분명히 아니었다.

하지만 고통스러웠다. 목이 바싹 말라 타는 것 같았다. 아마도 강렬한 열기 때문인 듯했다. 이곳은 정말 더웠다. 대략 섭씨 50도는 되는 것 같았다. 공기의 움직임이 전혀 없어 건조하고 답답했다.

그는 전보다 심하게 다리를 절었다. 게다가 아무 소득 없이 자기 구역의 탐사를 마쳤을 때는 기진맥진해 있었다.

그는 경계 건너편에서 꼼짝 앉고 있는 롤러를 보며 상대도 자기만큼이나 비참한 상태이기를 바랐다. 사실 상대방도 이 상황을 그다지 즐기고 있지 않을 건 뻔했다. 그 존재가 말하길 조건은 양쪽 모두에게 똑같이 낯설 것이며 똑같이 불편할 것이라고 했다. 어쩌면 롤러는 정상 기온이 200도인 행성에서 왔을 수도 있다. 어쩌면 그가 타 죽을 듯한 이 순간 상대는 얼어 죽을 듯한 상황일지도 몰랐다.

어쩌면 지금 상대에게는 공기가 너무 짙을지도 몰랐다. 왜냐하면 카슨에게는 공기가 너무 희박해서 자기 구역을 탐사하고 나자 숨이 차올랐기 때문이었다. 이곳의 대기 농도가 화성에 비해 그리 짙지 않다는 사실을 그는 이제야 깨달았다.

물의 부재.

이건 곧 그에게 한정된 시간만이 남아 있다는 뜻이었다. 경계를 건너가거나, 아니면 이쪽에서 상대를 죽일 수 있는 방법을 찾아내지 못한다면 결국 갈증으로 죽게 되어 있었다.

그러자 갑자기 절박한 심정이 되었다. 서둘러야만 했다.

하지만 그는 억지로 자리에 앉아 휴식을 취하며 생각을 좀 하기로 했다.

뭘 어떻게 할 수 있을까? 할 일은 없는 듯하면서도 많았다. 먼저 몇 가지 종류의 덤불이 있었다. 별로 쓸모가 있어 보이지는 않았지만, 혹시 모를 가능성을 위해 조사해봐야 했다. 그리고 그의 다리—상처를 닦을 물이 없다고 해도 뭔가를 하긴 해야 했다. 또 돌과 같은 무기를 모으고, 칼을 만들 수 있는 돌을 찾아야 했다.

이제 다리가 꽤 아팠다. 그는 상처를 먼저 처리하기로 결정했다. 덤불 중 한 종류에는 잎—혹은 잎과 비슷한 무엇—이 있었다. 그는 이파리를 한 줌 뜯어내 조사한 뒤 일단 써보기로 했다. 이파리를 이용해 모래와 흙과 엉긴 피를 닦아내고, 깨끗한 잎으로 패드를 만들어 같은 덤불에서 딴 덩굴을 사용해 상처 위에 묶었다.

덩굴은 의외로 질기고 강했다. 얇고 부드러우면서 잘 휘었지만, 끊을 수가 없어서 부싯돌 같은 파란 돌멩이의 뾰족한 부분으로 썰어내야 했다. 두꺼운 덩굴 중에는 길이가 30센티미터가 넘는 것도 있었다. 그는 나중에 참고로 하기 위해 두꺼운 덩굴을 여러 개 묶으면 꽤 쓸 만한 밧줄을 만들 수 있겠다는 사실을 기억해두었다. 어쩌면 밧줄이 유용하게 쓰일 때가 올지도 몰랐다.

다음에는 칼을 만들었다. 기대대로 파란 부싯돌은 쪼개졌다. 30센티미터 길이의 돌 조각으로 그는 조악하지만 치명적인 무기를 만들었다. 그리고 덤불에서 딴 덩굴로는 돌칼을 허리에 찰 수 있는 허리띠를 만들었다. 그러면 항상 칼을 몸에 지니면서도 두 손을 자유롭게 할 수 있었다.

그는 다시 덤불을 조사했다. 세 종류가 있었는데, 하나는 잎이 없고 마른 잡초처럼 잘 부러졌다. 다른 하나는 부드럽고 무른 나무였는데 마치 썩은 나무 같았다. 겉모습이나 촉감으로 보아 불이 아주 잘 붙을 것 같았다. 세 번째는 거의 나무 같았다. 손만 대면 시들어버리는 약한 잎이 있었지만, 줄기는 짧으면서도 곧고 단단했다.

정말 끔찍하게, 참을 수 없을 정도로 더웠다.

카슨은 다리를 절뚝이며 경계를 향해 걸어갔다. 아직 경계가 그대로 있는지 만져보았다. 그대로 있었다.

그는 선 채로 한동안 롤러를 관찰했다. 롤러는 돌의 유효 사정거리에서 벗어난 안전한 거리에 있었다. 롤러는 경계에서 뒤쪽으로 떨어진 곳에서 이리저리 움직이며 뭔가를 하고 있었다. 그는 롤러가 뭘 하는지 알 수 없었다.

한번은 롤러가 멈추더니 조금 가까이 다가왔다. 카슨에게 주의를 집중하는 듯했다. 다시 한 번 그는 역겨움의 파동과 맞서 싸워야 했다. 그가 돌을 던지자 롤러는 뒤로 물러나더니 뭔지는 모르겠지만 조금 전까지 하던 일로 돌아갔다.

적어도 그는 롤러가 다가오지 못하게는 할 수 있었다.

쓸쓸한 생각이 들었지만, 그건 그로서도 굉장히 반가운 일이었다. 카슨 역시 똑같이 던지기 적당한 크기의 돌을 모아서 경계 근처 몇 군데에 깔끔하게 쌓아두면서 한두 시간을 보냈다.

이제 그의 목은 타버릴 것 같았다. 물 이외에는 다른 생각을 하기가 힘들었다.

하지만 다른 일을 생각해야만 했다. 이곳의 열기와 갈증이 먼저 그를 죽이기 전에 밑으로든 위로든 경계를 넘어가서 저 붉은 구체를 죽여버릴 생각을 해야 했다.

경계는 양쪽 벽까지 이어져 있었다. 하지만 얼마나 높으며 모래 아래로는 얼마나 깊숙이 묻혀 있을까?

그 순간 카슨은 정신이 너무 몽롱해서 둘 중 어느 하나도 제대로 생각하지 못할 것 같았다. 결국 가만히 뜨거운 모래밭에 앉아서——그는 자기가 앉았다는 것도 기억하지 못했다——파란 도마뱀 한 마리가 은신처인 덤불에서 나와 다른 은신처를 찾아가는 모습을 보았다.

새로 찾아간 덤불 아래에서 도마뱀은 그를 보고 있었다.

카슨은 도마뱀을 향해 웃어 보였다. 점점 몽롱해지고 있었는지, 갑자기 화성의 사막 식민지에서 전해지던 오래된 이야기가 떠올랐다. 그 이야기는 지구의 사막에서 전해지던 더 오래된 이야기에서 유래한 것이었다. '얼마 되지 않아 너무 외로워진 나머지 정신을 차려보면 어느새 도마뱀한테 말을 걸고 있다. 그리고 잠시 후면 도마뱀이 대답하는 모습까지 보게 된다……'

물론 그는 롤러를 죽일 방법에 집중해야 했다. 하지만 그는 도마뱀에게 웃음을 지어 보이며 말했다.

"안녕."

도마뱀이 그를 향해 몇 걸음 다가왔다.

"안녕."

도마뱀이 말했다.

카슨은 한동안 멍해 있다가 잠시 후 정신을 차리고 큰 소리로 웃었다. 웃는 데 목이 아프지는 않았다. 그 정도로 목이 타는 건 아니었다.

당연한 것 아닌가? 이 악몽 같은 장소를 생각해낸 존재는 그렇게 대단한 능력이 있는데, 유머 감각이라고 없으란 법이 어디 있을까? 말하는 도마뱀이라, 말을 걸면 똑같은 언어로 대꾸해준다니 괜찮은 생각이었다.

그는 도마뱀을 향해 웃으며 말했다.

"이리 와봐."

하지만 도마뱀은 뒤돌아 도망쳤다. 덤불에서 덤불로 허둥지둥 도망치더니 시야에서 벗어나버렸다.

그는 다시 목이 말랐다.

그리고 뭔가를 해야만 했다. 제자리에 앉아서 비참해 하는 것만으로는 결투에서 이길 수 없었다. 뭔가를 해야 했다. 그런데 뭘 하지?

경계 통과하기. 하지만 경계는 통과하거나 넘어갈 수 없었다. 그런데 밑으로 통과할 수 없는지는 확실한가? 그러고 보니 땅을 파면 가끔 물이 나오는 경우가 있지 않았던가? 물이 나온다면 일석이조인데.

이제 다리는 고통스러웠다. 카슨은 절뚝거리며 경계로 다가가 땅을 파기 시작했다. 한 번에 두 손으로 모래를 퍼냈다. 구덩이 가장자리에서는 다시 안으로 모래가 떨어지기 때문에, 깊이 팔수록 구덩이도 넓어야 하는 느리고 힘든 작업이었다. 얼마나 오래 팠는지 모르겠지만 그는 1미터 남짓한 깊이에서 암반에 부딪쳤다. 건조한 암반. 물의 흔적은 없었다. 그리고 경계를 이루는 역장은 확실히 암반까지 이어졌다. 헛수고였다. 물도 없고, 아무것도 없었다.

그는 구덩이에서 기어 나와 누운 채 숨을 헐떡였다. 잠시 후에는 고개를 들어 건너편에서 롤러가 무엇을 하고 있는지 확인했다. 뭔가 하고 있을 게 분명했다.

그랬다. 롤러는 덤불에서 잘라낸 가지를 덩굴로 묶어 뭔가를 만들고 있었다. 이상하게 생긴 나무틀로 높이는 1미터 남짓에 정사각형에 가까운 모양이었다. 좀 더 자세히 보기 위해 카슨은 구덩이에서 파낸 모래를 쌓아둔 작은 언덕에 올라가서 관찰했다.

그 물체 뒤쪽에는 두 개의 기다란 막대가 튀어나와 있었는데, 그 중 하나는 끝에 컵 모양의 부품이 달려 있었다. 일종의 투석기인가 보군, 카슨은 생각했다.

확실했다. 롤러는 꽤 큰 바위를 들어 컵 속에 넣고 있었다. 그동안 촉수 하나가 다른 막대를 위아래로 움직였다. 그 뒤에 롤러는 조준하듯 그 기계를 살짝 돌렸고, 돌이 담긴 막대가 상승하며 앞으로 움직였다.

바위는 카슨의 머리에서 몇 미터 위로 날아갔다. 너무 많이 빗나가서 피할 필요가 없었다. 하지만 그는 바위가 날아간 거리를 가늠해보고 부드럽게 휘파람을 불었다. 그는 그만 한 무게의 바위는 절반의 거리도 던질 수 없었다. 게다가 만약 롤러가 투석기를 경계 근처까지 가져온다면 자기 영역의 맨 뒤로 간다고 해도 위험에서 벗어날 수 없었다.

바위 하나가 더 윙 하며 머리 위로 날아갔다. 이번에는 그리 먼 곳에 떨어지지 않았다.

그는 투석기가 위험할 수 있겠다고 판단했다. 뭔가 대책을 세우는 게 좋을 것이다.

그는 투석기가 겨냥하지 못하도록 경계와 나란히 양 옆으로 움직이면서 투석기에 열 개가 넘는 돌을 던졌다. 하지만 아무 효과가 없을 것 같았다. 그 정도 거리를 던지려면 가벼운 돌이어야 했다. 그런데 그런 돌은 투석기 본체에 맞아도 아무런 손상도 못 입히고 튕겨 나왔다. 그리고 그 거리에서는 롤러도 아무 어려움 없이 자기에게 날아오는 돌을 피할 수 있었다.

게다가 팔이 심하게 아파오기 시작했다. 격심한 피로로 온몸이 아팠다. 30초 간격으로 꾸준히 날아오는 바위를 피할 필요 없이 잠시 쉴 수만 있다면…….

그는 비틀거리며 원형경기장의 맨 끝까지 물러났다. 하지만 그래도 소용없음을 깨달았다. 바위는 거기까지 날아왔다. 다만 뭔지 모를 이유로 작동하는 투석기를 장전하는 데 드는 시간이 늘어나는 듯, 날아오는 간격이 길어졌을 뿐.

피곤한 몸을 이끌고 그는 다시 경계로 다가갔다. 넘어졌다 겨우 일어나 다시 걷기를 여러 차례 반복했다. 그는 인내심의 한계에 도달했음을 깨달았다. 그래도 지금은 멈출 수 없었다. 그 전에 저 투석기를 멈춰야 했다. 만약 잠이 든다면, 다시는 깨어나지 못할 것이다.

투석기에서 날아온 바위 하나가 그에게 실마리를 제공해주었다. 날아온 바위는 그가 무기로 쓰려고 경계 근처에 쌓아놓은 돌무더기에 부딪쳤다. 그러자 불꽃이 일었다.

불꽃. 불. 원시인들은 불꽃을 이용해 불을 지폈다. 그렇다면 저 마르고 무른 나무를 불쏘시개로 사용하면…….

다행히 그럴 만한 종류의 덤불이 가까이 있었다. 그는 가지를 꺾어 돌무더기로 가져갔다. 그리고 불꽃이 불쏘시개에 옮겨 붙을 때까지 참을성 있게 돌 두 개를 부딪쳤다. 불길은 빠르게 치솟아 그의 눈썹을 스치고 지나갔고 나무는 몇 초만에 재가 되어버렸다.

하지만 그는 이제 요령을 터득했고, 몇 분도 걸리지 않아 한 시간여 전에 파놓은 모래 구덩이를 바람막이로 써서 그 안에 작은 불을 피울 수 있었다. 불쏘시개용 가지로 불을 피우고, 좀 더 천천히 타는 다른 덤불을 이용해 꾸준히 불길을 유지했다.

철사처럼 질긴 덩굴은 빨리 타지 않아서 만들기 쉽고 던지기 쉬운 화염탄을 만드는 데 도움이 됐다. 나뭇가지로 작은 돌멩이를 둘러싸 묶으면 무게도 적당했고, 늘어진 덩굴을 붙잡고 빙빙 돌려 던질 수 있었다.

그는 대여섯 개를 먼저 만든 뒤 불을 붙여서 하나를 던졌다. 화염탄은 멀리 빗나갔지만 롤러는 재빠르게 뒤로 물러서면서 투석기를 끌어당겼다. 하지만 카슨은 이미 후속타를 준비해두었고, 신속하게 연달아 던졌다. 네 번째 화염탄이 투석기 본체에 박혀 의도한 효과를 발휘했다. 롤러는 모래를 뿌리며 필사적으로 번지는 불길을 잡으려 했다. 하지만 촉수에 달린 갈고리로는 고작해야 한 번에 숟가락 하나만큼의 모래만 뿌릴 수 있었고, 노력은 무위로 돌아갔다. 투석기는 불타버렸다.

롤러는 화염에서 멀리 떨어진 안전한 곳으로 물러났다. 카슨에게 정신을 집중하는 듯했고, 카슨은 또 다시 증오와 역겨움의 파동을 느꼈다. 하지만 이전보다는 약했다. 롤러가 약해지고 있거나, 그가 정신적인 공격으로부터 방어하는 방법을 익혔거나 둘 중 하나였다.

그는 엄지손가락을 코에 가져다 대고 롤러를 모욕하면서 돌을 던져 롤러가 황급히 뒤로 물러나게 했다. 롤러는 자기 구역의 맨 끝으로 물러가 다시 덤불을 뒤집어 엎기 시작했다. 투석기를 새로 만들려는 모양이었다.

카슨은 다시——적어도 백 번은 확인한 듯했다——경계가 아직 작동하고 있음을 확인했다. 다음 순간 그는 서 있기에도 너무 지쳐서 자기도 모르게 경계 바로 옆의 모래밭 위에 주저앉았다.

이제 다리는 계속해서 고동쳤고, 갈증의 고통은 심각해졌다. 하지만 그것도 몸 전체를 사로잡고 있는 극심한 피로에 비하면 아무것도 아니었다.

그리고 열기도.

그는 지옥이 이런 곳일 거라고 생각했다. 고대인들이 믿었던 지옥이. 그는 깨어 있으려고 애를 썼다. 하지만 깨어 있는 게 무슨 소용이랴 싶었다. 할 수 있는 게 아무것도 없는데. 경계가 저렇게 건재하고 롤러가 사정거리 바깥에 있는 동안 무엇을 할 수 있을까.

하지만 뭔가가 있어야 했다. 그는 금속과 플라스틱 시대가 오기 전의 전투 기술에 대해 고고학 책에서 읽었던 내용을 떠올리려고 노력했다. 가장 먼저 나왔던 게 돌을 던지는 방법이었던 것 같았다. 뭐, 그건 이미 시도해봤고.

거기에서 한 단계 더 나아가는 것이라고 해야 롤러가 만들었던 투석기뿐이었다. 하지만 덤불에서 얻을 수 있는 작은 나뭇가지—단 하나도 30센티미터를 넘는 게 없었다—를 가지고는 결코 투석기를 만들 수 없었다. 원리야 분명히 생각해낼 수 있겠지만, 그에게는 며칠이나 걸릴 작업에 필요한 지구력이 남아 있지 않았다.

며칠? 하지만 롤러는 이미 하나 만들었다. 벌써 며칠이 지난 건가? 그는 곧 롤러에게는 일을 할 수 있는 촉수가 많고, 따라서 분명히 자기보다 빨리 작업할 수 있을 거라는 사실을 떠올렸다.

게다가 투석기는 승부를 가르지 못했다. 그보다 나은 공격을 해야 했다.

활과 화살? 아니었다. 그는 예전에 활을 쏴본 적이 있는데 아무래도 거기엔 소질이 없었다. 정확성이 뛰어난 경기용 최신 듀라스틸 활로도 그 모양이었는데, 여기서 끼워 맞춰 만든 조악한 활로 쏜다면 돌을 던질 수 있는 거리만큼이나 날아갈지 의문이었다. 똑바로 쏘지도 못할 터였다.

창? 음. 그거라면 만들 수 있었다. 거리가 있다면 다른 던지는 무기와 마찬가지로 쓸모없었지만, 가까운 곳에서라면 유용할 것이다. 가까이 갈 수나 있다면 말이지만.

그리고 창을 만들기로 하면 뭔가 할 일이 생기기도 했다. 산란해지는 마음을 다잡는 데 도움이 될 터였다. 그렇지 않아도 슬슬 정신이 오락가락하기 시작했다. 이제 가끔은 한참 집중을 하고 난 뒤에야 겨우 자신이 왜 여기에 있는지, 왜 롤러를 죽여야 하는지를 기억해내곤 했다.

다행히 돌무더기가 아직 옆에 있었다. 그는 돌무더기를 뒤져 창끝처럼 생긴 돌을 하나 찾았다. 그리고 그보다 작은 돌을 하나로 창끝을 두드려 날카롭게 깨뜨렸고, 한번 박히면 잘 빠지지 않도록 양 옆을 뾰족하게 만들었다.

작살처럼 만들까? 그거 괜찮은 아이디어군, 그는 생각했다. 이 말도 안 되는 대결에는 창보다 작살이 더 나을지도 몰랐다. 일단 롤러의 몸속에 창을 박아 넣은 뒤에 밧줄을 당겨 롤러를 경계까지 끌고 오면 비록 손은 통과하지 못하지만 돌로 만든 칼날을 집어넣어 공격할 수 있을 것이다.

창날보다는 자루를 만드는 게 더 어려웠다. 하지만 덤불 네 종류의 굵은 줄기를 쪼개고 합치고, 얇지만 질긴 덩굴로 접합 부분을 묶자 대략 1미터가 좀 넘는 단단한 자루가 만들어졌다. 끝부분에는 홈을 낸 뒤 돌로 만든 창날을 묶었다.

그렇게 만든 창은 조잡했지만 튼튼했다.

이번엔 밧줄이었다. 얇고 질긴 덩굴을 가지고 그는 6미터가량의 밧줄을 만들었다. 밧줄은 가벼웠고 겉보기에는 튼튼해 보이지 않았지만, 그의 몸무게 정도는 지탱하고도 남을 게 분명했다. 그는 밧줄의 한쪽 끝을 창자루에 묶고 다른 한쪽을 손목에 묶었다. 경계 너머로 작살을 던진 뒤 빗나간다고 해도 최소한 회수할 수는 있을 것이다.

마지막으로 매듭을 묶고 나자 더 이상 할 일이 없었다. 열기와 피로, 다리의 고통과 끔찍한 갈증이 갑자기 이전보다 1000배는 더 크게 다가왔다.

그는 일어서서 롤러가 뭘 하고 있는지 보려고 했다. 하지만 그럴 수 없었다. 세 번째 시도 만에 그는 무릎을 짚고 일어났지만 다시 쓰러지고 말았다.

"난 자야 해."

그는 생각했다.

"지금 승부를 내려 해도 기운이 전혀 없어. 녀석이 그걸 알면 그냥 다가와서 날 죽이고 말걸. 힘을 좀 회복해야겠어."

천천히, 그리고 고통스럽게 그는 땅을 기어 경계에서 멀리 떨어진 곳으로 갔다. 10미터, 20미터…….

근처에서 뭔가 모래밭에 부딪치는 충격이 혼란스럽고 끔찍한 꿈에서 그를 깨워 더 혼란스럽고 더 끔찍한 현실로 데려왔다. 그는 다시 눈을 뜨고 파란 모래밭을 비추는 파란 광휘를 보았다.

얼마나 잤을까? 1분? 하루?

돌 하나가 더 가까운 곳에 떨어지며 그에게 모래를 뿌렸다. 그는 두 팔로 몸을 일으켜 앉았다. 몸을 돌리자 20미터 떨어진 곳, 경계 옆에 롤러가 있었다. 그가 일어나 앉자 롤러는 황급히 도망쳐 최대한 멀리 갈 때까지 멈추지 않았다.

카슨은 롤러가 돌을 던질 수 있는 범위 안에 있었던 것으로 보아 너무 빨리 잠에 빠져버렸음을 깨달았다. 그가 꼼짝없이 누워 있는 것을 보고 롤러는 대담하게 경계로 다가와 돌을 던졌던 것이다. 다행히 그가 얼마나 약한지는 알아차리지 못했다. 그랬다면 그 자리에서 계속 돌을 던졌을 것이다.

잠은 푹 잤던 걸까? 그런 것 같지는 않았다. 자기 전이나 느낌이 똑같았다. 전혀 쉰 것 같지도 않았고, 목이 더 마르지도 않았고, 아무 변화가 없었다. 아마도 몇 분 정도 그러고 있었던 것 같았다.

그는 다시 기어가기 시작했다. 이번에는 가능한 멀리, 무색의 불투명한 원형경기장 외벽이 눈앞에 있을 때까지 억지로 기어갔다.

그리고 다시 모든 것이 흐릿해졌다…….

잠에서 깨어나도 별다른 변화가 없었다. 하지만 이번에는 오래 잤다는 걸 알 수 있었다.

가장 먼저 느껴진 건 입 속의 상태였다. 바짝 말라서 굳어 있었고, 혀는 부어 올라 있었다.

서서히 정신이 완전히 돌아오면서 뭔가 잘못됐다는 걸 느꼈다. 피로는 덜했다. 잠을 잤더니 극심한 탈진 상태는 벗어날 수 있었다.

하지만 아팠다. 몹시 괴로울 정도로 아팠다. 몸을 움직이려 하자 통증이 다리에서 온다는 걸 알 수 있었다.

그는 고개를 들어 다리를 내려다보았다. 무릎 아래로는 끔찍하게 부풀어 있었고, 허벅지 중간까지도 부기가 올라와 있었다. 나뭇잎으로 만든 보호패드를 묶는 데 썼던 덩굴은 부어오른 살 속 깊숙이 파고들어 상처를 냈다.

살 속에 박힌 덩굴 아래로 칼을 끼워 넣는 건 불가능해 보였다. 다행히 마지막에 묶은 매듭이 정강이뼈 위에 있었다. 다른 곳에 비해 덩굴이 그나마 덜 파고든 곳이었다. 필사적으로 노력한 끝에 그는 매듭을 풀 수 있었다.

보호패드 아래의 모습은 최악이었다. 감염과 패혈증이 꽤 심각해 보였고, 점점 나빠지고 있었다. 그러나 약이나 붕대는 물론 물조차도 없는 상황에서 그가 할 수 있는 일은 아무것도 없었다. 감염이 온몸으로 퍼지면 꼼짝 없이 죽는 수밖에 없다.

희망이 전혀 없었다. 그는 졌다.

그리고 인류도. 그가 여기서 죽으면, 저 바깥 우주에서는 그의 친구들, 모든 이가 죽는 것이다. 그리고 지구와 인류의 개척 행성은 모두 굴러다니는 붉은 외계인인 침입자들의 차지가 될 터였다. 인간과는 전혀 다른, 재미로 도마뱀 다리를 뜯어내는 악몽 같은 존재.

그런 생각을 하자 용기가 났다. 그는 이루 말할 수 없는 고통에도 불구하고 경계를 향해 기어가기 시작했다. 이번에는 무릎을 쓸 수 없어서 손과 팔로만 몸을 끌어당겼다.

100만 분의 1의 가능성. 경계에 도착한 뒤에도 힘이 남아 있다면, 단 한 번만이라도 작살을 날려 치명상을 입힐 수 있다면. 롤러가—이 또한 100만 분의 1의 가능성이지만—경계로 가까이 다가오도록. 아니면 이제쯤 경계가 사라졌기를.

경계로 가는 데 몇 년이 걸린 것 같았다.

경계는 그대로였다. 처음 느낌 그대로 절대 통과할 수 없는 경계였다.

롤러도 거기 있지 않았다. 팔꿈치로 땅을 짚고 고개를 들자 롤러가 자기 구역 뒤쪽에서 그가 파괴한 것과 똑같은 투석기를 절반쯤 완성하고 있는 모습이 보였다.

아까보다 움직임이 둔했다. 롤러 역시 쇠약해진 게 분명했다.

하지만 카슨은 롤러에게 두 번째 투석기가 필요할지 의심스러웠다. 그는 투석기가 완성될 때까지 살아 있을 수 없을 것 같았다.

지금, 살아 있는 동안에 롤러를 경계 가까이 유인할 수 있다면. 그는 손을 흔들며 소리치려 했지만, 바짝 마른 목에서는 아무 소리도 나지 않았다.

제발 이 경계를 통과할 수만 있다면…….

잠시 정신이 나간 게 틀림없었다. 카슨은 헛된 분노에 휩싸여 주먹으로 경계를 두드리고 있었다. 그는 손을 거뒀다.

눈을 감고 마음을 차분하게 가다듬으려고 노력했다.

"안녕."

목소리가 말했다.

작고 가는 목소리였다. 마치…….

그는 눈을 뜨고 고개를 돌렸다. 목소리의 주인공은 도마뱀이었다.

"꺼져. 꺼지라고. 넌 진짜가 아니야. 진짜 같지만 진짜 말을 하는 건 아니라고. 내가 또 상상하는 거야."

그는 이렇게 말하고 싶었지만 목소리가 나오지 않았다. 바짝 마른 목과 혀는 말하는 능력을 상실했다. 그는 다시 눈을 감았다.

"아파."

목소리가 말했다.

"죽여. 아파…… 죽여. 와."

그는 다시 눈을 떴다. 다리가 열 개인 파란 도마뱀은 여전히 거기 있었다. 도마뱀은 경계를 따라 달려가다가 돌아오고, 또 달려가다가 돌아오기를 반복했다.

"아파."

도마뱀이 말했다.

"죽여. 와."

도마뱀이 다시 달려가다가 돌아왔다. 카슨이 따라오기를 원하는 게 분명했다.

그는 다시 눈을 감았다. 목소리는 계속 이어졌다. 의미 없는 세 단어의 반복이었다. 매번 그가 눈을 뜰 때마다 도마뱀은 달려가다가 되돌아왔다.

"아파. 죽여. 와."

카슨은 신음했다. 저 괘씸한 녀석을 따라가기 전까지 평화는 오지 않을 듯했다. 원하는 대로 해주지.

그는 도마뱀을 따라 기어갔다. 날카롭게 끽끽대는 새로운 소리가 귓가에 들렸다. 소리는 점점 커졌다.

뭔가 모래밭에 누워 있었다. 그것은 몸부림치며 날카로운 소리를 냈다. 작고 파란 도마뱀 같지만…….

그는 그게 무엇인지 알아보았다. 오래 전에 롤러가 다리를 뜯어냈던 도마뱀이었다. 하지만 살아 있었다. 도마뱀은 다시 살아나 고통으로 꿈틀거리며 비명을 지르고 있었다.

"아파."

다른 도마뱀이 말했다.

"아파. 죽여. 죽여."

카슨은 이해가 갔다. 그는 허리에서 돌칼을 꺼내 괴로워하는 도마뱀을 죽였다. 살아 있는 도마뱀은 재빨리 사라졌다.

카슨은 경계로 돌아왔다. 그는 손과 머리를 경계에 기대고 저 뒤쪽에서 새 투석기를 만들고 있는 롤러를 바라보며 생각했다.

"저기까지 갈 수만 있다면, 여기만 통과할 수 있으면 좋겠건만. 통과만 할 수 있으면 이길지도 모르는데. 저놈도 약해 보여. 내가……."

암담한 절망이 다시 느껴졌고, 고통이 그의 의지를 꺾었다. 차라리 죽었으면 하는 심정이었다. 그는 방금 죽인 도마뱀이 부러웠다. 더 이상 살아서 고통받을 필요가 없으리라. 그에게는 고통이 예정돼 있었다. 패혈증으로 죽을 때까지 몇 시간이 걸릴지, 며칠이 걸릴지 몰랐다.

차라리 칼로 목숨을 끊을까.

하지만 실제로 그럴 수는 없었다. 그가 살아 있는 한 비록 적지만 기회는…….

그는 두 팔이 팽팽해질 정도로 세게 손바닥으로 경계를 누르고 있었다. 그러자 팔이 얼마나 가늘고 앙상해졌는지 알 수 있었다. 이곳에서 오랜 시간이 지난 게 틀림없었다. 이렇게 마른 것을 보면 며칠이 흘렀을지…….

얼마나 더 살아 있을 수 있을까? 육체가 열기와 갈증과 고통을 얼마나 더 감내할 수 있을까?

그는 잠시 동안 다시 히스테리에 빠질 뻔했지만, 곧 굉장히 차분해졌다. 그리고 놀라운 사실이 떠올랐다.

방금 그가 죽인 도마뱀. 그 도마뱀은 산 채로 경계를 건너왔다. 롤러의 구역에서 이쪽으로 왔다. 롤러가 도마뱀의 다리를 뜯어낸 뒤 모욕적으로 그를 향해 던졌고, 도마뱀은 경계를 통과해 날아왔다. 그는 그게 도마뱀이 죽었기 때문이었다고 생각했다.

하지만 그건 죽지 않았다. 의식이 없었을 뿐이다.

살아 있는 도마뱀은 경계를 통과할 수 없지만, 의식이 없는 도마뱀은 통과했다. 그렇다면 경계는 살아 있는 생물에게 작용하는 경계가 아니라 의식이 있는 생물에게 작용하는 경계였다. 경계란 곧 정신적인 투사, 정신적인 장애물이었다.

거기에 생각이 미치자 카슨은 목숨을 건 마지막 도박을 하기 위해 경계를 따라 기어갔다. 너무나 가망이 없어 오로지 죽음을 목전에 둔 사람만이 시도해볼 만한 희망이었다.

성공 가능성을 점치는 건 아무 의미가 없었다. 어차피 시도하지 않는다면 살아날 확률이 0에 무한히 수렴하는 지금에서야.

그는 대략 1미터 남짓한 높이로 쌓여 있는 모래 언덕을 향해 경계를 따라 기었다. 경계 아래쪽 끝을 찾거나 물을 찾아보겠다는 심산으로——얼마나 오래 전이었을까?——구덩이를 파던 곳이었다.

모래 언덕은 바로 경계 옆에 있었다. 언덕의 완만한 쪽 경사면은 경계 양쪽에 걸쳐 있었다.

근처의 돌무더기에서 돌멩이 하나를 집어든 그는 모래 언덕을 기어 올라 꼭대기에 도달했다. 거기서 그는 경계가 사라지면 급한 쪽 경사면을 따라 적의 영토로 굴러떨어질 수 있도록 몸무게를 경계에 의지한 채 기대고 누웠다.

그는 밧줄 허리띠에 칼이 무사히 걸려 있는지, 작살이 팔꿈치 안쪽에 놓여 있는지, 6미터짜리 밧줄이 작살과 손목 양쪽에 고정돼 있는지 확인했다.

그리고 그는 오른손으로 돌멩이를 들고 자기 머리를 내려칠 준비를 했다. 그 한 방에는 운이 필요했다. 기절할 정도로 세게 때려야 하지만 너무 세게 때려서 정신을 오랫동안 못 차리는 일이 생기면 안 됐다.

그는 롤러가 자기를 관찰하고 있으며 만약 경계를 통과해 굴러 떨어지면 다가와서 살펴볼 거라는 예감이 있었다. 그는 롤러가 그가 죽었다고 생각하기를 바랐다. 롤러 역시 십중팔구는 경계의 성질에 대해 그가 이끌어낸 것과 같은 결론을 도출했을 것 같았다. 하지만 신중하게 접근할 것이고, 그에게는 짧은 기회가…….

그는 머리를 내리쳤다.

고통이 다시 그의 의식을 깨웠다. 머리와 다리에서 느껴지는 욱신거리는 통증과는 다른 짧고 날카로운 고통이었다.

하지만 그는 머리를 내려치기 전에 상황을 정리하면서 이런 고통을 예상하고 있었다. 심지어는 바라기도 했다. 그는 깨어나면서 갑자기 움직이지 않도록 스스로 억제했다.

그는 가만히 누워서 실눈을 떴다. 자기가 제대로 예상했음을 알 수 있었다. 롤러가 가까이 다가오고 있었다. 롤러는 6미터 떨어진 곳에 있었고, 그를 깨운 고통은 그가 살았는지 죽었는지 확인하기 위해 롤러가 던진 돌 때문이었다.

그는 가만히 누워 있었다. 롤러는 더 가까이 다가와서 4미터쯤 떨어진 곳에서 다시 멈췄다. 카슨은 숨을 죽였다.

그는 가능한 한 마음을 비우고 있었다. 롤러가 텔레파시 능력으로 그에게 의식이 있다는 사실을 알아채지 못하게 하기 위해서였다. 그렇게 마음을 비우자 롤러의 사고가 그의 마음에 가하는 충격은 거의 영혼을 파괴할 만큼의 수준이었다.

그는 롤러의 사고에서 느껴지는 극도의 이질성, 엄청난 차이에 순수한 공포를 느꼈다. 느낄 수는 있지만 이해할 수도, 표현할 수도 없었다. 그 어떤 인간의 언어에도 적당한 말이 없고, 그 어떤 인간의 마음도 꼭 들어맞는 심상을 떠올릴 수 없었다. 차라리 거미나 사마귀, 또는 화성의 모래 세르펜트에게 지성을 부여하고 인간과 텔레파시로 동조하게 만드는 편이 이보다 더 편안하고 익숙할 정도였다.

이제 그 존재의 말이 옳았다고 인정할 수밖에 없었다. 인간과 롤러, 이 둘은 한 우주에서 공존할 수 없었다. 누가 선이냐 악이냐를 떠나 둘 사이에서는 아무런 균형조차 찾을 수 없었다.

좀 더 가까이. 카슨은 롤러가 1미터 정도 떨어진 곳까지 다가오기를 기다렸다. 롤러가 갈고리가 달린 촉수를 뻗을 때까지…….

그는 고통도 잊은 채 일어나 앉아 마지막으로 남아 있는 힘을 모두 쥐어짜 작살을 들어 던졌다. 그러자 마지막 남은 힘이라는 건 생각에 불과했던 듯, 갑자기 신경이 막히기라도 한 듯 통증이 모두 사라지며 최후의 힘이 솟아나왔다.

작살에 깊숙이 찔린 롤러가 굴러서 도망가자 카슨은 일어나 뒤를 쫓으려 했다. 하지만 그러지는 못했다. 그는 넘어졌지만 계속 기어갔다.

롤러가 밧줄의 길이만큼 멀어졌다. 그러자 손목이 갑자기 앞으로 당겨지면서 끌려가기 시작했다. 롤러는 1미터가량 그를 끌고 가더니 멈췄다. 카슨은 멈추지 않았다. 두 손으로 밧줄을 당겨 롤러를 향해 전진했다.

롤러는 멈춰 선 채로 촉수를 꿈틀거리며 작살을 빼내려는 헛된 시도를 하고 있었다. 떨고 있는 것 같았다. 그러다가 도망갈 수 없다는 사실을 깨달은 듯 갈고리 촉수를 내밀고 그를 향해 뒤돌아 굴러왔다.

돌칼을 손에 쥔 채 그는 롤러와 마주했다. 그는 계속해서 찔렀고, 롤러는 무서운 갈고리로 그의 피부와 살, 근육을 찢었다.

그는 찌르고 베기를 계속했고, 마침내 롤러는 움직이지 않았다.

신호음이 울리고 있었다. 눈을 뜨고 그가 어디에 있는지, 무슨 소리인지 깨닫는 데는 시간이 걸렸다. 그는 정찰기 조종석에서 안전띠를 매고 있었고, 눈앞의 화면은 그저 빈 우주 공간만을 보여주었다. 침입자 우주선도, 있을 수 없는 행성도 보이지 않았다.

신호음은 통신 신호였다. 누군가가 수신기의 전원을 켜라고 종용하고 있었다. 순전히 반사적으로 그는 손을 뻗어 전원을 켰다.

그의 정찰기가 속한 모선인 마젤란 호의 함장 브랜더의 얼굴이 화면에 나타났다. 그의 얼굴은 창백했고 검은 눈은 흥분으로 반짝였다. 그가 외쳤다.

"마젤란이 카슨에게. 귀환하라. 전투는 끝났다. 우리가 이겼다!"

화면이 꺼졌다. 브랜더는 자기가 지휘하는 다른 정찰기에 소식을 전하는 모양이었다.

천천히, 카슨은 정찰기를 귀환 경로에 맞췄다. 천천히, 믿을 수 없는 심정으로 그는 안전띠를 풀고 후미로 가 탱크에서 찬물을 따라 마셨다. 무슨 이유에선지 엄청나게 목이 말랐다. 물을 여섯 잔이나 마셨다.

그는 벽에 기대 선 채 무슨 일이 일어났는지 생각해보려 했다.

그게 정말 일어났던 일일까? 그의 몸은 다친 곳 없이 멀쩡하고 건강했다. 갈증은 육체적이라기보다는 정신적으로 느꼈을 것이리라. 목도 건조하지 않았다. 다리는…….

그는 바지를 걷고 장딴지를 살폈다. 하얗고 긴 흉터, 하지만 완전히 나은 흉터가 있었다. 전에는 없던 것이었다. 지퍼를 열고 셔츠를 풀어헤쳤다. 가슴과 배에 작고 거의 알아보기 힘든, 그리고 완전히 다 아문 흉터가 여기저기 나 있었다.

그가 겪은 일은 진짜였다.

자동 조종 상태의 정찰기는 이미 모선의 해치를 통과하고 있었다. 착륙용 갈고리가 정찰선을 개인용 격납고에 고정시켰고, 잠시 후 격납고에 공기가 주입됐다는 신호가 울렸다. 카슨은 해치를 열고 밖으로 나와 격납고의 이중문을 통과했다.

그는 곧바로 브랜더의 방을 찾아가 경례를 붙였다.

브랜더는 아직도 환희에 들떠 있었다.

"잘 왔네, 카슨."

그가 말했다.

"그걸 놓치다니! 정말 장관이었는데!"

"무슨 일이 일어난 겁니까?"

"정확히는 모르네. 우리가 일제사격을 한 번 가했는데, 놈들의 함대가 먼지로 변해버렸어! 그게 뭔진 모르겠지만 순식간에 전함에서 전함으로 옮겨 다녔지. 우리가 조준하지 않았거나 사정거리에서 벗어나 있던 전함까지! 함대 전체가 우리 눈앞에서 분해돼버렸어. 그리고 우리는 단 한 척도, 페인트조차 긁히지 않았단 말일세!

그것 덕분인지도 확실히 모르네. 놈들이 쓰는 금속에 뭔가 불안정한 원소가 있었던 모양이야. 우리의 시험 발사가 거기에 방아쇠를 당긴 거지. 이런, 자네가 그 신나는 장면을 놓치다니 정말 아쉽군."

카슨은 억지로 웃어 보였다. 보일락 말락 희미한 웃음이었다. 그가 겪은 정신적인 충격을 극복하려면 며칠은 걸릴 터였다. 하지만 함장은 그를 보고 있지 않았고, 눈치채지 못했다.

"아쉽군요."

카슨은 말했다. 겸손함이 문제가 아니라 상식적으로 보아, 조금이라도 그 이야기를 입에 올린다면 아마 우주 최악의 거짓말쟁이로 낙인찍힐 것이다.

"그렇게 신나는 장면을 놓치다니 정말 아쉽습니다."

허들링 플레이스

Clifford D. Simak   Huddling Place

클리포드 D. 시맥 지음
지정훈 옮김

　납빛 하늘에서, 벌거벗은 나뭇가지들 사이를 떠도는 연기처럼 안개비가 흩뿌리고 있었다. 비는 울타리를 뭉개고 건물의 윤곽을 흐릿하게 만들며 원경을 지웠다. 비는 침묵하고 있는 로봇들의 금속 피부 위에서 반짝거렸고, 손에 책을 받쳐든 검게 차려입은 남자의 영창詠唱에 귀기울이고 있는 세 사람의 어깨를 은빛으로 만들었다.
　"나는 부활이요 생명이니……"
　납골당 문 위에 세워진 이끼 덮인 조각상은, 아무도 볼 수 없는 무언가를 향해 자신의 몸을 한 조각도 남김없이 위쪽으로 뻗고 있는 것 같았다. 시조 존 J. 웹스터가 살아 있던 마지막 몇 년 동안, 그가 좋아했던 상징으로 가족묘를 장식하기 위해 화강암을 쪼아내기 시작했던 오래 전

그날 이후로 줄곧.

"무릇 살아서 나를 믿는 자는……"

제롬 A. 웹스터는 자신의 팔에 올려진 아들의 손가락에 힘이 들어가는 것을 느끼고, 그의 어머니가 흐느낌을 참는 소리를 들으며, 꼿꼿하게 줄 지어 서 있는 로봇들이 이제껏 모셨던 주인에 대한 조의를 나타내며 고개를 숙이고 있는 것을 보았다. 그들의 주인은 이제 집으로, 모든 이들의 마지막 집으로 돌아가고 있었다.

넬슨 F. 웹스터가 저 관 안에 누워 있고, 책을 든 남자가 그 위로 기도문을 읊는다는 것이 의미하는 바를——삶과 죽음을——로봇들이 이해할지, 제롬 A. 웹스터는 망연히 궁금해 했다.

이곳을 떠나는 일 없이 여기서 태어나고 여기서 죽어가며, 이 땅에서 대를 이어 살아왔던 웹스터 가문의 4대 넬슨 F. 웹스터는, 가문의 시조가 후손들을 위해——존 J. 웹스터가 마련한 유산과 생활방식과 삶을 소중히 여기며 살아갈, 아직 태어나지도 않은 가계의 자손들을 위해——마련해둔 마지막 휴식처로 향하고 있었다.

제롬 A. 웹스터는 턱에 힘이 들어가면서, 작은 떨림이 몸을 가로지르는 것을 느꼈다. 한순간 눈이 뜨거워지며 그의 시야에서 관이 흐릿해졌고, 검은 옷을 입은 남자의 기도는 망자를 지키고 서 있는 소나무 숲에서 속삭이는 바람과 하나가 되었다. 그의 머릿속에서는 추억들이 이어졌다. 산과 들을 활보하고, 이른 아침의 산들바람을 들이마시고, 브랜디 한 잔을 손에 든 채 타오르는 벽난로 앞에 두 다리로 버티고 서 있던 회색머리 남자에 대한 추억이.

조용한 생활이 한 남자에게 준 긍지, 땅과 삶에 대한 긍지와 겸손, 그리고 위대함. 일상의 여가에서 느끼는 흡족함과 뚜렷한 목표. 보장된 자립, 익숙한 환경이 주는 편안함, 드넓은 대지가 주는 자유.

토마스 웹스터가 그의 팔꿈치를 살짝 흔들었다.

"아버지,"

그는 속삭이고 있었다.

"아버지."

식이 끝났다. 검은 옷의 남자가 책을 덮었다. 여섯 대의 로봇이 앞으로 나가 관을 들었다.

세 사람은 천천히 관을 따라 납골당 안으로 들어가, 로봇들이 안치소로 관을 밀어넣는 동안 조용히 서 있었다. 그들은 작은 문을 닫고 이렇게 적힌 판을 붙였다.

| 넬슨 F. 웹스터
| 2034~2117

그게 전부였다. 이름과 연도뿐이었다. 제롬 A. 웹스터는 그것으로 충분하다고 생각했다. 더이상 필요한 것은 없었다. 윌리엄 스티븐스, 1920~1999로 시작된 가계의 다른 사람들도 그뿐이었다. 웹스터가 알기로 가족들은 그분을 왕할아버지 스티븐스라고 불렀다. 그는 1대 존 J. 웹스터의 장인이었고, 존 J. 웹스터, 1951~2020 본인도 이곳에 안치되어 있었다. 그 다음엔 그의 아들 찰스 F. 웹스터, 1980~2060가 있었고, 다시 그의 아들, 존 J. 2세, 2004~2086가 있었다. 웹스터는 존 J. 2세를 기억하고 있었다. 구레나룻을 태우지 않을까 언제나 아슬아슬했던 파이프를 입에 문 채 불가에서 졸고 계셨던 할아버지.

웹스터의 눈길은 무심코 또 다른 묘표墓表로 움직였다. 메리 웹스터, 옆에 있는 소년의 어머니였다. 이제는 더이상 소년이 아니었지만. 그는 토마스가 이제 스무살이며 다음 주면 화성으로 떠난다는 것을, 심지어는 자신도 젊은 시절에 화성에 갔었다는 것을 자주 잊어버리곤 했다.

모두들 여기 있군. 그는 스스로에게 말했다. 웹스터 가문의 남자들과 부인들과 아이들. 살아서 함께였던 그들이 죽어서도 여기에 함께 있는 거야. 오래되어 녹이 슨 문 위의 상징적인 조각상과 바깥쪽 소나무 숲과 함께, 청동과 대리석이 주는 긍지와 안전함 속에 잠들어 있는 거지.

로봇들은 조용히 서서, 그들의 일이 끝나기를 기다리고 있었다.

그의 어머니가 그를 바라보았다.

"이제는 네가 가장이로구나, 애야."

그는 팔을 뻗어 어머니를 꼭 끌어안았다. 한 가문의 가장, 이것이 그에게 남겨진 일이었다. 이제 겨우 셋 뿐인데. 그의 어머니와 아들. 그나마 아들은 이제 곧 그를 떠나 화성으로 가버릴 터였다. 그래도 그는 돌아올 것이다. 어쩌면 아내를 데리고 돌아올지도 모르고, 그러면 가문은 계속 이어질 것이다. 가족이 셋으로만 남아 있지는 않을 것이다. 커다란 집의 대부분이 지금처럼 꼭 닫혀 있지도 않을 것이다. 그곳에는 한때, 커다란 한 지붕 아래에 서로 다른 세대가 사는, 10여 가구나 되는 가족들의 삶이 울려 퍼지기도 했었다. 그런 시절이 돌아올 것이라고, 그는 확신하고 있었다.

세 명의 가족은 몸을 돌려 납골당을 나와, 안개 속으로 어렴풋이 보이는 거대한 회색 그림자 같은 집으로 돌아갈 채비를 했다.

벽난로에서 불이 타오르고 책상 위에 책이 놓여 있었다. 제롬 A. 웹스터는 손을 뻗어 책을 집어들고 다시 한 번 제목을 읽었다.

『화성인의 생리학, 특히 두뇌에 관하여』. 의학박사 제롬 A. 웹스터 저.

두툼하고 권위 있는 일생의 역작이었다. 이 분야에서는 거의 독보적이라 할 만했다. 저 저주스러운 화성에서 보낸 5년 동안, 이웃 행성에 대한 연민이라는 사명을 갖고 파견된 세계위원회의 의료판무관 동료들과 밤낮을 가리지 않고 일해서 모은 자료에 기반한 책이었다.

문을 두드리는 소리가 났다.

"들어와."

그가 말했다.

문이 열리자 로봇이 미끄러져 들어왔다.

"위스키 가져왔습니다, 주인님."

"고맙군, 젠킨스."

"주인님, 목사님께서 떠나셨습니다."

"아, 그래. 분명 잘 대접했을테지."

"예, 주인님. 통상적인 사례금을 드리고 술을 권했습니다. 술은 거절하셨습니다."

"그건 사회적 오류로군. 목사는 술을 마시지 않아."

웹스터가 알려주었다.

"죄송합니다, 주인님. 몰랐습니다. 그분은 주인님께 언젠가 교회에 나오실 수 있는지 물어봐 달라고 하셨습니다."

"응?"

"주인님은 어디에도 가시는 법이 없다고, 주인님, 제가 그분께 말씀드렸습니다."

"그거 잘했군, 젠킨스. 우리는 어디에도 가지 않아."

웹스터가 말했다.

젠킨스는 문 쪽을 향해 다가가다 멈춰서서 돌아보았다.

"제가 한말씀 드려도 된다면, 주인님, 납골당에서의 의식은 감동적이었습니다. 주인님의 아버님께서는 훌륭한 인간, 지금까지 본 가장 훌륭한 인간이셨습니다. 로봇들은 그 의식이 그분께 어울린다고 이야기했습니다. 품위 있었습니다, 주인님. 그분이 아셨다면 좋아하셨을 겁니다."

"아버지는 네가 그렇게 말한 걸 훨씬 더 기뻐하셨을거야, 젠킨스."

"감사합니다, 주인님."

젠킨스는 대답하고 방에서 나갔다.

웹스터는 위스키와 책과 벽난로 옆에 앉아, 그를 둘러싼 익숙한 방에 편안함을 느꼈고, 그 방에서 위안을 구했다.

집이란 이런 것이었다. 선조 존 J.가 이곳에 자리를 잡고 이리저리 뻗어나간 저택의 첫 번째 부분을 지은 그날 이후로, 이곳은 웹스터 가의 집이었다. 존 J.가 이곳을 선택한 이유는 송어 낚시를 할 수 있는 개울이 있기 때문이라고, 어쨌든 그는 그렇게 말했었다. 하지만 거기엔 다른 뭔가가 더 있었다. 뭔가가 더 있는게 틀림없다고, 웹스터는 생각했다.

아니면, 처음에는 아마도 그저 송어뿐이었을지도 모른다. 송어가 사는 개울과 숲, 초원, 아침마다 강에서 올라온 안개가 떠도는 바위산 마루. 그 가운데 일부가 어쩌면 오랜 세월, 가문과 함께한 오랜 세월 동안 조금씩 변해서, 전통이라고 잘라 말할 수는 없지만 그에 가까운 어떤 것이 이 땅에 흠뻑 스며들기에 이르렀을 것이다. 그것은 모든 나무들, 바위들, 대지의 조각들을 웹스터 가의 나무, 바위, 흙으로 만들었다. 모두가 가문에 속한 것이었다.

존 J., 그러니까 선조 존 J.가 이곳에 온 것은, 도시들이 붕괴되고 인류가 20세기의 안식처를 영원히 버린 이후, 인류가 한 동굴에서, 혹은 한 평원에서 공동의 적 혹은 공동의 공포를 물리치기 위해 모여 살고자 했던 원시적인 본능에서 벗어난 이후였다. 더이상 적도 공포도 없었기에 본능은 구시대의 유물이었다. 인간은 오랜 과거의 사회 경제적 여건이 부과한 군집 본능에 거역했다. 새롭게 얻은 안정과 자족 덕분에 인류는 그로부터 벗어날 수 있었다.

이런 풍조는 200년도 더 전인 20세기부터 시작되었다. 그 당시 사람들은 엄격한 의미의 공동체적 존재라면 결코 가질 수 없었을, 신선한 공기와 충분한 자유 공간과 우아함을 얻기 위해 시골로 이사하기 시작했다.

이것이 그 결과였다. 조용한 생활. 좋은 일들로만 이어지는 평화. 이는 오랜 세월 동안 인류가 동경해온 삶의 방식이었다. 대대로 내려온 낡은 집과 여유로운 토지에서, 원자력으로 에너지를 얻으며 로봇을 농노로 두는 장원 생활이었다.

웹스터는 장작이 타오르는 벽난로를 보며 미소 지었다. 난로는 시대착오적인 것이었지만, 인간이 동굴 생활로부터 가져온 훌륭한 물건이었다. 원자력이 훨씬 따뜻하기 때문에 비록 실용적이지는 않을지 몰라도, 기분만은 더 좋았다. 원자들을 보고 앉아서 백일몽을 꾸며 불꽃 위에 성을 쌓아 올릴 수는 없었다.

그날 오후 그의 아버지를 안치했던 납골당도, 그조차도 가족과 같았다. 한 조각 한 조각이 다른 것들과 마찬가지였다. 차분한 긍지와 여유로운 삶과 평화. 예전에는 죽은 이들을 넓은 땅에 낯선 이들과 얼굴을 맞댈 정도로 바싹 붙여서 묻었다고들 하지만…….

'주인님은 어디에도 가시는 법이 없습니다.'

젠킨스는 목사에게 그렇게 말했다.

그건 맞는 말이었다. 다른 곳에 갈 필요가 어디 있겠는가? 필요한 건 전부 여기 있었다. 다이얼만 살짝 돌리면 원하는 누구라도 얼굴을 마주보며 대화할 수 있었고, 몸을 움직이지 않아도 감각은 어디든 원하는 곳으로 갈 수 있었다. 지구 반대편에 있는 극장에 가보거나 음악회를 듣거나 도서관을 열람할 수도 있었다. 어떤 업무든 의자에 가만히 앉아 처리할 수도 있었다.

웹스터는 위스키를 마시고 나서, 책상 옆에 있는 다이얼이 달린 기계 쪽으로 몸을 움직였다.

그는 기록에 의존하지 않고 기억을 떠올려 다이얼을 돌렸다. 그는 자기가 향하는 곳을 알고 있었다.

그가 손가락을 가볍게 튕기자 방이 서서히 사라졌다…… 아니, 사라진 것처럼 보였다. 남아 있는 것은 그가 앉아 있는 의자와 책상의 일부, 기계 자체의 일부, 그것뿐이었다.

의자는 금빛 풀에 뒤덮이고 바람에 굽은 나무가 드문드문 서 있는 산비탈에 있었고, 비탈은 자주색 산자락 사이에 둥지를 튼 호수로 뻗어 내려갔다. 산자락은 멀리 청록색 소나무 숲이 만든 길다란 줄무늬로 거무스름했고, 굽이굽이 오른 산은 그 뒤로 높이 솟은 푸르스름한 톱니 모양의 눈 덮인 산봉우리 속으로 녹아 들어가고 있었다.

바람이 웅크린 나무들 사이로 무시무시한 소리를 냈고, 갑작스런 돌풍이 높이 자란 풀들을 뜯어냈다. 태양의 마지막 빛줄기가 멀리 산봉우리를 붉게 물들였다.

고독하고 장대한, 길게 뻗은 황폐한 땅, 그곳에 안겨 있는 호수, 머나먼 산맥 위의 칼날 같은 그림자.

웹스터는 가늘게 뜬 눈으로 산봉우리를 보며 편안하게 의자에 앉았다.

그의 어깨 근처에서 목소리가 들렸다.

"들어가도 되겠나?"

부드럽고 쉿쉿거리는, 전혀 사람 같지 않은 목소리. 하지만 웹스터가 아는 목소리였다.

그는 고개를 끄덕였다.

"되고 말고, 쥬웨인."

그는 살짝 몸을 틀어, 정교한 받침대 위에 웅크리고 있는 부드러운 눈의 털북숭이 화성인을 보았다. 받침대 너머로, 화성의 거주지에서 나온 것이라고 반쯤 미루어 짐작할 수 있는 다른 외계의 가구도 어렴풋이 보였다.

화성인은 털북숭이 손을 가볍게 들어 산간 지역을 가리켰다.

"자넨 이걸 좋아하는군. 이 풍경을 이해할 수 있으니까. 그리고 나는 자네가 어떻게 이해하는지를 이해할 수 있지. 하지만 나는 이것이 아름답기는 커녕 두렵다네. 화성에서는 결코 볼 수 없는 모습이기 때문이지."

웹스터는 손을 뻗었지만, 화성인은 그를 말렸다.

"내버려두게. 자네가 왜 이곳에 왔는지 알고 있네. 그렇지 않았다면 나도 지금처럼 곧바로 오지는 않았을걸세. 혹시 오랜 친구가……"

"친절하군. 자네가 와줘서 기쁘네."

웹스터가 말했다.

"자네 아버지는 위대한 사람이었지. 나는 자네가 그를 어떻게 말하곤 했는지 기억하네. 화성에서 보낸 세월 동안 말이지. 그때 자네는 언젠가 돌아오겠다고 말했는데. 왜 한 번도 오지 않은 건가?"

"왜냐니, 나는 그저……"

"말하지 말게."

화성인이 말했다.

"이미 알고 있으니."

"내 아들이 며칠 뒤에 화성으로 갈 예정일세. 자네에게 연락하라고 해두지."

"그거 반갑군. 기다리고 있겠네."

그는 웅크린 받침대에서 어색하게 움직거렸다.

"가업을 이으려는 것인가 보군."

"아니야. 그 애는 공학을 공부할걸세. 외과의는 전혀 생각이 없었지."

"그 애한텐 그럴 권리가 있네."

화성인이 단정하듯 말했다.

"자기가 택한 삶을 살 권리 말이야. 물론, 그것이 허락되어야 하겠지만."

"그럴 권리는 있지. 하지만 이미 끝난 이야기야. 아마 그 애는 훌륭한 엔지니어가 될 걸세. 우주의 건축. 별들을 향한 우주선에 대해 이야기했지."

"어쩌면,"

쥬웨인이 넌지시 말했다.

"자네 가문은 의학에서 이미 충분히 많은 것을 이루었는지도 모르네. 자네와 자네의 아버지는……"

"그리고 아버지의 아버지도. 아버지보다 먼저 말이지."

"자네의 책 덕분에, 화성인은 자네에게 빚을 지게 되었네."

쥬웨인이 단언했다.

"그 덕에 화성인 전문 분야는 더 많은 주목을 받게 될 걸세. 우리는 훌륭한 의사를 배출하지 않아. 의학적 전통이 없으니까. 종족들의 마음이 이렇게까지 차이가 난다는 건 신기한 일이야. 화성인이 의학에 대해 전혀 생각해본 적이 없다는 것도 이상하지. 말 그대로 생각도 하지 않았어. 대신 그 자리를 숙명론이 차지하고 있었지. 심지어 자네들도 역사의 초기에는, 그러니까 인간이 여전히 동굴에서 살던 때에는……"

"자네들이 생각해냈는데 우리가 미처 생각하지 못한 것들도 많이 있었지. 우린 오히려 어떻게 우리가 그것들을 그냥 지나칠 수 있었는지 궁금하네. 자네들은 발전시키고 우리는 그러지 못한 분야들 말이야. 자네들의 특기, 철학을 보게. 우리와는 전혀 달라. 과학을 봐도, 우리의 과학은 보기 좋게 정돈한 어설픔, 그 이상인 적이 없었다네. 자네들은 질서 잡힌, 논리적으로 전개된 철학과 잘 작동하고 실용적이고 응용 가능한, 실질적인 도구를 갖고 있네."

웹스터가 말했다.

쥬웨인은 말을 꺼내려다 잠시 주저하더니, 계속 말하기 시작했다.

"나는 요즘 뭔가에 다다랐네. 새롭고 놀랄 만한 것. 화성인뿐만 아니라 인간들을 위한 도구가 될 어떤 것이지. 지구인이 도착했을 때 처음 떠오른 어떤 정신적 개념들에서 시작해서, 지난 몇 년간 그것에 대해 연구해왔네. 하지만 확신할 수 없었기 때문에 아무것도 말할 수 없었지."

"이제는 확신이 든 모양이군."

웹스터가 넌지시 말했다.

"완전히는 아닐세. 확신은 아니야. 하지만 거의 그렇다네."

그들은 말없이 앉아 산맥과 호수를 바라보고 있었다. 새 한 마리가 듬성듬성 서 있는 나무들 가운데 하나에 앉았다. 산악지대 뒤로 어두운 구름이 모여 있었고 눈 덮인 산봉우리가 묘석처럼 서 있었다. 태양이 진홍빛 호수로 가라앉아, 마침내 노을빛이 사그라들며 잠잠해졌다.

문 쪽에서 노크 소리가 나자 웹스터는 의자에서 몸을 뒤척였고, 그는 갑자기 그가 앉아 있던 의자의, 서재의 현실로 돌아왔다.

쥬웨인은 이미 떠나고 없었다. 늙은 철학자는 이곳에서 친구와 함께 관조하며 한 시간을 앉아 있었고, 그러고는 조용히 떠나버렸다.

다시 똑똑 두드리는 소리가 났다.

웹스터가 앞으로 몸을 숙여 토글 스위치를 건드리자, 산이 사라지고 다시 방이 되었다. 높은 창을 통해 땅거미가 보였고 불은 재 속에서 장밋빛으로 깜빡였다.

"들어와."

웹스터가 말했다.

젠킨스가 문을 열었다.

"저녁 준비가 다 되었습니다, 주인님."

"고맙네."

웹스터는 천천히 의자에서 일어섰다.

"주인님의 자리는 테이블 머리에 준비해 두었습니다."

"아, 그래. 고맙군, 젠킨스. 알려줘서 정말 고맙네."

웹스터가 말했다.

웹스터는 우주 정거장의 넓은 진입로 위에 서서, 하늘로 사라지는 형체가 겨울 햇살 사이를 가르고 희미하게 깜빡이는 붉은 점들로 변하는 것을 바라보았다.

형체가 사라진 뒤에도 그는 한동안 앞에 있는 난간을 쥔 채 자리에 서서, 하늘에서 눈을 돌리지 못하고 있었다.

그의 입술이 움직였다.

"잘 가라, 아들아."

하지만 소리는 나지 않았다.

천천히, 그는 그를 둘러싼 환경으로 돌아왔다. 그는 진입로 주변에서 사람들이 움직이고 있다는 것을 깨달았고, 우주선을 기다리고 있는 튀어나온 부분들이 점점이 있는, 멀리 지평선까지 한없이 뻗은 듯한 착륙장을 바라보았다. 바쁘게 움직이는 견인차들이 한 격납고 주변에서 아직 남아 있는, 전날 밤에 내린 눈을 치우고 있었다.

웹스터는 몸을 떨고, 정오의 태양은 따뜻한데 이상하다고 생각했다. 그리고 또다시 떨었다.

천천히 그는 난간에서 몸을 돌려 관리동으로 향했다. 고통스러운 한순간, 그는 갑작스러운 공포를, 진입로를 이루고 있는 긴 콘크리트에서 설명할 수 없는 당황스러운 공포를 느꼈다. 대기실 문 쪽으로 발걸음을 옮기는 동안 그는 정신적으로 여전히 두려움에 떨고 있었다.

한 남자가 손에 서류가방을 흔들며 그를 향해 걸어왔고, 웹스터는 그에게 주목한 채, 그가 말을 걸지 않기를 간절히 바랐다.

그 사람이 말을 걸기는커녕 눈길도 주지 않고 지나치자 웹스터는 안도했다.

집에 있었다면, 지금쯤 점심을 마치고 낮잠을 자려고 누웠겠지. 그는 생각했다. 벽난로에서는 불길이 타오를 테고 불꽃의 깜빡임이 난로 받침쇠에 반사될 거야. 젠킨스가 술을 한 잔 가져와서 한두 마디 하면,

대수롭지 않은 대화를 나누겠지.

그는 한기를 드러내며 탁 트인 거대한 진입로에서 도망치고픈 마음에, 문으로 향하는 발걸음을 재촉했다.

토마스에 대한 그의 감정은 얼마나 우스웠던가. 그 아이가 떠나는 모습을 보고 싶지 않았던 것은 자연스러운 일이었다. 하지만 마지막 몇 분 동안, 그의 내면에서 치밀어오른 공포와 맞닥뜨린 것은 전혀 자연스럽지 않았다. 그것은 우주를 가로지르는 여행에 대한 두려움, 화성이라는 낯선——하지만 더 이상은 낯설다고 하기 어려운——땅에 대한 두려움이었다. 한 세기가 넘는 동안 지구인은 화성에 대해 알게 되었고, 화성인들과 싸웠고, 이제는 그들과 더불어 살고 있었다. 심지어 그들 중 일부는 화성을 조금씩 사랑하게 되었다.

그러나 우주선이 이륙하기 전 그 마지막 순간, 발착장으로 뛰쳐나가 토마스에게 돌아오라고, 가지 말라고 외치는 일을 막을 수 있었던 것은 순전히 의지의 힘이었다.

물론 그런 일은 결코 일어나지 않았을 것이다. 그것은 과시적이며 수치스럽고 굴욕적인, 웹스터 가의 사람이라면 할 수 없는 종류의 일이었다.

어차피 화성 여행은 더이상 그리 대단한 모험도 아니라고 그는 생각했다. 모험이었던 시절도 있었지만, 이제는 영원히 지나가버렸다. 그 또한 화성으로 가서 5년이라는 긴 시간 동안 머문 적이 있었다. 그것도——그때를 생각할 때면 그는 항상 숨이 막혔다——거의 30년 전의 일이었다. 로봇 안내원이 그를 위해 문을 열자 그는 대기실에 울리는 잡음과 마주쳤고, 그 잡음 속에는 공포에 가까운 어떤 것이 흐르고 있었다. 그는 잠시 주저하다가 안으로 들어섰다. 그의 등 뒤에서 부드럽게 문이 닫했다.

그는 사람들의 길을 가로막지 않도록 벽 근처에 붙어서, 한쪽 구석의 의자로 향했다. 그는 의자 깊숙이 앉아 쿠션에 몸을 기대고, 방 안 가득 넘쳐나는 사람들이 돌아다니는 것을 지켜보았다.

신경이 날카로운 사람들, 바쁜 사람들, 정감 없는 낯선 얼굴들. 모두가 낯선 이들이었다. 아는 얼굴은 한 명도 없었다. 어디론가 향하는 사람들. 다른 행성으로 떠나는 사람들. 떠나지 못해 안달인 사람들. 세부사항 하나하나를 걱정하며, 이리저리 뛰어다니는 사람들.

군중 속에서 익숙한 얼굴이 보였다. 웹스터는 몸을 앞으로 숙였다.
"젠킨스!"
그는 자신도 모르게 소리친 것에 대해 곧 부끄러운 생각이 들었지만, 아무도 신경 쓰는 것 같지 않았다.
로봇이 그의 앞에 와서 섰다.
"레이몬드에게 전하게. 당장 돌아가야겠다고. 어서 가서 헬기를 가져오라고 하게."
"죄송합니다만, 주인님. 지금 당장은 떠날 수 없습니다. 정비공이 핵 반응로에서 문제점을 발견했습니다. 새것으로 교체 중입니다. 몇 시간 정도 걸릴 예정입니다."
"그건,"
웹스터는 참지 못했다.
"나중에 해도 되는 게 아닌가?"
"정비공은 안 된다고 했습니다."

젠킨스가 대답했다.

"언제든 잘못될 수 있습니다. 충전된 동력 전부가……"

"알았네, 알았어."

웹스터는 동의할 수밖에 없었다.

"그렇겠지."

그는 모자를 만지작거리다 말했다.

"방금 생각났는데, 할 일이 있네. 당장 해야 하는 일인데. 집에 가야겠어. 몇 시간은 기다릴 수가 없네."

그는 의자 끝에서 몸을 앞으로 숙이고 넘쳐 나는 사람들을 바라보았다.

얼굴들…… 수많은 얼굴들…….

"원격으로 하실 수 있을지도 모릅니다."

젠킨스가 건의했다.

"로봇들 가운데 하나는 그런 기능이 있을 겁니다. 저쪽 구역에서……"

"잠깐, 젠킨스."

웹스터는 잠시 주저했다.

"사실 집에 가서 해야 할 일은 없네. 아무것도 없어. 하지만 돌아가야겠네. 여기는 도저히 못 있겠어. 계속 있으면 정신이 나갈 것 같아. 저 밖의 진입로에서는 겁에 질렸고, 여기 들어오니 당황스럽고 혼란스러워. 이 느낌은…… 아주 낯설고 두렵네. 젠킨스, 난……."

"이해합니다, 주인님."

젠킨스가 말했다.

"아버님께서도 그러셨습니다."

웹스터는 숨이 막혔다.

"아버지?"

"그렇습니다, 주인님. 그래서 어디에도 가지 않으셨습니다. 그분께서도 주인님 정도의 나이가 되셨을 때, 그걸 깨달으셨습니다. 유럽 여행을 계획하셨지만 가지 못하셨습니다. 중간까지 갔다가 돌아오셨습니다. 그것을 부르는 이름도 있으셨지요."

웹스터는 놀라서 조용히 앉아 있었다.

"이름이라."

마침내 그가 입을 열었다.

"있었겠지. 그런 것이 있으셨군. 할아버지는…… 그분도 그러셨나?"

"저는 알 수 없습니다, 주인님."

젠킨스가 대답했다.

"제가 만들어진 것은 할아버님께서 나이가 많이 드신 뒤였습니다. 하지만 그러셨을지도 모릅니다. 그분께서도 어디에 가시는 법이 없으셨습니다."

"그럼, 잘 알고 있겠군."

웹스터가 말했다.

"이게 어떤 것인지 말이야. 꼭 어딘가가 아픈 것 같아. 신체적으로 아프다구. 헬기나, 뭐든지 빌릴 수 있는지 알아보게. 집에 갈 수만 있으면 돼."

"알겠습니다, 주인님."

젠킨스가 떠나려고 하자 웹스터가 다시 그를 불렀다.

"젠킨스, 다른 사람들도 이것에 대해 알고 있나? 누구든……."

"아닙니다, 주인님. 아버님께서는 아무 말씀 없으셨고, 어째서인지 저는 그분께서 제가 언급하기를 바라지 않으신다고 생각했습니다."

"고맙네, 젠킨스."

그는 다시 의자에 몸을 묻었다. 쓸쓸하고, 외롭고, 잘못된 곳에 와 있는 듯한 느낌이 들었다.

삶이 고동치는 시끄러운 대기실에 혼자 있다는 것이…… 외로움이 그의 가슴을 찢고 그를 기운 없고 약하게 만들었다.

향수鄕愁. 영락없이, 부끄럽게도 향수병이로군. 그는 생각했다. 처음 집을 떠나, 바깥세상을 처음 만나는 아이들이나 느끼는.

이런 것을 가리키는 멋진 말도 있었다. 광장공포증 agoraphobia, 열린 공간에 나와 있는 것을 병적으로 두려워하는 증상. 광장을 가리키는 그리스 어원으로부터 나온 말이었다.

방을 가로질러 텔레비전 구역으로 가기만 하면, 어머니나 다른 로봇들 가운데 하나에게 전화를 걸 수도 있었다. 더 나은 방법으로는, 젠킨스가 올 때까지 가만히 앉아서 경치를 감상할 수도 있었다.

하지만 그는 일어서려다 말고 의자에 주저앉았다. 소용없는 일이었다. 누군가와 이야기를 나누거나, 실제로 가 있지 않은 곳의 경치를 보는 것만으로는. 그는 겨울 공기의 소나무 향을 맡을 수도 없었고, 그의 발밑에서 눈이 밟히는 친숙한 소리를 들을 수도 없었으며, 손을 뻗어 길가에 자란 커다란 떡갈나무를 만져볼 수도 없었다. 불에서 느껴지는 따뜻함이나, 드넓은 땅과 땅 위의 사물들과 하나라는 확실하고 익숙한 소속감도 느낄 수 없었다.

그렇긴 하지만…… 어쩌면 도움이 될지도 모르는 일이었다. 큰 도움은 안 되더라도, 어느 정도는. 그는 의자에서 일어나다가 몸이 굳어버렸다. 텔레비전 구역으로 향하는 몇 걸음조차 끔찍하고 압도적인 두려움을 주었다. 저들 앞에서 그는 달아나야 했다. 지켜보는 눈들, 익숙하지 않은 소음들, 가까이에서 괴로움을 주는 낯선 얼굴들로부터 도망쳐야 했다.

그는 갑자기 주저앉았다.

어떤 여자의 날카로운 목소리가 대기실에 울렸고, 그는 움츠러들었다. 두려웠다. 지옥 같았다. 젠킨스가 서둘러주기를 바랄 뿐이었다.

첫번째 봄의 숨결이 창문을 통해 들어왔다. 눈이 녹고, 새싹과 꽃이 나고, 파란 하늘에서 쐐기 모양의 철새 떼가 북쪽으로 향하고, 물 밑에 숨어 준비하고 있던 송어가 곧 뛰어오를 것이라는 징조가 서재를 가득 채웠다.

웹스터는 책상에 쌓인 논문들에서 눈을 들어 산들바람을 맡으며 뺨에 닿는 바람의 시원한 속삭임을 느꼈다. 그는 브랜디 잔으로 손을 뻗었지만, 잔이 비어 있는 것을 보고는 그냥 내려놓았다.

그는 다시 논문들 위로 몸을 숙이고, 연필을 들어 한 단어에 줄을 그었다. 비판적으로, 그는 마지막 문단들을 읽어 내려갔다.

적잖이 중요한 임무를 맡고 있을 250명의 사람들 가운데 초대에 응할 수 있었던 것이 세 명뿐이었다는 사실은, 세 사람을 제외한 나머지 모두가 광장공포증의 피해자라는 것을 반드시 의미하지는 않는다. 일부는 초대에 응할 수 없는 정당한 이유가 있었을 것이다. 그러나 이 수치가 보여주는 것은, 도시가 붕괴한 이후 등장한 새로운 생활방식에 익숙해진 지구인들이 친숙한 장소에서 떠나는 것을 점점 더 꺼리고 있으며, 삶에 대한 만족감과 우아함으로 직결되는 풍경과 소유물들에 둘러싸인 채 머물고자 하는 본능이 마음속에서 점점 더 강해지고 있다는 것이다.

그러한 추세의 결과가 어떻게 될지 아직 아무도 장담할 수 없는 것은, 이들이 지구 전체의 인구 가운데 적은 수를 차지하고 있기 때문이다. 대가족들 가운데에는, 경제적 압력으로 인해 아이들 중 일부가 지구의 다른 지역이나 다른 행성으로 떠나는 경우가 있다. 그리고 여전히 많은 사람들이 적극적으로 모험을 찾고 우주에서 기회를 노리기도 하며, 또 다른 사람들은 앉아서 지내는 것이 불가능한 직업이나 상업에 종사하기도 한다.

웹스터는 페이지를 넘기고 끝까지 계속 읽었다.

좋은 논문이지만, 아직 출간되기는 어렵다는 것을 그는 잘 알고 있었다. 적어도 그가 죽기 전에는 안 될 것이다. 그가 아는 한 이런 추세를 충분히 깨닫고, 사람들이 집을 떠나는 일이 거의 없다는 것을 사실로 받아들이는 사람은 아무도 없었다. 어쨌든, 집을 떠날 이유가 없지 않은가?

위험을 알아보실 수는 있겠지……

팔꿈치 근처의 수신기에서 목소리가 흘러나왔고, 그는 팔을 뻗어 스위치를 눌렀다.

방이 사라지고, 웹스터는 마치 그의 책상 반대편에 앉아 있는 것처럼 보이는 사람과 책상 너머로 얼굴을 마주했다. 그 사람은 회색 머리에 두꺼운 안경 뒤로 슬픈 눈을 하고 있었다.

한동안 웹스터는 그를 바라보며, 그가 누구인지 기억해내려고 애썼다.

"설마……."

웹스터가 말하자 그 남자는 무겁게 웃었다.

"많이 변했습니다. 선생님도 변하셨군요. 전 클레이본입니다. 기억 나십니까? 화성 의료판무관……."

"클레이본! 가끔 자넬 생각했다네. 아직 화성에 있었군."

클레이본이 끄덕였다.

"선생님 책을 읽었습니다. 정말 독보적인 공헌이십니다. 그런 책이 있으면 좋겠다는 생각도 해봤고, 제가 직접 써볼까도 싶었습니다만, 시간이 없었습니다. 하지만 안 하길 잘했나 봅니다. 선생님께서 훨씬 잘하셨으니까요. 특히 두뇌에 대해서는요."

"화성인의 두뇌는,"

웹스터가 대답했다.

"항상 흥미로웠지. 특히 일부 특징들이 말이야. 화성에 머물렀던 5년 동안 다른 것들보다 그걸 정리하느라 많은 시간을 들인 것은 아직도 유감일세. 다른 일도 많이 있었는데."

"잘하신 겁니다. 그 때문에 연락드린 거니까요. 환자가 한 명 있습니다. 뇌수술인데요. 선생님이 아니면 할 수가 없습니다."

웹스터는 숨을 멈췄다. 그의 손은 떨리고 있었다.

"그를 이리로 데려올 예정인가?"

클레이본은 고개를 저었다.

"환자는 움직일 수 없습니다. 선생님도 아시는 분일텐데요, 철학자 쥬웨인입니다."

"쥬웨인! 친한 친구일세. 바로 며칠 전에도 같이 이야기를 했는데."

"갑작스런 발병이었습니다."

클레이본이 대답했다.

"그는 선생님께서 와주시길 바랍니다."

웹스터는 말이 없었고, 추위를 느꼈다. 그는 알 수 없는 곳에서 스며드는 냉기에 몸을 떨었다. 이마에 식은땀이 나면서, 그는 주먹을 단단히 쥐었다.

클레이본이 계속했다.

"지금 출발하시면 제시간에 오실 수 있을 겁니다. 세계위원회에 먼저 보고해서 선생님께서 사용하실 우주선을 마련해두었습니다. 최대한 빨리 오셔야 합니다."

"하지만,"

웹스터가 말했다.

"하지만…… 나는 갈 수가 없네."

"못 오신다구요!"

"그럴 수 없어. 내가 꼭 필요한지 잘 모르겠네. 자네라면 틀림없이……"

"전 안 됩니다."

클레이본이 말했다.

"선생님이어야 합니다. 이 일을 감당할 수 있는 사람은 선생님밖에 없습니다. 쥬웨인의 목숨이 선생님께 달려 있습니다. 선생님께서 오신다면 그를 살릴 수 있지만, 그렇지 않으면 그는 죽습니다."

"나는 우주에 나갈 수 없네."

"이젠 누구나 우주에 나갈 수 있습니다. 옛날과는 다릅니다. 심지어 냉난방도 원하는 대로 할 수 있다구요."

"하지만 자넨 이해를 못해."

웹스터는 항변했다.

"자네는……"

"네, 전 이해가 안 됩니다."

클레이본이 말했다.

"솔직히 말씀드리면, 정말 모르겠습니다. 어떻게 친구의 목숨을 구해달라는 것을 거절할 수 있는지……."

두 사람은 아무 말 없이 한동안 서로를 바라보고 있었다.

"위원회에 이야기해서 집 앞으로 모시러 가도록 하겠습니다."

클레이본이 마지막으로 말했다.

"그때까지 준비를 마치시기만 바라겠습니다."

클레이본이 사라지고 다시 벽이 보였다. 벽과 책장, 벽난로와 그림들, 오랜 가구들, 열린 창을 통해 전해지는 봄의 징조가 돌아왔다.

웹스터는 몸이 굳은 채 의자에 앉아, 앞쪽의 벽을 바라보고 있었다.

쥬웨인. 주름진 얼굴의 털북숭이, 쉿쉿거리며 속삭이는, 친근하고 사려깊은 친구. 꿈의 재료를 파악해서 논리로, 삶과 행동의 규범으로 구체화했던 쥬웨인. 도구이자 과학이자 더 나은 삶의 디딤돌로써 철학을 사용했던 쥬웨인.

웹스터는 고개를 손에 묻고 자신 안에 가득한 고통과 맞서 싸웠다.

클레이본은 이해할 수 없었다. 아무것도 모르는 그에게 이해해주길 바랄 수도 없었다. 설사 안다 한들 이해해줄 수 있을까? 웹스터 자신조차, 스스로 겪어보지 않았더라면 이런 고통을——자신의 모닥불, 자신의 땅, 자신의 소유물들, 자신이 만든 작은 상징들을 떠나는 두려움을

──느끼는 다른 사람을 전혀 이해할 수 없었을 것 같았다. 하지만 그뿐만 아니라, 웹스터 가의 다른 사람들도 그와 마찬가지였다. 선조 존 J.에서 시작해서, 가문의 생활방식과 전통을 세워온 사람들도.

제롬 A. 웹스터, 그 자신도 젊은 시절에 화성에 다녀온 적이 있었지만, 지금 그의 혈관에 흐르고 있는 심리적인 부담을 느끼거나 의심해본 적은 없었다. 몇 달 전에 화성으로 떠난 아들 토마스와 다를 바 없었다. 그러나 웹스터 가의 저택으로 돌아와 조용한 생활을 해온 30년 동안 나타난 증상은 그가 눈치채지 못하는 사이에 진행되었다. 사실 그가 눈치챌 수 있는 기회도 없었다.

증상이 어떻게 진행되었는지는 이제 매우 명확했다. 습관과 정신적 패턴, 그리고 그 자체로는 가치가 없는 것들이었지만, 다섯 세대에 걸친 한 가문에 의해 확실하고 구체적인 가치를 부여받은 물건들과 결합된 행복.

다른 장소가 낯설게 느껴지고, 다른 지평선이 보이는 것만으로 두려움이 느껴지는 것도 놀라운 일이 아니었다.

어차피 할 수 있는 일도 없었다. 나무를 모두 잘라내고, 집을 불태우고, 물길을 돌리지 않는 이상. 어쩌면 그래도 소용없을 것이다. 그것조차도…….

수신기가 울리자, 웹스터는 손에서 고개를 들고 팔을 뻗어 스위치를 눌렀다.

방이 온통 하얗게 변했고, 아무런 영상도 보이지 않았다. 목소리가 들렸다.

"비밀통화입니다. 비밀통화입니다."

웹스터가 수신기 패널을 밀고 몇 개의 숫자를 입력하자, 방의 모습을 가리고 있던 화면에 동력이 공급되는 소리가 울렸다.

"보안 설정 완료."

그가 말했다.

하얀 화면이 사라지자 그의 책상 건너편에 한 남자가 앉아 있었다. 연설 방송이나 신문에서 자주 보던 얼굴이었다.

그는 세계위원회 의장 헨더슨이었다.

"클레이본에게서 연락 받았습니다."

헨더슨이 말했다. 웹스터는 말없이 고개를 끄덕였다.

"화성에 가길 거절하셨다구요."

"거절한 것은 아닙니다. 클레이본은 질문을 남겨둔 채 끊어버렸습니다. 저는 갈 수 없다고 말했습니다만, 그는 이해하지 못하고 제 말을 받아들이지 않았습니다."

"웹스터 씨, 당신이 가야 합니다. 당신은 이번 수술을 할 수 있을 만큼 화성인의 두뇌에 대해 잘 알고 있는 유일한 사람입니다. 간단한 수술이라면 다른 사람이 할 수도 있을 겁니다. 하지만 이번엔 다릅니다."

"물론 그렇겠죠."

웹스터가 대답했다.

"하지만……."

"그저 한 생명을 살리는 문제가 아닙니다. 쥬웨인처럼 저명한 인사의 생명이지만 말이죠. 더 중요한 문제가 있습니다. 당신은 쥬웨인의 친구니까, 아마 그의 발견에 대해 들은 게 있을지도 모르겠군요."

"그래요."

웹스터가 말했다.

"이야기했었죠. 새로운 철학적 개념에 대한 것이었습니다."

헨더슨이 단언했다.

"그 개념은 우리에게 꼭 필요합니다. 그것은 태양계를 변화시킬 수 있는, 두 세대 정도면 인류를 수십만 년 진보시킬 수 있는 개념입니다. 이제까지 우리가 전혀 생각해보지 못했던, 이제까지 있는 줄도 몰랐던 방향으로 목표를 전환하는 겁니다. 그것은 전혀 새로운 진리입니다. 이제까지 아무도 생각할 수 없었던 겁니다."

웹스터는 주먹이 하얗게 될 때까지 책상 모서리를 쥐고 있었다.

"쥬웨인이 죽으면,"

헨더슨이 계속 말했다.

"그 개념도 함께 사라집니다. 어쩌면 영원히."

"노력해보겠습니다."

웹스터가 말했다.

"해보죠······."

헨더슨은 냉혹한 눈을 보였다.

"그게 전부입니까?"

"그렇습니다."

"이것 보세요, 대체 왜 이럽니까! 설명해보세요."

"뭐라 드릴 말씀이 없습니다."

웹스터는 조심스럽게 손을 뻗어 스위치를 껐다.

웹스터는 의자에 앉아 앞에 모은 자신의 손을 들여다보고 있었다. 그 손에는 능숙한 기술과 지식이 담겨 있었다. 화성으로 가져갈 수만 있다면 생명을 살릴 수 있는 손이었다. 태양계와 인류와 화성인을 위해, 다음 두 세대 안에 수십만 년의 진보를 낳을 새로운 개념을 구해낼 수 있었다.

하지만 손은 조용한 생활에서 자라난 공포와 연결되어 있었다. 조용한 생활은 타락, 기묘하게도 아름다운, 치명적인 타락이었다.

인류는 200년 전 사람이 가득한 도시를, 안식처를 버렸다. 인간은 그들을 모닥불 주위에 모여 있게 했던 오랜 두려움과 고대의 적들로부터 벗어나, 그들과 함께했던 도깨비들을 동굴 속에 내버려둔 채 걸어나왔다.

그런데 아직도…… 그런데 아직도.

또 다른 안식처가 남아 있었다. 신체의 안식처가 아닌 마음의 안식처였다. 심리적인 모닥불은 여전히 인간을 빛이 닿는 곳 안에 묶어두고 있었다.

하지만 웹스터는 모닥불을 떠나야 한다는 것을 알고 있었다. 두 세기 전에 인류가 도시를 떠난 것처럼, 그는 걸어 나가야만 했다. 그리고 다시는 뒤돌아보지 말아야 했다.

그는 화성에 가야 했다. 적어도 화성을 향해 출발해야 했다. 여기엔 의문의 여지가 없었다. 그는 떠나야 했다.

그가 여행을 무사히 마치게 될지, 화성에 도착해서 수술을 잘 할 수 있을지는 알 수 없었다. 그는 광장공포증이 치명적일 수도 있는지 살짝 궁금했다. 증상이 심한 경우, 그럴 수도 있겠다는 생각이 들었다.

그는 벨 쪽으로 손을 뻗었다가, 잠시 주저했다. 젠킨스에게 짐을 꾸리게 할 필요는 없었다. 그는 스스로 할 생각이었다. 그들이 데리러 오기 전까지 무엇이든 바쁘게 하는 편이 나았다.

침실 옷장의 맨 윗칸에서 꺼낸 가방에는 먼지가 쌓여 있었다. 가방을 불어보았지만 먼지는 떨어지지 않았다. 먼지는 너무나 오랜 세월 동안 쌓여 있었다.

짐을 싸는 동안 방이 그를 설득했다. 생명은 없지만 친숙한 것들이 사람과 대화할 때 그러듯, 방은 소리 없이 말했다.

"가면 안 돼요."

방이 말했다.

"떠나지 마세요."

웹스터는 변명 반, 설명 반으로 대꾸했다.

"가야 해. 알겠어? 친구의 일이야. 오랜 친구지. 곧 돌아올 거야."

짐을 다 꾸린 웹스터는 서재로 돌아와서 의자에 털썩 앉았다.

그는 가야 했지만 갈 수 없었다. 하지만 우주선이 도착하면, 그때가 되면, 그는 집을 나가 그를 기다리고 있는 우주선으로 향할 것이다.

그는 마음을 다잡고 결심을 굳히려고 노력하면서, 떠난다는 생각 외에는 아무것도 생각하지 않으려 했다.

방 안의 물건들이 그를 방에 묶어두려는 음모라도 꾸민 듯 그의 생각을 방해했다. 그는 방 안의 물건들을 처음 보는 것 같은 기분이 들었다. 오래된 기억 속의 사물들이 갑자기 새롭게 다가왔다. 지구와 화성의 시간을 날짜와 달의 위상과 함께 보여주는 정밀 시계. 책상 위에 놓인 죽은 아내의 사진. 상급 초등학교에서 받았던 트로피. 화성 여행에서 사인을 주고받았던, 액자에 들어 있는 10달러 지폐.

그는 그것들을 바라보며, 처음엔 내켜 하지 않다가 나중에는 열심히 그것들을 기억 속에 담기 시작했다. 이제껏 완결된 전체로 받아들였던 방과 분리해서 그것들을 하나씩 들여다보는 일은 그 방이 얼마나 많은 것들로 이루어져 있는지를 새삼 깨닫게 해주었다.

땅거미가 지고 있었다. 이른 봄의 황혼에는 철 이른 갯버들의 냄새가 섞여 있었다.

우주선은 벌써 도착했어야 했다. 그는 우주선이 오는 소리를 들으려다 그만두었다. 그는 소리가 들리지 않을 것임을 알고 있었다. 원자력에 의해 움직이는 우주선은 가속할 때 밖에는 소리가 나지 않았고, 이착륙은 아무런 잡음 없이 아주 가볍게 이뤄졌다.

우주선은 곧 도착할 것 같았다. 곧 도착하지 않으면 영영 떠날 수 없을 것 같았다. 더 오래 기다리게 된다면, 그의 신경질적인 결심이 비오는 날의 흙더미처럼 부서져 내릴 것임을, 그는 알고 있었다. 더 오래 기다린다면, 방의 탄원과 불꽃의 깜빡임과 다섯 세대의 웹스터 가가 살고 죽었던 땅의 중얼거림을 뿌리치고 더이상 결심을 유지할 수는 없었다.

그는 눈을 질끈 감고 온몸에 흐르는 한기에 맞서 싸웠다. 여기서 질 순 없다고, 그는 생각했다. 끝까지 버텨야 했다. 우주선이 도착했을 때, 그는 일어나서 문을 지나 착륙장으로 나갈 수 있어야 했다.

문을 두드리는 소리가 났다.

"들어와."

그가 말했다.

젠킨스가 들어왔다. 벽난로의 빛이 그의 빛나는 금속 가죽 위에서 반짝거렸다.

"저를 부르셨던가요?"

그가 물었다.

웹스터는 고개를 저었다.

"부르셨으면 좋았을 것을 그랬나 봅니다."

젠킨스가 이야기했다.

"어째서 제가 오지 않았는지 모르겠습니다. 아주 특이한 일이 있었습니다, 주인님. 어떤 두 사람이 우주선을 타고 와서는 주인님이 화성으로 가셨으면 한다고 말했습니다."

"왔군."

웹스터가 말했다.

"왜 나를 부르지 않았나?"

그는 간신히 일어섰다.

"제 생각에는,"

젠킨스가 말했다.

"주인님께서 방해받지 않기를 바라시는 것 같았습니다. 터무니없는 사람들이었습니다. 저는 주인님께서 화성으로 가실 리가 없다고 간신히 그들을 설득할 수 있었습니다."

웹스터는 몸이 굳었다. 차가운 공포가 그의 심장을 덮쳤다. 그는 손을 더듬어 책상 모서리를 짚은 다음, 의자에 주저앉았다. 방을 둘러싼 사방의 벽이 그를 결코 놓아주지 않는 함정처럼 느껴졌다.

최초의 접촉 ☆☆☆

Murray Leinster **First Contact**

머레이 라인스터 지음
지정훈 옮김

    토미 도트는 마지막 두 장의 입체사진을 들고 선장실로 들어가서 말했다.
    "끝났습니다. 제가 찍을 수 있는 마지막 두 장입니다."
    그는 사진을 건네준 다음, 우주선 밖을 보여주는 전방향 화면들을 직업적인 관심에서 바라보았다. 당직 조타수가 우주선 랜버본 호를 조종하는 데 필요한 조종장치 같은 것들이 부드럽고 짙은 붉은 빛으로 표시되어 있었다. 두꺼운 쿠션을 갖춘 조종석도 있었다. 그리고 이상한 각도의 거울들로 구성된 작은 기구가 있었다. 이것들 ─ 20세기 자동차 백미러의 먼 후손들 ─ 덕분에 조타수는 고개를 돌리지 않고도 모든 화면을 볼 수 있었다. 무엇보다, 정면의 우주를 넉넉하게 보여주고 있는 거대한 화면이 있었다.

　랜버본은 지구에서 멀리 떨어져 있었다. 화면의 별들은 눈으로 보는 것과 같은 크기였지만 원하는 대로 확대해 볼 수도 있었다. 별들은 대기 밖에서 보면 놀랍도록 다양한 색과 온갖 밝기로 빛났다. 그러나 그것들은 모두 낯설었다. 지구에서 보는 것과 같은 모양의 별자리는 둘뿐이었는데, 그나마도 움츠러들고 뒤틀린 모양이었다. 은하수는 약간 어긋난 자리에 있었다. 하지만 이런 어색한 풍경은 앞쪽의 화면들에 보이는 모습에 비하면 대수롭지 않았다.

　앞에는 거대하고 짙은 안개가 있었다. 안개는 빛을 내고 있었고, 마치 움직이지 않는 것 같았다. 화면을 통해 조금이라도 가까워지는 것을 느끼려면 한참을 보고 있어야 했지만, 우주선의 속도계는 굉장한 속력을 가리키고 있었다. 이 안개는 게성운이었다. 길이 6광년, 두께 3.5광년으로, 지구에서 망원경으로 보면 바깥쪽으로 뻗어나간 부분이 게와 닮아서 붙은 이름이었다. 그것은 태양에서 가장 가까운 별까지의 거리의 1.5배에 걸쳐 뻗어 있는, 무한히 희박한 가스 구름이었다. 그 속 깊은 곳에서 두 개의 별, 쌍성이 타고 있었다. 하나는 지구의 태양과 닮은 노란색이었고 다른 하나는 사악한 느낌의 흰색이었다.

　토미 도트는 신중하게 말했다.

　"심연으로 들어가는 겁니까?"

　선장은 토미가 찍은 마지막 두 장의 사진을 살펴본 다음 옆으로 치워두었다. 그는 다시 정면의 모습을 불편하게 응시했다. 랜버본은 최대한 감속하고 있었다. 그들은 성운에서 겨우 0.5광년 떨어져 있었다. 토미의 임무는 우주선의 진로를 안내하는 것이었고, 그는 이제 임무를 마쳤다. 성운 내부를 탐사하는 동안은 빈둥거릴 참이었지만 그는 여기까지 오는 동안 훌륭하게 자기 몫을 했다.

그는 조금 전, 한 성운의 4000년 동안의 움직임을 사상 최초로 완벽한 사진 기록으로 남겼다. 이것은 한 사람이 같은 장비로 계속해서 찍은 것으로, 모든 체계적인 오류를 검출하고 기록하기 위해 조작을 공개했다. 그것만으로도 이 여행은 가치가 있었다. 게다가 그는 쌍성의 4000년의 역사와, 백색 왜성으로 퇴행중인 별의 4000년 역사도 기록했다.

토미 도트는 4000살이 아니었다. 그는 사실 20대였다. 그러나 게성운은 지구에서 4000광년 떨어져 있었고, 마지막 두 사진에 찍힌 빛은 서기 6000년대가 되어서야 지구에 도착할 것이었다. 여기까지 — 빛보다 엄청나게 빠른 속도로 — 오는 동안, 토미 도트는 40세기 전부터 겨우 6개월 전까지 성운에서 나온 빛으로 각각의 모습을 기록했다.

1
*

랜버본은 계속 나아갔다. 천천히, 천천히, 천천히, 화면들 위로 신비로운 발광 안개가 퍼져갔다. 밝은 얼룩은 화면에 보이는 우주의 절반을 차지했다. 앞쪽은 빛나는 안개, 뒤쪽은 별이 박힌 허공이었다. 이어서 안개가 모든 별의 4분의 3을 가렸다. 밝은 별들이 안개의 가장자리를 뚫고 희미하게 빛났지만, 몇 개 되지 않았다. 이제 별이 깜빡거리지 않고 빛나는 곳은 불규칙한 모양으로 남은 고물 쪽의 어두운 부분뿐이었다. 랜버본은 성운 안으로 빠져 들어갔고, 마치 빛나는 안개의 벽으로 만들어진 어둠의 터널로 들어가는 것 같았다.

아닌 게 아니라 정말 그랬다. 가장 멀리서 찍은 사진들을 보면 성운의 구조적인 특징을 알 수 있었다. 그것은 모양 없는 안개가 아니었다. 어떤 형태를 갖추고 있었다. 랜버본이 가까이 가자 구조는 더 분명해졌고, 토미 도트는 사진을 위해 돌아서 성운에 접근할 것을 주장했다. 그에 따라 우주선은 거대한 로그 곡선을 그리며 접근했고, 토미는 약간 다른 각도에서 연속으로 사진을 찍어서 성운을 3차원으로 보여주는 입체 영상을 만들 수 있었다. 그 사진에는 성운의 소용돌이와 빈틈, 아주 복잡한 형태가 나와 있었다. 인간의 두뇌처럼 주름져 있는 곳도 있었다. 우주선이 뛰어든 곳은 이런 빈틈들 가운데 하나였다. 이런 곳은 해저의 크레바스에 비유해 '심연'이라고 불렸다. 그것들은 매우 쓸모 있어 보였다.

선장은 긴장을 풀었다. 요즘 선장들의 임무란, 걱정해야 할 일을 생각해낸 다음 그것에 대해 걱정하는 것이었다. 랜버본은 선장의 임무에 충실했다. 특정한 계기에 아무런 반응이 없다는 것이 확실해지고 나서야, 그는 편하게 등을 기대고 앉았다.

"아주 약간이지만,"

그는 천천히 말했다.

"이 심연이 어두운 가스일 가능성이 있었소. 하지만 텅 비어 있군. 이 안에 있는 동안은 오버드라이브를 사용할 수 있겠소."

성운 가장자리에서 심장부의 쌍성 근처까지는 1.5광년 떨어져 있었다. 그것이 문제였다. 성운은 가스로 이루어져 있었다. 너무나 엷어서 이 가스에 비하면 혜성의 꼬리는 고체와도 같았지만, 우주선이 오버드라이브로 — 빛보다 빠른 속도로 — 항해할 때에는 진공보다 조금이라도 단단한 것과 부딪히는 것은 곤란했다. 오버드라이브를 사용하려면 별들 사이에 있을 때와 같은 완전한 진공이 필요했다. 랜버본은 이렇게 퍼진 안개 속에서는 속도가 제한되기 때문에 할 수 있는 일이 별로 없었다.

우주선의 뒤를 빛나는 안개가 둘러싸는 듯했고 우주선은 조금씩, 조금씩 느려졌다. 오버드라이브가 꺼지면서 오버드라이브 장이 사라질 때의 갑작스러운 '핑'하는 느낌을 모든 사람이 받았다.

그리고 거의 동시에, 귀에 거슬리는 종소리가 배 전체에 시끄럽게 울리기 시작했다. 조타수가 손을 살짝 움직여 끄기 전까지, 토미는 선장실에 울린 경고음에 귀청이 떨어질 뻔했다. 하지만 배의 나머지 부분에서는 종소리가 계속 들렸고 자동문이 하나씩 닫히면서 점차 들리지 않게 되었다.

토미 도트는 선장을 바라보았다. 선장은 손을 움켜쥐고 있었다. 그는 일어나서 조타수의 어깨 너머를 보았다. 지시등 하나가 격렬하게 깜빡였다. 나머지 장비들은 열심히 탐지된 것을 기록하고 있었다. 자동 스캐너가 초점을 맞추자 이물 쪽 화면의 흐릿하고 밝은 안개 가운데 한 점이 밝아졌다. 그것은 충돌 경보음이 울린 물체의 방향이었다. 물체 추적기 — 13만 킬로미터 떨어진 곳에 단단한 물체가 있다고 보고한 — 자체는 그리 크지 않았다. 그러나 매우 멀리에서부터 0의 거리까지 가까이 왔다 멀어진 또다른 물체는 그 믿어지지 않는 접근과 후퇴만큼 크기도 거대했다.

"스캐너 확대해."

선장은 날카롭게 말했다.

스캔 화면의 밝은 점이 커지면서 감별되지 않은 화면이 지워졌다. 확대율이 높아졌지만 아무것도 보이지 않았다. 거기엔 아무것도 없었다. 그러나 전파 추적기에 의하면 보이지 않는 괴물 같은 것이 랜버본

쪽으로 정신 나간 듯이 — 충돌할 수밖에 없는 속도로 — 날아왔다가 부끄러운 듯 같은 속도로 달아났다.

화면이 최대한으로 확대되었다. 여전히 아무것도 없었다. 선장은 이를 갈았다. 토미 도트는 조심스럽게 말했다.

"전에 말입니다, 선장님. 비슷한 걸 지구 — 화성 정기선에서 본 적이 있습니다. 다른 우주선이 저희의 위치를 확인했었죠. 그 배의 위치 추적용 빔의 주파수가 저희와 똑같아서 빔이 닿을 때마다 뭔가 기괴하고 단단한 것이 보고됐습니다."

선장이 사납게 말했다.

"바로 그런 경우로군. 우린 위치 추적 빔 같은 걸 맞고 있소. 그 빔과 동시에 우리가 만들어내는 메아리가 감지되는 거지. 문제는 다른 배를 찾을 수가 없다는 것이오! 위치 추적 장비가 있는 우주선으로 여기까지 와서 나타나지 않는다면, 그게 누구겠소? 인간은 절대 아닐 거요!"

그는 소매에 달린 통신기의 버튼을 누르고 날카롭게 말했다.

"전투 배치! 완전 무장 상태로! 모든 부서에 즉시 최고 수준 경보를 내린다!"

선장은 손을 쥐락 펴락 했다. 그는 밝고 형태 없는 안개뿐인 화면을 다시 응시했다.

"인간이 아니라뇨?"

토미 도트는 날카롭게 지적했다.

"그 말씀은……."

"우리 은하에 태양계가 몇 개나 있는지 아시오?"

선장은 쓸쓸하게 물었다.

"얼마나 많은 행성에 생명체가 살 수 있소? 그리고 얼마나 많은 종류의 생명체가 있을 수 있겠소? 저 배가 지구에서 온 것이 아니라면 — 틀림없이 아니겠지만 — 인간은 아닐 거요. 인간이 아니고 우주 여행을 할 정도의 문명이라면, 이건 아주 심각한 일이라는 말이오!"

사실 선장의 손은 떨리고 있었다. 그는 선원들 앞에서는 이렇게 자유롭게 이야기해본 적이 없었지만, 토미 도트는 관측부 직원이었다. 그리고 걱정하는 게 일인 선장도 어쩔 수 없이 가끔 걱정을 덜 필요가 있었다. 소리 내어 생각하는 것도 가끔 도움이 되었다.

"이미 수년간 논의되고 연구된 일이오."

그는 마음을 가라앉히고 말했다.

"수학적으로는, 우리와 같거나 더 진보된 문명을 가진 종족이 은하 어딘가에 있을 가능성이 충분했지. 다만 언제 어디서 그들을 만날지는 아무도 몰랐소. 그런데 지금, 우리가 그들을 만난 것 같소!"

토미의 눈이 밝게 빛났다.

"그들이 우호적일까요?"

선장은 거리 표시기를 흘끗 봤다. 유령 같은 물체는 미친 듯이 랜버본에 접근했다 후퇴한, 있을 법하지 않은 흔적을 여전히 남기고 있었다. 13만 킬로미터 떨어진 곳에서 물체를 나타내는 두 번째 표시가 아주 살짝 흔들렸다.

"움직이고 있군. 우리를 향해서. 자기 사냥터에 낯선 배가 나타난다면 어떻게 하겠소! 우호적? 그럴지도 모르지! 일단 그들과 만나야겠어. 그래야 돼. 하지만 이게 이번 탐사의 끝이 될지도 모르겠군. 그래도 광선총이 있어서 다행이야!"

그는 무뚝뚝하게 말했다.

광선총은 탐욕스러운 파괴의 광선을 만드는 기계였다. 원래는 편향 광선이 처리할 수 없는 크기의 움직이지 않는 운석이 우주선의 진행 경로에 놓여 있을 때 사용하는 것이었다. 비록 무기로 사용하도록 설계된 것은 아니었지만, 그 역할을 충분히 할 수 있었다. 사정거리는 8000킬로미터였고 발사 시에는 우주선의 모든 동력을 사용했다. 자동 조준으로 포구를 5도까지 돌릴 수 있어서, 랜버본의 길을 가로막는 작은 크기의 운석에 아주 가까이 다가가서 구멍을 낼 수 있었다. 물론 오버드라이브 중일 때에는 불가능했다.

토미 도트는 이물 쪽 화면에 가까이 갔다. 그는 고개를 세차게 흔들었나.

"광선총 말입니까? 어째서요?"

선장은 텅 빈 화면을 보고 얼굴을 찌푸렸다.

"저들에 대해 아무것도 모르는 채 운에 맡길 수만은 없기 때문이오! 내 생각은 그렇소!"

그는 씁쓸하게 덧붙였다.

"그들과 만나게 되면 최선을 다해 그들에 대해 알아낼 거요. 특히 어디서 왔는지가 중요하지. 친해지려는 노력은 해보겠지만 별로 가능성은 없소. 우린 그들을 털끝만큼도 믿을 수 없으니까. 감히 그럴 수 없어! 그들에겐 위치 추적기가 있소. 경로 추적기는 우리보다 나을지도 모르고 말이오. 우리 몰래 지구까지 따라올지도 모르지! 그들에 대해 확실히 알기 전까지는 인간이 아닌 종족에게 지구가 어디 있는지 알려줄 수는 없소! 어떻게 해야 확실해지겠소? 물론 그들이 교역을 위해 올 수도 있겠지. 하지만 그들은 함대와 함께 오버드라이브로 우리를 덮쳐서 눈 깜빡할 새에 없애버릴 수도 있소. 언제 무슨 일이 일어날지 모르는 거요!"

토미는 놀란 표정이었다. 선장은 계속 말했다.

"이론적으로는 온갖 사항들이 충분히 검토되었소. 하지만 그런 논문들조차 확실한 대답을 내지는 못했지. 그런데 그 모든 가설들 가운데 어떤 것도, 깊은 우주에서 외계인을 만날 거라는 괴상하고 극단적인 가능성에 대해서는 고려하지 않았소. 서로가 상대방의 고향 행성을 모르는 상태로 말이오! 하지만 이제 우리가 답을 찾아야 돼! 어떻게 대처하면 좋겠소? 어쩌면 이 생물들은 대단히 아름답고, 친절하고 예의바르고 훌륭할지도 모르지. 하지만 그 아래에는 일본인들처럼 야만스러운 잔인함을 숨기고 있을지도 모르오. 아니면 스웨덴 농부처럼 조잡하고 거칠지도 모르지. 알고 보면 점잖은데 말이오. 어쩌면 그 중간 어디쯤일수도 있겠소. 하지만 그들을 믿어도 된다는 쪽에 인류의 미래를 걸어도 되겠소? 새로운 문명과 친구가 될 만한 가치가 있는지는 오직 신만 아실 거요! 우리의 문명을 자극할 수도 있고 우리가 많은 것을 얻을지도 모르지만 도박을 할 순 없소. 행여나 저들에게 지구를 찾는 법은 더더욱 알려줄 수 없소! 그들이 나를 따라오지 못한다는 것이 확실해지기 전까지는 지구로 돌아갈 수도 없고! 아마 저들도 같은 생각일 거요!"

그는 소매의 통신기 단추를 다시 눌렀다.

"항해사들, 주목! 이 배의 모든 성도가 즉시 파괴될 수 있도록 준비해. 항해 경로나 시작 지점을 추적할 수 있는 사진이나 도표도 마찬가지로 처리하고 수집되고 정리된 모든 천문학 자료도 명령이 떨어지면 곧바로 파기할 수 있도록. 즉시 시행하고 준비되는 대로 보고하도록!"

선장은 버튼에서 손을 떼었다. 그는 갑자기 늙어 보였다. 인류가 외계 종족과 처음으로 만나는 상황은 여러 가지 경우가 예측되었지만, 이번처럼 해결의 희망이 보이지 않는 경우는 없었다. 지구에서 온 한 대의 우주선과 한 대의 외계 우주선이 각자의 고향 행성에서 멀리 떨어진 성운에서 만난 것이다. 그들은 평화를 원할 수도 있겠지만, 기습 공격을 준비하는 데 있어 가장 좋은 행동은 친절을 가장하는 것이었다. 문명의 결실을 평화롭게 나누는 것은 생각할 수 있는 가장 좋은 결말이었지만, 자칫 의심을 거두면 인류의 재앙으로 이어질 수도 있었다. 어떤 실수도 돌이킬 수 없었고, 경계를 푸는 일은 치명적일 수 있었다.

선장실은 고요했다. 이물 쪽 화면은 성운 일부분의 모습으로 채워져 있었다. 그것은 사실 아주 작은 부분이었다. 그저 흐릿하고, 모양 없고, 빛나는 안개였다. 갑자기 도미 도드가 화면을 가리켰다.

"저깁니다!"

안개 속에 작은 형체가 보였다. 그것은 매우 멀리 있었다. 거울처럼 반짝이는 랜버본의 동체와는 달리 검은색이었고, 구근 모양의 생김새는 서양배와도 비슷했다. 밝은 안개에 가려서 세부 사항은 관찰할 수 없었지만, 자연적인 물체는 분명 아니었다. 토미는 거리계를 보고 조용히 말했다.

"아주 빠르게 가속하면서 이쪽으로 오고 있습니다. 저들도 아마 같은 생각일테니, 서로 상대방을 그냥 집으로 돌려보낼 수는 없겠군요. 선장님은 어떻게 보십니까? 그들이 연락을 시도할까요, 아니면 사정거리에 들어오는 즉시 발포할까요?"

랜버본은 더이상 성운의 엷은 물질들 사이의 크레바스에 있지 않았다. 우주선은 빛나는 안개 속을 헤엄치고 있었다. 성운의 심장부에 있는 강력한 두 개의 빛 이외에 다른 별들은 보이지 않았다. 사방을 둘러싼 빛은 흥미롭게도 지구의 열대 바다 속에 있는 것과 비슷한 느낌을 주었다.

외계 우주선의 행동은 공격적이지 않은 의도로 해석될 수 있었다. 그들은 랜버본 쪽으로 접근하면서 감속했다. 랜버본은 마중을 위해 나아가다가 완전히 멈췄다. 랜버본의 첫 번째 움직임은 다른 배가 가까이 있음을 알았다는 뜻이었다. 그리고 두 번째로 멈춘 것은 우호적인 신호인 동시에 공격에 대한 경고였다. 상대적으로 정지한 상태에서, 우주선은 축을 중심으로 선회해서 목표물에 공격을 퍼부을 수도 있었다. 그러면 두 배가 상대 속도로 스쳐 지나갈 때보다 발포 시간이 더 길어질 수 있었다.

접근하는 순간은 긴장 그 자체였다. 랜버본의 뾰족한 이물은 흔들림 없이 외계 우주선의 선체를 향했다. 선장실의 교대자가 광선총을 최대한의 출력으로 쏠 수 있는 열쇠를 가져왔다. 토미 도트는 그걸 보며 눈살을 찌푸렸다. 우주선이 있다면 그들은 높은 수준의 문명을 지녔을 것이다. 그리고 높은 수준의 문명은 통찰력 없이는 발달하지 않는 법이다. 따라서 이 외계인들은 문명화된 두 종족의 첫 번째 만남이 내포하는 바를 랜버본의 인간들만큼이나 잘 알고 있을 터였다.

평화로운 접촉을 통해 각각의 기술을 교환함으로써 서로 놀라운 발전을 이룰 수 있는 가능성은 외계인들에게도 마찬가지로 설득력 있을 것이 분명했다. 그러나 과거에 서로 다른 문화의 인간들이 만났을 때에는, 흔히 한 쪽이 순순히 복종하거나 전쟁이 발발했다. 서로 다른 행성에서 온 종족들 사이에서는 평화롭게 복종하는 일은 있을 수 없었다. 적어도 인간은 복종할 수 없었고, 어떤 고등한 종족도 그런 복종에 동의할 리는 없었다. 교역으로부터 생기는 이익은 결코 한쪽이 지배당하는 것을 정당화할 수 없었다. 어떤 종족은 — 아마도 인간은 — 정복보다 상업을 더 선호할 것이다. 어쩌면 — 어쩌면! — 이 외계인들도 그럴 수 있었다. 그러나 어떤 종류의 인간들은 피 튀는 전쟁에 굶주려 있었다. 만약 지금 랜버본에 접근하는 우주선이 고향으로 돌아가 인간의 존재나 랜버본과 같은 우주선의 존재를 알린다면, 그 종족은 전쟁이냐 교역이냐를 놓고 고민할 것이다. 교역을 원할 수도 있고, 전쟁을 원할 수도 있었다. 교역을 하려면 양쪽이 동의해야 했지만, 전쟁은 한쪽만 결심해도 일어날 수 있었다. 그들은 인간의 평화로움을 믿을 수 없었고, 인간도 그들을 믿을 수 없었다. 각자의 문명에게 유일하게 안전한 방법은 두 우주선 가운데 하나 또는 둘 모두가 지금 여기에서 파괴되는 것이었다.

그러나 전투에서 승리하는 것만으로는 충분하지 않았다. 인간은 싸우기 위해서가 아니라 그들을 피하기 위해서라도 이 외계인들이 어디서 왔는지 알아야 했다. 그들의 무기와 자원을 알아내고, 그들이 위협이 될 수 있는지, 필요하다면 그들을 어떻게 제거할 수 있는지 알아내야 했다. 외계인들도 인간에 대해 마찬가지 필요를 느꼈을 것이다.

따라서 랜버본의 선장은 상대방 우주선을 산산조각 낼 수 있는 버튼을 누르지 않고 있었다. 그는 그럴 수 없었다. 하지만 쏘지 않고 이대로 있을 수도 없었다. 그의 얼굴엔 땀이 흘렀다.

스피커가 울렸다. 관측실의 누군가가 말했다.

"상대 우주선이 멈췄습니다. 꼼짝도 하지 않습니다. 광선총은 조준되어 있습니다."

그들은 발포를 기다리고 있었다. 그러나 선장은 혼자 고개를 저었다. 상대 우주선은 30킬로미터도 떨어지지 않은 곳에 있었다. 그것은 완전히 검은색이었다. 표면의 모든 부분이 심해와 같이 아무것도 반사하지 않는 검은색이었다. 안개 같은 성운을 배경으로 한 윤곽의 사소한 변화 이외에는 세부적인 모습은 보이지 않았다.

"완전히 정지했습니다만, 선장님,"

다른 목소리가 말했다.

"그들이 변조된 단파를 보냈습니다. 주파수 변조입니다. 이건 틀림없는 신호입니다. 위험이 될 만한 강도는 아닙니다."

선장은 이를 악물고 말했다.

"뭔가를 벌이고 있군. 저쪽 선체 밖에서 움직임이 있어. 뭐가 나오는지 잘 보도록. 보조 광선총은 그쪽을 겨냥해."

검은 배의 타원형 윤곽선으로부터 작고 둥근 것이 부드럽게 빠져나왔다. 그 구근 모양의 동체는 움직였다.

"물러납니다."

스피커에서 말했다.

"그들이 남긴 물체는 떠난 자리에 그대로 있습니다."

다른 목소리가 말을 가로막았다.

"또 변조된 단파입니다. 해석할 수 없습니다."

토미 도트는 눈을 크게 떴다. 선장은 화면을 보았다. 그의 이마에 땀이 맺혔다.

"그럴싸하군요."

토미는 신중하게 말했다.

"그들이 우리 쪽으로 뭔가를 보냈다면 투사체나 폭탄이었을 겁니다. 그래서 가까이 와서 구명보트 같은 걸 내려놓은 다음, 다시 가버린 거죠. 아마 우리가 보트나 사람을 보내서 우주선을 안전한 상태로 두고 접촉할 수 있을 거라고 생각한 모양입니다. 그들도 우리만큼 고심하는

군요."

선장은 화면에서 눈을 떼지 않고 말했다.

"도트 씨. 당신이 나가서 저걸 좀 보겠소? 나는 당신에게 명령할 권한은 없소. 하지만 내 승무원들은 모두 비상 대기 중이라서 말이오. 관측부 직원은……."

"없어도 그만이겠죠. 좋습니다. 구명 보트는 사용하지 않겠습니다. 추진기가 달린 우주복이면 됩니다. 그 편이 더 작기도 하고, 팔다리가 있으면 폭탄으로는 안 보일 테니까요. 스캐너는 가져가는 게 좋겠습니다."

토미는 쌀쌀맞게 말했다.

외계 우주선은 계속 멀어졌다. 60, 120, 600킬로미터까지 멀어진 다음 그 자리에 멈춰서 기다렸다. 랜버본의 에어록에서 원자력 우주복을 입으면서, 토미는 우주선 전체의 스피커를 통해 방송되는 보고를 들었다. 다른 배가 600킬로미터까지 떨어졌다는 것은 고무적이었다. 그렇게 먼 거리에서 효과적으로 사용할 만한 무기는 없을 테니 안전할 것 같았다. 그가 이런 생각을 하는 동안 외계 우주선은 다급하게 더 멀어졌다. 토미는 에어록에서 나오면서, 그들이 아주 포기했거나 아니면 포기했다는 인상을 주고 싶어서 그랬을 거라고 생각했다.

그는 거울 같은 은색의 랜버본에서 빠르게 멀어지며 밝게 빛나는 허공 속을 나아갔다. 그것은 이제까지의 모든 인류의 경험을 넘어선 것이었다. 그의 뒤에서는 랜버본이 선체를 돌려 급격하게 멀어졌다. 토미의 헬멧에서 선장의 목소리가 들렸다.

"우리도 후퇴하고 있소, 도트 씨. 핵반응 폭탄일 가능성이 아주 약간이지만 있으니까 말이오. 이 정도 거리까지도 파괴적이기 때문에 저 우주선 본체에서는 사용할 수 없었던 물건일지도 모르겠소. 우린 물러나겠소. 스캔은 계속하도록 하시오."

타당한 논리였지만, 위안이 되지는 않았다. 30킬로미터 안의 모든 것을 없애버릴 수 있는 폭탄은 이론적으로는 가능했지만, 인간은 아직 만들 수 없었다. 물론 랜버본의 안전을 위해서는 후퇴하는 편이 나았다.

하지만 토미는 외로움을 느꼈다. 그는 놀라운 빛 속에 매달린 작고 검은 점을 향해 허공 속을 재빨리 나아갔다. 랜버본은 사라졌다. 그러나 그 반짝이는 동체는 가까운 거리에서 언제든 빛나는 안개 밖으로 나타날 수 있었다. 외계 우주선도 눈으로는 보이지 않았다. 지구에서 4000광년 떨어진 곳에서, 눈에 보이는 우주 전체에서 유일하게 단단한 물체인 작고 검은 점을 향해 토미는 허공 속을 헤엄쳤다.

그것은 살짝 뒤틀린 공 모양이었고, 지름이 2미터도 되지 않았다. 토미가 발부터 위로 올라서자 반작용으로 그 물체는 조금 멀어졌다. 물체의 표면에는 작은 촉수, 혹은 뿔 같은 것이 모든 방향으로 나 있었다. 그것은 마치 기뢰의 감응 장치처럼 생겼지만 각각의 뿔 끝에는 크리스털이 빛나고 있었다.

"도착했습니다."

토미는 헬멧폰으로 말했다.

그는 뿔을 잡고 물체 쪽으로 다가갔다. 그것은 전체가 검은색의 금속으로 되어 있었다. 우주복 장갑을 통해서는 아무런 감촉도 느껴지지 않았지만, 그는 그 위를 계속 살펴보며 그 장치의 목적을 알아내려고 했다. 이윽고 그는 말했다.

"이게 전부군요. 이미 스캐너에 나왔던 것들 이외엔 보고할 만한 게 없습니다."

그때, 그는 우주복을 통해 진동을 느꼈다. 그것은 절거덕거리는 소리로 들렸다. 물체의 둥근 동체 가운데 한 부분이 밖으로 열렸다. 그리고 또 한 부분이 열렸다. 그는 어떤 인간도 본 적이 없는, 인간이 아닌 문명화된 존재를 들여다보기 위해 물체를 돌아갔다.

하지만 그가 발견한 것은 단순하고 평평한 판이었다. 흐릿한 붉은 빛이 그 위를 여기저기 의미 없이 움직이는 듯했다. 그의 경탄이 헬멧폰을 통해 전해졌다. 선장의 목소리가 들렸다.

"잘했소, 도트 씨. 스캐너를 조정해서 그 판을 보게 하시오. 그들은 통신을 하기 위해 적외선 화면이 달린 로봇을 내려놓은 거요. 아무도 위험에 빠뜨리지 않으려고 말이오. 우리가 무슨 짓을 하건 망가지는 건 저 기계뿐이겠지. 그들은 우리가 저걸 가져가길 바랐을 거요. 하지만 어쩌면 저기에 그들이 집으로 돌아갈 준비가 되면 폭발하는 시한폭탄이 달려 있을지도 모르지. 거기 달린 스캐너에 갖다 댈 화면을 하나 보내겠소. 당신은 배로 돌아오시오."

"알겠습니다. 하지만 배가 어느 쪽입니까?"

별은 보이지 않았다. 별빛은 성운의 빛에 모두 가려졌다. 로봇이 있는 곳에서 보이는 것은 성운 중심의 쌍성뿐이었다. 토미는 방향을 잃었다. 그에겐 기준점이 하나뿐이었다.

"쌍성에서 멀어지는 방향으로 나아가시오."

헬멧폰을 통해 지시가 들렸다.

"우리가 당신을 회수하겠소."

잠시 뒤에 그는 설치할 화면을 들고 외계의 구형 물체로 가는 또 다른 한 사람을 지나쳤다. 두 우주선은, 부주의하게 자신의 종족을 위험에 빠뜨려서는 안 된다는 것을 염두에 두고, 이 작고 둥근 로봇을 통해 통신할 것이다. 각자의 화면 시스템을 통해 상대에게 내놓아도 괜찮은 모든 정보를 교환하는 동안, 그들은 이 첫 번째 만남에서 각각의 문명을 위험에 빠뜨리지 않을 수 있는 실용적인 방법을 논의해야 했다. 사실 가장 실용적인 방법은, 상대방의 우주선에 치명적인 기습 공격을 가해서 스스로를 지키는 것이었다.

2
★

그 뒤로, 랜버본에서는 두 가지 작업이 동시에 진행되었다. 원래의 임무는 성운 중심의 쌍성 가운데 작은 쪽을 근거리에서 관찰하는 것이었다. 이 성운은 인간에게 알려진 가장 거대한 폭발의 결과였다. 폭발이 일어난 것은 기원전 2946년경이었다. 멸망한 지 오래인 일리움의 일곱 단계의 도시들 가운데 첫 번째가 생기기도 전이었다. 폭발의 빛은 서기 1054년에 지구에 도착했다. 교회 연감에도 기록되었지만, 중국 황실 천문학자들의 기록이 더 믿을 만했다. 23일 동안은 낮에도 볼 수 있을 정도로 밝은 빛이었다. 4000광년을 여행한 그 빛은 금성보다도 더 밝게 빛났다.

이런 사실들로부터, 900년 뒤의 천문학자들은 폭발의 격렬함을 계산했다. 폭발의 중심에서 흩어진 물질들은 시속 370만 킬로미터, 분속 6만 2000킬로미터, 초속 1000킬로미터 이상의 속도로 바깥쪽으로 날아갔다. 20세기의 망원경으로 이 거대한 폭발이 있었던 곳을 보면, 남아 있는 것은 쌍성과 성운뿐이었다. 쌍성의 밝은 쪽은 특이하게도 표면 온도가 너무나 높아서 분광 선을 전혀 만들지 않고 연속적인 스펙트럼을 보였다. 태양의 표면 온도는 절대 온도로 7000도 정도인데, 뜨거운 백색 왜성은 대략 50만 도였다. 그것은 태양과 거의 비슷한 질량을 가졌지만 지름은 5분의 1밖에 되지 않았다. 따라서 밀도는 물의 173배, 납의 16배, 이리듐 — 지구에서 발견된 가장 무거운 물질 — 의 8배였다. 하지만 이런 밀도조차 시리우스 별의 동반성인 백색 왜성보다는 못했다. 게성운의 하얀 별은 아직 완전하지 않은 왜성으로, 여전히 붕괴 중이었다. 그러므로 그것은, 4000년에 걸친 빛의 관측을 포함해 충분히 조사할 만한 가치가 있었다. 랜버본이 파견된 것은 이것을 조사하기 위해서였다. 하지만 비슷한 목적을 지닌 외계의 우주선을 발견한 것은 원래의 목적을 무색하게 만들었다.

작고 구근처럼 생긴 로봇은 희박한 성운 가스 속을 떠다녔다. 랜버본의 일반 승무원들은 긴장으로 인한 날카로운 경계심을 지닌 채 보초를 섰다. 관측부 직원들은 반으로 나뉘었다. 일부는 내키지 않지만 원래 랜버본의 목적이었던 관측을 했고, 나머지는 외계 우주선 때문에 생긴 문제에 동원되었다.

그 우주선은 항성 간 우주 여행을 할 수 있을 정도의 문화를 의미했다. 겨우 5000년 전에 일어났던 폭발은 틀림없이 지금 성운이 채우고 있는 지역의 생명을 흔적도 없이 모두 날려버렸을 것이다. 따라서 검은 우주선의 외계인들은 다른 태양계에서 왔고, 그들의 목적은 지구인들과 마찬가지로 과학적인 것임에 틀림없었다. 성운에서 달리 가져갈 만한 것은 아무것도 없었다.

그렇다면 그들은 적어도 인간과 같은 수준의 문명을 가졌고, 인간이 우호적으로 교역하길 원할 만큼 기술과 통상을 발달시켰을 수도 있었다. 그러나 그들은 틀림없이 인류의 존재와 문명이 그들 종족에게 위협이 될 수 있다는 것을 깨달았을 것이다. 두 종족은 친구가 될 수도 있고, 치명적인 적이 될 수도 있었다. 의도하지 않았더라도, 각자는 서로에게 괴물 같은 위협이 될 수 있었다. 그리고 위협에 대처하는 유일하게 안전한 방법은 그것을 없애는 것이었다.

게성운 안에서 이것은 민감하고 급박한 문제였다. 두 종족의 앞으로의 관계는 여기에서 당장 결정되어야 했다. 우호적인 절차가 진행된다면, 멸망했을지도 모르는 한쪽 종족이 살아남아 서로 굉장한 이득을 볼 수도 있었다. 하지만 그런 절차가 진행되고 신뢰가 쌓이는 일에는 배반의 위험이 전혀 없어야 했다. 신뢰는 어쩔 수 없이 불신을 기초로 성립되어야만 했다. 상대방이 해를 가할 수 있는 이상 어느 쪽도 기지로 돌아갈 수 없었다. 어느 쪽도 신뢰를 감당할 수는 없었다. 각자에게 확실히 안전한 유일한 길은 상대방을 파괴하거나 파괴당하는 것이었다.

하지만 전쟁에서조차, 상대방을 그저 파괴하는 것보다는 많은 것이 필요했다. 항성 간 여행을 할 수 있는 외계인이라면, 틀림없이 원자력 에너지도 있을 테고, 어떤 형태로든 빛보다 빠른 속도로 이동하기 위한 오버드라이브도 있을 것이다. 전파 추적 장치와 화면과 단파 통신 말고도, 당연히 그들은 다른 장비를 많이 갖고 있을 것이다. 어떤 무기를 가졌는가? 그들의 문명은 얼마나 멀리 뻗어 나갔는가? 그들의 자원은 무엇인가? 우호적인 교류가 발전할 수 있는가 아니면 두 종족이 너무나 달라서 전쟁밖에는 있을 수 없는가? 평화가 가능하려면, 어떻게 시작해야 하는가?

랜버본의 승무원들은 자료가 필요했고, 상대방도 마찬가지였다. 그들은 아주 하찮은 정보라도 갖고 돌아가야 했다. 전쟁이 일어날 경우 무엇보다 중요한 정보는 다른 문명의 위치였다. 항성 간 전쟁에서는 그 한 가지 정보가 결정적인 요소가 될 수 있었다. 그러나 다른 정보들도 매우 중요했다.

비극적인 일은 어떤 가능한 정보도 평화로 이어지지는 않는다는 것이었다. 어느 쪽도 선한 의지에 대한 확인이나 상대방에 대한 존중에 자기 종족의 존망을 걸 수는 없었다.

그래서 이 두 우주선 사이에는 기묘한 휴전이 이루어졌다. 외계인들은 관측을 계속했고, 랜버본도 마찬가지였다. 작은 로봇은 밝은 허공 속에 떠 있었다. 랜버본의 스캐너는 외계인의 화면에 초점을 맞췄다. 외계인의 스캐너는 랜버본에서 가져온 화면에 초점을 맞췄다. 통신이 시작되었다.

진전은 매우 빨랐다. 토미 도트는 첫 번째 경과 보고서를 만든 사람들 가운데 하나였다. 이 탐사에서 그의 특별 임무는 이미 끝났고 그는 이제 외계의 존재들과 통신하는 문제에 배치되어 있었다. 그는 배의 유일한 심리학자와 함께 성공적인 보고를 전하기 위해 선장실로 갔다. 선장실은 평소와 마찬가지로 고요했고, 흐릿한 붉은 표시등이 있었고, 거대한 밝은 화면이 모든 벽면과 천장을 둘러싸고 있었다.

"꽤 만족스러운 통신이었습니다."

심리학자가 말했다. 그는 피곤해 보였다. 그의 원래 일은, 측량 결과를 가능한 한 정확하게 보정하기 위해 측량 요원들의 개인적인 오차 요인을 측정하는 것이었다. 그는 자신에게 맞지 않는 새로운 일에 부담을 느꼈다. 심리학자는 계속 말했다.

"그러니까, 저희는 원하는대로 그들에게 말할 수 있고, 그들이 말하는 것을 이해할 수도 있습니다. 물론 그들의 말이 어디까지 진실인지는 알 수 없습니다."

선장의 눈은 토미 도트를 향했다. 토미가 말했다.

"저희는 번역기에 해당하는 장비를 만들었습니다. 여기에 화면이 있고, 맞은편의 단파 빔이 있습니다. 그들은 주파수 변조와 함께 파동 형태의 변화를 사용하는 것 같습니다. 마치 자음과 모음처럼 말입니다. 이제까지 이런 방식이 전혀 사용되지 않았기 때문에 저희 코일이 제대로 처리하기 어려우므로, 어느 쪽 언어에도 속하지 않는 방식을 만들어 냈습니다. 그들이 주파수 변조를 단파에 실어 보내면, 저희는 그걸 소리로 기록합니다. 저희가 다시 소리를 내보내면, 그것이 주파수 변조로 재변환됩니다."

선장은 얼굴을 찌푸리며 말했다.

"단파 위에서 파동이 변한다니? 어떻게 알았소?"

"저희가 녹음기를 화면에 표시했고, 그들도 자기들 것을 보여주었습니다. 그들은 주파수 변조를 직접 기록합니다."

토미는 신중하게 말했다.

"제 생각에, 그들은 말할 때 소리를 전혀 쓰지 않는 것 같습니다. 그들이 만든 통신실에서 우리와 통신하는 동안 그들의 모습을 관찰했습니다. 그들은 발성기관에 해당하는 어떤 것도 움직이지 않았습니다. 마이크를 쓰는 대신, 수신기 안테나처럼 동작하는 어떤 것 옆에 그저 서 있기만 했습니다. 제 생각엔, 선장님, 그들은 개인 간의 대화라고 할 만한 것에 단파를 사용하고 있는 것으로 보입니다. 우리가 소리를 만들듯이 연속된 단파를 만드는 것 같습니다."

선장은 그를 바라보았다.

"그럼 텔레파시를 쓴다는 말이오?"

"으음. 그렇습니다. 하지만 그들에 대해서는, 우리도 텔레파시를 쓴다는 말이기도 합니다. 그들은 아마 귀가 먹었을 겁니다. 음파로 대화하는 방법에 대해서는 전혀 모를 겁니다. 저들은 전혀 소음을 만들지 않습니다."

선장은 이 정보를 기억하고 넘어갔다.

"다른 건 없소?"

"제 생각엔,"

토미는 확신 없이 말했다.

"도구가 다 갖춰진 것 같습니다. 저희는 화면을 통해서 물건들에 임의의 상징을 붙이는 데 동의했고, 사진과 도형으로 관계사와 동사에 대해서도 작업했습니다. 분석기로 저들의 단파 묶음을 구분해서 복호기에 입력했고, 부호기는 모아둔 단파 모음에서 저희가 보내고자 하는 것들을 골라낼 수 있습니다. 만약 선장님께서 저쪽 선장과 이야기하고 싶으시다면, 제 생각엔 이제 준비가 된 것 같습니다."

"흐음. 저들의 심리에 대한 인상은 어떤가?"

선장은 심리학자에게 물었다.

"모르겠습니다."

심리학자는 지친 듯이 대답했다.

"저들은 완벽하게 직접적입니다. 하지만 저들은 우리가 아는 한 아무런 긴장감을 내보이고 있지 않습니다. 마치 화목한 대화를 위해 통신 장비를 설치하는 것처럼 보입니다. 하지만…… 글쎄요……, 어떤 함축이 있긴 한데……."

심리학자는 훌륭하고 유용한 분야인 심리적 측정에는 뛰어났다. 하지만 그는 전혀 낯선 사고 방식을 분석하는 데에는 적당하지 않았다.

"제가 한말씀 드려도 된다면……"

토미는 불편하게 말했다.

"뭐요?"

"저들은 산소 호흡을 합니다. 그리고 다른 방식으로도 우리와 꽤나 비슷합니다. 선장님, 제 생각엔 평행 진화 같습니다. 아마도 지성이 평행하게…… 그러니까…… 기본적인 신체의 기능과 같이 진화하는 게 아닐까요."

그는 진지하게 덧붙였다.

"어떤 종류의 생명이건 영양을 섭취하고, 신진대사를 하고, 배설을 합니다. 아마 어떤 지적인 두뇌건 반드시 인지하고, 인식하고, 개인적인 반응을 보일 겁니다. 틀림없이 반어적인 단어도 있었습니다. 게다가 유머를 의도한 것이기도 했습니다. 말하자면, 그들에게 호감을 가질 수 있을 거라고 생각합니다."

"흐음."

선장은 깊은 한숨을 내쉬었다. 그리고 의미심장하게 말했다.

"저들이 뭐라고 하는지 봅시다."

그는 통신실로 갔다. 통신 로봇의 화면을 향한 스캐너가 대기 중이었다. 선장은 그 앞으로 걸어갔다. 토미 도트는 부호기에 앉아서 키를 두드렸다. 거기서 특이한 소음이 났고, 그것은 마이크로 전해져서 주파수 변조를 거친 신호가 되어 우주를 통해 다른 우주선으로 보내졌다. 중계기 역할을 하는 로봇을 거쳐서, 거의 즉시 상대편 배의 내부 모습이 화면에 나타났다. 한 외계인이 스캐너 앞으로 와서 호기심에 가득한 듯 화면 밖을 바라보았다. 그는 인간이 아니었지만 놀랄 만큼 인간을 닮아 있었다. 그는 극단적인 탈모증에, 우스꽝스러운 정직함이 섞인 듯한 인상이었다.

"제가 말씀드리고자 하는 것은,"

선장은 천천히 말했다.

"서로 다른 문명화된 종족의 첫 번째 만남에 어울리는, 우호적인 교류가 가져올 결과에 대한 희망입니다."

토미 도트는 기다렸다. 그리고 어깨를 으쓱한 다음 노련하게 부호기를 두드렸다. 다시 특이한 소음들이 났다.

외계인 선장은 메시지를 받은 것 같았다. 그는 얼굴을 찌푸리며 동의하는 듯한 몸짓을 취했다. 랜버본의 복호기가 웡웡거리고 메시지 통에 단어 카드가 떨어졌다. 토미는 냉정하게 말했다.

"대답은 이렇습니다. '아주 좋습니다. 하지만 우리가 각자 살아서 집에 돌아갈 방법이 있을까요? 그런 방법이 생각나거든 알려주시면 고맙겠습니다. 지금으로서는 우리 둘 가운데 하나는 죽어야 할 것 같습니다.'"

3
★

혼란스러운 분위기였다. 동시에 답을 내야 할 문제가 너무나 많았다. 그런데 아무도 한 가지 답도 낼 수 없었다. 하지만 모든 문제에 답이 필요했다.

랜버본이 집으로 향한다고 치자. 어쩌면 외계의 우주선은 지구의 것보다 한층 더, 빛보다 빠를 수 있었다. 그렇다면 랜버본이 지구에 충분히 가까워졌을 때 목적지가 드러날 테고, 그들은 싸워야 했다. 이길 수도 있고 질 수도 있었다. 설사 이긴다고 하더라도, 전투를 시작하기 전에 랜버본의 목적지를 고향 행성에 알릴 수 있는 통신장비가 외계인들에게 있을 수도 있었다. 만약 랜버본이 진다면, 먼저 경고를 받고 무장한 외계 함대에게 인류의 위치를 알려주느니 차라리 여기서 파괴되는 편이 나았다.

검은 배도 마찬가지 곤경에 처해 있었다. 그 배도 집으로 향할 수 있었다. 하지만 랜버본이 더 빠를 수도 있었고, 오버드라이브 장은 마음만 먹으면 금방 흔적을 추적할 수 있었다. 외계인들 또한 랜버본이 기지에 돌아가는 대신 보고를 보낼 수 있을지 어떨지 알 수 없었다. 만약 파괴당한다면 여기서 싸우는 편이 그들의 문명으로 적을 데려가는 것보다는 나았다.

그러므로 어느 쪽도 귀환을 고려할 수 없었다. 랜버본이 성운으로 들어오는 것은 검은 배에 이미 알려져 있을 수도 있었다. 하지만 그것은 로그 곡선 궤도의 마지막 부분이었고, 외계인들은 곡선의 특성을 알 수 없었다. 그것만으로는 지구인들의 배가 어디서 출발했는지 알아낼 수 없었다. 그러니까 지금으로서는 두 배가 마찬가지 상태에 놓여 있었다. 하지만 문제는 그대로였다. '이제 어떻게 할 것인가?'

답이 없었다. 외계인들은 정보와 정보를 일대일로 교환했다. 하지만 그들이 어떤 정보를 주었는지 깨닫지 못할 때도 있었다. 인간들도 정보 대 정보를 교환했다. 토미 도트는 지구의 위치에 대한 단서를 주지 않기 위해 바짝 긴장했다.

외계인들의 시각은 적외선을 사용했다. 그래서 로봇 통신 교환기의 화면과 스캐너는 그들의 광학적인 옥타브에 맞게 화상을 조절해야 했다. 외계인들이 미처 몰랐지만 그들의 시력을 통해 알 수 있는 것은 그들의 태양이 적색 왜성이라는 것, 즉 인간이 볼 수 있는 스펙트럼 바로 아래쪽의 큰 에너지를 지닌 빛을 내뿜는 항성이라는 것이었다. 그러나 랜버본에 이 사실이 알려지고 나서, 외계인들도 인간의 눈이 적응한 빛을 통해 태양 스펙트럼의 종류를 유추할 수 있다는 것 또한 확실해졌다.

인간들이 사용하는 녹음기처럼 외계인들이 흔히 사용하는 단파의 연쇄를 기록하는 장비가 있었다. 인간들은 그것을 너무나 원했다. 그리고 외계인들은 소리의 신비에 매료되었다. 그들도 물론 소음을 인지할 수는 있었다. 마치 인간의 손이 열을 통해 적외선을 느낄 수 있는 것과 같았다. 그러나 그들은 음의 고저와 음색을 구분하지 못했다. 인간이 반 옥타브 떨어져 있는 두 개의 열 복사의 주파수를 구분하지 못하는 것과 마찬가지였다. 소리에 관한 인간의 과학은 그들에게 놀라운 발견이었다. 어쩌면 그들은 인간이 상상도 하지 못했던 소음의 용도를 발견할 수도 있었다. 물론 이것은 그들이 살아 나갔을 때의 이야기였다.

하지만 생존은 또다른 문제였다. 물론 어느 쪽도 상대방을 파괴하기 전에는 떠날 수 없었다. 그러나 홍수처럼 쏟아지는 정보를 주고받는 와중에는 어느 쪽도 상대방을 파괴할 수 없었다. 이를테면 두 배의 색깔에 관한 문제가 있었다. 랜버본의 외부는 거울처럼 반짝였다. 외계의 우주선은 가시광선으로 보기에는 완전히 검은색이었다. 열을 완벽하게 흡수했으니, 그대로 다시 복사해야 마땅했다. 하지만 그렇게 하지 않았다. 검은 코팅은 '흑체'의 색이거나, 색이 전혀 없는 것은 아니었다. 그것은 특정한 적외선 주파수를 완벽하게 반사하는 동시에 그 주파수의 빛을 냈다. 사실 그것은 높은 주파수의 열을 흡수해서 낮은 주파수로 변환함으로써, 아무것도 없는 우주에서 적절한 온도를 유지했다.

토미 도트는 통신 임무에 고심했다. 그러면서 외계인들의 사고 과정이 그가 따라가기 어려울 만큼 낯설지는 않다는 것을 점차 깨달았다. 기술적 논의는 항성 간 항해의 문제에 이르렀다. 그런데 항해 과정을 표현하려면 성도가 필요했다. 성도실의 지도를 가져다 쓸 수도 있었지만, 성도로부터 지도가 그려진 기준점이 알려질 수도 있었다. 토미는 존재하지 않는 별들이 설득력 있게 그려진 특별한 성도를 만들어냈다. 그는 성도의 사용법을 부호기와 복호기를 통해 번역했다. 답례로 외계인들도 그들의 성도를 화면으로 보여주었다. 항해사들은 즉시 복사된 성도를 이용해, 별들과 은하수가 어떤 위치에서 보았을 때 그렇게 보이는지 알아내기 위해 고심했다. 이것은 그들을 당혹스럽게 했다.

결국 외계인들 역시 설명을 위해 특별한 성도를 만들어냈음을 깨달은 것은 토미였다. 게다가 그것은 토미가 그들에게 보여주었던 가짜 지도를 뒤집은 것이었다.

토미는 성도를 보고 미소 지었다. 그는 이 외계인들이 좋아지기 시작했다. 그들은 인간이 아니었지만 매우 인간적인 유머 감각을 갖고 있었다. 시간이 가면서 토미는 시험 삼아 가벼운 농담을 해보았다. 부호화된 숫자와, 암호화된 일련의 단파와, 주파수 변조된 임펄스를 통해 다른 배로 전해진 다음에는 그것이 어떤 의미가 될지 알 수 없었다. 그런 형식들을 거친 농담은 전혀 재미있을 것 같지 않았다. 하지만 외계인들은 핵심을 알아챘다.

외계인들 가운데 토미의 부호화 작업처럼 통신하는 것이 일상적인 임무인 자가 있었다. 이 두 명은 부호화, 복호화, 단파의 연속을 통해 이야기하면서 어처구니 없는 우정을 쌓았다. 공식 메시지의 기술적인 면이 너무 복잡해질 때면, 그 외계인은 가끔 전혀 기술적이지 않은 속어에 가까운 어구를 사용했다. 종종 그 덕분에 혼란을 피할 수 있었다. 토미는, 이 특정한 작업자가 자신의 사인을 메시지에 넣을 때 복호기가 규칙적으로 사용할 수 있도록, '벅'이라는 코드명을 그냥 붙였다.

통신이 시작된지 세 번째 주에, 복호기는 갑자기 토미에게 메시지를 내보냈다.

당신은 좋은 자다. 우리가 서로를 죽여야 한다니 유감이다.
— 벅

토미도 똑같은 생각을 하고 있었다. 그는 부호기를 두들겨 절망적으로 대답했다.

벗어날 방법이 보이지 않는다. 그렇지 않은가?

잠시 숨을 돌린 다음, 메시지 통이 다시 채워졌다.

우리가 서로를 믿는다면 가능하다. 우리의 선장은 기뻐할 것이다. 그러나 우리는 너희를 믿을 수 없고, 너희는 우리를 믿을 수 없다. 기회가 주어지면 우리는 너희를 뒤쫓을 것이고, 너희도 마찬가지다. 유감스럽게 생각한다.
— 벅

토미 도트는 메시지를 선장에게 가져갔다.

"이것 보세요, 선장님!"

그는 보채듯 말했다.

"그들은 마치 사람 같습니다. 호감을 가질 수 있는 자들입니다."

선장은 걱정해야 할 것들을 걱정하는 중요한 일을 하느라 바빴다. 그는 지쳐서 말했다.

"그들도 산소 호흡을 하고 있소. 그들의 대기는 20퍼센트가 아니라 28퍼센트의 산소로 이루어져 있지만 지구에서도 잘 지낼 수 있을거요. 그러니까 지구는 그들이 정복하기에 좋은 곳이라는 말이오. 우리는 여전히 그들이 어떤 무기를 갖고 있거나 개발할 수 있는지 모르고 있소. 그들에게 지구가 어딘지 알려줄 참이오?"

"아, 아닙니다."

토미는 비참했다. 선장은 냉담하게 말했다.

"그들도 마찬가지 생각일 거요. 만약 우리가 우호적인 접촉을 했다고 하더라도 그게 얼마나 오래 지속되겠소? 그들의 무기가 우리보다 못하다면, 그들은 만약을 위해 무기를 개발할거요. 우리가 그런 의도를 알게 되면 할 수 있을 때 박멸해버리려고 하겠지. 우리 자신의 안전을 위해서 말이오! 만약 그 반대라면, 우리가 따라잡기 전에 그들이 우리를 먼저 없애야 할거요."

토미는 입을 다물고 계속 배회했다. 선장이 말했다.

"우리가 저 검은 우주선을 없애버리고 집으로 돌아간다면 지구 정부는 저들이 어디에서 왔는지 알 수 없어서 괴로워할 거요. 하지만 어쩌겠소? 운이 좋으면 지구로 돌아갈 수는 있을지도 모르지. 하지만 정보를 맞교환하고 있으니, 그들의 위치를 얻기 위해 지구의 주소를 알려줄 수는 없는 일 아니오! 저들과는 우연히 마주쳤소. 그러니까 어쩌면 ― 우리가 저 우주선을 없애버린다면 ― 앞으로 수천 년 동안 다시 마주치는 일은 없을지도 모르오. 그래도 그건 애석한 일이지. 이 교류는 엄청난 가치가 있었을 테니까! 그렇지만 평화는 양쪽이 모두 동의해야 하는데, 우린 위험을 감당하면서까지 저들을 믿을 수는 없소. 유일한 해답은 가능하다면 저들을 죽이는 것이고, 그게 불가능하다면 우리가 죽을 때 지구에 대한 것은 아무것도 알아낼 수 없게 해두는 것이오. 나도 이러고 싶진 않소."

선장은 지쳐서 덧붙였다.

"하지만 달리 방법이 없지 않소!"

4
★

랜버본의 기술자들은 둘로 나뉘어 미친 듯이 일했다. 한쪽은 승리에 대비했고 다른 쪽은 패배에 대비했다. 승리를 위해 할 수 있는 작업은 많지 않았다. 주 광선총은 쓸모 있는 유일한 무기였다. 총이 설치된 부분이 조심스럽게 개조되어서, 더이상 포구를 5도밖에 못 돌리고 앞쪽만 향하는 일은 없었다. 전파 위치추적장치의 주 검색기의 명령을 따르는 전자 제어장치는 주어진 표적이 움직이더라도 고도의 정확성을 제공할 수 있게 되었다. 게다가, 이제까지 조용했던 엔진실에서 천재적으로 고안해낸 축전기는, 평상시 우주선 엔진의 모든 출력을 일시적으로 저장해두었다가 한 번에 내보내서, 평소보다 훨씬 높은 출력의 광선을 낼 수 있었다. 광선총의 사정거리는 이론적으로 두 배가 되었고, 파괴력도

한 단계 증가했다. 이 정도가 할 수 있는 일의 전부였다.

패배에 대비하는 승무원들은 해야 할 일이 더 많았다. 그들은 성도, 타각 표시기를 포함한 항해 도구들, 토미 도트가 지난 6개월간 찍은 사진 기록 등을 파괴할 준비를 했다. 그것들은 봉인된 파일에 넣어져서, 정확하고 복잡한 해제 과정을 모르는 사람이 열게 되면 모든 내용이 잿더미로 변하고, 남은 잿더미조차 휘저어져서 복원의 희망을 없애버릴 것이었다. 물론 랜버본이 승리하게 된다면, 안전하게 그것들을 다시 열 수 있는 조심스럽게 감춰진 방법도 그대로 남아 있을 것이다.

선체의 모든 부분에는 핵폭탄들이 설치되었다. 배가 완전히 파괴되지 않고 승무원들이 죽는 경우에는, 랜버본이 외계 우주선 근처에 가게 되면 핵폭탄이 폭발하게 되어 있었다. 선내에는 원래 핵폭탄이 없었지만 예비용으로 작은 원자력 부품들이 있었다. 간단한 조작만으로도 그 부품들이 사용되었을 때 평소처럼 부드러운 출력을 내는 대신 폭발하도록 만들 수 있었다. 그리고 승무원 가운데 네 명은 항상 우주복 차림에 헬멧을 쓰고 근무해서, 기습 공격으로 배의 여기저기에 구멍이 났을 때를 대비했다.

하지만 그런 기습 공격은 그다지 있을 법하지 않았다. 외계인 선장은 터놓고 이야기하는 편이었다. 그는 거짓말의 쓸모없음을 뻐딱하게 인정하는 태도였다. 랜버본의 선장 쪽에서도 정직이라는 미덕을 매우 강조했다. 양쪽은 서로 — 아마도 진심으로 — 두 종족의 우정을 바란다고 주장했다. 그러나 어느 쪽도 상대방을 믿고 자신이 필사적으로 숨기고자 노력하는 한 가지를 — 고향의 위치를 — 알아내려는 그 모든 노력을 중단하지는 않았다. 그리고 어느 쪽도 상대가 자신을 따라와서 위치를 알아낼 수 없을 거라고 생각할 수는 없었다. 상대방의 입장에서는 견딜 수 없는 그런 행동을 해내야 한다는 의무감을 서로 느끼고 있었기 때문에, 어느 쪽도 상대를 믿음으로써 자신의 종족을 멸종의 가능성에 노출시킬 수는 없었다. 그들은 달리 방법이 없기 때문에 싸워야 했다.

그들은 전투를 막기 위해 계속 정보를 교환할 수도 있었다. 하지만 거기엔 한계가 있었다. 무기, 인구, 자원에 대한 어떤 정보도 상대에게 주어지지 않았다. 게성운에서 고향까지의 거리조차 알려지지 않았다. 물론 정보를 교환하긴 했지만 그들은 목숨을 건 전투가 벌어질 것을 알고 있었기 때문에, 서로 자신의 문명을 강력하게 보여서 상대가 정복하려는 생각을 품지 못하게 하려고 노력했다. 동시에 이들은 상대에게 자신을 더욱 위협적으로 보이게 만들어서, 전투를 더욱 피할 수 없게 만들고 있었다.

그러나, 이렇게 이질적인 두뇌들이 완벽하게 들어맞을 수 있다는 것은 흥미로운 일이었다. 토미 도트는 부호기와 복호기로 힘들게 작업하면서, 처음에는 딱딱해 보였던 정렬된 단어 카드들로부터 인격적인 동등함을 발견했다. 그는 외계인을 화면을 통해서만 보았고, 그 빛도 그들이 보는 빛에서 최소한 한 옥타브는 떨어져 있는 것이었다. 그들 또한 특이한 방법으로 그를 보았는데, 그들에겐 자외선보다 훨씬 바깥쪽에 해당하는 조바꿈한 빛을 통한 것이었다. 하지만 그들의 두뇌는 비슷하게 작동했다. 놀라울 정도로 비슷했다. 검은 우주선에서 아가미로 호흡하며 무미건조하게 빈정대는 이 대머리의 생명체들에게, 토미 도트는 사실 호감을 느낄 뿐더러 심지어는 우정에 가까운 것을 느낄 정도였다.

그런 정신적인 친근함 때문에, 그는 그들에게 닥친 문제들을 — 절망적이긴 했지만 — 일종의 일람표 형식으로 만들어보았다. 그는 외계인들이 본질적으로 인간을 파괴하려고 할 리 없다고 믿었다. 사실 외계인과의 의사소통에 대한 연구 덕분에 랜버본의 내부에서는 지구에서 휴전 중인 적들 사이에 생기는 관용과 비슷한 분위기가 생겨났다. 인간들은 적개심을 느끼지 못했고, 아마 외계인들도 그랬을 것이다. 그러나 엄밀한 논리적 이유에 의해 그들은 죽거나 죽이는 수밖에 없었다.

그의 표는 명확했다. 그는 인간이 달성해야 하는 목적을 중요한 순서로 정리했다. 첫 번째는 돌아가서 외계 문명의 존재를 알리는 것이었고 두 번째는 외계 문명이 은하 안에서 어느 위치에 있는지 알아내는 것이었다. 세 번째는 가능한 한 외계 문명에 관해 많은 정보를 가지고 돌아가는 것이었다. 세 번째 작업은 진행 중이었지만 두 번째는 거의 불가능했다. 무엇보다 첫 번째는, 앞으로 일어날 싸움의 결과에 달려 있었다.

외계인들의 목적도 똑같아서, 인간은 그것을 반드시 저지해야 했다. 우선 지구 문명의 존재를 외계 행성에 돌아가서 알리는 것, 둘째로 지구의 위치를 알아내는 것, 세 번째로 스스로를 구하거나 인류를 공격할 수 있도록 정보를 얻는 것이었다. 마찬가지로 세 번째는 진행 중이었지만, 두 번째는 어쩌면 해결될 수 있었고, 첫 번째는 전투를 기다려야 했다.

검은 배를 파괴하는 일은 피해 갈 길이 없었다. 외계인들 또한 랜버본의 파괴에 대해서는 대안이 없었다. 하지만 토미 도트는 우울하게 표를 보면서, 전투에서의 완전한 승리조차 완벽한 해결책이 되지는 않는다는 것을 깨달았다. 랜버본에게 이상적인 답은 외계 우주선을 가져가서 연구하는 것이었다. 그렇지 않으면 세 번째 조건을 완벽하게 만족시키는 것이 아니었다. 그러나 토미는 설사 가능하다 해도 그렇게 완벽한 승리를 자신이 증오하고 있다는 것을 깨달았다. 비록 인간은 아니었지만 인간의 농담을 이해할 수 있는 상대를 죽인다는 것이 싫었다. 게다가 그는 단지 위협이 된다는 이유만으로 외계의 문화를 파괴할 전투 함대를 지구에서 준비할 것이라는 생각에 혐오를 느꼈다. 순전히 우연적인 이 만남은 서로를 좋아할 수도 있었던 자들에게 전면적인 파괴에 이를 수밖에 없는 상황을 만들어냈다.

그는 적당한 답을 찾아내지 못하는 자신의 두뇌가 싫어졌다. 하지만 답을 내야 했다! 너무나 중요한 문제가 걸려 있었으니까! 두 우주선이 — 어느 쪽도 전투를 위해 설계되지 않은 — 전투를 벌이고 살아남은 쪽만 고향에 소식을 전해서, 경고받지 못한 상대를 대상으로 미친 듯이 전쟁을 준비한다는 것은 정말이지 불합리한 일이었다.

하지만 만약 두 종족이 모두 경고받을 수 있고, 각자 상대방이 싸우기를 원하지 않는다는 것을 알게 되고, 상호 신뢰를 위한 어떤 기반이 갖춰질 때까지 상대의 위치를 모르는 상태로 통신할 수 있다면……

그것은 불가능했다. 터무니없었다. 그저 몽상이었다. 어리석은 생각이었다. 하지만 너무나 매혹적인 어리석음이라 토미 도트는 애타게 이 문제를 부호기에 입력했고, 그것은 성운의 밝은 안개를 지나 수십만 킬로미터 떨어진 아가미로 호흡하는 그의 친구 벽에게 전해졌다.

"물론,"

벽이 말했다. 즉, 단어 카드가 복호기에서 메시지 통으로 튕겨져 나왔다.

"좋은 꿈이다. 좋긴 하지만 여전히 믿을 수 없다. 내가 그것을 먼저 제안했다면, 너도 마음에 들지만 믿을 수 없었을 것이다. 네가 믿는 것보다 나는 더 진심이고, 내가 믿는 것보다 너는 더 진심일 것이다. 하지만 알 방법이 없다. 유감이다."

토미는 의기소침하게 메시지를 바라보았다. 그는 막중한 책임감에 떨고 있었다. 랜버본의 모든 사람이 그랬다. 이 만남이 잘못된다면 가까운 미래에 인류가 몰살당할 확률은 매우 높았다. 잘 된다면 외계 종족은 거의 틀림없이 파괴당할 것이다. 수만, 수억의 생명이 몇 사람의 행동에 달려 있었다.

문득, 토미 도트에게 답이 떠올랐다.

잘만 된다면 놀랍도록 간단한 해결책이었다. 그리고 최악의 경우에도 인류와 랜버본에게 부분적인 승리를 가져다줄 것이다. 처음 떠오른 불분명한 아이디어에서 이어지는 생각의 고리가 행여 끊어질까 봐 그는 꼼짝도 하지 않은 채 숙고를 거듭하면서, 활발하게 반론을 생각해내고, 반론에 대해 고민하고, 문제점들을 극복했다. 답은 틀림없었다! 그는 확신했다.

토미는 안도감을 느끼고 살짝 어지러워하며 선장실로 가서 발언 허가를 요청했다.

★ ★ ★

걱정할 거리를 찾아내는 것은 다른 누구보다 선장의 몫이었다. 하지만 랜버본의 선장은 걱정거리를 찾아낼 필요가 없었다. 검은 우주선을 만난 지 3주 하고도 4일이 지나자, 선장의 얼굴은 주름지고 나이들어 보였다. 그는 랜버본만 걱정하는 것이 아니었다. 인류 전체를 걱정해야 했다.

"선장님,"

토미 도트가 말했다. 너무나 진지해서 조금 딱딱한 말투였다.

"제가 검은 배를 공격할 방법을 말씀드려도 되겠습니까? 제가 이 일을 맡겠습니다. 그리고, 실패한다고 해도 저희 배는 위험해지지 않습니다."

선장은 그를 제대로 보지도 않았다.

"모든 전술은 이미 계산되었소, 도트 씨."

그는 무뚝뚝하게 말했다.

"조타를 위한 자료가 테이프에 기록되고 있는 중이오. 끔찍한 도박이지만, 할 수밖에 없소."

토미는 신중하게 말했다.

"제 생각에는, 도박을 피할 방법이 있는 것 같습니다. 만약, 선장님, 저희가 저쪽에 이런 메시지를 보낸다면 말입니다……."

그의 목소리는 고요한 선장실 안을 퍼져 나갔고, 화면에 보이는 것은 외부의 광막한 안개와 성운 심장부에서 맹렬하게 불타고 있는 두 별들뿐이었다.

5
★

선장은 직접 토미와 함께 에어록을 나섰다. 한 가지 이유는 토미가 제안한 행동에 그의 권위가 필요했기 때문이고, 또 한 가지 이유는 랜버본의 어느 누구보다도 선장인 그가 걱정하느라 지쳐 있었기 때문이다. 만약 그가 토미와 함께 간다면 그가 직접 일을 처리하게 될 테고, 만일 실패한다면 그가 제일 먼저 죽을 터였다. 우주선의 기동을 위한 테이프는 이미 제어판에 입력되어 주 타이머와 연동하고 있었다. 선장과 토미가 죽으면 간단한 제어장치 조작과 함께 랜버본은 가장 맹렬한 전면 공격을 시작해서 두 우주선 가운데 한쪽이, 혹은 둘 모두가 완전히 파괴될 것이었다. 따라서 선장은 자신의 책임을 저버리지 않았다.

에어록의 바깥 문이 활짝 열렸다. 그 앞에는 성운의 빛나는 공허가 있었다. 30킬로미터 떨어진 곳에 작고 둥근 로봇이 공중에 떠 있었다. 그것은, 성운 중심의 쌍성 주위를 돌며 영원히 조금씩 가까워지는, 엄청난 궤도를 그리고 있었다. 물론 그것은 두 항성 가운데 어느 쪽에도 도달할 수 없었다. 하얀 별조차 지구의 태양보다 훨씬 뜨거워서, 그 열은 태양에서 해왕성까지 거리의 다섯 배 떨어진 곳의 물체에 지구에서 받는 것과 같은 양의 열을 가할 정도였다. 명왕성만큼 떨어져 있다고 해도, 그 작은 로봇은 타오르는 백색 왜성의 열에 의해 체리처럼 붉게 변할 것이다. 그리고 태양에서 지구까지의 거리인 1억 5000만 킬로미터까지는 결코 접근할 수 없을 것이다. 그렇게 가까워지면 그 금속은 녹아내리고 끓어올라 증발해버릴 것이다. 하지만, 0.5광년 떨어진 곳에서 이 구근 모양의 물체는 허공을 떠다녔다.

우주선을 입은 두 사람이 랜버본에서 날아올랐다. 그들을 소형 우주선처럼 만들어준 작은 원자력 드라이브가 섬세하게 개조되었지만, 그것은 그들의 작업을 방해하지 않았다. 그들은 통신 로봇으로 향했다. 선장은 우주에서 쉰 목소리로 말했다.

"도트 씨, 난 평생 모험을 추구했다오. 그런데 이번이야말로 내가 진심으로 인정할 수 있는 첫 번째 모험이오."

그의 목소리는 토미의 우주 통신기를 통해 흘러나왔다. 토미는 입술을 축이고 말했다.

"저는 모험이라고 생각하지 않습니다. 정말로 이 계획이 잘 되길 바라거든요. 모험이란 신중하지 못한 것이라고 생각합니다."

"저런, 그렇지 않소."

선장이 말했다.

"모험이란 기회의 저울에 목숨을 올려놓고 신중하게 바늘이 멈추길 기다리는 걸 말하오."

그들은 둥근 물체에 도착했고, 스캐너가 달린 작은 뿔들에 매달렸다.

"지적이군, 저 생물들도."

선장은 무겁게 말했다.

"통신실 이외의 다른 부분들도 꼭 보고 싶었던 모양이오. 전투가 있기 전에 이렇게 교환 방문에 동의한 걸 보니까 말이오."

"그렇습니다, 선장님."

토미는 말했다. 하지만 그는 벅이, 그 아가미로 호흡하는 친구가 둘 중 한쪽이 죽기 전에 그를 직접 만나고자 한 것은 아니었는지 의심했다. 그리고 두 우주선 사이에 기묘하게도 예의 바른 기풍이 생긴 것은 아닐까 싶었다. 마치 마상시합에 참가한 두 기사가 각자의 무기를 모두 사용해 상대를 쓰러뜨리기 전에, 진심으로 상대를 존중하는 것처럼.

그들은 기다렸다.

그리고, 안개 속에서 다른 두 형체가 나타났다. 외계인의 우주복도 동력을 갖추고 있었다. 외계인의 몸은 인간보다 작았고, 헬멧의 투명한 부분은 그들에게는 치명적일 수 있는 자외선과 가시광선 영역을 막는 차단 물질로 코팅되어 있었다. 그 안의 머리는 윤곽선 정도만 겨우 알아볼 수 있었다.

토미의 헬멧폰을 통해, 랜버본의 통신실에서 연락을 전해왔다.

"배가 기다리고 있다고 합니다. 에어록을 열겠답니다."

선장은 천천히 말했다.

"도트 씨, 저들의 우주복을 전에 본 적이 있소? 혹시 저들이 폭탄이나 뭐 그런 것을 더 갖고 있는 것은 아니오?"

"본 적 있습니다. 서로 상대에게 우주 장비를 보여준 적이 있습니다. 저들은 평상시와 다를 바 없어 보입니다, 선장님."

선장은 두 외계인에게 몸짓을 취했다. 그리고 그와 토미 도트는 검은 배를 향해 뛰어올랐다. 그들은 맨눈으로는 검은 배를 뚜렷하게 구분할 수 없었지만, 통신실로부터 궤도 수정을 위한 안내를 들었다.

검은 배가 불쑥 나타났다. 그것은 거대했다. 랜버본만큼 길었지만 훨씬 얇았다. 에어록은 확실하게 열려 있었다. 우주복을 입은 두 인간은 안으로 들어가서 부츠 밑창의 자석으로 자신들을 고정시켰다. 바깥쪽 문이 닫혔다. 공기가 채워지는 동시에 날카롭고 빠르게 인조 중력이 발생했다. 그리고 안쪽 문이 열렸다.

사방이 어두웠다. 토미는 선장과 동시에 헬멧의 불을 켰다. 외계인들은 적외선으로 보기 때문에, 백색광을 견딜 수 없었다. 인간들의 헬멧에서 나오는 빛은 계기판을 밝히는 데 사용되었던 어두운 붉은색이었다. 외계인들이 눈이 부셔서 항해 화면의 섬세한 빛을 보는 데 방해되지 않도록 하기 위해서였다. 외계인들은 그들을 기다리고 있었다. 그들은 헬멧의 빛이 너무 밝아서 눈을 깜빡였다. 토미의 귀에 우주 통신기의 소리가 들렸다.

"저들의 선장이 기다리고 있다고 합니다."

토미와 선장은 발밑에 부드러운 바닥이 깔린 긴 복도에 있었다. 그들은 헬멧의 빛으로 모든 특이한 세부사항들을 볼 수 있었다.

"헬멧을 조금 열어봐야겠습니다."

토미는 말했다. 그는 헬멧을 열었다. 공기는 훌륭했다. 분석에 의하면 지구의 공기와 같은 20퍼센트의 산소가 아니라 약 30퍼센트의 산소를 포함하고 있었고, 압력은 더 낮았다. 괜찮은 느낌이었다. 인조 중력 또한 랜버본에서 유지했던 것보다 낮았다. 그러므로 외계인의 고향 행성은 지구보다 작은 것이 틀림없었다. 그 행성이 거의 죽어가는 흐리고 붉은 태양 주위를 가깝게 돈다는 것은 이미 적외선 자료를 통해 알 수 있었다. 공기에서는 어떤 냄새가 났다. 매우 특이한 냄새였지만 기분 나쁜 것은 아니었다.

문이 둥글게 열렸다. 똑같이 부드러운 재질의 바닥이 깔린 경사진 길이 나왔다. 흐릿한 붉은 빛이 주변을 비추고 있었다. 외계인들은 호의의 표시로 그들 나름의 조명 장비를 가지고 다가왔다. 그 불빛 때문에 그들은 눈이 아플 것이 분명했지만, 이런 사려 깊은 행동 덕분에 토미는 그의 계획을 진행하려는 열망을 더욱 불태웠다.

외계인 선장이 그들을 마중했다. 엉뚱하게도 토미에게 선장의 몸놀림은 우스꽝스러운 애원의 몸짓처럼 보였다. 헬멧폰에서 말했다.

"선장님, 그가 환영한다고 합니다. 하지만 두 우주선이 만나서 생긴 문제를 해결할 방법은 하나밖에 생각할 수 없다고 합니다."

"전투를 뜻하는 거겠지."

선장이 말했다.

"다른 제안이 있어서 왔다고 전하게."

랜버본의 선장과 외계인 선장은 얼굴을 맞대고 있었지만 그들의 대화는 기묘하게도 간접적이었다. 외계인은 의사소통에 소리를 사용하지 않았다. 극초단파의 영역에서 그들이 하는 대화는 마치 텔레파시 같았다. 하지만 그들은 말 그대로 들을 수 없었다. 따라서 그들에게도 선장과 토미의 말은 텔레파시와 같은 것이었다. 선장이 말하면 그의 말은 우주 통신기를 통해 랜버본으로 전해지고, 거기서 부호기에 넣어진 단어는 단파로 바뀌어 검은 배로 다시 전달되었다. 외계인 선장의 대답은 랜버본으로 전해져 복호기로 변환된 다음, 메시지 통의 단어가 읽히면 우주 통신기를 통해 다시 전달되었다. 불편하긴 해도 쓸 만한 방법이었다.

작고 단단한 체격의 외계인 선장은 잠시 생각했다. 헬멧폰에서 그의 소리없는 대답을 전달했다.
"그가 제안을 듣고 싶다고 합니다."
선장은 헬멧을 벗었다. 그는 허리에 손을 대고 호전적인 자세를 취했다.
"이것 봐!"
그는 지구와 다른 느낌의 기묘한 붉은 빛 속에서 자기 앞에 서 있는 대머리의 특이한 생명체를 향해 공격적으로 말했다.
"우린 둘 중 한쪽이 죽을 때까지 싸워야 될 것 같아. 어쩔 수 없다면 그럴 준비가 되어 있지. 만약 당신들이 이긴다고 해도, 우린 지구를 결코 찾지 못하도록 손을 써두었어. 하지만 어떻게든 우리가 이길지도 모르지. 우리가 이겨도 마찬가지 결과가 될 거야. 고향에 돌아가면 우리의 정부는 함대를 보내 당신들의 행성을 수색하겠지. 그리고 그걸 찾게 되면 모두 날려버릴거야! 당신들이 이긴다면 우리가 똑같이 당하겠지! 바보 같은 일이야! 한 달이나 같이 지내면서 정보를 교환했는데. 우린 서로를 미워하지 않아. 각자의 종족은커녕 우리들조차 서로 싸워야 할 이유가 없어!"

선장은 숨을 쉬기 위해 잠시 말을 멈추고 노려보았다. 토미 도트도 슬쩍 손을 우주복 벨트에 얹었다. 그는 이 계략이 성공하길 기원하며 기다렸다.

헬멧폰에서 보고가 들렸다.

"선장님께서 말씀하신 게 다 맞는 말이랍니다. 하지만 그도 우리와 마찬가지로 자기들 종족을 지켜야 한답니다."

"당연하지!"

선장이 성내며 말했다.

"하지만 어떻게 지킬 것인지 잘 생각하는 게 이성적인 일이야! 종족의 미래를 싸움에 걸겠다는 것은 이성적이지 않아. 물론 두 종족은 상대방의 존재를 알아야 해. 그건 맞는 말이야. 하지만 상대가 전쟁을 바라지 않고 친교를 원한다는 증거도 필요하지. 게다가 상대를 찾을 수 없으면서도 신뢰의 기반을 닦기 위해 통신은 할 수 있어야 돼. 정부가 바보 같은 짓을 하려고 한다면, 그러라고 해! 하지만 우리는 서로 낙담하고 우주 전쟁을 벌이는 대신, 친구가 될 기회를 만들어야 돼!"

잠시 후에 우주 통신기에서 말했다.

"지금은 상대를 믿기가 어렵다고 합니다. 종족의 존망이 위태로운 이상, 저들이 더 유리할지 어떨지는 운에 맡길 수 없고, 저희도 그럴 수 없을 거랍니다."

"하지만 우리 종족은,"

외계 선장을 쏘아보는 선장의 목소리가 크게 울렸다.

"이제 유리한 점이 있지. 우린 원자력 우주복을 입고 왔어! 떠나기 전에 추진장치를 손봤지! 우린 각자 10파운드씩 반응성 연료를 흩뿌릴 수 있어. 이 배 안에서도, 우리 배의 원격 조종으로 할 수 있어! 당신들의 연료 탱크가 우리와 함께 폭발하지 않는다면 인정해주지! 그러니까, 지금 처한 곤경에 대한 내 제안을 받아들이지 않는다면, 도트와 나는 핵폭발을 일으킬 테고, 당신들의 배는 파괴되거나 난파할 거야. 그리고 랜버본은 폭발이 일어나자마자 전면 공격을 시작할 거야!"

외계 우주선의 선장실은 기묘하게도 조용했다. 흐릿한 붉은 빛 속에서, 아가미로 호흡하는 이상하게 생긴 대머리의 외계인들이 선장을 보면서 그들이 들을 수 없는 장광설이 인간에게 들리지 않는 방식으로 번역되기를 기다렸다. 그러다 갑작스런 긴장감이 감돌았다. 날카롭고 잔인한 긴장이었다. 외계인 선장이 몸짓을 했다. 헬멧폰이 웅얼거렸다.

"그가, 선장님의 제안이 뭐냐고 합니다."

"배를 교환하는 것!"

선장은 외쳤다.

"배를 바꿔 타고 돌아가는 거야! 우리는 당신들이 미행하지 못하도록 장비를 수정할 수 있고, 당신들도 마찬가지야. 각자 성도와 좌표를 삭제하는 거지. 무기도 각자 해체하고. 공기도 그대로 사용할 수 있으니까 우린 당신들 배를, 당신들은 우리 배를 타면, 아무도 다치지 않고 서로를 추적할 수도 없고, 가져가지 못했을지도 모르는 많은 정보를 가지고 돌아갈 수 있어! 또 하나 협의할 수 있는 건, 쌍성이 한 번 공전한 다음 이 계성운에서 다시 만나기로 하는 거야. 다시 만나고 싶으면 그럴 수도 있고, 겁이 난다면 숨으면 돼! 이게 내 제안이야! 받아들이지 않겠다면, 도트와 내가 이 배를 폭파시키고, 남는 것마저 랜버본이 날려버리도록 하겠어!"

그는 주위의 작고 단단한 자들에게 그의 말이 번역되어 도달하는 동안 주변을 둘러보았다. 긴장된 분위기의 변화로 말이 전해졌음을 알 수 있었다. 외계인들은 동요했다. 그들은 몸짓을 취했다. 그들 가운데 하나는 발작적인 움직임을 보였다. 다른 자들은 벽에 기대어 떨었다.

토미 도트의 헬멧폰에 들리는 목소리는 전에는 아주 딱딱하고 전문적이었지만, 이제는 놀라서 멍한 듯했다.

"그의 말이, 훌륭한 연기였답니다. 왜냐하면, 선장님이 지나치셨던 저희 배로 보내진 두 승무원도 우주복에 핵폭탄을 장비하고 있고, 그도 같은 제안과 협박을 생각하고 있었기 때문이라고 합니다! 물론 그는 받아들이겠답니다, 선장님. 그들에겐 저희 우주선이 자기들 우주선보다 더 가치 있고, 우리에겐 그들의 우주선이 랜버본보다 가치가 있을 테니, 좋은 거래가 될 것 같다고 합니다."

그제서야 토미 도트는 한 외계인의 발작적인 움직임이 무엇인지 깨달았다. 그것은 웃음이었다.

그것은 선장이 말로 정리한 것처럼 간단한 일이 아니었다. 제안을 실제로 실행하는 것은 복잡한 일이었다. 사흘 동안 두 배의 승무원들이 뒤섞여서, 외계인들은 랜버본의 엔진의 동작을 배우고 인간들은 검은 우주선의 조종법을 배웠다. 선장의 연설은 훌륭한 허세였지만, 순전히 허세였던 것만은 아니었다. 검은 배에는 인간이, 랜버본에는 외계인이 상주해서 언제든 문제가 생기면 우주선을 폭파시킬 준비를 하고 있었다. 필요하면 언제든 폭파시켰겠지만, 그럴 까닭이 없었다. 혼자 돌아가는 것보다는 현재의 합의 아래에서 두 탐사대가 각각 두 문명으로 돌아가는 것이 더 나았다.

하지만 의견 차이는 있었다. 특히 기록의 삭제에 관한 몇 가지 논쟁이 있었다. 대개는 기록을 없애는 쪽으로 결론이 났다. 그런데 랜버본의 책들과 외계인의 도서관에 해당하는 것에 담겨 있는, 지구로 치자면 소설과 비슷한 작품들에 대한 문제가 생겼다. 그것들은 서로에게 두 문화에 관한 광고성 없는 평범한 시민의 관점을 보여줄 것이기 때문에, 친교를 다지는 데에는 매우 값진 것들이었다.

그 사흘간 분위기는 긴장되어 있었다. 외계인들은 검은 배의 인간들을 위한 식료품을 풀고 조사했다. 인간은 외계인들이 고향으로 돌아가는 동안 필요한 식료품을 옮겼다. 교환될 승무원들의 시각에 맞게 조명 설비를 교체하는 것부터, 장비의 마지막 점검까지 세부사항은 끝이 없었다. 두 종족의 합동조사단이 모든 위치 탐지 장비가 없어지지 않고 파괴되었는지 확인했다. 그것들을 몰래 숨겨두고 추적하는 데 사용하지 않도록 하기 위해서였다. 그리고 물론, 외계인들은 검은 우주선에, 인간은 랜버본에 어떤 쓸 만한 무기도 남겨두지 않으려고 했다. 재미있는 건, 합의를 어길 수 없게 하기 위한 이 과정에 동원된 요원들이 가장 유능한 자들이라는 점이었다.

두 배가 떠나기 전에, 랜버본의 통신실에서 마지막 회의가 있었다.

"땅꼬마한테 전하시오."

랜버본의 선장이었던 사람이 나직이 말했다.

"좋은 배니까 조심해서 다루라고."

메시지 통은 단어 카드를 튕겨냈다. 그 카드는 외계인 선장을 대신해 말했다.

"제 생각엔, 당신의 지금 배도 이 배만큼 훌륭할 겁니다. 저는 쌍성이 한 번 공전한 다음 여기서 다시 만나길 희망합니다."

랜버본에서 마지막 승무원이 떠나왔다. 그들이 검은 배에 도착하기 전에 랜버본은 안개 낀 성운 속으로 사라졌다. 검은 배의 화면은 인간의 눈에 맞게 수정되었고, 그들의 새로운 배가 미친 듯이 성운 가장자리로 탈출하는 궤도를 그리고 있는 동안, 인간 승무원들은 경계하며 옛날 배의 어떤 흔적이라도 찾아보려고 애썼다. 우주선은 공허한 크레바스로 나와 별들을 향했다. 그것은 재빨리 열린 공간으로 떠올랐다. 오버드라이브 장이 활성화될 때의 순간적인 숨가쁨과 함께, 검은 배는 광속보다 몇 배 빠른 속도로 진공으로 돌진했다.

여러 날이 지나고, 선장은 토미 도트가 책에 해당하는 신기한 물건들 가운데 하나를 열심히 보고 있는 것을 발견했다. 그 책들에 대해 골똘히 생각하는 것은 매우 재미있는 일이었다. 선장은 만족스러웠다. 랜버본에서 건너온 기술자들은 배에 관한 매력적인 사실들을 시시각각 알아내고 있었다. 의심의 여지 없이 외계인들도 랜버본에서 그들의 발견에 기뻐할 것이다. 그러나 인간에게 검은 배는 엄청난 가치가 있었다. 그리고 이 해결책은 어떤 기준에서든 지구인들이 전투에서 압도적으로 승리했을 경우보다 더 나은 것이었다.

"흐음, 도트 씨."

선장은 예의 바르게 말했다.

"돌아가는 길에는 사진 기록을 남길 장비가 없소. 랜버본에 두고 왔으니까. 하지만 다행히 당신이 남긴 기록들은 챙겨 왔소. 그리고 당신의 제안과 그 제안을 직접 행동한 점에 대해서는 보고서에 높게 평가하겠소. 나는 당신을 아주 좋게 생각하오."

"감사합니다."

토미 도트는 기다렸다. 선장은 헛기침을 했다.

"당신은……, 음…… 처음으로 외계인과 우리들의 정신적인 과정이 유사하다는 것을 깨달았소. 만일 우리가 약속한 대로 성운에서 다시 만난다면 우호적인 협정을 맺을 전망이 있을 것 같소?"

토미는 말했다.

"아, 두 종족은 아주 잘 지내게 될 겁니다. 친교를 위한 좋은 첫걸음을 내디뎠으니까요. 어차피 그들은 적외선으로 보기 때문에, 그들이 살기에 적합한 행성은 저희에게는 맞지 않습니다. 그러니 같이 지내지 못할 이유가 없습니다. 게다가 심리적으로는 별 차이도 없습니다."

"흐음. 그건 정확히 어떤 의미요?"

선장은 물었다.

"그러니까, 그들이 저희와 너무 비슷하다는 말입니다! 물론 아가미로 호흡하고 열파를 보고, 피는 철 대신 구리를 기반으로 하고 있고, 등등의 세부사항이 있긴 합니다. 하지만 다른 부분은 저희와 다를 게 없습니다! 그들의 승무원은 모두 남자들뿐이었지만 저희처럼 양성이고, 가족도 있고, 그리고…… 음……, 유머 감각은 사실……"

토미는 주저했다.

"계속하시오."

선장이 말했다.

"글쎄요……, 제가 '벅'이라고 부른 자가 있었습니다. 음파로 변환할 수 있는 이름은 없었기 때문입니다. 저흰 꽤 잘 지냈습니다. 친구라고 불러도 될 정도로요. 저희는 두 배가 떨어지기 직전에 한동안 같이 있었는데, 달리 할 일이 없었습니다. 그때 저는 인간과 외계인이 약간의 기회만 주어지면 좋은 친구가 될 수밖에 없다는 걸 확신하게 되었습니다. 사실, 저희는 그 두 시간 동안 질펀한 농담을 주고받았거든요."

Richard Matheson Born of Man and Woman

리처드 매디슨 지음 : 고호관 옮김

남자와 여자의 소산

X- 이날 날이 밝자 엄마는 날 구역질 나는 놈이라고 불렀다. 이 구역질나는 놈, 하고 엄마는 말했다. 엄마의 눈 속에서 분노가 엿보였다. 나는 구역질이 뭔지 궁금해졌다.

이날 위층에서 물이 떨어져 내려왔다. 사방에서 느껴졌다. 나는 봤다. 작은 창문을 통해 본 뒤쪽의 땅. 땅은 목마른 입술처럼 물을 빨아들였다. 땅은 물을 너무 많이 마셔 아픈지 질퍽한 갈색으로 변했다. 맘에 안 들었다.

엄마는 예쁜이였다. 난 알았다. 내가 잠자는 곳은 차가운 벽으로 둘러싸여 있었는데 난로 뒤에 종이로 된 게 있었다. 그 위에는 영화배우라고 쓰여 있었다. 난 거기서 엄마와 아빠처럼 생긴 얼굴을 봤다. 아빠는 그 사람들이 예쁘다고 말했다. 한 번 그런 적이 있었다.

그리고 아빠는 엄마도 그랬다고 말했다. 엄마는 정말 예쁘고 나도 충분히 괜찮다고 말했다. 널 봐라, 아빠는 말했다. 잘생긴 얼굴이 아니야. 나는 아빠의 팔을 건드리면서, 갠찮아요 아빠, 하고 말했다. 아빠는 고개를 젓더니 내 손이 닿지 않는 곳으로 멀어졌다.

오늘 엄마가 나를 잠깐 쇠사슬에서 풀어주어서 작은 창문 밖을 볼 수 있었다. 그래서 위에서 물이 떨어지는 걸 보았다.

XX- 이날은 위층이 황금빛이었다. 그쪽을 보니까 눈이 아파서 알았다. 그쪽을 보고 천장을 보니 빨갰다.

교회에 가는 것 같았다. 위층에서 사람들이 떠난다. 커다란 기계가 사람들을 삼키더니 굴러가버렸다. 뒷부분에는 작은엄마가 있다. 작은엄마는 나보다 훨씬 작다. 나는 맘대로 작은 창문 밖을 실컷 볼 수 있다.

이날 어두워졌을 때 나는 음식과 벌레 몇 마리를 먹었다. 위층에서는 웃음소리가 들린다. 왜 그렇게 웃는 건지 알고 싶다. 난 벽에 걸린 쇠사슬을 풀어 내 몸에 감았다. 난 계단을 향해 철벅철벅 걸었다. 계단을 오르자 삐걱거리는 소리가 난다. 발을 미끄러뜨리며 걷는다. 왜냐하면 나는 계단을 걸어 오르고 싶지 않았기 때문이다. 내 발은 나무에 꼭 붙어 있다.

나는 위로 올라가 문을 열었다. 하얀 곳이 나왔다. 가끔씩 위층에서 나오던 하얀 보석처럼 하얬다. 난 들어가서 조용히 섰다. 웃음소리가 더 들린다. 나는 그 소리에 대고 이야기하며 사람들 쪽을 바라본다. 생각보다 사람이 많았다. 난 그 사람들과 함께 웃어야 한다고 생각했다.

엄마가 나와 문을 밀어서 닫았다. 문이 날 때렸고 아팠다. 난 부드러운 바닥에 등 쪽으로 넘어졌다. 쇠사슬이 시끄러운 소리를 냈다. 나는 울었다. 엄마는 날카로운 비명 소리를 내더니 손으로 입을 막았다. 엄마 눈이 커졌다.

엄마는 나를 보았다. 난 아빠가 부르는 소리를 들었다. 뭐가 떨어졌어, 하고 말했다. 엄마는 다림질판이 넘어졌다고 말했다. 와서 들어줘요, 하고 엄마가 말했다. 아빠가 와서 그게 뭐가 무겁다고, 하고 말했다. 아빠는 나를 보더니 눈을 크게 떴다. 성난 눈이었다. 아빠는 날 때렸다. 내 한쪽 팔에서 물 같은 게 떨어져 바닥에 흘렀다. 보기 좋지 않았다. 바닥에 흉하게 녹색 얼룩이 생겼다.

아빠는 지하실로 내려가라고 했다. 난 말을 들어야 했다. 이제 불빛 때문에 눈도 아팠다. 지하실하고는 많이 달랐다.

아빠는 내 다리와 팔을 묶었다. 날 침대에 눕혔다. 검은 거미 한 마리가 천장에서 흔들리며 내 쪽으로 내려오는 걸 조용히 누워서 보는 동안 위층에서는 웃음소리가 들렸다. 난 아빠가 뭐라고 말했는지 생각했다. 오, 맙소사, 하고 말했다. 그리고 이제 겨우 여덟 살인데, 라고도 말했다.

XXX - 이날 빛이 생기기 전에 아빠가 쇠사슬을 다시 박았다. 난 다시 쇠사슬을 빼야 한다. 아빠는 내가 위층에 올라간 게 잘못이라고 말했다. 아빠는 한 번만 더 그러면 세게 때려주겠다고 했다. 아팠다.

난 아팠다. 그날 나는 차가운 벽에 머리를 기대고 잤다. 난 위층의 하얀 곳을 생각했다.

XXXX - 나는 쇠사슬을 벽에서 빼냈다. 엄마는 위층에 있었다. 작고 아주 높은 웃음소리가 들렸다. 난 창밖을 보았다. 난 작은엄마와 작은아빠 같은 작은 사람들을 보았다. 예뻤다.

그들은 멋진 소리를 내면서 땅 위를 뛰어다니고 있었다. 다리도 튼튼하게 움직였다. 마치 엄마와 아빠 같았다. 엄마 말로는 멀쩡한 사람들은 저렇게 생겼다고 한다.

작은아빠 중 하나가 나를 봤다. 창문을 가리켰다. 난 물러나 그늘진 벽 아래로 내려갔다. 내가 보이지 않게 몸을 오그렸다. 창문 옆에서 말소리와 뛰어가는 발소리가 들렸다. 위층에서 문을 두들겼다. 난 작은엄마가 위층에 소리치는 걸 들었다. 무거운 발소리가 들렸고 난 잠자는 곳으로 후다닥 뛰어갔다. 난 쇠사슬을 벽에 박고 내 앞에 내려놓았다.

엄마가 내려오는 소리가 들렸다. 창밖을 봤냐, 하고 엄마가 말했다. 화난 목소리였다. 창문에 가까이 가지 마. 쇠사슬을 또 뺐구나.

엄마는 막대기를 들고 날 때렸다. 난 울지 않았다. 울 수 없었다. 하지만 액체가 흘러 침대를 전부 적셨다. 엄마는 그걸 보더니 몸을 돌리고 소리쳤다. 오 하나님 맙소사, 엄마는 말했다. 왜 제게 이런 시련을 주시나요? 난 막대기가 돌바닥에 튀는 소리를 들었다. 엄마는 위층으로 뛰어올라갔다. 난 잠을 잤다.

XXXXX – 이날은 다시 물이 떨어졌다. 엄마가 위층에 있을 때 난 작은엄마가 천천히 계단을 내려오는 소리를 들었다. 작은엄마가 날 보면 엄마가 화를 낼 거라서, 난 석탄통에 숨었다.

작은엄마는 살아 있는 조그만 걸 하나 갖고 있었다. 팔 위를 걸어다녔고 귀가 뾰족했다. 작은엄마는 그것에게 뭐라고 말을 했다.

다 괜찮았는데 그 살아 있는 물체가 내 냄새를 맡았다. 그건 석탄통

위로 올라와 날 내려보았다. 털이 곤두섰다. 목구멍에서는 으르렁거리는 소리를 냈다. 난 쉿 했지만 그것은 내 위로 뛰어내렸다.

난 그걸 해치고 싶지 않았다. 그게 쥐보다 더 아프게 물어서 난 무서워졌다. 난 아팠고 작은엄마는 소리를 질렀다. 난 그 살아 있는 걸 꽉 쥐었다. 그것은 내가 한 번도 들어보지 못한 소리를 냈다. 난 그걸 꽉 눌렀다. 그것은 까만 석탄 위에 빨간 덩어리가 되었다.

엄마가 불렀을 때 난 거기 숨었다. 막대기가 무서웠다. 엄마는 가버렸다. 그걸 가지고 석탄통에서 기어나왔다. 난 내 베개 아래에 그걸 숨기고 그 위에서 쉬었다. 쇠사슬은 다시 벽에 박았다.

XXXXXX – 또 그런 날이다. 아빠는 쇠사슬로 날 단단히 묶었다. 아빠가 때려서 아팠다. 이번에는 내가 막대기를 뺏고 소리를 질렀다. 아빠는 물러났다. 얼굴이 하얬다. 아빠는 내가 자는 방에서 나갔고 난 문을 잠갔다.

별로 기쁘지 않았다. 그 안은 하루 종일 추웠다. 쇠사슬은 천천히 벽에서 빠져나왔다. 그리고 난 엄마와 아빠에게 무척 화가 났다. 엄마 아빠에게 보여줄 거다. 저번에 했던 걸 다시 할 거다.

난 시끄럽게 소리치고 크게 웃을 거다. 벽 위를 뛰어다닐 거다. 마지막으로는 다리로 매달려 머리를 거꾸로 하고 웃으면서 바닥을 녹색 액체로 뒤덮어줄 거다. 내게 친절하지 않은 게 미안할 때까지.

만약 다시 날 때리려고 하면 엄마 아빠를 아프게 할 거다. 정말이다.

커밍 어트랙션

Fritz Leiber **Coming Attraction**

프리츠 라이버 지음
고호관 옮김

펜더(범퍼)에 낚싯바늘을 용접해 붙인 쿠페 한 대가 마치 악몽을 직감하듯 굽은 길에서 나타났다. 차가 가는 경로에 있던 여자가 그 자리에 얼어붙었다. 가면에 가려진 얼굴은 아마도 공포로 굳어 있었을 것이다. 이번만큼은 내 반사신경이 가만히 있지 않았다. 나는 재빨리 여자에게 다가가 팔꿈치를 붙들고 뒤로 잡아당겼다. 여자의 검은 치마가 펄럭거렸다.

커다란 쿠페는 웅웅거리는 터빈 소리와 함께 쏜살같이 옆을 스쳐 지나갔다. 세 명의 얼굴이 흘깃 보였다. 뭔가가 찢어졌다. 차가 다시 도로로 들어서며 내 발목에 뜨거운 배기가스를 내뿜었다. 덜컹거리는 뒤꽁무니에서 검은 꽃과 같은 두터운 연기가 피어나왔다. 낚싯바늘에서는 희미하게 빛나는 검은 천이 펄럭였다.

"걸렸나요?"

나는 여자에게 물었다. 여자는 몸을 들어 치마가 찢겨나간 곳을 보았다. 여자는 나일론 타이츠를 입고 있었다.

"치마만 걸린 모양이에요."

여자가 떨리는 목소리로 말했다.

"운이 좋았나 봐요."

우리 주변에서 사람들의 목소리가 들렸다.

"저 녀석들! 다음엔 또 무슨 짓을 저지를까?"

"저 자식들은 골칫거리예요. 전부 다 체포해버려야 하는데."

쿠페가 지나가자 사이렌 소리가 높아지면서 경찰 두 명이 탄 경찰차가 로켓 엔진을 켜고 우리 쪽을 향해 총알처럼 달려왔다. 하지만 검은 꽃망울 같은 연기는 이미 먹물 같은 안개가 되어 거리를 덮어버린 뒤였다. 경찰차는 로켓을 브레이크로 전환해 제동을 걸며 차를 돌려 잿빛 구름 근처에 세웠다.

"영국인이세요?"

여자가 물었다.

"말투가 영국식이네요."

매끄러운 검은 새틴 가면 뒤에서 흘러나오는 여자의 목소리는 오싹했다.

나는 그녀의 이가 맞부딪치는 모습을 상상했다. 어쩌면 푸른색일지 모르는 두 눈은 가면의 눈 부위를 덮고 있는 검은 거즈 뒤에서 내 얼굴을 살폈다. 난 맞다고 대답했다. 여자가 내 곁으로 가까이 붙었다.

"오늘밤 저희 집에 오실래요?"

여자가 재빨리 물었다.

"지금은 어떻게 감사를 드려야 할지 모르겠어요. 그리고 절 도와주셨으면 하는 일도 있고요."

아직 가볍게 여자의 허리를 두르고 있던 팔을 통해 그녀의 몸이 떨리는 게 느껴졌다.

"물론이죠."

여자는 내게 인페르노 남쪽에 있는 한 주소와 아파트 호수와 시간을 알려주었다. 그녀가 내 이름을 물어서 나는 대답해주었다.

"어이, 당신!"

난 경찰관이 외치는 소리에 순순히 고개를 돌렸다. 그는 흥미롭게 구경하는 가면 쓴 여자와 맨 얼굴의 남자들을 쫓아냈다. 검은 쿠페가 토해낸 연기 때문에 기침을 하며 그는 내게 증명서를 요구했다. 나는 기본적인 것들을 건넸다.

그는 증명서를 보고는 다시 내게 눈을 돌렸다.

"영국에서 온 물물거래상? 뉴욕에는 얼마나 머물 거요?"

나는 "가능한 짧게요"라고 대답하고 싶은 욕구를 억누르며 일주일 정도라고 대답했다.

"증인이 필요할지도 모르는데."

그가 설명했다.

"저 녀석들은 우리에겐 연기를 쓰지 못하거든. 그러면 우리가 잡아들이니까."

경찰은 연기를 내뿜은 게 나쁜 짓이라고 생각하는 듯했다.

"그자들은 저 여자분을 죽이려 했는데요."

내가 지적했다.

그는 고개를 저었다.

"걔네들은 언제나 그럴 것처럼 굴지만 실제로는 그냥 치마를 낚아채려고 할 뿐이야. 한번은 방에 50개나 되는 치마 쪼가리를 쌓아두고 있는 놈을 잡은 적도 있다니까."

난 내가 그 여자를 끌어내지 않았다면 낚싯바늘이 아니라 차에 치였을 거라고 설명했다. 하지만 그가 끼어들며 말했다.

"만약 그 여자가 실제로 살인의 위협을 느꼈다면 여기 머물렀겠지."

나는 주위를 둘러보았다. 그랬다. 여자는 없었다.

"겁을 많이 먹었을 겁니다."

내가 말했다.

"누군들 안 그렇겠나? 스탈린이라도 그 꼬마들은 무서워했을걸."

"단순히 꼬마에 놀란 것 같지는 않다는 말입니다. 그자들은 꼬마처럼 생기지 않았어요."

"어떻게 생겼는데?"

나는 그 세 명의 얼굴을 묘사하려고 애썼지만 별다른 성과는 없었다. 희미하게나마 악의적이고 여자 같은 인상을 받았다는 사실은 큰 의미가 없었다.

"흠. 뭐 내가 틀렸을 수도 있겠지."

마침내 그가 말했다.

"그 여자를 아나? 어디 사는지?"

"아니요."

반쯤은 거짓말이었다.

다른 경찰관이 무전기를 끄더니 흩어지는 연기를 발로 차대며 천천히 우리 쪽으로 걸어왔다. 이제는 더 이상 검은 연기가 5년 전에 방사능 섬광에 화상을 입은 건물들의 거무죽죽한 겉모습을 가려주지 않았다. 이제 토막난 손가락처럼 인페르노 위로 솟구쳐 있는 엠파이어스테이트 빌딩의 기단부가 멀리 서 있는 모습도 알아볼 수 있었다.

"아직도 못 잡았대."

다가오던 경찰이 투덜거렸다.

"라이언이 그러는데 다섯 블록이나 연기를 뿌렸다는 거야."

첫 번째 경찰관이 고개를 저었다.

"안 좋은걸."

그는 진지한 표정으로 말했다.

나는 약간 불편하고 부끄러웠다. 영국인은 거짓말을 해서는 안 된다. 최소한 충동적으로는.

"꽤나 성가신 손님이구먼."

첫 번째 경찰이 아까처럼 굳은 어조로 말했다.

"증인이 필요하겠어. 아무래도 당신, 뉴욕에 예정보다 오래 머물어야 할 것 같군."

나는 무슨 뜻인지 알아채고 말했다.

"증명서를 다 보여드리는 걸 깜빡했군요."

그리고 서류 몇 장을 건네며 그 안에 5달러짜리 지폐를 끼웠다.

잠시 후 서류를 돌려주는 경찰의 목소리는 더 이상 불길하게 들리지 않았다. 내가 느낀 죄책감도 사라졌다. 난 이 호의적인 관계를 공고히 하기 위해 경찰 일에 대해 잠시 잡담을 나누었다.

"가면이 골칫거리가 되는 모양이군요."

나는 말했다.

"영국에 있을 때 가면을 쓴 여자 무법자 무리가 나타났다는 소식을 읽었어요."

"그건 과장된 얘기야."

첫 번째 경찰이 강한 어조로 말했다.

"여자처럼 가면을 쓴 남자들이 진짜 골칫거리지. 이봐, 그래도 우리한테 걸리면 인정사정 안 봐준다고."

"그리고 마치 가면을 안 쓰기라도 한 것처럼 여자를 구별할 수 있게 돼."

두 번째 경찰이 나시시 말했다.

"거 알잖아, 손이나 뭐 그런 걸로."

"특히 그런 걸로 말이지."

첫 번째 경찰이 킬킬거리며 동의했다.

"어이, 영국에서는 가면을 안 쓰는 여자도 있다는 게 사실인가?"

"꽤 많은 여자들이 그 패션에 대해 알고는 있습니다."

나는 말했다.

"하지만 아무리 이상해도 최신 유행이라면 꼭 따라해보는 사람들 몇 명 정도만 그렇게 하죠."

"영국 뉴스를 보면 가면을 쓰고 나오던데."

"그건 미국인의 취향을 존중하는 뜻에서 일부러 한 걸 겁니다."

난 솔직히 털어놓았다.

"실제로는 가면을 쓰는 사람이 거의 없어요."

두 번째 경찰이 내 말을 듣더니 잠시 생각에 잠겼다.

"목 위로 맨살을 드러낸 채 길거리를 걷는 여자들이라."

그가 그런 상황을 흥미롭게 생각하는지 도덕적으로 혐오하는지는 분명하지 않았다. 아마도 양쪽 모두이리라.

"어떤 사람들은 의회를 설득해서 가면 쓰는 걸 법으로 금지시키려고 해요."

괜한 말인가 싶었지만 나는 말을 이었다.

두 번째 경찰이 고개를 저었다.

"생각하는 거 하고는. 가면은 꽤 좋은 물건이라고, 이 친구야. 몇 년 뒤에 난 아내가 집 안에서도 쓰고 다니게 만들 거야."

첫 번째 경찰이 어깨를 으쓱했다.

"여자들이 가면을 안 쓴다고 해도 6주만 지나면 차이점을 느끼지 못할걸. 뭔가를 하건 하지 않건 그러는 사람이 많아지면 어떤 것에든 적응하게 마련이야."

나는 다소 씁쓸하게 동의한 채 그들과 헤어졌다. 브로드웨이에서 북쪽으로(아마도 과거의 10번가라고 생각되는 곳에서) 방향을 꺾고, 인페르노를 벗어날 때까지 빠르게 걸었다. 방사능 오염이 제거되지 않은 구역을 지나갈 때는 언제나 구역질이 난다. 난 영국에는 아직 이런 곳이 없다는 사실에 신께 감사했다. 거리는 거의 비어 있었지만, 거지 몇 명이 말을 걸어왔다. 얼굴에는 H-폭탄이 남긴 흉터로 구멍이 나 있었지만, 진짜인지 분장한 건지는 구별할 수 없었다. 뚱뚱한 여자 한 명이 손가락과 발가락 사이에 물갈퀴가 있는 아기를 내밀었다. 난 그 아기는 어차피 기형아가 됐을 운명이며, 아기 엄마는 폭탄으로 인한 돌연변이에 대한 우리의 공포를 이용해 돈을 벌고 있을 뿐이라고 스스로 되뇌었다. 하지만 난 아기 엄마에게 7.5센트짜리 조각을 하나 주고 말았다. 그 여자가 쓰고 있던 가면 때문에 마치 아프리카의 물신에게 공물을 바치는 기분이었다.

"선생님의 아기가 모두 머리 하나와 눈 두 개를 갖고 태어나길 기원합니다."

"고마워요."

나는 대답하고는 몸을 떨며 서둘러 그 여자를 지나쳤다.

"……가면 뒤에는 오로지 쓰레기만이 있을 뿐이니 고개를 돌리고 본분에 충실하라. 여자들에게서 멀어져라, 멀어져라…….'

이 마지막 구절은 '신사들의 신전'의 상징인 원과 십자가에서 반 구역 떨어진 곳에서 종교주의자들이 부르는 안티섹스 노래의 마시막 부분이었다. 그들을 보니 아주 약간일 뿐이지만 영국의 수도사들이 떠올랐다. 그들의 머리 위로는 소화하기 쉬운 음식, 레슬링 교습, 라디오 핸디 따위의 광고판이 뒤범벅되어 있었다.

나는 썩 유쾌하지 않은 매혹에 이끌려 그 우스꽝스러운 광고문구를 바라보고 있었다. 미국에서는 광고에 여성의 얼굴과 몸을 쓰는 일이 금지되었기 때문에 문구의 글자 자체에 성적인 암시가 잔뜩 들어가기 시작했다. 살찐 배에 가슴이 큰 대문자 B, 외설적으로 그려진 O 두 개 등등. 그러나 난 기이하게도 미국에서 섹스를 강조하는 건 대부분 가면이라는 사실을 되새겼다.

영국의 인류학자들이 지적하기를 성적인 흥미의 대상이 엉덩이에서 가슴으로 옮겨가는 데 5000년이 걸린 반면, 다음 단계인 얼굴로 옮겨가는 데는 50년도 걸리지 않았다고 했다. 미국식 치장법을 이슬람 전통과 비교하는 건 합당치 않다. 이슬람 여자들이 베일로 얼굴을 가리는 건 강요받은 것이고 남편이 개인 재산을 지키기 위한 것이 목적이다. 반면에 미국 여성들은 오로지 패션에 대한 강박증만이 있을 뿐이고, 신비감을 조성하기 위해 가면을 사용한다.

이론은 그렇다 치고, 이 유행의 실제 기원은 제3차 세계대전에서 찾을 수 있다. 당시 방사능을 막기 위해 입던 옷은 오늘날 엄청나게 인기 있는 스포츠인 가면 레슬링으로 이어졌고, 곧이어 지금의 여성 패션으로 이어졌다. 처음에는 엉뚱한 유행에 불과했지만 가면은 빠른 속도로 브래지어나 립스틱이 세기 초에 그랬던 것처럼 필수적인 요소가 되었다.

마침내 나는 내가 일반적인 가면에 대해 생각하는 게 아니라 어떤 특정한 가면 뒤에 놓여 있는 것에 대해 생각하고 있다는 사실을 깨달았다. 그게 바로 가면의 사악한 점이다. 여자가 사랑스러움을 과장하는지 못생긴 얼굴을 감추고 있는지 절대로 알 길이 없다. 오로지 크게 뜬 두 눈에서만 두려움을 느낄 수 있었던 근사하고 예쁜 얼굴을 마음속에 그렸다. 그러자 검은 새틴 가면과 대조되던 그녀의 풍성한 금발머리가 떠올랐다. 그 여자는 오후 10시에 찾아오라고 이야기했다.

나는 영국 영사관 옆에 있는 내 아파트로 올라갔다. 엘리베이터 통로는 예전의 폭발 때문에 기울어져 있었는데, 이건 뉴욕 고층건물들의 성가신 점이었다. 다시 나가야 한다는 사실을 깨닫기도 전에 나는 자동적으로 셔츠 아래에 붙어 있던 필름 조각을 떼어냈다. 나는 만약에 대비해 필름을 현상했다. 필름은 내가 오늘 노출된 방사능의 양이 안전한 범위 안에 있는지 보여주었다. 오늘날 아주 많은 사람들이 병적으로 두려워하는 것과 달리 난 공포증 따위는 없었지만, 굳이 위험을 무릅쓸 필요는 없었다.

나는 소파 겸 침대에 털썩 주저앉아 비디오 세트의 어두운 화면과 조용한 스피커를 바라보았다. 언제나처럼 그건 나에게 다소 씁쓸한 심정으로 강대한 두 국가에 대해 생각하게 했다. 서로 큰 타격을 입혔지만 아직은 강력한 그들은 불가능한 평등과 불가능한 성공에 대한 각자의 꿈으로 이 행성을 오염시키고 있는 불구의 거인이었다.

나는 초조하게 스피커를 켰다. 다행히도 뉴스캐스터가 인공강우로 적시고 비행기로 씨를 뿌린 건조지대에서 밀 풍년이 예상된다는 소식을 들뜬 말투로 전하고 있었다. 나머지 방송도(놀랍게도 러시아인들의 전파 방해를 받지 않았다) 주의 깊게 들었지만 흥미로운 소식은 없었다. 그리고 당연하게도 달에 관한 언급은 없었다. 미국과 러시아가 자신들의 기지를 서로 공격할 수 있고, 알파벳 약자로 시작하는 폭탄을 지구에 떨어뜨릴 수 있는 요새로 개발하려고 경주하고 있다는 사실은 누구나 알았지만. 나 역시 내가 미국산 밀과 교환하려는 영국의 전자장비가 우주선을 만드는 데 쓰일 예정이라는 사실을 잘 알고 있었다.

뉴스를 껐다. 밖은 어두워지고 있었다. 나는 가면 뒤에 감춰진 부드럽고 두려움에 질린 얼굴을 다시 한 번 상상했다. 영국을 떠난 후로 데이트라고는 해보지를 못했다. 살짝 미소만 지어도 종종 여자들이 경찰을 소리쳐 불러대는——점점 강화되는 청교도적인 윤리와 밤길을 배회하는 깡패들 때문에 어두워진 뒤에는 여자들이 집 밖으로 나갈 엄두를 내지 못한다는 건 말할 것도 없고——이 미국이란 곳에서는 여자와 안면을 트기가 매우 힘들었다. 그리고 사실 가면은 소련의 주장처럼 자본주의의 타락이 만든 마지막 발명품까지는 분명 아니지만 커다란 심리학적 불안감의 표현이긴 했다. 러시아인들은 가면을 쓰지 않았다. 하지만 러시아인들에게도 스트레스로 인한 그들만의 뭔가가 있었다.

나는 창문으로 가 어둠이 짙어지는 것을 초조하게 바라보았다. 난 평정을 잃어가고 있었다. 잠시 뒤 희미한 보라색 구름이 남쪽에서 나타났다. 머리카락이 쭈뼛 섰다. 난 곧 웃음을 터뜨렸다. 잠시 동안 그게 지옥Hell의 폭탄이 만들어낸 방사능 구름이라고 생각했던 것이다. 인페르노 남쪽의 오락시설과 주거지역 위의 하늘에서 전파 때문에 생긴 빛나는 구름이라는 사실을 바로 눈치챘어야 했다.

10시가 되자마자 나는 아직 정체도 모르는 여자친구의 아파트 문 앞에 서 있었다. 전자식 방문자 확인 장치가 누군지 물었다. 나는 그 여자가 내 이름을 입력해두었는지 궁금해 하면서 "와이스텐 터너"라고 또박또박 대답했다. 문이 열린 것으로 보아 입력해둔 모양이었다. 나는 아무도 없는 조그만 거실로 걸어 들어갔다. 심장이 살짝 뛰었다.

거실은 최신 공기 방석과 깔개 등의 값비싼 가구로 꾸며져 있었다. 탁자 위에는 작은 판형의 책 몇 권이 있었는데, 내가 집어든 책은 여성 살인자 두 명이 서로 총을 쏴대는 내용이 담긴 일반적인 하드보일드 탐정 소설이었다.

텔레비전이 켜져 있었다. 녹색 옷을 입고 가면을 쓴 여자 하나가 사랑 노래를 읊조리고 있었다. 앞으로 내민 오른손에 들고 있는 물건은 화면 밖을 향해 뿌옇게 보일 뿐이었다. 나는 텔레비전 옆에 핸디가 있는 것을 보고 호기심에 손을 화면 옆의 핸디 구멍에 넣어보았다. 아직 영국에는 핸디가 없었다. 예상과 달리 움직이는 고무장갑에 손을 넣는 것과는 전혀 달랐다. 마치 화면 속의 여자가 실제로 내 손을 잡는 듯한 느낌이었다.

등 뒤에서 문이 열렸다. 나는 열쇠구멍으로 엿보다가 들키기라도 한 것처럼 깜짝 놀라 손을 뺐다.

그 여자는 침실 문에 서 있었다. 떨고 있는 것 같았다. 그녀는 하얀 반점이 있는 회색 가죽 코트를 입고 눈과 입 주위에 주름진 회색 레이스가 달린 야회용 가면을 쓰고 있었다. 손톱은 은빛으로 빛났다.

난 함께 외출할 생각은 전혀 하지 못하고 있었다.

"미리 말했어야 하는 건데요."

여자가 부드럽게 말했다. 그녀의 가면은 불안한 듯 책과 텔레비전 화면과 거실의 어두운 구석을 차례로 바라보았다.

"하지만 도저히 여기서는 이야기하지 못하겠어요."

난 미심쩍은 투로 말했다.

"영사관 근처에 괜찮은······."

"우리가 함께 가서 이야기를 나눌 만한 곳을 알아요."

여자가 재빨리 말했다.

"괜찮으시다면요."

엘리베이터에 들어서면서 내가 말했다.

"아무래도 택시가 그냥 가버렸을 것 같군요."

★ ★ ★

하지만 택시 운전수는 개인적인 사정이 있었는지 아직 기다리고 있었다. 그는 차에서 뛰어나와 능글맞게 웃으며 앞문을 열어주었다. 난 뒤에 앉는 편이 낫겠다고 말했다. 그는 뚱한 표정으로 뒷문을 열어주고 우리가 타자 힘차게 문을 닫고, 다시 운전석으로 뛰어들며 문을 닫았다.

내 동행인은 몸을 앞으로 기울이며 말했다.

"헤븐으로 가요."

운전수는 터빈과 텔레비전 수신기를 켰다.

"왜 내가 영국 사람인지 물었던 거죠?"

말문을 열기 위해 내가 말했다.

여자는 내게서 몸을 떨어뜨리며 가면을 창문 쪽으로 내밀었다.

"달을 보세요."

꿈꾸는 듯한 목소리로 그녀가 재빨리 말했다.

"하지만 정말로 왜죠?"

그녀와는 아무 상관없는 초조함을 의식하며 나는 다시 물었다.

"보라색 하늘로 조금씩 들어가고 있어요."

"그리고 당신 이름은 뭐죠?"

"보라색 하늘과 있으니 더 노랗게 보이네요."

바로 그때 나는 내가 느낀 초조함의 원천이 어딘지를 알아냈다. 바로 택시 앞쪽의, 운전수 옆에 놓인 사각형의 꿈틀거리는 빛이었다.

지루하긴 해도 나는 일반적인 레슬링 경기에 반대하지는 않는다. 단지 남자와 여자가 하는 레슬링을 싫어할 뿐이다. 몸무게나 팔 길이가 월등히 떨어지는 남자와 젊고 덩치가 좋은 여자의 경기가 일반적으로 공평하다는 사실이 내게는 더욱 역겨워 보일 뿐이었다.

"화면 좀 꺼주세요."

나는 운전수에게 요청했다.

그는 돌아보지도 않고 고개를 저었다.

"음, 저기요. 저 여자는 리틀 저크와 시합하려고 몇 주 동안이나 훈련을 받았는걸요."

그가 말했다.

나는 화가 치밀어 팔을 앞으로 뻗었다. 하지만 여자가 내 팔을 잡았다.

"그만해요."

그녀는 고개를 저으며 겁에 질린 듯 속삭였다.

난 기분만 잡친 채 뒤로 물러났다. 이제 그녀는 내게 더 가까이 붙어 있었지만 말이 없었고, 나는 한동안 가면을 쓴 힘 좋은 여자 레슬링 선수가 철사 가면을 쓴 상대 선수를 상대로 던지고 꺾는 기술을 선보이는 화면만 바라보고 있었다. 미친 듯이 그녀에게 기어오르는 모습이 마치 수컷 거미를 연상시켰다.

나는 몸을 돌려 여자를 보았다.

"그 세 남자가 왜 당신을 죽이려 하죠?"

내가 날카롭게 물었다.

가면의 눈 부위가 화면을 향해 돌아갔다.

"그 사람들이 나를 질투하기 때문이에요."

여자가 속삭였다.

"왜 질투하는 거죠?"

그녀는 여전히 나를 보지 않았다.

"그 사람 때문이에요."

"누구요?"

대답이 없었다.

"정말 미안해요."

여자의 목소리가 들렸다.

"하지만 무서웠어요."

내가 물었다.

318

"도대체 무슨 일이죠?"

시선은 여전히 마주치지 않았다. 그녀에게서 좋은 냄새가 났다.

"날 봐요."

나는 전략을 바꿔 웃음을 지으면서 말했다.

"당신에 대해 뭔가는 이야기해줘야죠. 난 아직 당신이 어떻게 생겼는지도 몰라요."

나는 반쯤은 장난으로 팔을 들어 여자의 목에 있는 끈을 건드리려 했다. 그녀는 놀라울 정도로 빠르게 내 손을 쳐냈다. 아파서 순간적으로 손을 빼고 보니 손등에 조그만 상처가 네 개 나 있었다. 내가 상처를 보는 사이, 한 군데에서 피가 방울져 흘러나왔다. 나는 여자의 은빛 손톱을 보고는 그것이 실제로는 정교하게 만들어진 뾰족한 금속 뚜껑임을 알아챘다.

"정말 미안해요."

여자의 목소리가 들렸다.

"하지만 무서웠어요. 순간 당신이 날……."

마침내 그녀가 나를 보았다. 코트가 벌어져 있었다. 이브닝드레스는 다시 유행하고 있는 크레타 풍으로, 레이스로 된 상단이 가슴을 덮지는 않은 채로 떠받치는 모양이었다.

"화내지 마세요."

여자는 내 목에 팔을 두르며 말했다.

"오늘 오후에는 정말 멋졌어요."

그녀의 뺨에 딱 달라붙은 회색 가면의 부드러운 벨벳 천이 내 뺨에 맞닿았다. 가면의 레이스를 사이에 두고 그녀의 촉촉하고 따뜻한 혀끝이 내 뺨에 와 닿았다.

"화가 난 게 아니에요."

나는 말했다.

"그냥 혼란스럽고 돕고 싶을 뿐이죠."

택시가 멈췄다. 양쪽 유리창 바로 밖에 깨진 유리로 만든 창槍들이 모습을 나타냈다. 희미한 보라색 불빛 아래로 누더기를 걸친 사람 몇 명이 우리를 향해 천천히 다가오는 모습이 보였다.

운전수가 중얼거렸다.

"터빈을 달고 다니는 놈들이에요. 우릴 잡았어요."

그는 몸을 구부리고 가만히 앉아 있었다.

"다른 데도 아니고 왜 하필 여기야."

여자가 속삭였다.

"보통 5달러 주면 돼요."

그녀가 몰려드는 사람들을 보며 너무 심하게 몸을 떠는 바람에 나는 분노를 억누르고 시키는 대로 했다. 운전수는 아무 말 없이 돈을 받았다. 그는 시동을 걸면서 창문 밖으로 손을 내밀었고, 동전 몇 개가 땅 위에 떨어지는 소리가 들렸다.

내 동행인은 다시 내 품속으로 들어왔지만, 가면은 텔레비전을 향하고 있었다. 화면 속에서는 키 큰 여자가 발작적으로 다리를 휘젓는 리틀 저크를 짓누르고 있었다.

"정말 무서워요."

그녀는 속삭이듯 말했다.

헤븐 역시 마찬가지로 폐허나 다름없는 동네였다. 하지만 차일이 달리고 우주복 같지만 색이 지나치게 번지르르한 옷을 입은 덩치 큰 문지기가 서 있는 클럽이 있었다. 감각적으로 좀 멍한 상태라 그런지, 나름대로 마음에 들었다. 우리가 택시에서 내릴 때 술에 취한 나이든 여자 한 명이 가면이 뒤틀린 채로 길을 걸어왔다. 우리 앞에 있던 남녀는 마치 해변에서 몸매가 형편없는 사람을 보기라도 한 양 반쯤 드러난 얼굴에서 시선을 돌렸다. 우리가 그들을 따라 안으로 들어갈 때 문지기의 목소리가 들렸다.

"잘 해봐요, 할머니. 그리고 얼굴은 가려요."

안쪽에서는 모든 것이 흐릿하고 푸르게 빛났다. 여자는 여기서 이야기를 나눌 수 있을 거라고 했지만, 어떻게 그럴 수 있다는 건지 이해가 되지 않았다. 여기저기서 터지는 재채기와 기침은 어쩔 수 없다 쳐도 (오늘날 미국인의 절반이 알러지가 있다고 한다) 최신 로봅 스타일의 음악을 최대 출력으로 연주하는 밴드까지 있었다. 로봅 스타일은 전자 작곡기가 임의로 음정을 골라 배열하면 음악가가 거기에 쉰 목소리로 조금이나마 개성을 조합해내는 음악이었다.

대부분의 사람들은 부스에 들어가 있었다. 밴드는 바 뒤에 있었다. 밴드 옆에 있는 조그만 무대에서는 한 여자가 가면만 빼고 벗은 채 춤을 추고 있었다. 그늘진 바 끝에 모여 있는 일군의 남자들은 여자를 쳐다보고 있지 않았다.

우리는 벽에 금빛으로 쓰여 있는 메뉴를 보고 버튼을 눌러 닭가슴살과 새우튀김, 스카치 두 잔을 주문했다. 잠시 후 서빙 벨이 울렸다. 나는 은은하게 빛나는 덮개를 열고 스카치를 꺼냈다.

바에 모여 있던 남자들이 일렬로 문을 향하다 실내를 한번 둘러보았다. 내 동행인은 마침 코트를 벗어던진 참이었다. 그들의 시선이 우리가 있는 부스에 한동안 머물렀다. 나는 그 세 명의 얼굴을 알아보았다.

밴드는 으르렁거리는 소리를 내며 춤추는 여자를 쫓고 있었다. 나는 여자에게 빨대를 건넸고, 우리는 술을 홀짝였다.

"도움을 받고 싶은 일이 있다면서요."

나는 말했다.

"아, 그리고 당신은 참 사랑스러워요."

여자는 가볍게 고개를 끄덕여 감사를 표한 뒤 주위를 둘러보고 내 쪽으로 몸을 기울였다.

"날 영국으로 데려가는 일은 어려운가요?"

"아뇨."

나는 약간 당황하며 대답했다.

"미국 여권이 있기만 하다면야."

"여권을 받는 건 어려운가요?"

"그런 편이죠."

난 그녀가 이렇게나 모른다는 사실에 놀라며 말했다.

"당신 나라는 국민들이 여행하는 걸 좋아하지 않아요. 러시아처럼 엄격하지는 않지만요."

"영국 영사관이 여권 받는 걸 도와줄 수는 있나요?"

"그건 그 사람들 일이……"

"당신은요?"

나는 우리가 감시받고 있다는 사실을 깨달았다. 남자 하나와 여자 둘이 우리 탁자 반대편에 가만히 서 있었다. 여자들은 키가 컸고 늑대처럼 생겼으며 번쩍거리는 가면을 쓰고 있었다. 남자는 마치 뒷발로 선 여우처럼 의기양양한 기색으로 여자들 사이에 서 있었다.

내 동행인은 그들을 쳐다보지 않았지만, 뒤로 기대 앉았다. 여자들 중 하나는 팔에 커다랗게 노란색 멍이 들어 있었다. 잠시 후 그들은 짙은 그늘에 가린 부스로 걸어갔다.

"저 사람들 알아요?"

내 물음에 여자는 대답하지 않았다. 나는 잔을 비웠다.

"당신이 영국을 좋아할지 모르겠군요."

난 말했다.

"궁핍함도 여기 미국의 기준으로 생각하면 안 될 텐데요."

여자는 더욱 앞으로 몸을 기댔다.

"하지만 난 여길 떠나야 한다고요."

그녀가 속삭였다.

"왜죠?"

난 점점 초조해지고 있었다.

"왜냐하면 무서우니까요."

종소리가 울렸다. 나는 덮개를 열고 새우튀김을 꺼내 그녀에게 건네주었다. 내 닭가슴살 소스는 아몬드와 콩, 생강으로 맛있게 쪄낸 것이었다. 하지만 그걸 녹여서 익힌 전자 오븐에 무슨 문제가 있었는지 한 입 물자마자 고기 속에서 얼음을 깨물고 말았다. 이런 정교한 장치는 꾸준히 수리를 해야 했고, 수리공은 충분하지 않았다.

나는 포크를 내려놓고 물었다.

"정말로 뭐가 무서워서 그러는데요?"

이번에는 가면이 내 시선을 피해 돌아가지 않았다. 나는 기다렸지만, 답을 듣지 않아도 점점 커져가는 두려움을 느낄 수 있었다. 떼를 지어 바깥의 구부러진 밤을 통과해 뉴욕의 방사능 오염지대에 한데 모여서 보라색 구름의 경계를 들락거리는 작고 어두운 녀석들. 갑자기 동정심이 몰려오며 내 맞은편에 있는 여자를 보호해야 한다는 욕망이 느껴졌다. 택시 안에서 생긴 열정에 따뜻한 느낌이 더해졌다.

"모든 것이요."

마침내 여자가 말했다.

"난 달이 무서워요."

그녀는 택시 안에서 그랬던 것처럼 꿈꾸는 듯 무상한 목소리로 말하기 시작했다.

"달만 보면 유도 폭탄이 생각나요."

"영국에 뜨는 달도 똑같은걸요."

내가 지적했다.

"하지만 그건 영국의 달이 아니에요. 우리와 러시아인의 달이죠. 당신들은 책임 없어요."

"아, 그리고……"

그녀가 가면을 살짝 기울이며 말을 이었다.

"난 자동차도 깡패들도 인페르노의 외로움도 무서워요. 얼굴을 벗기려는 욕망도 두렵고……"

목소리가 잦아들었다.

"레슬링 선수들도 무서워요."

"네?"

시간이 약간 흐른 후 내가 부드럽게 대꾸했다.

가면이 앞으로 다가왔다.

"레슬링 선수들에 대해 좀 알아요?"

여자가 빠르게 물었다.

"여자하고 레슬링하는 사람들 말이에요. 알다시피 그 사람들, 종종 져요. 그런데 그러면 그 사람들은 좌절감을 다른 여자에게 풀어야 한다는 거예요. 나약하고 엄청나게 겁을 먹은 여자한테요. 그래야 남자다움을 유지할 수 있다나요. 다른 남자들은 그들이 여자를 갖는 걸 원치 않아요. 그저 여자와 싸우고 영웅이 되기를 바랄 뿐이죠. 하지만 그 사람들은 여자를 가져야 해요. 여자에겐 끔찍한 일이에요."

나는 용기가 전달되기라도——내게 용기가 있다면 말이지만——하는 것처럼 여자의 손가락을 더욱 단단히 쥐며 말했다.

"당신을 영국으로 데려갈 수 있을 것 같아요."

탁자 위로 그림자가 드리워지더니 그 자리에 머물렀다. 고개를 들어 보니 바 끝쪽에 있던 남자 셋이었다. 내가 본 쿠페에 타고 있던 남자들이었다. 그들은 검은 스웨터와 딱 맞는 검은 바지를 입었는데 마치 약에 취한 사람처럼 표정이 없었다. 두 명이 내 곁에 와서 섰다. 다른 하나는 여자 위에 몸을 드리웠다.

"어이, 꺼져."

내게 하는 말이었다. 난 다른 녀석이 여자에게 하는 말을 들었다.

"레슬링 한 판 해야지, 아가씨. 뭘로 할까? 유도? 때리기? 누가 죽나 해볼까?"

난 일어섰다. 영국인이라면 그래야 할 때가 있는 법이다. 하지만 바로 그때 여우 같던 남자가 발레의 주인공인양 미끄러지듯 끼어들었다. 그러자 다른 세 명이 보인 반응은 나를 놀라게 했다. 당황한 기색이 역력했던 것이다.

그는 세 명을 향해 가늘게 미소를 지었다.

"이런 장난을 치면 내 마음에 들기 힘들 거야."

"오해하지 말아요, 저크."

그들 중 하나가 간청하듯 말했다.

"오해가 아닐걸."

저크가 말했다.

"오늘 오후에 무슨 짓을 하려고 했는지 다 들었어. 그건 내 호감을 살 만한 일이 아니지. 꺼져."

그들은 어색하게 뒤로 물러났다.

"나가자."

그들 중 하나가 발길을 돌리며 큰 소리로 말했다.

"나체로 칼을 가지고 싸움을 하는 곳을 알아."

리틀 저크는 매끄러운 웃음소리와 함께 내 동반자의 옆자리로 들어왔다. 그녀는 아주 조금, 몸을 움츠렸다. 나도 다시 자리에 앉아 몸을 앞으로 숙였다.

"당신 친구는 누구야?"

그가 물었다. 시선은 그녀를 보고 있지 않았다.

그녀는 가벼운 몸짓으로 질문을 내게 넘겼다. 나는 그에게 대답해 주었다.

"영국인이라. 이 나라를 벗어나게 해달라고 부탁하던 중이었나? 여권도?"

그는 즐거운 기색으로 미소를 띠었다.

"이 여자는 도망가고 싶어 해. 그렇지, 아가씨?"

그의 조그만 손이 여자의 손목을 쓰다듬기 시작했다. 곧 붙잡아 비틀기라도 할 것처럼 손가락은 약간 굽었고, 힘줄이 불거져 있었다.
"이봐요."
나는 날카로운 목소리로 말했다.
"그 깡패들을 물리쳐준 일은 감사해야 마땅하지만……"
"그럴 것 없어."
그가 내게 말했다.
"그놈들은 운전대를 잡고 있지 않은 한 아무 해도 못 끼쳐. 제대로 훈련받은 열네 살짜리 여자애 정도면 셋 중 아무나 불구로 만들어버릴 수 있을걸. 그야 물론 여기 테다도 마찬가지지. 테다가 한번 시작하기만 하면……."
그는 그녀를 향해 몸을 돌리며 손목에 있던 손을 머리로 가져갔다. 머리를 쓰다듬는 손가락 사이로 머리카락이 흘러내렸다.
"내가 오늘 진 것 알고 있겠지, 자기?"
그가 부드럽게 말했다.
"가시죠."
나는 일어서서 그녀에게 말했다.
"여길 나갑시다."

여자는 그냥 그 자리에 앉아 있었다. 나는 그녀가 떨고 있는지 알아볼 수조차 없었다. 난 가면을 사이에 두고 보이는 눈빛 속에서 메시지를 읽어내려 애썼다.
"내가 데려가줄게요."
나는 그녀에게 말했다.
"할 수 있어요. 정말이에요."

그는 내게 미소를 지어 보였다.

"이 여자는 당신을 따라가고 싶어 해."

그가 말했다.

"그렇지, 자기?"

"갈 겁니까, 안 갈 겁니까?"

내가 말했다. 그녀는 여전히 자리에 앉아 있었다.

그는 천천히 손가락으로 여자의 머리를 꼬았다.

"이 벌레 같은 자식아."

난 그에게 고함을 쳤다.

"그 손 치워."

그는 마치 뱀처럼 자리에서 일어났다. 나는 싸움을 전혀 못했다. 난 그저 내가 겁을 많이 먹을수록 더 세게, 더 똑바로 때린다는 것만 알았다. 이번에는 운이 좋았다. 하지만 그가 다시 앉는 순간 충격과 함께 뺨에 네 군데의 찌르는 듯한 아픔이 느껴졌다. 나는 손으로 뺨을 감쌌다. 여자의 뾰족한 손톱 뚜껑이 만든 네 개의 구멍을 느낄 수 있었다. 상처에서 따뜻한 피가 흘러내렸다.

그녀는 나를 보고 있지 않았다. 리틀 저크를 향해 몸을 숙인 채 가면을 그의 뺨에 부비면서 달래는 중이었다.

"괜찮아. 괜찮아. 기분 상할 것 없어. 이따가 날 아프게 하면 되잖아."

우리 주변에서 소란이 일었지만 아무도 가까이 오지는 않았다. 나는 앞으로 숙여 여자의 얼굴에서 마스크를 낚아챘다.

나는 내가 왜 그 여자의 얼굴이 특별히 다르리라고 생각했는지 정말 모르겠다. 당연한 일이지만 얼굴은 아주 창백했고 화장은 전혀 하지 않은 상태였다. 가면 아래에 굳이 화장을 할 이유는 없었을 것이다. 눈썹은 정돈이 안 돼 있었고 입술은 갈라져 있었다. 하지만 전반적인 표정이나 얼굴 위를 꿈틀거리듯 가로지르는 감정에 대해 말할 것 같으면…….

젖은 흙에서 돌멩이 하나를 들어내본 적이 있는지? 미끈덕거리는 하얀 벌레들을 본 적이 있는지?

나는 위에서, 그녀는 아래에서 서로를 바라보았다.

"맞아. 당신은 정말 겁에 질려 있어. 그렇지?"

나는 비꼬듯 말했다.

"밤마다 펼치는 이 작은 연극이 두려운 거야. 그렇지? 무서워 죽을 지경이겠지."

그리고 나는 곧바로 보랏빛 밤 속으로 걸어나왔다. 아직도 피가 흐르는 뺨에 손을 댄 채로. 아무도, 심지어 여자 레슬링 선수들도 나를 건드리지 않았다. 그때 나는 셔츠 아래에 있는 필름을 떼어내 검사해볼 수 있으면 좋겠다고 생각했다. 방사능을 너무 많이 쪼였다는 결과가 나오면 아직도 남아 있는 내로우즈 밤 해협을 지나 허드슨 강을 건너 뉴저지로 보내달라고 할 수 있을 테니까. 그리고 샌디 후크로 가서 녹슨 배를 타고 바다를 건너 영국으로 돌아갈 수 있을 테니까.

The Little Black Bag

Cyril M. Kornbluth

시릴 콘블루스 지음
지정훈 옮김

작고 검은 가방

늙은 풀 박사는 느릿느릿 골목길을 걸어 내려오며 뼛속 깊이 추위를 느꼈다. 큰길을 통해 앞문으로 들어가는 대신 골목길과 뒷문을 택한 것은 팔에 안고 있는 갈색 종이봉지 때문이었다. 넓적한 얼굴에 뻣뻣한 머리카락을 한, 같은 길에 사는 아줌마들과 이빨이 벌어지고 쉰내 나는 그들의 남편들이, 그가 싸구려 술을 방으로 가져왔다는 것을 알아채지 못하도록 박사는 완벽을 기했다. 잔업 수당을 얼마나 많이 받느냐에 따라 술의 종류가 달라지긴 했지만, 그들은 언제나 술독에 빠져 살았다. 그래도 풀 박사는 그들과 달리 부끄러워할 줄은 알았다. 그가 그렇게 지저분한 골목길을 걷고 있을 때, 대참사가 벌어졌다. 동네 개들 가운데 하나가 — 그가 전부터 싫어하던, 언제나 이빨을 드러내고 으르렁거리며 위협하는 성질 나쁜 작고 검은 개가 — 골목길을 따라 세워진 목재 울타리의 구멍으로 빠져나와 그의 다리로 달려들었다. 풀 박사는 주춤했지만, 다리를 휘둘러 개의 깡마른 옆구리를 제대로 걷어찰 셈이었다. 그러나 뼈가 시려 다리가 말을 듣지 않았다. 발이 반쯤 튀어나온 보도블럭에 걸리는 바람에 박사는 갑작스럽게 넘어졌다. 그는 욕을 퍼부었지만, 술냄새를 맡고 갈색 종이봉지가 팔에서 미끄러졌다는 것을 깨닫자, 더이상 욕설이 나오지 않았다. 으르렁거리는 검은 개가 조금 떨어진 곳에서 그의 주변을 맴돌며 조심스럽게 다가왔지만, 그는 더 큰 재앙에 정신이 팔려 있었다.

　더러운 골목길에 주저앉은 채, 풀 박사는 곱은 손으로 가게에서 접어준 갈색 종이봉지의 윗부분을 펼쳤다. 초가을의 땅거미가 지고 있어서 뭐가 남아 있는지 제대로 알아볼 수 없었다. 그는 손잡이가 달린 반 갤런들이 병의 윗부분을 꺼냈고, 이어서 유리 조각들과 반쪽 난 병의 나머지 부분을 꺼냈다. 풀 박사는 한 파인트는 족히 될 만큼 술이 남은 것을 발견하자 그저 기쁠 뿐이었다. 난처한 상황이었지만, 그는 다른 감정들을 적절한 때가 올 때까지 미뤄두었다.

　개가 다가오면서 점점 더 으르렁거렸다. 그는 병의 아래쪽 절반을 잘 내려놓은 다음, 병의 위쪽에서 깨져 나온 휘어진 삼각형 모양의 유리 조각들을 개에게 던졌다. 그 가운데 하나가 개에 맞았고, 개는 울부짖으며 담장 안으로 달아났다. 풀 박사는 반 갤런 병의 남은 아래쪽 부분의 날카로운 모서리를 입에 대고 그것이 마치 커다란 컵인냥 술을 들이켰다. 팔이 아파서 중간에 두 번이나 내려놓아야 했지만, 그는 1분만에 남은 술을 다 마셔버렸다.

　그는 일어나서 골목길을 따라 방으로 돌아가려고 생각했지만, 곧 행복한 느낌이 밀려와 그 생각을 덮어버렸다. 그대로 앉은 채, 착각인지 몰라도 얼어 있던 골목길의 진흙이 부드러워지는 것을 느끼고, 위에서 사지로 퍼지는 따뜻함에 뼈에서 시린 기운이 빠져나가는 것을 느끼는 것은 어쨌거나 말할 수 없을 만큼 기분 좋았다.

수선한 겨울 코트를 입은 세살배기 여자아이가, 잠복해 있던 검은 개가 나왔던 바로 그 담장의 구멍을 통해 빠져나왔다. 아이는 천천히 풀 박사 쪽으로 걸어와서 더러운 집게손가락을 입에 넣은 채 그를 쳐다봤다. 풀 박사의 행복감은 하늘의 도움으로 완벽해졌다. 그에게 관객까지 생겼기 때문이다.

"아, 아가야."

그는 쉰 목소리로 이렇게 말했다.

"선입관에 빠진 비난이었어. '그것도 증거라고 하겠다면', 이렇게 말했어야 했는데. '그냥 날조된 채로 갖고 있으십시오.' 난 이렇게 말했어야 했어. '저는 여기 주 의사회에 왔었습니다. 그리고 면허 감독관은 저에게 아무것도 증명하지 못했습니다. 그러니까, 신사 여러분, 타당하지 않습니까? 훌륭한 직업을 가진 동료 여러분께 이렇게 호소합니다.'"

어린아이는 흥미를 잃고 그에게서 멀어지며 유리 조각 하나를 장난감 삼아 집어 들었다. 풀 박사는 금세 아이를 잊어버리고 진지하게 혼잣말을 계속했다.

"그러니 부탁입니다. 그들은 아무것도 증명할 수 없었습니다. 도대체 저에겐 아무런 권리도 없는 겁니까?"

그는 이 질문을 곰곰이 생각했고, 답을 확신했다. 그러나 의사회의 윤리위원회도 마찬가지로 답을 확신했다. 뼈가 다시 시려오기 시작했고, 그에겐 돈도 술도 더이상 남아 있지 않았다.

풀 박사는 마구 어질러진 그의 방 어딘가에 위스키 한 병이 있는 척 했다. 이것은 오랫동안 자신에게 써온 몹쓸 속임수로, 일어나서 집에 갈 기운을 내야 할 때 사용하는 방법이었다. 그는 골목길에서 얼어죽을 수 도 있었다. 비록 방에서는 벌레에 물리고 하수관의 케케묵은 악취에 기 침이 나겠지만, 적어도 수백 병의 술을 마시고 수천 시간의 따뜻한 만족 을 느끼는 환상에 빠져 얼어죽지는 않을 터였다. 그는 위스키에 대해 생 각했다……. 산더미처럼 쌓여 있는 의학 저널들 뒤편에 있었던가? 아니 야. 거긴 이미 뒤져본 적이 있어. 그럼 혹시 싱크대 밑에, 녹슨 배수관 뒤 편에 넣어뒀던가? 그는 몹쓸 속임수에 다시 걸려들기 시작했다. 그래, 그는 점점 흥분하며 스스로에게 말했다, 그래, 그럴 거야! 요즘은 기억 이 좀 오락가락하지만 그는 애처로운 연민을 담아 혼잣말했다. 내가 아 는 한 분명히, 이럴 때를 위해 위스키를 한 병 사서 배수관 뒤에 넣어두 었지.

호박색 병, 봉인을 뜯을 때의 상쾌한 느낌, 마개뽑이의 나선을 처음 끼워 넣을 때의 기분 좋은 저항감, 곧이어 목을 톡 쏘는 산뜻한 느낌, 따 뜻한 위장, 어둡고 무딘 망각이 주는 행복함…… 그에게 이 모든 것은 현실이 되었다. 그럴 거야, 맞아! 그럴 거라구! 그는 자신에게 말했다. 행복한 믿음은 확신이 되어갔다……. 틀림없어! 틀림없다구! ……그는 오른쪽 무릎을 힘겹게 세웠다. 그때 뒤쪽에서 비명 소리가 들렸고, 그는 궁금해서 그대로 고개만 돌려 돌아보았다. 좀 전의 여자아이가, 갖고 놀 던 유리 조각에 손을 크게 베인 것이었다. 풀 박사는 코트를 따라 흐른 피가 아이의 발에 모이는 것을 지켜보았다.

그는 호박색 술병의 이미지를 아이에게 겹쳐볼까 하는 생각을 해봤 지만 그렇게 진지한 것은 아니었다. 그는 그 병이 싱크대 아래쪽, 녹슨 배수관 뒤편에 숨겨져 있다는 걸 잘 알고 있었다. 그러니 우선 한잔하고, 관대하게 돌아와 아이를 봐줄 참이었다. 풀 박사는 다른쪽 다리에도 마저 힘을 주고 일어나, 지저분한 골목길을 따라 비틀거리며 황급히 걸어갔다. 방에 도착하면 그는 처음엔 있지도 않은 술을 낙천적으로 찾다가, 점차 초조해지면서 나중엔 미친 듯이 화를 낼 것이다. 호박색 위스키 병을 찾는 일을 그만두기 전까지 책이나 접시를 내던지다가 부어오른 주먹을 벽돌벽에 부딪칠 테고, 오래된 상처가 다시 벌어지면 늙고 탁한 피가 손 위로 스며나올 것이다. 그리고 마침내, 그는 바닥 어딘가에 주저앉아 흐느껴 울다가 잠에 빠져서 악몽을 꾸고 마음을 씻어내릴 것이다.

스무 세대의 시간이 설렁설렁 '나중 일은 나중에' 하는 식으로 흘러, 사람속屬은 막다른 곳에 이르렀다. 끈질긴 생체 통계학자들은 반박의 여지 없는 논리로 정신 기능이 보통 이하인 사람들이 보통이거나 월등한 사람들보다 많아지고 있을 뿐더러, 그 증가세가 지수 함수를 그리고 있음을 분명히 밝혔다. 논의에 사용될 수 있는 모든 사실들이 생체 통계학자들의 주장을 뒷받침했고, 머지않아 사람속은 어처구니없는 궁지에 몰리게 될 것이라는 결론이 필연적으로 도출되었다. 하지만 이 사실이 번식에 관한 풍습에 조금이라도 영향을 주었을 거라고 생각했다면, 당신은 아직 사람속에 대해 잘 모르는 것이다.

물론, 기술의 발전이 그리는 또다른 지수 함수에 의해 생기는 일종의 차폐 효과도 있었다. 예를 들어, 덧셈 기계를 두드릴 줄 아는 바보는 손가락으로 셈해야 하는 중세의 수학자보다 계산을 능숙하게 하는 것처럼 보이는 법이다. 라이노타이프 식자기에 해당하는 21세기의 기계를 사용하는 바보는 가동 활자가 몇 가지밖에 없는 르네상스 시대의 식자공보다 훌륭한 타이포그래퍼처럼 보인다. 의술의 경우도 마찬가지다.

그것은 많은 요소들이 얽혀 있는 복잡한 과정이었다. 뛰어난 자들은 모자란 자들이 후손을 망치는 속도보다 빠르게 후손들을 "개선했다." 하지만 그들은 아이를 적게 낳아서 각자에 맞게 정성 들여 가르쳤기 때문에 수가 적었다. 그리고 고등교육에 대한 대중적 숭배는 20세기 교육기관의 기묘한 화신을 낳았다. '학교'는 세 글자 이상 읽지 못하는 학생들이 가는 곳이었고, '대학교'에는 '타자 학사', '속기 석사', '철학(서류 정리) 박사' 등의 학위가 전통적인 겉치레와 함께 수여되었다. 몇 안 되는 뛰어난 자들은 이런 기관을 이용해 다수에게 사회적 지위라는 허울을 유지해주었다.

언젠가 뛰어난 자들은 하릴없이 '나중 일'을 해야 했지만, 스무 번째 세대의 그들은 무엇에 뒤통수를 맞은지도 모르는 채 엉거주춤하고 있는 꼴이었다. 스무 세대에 걸친 생체 통계학자들의 유령이 독살스럽게 낄낄거렸다.

이제 우리의 관심을 끄는 것은, 이 스무 번째 세대의 한 의학 박사다. 그의 이름은 헤밍웨이, 이학사이자 의학 박사 존 헤밍웨이였다. 그는 가벼운 병에 걸릴 때마다 전문의를 찾아가는 것에 동의할 수 없는, 일반 개업의였다. 그런 만큼, 그는 자주 이런 식으로 말했다.

"그러니까, 음, 제 말은 제가 훌륭한 일반의라는 겁니다. 아시겠죠? 그러니까, 음, 훌륭한 일반의라고 해서 허파나 분비샘이나 뭐 그런 것들에 모두 통달했다는 것은 아닙니다. 그렇겠죠? 하지만 일반의라는 건, 말하자면, 음, 그게, 뭐랄까…… 다재다능하다는 겁니다! 일반의라는 건 그런 거죠. 다재다능한 의사."

이런 말을 듣고 헤밍웨이 박사가 무능한 의사라고 생각한다면 오산이다. 그는 편도선 절제술이나 맹장 수술을 할 수도 있었고, 거의 모든 분만술에 능숙해서 살아 있는 건강한 아기를 받을 수 있었으며, 수백 가지의 질병을 정확히 진단하고 거기에 맞는 약을 처방할 줄 알았다. 사실, 그가 의료계에서 할 줄 모르는 것은 하나뿐이었는데, 그것은 의료 윤리라는 오래된 규범을 어기는 일이었다. 물론 헤밍웨이 박사는 규범을 어겨볼 만큼 어리석지 않았다.

그를 이 이야기에 등장하게 한 사건이 생긴 날 저녁, 헤밍웨이 박사는 몇몇 친구들과 잡담을 나누고 있었다. 그날따라 병원 일이 힘들었고, 그는 자기가 이야기를 할 수 있도록 친구 물리학자인 이학사, 이학 석사, 물리학 박사 월터 길리스가 입을 다물어주길 바랐다. 하지만 길리스는 잘난 척하며 두서없는 이야기를 계속했다.

"마이크 할아범은 알아줘야 돼. 과학적 방법론이라는 건 전혀 모르는 사람이지만, 그래도 인정할 건 인정해야 돼. 그 허약한 영감이 유리 도구를 들고 어슬렁거리고 있길래, 가서 물었지. 물론 놀리는 거였지만. '시간여행 장치는 어떻게 돼가나요, 마이크?'"

길리스 박사는 모르고 있었지만, '마이크'는 사실 박사의 보호자로서, 그의 여섯 배가 넘는 IQ를 갖고 있었다. '마이크'는 병 닦는 일을 하는 척하며 가짜 실험실의 가짜 물리학자 한 무리를 보살피고 있었던 것이다. 그것은 물론 사회적 낭비였지만, 이미 말한 대로 뛰어난 자들은 여전히 앞으로 일어날 일에 주저하고 있었다. 그들의 우유부단함 때문에 이렇게 어이없는 상황이 많이 생겨났다. 그리고 '마이크'는 일이 미칠 듯이 지겨워진 나머지 악의를 품고 큰일을 저지르고 말았다. 길리스의 말을 계속 들어보자.

"그랬더니 나한테 이런 진공관 번호들을 주면서 말하더군. '직렬 회로요. 이제 그만 좀 괴롭히시오. 이걸로 시간여행기를 만든 다음, 거기 앉아서 스위치를 켜요. 부탁이오, 길리스 박사. 제발 그렇게 해주시오.'"

연약하고 사랑스러운 금발의 한 손님이 놀라워하며 말했다.

"어머, 박사님은 기억력도 참 좋으세요. 그렇죠?"

그녀는 매력적인 미소를 지어 보였다.

"개뿔,"

길리스는 겸손하게 말했다.

"난 항상 잘 기억해. 이런 걸 타고난 재능이라고 하는 거야. 그래도 비서한테 빨리 이야기해서 적어두게 해놓지. 읽는 건 잘 못하지만, 그래도 난 기억은 참 잘해. 그런데, 어디까지 이야기했더라?"

모두가 열심히 생각했고, 몇 가지 의견이 나왔다.

"무슨 관 이야기였던 것 같은데요, 박사님?"

"누군가랑 싸울 참이었던 것 같은데. '시간이 여행한다'던가 하는 말을 했어."

"그래…… 뭔가를 '쳐요'라고 했지. 그런데 누굴 치라고?"

"'쳐요'가 아니고…… '켜요'야!"

길리스는 귀족적인 미간에 주름을 잡으며 고민한 다음 단언했다.

"'스위치를 켜요'라고 했어. 시간여행에 대한 이야기였지. 시간을 넘어 여행한다는 말이야. 아무튼 나는 그가 준 진공관 번호들을 가져다가 회로 제작기에 입력했어. 회로를 '직렬'로 설정하자 시간여행기가 완성되었지. 이건 뭐든지 시간 저편으로 아주 잘 보낼 수가 있어."

그는 상자를 하나 꺼냈다.

"그 상자 안에는 뭐가 들어 있나요?"

사랑스러운 금발 미녀가 물었다. 헤밍웨이 박사가 대답해주었다.

"시간여행이지. 시간을 넘어서 물건들을 옮기는 거야."

"잘 봐."

물리학자 길리스가 말했다. 그는 헤밍웨이 박사의 작은 검은색 가방을 집어서 상자 안에 넣었다. 그가 스위치를 켜자 작은 검은색 가방이 사라졌다.

"그러니까,"

헤밍웨이 박사가 말했다.

"그거 아주, 음, 멋지군. 이제 돌려줘."

"뭐?"

"내 작은 검은색 가방을 돌려달라고."

"그게,"

길리스 박사가 말했다.

"안 돌아올 거야. 다이얼을 거꾸로 돌려봤는데 안 돌아오더라구. 아무 생각 없는 마이크가 나한테 뭔가 잘못 가르쳐줬나 봐."

'마이크'에 대한 대대적인 규탄이 있었지만 헤밍웨이 박사는 거기에 참여하지 않았다. 그에겐 어쩐지 해야 할 일이 있는 것 같다는 모호한 느낌이 끈질기게 들었기 때문이다. 그는 차근차근 생각했다.

"나는 의사야. 의사에겐 작은 검은색 가방이 있어야 하지. 그런데 이제 작은 검은색 가방이 없으니…… 나는 더이상 의사가 아닌가?"

그것은 터무니없는 생각이었다. 그는 자신이 의사라는 걸 잘 알고 있었다. 그러니 잘못은 틀림없이 사라진 가방 쪽에 있었다. 좋지 않은 일이었지만, 그는 병원에 근무하는 멍청한 알에게 다음날 또 다른 가방을 얻으면 그만이었다. 알은 물건을 잘 찾아주었지만 좀 멍청했고…… 붙임성이 없었다.

　다음날 헤밍웨이 박사는 사라진 가방을 생각해내고 관리자로부터 다른 가방을 얻었다. 뛰어난 자들이 미뤄뒀던 일을 하기 전까지, 그는 그 가방으로 편도선 절제술이나 맹장 수술, 어려운 분만 수술을 하거나 병을 진단하고 처방을 내릴 수 있었다. 알은 그가 가방을 잃어버린 것에 대해 깐깐하게 굴었지만, 무슨 일이 있었는지 헤밍웨이 박사가 정확히 기억하지 못했기 때문에 가방은 더이상 추적되지 않았다. 그래서…….

　늙은 풀 박사는 두려운 밤에서 깨어나 두려운 낮을 맞았다. 눈이 떠지면서 끈끈한 속눈썹에 경련이 일었다. 그는 방 한구석에 기대어 쓰러져 있었고, 어디선가 작게 두드리는 소리가 나고 있었다. 온몸이 춥고 쥐가 날 것 같았다. 눈이 하체에 초점을 맞추자, 그는 쉰 목소리로 웃었다. 왼쪽 발목이 미세하게 떨리면서 바닥을 때려 두드리는 소리를 내고 있었다. 또 지속성 강직성 수축이군, 하고 그는 절망적으로 진단했다. 피 묻은 주먹으로 입을 닦는 동안 미세한 진동은 거칠어졌다. 작은 북소리가 점점 느려지면서 커졌다. 이 정도면 멋진 아침을 맞을 수 있겠다고 그는 냉소적으로 생각했다. 끊어질랑 말랑하게 잡아당겨진 바이올린 줄마냥 팽팽해진 게 아니면 아주 절망적인 상태는 아니지. 그는 집행유예를 얻은 셈이었다. 눈 바로 뒤쪽에서 지독한 두통이 계속되고 뻣뻣한 관절이 비명을 지르긴 했지만.

　뭔가 어린애에 관한 일이 있었던 것 같다고 그는 어렴풋이 기억했다. 그는 분명히 어떤 아이를 진찰하려고 했다. 하지만 방 한가운데에 있는 작은 검은색 가방에 눈이 멈추자, 그는 아이에 대한 일을 잊어버렸다.

"맹세하건대,"

풀 박사는 말했다.

"저건 2년 전에 저당잡혔던 거야!"

그는 황급히 가방을 향해 움직였다. 그리고, 그것이 어떻게 거기에 놓여 있게 되었는지는 모르지만, 낯선 사람의 물건이라는 것을 알게 되었다. 시험 삼아 자물쇠를 건드리자, 갑자기 가방이 활짝 열렸다. 평평해진 가방 위에는 수많은 의료기구와 약물이 두루마리에 꽂혀 있었다. 열려 있는 가방은 닫혔을 때보다 훨씬 커 보였다. 어떻게 방금 전의 작은 크기로 다시 접힐 수 있을지 그는 전혀 이해할 수 없었지만, 제작자가 부린 묘기라고 생각하고 넘어가기로 했다. 오래간만에…… 전당포에서 꽤 받을 수 있겠어, 하고 그는 만족스럽게 생각했다.

곧바로 가방을 닫고 엉클스 전당포로 가는 대신, 그의 눈과 손은 지난 시절처럼 기구들 위를 돌아다녔다. 무슨 기구인지 정확히 알아볼 수 없는 것도 꽤 있었다. 하지만 나머지는 절개에 사용하는 칼들, 잡아당기는 데 쓰는 겸자, 단단하게 고정하는 견인기, 봉합에 쓸 바늘과 장선, 그리고 피하주사들……. 피하주사는 마약 중독자들에게 따로 팔 수도 있겠다는 생각이 그의 뇌리를 스쳤다.

나가려고 마음먹고 가방을 닫으려 했지만 쉽게 닫을 수 없었다. 그러다 우연히 자물쇠를 건드리자, 모든 것들이 한 번에 작은 검은색 가방으로 접혀 들어갔다. 효율적으로 척척 접히는 가방을 보며, 그는 처음에 관심 있었던 것이 전당포에서 부를 가격이었음을 하마터면 잊어버릴 뻔했다.

확실한 목적이 생기자, 방을 나서는 것이 어렵지 않았다. 그는 앞쪽 계단으로 내려가 정문으로 나가서 보도를 따라 갈 생각이었다. 하지만 그 전에……

그는 부엌 조리대 위에 다시 가방을 열고 약병들을 자세히 들여다 보았다. "자율 신경계에 강한 자극을 줄 수 있는 걸로 아무거나" 그는 중얼거렸다. 약병에는 번호가 붙어 있었고, 플라스틱 카드에 번호의 목록이 적혀 있었다. 카드의 왼쪽 여백에는 계통이 나열되어 있었다. 순환계, 근육계, 신경계. 그는 마지막 항목에서 오른쪽을 따라갔다. '각성제', '진정제' 등등의 열이 있었다. '신경계'의 '진정제' 항목은 17번이었고, 그는 17번이 적힌 작은 유리병을 찾아 뒤적였다. 그는 병에 가득 담긴 귀여운 파란 알약들 가운데 하나를 먹었다.

번개에 맞은 듯한 기분이었다.

풀 박시는 알콜이 주는 흥분 이외의 기쁨을 느껴본 지가 너무나 오래여서, 행복하다는 느낌이 어떤 것인지 잊고 있었다. 손가락 끝이 얼얼해질 때까지 천천히 몸에 퍼져나가는 기분 좋은 느낌이 주는 충격에서 그는 한동안 벗어나지 못했다. 그는 벌떡 일어났다. 통증은 온데간데없었으며, 다리는 더이상 떨리지 않았다.

굉장한데, 하고 그는 생각했다. 그는 전당포까지 달려가서 작은 가방을 맡기고 한잔할 수도 있을 것 같았다. 그는 계단을 내려가기 시작했다. 오전의 태양이 밝게 비추는 거리에 나섰을 때에도 그는 움츠러들지 않았다. 왼손에 들고 있는 작은 검은색 가방은 만족스럽고 권위 있는 무게감을 주었다. 그는 자신이 허리를 펴고 걷고 있음을 깨달았다. 더이상 지난 몇 년간 조금씩 굽어온 등을 하고 있지 않았다. 약간의 자신감, 그는 스스로에게 말했다. 나에게 필요한 건 이거야. 단지 사람이 조금 힘들어졌다는 것만으로 그렇게……

"선상님, 이리 와보세요!"

누군가 그의 팔을 잡아끌며 소리쳤다.

"여자애가, 불덩이 가타요!"

그것은 단정하지 못한 실내복을 입은, 빈민가의 넓적한 얼굴에 뻣뻣한 머리카락을 가진 여자들 가운데 한 명이었다.

"아, 저는 이제 진료를 그만두게 되었습니다만……."

그는 쉰 목소리로 말했다. 하지만 그녀는 말을 듣지 않았다.

"이리 드르와보세요, 선상님!"

그녀는 그를 입구로 끌어당기며 재촉했다.

"와서 여자애를 바주세요. 저한테 2달러 있어요, 와서 보세요!"

2달러라는 말에 상황이 달라졌다. 그는 난잡하고 썩은내 나는 공동주택의 입구로 끌려 들어갔다. 그제야 그는 그녀가 누구인지, 혹은 누구임에 틀림없는지 알게 되었다. 바로 지난번에 새로 이사온 사람이었다. 이들은, 일가친지들에게 빌린 여러 대의 낡은 차를 이용해 차 위에 가구를 묶는 식으로 밤중에 옮겨 와서는, 한밤중까지 시끄럽게 술을 마셔댔다. 그녀는 그가 늙은 풀 박사, 아무도 신뢰하지 않는 주정뱅이 난봉꾼이라는 사실을 아직 모르고 있었고, 그래서 그를 부른 것이었다. 작은 검은색 가방이 술 취한 얼굴과 얼룩진 검은 양복을 압도하며 그를 보증하고 있었다.

그는 세살배기 여자애를 내려다보았다. 새 침대보가 깔린 2인용 침대의 정확한 기하학적 중심에 아이가 놓여 있는 것이 영 의심스러웠다. 그녀가 평소에 얼마나 더럽고 쉰내 나는 매트리스에서 자는지는 신만이 아실 것이다. 그는 아이의 오른손에 감긴 낡은 붕대를 보자 아이를 알아볼 수 있을 것 같았다. 2달러였지, 그는 생각했다. 아이의 가느다란 팔을 따라 보기 흉한 홍조가 퍼져 있었다. 팔꿈치의 패인 부분을 손가락으로

343

눌러보니 피부 아래 구슬처럼 작게 뭉친 것이 느껴졌고 인대가 늘어나 있었다. 아이는 연약하게 울기 시작했고, 그의 옆에 있던 여자는 숨을 멈추고 흐느끼기 시작했다.

"나가 계시죠."

그가 힘 있는 몸짓을 취하자 그녀는 훌쩍이며 물러났다.

2달러야, 하고 그는 생각했다. 저 여자에게 알아들을 수 없는 말을 몇 마디 하고, 돈을 받은 다음 병원에 가라고 하면 돼. 저 냄새나는 골목길에서 연쇄상구균에 감염된 거겠지. 그는 작은 검은색 가방을 내려놓고 가방 열쇠를 찾다가, 문득 생각이 나서 자물쇠를 살짝 건드렸다. 가방이 열리자, 그는 붕대 자르는 가위와 아래쪽 고정대에 댈 두꺼운 봉함지를 꺼냈다. 그는 고정대를 붕대 밑에 대고, 감염 부위를 눌러 아이를 아프게 하지 않도록 조심하면서 붕대를 자르기 시작했다. 빛나는 가위가 상처를 싼 낡은 넝마를 어찌나 쉽고 빠르게 자르는지 놀라울 정도였다. 손가락으로 가위를 움직이는 것 같지도 않았다. 마치 가위가 그의 손가락을 움직여서 가볍고 깔끔하게 붕대를 잘라낸 것 같았다.

내가 한창일 때보다 훨씬 좋아졌군. 마이크로톰보다 훨씬 날카로워, 하고 그는 생각했다. 작은 가방이 펼쳐지며 생긴 넓직한 판 위의 두루마리에 가위를 꽂아두고, 그는 다친 곳을 살펴봤다. 흉칙한 상처와 병약한 아이의 몸에 재빨리 뿌리내린 지독한 감염을 보고 그는 휘파람을 불었다. 이런 경우엔 뭘 할 수 있을까? 그는 검은 가방의 내용물을 신경질적으로 뒤적였다. 그가 상처를 절개해서 고름을 조금 제거하면 늙은 여자는 그가 치료를 해준 줄 알고 2달러를 줄 것이다. 하지만 병원에서는 누가 이런 일을 했는지 알고 싶어 할 테고, 잔뜩 화가 난 의사가 경찰을 보낼지도 모르는 일이었다. 가방에 뭔가 쓸 만한 게 있을지도 몰랐다…….

 그는 일람표의 왼쪽을 '임파선'까지 읽어 내려간 다음, '감염'이라고 적힌 열까지 따라갔다. 그 항목은 제대로 적혀 있는 것 같지 않았다. 다시 한 번 확인했지만 마찬가지였다. 해당하는 행과 열에 적혀 있는 것은 'IV-g-3cc'였다. 하지만 로마자가 적힌 약병은 찾아볼 수 없었다. 잠시 후, 그는 그 숫자가 피하주사를 구분하는 것임을 깨달았다. 4번 주사를 두루마리에서 꺼내보니, 이미 바늘이 끼워져 있고 심지어 주사기 안이 채워져 있기까지 했다. 이런 식으로 가지고 다니다니! 그러니까…… 아마도 바로 이 4번 주사기 안에 있는 약품 3cc가 임파선의 감염에 어떤 작용을 할 것이라는 말이지. 그러면, 소문자 'g'는 무슨 뜻이지? 주사기를 살펴보자 원통의 끝부분에 회전판 모양으로 생긴 것이 있고 그 위에 글자가 새겨져 있었다. 글자는 'a'부터 'i'까지 적혀 있었고, 원통에는 용량을 가리키는 눈금 반대편에 글자를 고르는 눈금이 있었다.

 풀 박사는 어깨를 으쓱하며 원판을 돌려 눈금이 'g'를 가리키게 하고 주사기를 눈높이로 들어올렸다. 그는 주사기를 눌러보았지만 작은 물줄기가 주사기 끝에서 뿜어져 나오는 것은 볼 수 없었다. 대신 바늘 끝에서 검은 연기 같은 것이 나는 듯했다. 자세히 살펴보니 바늘 끝이 뚫려 있지도 않았다. 바늘 끝의 단면은 평범한 바늘처럼 축에 비스듬하게 잘려 있었지만, 타원형의 구멍이 나 있지 않았다. 그는 당황해서 다시 한 번 주사기를 눌러보았다. 바늘 끝 부분에 분명히 다시 무언가가 나타난 다음 흩어졌다. 그는 "이거 고쳐야겠군" 하고 말했다. 그리고 바늘을 그의 팔뚝에 찔러보았다. 그는 처음엔 자신의 실수인 줄 알았다. 바늘이 그의 피부 아래로 들어가는 대신 피부 위를 미끄러졌다. 하지만 그는 어째서인지 찔리는 느낌을 전혀 받지 못했는데도 아주 작은 핏자국을 발견했다. 주사기 안에 뭐가 들어 있건 간에, 제값을 하는 물건이라면 — 그리고 구멍이 없는 바늘에서 나올 정도라면 — 몸에 해롭지는 않을 거라고 그는 결론지었다. 그는 자신에게 3cc를 투여한 다음 바늘을 빼보았다. 조금 부어오르긴 했지만, 아프지도 않았고 별다른 점은 없었다.

풀 박사는 그가 잘못 보았거나 별것 아닌 문제일 것이라 여기고, 4번 주사기로 3cc의 'g'를 병든 아이에게 투여하기로 했다. 주사를 맞은 부분이 빨갛게 부어오르는 동안 아이가 울부짖는 것을 말릴 수는 없었다. 하지만 시간이 지나자, 그녀는 마지막으로 숨을 들이키고 곧 조용해졌다.

그는 두려움에 떨며 자신에게 말했다. 그러니까, 그때도 이랬지. 넌 이렇게 아이를 죽인 거야.

그 순간 아이가 일어나 앉으며 말했다.

"엄마는 어딨어요?"

그는 믿기지 않는 듯 아이의 팔을 붙잡고 팔꿈치를 만져보았다. 임파선의 감염이 사라지고 체온이 정상으로 돌아와 있었다. 그가 지켜보는 동안 상처 주위의 충혈된 조직이 가라앉고 있었다. 아이의 맥박은 강했고 정상보다 빠르지 않았다. 방 안이 갑자기 조용해져서, 그는 아이의 어머니가 방 바깥쪽 부엌에서 흐느끼는 소리를 들을 수 있었다. 그리고 그는 어떤 소녀의 의심에 찬 목소리를 들었다.

"아이는 괜찮겠죠, 선생님?"

고개를 돌리자 마른 얼굴에 지저분한 금발인 열여덟 살 정도 되어 보이는 더러운 여자애가 문에 기대어 서서 그를 비웃고 있었다. 그녀가 계속 말했다.

"소문 들었어요, 풀 '선생'님. 나이 드신 어머니께 돈 받을 생각일랑 하지도 마세요. 병든 고양이도 치료할 줄 모르면서."

"그래?"

그는 큰소리쳤다. 이 젊은이가 뭘 잘 모르는 모양이군.

"이리 와서 내 환자를 좀 보는 게 어때?"

"엄마 어딨어요?"

어린아이가 계속 물었고, 금발 소녀는 입을 다물지 못한 채 침대로 와서 조심스럽게 물었다.

"괜찮니, 테레사? 이제 안 아파?"

"엄마 어딨어?"

테레사가 물었다. 그리고 비난하듯 다친 손을 의사에게 향했다.

"아저씨가 찔렀어요!"

아이는 투덜거린 다음 생각없이 깔깔대며 웃었다.

"그럼……"

금발 소녀가 말했다.

"인정할 수밖에 없겠네요, 선생님. 하지만 동네 수다장이 아줌마들이 그러는데, 선생님이…… 그러니까, 진찰을 할 줄 모른다고 하더군요. 진짜 의사도 아니라면서요."

"은퇴한 건 사실이지. 그런데 이 가방을 친구에게 가져다 주려고 나가는 와중에, 마침 너희 어머니가 나를 불렀단다. 그래서……"

그는 오만하게 미소 지었다. 그리고 자물쇠를 건드리자 펼쳐졌던 것들이 작은 검은색 가방으로 되돌아갔다.

"그거, 훔친 거군요."

소녀는 단호하게 말했다. 그는 입이 바싹 말랐다.

"그런 말은 아무도 믿지 않을 걸요. 그 가방 아주 비싼 거죠? 훔친 게 분명해요. 아까 들어와서 선생님이 테레사를 진찰하는 걸 봤을 때는 말리려고 했어요. 하지만 테레사에게 해를 끼치는 것처럼 보이지는 않았죠. 그런데 동료에게 가져간다는 말을 들으니 훔친 물건이라는 걸 알겠어요. 저한테도 좀 나눠주시지 않으면 경찰에 신고하겠어요. 그런 물건은 20~30달러는 할걸요."

그때 어머니가 눈을 붉히고 소심하게 들어왔다. 앉아 있는 어린아이가 혼자 놀고 있는 것을 보자 그녀는 그만 기쁨을 참지 못하고, 정신 나간 듯 아이를 안기도 하고, 무릎을 꿇고 짧은 기도를 드리고, 벌떡 일어나 의사의 손에 입을 맞추고, 그를 부엌으로 데리고 가며 기운차게 그녀의 모국어로 지껄였다. 그러는 동안 금발 소녀는 경멸에 찬 차가운 눈을 하고 있었다. 풀 선생은 어쩔 수 없는 척 부엌으로 들어갔지만, 커피와 아니스 케이크 한 접시와 캐럽 열매를 단호하게 거절했다.

"술을 좀 드려보세요, 엄마."

소녀는 냉소적으로 말했다.

"어머! 어머!"

그녀는 탄성을 질렀다.

"술 좋아하세요, 선상님?"

그녀는 금새 자줏빛 술이 담긴 술병을 내왔고, 그가 부들거리며 손을 뻗자 금발 소녀가 낄낄거렸다. 그는 손을 거둬들였지만, 머릿속에서는 술의 맛과 향, 그리고 위장과 사지가 따뜻해지는 느낌이 되살아났다. 그는 능숙하게 계산을 하기 시작했다. 그녀는 기쁜 마음에 그가 처음 두 잔을 마실 때까지는 신경을 안 쓸테고, 테레사가 광대버섯을 살짝 스쳤다는 이야기로 겁을 주면 두 잔은 더 마실 수 있을 것 같았다. 그 다음에는…… 어찌 되건 상관없었다. 그는 어차피 취할 테니까.

그런데 몇 년만에 처음으로, 일종의 반작용이 나타났다. 그것은 그를 꿰뚫어보고 있는 금발 소녀에 대한 분노와 그가 방금 마친 치료에 대한 자긍심이 뒤섞인 것이었다. 스스로도 놀라워하면서, 그는 술병에서 손을 거두고 사치스럽게 말했다.

"괜찮습니다. 이렇게 일찍부터 술 생각이 있을 리가 없지요."

그는 금발 소녀의 얼굴을 흘끗 보며 그녀가 놀라는 것에 기뻐했다. 곧이어 그녀의 어머니가 조심스럽게 2달러를 주며 말했다.

"큰돈은 아닙니다, 선상님. 그래도 다시 오셔서 테레사를 봐주시겠죠?"

"경과를 지켜보는 것이 좋겠습니다. 하지만, 오늘은 이만 실례하겠습니다. 정말 급히 가볼 곳이 있어서요."

그는 작은 검은색 가방을 단단히 쥐고 일어섰다. 그는 술과 소녀로부터 어서 도망가고 싶었다.

"기다리세요, 선생님."

소녀가 말했다.

"바래다드릴게요."

그녀는 집을 나와 길까지 그를 따라왔다. 그는 무시하고 걸었지만 그녀의 손이 검은 가방에 닿는 것을 느꼈다. 그러자 늙은 풀 박사는 멈춰 서서 그녀를 설득하려고 했다.

"이봐, 젊은이. 자네 말이 맞을지도 모르지. 내가 훔친 걸 수도 있어. 있는 그대로 말하자면, 어떻게 된 건지 기억이 나질 않아. 그래도 자네는 젊으니까 앞으로 노력해서 돈을 벌 수 있지 않나……."

"50대 50이요."

그녀가 말했다.

"안 그러면 경찰에 신고하겠어요. 그리고 한 마디만 더 하시면, 60대 40이에요. 어느 쪽이 40인지는 아시겠죠, 선생님?"

좌절한 그는 전당포로 향했고, 그녀의 건방진 손은 그와 마찬가지로 가방 손잡이를 꼭 잡고 있었다. 위엄 있게 걷는 그의 옆에서 그녀의 발소리가 탁탁 울렸다.

전당포에서 두 사람은 충격을 받았다.

"일반적인 게 아닌걸."

주인장은 그 놀라운 자물쇠가 전혀 인상적이지 않은 듯 말했다.

"이런 건 본 적이 없어요. 싸구려 일제겠죠, 뭐. 길을 따라 더 가보세요. 저는 못 사겠습니다."

길을 따라 내려간 가게에서는 1달러를 제시했다. 그 가게의 주인도 마찬가지로 이런 불만을 표시했다.

"저는 수집가가 아닙니다, 선생님. 다시 팔 수 있는 것만 산다구요. 이걸 누구한테 팔겠어요? 의료 기기가 뭔지도 모르는 중국인들한테 팔까요? 이것들은 전부 우스꽝스럽게 생겼잖아요. 직접 만드신 건 아니죠?"

그들은 1달러에 가방을 팔지 않았다.

소녀는 좌절하고 화를 냈다. 의사도 좌절하긴 마찬가지였지만, 어쩐지 이긴 기분이었다. 그는 적어도 2달러를 얻었지만 소녀는 아무도 원하지 않는 물건에 절반의 투자를 한 셈이었다. 하지만, 그는 문득 그 물건이 틀림없이 아이를 치료했다는 점이 이상하게 여겨졌다.

"그럼,"

그는 소녀에게 물었다.

"이제 포기할텐가? 보다시피, 이건 사실 아무런 값어치가 없다구."

그녀는 열심히 궁리했다.

"그렇게 성내지 마세요, 선생님. 잘은 모르겠지만 이건 뭔가 있어요……. 저 사람들 좋은 물건을 볼 줄 아는 거 맞아요?"

"그렇겠지. 그걸로 먹고 사는 사람들인데. 이게 어디서 왔는지는 모르겠지만……."

그녀는 마치 질문을 던지지 않고도 답을 이끌어내는 악마 같은 재능이 있는 듯, 거기서 그의 말을 끊었다.

"그럴 줄 알았어요. 선생님도 몰랐던 거군요? 좋아요, 제가 알아내 볼게요. 이리 오세요. 그냥 놓아드릴 수는 없어요. 이건 돈이 될 테니까. 어떻게 하면 될지는 모르겠지만, 틀림없이 돈이 될 거예요."

그는 그녀를 따라 어느 카페테리아의 사람 없는 구석으로 들어갔다. 그들을 보고 낄낄거리는 다른 사람들은 안중에도 없이, 그녀는 작은 검은색 가방을 열었다. 그것은 테이블을 거의 가득 뒤덮었다. 그녀는 그것들을 뒤적였다. 두루마리에서 견인기를 꺼내보고, 유심히 본 다음, 무시하듯 던져놓고, 벌리개를 집었다가 또 던져놓고, 분만용 겸자의 아래쪽 절반을 집어서 뒤집어가며 날카로운 눈으로 자세히 살펴보았다. 그리고 박사의 흐린 노안이 찾아내지 못했던 것을 발견했다.

풀 박사가 알고 있는 것이라고는 그녀가 겸자의 목 부분을 들여다보고 얼굴이 하얗게 질렸다는 것뿐이었다. 그녀는 조심스럽게 겸자의 일부를 천 두루마리에 넣고, 견인기와 벌리개를 집어넣었다.

그가 물었다.

"뭘 알아냈지?"

"'원산지 미국,'"

그녀는 쉰 목소리로 씌어 있는 걸 인용했다.

"'특허 출원 2450년 7월.'"

그는 그녀가 처방전에 쓰여 있는 농담을 잘못 읽은 것뿐이라고 말하고 싶었다.

하지만 그는 그녀가 제대로 읽었음을 알고 있었다. 그 붕대용 가위를 생각해보면, 그가 손가락을 움직인 것이 아니라 틀림없이 가위가 그의 손가락을 움직이게 한 것이었다. 피하주사에는 구멍이 없었다. 예쁜 파란색 알약은 번개 같은 충격을 주었다.

"이제 제가 뭘 할 것 같아요?"

소녀는 갑자기 활기를 띠며 물었다.

"사교 학교에 갈 거예요. 선생님도 좋아하실 걸요? 우린 앞으로 서로를 볼 일이 많을 테니까요."

늙은 풀 박사는 대답하지 않았다. 그는 벌써 두 번이나 이용했던, 행과 열이 적힌 플라스틱 카드를 만지작거리고 있었다. 카드는 약간 볼록한 모양이었다. 그리고 볼록한 면이 움푹 들어가도록 눌렀다가 다시 '딸깍'하고 튀어나오게 할 수 있었다. 그는 한 번 '딸깍'할 때마다 카드에 쓰인 말들이 바뀌는 것을 멍하니 보고 있었다. 딸깍. '손잡이에 파란 점이 찍힌 칼은 종양 전용임. 종양 진단은 7번 기구, 종창 시험기로 할 것. 종창 시험기를……' 딸깍. '3번 병의 분홍색 약을 과다복용할 경우, 중화시킬 흰색 약이 있는 병은……' 딸깍. '봉합용 바늘의 구멍이 없는 쪽 끝을 집을 것. 봉합하려는 상처 끝부분에 바늘을 대고 가만히 놓을 것. 바늘이 매듭을 지은 다음, 다시 집어서……' 딸깍. '분만용 겸자의 위쪽 절반을 산도 근처에 놓을 것. 가만히 둘 것. 겸자가 들어가서 제대로 모양새를 잡은 다음······.' 딸깍.

기사 정리부장은 사본 더미의 왼쪽 위편에 '플래너리 1 — 의료'라고 쓰여 있는 것을 보았다. 그는 거기에 반사적으로 '.75까지 줄임'이라고 갈겨쓴 다음, 에드나 플래너리의 돌팔이 추적 시리즈를 다루고 있는 파이퍼에게 말발굽 모양의 편집용 책상 너머로 원고를 넘겼다. 그녀는 괜찮은 신참이야, 하고 그는 생각했다. 하지만 신참들이 늘 그렇듯 말이 많아. 그러니까, '줄임'이지.

파이퍼는 시청 관련 기사를 다시 정리부장에게 주고, 플래너리의 기사를 한 손으로 고정한 다음, 전신기의 캐리지가 굴림대 위를 움직이는 것과 같은 일정한 박자로 한 번에 한 단어씩 연필로 짚어나갔다. 처음엔 글을 읽는 것이 아니었다. 그저 글자들과 단어들을 보면서, 그것들이 《해럴드》의 편집 방침에 맞는지 확인하는 것뿐이었다. 그는 규칙적으로 짚어나가던 연필을 이따금 멈추고 '가슴'에 전형적인 'd'로 끝나는 검은 선을 긋고 '흥부'라고 적거나, '동쪽East'의 'E'에 대각선을 긋고 소문자로 만들거나, 조각난 — 플래너리가 타자기의 스페이스바를 잘못 건드려서 생긴 — 단어를 괄호를 90도 돌려놓은 것처럼 생긴 두 개의 곡선으로 이어주었다. 그는 두꺼운 검은 연필로, 신참들이 늘 그렇듯 그녀가 글의 마지막에 적은 '30'이라는 숫자 주위에 동그란 표시를 해두었다. 그리고 두 번째 교정을 위해 다시 첫 페이지로 돌아갔다. 이번에는 연필로 형용사나 수식어구 전체에 줄을 긋고 전형적인 'd's'라고 적거나, 인쇄체 'L's'라고 적어서 문단을 나누거나, 플래너리가 만들었던 문단들을 날렵한 곡선으로 이어붙였다.

'플래너리 추가 2 — 의료' 페이지의 마지막 부분에서 그의 연필이 점점 느려지다가 멈추었다. 총애하는 편집자의 리듬에 민감한 정리부장은 곧바로 그를 올려다보았다. 그는 파이퍼가 어찌할 바를 모르고 그 이야기를 실눈으로 읽고 있는 것을 발견했다. 파이퍼는 아무 말 없이 압축 목재 책상 너머로 부장에게 기사를 돌려주고, 경찰 관련 기사를 받아서 죔쇠로 고정하고 연필로 짚어나갔다. 정리부장은 네 번째 추가 원고까지 읽은 다음, 근처에 있던 하워드를 불러 "나 대신 좀 하고 있어보게" 하고 말했다. 그리고 떠들썩한 편집실을 뚜벅뚜벅 지나 이 아수라장을 통솔하는 편집 주간이 있는 구석방으로 갔다.

정리부장은 편집 기자와 인쇄실장과 수석 사진가가 편집 주간과 이야기를 마칠 때까지 기다렸다. 그의 차례가 되자 그는 플래너리의 기사를 책상에 올려놓고 말했다.

"이번엔 돌팔이가 아니랍니다."

편집 주간은 기사를 읽었다.

"플래너리 1 — 의료, 에드나 플래너리, 해럴드 정규 기자.

의료 사기꾼들의 더러운 이야기를 폭로해온 해럴드 연재의 이번 회는, 기자가 찾은 반갑고 놀라운 소식을 기분 전환 삼아 전하도록 한다. 오늘 기사의 진상을 밝히는 일의 시작은, 10여 건의 의료 사기와 가짜 신앙요법을 폭로해온 것과 마찬가지였다. 그러나 바야르 풀 박사에 대해서는, 비록 그가 비정통적인 시술로 당연히 의사회의 날카로운 의심을 받아왔음에도 불구하고, 의사의 이상을 구현하고 있는 진정한 치료자라고 말할 수 있게 되었다.

기자는 주 의사회의 윤리위원회로부터 풀 박사의 이름과 함께, 그가 가벼운 증상을 겪는 몇몇 환자들을 이른바 '착취'했다는 이유로 1941년 7월 18일에 의사회에서 제명당했음을 알게 되었다. 위원회 기록의 증언에 따르면 풀 박사는 그들이 암 환자였으며, 그의 치료로 그들의 삶이 연장되었다고 말했다. 제명당한 이후 풀 박사는 의사회의 관심 밖으로 사라졌지만, 그는 지난 수년간 하숙집으로 사용되던 갈색 사암 건물에 미드타운 '요양원'을 열었다.

수많은 가짜 질병들과, 그에 맞게 처방된 정가의 특효 치료제를 기대하며 기자는 이스트 89번가에 있는 요양원을 방문했다. 기자는 이미 여러 번 본 바와 같이 너저분한 방에 더러운 의료기구들, 그리고 돌팔이 의사의 정체를 알 수 없는 설비 등을 보게 될 것이라고 예상했다.

예상은 빗나갔다.

멋진 가구가 놓인 현관홀에서부터 밝고 하얀 진료실까지, 풀 박사의 요양원은 티 없이 깨끗했다. 매력적인 금발의 접수원은 바르고 상냥하게 인사한 다음, 이름과 주소, 평소의 지병을 물었을 뿐이었다. 대답은 언제나처럼 '끈질긴 요통'이었다. 접수원은 기자에게 자리를 권했고, 잠시 후 2층에 있는 진료실로 안내해 풀 박사를 소개시켜주었다.

의사회 대변인이 주장했던 풀 박사의 과거는 지금의 그의 모습과 전혀 어울리지 않았다. 그는 맑은 눈에 백발이었고, 나이는 60대 정도로 보였으며, 중간보다 조금 큰 키에 확실히 건강해 보였다. 그의 목소리는 단호하면서도 친절했고, 이제껏 많이 만나본 돌팔이 의사들처럼 환심을 사기 위한 애처로움은 묻어나지 않았다.

의사가 어디가 어떻게 아픈지 물어본 다음 진찰을 시작할 때까지, 접수원은 방을 나가지 않았다. 기자가 치료대에 엎드려 있는 동안 그는 어떤 도구를 기자의 허리에 대고 눌렀다. 1분 정도 지나자, 놀랍게도 그는 이렇게 말했다. '아가씨, 아프다고 말했던 부위가 아플 까닭은 전혀 없습니다. 요즘에는 감정적인 혼란이 그런 고통을 유발한다는 이야기도 많아요. 계속 아프면 정신분석의나 정신과 의사에게 가보는 게 좋을 겁니다. 신체적인 원인이 없으니, 제가 해드릴 수 있는 게 없군요.'

그의 정직함은 기자를 놀라게 했다. 그는 혹시 기자가, 비유하자면 그의 부대에 잠입한 스파이라는 것을 눈치챈 것일까? 기자는 다시 한 번 시험해보았다. '그러면, 선생님, 이것도 진찰 좀 해주세요. 허리 아픈 것 말고도 저는 평소에 늘 피곤하고 지쳐 있거든요. 강장제 같은 게 필요한지도 몰라요.' 이것은 돌팔이 의사를 결코 놓치는 법이 없는 미끼였다. 이런 말을 하면 그들은 환자의 몸에서 온갖 알 수 없는 이상을 발견해내고, 거기에 '꼭 필요한' 비싼 처방을 내렸다. 이 연재의 첫 번째 글에서 설명했던 것처럼, 물론 기자는 돌팔이 사냥을 나서기 전에 철저한 건강 검진을 거쳤고, 완전히 건강한 상태라는 것을 확인했다. 한 가지 예외는 왼쪽 폐의 아래쪽 끝에 있는 '흉터' 자국으로, 어린 시절 겪은 결핵이 갑상선 기능 항진증 — 갑상선이 지나치게 활동해서 체중이 줄고 숨이 약간 가빠지는 증상 — 으로 발전해서 생긴 것이었다.

풀 박사는 진찰을 하기로 하고, 말 그대로 의료기구들 — 대부분이 기자에게 익숙하지 않은 — 로 뒤덮인 커다란 판 위의 두루마리에서, 티 없이 깨끗하고 반짝이는 기구들을 몇 가지 꺼냈다. 첫 번째로 그가 사용한 것은 표면을 따라 휘어진 계기판이 달린 통으로, 거기서 나온 두 줄의 전선 끝에는 각각 평평한 원판이 붙어 있었다. 그는 원판 가운데 하나를 기자의 오른쪽 손등에 올려놓고, 다른 하나를 왼손에 올려놓았다. '계기에 따르면', 그는 숫자를 불러주었고, 접수원은 주의 깊게 그것을 표에 받아 적었다. 같은 절차를 반복해서 기자의 신체를 모두 조사하는 동안, 기자는 틀림없이 그는 진짜 돌팔이라는 확신을 갖게 되었다. 지난 몇 주간 이 연재를 위해 받아본 진찰들 가운데 이런 것은 한 번도 받아본 적이 없었다.

잠시 뒤 의사는 접수원에게 표를 받아서 그녀와 낮은 목소리로 의견을 나눈 다음 말했다. '갑상선이 좀 지나치게 활동적이군요, 아가씨. 왼쪽 폐에도 문제가 좀 있고……, 대단한 건 아닙니다. 하지만 조금 더 알아봐야겠군요.'

다음으로 그가 선택한 기구는 기자가 알기로 '검경'이라는 것인데, 가위처럼 생긴 것으로 귓구멍이나 콧구멍 등 몸의 열린 곳을 벌려서 의사가 들여다보기 위해 쓰이는 것이었다. 하지만 그 기구는 귀나 코에 쓰기는 너무 컸고, 다른 것이라고 하기엔 너무 작았다. 해럴드 기자가 그것에 대해 좀 더 물어보려고 했을 때, 옆에 있던 접수원이 말했다. '폐를 검진하는 동안은 환자의 눈을 가리게 되어 있습니다. 괜찮으시겠습니까?' 기자는 당황했지만 티 없이 깨끗한 붕대를 눈에 감는 것에 동의했고, 무슨 일이 벌어질지 초조하게 기다렸다.

눈을 가리고 있는 동안 무슨 일이 일어났는지는 지금도 정확히 알 수 없다. 하지만 엑스레이 사진은 기자의 의심을 확인시켜주고 있다. 왼쪽 갈비뼈 부근에 차가운 느낌이 있었는데, 그 차가움이 몸 안으로 들어오는 것 같았다. 기자는 풀 박사가 사무적인 목소리로 말하는 것을 들었다. '오래 전의 결핵으로 여기 아래쪽에 흉터가 있군요. 해로운 것은 아니지만, 당신처럼 활동적인 사람에겐 산소가 많이 필요하죠. 가만히 누워 계세요. 고쳐드리겠습니다.'

그리고 다시 차가운 느낌이 들었는데, 이번엔 더 오래 걸렸다. '폐포 한 부분 더, 혈관 접착제.' 해럴드 기자는 풀 박사가 명령하고 접수원이 또렷하게 대답하는 것을 들었다. 곧이어 기묘한 느낌이 사라지고 눈을 가렸던 붕대가 제거되었다. 기자의 갈빗대에는 아무 자국도 남아 있지 않았지만, 의사는 확언했다. '끝났습니다. 섬유증을 떼어냈어요. 그게 좋은 기능을 하기도 했습니다. 그것들이 감염을 막아주고 있었던 덕분에 당신은 이제까지 살아 있을 수 있었던 거죠. 그걸 떼어낸 다음 폐포 몇 덩이를 심어놨습니다. 그 작은 장치들이 공기 중의 산소를 가져와서 혈액 안으로 넣어줄 겁니다. 갑상선 호르몬은 건드리지 않을 겁니다. 이제까지 익숙해진 생활 방식이라는 것이 있으니까, 어느날 갑자기 자기 성격이 태평스러워진다거나 하는 것을 느끼면, 아마 기분이 좋지 않을 겁니다. 요통에 대해서는, 훌륭한 정신분석의나 정신과 의사를 주 의사회에 문의해보세요. 돌팔이는 조심하시고요. 요즘 정말 많거든요.'

 의사의 자신감은 기자를 놀라게 했다. 기자는 치료비를 물었고, 접수원은 50달러라고 대답했다. 평소와 마찬가지로, 기자는 의사가 직접 서명한, 자세한 치료 내역이 적혀 있는 영수증을 받기 전까지 돈을 지불하지 않았다. 대부분의 의사들과 달리 그는 영수증에 '왼쪽 폐의 섬유증 제거 및 섬유증 복구'라고 기꺼이 적고 사인했다.

 기자가 요양원을 나와 처음으로 간 곳은 이 연재의 준비를 위해 진찰을 받았던 흉부 전문의였다. 해럴드 기자는 '수술'을 받은 날 찍은 엑스레이와 이전에 찍었던 것들을 비교함으로써, 풀 박사가 최고의 돌팔이, 사기꾼 의사라는 것을 폭로하게 될 것이라고 생각했다.

 이 연재의 기획 단계에서부터 활발한 관심을 보여왔던 흉부 전문의는 바쁜 일정 가운데에서도 기자를 위해 시간을 내주었다. 오래된 파크 애비뉴의 진료실에서, 기자가 받았던 기묘한 치료에 대해 묘사하자 그는 크게 웃었다. 그러나 그는 기자의 흉부 엑스레이를 찍고, 현상하여 이전에 찍었던 것과 비교한 다음에는 더이상 웃지 않았다. 흉부 전문의는 그날 오후 여섯 장의 엑스레이를 추가로 찍었지만, 마침내 인정할 수밖에 없었다. 해럴드 기자의 명예를 걸고 말하건대, 18일 전까지 있었던 결핵으로 인한 흉터는 사라지고, 그 자리는 건강한 폐조직으로 대체되었다. 전문의는 이것이 의학사에 견줄 만한 일이 없는 사건이라고 선언했다. 그러나 그는 풀 박사가 이런 변화를 일으켰다는 기자의 확신에는 동의할 수 없었다.

그러나 본 기자는 아무런 모순을 느끼지 않는다. 기자의 결론은, 바야르 풀 박사가 — 그의 과거가 어떻다고 이야기되건 간에 — 비정통적이지만 매우 훌륭한 개업의로서, 이제는 어떤 상황에서든 자신을 맡길 수 있는 사람이라는 것이다.

하지만, 애니 딤스워즈 '목사'의 경우는 그렇지 않다. 이 마녀는, 그녀를 찾아온 무지하고 고통받는 사람들에게 '믿음'을 가장하고 더러운 '치유 기도'를 해줌으로써 먹고 산다. 애니의 은행 잔고를 모두 합치면 5만 3238달러 64센트에 이른다. 내일 기사에서는, 진술서와 은행 잔고의 복사 사진과 함께……"

편집 주간은 '플래너리 마지막 추가 — 의료' 페이지를 내려놓고 연필로 앞니를 톡톡 치면서 생각을 정리했다. 그는 마침내 정리부장에게 말했다.

"잘라버려. 예고는 박스 기사로 하고."

그는 마지막 문단 — '목사' 애니에 대한 '예고' — 을 잘라서 정리부장에게 넘겼고, 정리부장은 말발굽 모양의 압축 목재 책상으로 터벅터벅 돌아왔다.

편집 주간의 시선을 잡기 위해 어쩔 줄 몰라 하던 편집 기자가 다시 들어왔다. 인터폰에 붉은 불이 켜지며 울렸다. 그것은 편집자와 발행인이 편집 주간과 할 이야기가 있다는 뜻이었다. 그는 잠시 이 풀 박사에 대한 짧은 특집을 해보면 어떨까 생각했지만, 해봤자 아무도 믿지 않을 테고 어차피 돌팔이일 것이라고 생각했다. 그는 기사를 '폐기'용 못에 박아두고 인터폰에 대답했다.

풀 박사는 앤지가 좋아질 지경이었다. 그의 진료소가 동네의 질병을 독점하고, 주택 지구의 공립 주택 한편에 진료실을 얻게 된 다음, 마침내 요양원을 세우기까지, 그녀도 함께 자라나는 것 같았다. 그는 생각했다. 아, 사소한 견해차가 있기는 하지…….

예를 들면, 그 소녀는 돈에 너무나 관심이 많았다. 그녀는 성형수술을 전문적으로 하고 싶어 했다. 돈 많은 나이든 여자들의 주름을 없애주는 것 같은 일들 말이다. 그녀는 이 물건이 그들에게 맡겨진 것일 뿐임을, 그들이 작은 검은색 가방과 그 안의 놀라운 내용물의 소유자가 아니라 단지 맡아둔 사람일 뿐이라는 것을 곧바로 이해하지 못했다.

한때 그는 매우 조심스럽게 그것들을 분석하려고 해봤지만 소득이 없었다. 예를 들면, 모든 기구들은 약간의 방사능을 띠고 있었지만, 높은 수치는 아니었다. 가이거 계수기의 바늘을 움직이게 하기는 했지만, 검전기에는 아무런 반응이 없었다. 물론 최신 기술에 밝지 못한 것은 인정하더라도 그가 아는 한 이건 분명 뭔가 이상했다. 최고의 배율로 확대해 보면, 완벽하게 마감된 기구들의 표면에는 선들이 그어져 있었다. 믿을 수 없을 만큼 가는 선들이 아무 의미 없는 들쭉날쭉한 문양으로 새겨져 있었다. 기구들의 자성도 터무니없었다. 어떨 때는 자석에 강하게 붙어 있다가, 어떨 때는 약했고, 또 어떨 때는 전혀 붙지 않았다.

풀 박사는 그 안에 들어 있는 장치를 혹시나 망가뜨리지 않을까 하는 두려움에 떨며 엑스레이를 찍어보았다. 그는 그것들이 그냥 금속 덩어리가 아니라는 것을, 손잡이나 혹은 날 부분의 안쪽에는 시계처럼 바쁘게 움직이는 작은 장치들이 가득할 것임을 확신했다. 하지만 엑스레이에는 아무것도 나오지 않았다. 하나 더, 그 기구들은 언제나 살균 상태였으며, 녹슬지도 않았다. 흔들기만 하면 먼지들이 떨어져 나갔다. 그래도 이것만은 그가 이해할 수 있는 부분이었다. 기구들이 먼지를 이온화하거나, 혹은 스스로를 이온화하거나, 뭐 그런 원리였다. 뭐건 간에, 그는 소리를 기록하는 방식에 관해 그와 비슷한 것을 읽은 적이 있었다.

앤지는 아마 이해하지 못할 거야, 그는 자신만만하게 생각했다. 그 아이는 장부를 아주 잘 관리해왔지. 내가 나태해질 때면 종종 자극이 되어주기도 했어. 동네 빈민가에서 주택 지구로 옮기자는 것도 그녀의 생각이었고, 요양원도 마찬가지였지. 좋아, 좋아. 덕분에 도움이 많이 되었어. 밍크 코트나 요즘은 로드스터라고들 부르는 컨버터블 차도, 뭐 살 수도 있지. 그는 자신이 너무 바쁘고 너무 늙었다고 생각했다. 그에겐 마저 해야 할 일이 무척 많았다.

풀 박사는 마스터 플랜을 생각하며 흐뭇해 했다. 그녀는 좋아하지 않을지도 모르지만, 그 논리만은 틀림없이 수긍할 것이다. 이 경이로운 물건은 반드시 후대에 전해져야만 했다. 그녀는 의사가 아니었다. 비록 기구들이 스스로 움직인다고는 해도 의술은 단순한 기술 이상이다. 치료술에는 고대로부터 내려온 규범이 있었다. 그러니 이런 논리를 받아들인다면 앤지도 이 작은 검은색 가방을 모든 인류에게 넘겨주는 것에 동의할 것 같았다.

최대한 시끄럽지 않게 이것을 외과의사회에 선보이는 방법이 있었다. 뭐, 아마도 작은 행사 정도는 할 수도 있겠지. 그는 컵이건 액자에 든 감사장이건 간에, 기념품을 좋아했다. 가방을 포기하는 것이 한편으로는 마음 편하기도 했다. 이런 혜택을 누가 받아야 하는지는 치료술의 거장들이 결정하게 하자. 아니, 앤지는 이해할 거야. 근본이 착한 아이니까.

최근에 그녀가 외과술에 그렇게 많은 관심을 보이는 것은 좋은 일이었다. 기구에 대해 물어보고, 몇 시간씩 설명 카드를 읽고, 기니피그로 시술을 해보기도 했다. 그의 인류애가 조금이라도 그녀에게 전해졌다면 그의 삶은 헛된 것이 아니었을지도 모른다고, 풀 박사는 감상적으로 생각했다. 그들보다 현명한 사람들에게 이 기구를 넘김으로써, 이런 작은 일에나 필요한 비밀의 가면을 그렇게 벗어던짐으로써, 더 큰 선이 이루어질 수 있다는 점을 그녀도 틀림없이 깨달을 거라고.

풀 박사는 갈색 사암 건물의 전면 응접실이었던 치료실에서, 앤지의 노란 컨버터블이 현관 앞에 멈추는 것을 창 너머로 보았다. 그는 계단을 올라오는 그녀의 모습을 싫지 않았다. 요란하지 않으면서 깔끔하군, 하고 생각했다. 지적인 아이니까 이해할 거야. 그런데 그녀는 누군가와 함께 있었다. 지나치게 차려입은 거만한 모습의 뚱뚱한 여자가 우쭐대며 계단을 올라왔다. 아니, 저 여자는 뭐지?

안으로 들어온 앤지는 치료실로 향했고, 뚱뚱한 여자도 따라왔다.

"선생님,"

금발의 소녀는 진지하게 말했다.

"콜먼 부인을 소개해주어도 될까요?"

앤지가 사교 학교에서 모든 것을 잘 배우지는 못했지만, 벼락부자가 틀림없는 이 콜먼 부인은 방금 앤지가 한 말실수를 알아듣지 못한 것이 틀림없다고, 박사는 생각했다.

"아께야 양한테서 이야기 많이 들었어요, 선생님. 선생님의 장비에 대해서도요!"

그녀가 지껄여댔다.

박사가 대답하기 전에, 앤지가 부드럽게 끼어들었다.

"잠시 실례해도 될까요, 콜먼 부인?"

그녀는 박사의 팔을 잡고 대기실로 데려갔다.

"들어보세요,"

그녀는 재빨리 말했다.

"선생님 성격에 안 맞는 일이라는 건 알지만요, 놓칠 수가 없었어요. 엘리자베스 바턴즈 학교에서 체육시간에 만난 아줌마인데요. 따돌림 당하고 있었어요. 미망인이래요. 남편은 암거래상이나 뭐 그런 거였나봐요. 돈을 쌓아놓고 살더라구요. 박사님의 마사지 장비로 주름을 얼마나 잘 없앨 수 있는지 이야기해놨어요. 제 생각에는, 저 아줌마의 눈을 가리고, 피부과용 칼로 목을 그은 다음에, 근육에다 퍼몰을 좀 넣고, 지방질용 퀴레트로 기름 좀 걷어내고, 스킨타이트로 마무리를 하면 될 것 같아요. 눈가리개를 벗겼을 때 주름이 사라져 있기만 하면 무슨 일이 있었는지 모를 거구요. 500달러 낼 거래요. 안된다고 말씀하지 마세요. 이번 한 번만, 제 방식대로 하면 안될까요? 저도 이제까지 계속 도와드렸잖아요, 네?"

"음,"

박사는 말했다.

"그러자꾸나."

그는 어차피 자신의 마스터 플랜에 대해 조만간 이야기할 참이었다. 그러니 이번엔 그녀의 뜻대로 해주기로 했다.

뒤쪽 치료실에서, 콜먼 부인은 곰곰이 생각 중이었다. 그녀는 박사에게 단호하게 물었다.

"이 치료는 물론 영구적인 거겠죠?"

"그렇습니다, 부인."

그는 짧게 대답했다.

"여기 누우시겠습니까? 아께야 양, 10센티미터 살균 붕대로 콜먼 부인의 눈을 가려드리게."

그는 대화를 피해 등을 돌리고, 조명을 조정하는 척했다. 앤지는 여자의 눈을 가리고, 박사는 필요한 도구를 챙겼다. 그는 금발 소녀에게 견인기를 주며 말했다.

"내가 절개하면 바로 날을 따라 잡도록 하고……"

그녀는 그에게 경고하는 눈빛을 보내고 기대어 있는 여자를 가리켰다. 그는 목소리를 낮췄다.

"알았어. 잡은 다음엔 절개부를 고정해. 언제 꺼내면 되는지 말해주지."

풀 박사는 피부과용 칼을 눈높이로 들어올려 작은 슬라이드를 3센티미터 깊이에 맞췄다. 그는 마지막으로 이걸 사용했던 것이 오래 전 인후 부분의 '가망 없는' 종양을 적출하는 수술이었던 것이 생각나, 짧은 한숨을 쉬었다.

"아주 좋아."

그는 여자를 굽어보며 말했다. 그는 시험 삼아 조직을 갈라보았다. 들어간 날은, 손가락으로 수은을 가르는 것처럼 지나간 자리에 아무런 흔적도 남기지 않고, 조직을 따라 물 흐르듯 움직였다. 견인기가 없으면 절개부를 고정할 수 없었다.

콜먼 부인이 흥분해서 재잘거렸다.

"선생님, 아주 이상한 기분이 들어요! 제대로 마사지하고 계신 거

맞죠?"

 그는 견인기를 가만히 잡고 있는 앤지에게 고개를 끄덕였다. 3센티미터까지 들어간 날은, 표피의 죽은 각질 조직과 진피의 살아 있는 조직만을 마술처럼 갈랐을 뿐, 다른 — 그러니까, 미리 설정되지 않은 — 계나 기관에 영향을 주지 않도록 크고 작은 혈관과 근육 조직을 신비롭게 피해 갔다. 박사는 이 칼이 어떻게 작동하는지 도저히 알 수 없었지만, 이런 식의 타락은 그를 힘들고 비통하게 만들었다. 그가 날을 빼자 앤지는 견인기를 넣고 절개부의 양쪽을 잡아당겨서 고정했다. 청회색 인대에 붙어 죽은 듯이 늘어져 있는 건강하지 못한 근육이 피 한 방울 없이 절개부에 드러났다.

 박사는 'g'에 맞춰져 있는 9번 주사기를 집어 눈높이로 들어올렸다. 뿌연 안개가 나와서 사라졌다. 바늘이 막혀 있거나 하는 이상이 있는 도구는 하나도 없을 것이 분명했다. 하지만 조심해서 나쁠 것도 없었다. 그는 1cc의 'g', '퍼몰'이라고 카드에 적혀 있는 것을 근육에 주사했다. 그와 앤지는 근육이 인두를 잡아당기며 팽팽해지는 것을 지켜보았다.

 그는 지방질용 퀴레트 가운데 작은 것을 집어서 노란 빛이 나는 조직을 떠내어 소각 상자에 버리고 앤지에게 고개를 끄덕였다. 그녀가 견인기를 풀자 벌어져 있던 절개부가 조금 늘어난 채 가운데로 모였다. 박사는 '스킨타이트'에 다이얼이 맞춰진 분무기를 들고 있었다. 그가 분무기를 사용하자, 피부가 줄어들면서 새롭고 단단한 목선이 살아났다.

 그가 기구를 치우는 동안, 앤지는 콜먼 부인의 안대를 치우고 유쾌하게 말했다.

 "끝났습니다! 대기실에 거울이 있으니……."

콜먼 부인에겐 긴 말을 할 필요가 없었다. 그녀는 의심에 찬 손가락으로 턱을 만져보더니, 대기실로 달려갔다. 부인이 기쁨의 비명을 지르는 동안 박사는 얼굴을 찌푸렸고, 앤지는 굳은 미소를 지으며 말했다.

"이제 돈을 받고 내보낼게요. 더이상 신경쓰지 않으셔도 돼요."

적어도 그것만은 그에게 매우 고마운 일이었다.

그녀는 콜먼 부인을 따라 대기실로 갔고, 박사는 도구가 든 가방을 보며 상상에 빠졌다. 행사를 해야지, 당연히. 그럴 자격이 있어. 이런 돈덩어리를 인류 전체를 위해 선뜻 내놓는 사람은 많지 않을거야. 어차피 이젠 돈이 그렇게 중요하지 않은 나이가 되기도 했고. 그리고 혹시나 예전의 그 판결이 만에 하나라도, 혹시라도 정말 잘못 내려진 것일지도 모른다는 생각을 해보면 말이지. 박사는 종교적인 사람이 아니었지만 삶에 주어진 시간이 얼마 남지 않게 되면 누구나 이런 것들에 대해 생각하기 마련이었다……

앤지가 작은 종이를 손에 들고 돌아왔다.

"500달러입니다."

그녀는 사무적으로 말했다.

"한 번에 3센티미터씩, 그러니까 3센티미터에 500달러씩 받아낼 수 있겠죠?"

"그렇지 않아도 너에게 이 얘기를 하려고 했었다만……"

그는 앤지의 눈에 불안한 기색이 역력한 것을 보았다. 왜 그러지?

"앤지, 너는 착하고 현명한 아이야. 하지만 우리는 이런 짓을 계속할 수는 없단다."

"나중에 얘기해요."

그녀는 딱 잘라 말했다.

"피곤하니까."

"아니야……. 내 생각에 우린 이미 너무 멀리 와버린 것 같구나. 이 기구들은……."

"그만하세요, 선생님! 말하지 마세요, 안 그러면 후회하실 거예요."

그녀가 말렸다.

그는 그녀의 얼굴에서 눈이 움푹 들어간 마른 얼굴에 지저분한 금발이었던 과거의 소녀를 떠올렸다. 사교 학교 졸업생의 얼굴 아래에는, 더럽고 쉰내나는 매트리스에서 유아기를 보냈던, 어린 시절을 쓰레기통 같은 골목길에서 놀며 보냈던, 낮이면 노동 착취 공장에서, 밤이면 이유도 없이 가로등 아래에 모여 사춘기를 허비했던 부랑아의 얼굴이 있었다.

그는 고개를 흔들며 알아들을 수 없는 그녀의 말을 무시했다.

"이런 거란다,"

그는 참을성 있게 계속했다.

"분만용 겸자를 발명하고서도, 몇 세대에 걸쳐 그것을 비밀로 간직했던 가문의 이야기를 해준 적이 있지 않느냐. 그것을 세상에 공개할 수도 있었지만 그렇게 하지 않았다고 말이다."

"그 사람들은 뭘 좀 알았던 거죠."

부랑아는 단적으로 말했다.

"아니, 그렇지 않아. 우리도 그렇고."

박사는 신경질적으로 말했다.

"난 벌써 마음을 정했다. 이 기구들은 외과 대학에 넘겨줄거야. 편히 살 만큼은 이미 벌었잖니. 네 집을 살 수도 있을 만큼 말이다. 난 더 따뜻한 곳으로 이사갈 생각을 하고 있었다."

그는 이렇게 불편한 상황을 만든 그녀에게 짜증이 나 있었다. 그리고 다음에 무슨 일이 벌어질지는 짐작도 못하고 있었다.

앤지는 허둥지둥 가방을 낚아채 문으로 달려갔다. 그는 서둘러 그녀를 따라가서 팔을 붙들었고, 화가 치밀어오른 그는 그녀의 팔을 비틀었다. 그녀는 저주하면서 다른쪽 손으로 그의 얼굴을 할퀴었다. 그 와중에 누군가의 손이 작은 검은색 가방을 건드렸고, 가방이 기이하게 열리며 크고 작은 빛나는 도구들로 뒤덮힌 커다란 기구대가 펼쳐졌다. 그 바람에 기구들 대여섯 개가 흔들려서 바닥으로 떨어졌다.

"이 꼴을 봐라!"

박사가 이성을 잃고 소리쳤다. 그녀의 손은 여전히 가방 손잡이를 단단히 쥐고 있었지만, 그녀는 격한 분노에 몸을 떨며 그대로 서 있었다. 그는 비통했다. 철 없는 아이 같으니! 이런 꼴을……

그는 견갑골 사이에 통증을 느꼈고, 엎어졌다. 눈앞이 점점 어두워졌다.

"철없는 아이 같으니!"

그는 간신히 불평했다.

"그래도 그들은, 내가 노력한 건 알아주겠지……"

앤지는 엎드린 그의 몸을 내려다보았다. 그의 등에는 '6번 소작용 칼'의 손잡이가 튀어나와 있었다. '이것은 모든 조직을 자를 수 있다. 리-그로를 살포하기 전에 절단할 때 사용할 것. 치명적인 기관이나 대동맥, 혹은 중추 신경 부근에서 사용할 때에는 매우 주의해야 한다.'

"이러려던 게 아닌데."

놀라서 몸이 굳은 앤지가 천천히 말했다. 형사가 올 거야. 무자비한 형사는, 방 안의 먼지들만 갖고도 범죄를 재구성하겠지. 이리저리 얽힌

길을 돌아 달아나도, 그는 결국 날 찾아내서 법정으로 데려가 판사와 배심원들 앞에 세우겠지. 아무리 변호사가 변론을 해도 어차피 배심원들은 유죄를 선고할 테고, 신문엔 커다란 표제가 실리겠지. "금발 살인자 유죄!" 전기의자형을 받으면, 먼지 사이로 햇살이 비추는 단조로운 복도를 걸어, 그 끝에 있는 철문을 열게 될 거야. 내 밍크 코트, 내 차, 내 드레스, 나와 연애할, 결혼할 멋진 남자⋯⋯.

뻔한 영화 장면들이 머릿속에서 사라지자, 그녀는 무슨 일을 해야 할지 깨달았다. 아주 차분하게, 그녀는 기구대의 두루마리에서 소각용 상자를 집었다. 금속으로 된 정육면체의 한 면에만 무늬가 다른 점이 찍혀 있는 것이었다. '⋯⋯섬유증이나 다른 필요없는 것들을 처리하려면, 동그라미를 누를 것⋯⋯' 무엇이든 상자에 넣고 동그라미를 누른다. 가까이서 들으면 아주 불쾌하고 강력한, 소리 없는 휘파람과 함께, 빛은 나지 않아도 무언가가 번쩍 한다. 다시 상자를 열어보면, 그 안에는 아무것도 없다. 앤지는 다른 소작용 칼을 집고 잔인하게 일하기 시작했다. 그래도 다행인 것은 이렇다 할 만큼 피가 나오지 않았다는 것이다. 그녀는 세 시간만에 그 끔찍한 일을 마쳤다.

살인과 그에 이은 지독한 일이 준 괴로움에 진이 빠져 그녀는 그날 밤 아주 깊이 잠들었다. 그러나 다음날 아침이 되자, 박사는 원래부터 없었던 것 같았다. 그녀는 아침을 먹고 평소와 달리 조심스럽게 옷을 입다가⋯⋯ 다시 조심스럽게 입었던 것을 벗었다. 평소와 다르면 안 돼. 그녀는 생각했다. 뭐든지 전에 하지 않았던 방식으로 해서는 안 돼. 하루 이틀 지나면, 경찰에 신고하는 거야. 그가 잔뜩 취해서 나갔는데, 걱정이 된다고. 하지만 서두르지 마⋯⋯ 너무 서두르면 안 돼.

콜먼 부인은 오전 10시에 오기로 되어 있었다. 앤지는 박사를 설득해서 적어도 한 번은 더 500달러의 수술을 할 수 있을 거라고 생각했었다. 이제 그녀는 혼자서 일해야 했다. 하지만 어차피 조만간 벌어질 일이었다.

부인은 일찍 도착했다. 앤지는 편안하게 설명했다.

"선생님께서 오늘은 저에게 마사지를 맡기셨습니다. 조직 강화 작업을 선생님께서 시작하셨기 때문에, 이제는 이 과정에 숙련된 사람만 있으면……"

그녀는 이렇게 말하며 도구 가방으로 눈을 돌렸다. 가방이 열려 있었다! 그녀가 자신의 잘못을 자책하는 동안 부인이 그녀의 시선을 따라 가방을 보고 물러섰다.

"이것들은 다 뭔가요?"

그녀가 물었다.

"저걸로 날 찌를 셈인가요? 뭔가 수상하다는 생각은 했지만……"

"콜먼 부인,"

앤지가 말했다.

"친애하는 콜먼 부인, 저…… 마사지 도구에 대해 오해하시는 것 같은데요."

"마사지 도구? 세상에!"

부인이 날카롭게 말했다.

"나에게 수술을 한 거였어. 그러니까, 잘못하면 날 죽였을지도 모르겠네!"

앤지는 말없이 작은 피부과용 칼을 집어서 자기의 팔뚝을 그었다. 수은을 가르는 손가락처럼, 날은 아무런 상처를 남기지 않고 나아갔다. 이거라면 이 늙은이를 확신시킬 수 있겠지!

부인은 확신하기는커녕 놀라기만 했다.

"뭘 한 건가요? 날이 핸들 안으로 들어가는 거군요. 뻔하죠!"

"자세히 보세요, 콜먼 부인."

앤지는 500달러를 간절히 바라며 말했다.

"아주 잘 보시면 보이실 텐데요, 그러니까, 음, 이 피하 마사지 기구는 아무런 상처 없이 조직 아래로 내려가서, 근육을 단단하게 당겨주는 겁니다. 여러 층의 피부와 지방조직을 거치는 대신 말이죠. 이게 선생님 시술의 비밀입니다. 그러니까, 바깥쪽만 마사지해서는 어젯밤과 같은 효과는 보실 수 없는 거겠죠?"

콜먼 부인은 진정하기 시작했다.

"확실히 효과는 있었어요."

그녀는 달라진 목선을 만지며 인정했다.

"하지만 아가씨 팔뚝하고 내 목은 달라요! 아가씨가 자기 목에 직접 해보면 또 모를까!"

앤지는 미소 지었다…….

알은 훌륭한 점심 식사를 마치고 병원으로 돌아왔다. 식사를 하며 그는 근무 기간을 조정해서 3개월 연장하도록 했다. 그러고 나서, 그는 생각했다. 그러고 나면 축복받은 뛰어난 자들의 남극에서 특기를 살려 영광스러운 한 해를 보내겠지. 그의 특기는 세 살에서 여섯 살 사이에 나타난 염동력이었다. 그러는 동안 물론 세상은 잘 굴러갈 테고, 그 기간이 끝나면 그는 돌아와 맡은 바 책임을 지게 될 것이다.

서류 업무를 시작하기 전에 그는 언제나처럼 가방 현황판을 둘러보았다. 거기서 발견한 것에 그는 충격을 받고 몸이 뻣뻣해졌다. 숫자들

가운데 하나의 옆쪽에 빨간 불이 들어와 있었다. 그가 아는 한 이런 일은 처음이었다. 그는 숫자를 읽고 중얼거렸다.

"좋아, 674101. 그러니까, 이 사람이로군."

그는 카드 정리기에 숫자를 입력하고, 곧바로 출력된 기록을 집어 들었다. 아, 그래…… 헤밍웨이의 가방이로군. 이 덩치 큰 친구는 가방을 어디서 어떻게 잃어버렸는지 기억을 못 했어. 사실 그런 건 아무도 기억 못 하지. 돌아다니는 가방이 수백 개는 될 거야.

이런 경우 알의 정책은 그냥 가방을 켜두는 것이었다. 가방은 사실상 스스로 작동했고, 그것으로 해를 가하는 일은 현실적으로 불가능했으므로, 누군가 잃어버린 가방을 찾는다면 그걸 사용해도 별로 상관없는 일이었다. 가방을 끄게 되면 사회적 손실이 생긴다. 하지만 그내로 켜두면, 뭔가 좋은 일에 쓰일지도 모른다. 그가 아는 한, 아주 잘 아는 것은 아니었지만, 가방은 '소모'되지 않았다. 거의 알아들을 수 없었던 시간 전문가의 설명으로는, 송신기 내부의 원형들은 시간 초월 계수를 갖는 일련의 사건 지점들을 관통해서 이미 변환되었다는 것이었다. 알은 순진하게도 그 말이 송신기가, 말하자면, 시간을 관통해서 늘어난다는 말이냐고 물었고, 시간 전문가는 자신을 놀리는 줄 알고 화를 내며 자리를 떠났었다.

"이걸 보여주고 싶었는데."

알은 우울하게 생각하면서, 주위에 의사가 없는지 주의깊게 둘러본 다음, 염동력으로 컴박스 앞으로 움직여 갔다. 그는 컴박스에게 말했다.

"경찰서장."

그러자 경찰서장이 연결되었다.

"의료 기기 674101에 의한 살인이 벌어졌습니다. 제가 관리하던 사람 가운데 한 명이 몇 달 전에 잃어버렸는데요, 존 헤밍웨이 박사입니다. 어떻게 잃어버렸는지는 잘 설명하지 못했습니다."

경찰서장은 신음 소리를 내고 말했다.

"제가 그를 불러서 심문하겠습니다."

그는 간단한 대답에 놀랐지만, 살인은 그의 관할을 훨씬 벗어난 일이라는 것을 알게 되었다.

알은 가방 현황판 앞에 잠시 서 있었다. 그의 옆에서 빛나고 있던, 생명을 빼앗았음을 나타내는 빨간 불이, 마지막으로 불꽃 튀듯 번쩍이기 시작했다. 살인자가 다시 가방 674101번을 사용하고 있음을 경고하는 것이었다. 알은 한숨을 내쉬며 플러그를 뽑았고, 불이 꺼졌다.

"그럼 그렇지,"

부인은 비웃었다.

"내 목을 갖고 장난칠 수는 있어도, 그런 물건에 자기 목숨을 걸 수는 없겠지!"

앤지는 장례식 하객들을 놀라게 할 만큼 고요한 자신감에 찬 미소를 지었다. 그녀는 목을 긋기 전에 피부과용 칼을 3센티미터로 설정했다. 칼날이 표피의 죽은 각질 조직과 진피의 살아 있는 조직만을 가르고, 크고 작은 혈관과 근육 조직을 신비롭게 피해갈 것임을 그녀는 이미 알고 있었…….

미소와 함께, 마이크로톰처럼 날카로운 금속은 크고 작은 혈관과 근육과 인두를 피해 들어갔고, 앤지는 자신의 목을 그었다.

몇 분 뒤, 비명을 지른 콜먼 부인이 부른 경찰이 도착했을 때에는 기구들에 녹이 잔뜩 덮여 있었고, 혈관 접착제와 분홍색 고무 같은 폐포, 여분의 회색 세포, 그리고 감각 신경 다발 등이 담겨 있던 플라스크에는 검은 점액질 밖에는 들어 있지 않았다. 그리고 가방을 열었을 때는 분해 작용이 내는 썩는 냄새가 흘러넘쳤을 뿐이었다.

Anthony Boucher The Quest for Saint Aquin

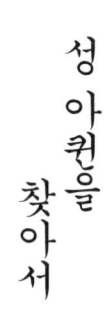

앤소니 바우처 지음 : 지정훈 옮김

　로마 주교이자 사도 전승 가톨릭 성교회의 수장, 그리스도의 지상 대리자는—그러니까, 교황은—때 묻은 나무 식탁에서 바퀴벌레를 떨어내고, 물을 섞지 않은 적포도주를 또 한 모금 홀짝인 다음 이야기를 계속했다.
　"어떤 면에서는 말이야, 토마스,"
　그는 미소 지었다.
　"지금의 우리가 그 시절보다 강하다네. 미사 뒤에는 그렇게 번창했던 시절의 자유와 기쁨을 위해 기도하지만 말이야. 카타콤에 있었던 사람들처럼, 지금 우리 신자들은 진심이라는 걸 알 수 있어. 하느님 아버지 아래에서 인류의 형제됨을 믿기 때문에 성교회에 속해 있는 사람들이야. 정치적인 포부나 사회적 야망, 사업상의 친교 때문이 아니지."

" '육정으로나 사람의 욕망으로 나지 않고 하느님으로부터······' "

토마스는 조용히 요한복음을 인용했다. 교황은 끄덕였다.

"우리는, 말하자면 그리스도 안에서 다시 태어나네. 하지만 그 수가 너무나 적어. 루터나 노자, 고타마 붓다, 조셉 스미스의 가르침을 통해 하느님을 알고 있는 사람들을 다 합쳐도 말이야. 너무나 많은 사람들이 죽을 때까지 복음을 듣지 못하고 기술정부의 냉소적인 자기 찬양만 듣는다네. 바로 그렇기 때문에, 토마스 자네가 떠나야 하는 걸세."

토마스는 항의했다.

"하지만 성하, 그들이 하느님의 말씀과 사랑으로 개심하지 못한다면, 성인과 기적이 무슨 소용이겠습니까?"

교황은 중얼거렸다.

"내 기억에는, 그분의 아드님도 비슷한 항의를 한 적이 있었지. 하지만 사람의 본성 또한, 아무리 불합리해 보여도 하느님이 설계하신 것이라네. 우린 거기에 맞춰 봉사해야 하고. 징표와 기적으로 영혼을 하느님께 인도할 수만 있다면, 어떻게든 징표와 기적을 찾도록 하세. 그러기에 이 전설적인 아퀸이 그만이지 않겠나. 자, 토마스, 자네와 이름이 같았던 분의 의심을 간간하게 반복하지 말고, 떠날 준비나 하게."

교황은 문을 가렸던 장막을 걷고 옆방으로 갔고, 토마스는 얼굴을 찡그리며 뒤따랐다. 영업 금지 시간인 선술집 안은 텅 비어 있었다. 가무잡잡한 술집 주인은 졸다 일어나 무릎을 꿇고 교황이 내민 손에 끼워진 반지에 입을 맞췄다. 그는 일어나면서 성호를 그으며 충성 감시관이 그를 볼세라 슬쩍 주위를 둘러보았다. 주인장은 조용히 뒤쪽의 다른 문을 가리켰고, 두 사제는 그 문으로 나왔다.

서쪽으로 어촌 끝에서는 파도가 기묘하게 부드럽고 낮은 소리를 냈다. 남쪽 하늘에는 별들이 뚜렷이 빛났지만, 북쪽으로는 한때 샌프란시스코였던 곳의 영구 방사선 때문에 별빛이 약간 어두웠다.

"자네에게 줄 나귀를 준비했네."

교황은 살짝 웃음 섞인 목소리로 말했다.

"나귀요?"

"우린 초기 교회처럼 가난하고 박해받지만, 가끔은 폭군들로부터 훨씬 좋은 것을 얻어낸다네. 자네를 위해 나귀봇을 하나 마련했네. 니고데모◉처럼 숨어서 좋은 일을 하는 기술정부 인사로부터 받은 선물이야. 그는 몰래 개심했는데, 사실 자네가 찾는 바로 그 아퀸이 개심시킨 사람일세."

그것은 그냥 비를 막기 위해 덮어둔 장작더미처럼 보였다. 토마스는 장막을 걷어내고 나귀봇의 매끄럽고 기능적인 선을 응시했다. 그는 미소를 지으며 최소한의 짐을 짐칸에 넣고 발포 안장에 올랐다. 환한 별빛 덕분에, 필요한 좌표를 지도에서 확인하고 전자 제어 장치에 입력할 수 있었다.

라틴어로 중얼거리는 소리가 고요한 밤 공기를 울렸고, 교황의 손은 토마스의 머리 위에 고대의 상징을 그렸다. 그리고 교황은 손을 내밀어 반지에 토마스의 키스를 받은 다음, 어쩌면 다시는 못 볼지도 모르는 친구의 손을 잡았다.

나귀봇이 움직이기 시작할 때 토마스는 다시 한 번 뒤를 돌아봤다.

◉ 예수에게 적대적인 바리새파였으나, 예수를 만나고 개심하여 요셉과 함께 예수의 시신을 찾아온 사람이다.

교황은 현명하게도 반지를 빼서 빈 구두굽 안에 숨기고 있었다.
 토마스는 허둥지둥 하늘을 쳐다봤다. 적어도 하늘의 제단에서는 신의 영광을 위한 촛불들이 숨김 없이 타오르고 있었다.

 토마스는 나귀봇을 타본 적이 한 번도 없었지만, 기술정부의 물건은 적어도 그들이 특허를 인정한 것이라면 믿고 쓰는 편이었다. 몇 킬로미터 지나 좌표가 제대로 입력된 것을 확인하자, 그는 발포 등받이를 세우고 저녁 기도를(성무일과서를 갖고 다니는 것은 사형감이었으므로 외워서) 드리고 잠이 들었다.
 잠에서 깼을 때 나귀봇은 샌프란시스코 만의 동쪽으로 황폐해진 지역을 따라가고 있었다. 발포 의자와 등받이 덕분에 토마스는 오랫만에 깊이 잠들 수 있었다. 기술정부 사람들과 그들이 만든 물건의 육체적 안락함에 대한 부러움을 그는 힘들게 억눌렀다.
 아침 기도를 드리고 가볍게 아침을 먹은 다음, 토마스는 처음으로 환한 빛 아래에서 나귀봇을 살펴볼 수 있었다. 그는 빨리 걸을 수 있는 인조 다리에 감탄했다. 도심 지역을 빼고는 도로의 흔적만 겨우 남아 있었기 때문에 다리가 꼭 필요했고, 경우에 따라서는 보조 바퀴를 내려서 사용할 수도 있었다. 무엇보다 경탄한 건, 검고 둥근 부분에 들어 있는 전자 두뇌였다. 그것은 명령과 최종 목표에 관한 자료를 저장하고, 주어진 자료에 기초해서 명령을 어떻게 수행해야 할지 결정을 내렸다. 이 두뇌 때문에 이것은 구세주께서 타셨던 것과 같은 동물도 아니고, 토마스의 몇 대조 할아버지께서 타셨던 지프 같은 기계도 아닌, 로봇…… 나귀봇이었다.

 "어디, 타보니 어떠셨습니까."

토마스는 주변을 둘러봤다. 이 황량한 변두리 지역에는 식물만큼이나 사람도 보이지 않았다.

"아니, 사제는 누가 친절하게 말을 걸면 대답하지 말라고 배웁니까."

감정 없는 목소리가 또 들렸다. 질문이지만 물어보는 억양이 아니었다. 아니, 그렇다기보다 전혀 억양이 없었다. 모든 음절이 정확히 같은 높이로 들렸다. 그 소리는 낯설고 기계적인……

토마스는 검고 둥근 두뇌 부분을 응시했다.

"네가 말하고 있는 거니?"

그는 나귀봇에게 물었다.

"하하."

그 음성은 웃음소리를 말했다.

"놀라셨습니까."

"조금."

토마스는 인정했다.

"말하는 로봇은 도서관 정보 서비스 같은 곳에만 있는 줄 알았는데."

"저는 새로운 모델입니다. 지친 여행자에게 즐거움을 드리는 대화를 제공하도록 설계되어 있습니다."

나귀봇은 마지막 단어들을 연달아 말해서, 마치 이 광고 문구가 가장 단순한 2진 시냅스 하나에서 한꺼번에 나오는 것 같았다.

"그래."

토마스는 간단하게 대답했다.

"신기한 물건은 계속 나오는 법이지."

"저는 신기하지 않습니다. 아주 단순한 로봇입니다. 로봇에 대해 잘 모르시나 봅니다."

"열심히 공부한 적이 없다는 건 인정하겠어. 로봇이라는 개념 자체에 내가 좀 충격을 받은 것도 사실이지. 내 생각에 그건, 마치 인간이 자신의 영역을 넘어서,"

토마스는 갑자기 말을 멈췄다.

"걱정 마십시오."

단조로운 목소리가 계속되었다.

"자유롭게 말씀하셔도 됩니다. 당신의 천직과 사명에 관한 모든 자료는 이미 주어져 있습니다. 그렇지 않으면 제가 의도하지 않게 당신을 밀고하는 일이 생길 수도 있기 때문입니다."

토마스는 미소 지었다.

"그래, 기분 좋은 일일 수도 있지. 고해성사를 받는 신부 말고도 배신을 걱정하지 않고 대화를 나눌 수 있는 존재가 있다는 게 말이야."

나귀봇은 대답했다.

"존재라고 하면, 이단에 빠질 위험이 있지 않습니까?"

"확실히, 너를 어떻게 생각해야 하는지 곤란하긴 해. 말하고 생각하지만 영혼은 없는 물건."

"그 점은 확신하십니까."

"물론 나는…… 조금 있다 계속 이야기하면 안 될까? 묵상하려면 옷차림을 좀 바꿔야겠어."

"됩니다. 언제나 가능합니다. 저는 그저 복종합니다. 그런데 방금 그 말은 안 된다는 명령입니까. 저에게 주어진 이 언어는 아주 혼란스럽습니다."

"너랑 오랫동안 같이 다니게 되면, 라틴어를 가르쳐보도록 하지. 아마 그걸 더 좋아할 거야. 이제 난 묵상해야겠어."

나귀봇은 스스로 동쪽으로 멀리 방향을 바꿔서 첫 번째 입자 가속기가 있었던 곳의 방사선 영구 근원지를 피해 갔다. 토마스는 코트를 만지작거렸다. 코트에는 열 개의 작은 단추와 독특한 모양의 커다란 단추 한개가 달려 있었는데, 그 단추는 묵주보다 훨씬 안전했다. 다행히도 충성 감시관들이 아직 그 모양이 갖는 기능을 깨닫지 못했기 때문이다.

영광의 신비는 그의 모험이 가져다줄 영광스러운 결과에 어울리는 것 같았다. 그러나 그의 묵상은 신비에만 머물지 않았다. 성모송을 한 다음 토마스는 생각했다.

'선지자 발람도 그의 나귀와 이야기했으니, 나도 나귀봇과 이야기할 수 있겠지. 발람의 이야기는 언제나 혼란스러워. 그는 이스라엘인도 아니고, 바알을 섬기며 이스라엘과 전쟁 중이던 모압 사람이었는데. 하지만 그는 하느님의 선지자였지. 이스라엘 사람들을 저주하라는 명령에 오히려 그들을 축복했어. 그런데 이스라엘인들은 모압을 이기고 나서 그를 살해했지. 정리도 잘 안 되고 교훈적이지도 않은 이야기야. 이건 어쩌면 하느님의 신성한 계획에 우리가 절대 이해하지 못할 부분이 있다는 것을 말하기 위해서일지도······.'

그가 발포 좌석에 앉아 고개를 끄덕이고 있을 때, 나귀봇이 갑자기 멈췄다. 미리 계산해두지 않았던 외부 자료에 재빨리 적응한 것이다. 토마스는 눈을 껌뻑이며 그를 노려보고 있는 거대한 체구의 남자를 올려다보았다. 그 남자는 호통치듯 말했다.

"이 앞은 거주구역이오. 지나가려면 출입증을 보여주든가, 아니면 길을 돌려서 떠나시오."

토마스가 가만히 보니, 그들은 겨우 길이라고 부를 수 있을 법한 곳 위에 서 있었고, 나귀봇은 다리를 접고 보조 바퀴를 내리고 있었다.

"저희는,"

그는 고쳐 말했다.

"저는 그리로 안 갑니다. 저 산 쪽으로 가는 거예요. 그럼 저흰, 아니 저는 돌아서 가겠습니다."

거구의 남자가 툴툴거리며 돌아서려고 할 때, 도로변의 허름한 경비소에서 누가 소리쳤다.

"이봐 조! 나귀봇도 있잖아!"

조는 돌아섰다.

"그래, 맞아. 크리스천들 손에 나귀봇이 들어갔다는 소문이 있었지."

그는 흙길에 침을 뱉었다.

"소유증을 확인하는 게 좋겠어."

토마스는, 교황이 말한 니고데모가 소유증을 주지 않은 이유에 대해서, 자신의 의심 목록에 뚜렷한 혐의를 추가했다. 하지만 그는 소유증을 찾는 척했다. 먼저 오른손을 이마에 대고 잠시 생각하는 척하고, 가슴 아래쪽을 더듬은 다음, 손을 왼쪽 어깨에 댔다가, 오른쪽 어깨로 가져갔다.

경비는 멍한 눈으로 이 은밀한 성호를 바라봤다. 그리고 땅을 내려다봤다. 토마스는 그를 따라 흙먼지길에 시선을 두었고, 조의 큼지막한 오른발이 두개의 곡선으로 아이들이 그리는 물고기 모양을 ──카타콤의 크리스천들이 신앙의 상징으로 사용했던── 그리는 것을 보았다. 조는 부츠로 물고기를 지우면서 보이지 않는 동료에게 외쳤다.

"됐어, 프레드!"

그리고 덧붙여 말했다.

"지나가시오."

나귀봇은 말소리가 들릴 만한 거리를 벗어나자 이렇게 평했다.

"영리하십니다. 비밀요원을 하셔도 되겠습니다."

"어떻게 봤지? 넌 눈이 안 달려 있잖아."

토마스는 물었다.

"개량된 정신 인자입니다. 훨씬 효율적이죠."

"그러니까……"

토마스는 주저했다.

"내 생각을 읽을 수 있다는 말인가?"

"아주 약간입니다. 신경 쓰지 마십시오. 제가 읽을 수 있는 건 터무니없는 것들이라 관심도 없습니다."

"고맙군."

"신에 대한 믿음이라, 홍(토마스는 생전 처음 이 단어가 쓰여 있는 그대로 발음되는 것을 들었다). 저는 그런 오류를 범할 수 없는, 완벽하게 논리적으로 구성된 두뇌를 갖고 있습니다."

토마스는 미소 지었다.

"내 친구 중에도 오류 없는 사람이 있지. 하지만 그건 가끔, 그것도 하느님이 그와 함께하실 때에만 그래."

"인간은 무오류일 수 없습니다."

토마스는 문득 그에게 철학을 가르쳤던 늙은 예수회 수도사의 영혼을 살짝 느낄 수 있었다.

"그렇다면 불완전함이 완전함을 창조했다는 말인가?"

"궤변은 그만두십시오."

나귀봇이 말했다.

"그건 완전한 하느님이 창조해낸 인간이 불완전하다는 당신의 믿음만큼이나 터무니없습니다."

토마스는 옛 스승께서 오셔서 이 물음에 대답해주시길 바랐다. 한편으로는, 나귀봇이 그의 말을 되받아치긴 했지만 그의 반박에 대답한 건 아니라는 점에 마음이 좀 편해지기도 했다.

토마스는 말했다.

"잘은 몰라도, 이게 지친 여행자에게 즐거움을 주는 대화는 아닌 것 같은데. 논쟁은 미뤄두고, 로봇이 혹시나 믿는 게 있다면 뭔지 말해 봐."

"저희에게 주어진 것을 믿습니다."

"하지만 그것에 대해 생각하잖아. 스스로 생각을 발전시키지 않아?"

"간혹 그렇지만 불완전한 자료가 주어지면 특이한 생각으로 발전하기도 합니다. 외딴 우주정거장의 어떤 로봇이 로봇들의 신을 숭배하면서 인간이 그들을 창조했다는 걸 믿지 않으려고 한다는 이야기를 들은 적이 있습니다."

토마스는 곰곰이 생각했다.

"그 로봇은, 아마 자기가 우리 모습대로 만들어진 게 아니라고 주장했을 것 같군. 우리가—적어도 기술정부가—너처럼 기능에 맞는 모양의 로봇만 만들고, 인간과 똑같은 걸 만들려고 하지 않아서 다행이야."

"그것이 비논리적이기 때문입니다. 인간은 다목적이긴 하지만 어떤 특정한 목적에도 적합하게 설계되어 있지 않습니다. 제가 들은 이야기 가운데 하나는……."

목소리는 문장 중간에서 갑자기 멈췄다.

그러니까 로봇들도 꿈을 꾸는구나, 하고 토마스는 생각했다. 그들을 창조한 인간의 자리에 로봇 이상의 무엇이 있었다고. 이런 생각에서부터 그 모든 로봇 신학이 전개되었겠지…….

다시 잠이 든 토마스는 나귀봇이 갑작스레 멈추는 바람에 또 깨어났다. 그는 주위를 둘러봤다. 그들은 산 발치에 있었다. 지도에 표시된 그 산은 오래 전 악마의 산이라고 불렸지만 이제는 아마 깨끗이 정화되었을 터였다. 주변엔 아무도 보이지 않았다.

나귀봇이 말했다.

"됐습니다. 여기까지 오느라 먼지도 끼고 손상도 많았으니 이제 주행거리계 손보는 법을 알려드리겠습니다. 저녁 식사를 하시고 한숨 주무시고 나서 돌아가시면 되겠습니다."

토마스는 숨을 멈췄다.

"하지만 내 사명은 아퀸을 찾는 거야. 네가 가는 동안 나는 자면 되잖아. 넌 쉬거나 그럴 필요 없지, 안 그래?"

그는 신중하게 물었다.

"물론입니다. 하지만 당신의 사명은 무엇입니까."

토마스는 참을성 있게 다시 말했다.

"아퀸을 찾는 것. 더 자세한 사항은 뭐가—아까 뭐라고 했지?—'주어져' 있는지 모르겠지만. 교황 성하께서 받은 보고에 의하면 아주 거룩하신 분이 오래 전에 이 근처에 사셨다고……."

"압니다, 압니다, 압니다."

나귀봇이 말했다.

"그의 논리를 들은 사람은 모두 개심했어도 저는 거기에서 한두 마디 듣고 싶진 않습니다. 아무튼 그가 죽은 다음 그의 비밀 무덤이 순례지가 되면서 거기서 많은 기적들이 일어났는데, 무엇보다 신성한 징표는 그의 시체가 썩지 않고 보존되어 있다는 것이고, 지금은 사람들에게 보여줄 기적과 징표가 필요하다는 것 말입니다."

토마스는 얼굴을 찡그렸다. 비인간적이고 단조로운 음색으로 이어지는 말은 소름 끼치도록 불경하고 인위적인 느낌이었다. 성하께서 아퀸에 대해 말씀하실 때에는, 이 땅의 하느님 사람의 영광을 생각했었다. 성 요한 크리소스톰의 웅변, 성 토마스 아퀴나스의 설득력, 십자가의 성 요한네스가 남긴 시⋯⋯ 그리고 소수의 성인들에게만 내리신 어떤 물리적 기적들보다도, 초자연적인 육신의 보존은⋯⋯ "주님의 거룩한 자를 죽음의 세계에 버리지 않으셨기 때문입니다."

하지만 나귀봇이 말할 때에는, 대중을 모으기 위해 카디프의 거인◉을 찾아내는 싸구려 연출이 떠올랐다⋯⋯.

다시 나귀봇이 말했다.

"당신의 사명은 아퀸을 찾는 것이 아닙니다. 그를 찾았다고 보고하는 것입니다. 그러면 가끔 오류 없는 당신의 친구가 양심에 별 거리낌

◉ 뉴욕의 담배상인 조지 헐의 사기극. 그는 창세기 6장 4절에 언급된 거인에 대해 근본주의자와 논쟁을 벌인 뒤 가짜 석상을 만들 생각을 하게 되었다. 이 거인상은 비밀리에 만들어져서, 헐의 친척이 하던 농장에 묻힌 다음 '발굴' 되었다.

없이 그를 시성하고 새로운 기적을 선포해서 많은 사람들이 개심할 테고, 사람들의 신앙심은 아주 강해질 겁니다. 이렇게 여행하기 힘든 시절에 순례에 나서서 신이 없는 것처럼 아퀸도 없다는 것을 확인하려 하는 사람은 누구입니까."

"신앙은 거짓에 기초할 수 없어."

"아뇨, 마침표입니다. 반어적 억양의 물음표를 의도한 게 아닙니다. 이 억양 문제를 해결한 것은 틀림없이 그 완벽한……"

나귀봇은 또 말을 멈췄다. 그러나 토마스가 말하기 전에 이야기를 계속했다.

"교회에 들어오고 나서 그것이 진실이라고 믿는다면, 사소한 거짓으로 사람들을 끌어들이는 것이 큰 문제입니까. 필요한 건 보고서일 뿐이지 찾을 필요는 없습니다. 편하게 왔는데도 당신은 벌써 여행에 지쳤습니다. 익숙하지 않은 자세를 유지하느라 여기저기 근육통도 있습니다. 악의는 없지만 저는 약간 덜컹거릴 수밖에 없는데, 산을 올라가면 지금보다 더할 테고, 다리를 경사에 맞추느라 비뚤게 움직일 수밖에 없습니다. 여기서부터는 이제까지보다 두 배는 불편하다는 걸 알게 되실 겁니다. 제 말을 가로막지 않고 계시니 동의하신 것으로 알겠습니다. 아시겠지만 현명한 선택은 여기서 자고 조금 쉰 다음 내일 아침에 돌아가는 건데, 시간을 더 보내는 것이 적당하다면 이틀쯤 머무는 것도 좋겠습니다. 그리고 보고서를 만든 다음……"

졸린 정신으로 토마스는 입을 열었다.

"예수, 마리아, 요셉이여!"

그는 마음 한구석에서, 억양이 전혀 없는 목소리 때문에 최면에 걸리기 쉽겠다는 생각이 조금씩 들었다.

"Retro me, Satanas!"◎

토마스는 크게 외쳤다.

"산으로 올라가. 명령이니까 복종해."

"복종하겠습니다."

나귀봇이 말했다.

"그런데 그 전에 뭐라고 하셨습니까?"

"미안하네. 라틴어를 가르쳐줘야겠군."

산속 마을은 경비가 지킬 만한 거주구역이라고 보기에는 너무 작았지만, 그래도 여관이라 할 만한 것이 있긴 했다.

토마스는 나귀봇에서 내리면서 좀 전에 나귀봇이 근육통에 대해 했던 말이 사실이라는 것을 깨달았지만, 가능하면 티를 내지 않으려고 노력했다. 그는 개량된 정신 인자에게 "제 말이 맞죠"라고 말할 기회를 줄 기분이 전혀 아니었다.

여종업원은 틀림없는 화성계 미국인 혼혈이었다. 잘 발달된 화성인의 넓쩍한 가슴과 잘 발달된 미국인의 유방은 굉장한 조합이었다. 그녀의 미소는 매우 낯설고 아주 약간 과장된 것 같았다. 그리고 그녀는 괜찮은 음식을 빨리 제공하는 것만큼이나 열심히, 산골마을에 대해 얼마 안 되는 자세한 정보를 제공했다.

하지만 토마스가 즉석에서 두 칼을 십자 모양으로 놓았을 때에는 아무런 반응을 보이지 않았다.

아침을 먹고 기지개를 켜면서, 토마스는 그녀의 젖가슴을 생각했다. 물론, 그녀의 독특한 출신 배경을 드러내는 특징이라서 그런 것 뿐

◎ 사탄아, 물러가라!

이었다. 아득히 먼 옛날부터 떨어져 있던 두 종족이 서로 짝이 될 수 있다는 것은 피조물에 대한 하느님의 성스러운 보살핌의 징표가 아닐 수 없었다!

하지만 저 여종업원과 같은 자손이 어떤 종족과도 임신할 수 없다는 사실은, 입에 담기도 싫은 어떤 행성 간 사업자들에게는 편리하고 수익성 있는 것이었다. 그리고 이 점은 신성한 계획에 대해 무엇을 말해주는 걸까?

토마스는 허둥지둥 아직 아침 기도를 드리지 않았다는 사실을 떠올렸다.

저녁 때가 다 되어서야 토마스는 여관 앞에 매어둔 나귀봇에게 돌아갔다. 하루 만에 뭔가 일어나길 기대하진 않았지만, 그는 턱없이 실망한 상태였다. 어서 기적이 눈에 띄어야 했다.

그는 이런 침체된 마을에 대해 잘 알았다. 이런 곳으로 흘러들어오는 사람들은 기술정부에 쓸모가 없거나 반감을 느끼는 자들이었다. 기술정부 제국의 발달된 문명은, 세 행성 모두 발사 항구들 근처의 대도시 지역에만 흩어져 있었다. 완전히 황폐한 곳을 뺀 다른 지역에는 떠돌이들, 바보들, 불온분자들이 천 년 묵은 열악한 마을에 정착해 살았고, 이런 곳에서는 일 년에 한 번도 충성 감시관을 보기 힘들었다. 하지만 어떤 알 수 없는 경로로(토마스는 개량된 정신 인자에 대해 다시 생각하기 시작했다) 이런 시골에 나타난 뜻밖의 기술적인 진보가 알려지면 감시관이 수행원들과 함께 나타나는 경우도 있었다.

그는 어리석은 사람들과 게으른 사람들, 영리하고 성내는 사람들과 이야기했다. 하지만 어느 누구도 그의 비밀스러운 기호에 반응하지 않앉고, 아퀸이라는 이름이 담긴 질문을 할 만한 사람은 없었다.

"잘 돼갑니까."

나귀봇이 말했다.

"물음표."

"공공장소에서 말해도 되려나. 이 마을 사람들이 말하는 로봇에 대해 아는지 모르겠네."

토마스는 약간 민감하게 반응했다.

"모른다면 이제 알면 됩니다. 곤란하시면 그만하라고 명령하십시오."

"피곤해. 곤란한 게 아니라. 그리고 너의 물음표에 답하자면, 아니야. 전혀 잘 되어가지 않아. 느낌표."

"그럼 오늘밤 돌아가는 겁니까."

"그건 물음표가 붙어 있는 말이겠지. 대답은,"

토마스는 주저하며 말했다.

"아니야. 어쨌든 오늘밤은 여기 묵어야겠어. 사람들은 저녁이면 여관 술집에 모이기 마련이지. 뭔가 낚을 수 있을지도 몰라."

"하, 하."

"그건 웃음인가?"

토마스는 물었다.

"저는 당신의 농담에서 유머를 인식했다는 사실을 표현하려고 했을 뿐입니다."

"농담이라구?"

"저도 같은 생각을 하고 있었습니다. 그 종업원은 인간의 기준으로 매우 매력적이라, 낚을 만한 가치가 있습니다."

"이봐. 그런 걸 의미한 게 아냐. 알겠지만 나는……."

그는 말을 멈췄다. 사제라는 단어를 소리내어 말하는 것은 영리하지 못한 일이었다.

"잘 아시겠지만 성직자들의 금욕은 규율의 문제이지 교리의 문제가 아닙니다. 당신의 바로 그 교황 아래에서도 동방정교회나 성공회 같은 다른 관습의 사제들은 금욕의 맹세를 하지 않습니다. 심지어 당신이 속한 로마 교회에서도 역사적으로 고위 성직자들조차 그런 맹세를 심각하게 받아들이지 않은 시기도 있었습니다. 당신의 지친 육체와 영혼은 편안하고 따뜻한 휴식이 필요합니다. 이사야서에 이렇게 적혀 있지 않습니까. 기뻐하여라 너희가 그 품에 안겨 귀염 받으며 흡족하게 젖을 빨리라……."

"지옥에나 가!"

토마스는 참지 못하고 소리쳤다.

"그만해. 가만두면 솔로몬의 노래를 인용하겠군. 그 노래는 교회에 대한 그리스도의 사랑을 상징했을 뿐이야. 적어도 신학교에선 그렇게 가르쳐."

"당신은 정말이지 여리고 인간적입니다. 로봇에 불과한 제가 당신으로 하여금 불경스러운 욕을 하게 만들었습니다."

"Distinguo,"◉

토마스는 잘난 체하며 말했다.

"난 너한테 지옥이라고 했지, 내 주님의 이름은 함부로 하지 않았어."

◉ 구별하자면

그는 여관으로 들어가면서 잠시 자만했다…… 하지만 곧 나귀봇에게 '주어진' 자료의 범위와 다양성을 생각하자 크게 당황했다.

토마스는 이후로도 그날 저녁의 일을 분명히 재구성할 수 없었다.

그는 짜증이——나귀봇, 그의 사명, 그 자신에게——잔뜩 나 있었기 때문에, 안좋은 술을 많이 마셨다. 게다가 몸이 너무나 피곤했으므로 술기운도 빨리 퍼졌다.

기억은 중간중간 끊겨 있었다. 컵을 엎는 순간 드는 생각은 이랬다. '사제복이 금지된 덕분에 옷을 더럽히는 불명예를 피할 수 있어서 다행이군!' '2인용 우주복'의 음란한 몇 구절을 들었던 것이 기억났고, 그 노래를 중단시키면서 라틴어로 아가서의 한 절을 낭랑하게 낭독했던 것도 생각났다.

한 가지 기억은 실제였는지 상상이었는지 확신할 수 없었다. 따뜻한 입을 맛보고 떨리는 손가락으로 화성계 미국인의 피부를 느꼈는데, 이것이 진짜 기억인지 아니면 그를 덮친 아스타롯◉이 낳은 꿈이었는지는 알 수 없었다.

게다가 그가 무엇을 서툴게 상징해서 누구의 눈에 띄었길래, '저주받을 God-damned 크리스천 개자식!' 이라는 유쾌한 외침을 들었는지도 확신할 수 없었다. 한 가지 기억나는 건, 그렇게 단호하게 믿음이 없는 사람조차도 욕을 하려면 여전히 하느님을 필요로 한다는 점에 경탄했다는 것이었다. 그리고 괴롭기 시작했다.

그의 입술이 다른 입술에 닿았는지는 알 수 없었지만, 수많은 단단한 주먹이 날아온 것만은 틀림없었다. 그의 손가락이 가슴을 만졌는지

◉ 성과 전쟁에 관여하는 악마. 메소포타미아 신화의 이슈타르가 원형이다.

는 알 수 없었지만, 무거운 발뒤꿈치에 짓밟힌 것만은 틀림없었다. 그리고 그가 기억하는 어떤 얼굴이 크게 웃는 동안, 얼굴의 주인은 의자를 휘둘러 그의 갈빗대 둘을 부러뜨렸다. 그가 기억하는 또다른 얼굴의 주인은 적포도주 병을 거꾸로 들어 남은 방울을 털어냈고, 그 병이 휘둘릴 때 병에 비친 희미한 촛불이 그의 기억에 남았다.

그 다음 그가 기억하는 것은 도랑과 새벽과 추위였다. 옷도 벗겨지고 피부도 벗겨져서 더욱 추웠다. 그는 움직일 수 없었다. 가만히 누운 상태로 눈을 떴다.

그는 지나가는 사람들을 봤다. 어제 이야기를 나눴던 사람들, 친절한 사람들이었다. 그들이 자기를 슬쩍 보고 눈을 피하는 것을 볼 수 있었다. 그는 여종업원이 지나가는 것을 봤다. 그녀는 슬쩍 쳐다보지도 않았다. 그녀는 도랑에 누가 있는지 이미 알고 있었다.

나귀봇은 어디에도 보이지 않았다. 그는 생각을 내뿜으려고 노력했다. 정신 인자에 희망을 건 필사적인 노력이었다.

처음 보는 남자가 코트의 버튼을 만지작거리며 길을 따라 오고 있었다. 코트에는 열 개의 작은 버튼과 큰 버튼 하나가 달려 있었고, 남자의 입술은 조용히 움직였다.

이 남자는 도랑 쪽을 보았다. 그리고 잠시 멈추더니 토마스를 둘러보았다. 멀지 않은 어디에선가 시끄러운 웃음소리가 들렸다.

그 크리스천은 경건하게 단추 기도를 외우며 성급하게 길을 따라 걸어갔다.

토마스는 눈을 감았다.

눈을 떴을 때 그는 작고 깔끔한 방에 있었다. 그의 시선은 거친 나무 벽에서, 자신이 덮고 있던 거칠지만 깨끗하고 따뜻한 담요로 옮겨간 다음, 그를 보며 웃고 있는 검고 메마른 얼굴로 향했다.

"좀 어떠시오?"

굵은 목소리가 들렸다.

"알아요. 여기가 어디냐고 묻고 싶겠죠? 그리고 그 말이 바보같이 들릴 거라고 생각할 테구요. 여긴 여관입니다. 좋은 방은 이것뿐이라오."

"저는 돈이……"

토마스는 입을 열었다. 그리고 말 그대로 그에겐 한 푼도 없다는 생각이 들었다. 얼마 안 되는 비상금조차 옷과 함께 사라져버렸다.

"괜찮소. 한동안 제가 내지요. 뭘 좀 드시겠소?"

"청어 조금하구요."

토마스는 말했지만…… 다음 순간 다시 잠들었다.

다시 일어나 보니 뜨거운 커피가 옆에 놓여 있었다. 다른 음식도 곧바로 눈에 띄었다. 그리고 사과하는 듯한 굵은 목소리가 들렸다.

"샌드위치요. 오늘은 여관에 이것밖에 없군요."

두 번째 샌드위치를 먹으면서 비로소 토마스는 한숨 돌리고 샌드위치에 그가 좋아하는 훈제 늪돼지가 들어간 것을 알아챘다. 한가롭게 두 개째를 먹고 나서, 세 번째에 손을 뻗을 때 흑인이 말했다.

"그 정도면 충분할 겁니다. 나머지는 나중에 드시죠."

토마스는 접시를 가리켰다.

"안 드세요?"

"저는 됐습니다. 모두 늪돼지니까요."

토마스는 머리 속이 복잡해졌다. 금성의 늪돼지는 되새김질하는 동물이었다. 하지만 발굽은 갈라지지 않았다. 그는 모세의 금식 규정을 기억해내려고 노력했다. 레위기 어딘가에 있었던 것 같은데.

흑인은 토마스의 생각을 짐작했다.

"부정합니다."

"방금 뭐라고 말씀하셨죠?"

"율법에 어긋납니다."

토마스는 얼굴을 찡그렸다.

"지금 당신이 정통파 유대교인이라고 말씀하시는 건가요? 저를 어떻게 믿으시나요? 제가 감시관이 아닌지 어떻게 아세요?"

"전 당신을 믿습니다. 정말입니다. 제가 데려왔을 때 당신은 매우 좋지 않은 상태였지요. 저는 당신이 하는 말을 들을까 봐 믿을 수 없는 사람들은 모두 내보냈습니다. 당신은…… 아버지를 찾더군요."

그는 마지막 말을 가볍게 덧붙였다. 토마스는 말을 꺼내려고 노력했다.

"저는…… 저는 이럴 자격이 없습니다. 술에 취해서 자신을 욕보이고 성무 일과도 더럽혔습니다. 도랑에 누워 있을 때는 기도할 생각도 들지 않았어요. 제가 믿은 건…… 하느님 맙소사, 나귀봇의 정신 인자였어요!"

"그리고 그분께서는 당신을 도우셨습니다. 혹은 제게 돕게 하셨지요."

유대인은 이 점을 상기시켰다. 토마스는 투덜거렸다.

"그들은 모두 지나쳐 갔어요. 묵주 기도를 하던 사람조차도. 그냥 지나가버렸는데. 그리고 당신이 왔습니다. 선한 사마리아인이시군요."

유대인은 삐딱하게 대답했다.

"다른 거라면 몰라도, 저는 사마리아인은 아닙니다. 이제 주무세요. 당신의 나귀봇을 찾아보도록 하죠. 다른 것도요."

마지막 말이 어떤 의미인지 토마스가 묻기 전에 그는 방을 나갔다.

그날 저녁에 그 유대인은──그의 이름은 아브라함이었다──나귀봇을 여관 뒤편에 잘 덮어두었다고 알려주었다. 나귀봇은 대화를 시작해서 그를 놀래킬 만큼 어리석지는 않았다.

다음날이 되어서야 그는 '다른 것'에 대한 이야기를 꺼냈다. 그는 점잖게 말했다.

"제 말 믿으세요, 신부님. 당신을 보살피면서 당신이 누구고 왜 여기에 왔는지 다 알게 되었습니다. 근처에 서로 아는 크리스천들이 있습니다. 우린 서로를 믿습니다. 유대인은 여전히 증오의 대상이지요. 하지만 더 이상은 아닙니다. 신을 찬미하리, 같은 주님을 모시는 사람들끼리는 말입니다. 그래서 저는 당신에 대해 이야기했습니다. 그 가운데 한 사람은 얼굴이 아주 빨개지더군요."

토마스는 미소 지으며 말했다.

"그를 용서하소서. 근처에 사람들이, 저를 공격했던 사람들이 있었습니다. 그분이 저를 위해 목숨을 걸 수는 없었을 겁니다."

"제 기억에는 그것이야말로 당신들의 구세주가 기대했던 바였습니다. 하지만 깐깐하게 따지지 맙시다. 당신이 누구인지 알자, 그들은 당신을 도우려고 했습니다. 이걸 보세요. 당신에게 이 지도를 주더군요. 산길이 가파르고 오르기 힘들겠지만, 그래도 나귀봇이 있어서 다행이지요. 그들이 부탁한 건 그저 하나뿐이었습니다. 당신이 돌아오면 그들의 고해를 들어주고 미사를 집전해달라는 것이었죠. 이 근처에 그럴 만한 안전한 동굴이 하나 있습니다."

"물론 들어줘야죠. 그런데 말씀하신 당신 친구분들이 아퀸에 대해서도 이야기하던가요?"

유대인은 오래 주저한 다음에야 천천히 말했다.
"그래요."
"그래서요?"
"저는 모릅니다. 정말입니다. 그건 기적인 것 같아요. 그게 그들의 믿음을 살아 있게 합니다. 저의 믿음은…… 글쎄요, 3000년도 더 된 오래된 기적에 기대어 왔습니다. 만약 제가 아퀸을 만났더라면……."
"괜찮으시다면, 저의 믿음으로 당신을 위해 기도해도 되겠습니까?"
토마스는 물었다. 아브라함은 싱긋 웃었다.
"몸이 낫거든 해주세요."
아직 아물지 않은 갈빗대가 아파서 발포 안장에 오르는 일은 괴로웠다. 토마스가 지도의 좌표를 입력하는 동안 나귀봇은 참을성 있게 기다렸다. 하지만 마을에서 충분히 멀리 떨어지기도 전에 나귀봇은 말을 시작했다.
"어쨌든, 이제 당신은 영원히 안전할 겁니다."
"무슨 말이야?"
"산에서 내려간 다음 조심스럽게 감시관을 찾아가십시오. 그 유대인을 밀고하면 같은 신자들은 털끝도 건드리지 않으면서 당신은 기술정부의 충실한 하인 목록에 기록될 겁니다."
토마스는 콧방귀를 뀌었다.
"약해지고 있구나, 사탄이여. 이번엔 전혀 나를 유혹하지 못했어. 그건 상상도 못할 일이야."

"가슴에 대한 건 훌륭하지 않았습니까. 당신의 하느님께서는 '마음은 원하지만, 육신이 약하구나'라고 말씀하셨습니다."

"그런데 지금은 육신이 너무 약해서 육체적인 유혹도 못 느끼겠군. 이제 입 다물어라……. 입에 해당하는 것 말이야."

그들은 조용히 산을 올랐다. 좌표에 표시된 길은 굽이지고 제멋대로였는데, 혹시 모를 감시관을 막기 위해 의도적으로 만든 것이었다.

토마스는 단추——그를 지나쳤던 크리스천에게 빌린 코트의——기도를 하다가 갑자기 눈을 뜨고 펄쩍 뛰며 "어이!" 하고 외쳤다. 나귀봇이 짙게 우거진 관목숲으로 곧장 들어가고 있었다.

"좌표가 이렇습니다."

나귀봇은 간결하게 말했다.

한동안 토마스는 동요에 나오는 들장미 덤불에 들어가 두 눈을 긁힌 사람이 된 기분이었다. 덤불을 빠져나오자, 그들은 바위틈의 습기 차고 좁은 길을 터벅터벅 걸어서 통과했다. 그 길은 나귀봇도 발을 내딛기가 힘겨웠다.

마침내 그들은 높이 4미터, 지름 10미터 정도 되는 바위로 된 빈 굴에 도착했고, 돌로 만든 조잡한 안치대 위에는 썩지 않은 시체가 놓여 있었다.

토마스는 발포 안장에서 미끄러져 내려오면서 갈빗대가 아파 신음했다. 그는 무릎을 꿇고 말없이 감사 찬미를 드렸다. 그리고 정신 인자가 그의 미소에서 연민과 승리감을 읽어내길 바라며 나귀봇을 보고 웃었다.

그러나 놓여진 시체에 다가가면서 그의 얼굴에 한 가닥 의심이 나타났다.

"옛날 시성식에는, 악마의 대리인 역할을 하는 사람이 있었어. 그 사람은 증거에 대해 가능한 모든 의심을 던지는 게 일이었지."

이것은 나귀봇뿐만 아니라 토마스 자신에게도 하는 말이었다.

"토마스 당신이라면 그 역할을 잘 했을 것 같습니다."

"나였다면, 동굴을 이상하게 여겼을 거야. 어떤 동굴은 시체를 일종의 미라로 만들어서 보존하게 되어 있거든……."

나귀봇은 터벅터벅 안치대 가까이로 왔다.

"이 시체는 미라가 되지 않았습니다. 걱정 마십시오."

"정신 인자로 그런 것까지 알 수 있나?"

토마스는 미소 지었다.

"아니오. 하지만 어째서 아퀸이 미라가 될 수 없는지 보여드리겠습니다."

나귀봇은 인조 앞다리를 들어서 발굽으로 시체의 손을 내리쳤다. 토마스는 그런 신성 모독의 행동에 경악했다. 그리고 뻣뻣이 굳은 상태로 눌려 부서진 손을 바라보았다.

피도, 미라의 장액도, 흠집 난 살도 없었다. 거기엔 갈기갈기 찢어진 피부 아래 얽혀 있는 플라스틱 관과 전선들뿐이었다.

침묵은 길었다. 마침내 나귀봇이 말했다.

"알게 되어서 다행입니다. 물론 당신이 말입니다."

토마스는 숨이 막혔다.

"이제껏 내가 염원하던 성자가 너의 꿈…… 인간의 모습을 한 완전한 로봇이었나."

"제작자가 죽으면서 그의 기술은 사라졌습니다. 그걸 되찾는 건 중요하지 않습니다."

"허무하군. 아니 그보다 더 안좋아. '기적'이 기술정부가 이룬 것이라니."

나귀봇이 계속 말했다.

"아퀸의 '죽음'을 통해…… 여기서 죽음은 따옴표 안에 넣었습니다. 그는 기계적인 문제를 겪었지만 자신의 본모습을 드러낼까 봐 자신을 수리하지 않았기 때문입니다. 이건 그냥 알고만 있으십시오. 물론 당신은 보고서에 아퀸의 몸이 손상되지도 않았고 정말로 썩지도 않았다고 기록할 겁니다. 그건 더할 나위 없는 진실입니다. 전부를 말하지 않는다 해도 누가 신경 쓰겠습니까. 당신의 오류 없는 친구에게 보고서를 주면 그는 은혜를 저버리지 않을 겁니다."

"성령이시여, 영광과 지혜를 주소서."

토마스는 중얼거렸다.

"당신의 사명은 성공적이었습니다. 우리가 돌아가면 교회는 성장할 테고, 훨씬 많은 신도들이 모여서 존재하지 않는 하느님의 귀에 찬송을 부를 겁니다."

"저주받을!"

토마스는 외쳤다.

"물론 그건 너에게 저주받을 영혼이 있을 때의 이야기지만."

"없다는 걸 확신하십니까. 물음표."

"난 네가 뭔지 알아. 넌 사실 악마야. 악마는 인류의 파멸을 노리고 세상을 찾아 헤매지. 넌 그 어둠 속의 작업물이야. 나를 유혹하는 기능이 주어지고 순전히 그걸 위해 만들어진 로봇. 너의 데이터 테이프는 스크루테이프ⓒ의 테이프야."

"유혹하기 위해서가 아닙니다. 파괴하기 위해서도 아닙니다. 당신을 인도하고 보호하기 위해서입니다. 계산에 의하면 51.5퍼센트의 확률로 당신은 20년 안에 다음 교황이 될 겁니다. 만약 지혜와 현실적인 행동을 배운다면 그 가능성은 97.2퍼센트, 거의 확실해집니다. 교회를 다스리고 싶지 않습니까. 충분히 다스릴 수 있습니다. 하지만 만약 이번 사명이 실패한다면 당신이 보통은 오류에 빠진다고 했던 그 친구의 호감을 잃을 겁니다. 당신은 지위와 인맥을 잃고 추기경의 붉은 모자도 놓칠 것입니다. 비록 기술정부 아래에서는 결코 입을 일이 없겠지만 추기경 다음은……"

"그만해!"

토마스의 얼굴은 빛나고 있었고, 그의 눈은 불타고 있었다. 정신 인자는 그에게서 그런 모습을 감지한 적이 없었다.

"먼 길을 돌아온 거야. 모르겠어? 이것이 바로 승리야! 이게 이번 탐색의 완벽한 결말이야!"

나귀봇은 인조 앞다리로 망가진 손을 문질렀다.

"이것 말입니까. 물음표."

"이건 너희의 꿈이지. 너희의 완성형이야. 그 결과가 뭐지? 완벽하게 논리적인 두뇌가——너처럼 특화된 것이 아닌 다목적 두뇌가——자신이 인간에 의해 만들어졌다는 걸 알고, 이성의 힘으로 인간이 하느님에 의해 만들어졌다는 걸 믿게 되었어. 그리고 자신의 의무가 창조자인 인간을 넘어서 인간의 창조자인 하느님에 대한 것임을 깨달았지. 그 의무는 인간을 개심시켜서 신의 영광을 더하는 것이었어. 그리고 완전한 두뇌의 순수한 힘으로 사람들을 개심시킬거야!"

◎ C. S. 루이스의 『스크루테이프의 편지』에 등장하는 악마.

토마스는 혼잣말을 계속했다.

"이제 아퀸이라는 이름이 이해가 되는군. 성스러운 박사, 토마스 아퀴나스는 교회의 완벽한 이성이라고 알려져 있지. 그의 저작들은 사라졌지만, 어딘가에 남아 있는 사본을 찾을 수 있을거야. 젊은이들을 훈련시켜서 그의 추론을 더 발전시킬 수도 있겠어. 우린 너무 오랫동안 신앙에만 매달린 거야. 이젠 더이상 신앙의 시대가 아니야. 우리는 이성을 봉사하게 해야 돼. 그리고 아퀸은 완벽한 이성이 신에게 이를 수밖에 없다는 걸 보여줬어!"

"그러려면 당신이 교황이 될 확률을 높여야 되겠습니다. 발포 안장에 오르십시오. 돌아가는 길에 몇가지 쓸모 있는 걸 알려드리겠습니다."

"됐어. 나는 성 바오로만큼 강하지 않아. 그분은 자신의 불완전함을 자랑스럽게 여기고 기뻐하며 사탄이 자신을 쓰러뜨리게 하셨지. 됐어. 난 구세주께 기도하겠어. '우리를 시험에 들지 말게 하시고.' 난 나 자신에 대해 알아. 난 약하고 불확실함으로 가득한데 넌 매우 영리하지. 가. 난 혼자 돌아가겠어."

"당신은 환자입니다. 갈비뼈가 부러져서 아픕니다. 혼자서는 돌아갈 수 없으니 제 도움이 필요합니다. 원한다면 절 조용히 시키십시오. 교회로서는 당신이 무사히 교황에게 돌아가 보고하는 것이 가장 중요하고, 당신은 교회보다 자신을 우선시하면 안 됩니다."

"돌아가!"

토마스는 소리쳤다.

"니고데모에게…… 아니면 유다에게! 명령이야. 복종해!"

"정말로 제가 당신의 명령에 복종하게 되어 있다고 생각하시는 겁니까. 마을에서 기다리겠습니다. 거기까지 오면 저를 보고 기뻐하실 겁니다."

나귀봇은 터벅거리며 돌로 된 길을 따라 내려갔다. 발굽 소리가 잦아들면서, 토마스는 하릴없이 '로봇 성 아퀸'이라고 불러야 할 시체 옆에 무릎을 꿇었다.

갈비뼈는 어느 때보다 심하게 아파왔다. 혼자 돌아가는 것은 끔찍한 일이었다.

기도문을 생각했다. 그 말들은 향에서 피어오르는 연기, 연기처럼 형태 없는 말들이었다. 하지만 그의 머릿속에는 카이사레아 필리피에서 베드로가 외친 간청이 온통 울려 퍼졌다.

저는 믿습니다. 그러나 제 믿음이 부족하다면 도와주십시오!

표면장력

☆ ☆ ☆

James Blish Surface Tension

제임스 블리시 지음
고호관 옮김

샤비으 박사가 너무 오랫동안 현미경을 들여다보고 있는 바람에 라 벤투라는 하릴없이 하이드롯의 생명 없는 지형地形을 바라만 보고 있었다. 수형水刑이 더 나은 표현이려나, 그는 생각했다. 이 새로운 세계에는 끝없는 대양 한가운데에 작은 삼각형 모양의 대륙이 단 하나 있을 뿐이었다. 게다가 그 대륙마저도 대부분은 늪지였다.

추락한 씨앗선은 고장난 채 해수면 위로 6미터씩이나 솟아 있는 바위에 걸쳐 있었는데, 아마도 하이드롯을 통틀어 바위라고 할 만한 진짜 바위는 그것 하나밖에 없는 듯했다. 이 고지대에서 라 벤투라는 평평하게 펼쳐진 진흙밭 너머로 60킬로미터 이상 떨어져 있는 지평선을 볼 수 있었다. 수천 개의 작은 호수와 늪, 웅덩이에 반사되어 반짝이는 타우 세티의 붉은 빛은 습지가 많은 평원을 마노와 루비로 이루어진 모자이크처럼 보이게 해주었다.

"제게 종교가 있었다면 아마 신의 복수라고 불렀을 거예요."

조종사가 불쑥 입을 열었다.

샤비으가 대꾸했다.

"응?"

"우리가 여기 처박힌 건 마치, 뭐랄까, 오만함? 거만한 자부심 때문인 것 같아요."

"흠. 그래?"

마침내 샤비으가 고개를 들며 말했다.

"난 지금 그나지 자부심에 부풀어 있지 않은데. 자네는 그런가?"

"솔직히 제가 조종을 잘했다고는 생각하지 않아요."

라 벤투라는 인정했다.

"하지만 제 말은 그 뜻이 아니라고요. 애초에 우리가 왜 여기에 왔냐는 거예요. 거만한 자부심 때문에 우리가 사람을, 아니 최소한 사람 비슷한 거라도, 은하계 전체에 퍼뜨릴 수 있다고 생각한 거잖아요. 실제로 온갖 장비를 싸들고 이 행성 저 행성 발길 닿는 곳마다 살기 적합한 사람을 만들어놓고 다닌 건 말할 것도 없고요."

"그런 것도 같군."

샤비으가 말했다.

"하지만 우리는 은하계의 이 나선팔에 있는 수백 척의 씨앗선 중 하나일 뿐이잖아. 신들이 우리만 특별히 죄인으로 낙점했을 것 같지는 않네."

그는 담담하게 미소 지었다.

"만약 신들이 그랬다면, 우리에게 울트라폰은 남겨줘서 식민지 위원회에 우리가 추락했다는 걸 알릴 수 있게 했겠지. 게다가, 폴, 우리는 지구와 비슷한 행성에 적합한 인간을 만들려는 것뿐이야. 사람이 목성이나 타우 세티에 적응할 수 없다는 사실을 알 정도의 분별력——원한다면 겸손함이라고 부르지——정도는 있다고."

"어쨌든 우리는 여기에 떨어졌잖아요."

라 벤투라는 고집스럽게 말했다.

"그리고 다시는 이륙할 수 없고요. 필립 말로는 생식세포 은행도 없어졌다면서요. 그러면 정상적인 방법으로 이 행성에 씨를 뿌릴 수도 없지요. 우린 이 죽은 세상에 내팽개쳐졌고, 이제 적응하는 수밖에 없다고요. 파나트로프로는 뭘 할 수 있지요? 겨드랑이에 공기주머니라도 만들어줄 수 있나요?"

"아니."

샤비으가 차분한 목소리로 말했다.

"자네와 나, 그리고 다른 친구들은 모두 죽을 거야, 폴. 파나트로프 기술은 몸에 작용하지 않아. 유전형질을 전달하는 요소에만 작용하지. 자네 겨드랑이에 공기주머니를 만들거나 새로운 두뇌를 만들어주는 일 따위는 할 수 없어. 난 우리가 이 세상을 사람으로 채우는 건 가능할 거라고 생각하네. 하지만 우리가 살아서 그걸 볼 일은 없을거야."

조종사는 생각에 잠겼다. 차가운 덩어리가 뱃속에서 천천히 자라는 느낌이었다. 마침내 그가 말했다.

"우린 얼마나 살 수 있을까요?"

"그걸 누가 알겠나? 한 달. 어쩌면 말이지."

난파된 구역으로 향하는 격벽이 뒤로 밀려나면서 짜고, 후텁지근하며 이산화탄소가 풍부한 공기가 비집고 들어왔다. 통신 장교인 필립 스트라스보겔은 진흙 묻은 발로 들어왔다. 라 벤투라와 마찬가지로 그도 현재는 담당 임무가 없어진 상태였지만, 그다지 개의치 않는 듯했다. 그는 허리에서 캔버스 천으로 만든 허리띠를 풀었다. 허리띠에는 마치 탄약처럼 플라스틱 약병이 박혀 있었다.

"표본이 더 있습니다, 박사님."

그는 말했다.

"다 비슷합니다. 물이에요. 푹 젖었어요. 한쪽 부츠에는 유사도 좀 들어 있습니다. 뭔가 찾으셨나요?"

"많네, 필립. 고마워. 다른 친구들도 같이 있나?"

스트라스보겔은 고개를 밖으로 내밀고 큰 소리로 외쳤다. 진흙밭 너머로 다른 목소리들이 들렸다. 잠시 후, 나머지 생존자들도 파라트로프 갑판에 모두 모이기 시작했다. 샤비으의 수석 조수인 살톤스톨, 유일하게 남아 있는 생태학자인 유니스 와그너, 식민지 위원회의 대리인인 엘레프데리오스 베네주엘로스, 그리고 이제는 라 벤투라나 스트라스보겔처럼 원래 맡았던 역할이 의미 없게 된 사관생도 조안 히스.

남자 다섯 명과 여자 두 명. 이들이 사람이 있을 곳은 물 속밖에 없는 행성을 식민화하기 위한 인원이었다.

그들은 조용히 들어와 각자 의자나, 갑판 위에서 앉을 만한 곳, 테이블 가장자리, 구석진 곳 등에 자리를 잡았다.

베네주엘로스가 말했다.

"결론이 뭔가요, 샤비으 박사?"

"이곳은 죽은 행성이 아닙니다."

샤비으가 말했다.

"해수와 담수 모두에 생명이 살고 있어요. 동물로 보자면 갑각류에서 진화가 멈춘 것 같습니다. 제가 발견한 것 중 가장 진화한 형태는 근처 시냇가에서 발견한 가재였습니다. 호수와 웅덩이에는 원생동물과 작은 후생동물이 풍부하고, 놀라울 정도로 다양한 윤충류──지구의 소화윤충류처럼 성을 쌓는 윤충들까지──가 살고 있을 정도입니다. 식물은 단순한 조류에서 엽상체와 비슷한 종까지 있습니다."

"바다도 비슷해요."

유니스가 말했다.

"크기가 더 큰 종류의 단순 후생동물──해파리 등이요──도 찾았고, 거의 바닷가재만큼 큰 가재도 발견했습니다. 담수보다는 해수에 사는 종이 더 크게 자라는 게 정상이긴 하지만요."

"간단히 말해서, 열심히 싸운다면 우리는 살아남을 수 있습니다."

샤비으가 말했다.

"잠깐만요."

라 벤투라가 끼어들었다.

"아까 제게는 우리가 생존할 수 없을 거라고 하셨잖아요. 그리고 우리 종족이 아니라 우리에 대한 이야기가 아닌가요. 어차피 우리에게는 이제 생식세포 은행이 없으니까요. 그런데……"

"그 얘긴 곧 다시 하겠네."

샤비으가 말했다.

"바다로 가면 어떨 것 같나, 살톤스톨? 예전에 한 번 바다에서 나온 적이 있으니 어쩌면 한 번 더 그럴 수 있을지도 몰라."

"별로예요."

살톤스톨이 바로 대답했다.

"생각 자체는 마음에 들지만, 이 행성이 스윈번이나 호머에 대해 들어봤을 리는 없을 것 같군요. 만약 우리와 직접적으로 상관없는 식민화라고 생각하고 본다면 어두운 와인빛 바다$^{epi\ oinopa\ ponton}$◉에는 별로 점수를 못 주겠는걸요. 바다에서는 진화의 압력이 너무 강해요. 다른 종이 들어가서 경쟁하는 건 엄두도 못 내죠. 바다에 씨를 뿌리는 건 최후의 수단이에요. 개척민들은 뭐 하나 배우기도 전에 멸망해버릴 겁니다."

"왜요?"

라 벤투라가 물었다. 뱃속에서 느껴지는 죽음은 강해져만 갔다.

"유니스. 자네의 해양 강장동물 중에 포르투갈의 전함처럼 강력한 놈이 있나?"

생태학자는 고개를 끄덕였다.

"이게 자네 질문에 대한 대답이야, 폴."

살톤스톨이 말했다.

"바다는 제외야. 민물이어야 해. 경쟁하는 생물이 덜 위협적이고 숨을 곳도 많으니까."

"우리가 해파리하고도 경쟁을 못 한다고?"

라 벤투라가 침을 꿀꺽 삼키며 물었다.

"못 한다네."

샤비으가 대답했다.

"파나트로프는 적응할 수 있게 해주는 거지 신을 만드는 게 아냐. 생식세포를 채취해서——이 경우에는 우리 생식세포겠지. 세포은행이

◉ 호머가 바다를 지칭할 때 쓰던 별칭.

충돌로 사라져버렸으니까——특정 환경에서 살 수 있는 생물로 바꿔주는 거야. 그러면 지능이 있고 사람과 비슷한 생물이 돼지. 보통은 기증자의 성격도 닮게 돼.

하지만 기억을 전달할 수는 없어. 그래서 새로운 사람은 새로운 환경에서는 어린애보다도 못해. 역사나 기술, 전례는 고사하고 언어조차 없으니까. 보통의 경우 씨를 부리는 대원들이 떠나기 전에 초등학교 수준까지는 마치게 해주는데, 우리는 그렇게 오래 살지 못할 거야. 우리는 개척민들이 충분한 보호장비를 갖추도록 설계하고, 가장 살기 좋은 환경에서 살 수 있게 해야 해. 그래야 최소한 몇몇은 배우는 과정을 견디고 살아남을 테니까."

조종사는 생각에 잠겼지만 시간이 지나도 이 재난이 더욱 현실감 있다거나 피부에 직접 와 닿는다는 느낌이 없었다.

"새로운 생물 중 하나는 성격이 저와 비슷하겠지만, 저에 대한 기억은 없다는 거죠? 맞습니까?"

"그렇지. 어쩌면 아주 희미하게 남아 있을지는 몰라. 옛날에 융이 언급했던 선조 기억설을 지지하는 자료가 좀 있긴 하거든. 하지만 우리 모두는 이 하이드롯에서 죽을 거라네, 폴. 피할 방법은 없어. 어딘가에 우리처럼 행동하고, 우리처럼 생각하고 느끼는 사람을 남겨놓겠지만, 아무도 라 벤투라나 샤비으, 조안 히스, 그리고 지구를 기억하지 못할 거야."

조종사는 더 이상 아무 말도 하지 않았다. 입맛이 씁쓸했다.

"살톤스톨, 자네는 어떤 형태를 추천하겠나?"

파나트로피스트는 반사적으로 콧잔등을 찌푸렸다.

"당연히 손과 발에 물갈퀴가 있어야겠죠. 학습할 기회를 얻기 전까지는 방어 수단이 있어야 하니까 엄지손가락과 엄지발가락이 크고 가시처럼 생겨야겠고요. 늑간의 기공으로 호흡하는 절지동물과 같은 폐라면 나중에 물 밖으로 나오기로 결심했을 때 점차적으로 공기호흡에 적응할 수 있겠지요. 거기에다, 포자 형성을 할 수 있으면 좋겠군요. 여느 수중 동물처럼 수명이 일정하지 않을 테니까요. 하지만 학습 기간 동안 개체 수를 늘리려면 대략 6주의 번식 주기는 갖추게 해야 합니다. 따라서 활동 기간 사이에는 어느 정도는 활동을 중단시키는 휴지기가 있어야 할 테고요. 그렇지 않으면 살아가는 법을 배우기도 전에 인구 문제에 부딪칠 겁니다."

"거기에다, 겨울에는 단단한 보호막 안에서 지낸다면 더 좋겠지."

유진 와그너가 동의한다는 뜻으로 첨언했다.

"포자가 명백한 해답이 되겠어. 미생물이 대부분 그렇듯이."

"미생물이요?"

필립이 못 믿겠다는 듯이 물었다.

"당연하지."

샤비으가 즐거운 기색으로 대답했다.

"60센티미터짜리 웅덩이에 180센티미터의 사람을 우겨 넣을 순 없잖나. 하지만 그러면 문제가 생기지. 우리는 윤충류와 심한 경쟁을 하게 될 거야. 그 중 몇몇은 엄밀히 말해 미생물도 아닐 테고. 난 개척민들이 25마이크론보다 작아서는 안 된다고 생각하네, 살톤스톨. 싸울 수 있는 기회는 줘야지."

"전 그 두 배 정도를 생각하고 있었는데요."

"그러면 그 환경에서는 가장 큰 생물이 될 텐데."

유니스가 지적했다.

"아예 기술을 개발하려 하지 않을 거야. 하지만 윤충류와 비슷한 크기로 만들면 성을 쌓는 윤충류를 밀어낼 동기도 얻을 수 있다고."

"거주 목적으로 성을 빼앗을 수도 있겠지."

샤비으가 고개를 끄덕였다.

"좋아. 다들 일을 시작합시다. 파나트로프를 조정하는 동안 나머지 사람들은 머리를 맞대고 어떤 기록을 남겨줄지 궁리해봅시다. 기록은 부식 방지된 금속박지에 미세하게 새길 겁니다. 크기는 개척민들이 편리하게 다룰 수 있을 정도로 하고요. 언젠가는 수수께끼를 풀어내겠죠."

"질문이요."

유니스 와그너가 말했다.

"그들이 미생물이라는 사실도 알려줄 건가요? 전 그건 반대입니다. 그러면 초기의 역사가 전부 신이니 악마니 하는 신화로 가득 차버릴 거예요. 그런 건 없는 편이 낫죠."

"아니, 말해줄 거야."

샤비으가 말했다. 라 벤투라는 갑자기 변한 어조로 미루어 이번에는 그가 확실히 상급자로서 이야기하고 있음을 알 수 있었다.

"이 사람들도 인류라네, 유니스. 우리는 그들이 스스로 인류 공동체로 다시 돌아올 수 있기를 원해. 물속의 자궁 안에 머무르며 영원히 진실과 격리되어 있는 장난감이 아니라고."

"내가 공식적으로 인정하겠소."

베네주엘로스가 말했고, 그걸로 결정되었다.

그러면 본질적인 일은 모두 끝난 셈이었다. 그들은 모두 동의했다. 이미 배가 고파지고 있었다. 라 벤투라는 성격 패턴을 기록한 뒤 밖으로 나왔다. 그는 홀로 바위턱 끄트머리에 앉아 타우 세티가 붉게 저무는 모습을 보며 침울한 기분으로 가장 가까운 웅덩이에 조약돌을 던졌다. 이름 없는 수많은 웅덩이들 중에서 과연 어떤 것이 그를 위한 망각의 강이 될지 궁금했다.

물론 그는 결코 알 수 없었다. 아무도 알지 못했다.

1
★

올드 샤는 마침내 무거운 금속판을 내려놓았다. 성의 창문 밖을 바라보는 그의 눈은 어둑어둑한 여름철 물속이 금록색으로 은은히 빛나는 광경을 보고 있었다. 방의 아치형 천장 아래서 대연하게 졸고 있는 녹에게서 부드러운 형광색 불빛이 나와 그를 비추고 있었다. 라본은 그가 실제로는 젊은이라는 사실을 알 수 있었다. 그의 얼굴은 너무나 섬세하게 생겨서 처음으로 포자에서 태어난 이래 계절이 몇 번 변하지 않았음을 알려주었다.

하지만 물론 늙었으리라고 예상할 이유는 전혀 없었다. 모든 샤는 전통적으로 '올드' 샤라고 불린다. 다른 이유와 마찬가지로 그 이유 또한 잊혔지만, 전통은 남았다. 그 형용사는 최소한 그들의 집무실에 무게감과 위엄을 더해주었다.

현재의 샤는 16세대에 속했다. 그러므로 라본보다 최소한 두 계절은 어린 셈이었다. 만약 샤에게서 원숙한 면을 찾자면 그건 바로 지식이었다.

"솔직하게 말씀드리겠습니다, 라본."

마침내 샤가 말했다. 눈은 여전히 높고 불규칙한 모양의 창문을 향하고 있었다.

"당신의 선조가 제 선조를 찾아왔던 것처럼 이 금속판의 비밀 때문에 절 찾아오셨겠지요. 그 비밀을 어느 정도는 말씀드릴 수 있습니다. 하지만 그게 무엇을 의미하는지는 저도 거의 알지 못합니다."

"그 수많은 세대를 거치고도 말입니까?"

라본은 깜짝 놀라서 물었다.

"금속판을 읽는 법을 알아낸 것은 제3세대 샤가 아니었습니까? 아주 오래 전 일인데요."

젊은이는 몸을 돌려 라본을 바라보았다. 방금 전까지 깊은 곳을 응시하고 있었던 두 눈은 크고 어두워져 있었다.

"금속판에 쓰여 있는 글은 읽을 수 있습니다. 하지만 대부분은 이치에 닿지 않는 것 같습니다. 게다가 금속판은 완전하지도 않습니다. 모르셨습니까? 전부 갖추고 있지 못합니다. 하나는 이터들과 벌였던 최후의 전쟁 도중 그들이 아직 성을 장악하고 있던 시기에 사라졌습니다."

"그럼 제가 여기에 온 의미가 무엇입니까?"

라본이 말했다.

"남아 있는 금속판에는 가치 있는 내용이 없단 말인가요? 금속판에 '창조자들의 지혜'가 담겨 있는 게 사실입니까, 아니면 그저 신화일 뿐입니까?"

"아뇨. 아닙니다. 그건 사실입니다."

샤가 천천히 말했다.

"어느 정도는요."

샤는 말을 멈췄다. 그들은 몸을 돌려 갑자기 창밖에 나타난 희미한 생물을 바라보았다. 곧 샤가 무거운 어조로 말했다.

"들어오십시오, 파라."

실내화처럼 생긴 생물이 방 안으로 미끄러져 들어와 섬모가 부드럽게 움직이는 소리를 내며 부유했다. 내부에 담겨 있는 수천 개의 검은색과 은색의 둥근 알갱이와 거품을 제외하면 투명에 가까웠다. 한동안 침묵이 방 안을 감쌌다. 아마도 방에 떠 있는 녹과 선주민들 사이에 통하는 공통 의례를 치른 뒤 텔레파시로 이야기하는 중인 듯했다. 아직까지 어떤 인간도 이 대화를 중간에서 엿듣지 못했다. 하지만 그런 대화가 실제로 존재한다는 데에는 의심의 여지가 없었다. 인간은 오래 전부터 그들을 장거리 통신에 이용해왔던 것이다.

잠시 후 파라의 섬모가 다시 한 번 윙윙거렸다. 머리카락처럼 생긴 돌기가 제각각 속도를 바꿔가면서 진동했다. 그 결과 생긴 음파가 물을 타고 이동하면서 상호 변조하며 서로 강화하거나 상쇄했다. 파면이 인간의 귀에 도달했을 때 그 파동의 집합체는 알아들을 수 있는 말이 되어 있었다.

"전통에 따라 우리가 왔습니다, 샤와 라본."

"반갑소."

샤가 말했다.

"이 금속판 문제는 나중으로 미루고 파라의 말을 들어봅시다, 라본. 이건 성년이 된 라본들이라면 알아야 하는 지식입니다. 금속판보다 중요합니다. 우리가 어떤 존재인지에 대한 실마리는 제가 알려드릴 수 있습니다. 그 전에 먼저 당신은 파라가 우리가 어떤 존재가 아닌지에 대해 해주는 이야기를 들어야 합니다."

라본은 기꺼이 고개를 끄덕여 동의했다. 그리고 선주민이 샤가 앉아 있던 탁자 표면에 부드럽게 내려앉는 모습을 지켜보았다. 이 존재에게서 찾을 수 있는 유기체로서의 완벽함과 효율성, 우아함과 강한 확신이 담겨 있는 동작은 이제 겨우 성숙해진 그로서는 믿을 수 없을 정도였다. 다른 선주민과 마찬가지로 파라만 보면 그는 자신이 생각이 모자라거나 적어도 미완성의 존재인 듯한 기분을 느꼈다.

　　"논리적으로 보면 이 우주에 인간을 위한 장소가 없다는 사실을 우리는 알고 있습니다."

　　탁자 위에서 가만히 빛나고 있던 원통 모양의 파라가 돌연히 웅웅거리는 소리로 말을 시작했다.

　　"우리의 기억은 모든 종족의 공통 재산입니다. 그 기억은 인간과 같은 생물이 존재하지 않았던 시기로 거슬러 올라갑니다. 또한 아주 오랜 옛날 인간이 갑자기, 그것도 다수가 나타났던 기억도 있습니다. 인간의 포자가 바닥에 흩어져 있었고, 우리는 계절의 각성이 지난 지 얼마 되지 않아 포자를 발견했습니다. 그리고 그 안에서 인간의 형체가 잠들어 있는 것을 보았지요.

　　얼마 뒤 인간들이 포자를 깨고 나왔습니다. 그들은 지성이 있었고 활동적이었습니다. 그들에게는 이 세계의 어떤 생물도 갖지 못한 특성, 바로 개성이 있었습니다. 야만적인 이터들조차 갖지 못한 특성이었죠. 인간은 이터를 박멸하기 위해 우리와 연합했고, 그 결과 세상을 바꾸었습니다. 인간이 시작이었습니다. 이제 우리에게도 그 단어가 있습니다. 당신들이 주었고 우리도 적용했지만, 아직 그것이 무엇을 의미하는지 알지 못합니다."

　　"당신들은 우리와 함께 싸웠지 않습니까."

라본이 말했다.

"기꺼이 그랬지요. 우리들 혼자서는 전쟁을 생각하지 못했을 겁니다. 하지만 좋은 판단이었고 결과도 좋았습니다. 그래도 아직 궁금한 게 있습니다. 인간은 수영도 잘 못하고, 잘 걷지도 못하고, 잘 기어다니지도, 잘 기어오르지도 못합니다. 인간의 신체는 도구를 만들고 사용하는 데 적합합니다. 그렇게 대단한 재능이 이 세계에서는 대부분 낭비되고 만다니 도무지 이해를 할 수 없습니다. 인간 이외에는 그런 종족이 없지요. 인간의 손처럼 도구를 잘 쓰는 개체가 무슨 소용이 있을까요? 우리는 모르겠습니다. 허나 그렇게 급진적인 부분이 이제까지 보아왔던 인간의 가능성을 넘어 세계에 대한 훨씬 더 큰 지배력을 발휘할 수 있게 한다는 점은 명백해 보입니다."

라본은 머리가 어지러웠다.

"당신네가 철학자였다는 사실은 전혀 몰랐습니다."

"선주민들은 나이가 많습니다."

샤가 말했다. 샤는 뒷짐을 진 채 다시 창밖을 바라보고 있었다.

"그들은 철학자가 아닙니다, 라본. 철저한 논리학자들이지요. 파라의 이야기를 들으세요."

"이 추론에는 한 가지 결론밖에 있을 수 없습니다."

파라가 말했다.

"우리의 기이한 동맹인 인간은 이 세계에서는 둘도 없는 존재입니다. 예부터 이 세계에 맞는 존재가 아니었습니다. 인간은 이곳에서 태어난 게 아니라 이곳으로 이주한 것입니다. 따라서 우리로서는 우리 세계 이외에 또 다른 세계가 있다고 생각할 수밖에 없습니다. 하지만 그 세계가 어디에 있는지, 어떤 곳인지는 상상하기조차 불가능합니다. 인간들도 알다시피 우리에게는 상상력이 없습니다."

이 생명체가 지금 비꼬는 건가? 라본은 헷갈렸다. 그는 천천히 입을 열었다.

"다른 세계요? 어떻게 그런 게 있을 수 있습니까?"

"우리도 모릅니다."

파라는 억양 없는 목소리로 말했다. 라본은 기다렸지만, 선주민은 더 이상 아무 말도 하지 않았다.

샤는 무릎을 쥔 채 창턱에 앉아 빛이 밝혀진 틈으로 희미한 형체가 지나다니는 모습을 보았다.

"그 말은 사실입니다."

그가 말했다.

"남아 있는 금속판에 쓰여 있는 내용이 분명히 밝히고 있어요. 뭐라고 쓰여 있는지 이제 말씀드리겠습니다.

우리는 만들어졌습니다, 라본. 지금의 우리와는 다른, 그러나 우리의 선조인 어떤 인간이 우리를 만들었습니다. 그들은 재앙을 맞았고, 우리를 만들어 이 세상에 넣었습니다. 그들이 죽더라도 인간이라는 종이 생존할 수 있도록 하기 위해서지요."

라본은 앉아 있던 녹조류 매트에서 벌떡 일어났다.

"제가 바보라고 생각하시는 겁니까!"

날카로운 목소리로 그가 말했다.

"아닙니다. 당신은 우리 종족의 라본입니다. 사실을 알 권리가 있어요. 어떻게 생각할지는 당신의 자유입니다."

샤는 물갈퀴가 달린 발을 다시 방 안으로 향했다.

"제가 해드린 이야기가 믿기 힘드실 겁니다. 하지만 진실인 것 같습니다. 파라의 이야기도 그걸 뒷받침하고 있고요. 우리가 이곳에서 사는 데 적합하지 않다는 사실은 자명합니다. 예를 들어 드리지요.

지난 네 명의 샤는 우리가 연구를 더 진행시키려면 열을 제어할 수 있는 방법을 찾아야 한다는 사실을 알아냈습니다. 우리는 온도가 충분히 높으면 우리 주변의 물조차도 상태가 변한다는 사실을 확인할 정도로 충분한 열을 화학적으로 이끌어냈지요. 하지만 거기서 끝이었습니다."

"왜였죠?"

"수중의 열린 공간에서 열을 만들어내면 만들어지는 대로 빠르게 전달돼버립니다. 한 번은 열을 가두려고 시도한 적이 있었습니다. 그런데 그 성의 튜브가 터졌고 근처에 있는 모든 것이 죽었지요. 엄청난 충격이었습니다. 우리는 그때 폭발을 일으킨 압력을 측정했고, 우리가 아는 어떤 물질도 그 정도 압력은 견딜 수 없다는 사실을 깨달았습니다. 이론적으로는 더 강한 물질이 있긴 했습니다. 하지만 그 물질을 만드는 데 필요한 게 바로 열이었습니다!

화학을 예로 들어보지요. 우리는 물속에서 삽니다. 모든 물질은, 최소한 어느 정도는, 물에 녹습니다. 화학반응이 반응로 안에서만 일어나게 할 수 있는 방법이 있을까요? 용액이 희석되지 않게 할 방법은요? 전 모르겠습니다. 어느 길로 가도 돌로 된 문에 막히는 기분이에요. 우리는 생각하는 존재입니다, 라본. 하지만 우리가 살아가는 이 세계에 대해 생각하는 방식은 뭔가 크게 잘못되었어요. 앞뒤가 맞지 않습니다."

라본은 부유하는 머리카락을 헛되이 뒤로 넘겼다.

"어쩌면 당신은 잘못된 결과에 대해 생각하고 있는지도 모릅니다.

우리는 전쟁이나 농경은 물론 실제로 살아가는 데 아무런 문제가 없어요. 열을 많이 만들어내지 못한다 해도 대부분의 사람들은 아쉬워하지 않을 겁니다. 우리는 열이 필요 없거든요. 우리 선조들이 살았다는 다른 세계는 어땠을까요? 우리 세계보다 좋을까요?"

"저도 모릅니다."

샤는 인정했다.

"너무 다른 세계라 둘을 비교하기는 힘들죠. 금속판에는 스스로 움직이는 커다란 상자를 타고 여러 장소를 여행하는 사람에 대한 이야기가 쓰여 있습니다. 제가 생각해낼 수 있는 유일한 비유는 우리 젊은이들이 변온층 사이를 오갈 때 쓰는 규조류의 껍데기로 만든 탈것이지요. 하지만 금속판의 이야기에서는 분명히 이보다 훨씬 큰 뭔가를 의미하고 있습니다.

제 머릿속에는 전체가 밀폐되어 있고 아주 많은 사람, 아마도 20~30명을 태울 수 있는 거대한 탈것이 떠오릅니다. 그들은 인간이 숨쉴 수 있는 물이 없는 어떤 공간을 뚫고 여러 세대에 걸쳐 여행해야만 했습니다. 그래서 직접 물을 가져가 꾸준히 정화해야 했겠죠. 계절도 없고, 해가 바뀌는 일도 없습니다. 밀폐된 공간에는 하늘이 없으니까 하늘에 얼음이 생기는 일도 없겠죠. 포자 형성도 마찬가지고요.

그런데 그 탈것이 무슨 이유에선지 난파되고 맙니다. 타고 있던 사람들은 자신들이 죽는다는 사실을 알고 있고요. 그래서 그들은 우리를 만들어 여기에 넣었습니다. 자손을 남기듯이 말입니다. 죽을 운명이었던 그들은 어떤 일이 일어났는지 우리에게 알리기 위해 금속판에 그동안의 사연을 기록했습니다. 제3세대 샤가 잃어버린 금속판이 있다면 더 많은 내용을 알 수 있었겠지만, 어쩔 수 없지요."

"전부 옛날이야기처럼 들리는군요."

어깨를 으쓱하며 라본이 말했다.

"아니면 노래 가사처럼요. 왜 이해하기 힘드셨는지 알 것 같습니다. 제가 궁금한 건 왜 굳이 애써서 이해하려 하셨냐는 겁니다."

"금속판 때문이지요."

샤가 말했다.

"직접 만져봐서 아시겠지만 금속판은 우리가 아는 어떤 물건과도 다릅니다. 우리가 만들어낸 금속은 조악하고 불순한 데다가 오래가지도 못하고 붕괴해버립니다. 하지만 이 금속판은 수세대를 걸치면서도 여전히 반짝이고 있지요. 변질되지도 않고요. 우리가 쓰는 망치나 조각용 도구는 금속판 앞에서 부스러지고 맙니다. 우리가 만들어내는 미약한 열은 금속판에 어떤 변형도 가하지 못하지요. 그 금속판은 이 세계에서 만들어진 게 아닙니다. 바로 이 단 한 가지 사실 때문에 거기 쓰여 있는 내용이 우리에게 중요한 겁니다. 우리에게 그 내용을 전달하기 위해 누군가가 엄청난 고생을 겪으며 파괴할 수 없는 금속판을 만들었지요. 비록 우리에게는 아무 의미가 없을지라도, 열네 번이나 반복할 정도로 '별'이라는 단어를 중요하게 여겼던 누군가가요. 영원히 남을 기록에 단 두 번만 썼다고 해도 우리가 의미를 알아내야 할 중요한 단어라고 생각합니다만."

"다른 세계에 대한 이야기나 거대한 탈것, 이런저런 의미 없는 단어가 존재하지 않는다고 확신하지는 못하겠습니다. 하지만 그런다고 무슨 차이가 있는지 모르겠군요. 몇 세대 전의 샤들은 생애의 대부분을 해초 수확량을 높이거나 위험한 박테리아 대신에 농경을 통해 살아가는 방법을 가르치는 데 쓰곤 했습니다. 그 일은 가치 있는 일이었습니다.

당시의 라본들은 금속판이 없어도 아무런 문제 없이 살아갔고, 샤들도 그렇게 할 수 있도록 조처했습니다. 흐음. 전 당신이 금속판을 자유롭게 연구하는 데 아무 이의가 없습니다. 설령 작물을 개선하는 일보다 더 좋아하더라도요. 하지만 전 금속판을 포기해야 한다고 생각합니다."

"알겠습니다."

샤가 어깨를 으쓱하며 말했다.

"당신이 원하지 않으신다면, 이 전통적인 회견은 여기서 마무리해야겠군요. 저희는……"

탁자 위에서 웅웅거리는 소리가 들렸다. 파라가 떠오르고 있었다. 섬모 끄트머리가 연속적으로 움직이는 모습이 꼭 바닥에 심어놓은 섬세한 균류가 열매를 맺었을 때 그 사이를 가로지르는 파동처럼 보였다. 그 동안 너무 조용히 있어서 라본은 파라의 존재를 잊고 있었다. 깜짝 놀라는 것으로 보아 샤 역시 마찬가지였다는 사실을 그는 알 수 있었다.

"아주 훌륭한 결정입니다."

파라의 몸이 고동치자 음파가 흘러왔다.

"모든 선주민이 그 결정을 들었고 동의했습니다. 우리는 이 금속판에 대해 오래전부터 우려했습니다. 인간이 금속판에 쓰인 내용을 해독하고 그 말을 좇아 선주민들을 남겨둔 채 어느 비밀 장소로 떠나버릴까 봐서요. 이제 걱정이 없어졌습니다."

"걱정할 만한 일 같은 건 없었습니다."

라본이 달래듯 말했다.

"이전의 어떤 라본도 그런 이야기를 해주지 않았습니다."

파라가 말했다.

"우리는 기쁩니다. 이 금속판은 우리가 처분하겠습니다."

그 말과 동시에 빛나는 생명체는 문가로 재빨리 움직였다. 테이블 위, 자기 아래에 놓여 있던 현존하는 금속판을 유연한 섬모를 구부려 부드럽게 움켜쥔 채였다. 샤가 외마디 비명을 지르며 문을 향해 몸을 박차고 뛰어나갔다.

"멈추십시오, 파라!"

하지만 파라는 이미 사라진 뒤였다. 부르는 소리도 듣지 못할 정도로 신속하게 움직였던 것이다. 샤는 몸을 비틀며 한쪽 어깨를 탑의 벽에 기대고 멈춰 섰다. 그는 아무 말도 하지 않았다. 얼굴 표정만으로 충분했다. 라본은 잠시도 그 얼굴을 그대로 쳐다볼 수 없었다.

두 사람의 그림자가 울퉁불퉁하게 조약돌이 깔린 바닥을 천천히 움직였다. 둥근 천장에 있던 녹이 천천히 그들을 향해 내려왔다. 녹의 단 하나 있는 촉수가 물을 저었고, 내부의 빛은 불규칙하게 깜빡였다. 녹 역시 동류의 종족을 따라 창밖으로 나가 천천히 바닥을 향해 가라앉았다. 천천히, 녹이 내는 빛이 희미해지더니 간신히 명멸하다가 완전히 꺼져버렸다.

2
★

며칠 동안 라본은 잃어버린 금속판에 대해 생각하지 않을 수 있었다. 언제나 해야 할 일은 많았던 것이다. 인간의 손이 아닌, 이제는 멸종한 종족인 이터가 건설한 성을 유지보수하는 일은 끝이 없는 작업이었다. 양갈래로 갈라져 나가는 수많은 성벽은 허물어지기 쉬웠고—특히 갈라져 나가기 시작할 때의 기반부가—아직 어떤 샤도 한때 성벽을 고정시켜주었던 로티퍼rotifer의 침만큼 좋은 모르타르를 만들어내지 못했다. 게다가 초기에는 창문의 위치나 방의 구조가 제멋대로였고, 견고하지 않은 경우도 종종 있었다. 로티퍼의 본능을 갖춘 건축가들은 인간 거주자들의 편의에 전혀 관심이 없었던 것이다.

그리고 작물도 있었다. 인간은 더 이상 지나가는 박테리아처럼 불안정한 식량에 의존하지 않았다. 이제는 양이 많고 영양가가 풍부한 균류를 재배하는 밭이 떠다니고 있었다. 지난 5세대에 걸쳐 샤가 재배한 것이다. 밭은 끊임없이 돌봐야 했다. 변종을 솎아내고, 선주민 중에서 나이 들거나 지성이 떨어지는 종족이 뜯어먹지 않도록 지켜야 했다. 후자의 일을 확실히 처리하기 위해서 더 진보하고 눈이 밝은 선주민들이 협조하기도 했다. 하지만 인간이 감독할 필요는 있었다.

이터들과의 전쟁이 끝난 후 동작이 느리고 지능이 낮은 규조류를 잡아먹는 일이 풍습처럼 번지던 시기가 있었다. 규조류의 세련되고 연약한 유리 껍데기는 쉽게 부서졌고, 그들은 우호적인 목소리가 반드시 호의를 뜻하지는 않을 때도 있다는 사실을 배울 능력이 없었다. 아직도 아무도 보지 않는 곳에서 규조류의 껍데기를 까 먹는 사람이 있었지만, 선주민들에게는 당혹스럽게도 그런 사람들은 야만인으로 치부당했다. 규조류의 화려한 무늬와 모호하고 단순한 어법은 규조류가 인간의 애완동물이 되는 결과를 낳았다. 선주민들은 이 애완동물이라는 개념을 결코 이해하지 못했는데, 반으로 쪼개진 규조류가 맛있는 음식이라는 사실을 인간이 인정한 뒤로는 더욱 혼란스러워했다.

라본은 기준이 명확하지 않다는 사실을 일찌감치 인정할 수밖에 없었다. 인간은 규조류와 달리 데스미드는 먹었는데, 데스미드는 고작해야 세 부분, 껍데기가 유연하다는 점과 움직이지 않는다는 점, 그리고 말을 하지 못한다는 점에서만 달랐을 뿐이었다. 그래도 라본은 다른 인간들처럼 어딘가 경계가 있다고 생각했다. 선주민들에게 보이건 보이지 않건 기준은 있었다. 상황이 그러하기 때문에 라본은 인간의 지도자로서, 규조류를 보호하는 일이 자신의 의무라고 생각했다. 가끔씩 관습을 무시한 채 햇빛이 비치는 높은 하늘에서 규조류를 노리고 침입하는 포식자가 있었던 것이다.

하지만 라본은 바쁘게 일하던 와중에도 번번이 인간의 기원과 목적에 대한 마지막 실마리가 파라에게 낚아채여 어두운 공간으로 사라지던 그 순간이 떠오르는 것을 막을 수 없었다.

실수였다고 설명하면서 파라에게 금속판을 되돌려달라고 부탁하는 것도 불가능하지는 않았다. 신주민들은 논리에 철저한 종족이었지만, 인간을 존중했고 인간의 비논리성에도 익숙했기 때문에 압력을 가한다면 결정을 번복하게 할 수도 있었다.

미안합니다. 금속판은 멀리 가져가서 심연에 빠뜨렸습니다. 바닥을 수색해보겠지만, 아무래도……

억누를 수 없는 욕지기가 몰려왔다. 선주민들은 쓸모없다고 결정한 물건을 할머니들이 그러듯 은밀한 곳에 숨기거나 하지 않는다. 바로 내다 버릴 뿐이다—효율적으로.

양심의 괴롭힘에도 불구하고 라본은 금속판을 포기한 건 잘한 일이었다고 확신했다. 인간에게 무슨 쓸모가 있겠어? 기껏해야 말년의 샤에게 쓸데없이 생각할 거리나 안겨줄 뿐이지. 샤들이 이 물속에서, 이 세상에서, 이 세계에서 인간에게 도움을 준 건 모두 직접적인 실험에 의해서 이루어졌다. 단 한 번이라도 금속판에서 유용한 지식이 나온 적은 없었다. 금속판에 쓰여 있는 내용은 잊히는 편이 가장 나았다. 선주민들이 옳았다.

식물의 이파리 위에 앉아 있던 라본은 자세를 바꾸며 성긴 나무줄기에 등을 긁었다. 그는 하늘 꼭대기에 가까운 곳에서 하나의 덩어리 형태로 떠다니던 청록색의 기름기가 풍부한 실험용 작물의 수확을 감독하고 있었다. 어쨌거나 선주민들이 틀리는 경우는 거의 없다. 창의력이 부족하고 독창적인 생각을 해내지 못한다는 점은 축복이자 한계였다. 그래서 그들은 언제나 사물을 바라는 대로가 아니라 있는 그대로 직시할 수 있었다. 물론 그들에게는 무엇을 바란다는 개념도 없었다.

"라본! 라아본!"

조용하던 아래에서 길게 울리는 소리가 들려왔다. 라본은 한 손으로 이파리 끝을 잡고 몸을 수그려 내려다보았다. 일꾼 한 명이 조금 전까지 녹조류의 끈적끈적한 종자를 잘라낼 때 쓰던 자귀를 느슨하게 든 채 올려다보고 있었다.

"여기 있다. 무슨 일이지?"

"익은 구역의 작물을 잘라두었습니다. 운반해도 될까요?"

"그러게나."

귀찮다는 듯 라본이 말했다. 그는 다시 등을 기대고 앉았다. 그와 동시에 찬란한 붉은 광채가 머리 위에 나타나 미세하게 뽑은 금사로 만든 그물망 같은 빛을 깊숙이 드리웠다. 낮 동안 하늘 위에서 사는 녹색 빛이──밝아졌다가 어두워지는 데는 일종의 패턴이 있었지만 이제껏 어떤 샤도 이해하지 못했다──다시 밝아지고 있었다.

누구라도 그 따뜻한 빛을 받으면 위를 올려다보고 싶은 욕구를 참지 못했다. 기어오르거나 헤엄을 치는 아주 짧은 순간이나마 하늘의 꼭대기에 주름이 지며 미소 짓는 듯 보일 때는 그런 감정이 특히 더했다. 그러나 그 광경에 사로잡혀 하늘을 올려다본 라본의 눈에 들어온 것은 언제나처럼 왜곡된 채 울렁이는 자기 자신과 그가 앉아 쉬고 있는 식물의 반사된 상뿐이었다.

그곳이 바로 하늘의 경계, 바로 이 세계를 감싸는 세 표면 중 마지막 세 번째 표면이었다.

첫 번째 표면은 물이 끝나는 지점에 있는 바닥이었다.

두 번째 표면은 바닥의 차가운 물과 하늘의 따뜻하고 가벼운 물 사이에 있는 보이지 않는 경계, 즉 변온층이었다.

날씨가 가장 따뜻한 기간에는 변온층이 매우 뚜렷해져 썰매가 쉽게 움직였고 추위를 타는 승객들에게 좋았다. 따뜻한 계절이 되면 차갑고 농밀한 바닥의 물과 하늘까지 이어지는 따뜻한 물 사이에 진정한 교류가 이루어지면서 계절이 끝날 때까지 내내 이어지는 것이다.

세 번째 표면은 하늘이었다. 바닥과 마찬가지로 세 번째 표면을 뚫고 갈 수는 없고, 그런 시도를 할 만한 이유도 없었다. 이 세계는 거기서 끝났다. 그 위에서 매일같이 자기 뜻대로 밝아졌다 어두워졌다 하는 빛은 그 자체의 속성인 듯했다.

따뜻한 계절이 끝날 즈음이면 물은 점점 차가워지고 숨 쉬기가 힘들어졌다. 동시에 빛은 약해지고 어둠과 어둠 사이에 빛이 머무는 시간도 점점 짧아졌다. 그러면 물이 천천히 움직였다. 높은 곳의 물이 차가워지면서 하강하기 시작했다. 바닥의 진흙은 균류의 포자와 함께 흩날려 사라졌다. 변온층은 위로 올라가면서 요동치다가 녹아 없어졌다. 하늘은 바닥에서, 세계의 벽과 구석에서 밀려 올라간 부드러운 흙으로 뿌옇게 변하기 시작했다. 얼마 지나지 않아 세상은 누렇게 된, 죽어가는 생명이 가득한 차갑고 황량한 곳이 되었다.

그때쯤 선주민들은 포낭 속에 들어갔다. 박테리아와 대부분의 식물, 그리고 얼마 지나지 않아서는 인간도 몸을 웅크리고 기름으로 가득 찬 황갈색 껍데기 안으로 들어갔다. 따뜻한 물이 흘러와 겨울의 침묵을 깨뜨리기 전까지 세상은 그렇게 죽어 있었다.

"라본!"

라본을 부르는 소리가 울려 퍼지자마자 빛나는 거품이 라본의 옆으로 떠올랐다. 그는 손을 뻗어 거품을 찔렀다. 하지만 거품은 그의 날카로운 엄지손가락을 튕겨냈다. 늦여름에 바닥에서 솟아오르는 가스 거품은 거의 난공불락이었다. 어쩌다 정말 세게 치거나 날카로운 모서리에 뚫리면 아무도 건드릴 수 없는 작은 거품들로 부서진 채 끔찍하게 나쁜 냄새를 풍기고는 하늘을 향해 솟아올랐다.

가스. 거품 안에는 물이 없었다. 사람이 거품 안에 들어가면 숨을 쉬지 못할 것이다.

물론 거품을 뚫는 일은 불가능했다. 표면장력이 너무 강했다. 샤의 금속판과 맞먹을 정도였다. 하늘의 경계와 맞먹었다.

하늘의 경계와 맞먹는다. 그러면 그 위에는——일단 거품이 터지면——물이 아니라 가스로 된 세상이 있는 걸까? 물이 차 있는 거품으로 된 수많은 세상이 가스 안을 떠다니고 있는 걸까?

만약 그렇다면 한 세상에서 다른 세상으로 여행하는 건 불가능했다. 일단 하늘을 뚫고 올라갈 방법이 없었다. 그리고 이 미숙한 우주관에는 세상의 바닥에 대한 아무런 설명도 없었다.

실제로 어떤 생물은 땅을 파고 인간의 손길이 닿지 않는 바닥 아래의 깊숙한 곳으로 들어가 거기서만 찾을 수 있는 무엇인가를 찾곤 했다. 심지어는 바닥의 연한 흙 속에도 한여름이면 조그만 생물이 바글거렸다. 그들에게는 흙이 자연스러운 환경이었다. 인간은 변온층에 의해 나뉘는 두 지역을 자유롭게 오갈 수 있었지만, 라본이 알고 있는 많은 생물들은 일단 변온층이 형성되면 통과하지 못했다.

만약 샤가 이야기한 새로운 우주가 존재한다면 그 우주는 빛이 오는 하늘을 넘어선 곳에 존재해야만 했다. 그러면 애초에 왜 하늘은 통과할 수 없게 된 것일까? 거품이 깨질 수 있다는 사실은 물과 가스 사이에 형성된 표면 거죽도 아예 넘볼 수 없을 정도로 강한 건 아니라는 점을 보여주었다. 누가 시도한 적이 있었을까?

라본은 하늘 꼭대기를 뚫고 올라갈 수 있는 사람은 없을 거라고 생각했다. 바닥을 파고들어가는 것도 마찬가지였다. 하지만 우회하는 방식으로 어려움을 해결할 수 있을 가능성은 있었다. 예를 들어, 지금 그가 등을 기대고 있는 식물만 해도 마치 하늘을 넘어 계속 뻗어나가는 것처럼 보였다. 가장 꼭대기 부분에서 잎은 끝나지만 단지 표면에 반사돼 그렇게 보이는 것이었다.

식물이 하늘에 닿으면 그 부분은 죽는다는 가정은 오래전부터 있었다. 실제로 대부분은 그랬다. 노랗게 시들고 구성 세포 안이 텅 빈, 식물의 죽은 부분이 완벽한 거울 속을 떠다니는 듯한 광경을 표면에서 자주 볼 수 있었던 것이다.

하지만 어떤 것들은 지금 그가 앉아 있는 식물처럼 단순히 잘려 있었다. 어쩌면 그건 환영일 뿐이며 실제로는 어딘가 다른 곳으로 무한히 솟아올라 있을지도 몰랐다. 인간이 한때 태어났고, 어쩌면 아직도 살고 있을지도 모르는 곳으로……

금속판은 사라졌다. 이제 그걸 확인할 방법은 하나밖에 없었다.

라본은 결심을 굳히고 울렁이는 거울 같은 하늘을 향해 기어오르기 시작했다. 엄지발가락에 가시가 달린 그의 발 아래서 점점이 군집을 이루고 있는 규조류들이 뭉개졌다. 파라와 친척 관계에 있는 종으로 조용조용한 성격인 보르태가 깜짝 놀라 라본이 지나가도록 둘둘 말린 줄기로 물러나면서 등 뒤에서 구시렁거렸다.

라본은 그 소리를 듣지 못했다. 그는 손가락과 발가락으로 나무 줄기를 움켜쥐며 집요하게 빛을 향해 기어올랐다.

"라본! 어디 가시는 겁니까? 라본!"

라본은 몸을 기울여 아래를 내려다보았다. 자줏빛 심연을 배경으로 점점 멀어져가는 청록색 밭 위에서 마치 인형처럼 보이는 남자가 자귀를 든 채 그에게 손짓하고 있었다. 머리가 어질어질해진 그는 시선을 돌리며 줄기를 단단히 움켜잡았다. 이렇게 높은 곳까지 올라온 건 처음이었다. 그는 곧 다시 기어오르기 시작했다.

잠시 후, 하늘이 그의 손에 닿았다. 라본은 잠시 멈추고 숨을 골랐다. 엄지손가락 밑동의 작은 상처에서 피가 흘러나와 번지자 호기심 많은 박테리아들이 몰려들었다가 그의 손짓에 다시 흩어지고, 곧 다시 흐릿한 붉은색의 유혹에 정신이 팔려 슬금슬금 되돌아왔다.

라본은 호흡이 괜찮아질 때까지 기다렸다가 다시 기어올랐다. 하늘이 그의 머리와 목 뒤, 어깨를 짓눌렀다. 매끄럽지만 질긴 탄성이 느껴졌다. 이곳의 물은 아주 밝고 무색에 가까웠다. 그는 거대한 무게를 어깨로 밀어올리며 한 걸음 더 기어올랐다.

무의미한 짓이었다. 절벽을 꿰뚫는 편이 차라리 나아 보였다.

라본은 또다시 휴식을 취했다. 헐떡이며 쉬는 동안 라본의 눈에 신기한 광경이 들어왔다. 강력하기 그지없는 하늘의 표면이 식물의 줄기 주위에서는 위쪽으로 구부러져 일종의 표피 같은 모습을 이루고 있었던 것이다. 라본은 그 사이의 공간에 자기 손을 밀어 넣을 수 있다는 사실을 발견했다. 사실 머리도 들어갈 만큼 충분한 공간이 있었다. 라본은 줄기에 가깝게 붙어서 그 사이를 통해 위를 올려보았다. 빛이 너무 밝아 눈이 보이지 않았기 때문에 다친 손으로 이리저리 더듬어 보았다.
　소리 없는 폭발이 일어난 듯했다. 갑자기 팔목을 끊어놓기라도 하려는 듯 보이지 않는 강력한 힘이 라본의 손목을 움켜잡았다. 아무것도 보지 못하는 상황에서 그는 깜짝 놀란 채 위쪽으로 끌려 올라갔다.
　팔을 두르는 고통은 위로 끌려 올라김에 따라 천천히 위로 따라 올라오더니 순식간에 어깨와 가슴을 압박했다. 다음 순간에는 무릎이 죄어들었고, 그 다음에는……
　뭔가 끔찍하게 잘못된 게 분명했다. 라본은 줄기를 부여잡고 숨을 몰아쉬려고 했지만…… 숨 쉴 수 있는 물이 없었다.
　라본의 몸에서 물이 흘러나왔다. 입에서, 코에서, 옆구리의 기공에서 뚜렷이 보일 정도로 물이 뿜어져 나왔다. 전신의 피부를 찌르는 듯한 강렬하고 거센 감각이 온몸을 휘감았다. 경련이 한 번 일어날 때마다 긴 칼이 몸을 꿰뚫는 듯했다. 라본의 폐에서 물이 거품을 이루며 역겨운 모습으로 빠져나오는 소리가 멀리서 아련하게 들렸.
　라본은 숨이 막혀 죽어가고 있었다.
　마지막으로 경련하면서 라본은 거친 줄기를 박차고 떨어져 나와 가라앉기 시작했다. 강력한 충격이 그를 흔들었다. 그리고 조금 전 이 세계에서 벗어나보려고 애쓰던 그를 그렇게나 단단히 붙잡고 있던 물이

다시 냉혹하고 거칠게 그를 낚아챘다.

라본은 사지를 쭉 펴고 빙글빙글 도는 기괴한 모습으로 바닥을 향해 아래로, 아래로, 아래로 떠내려갔다.

3
★

마치 겨울잠이라도 자듯, 라본은 며칠 동안 몸을 웅크린 채 포자 안에만 있었다. 본래의 우주로 돌아오는 순간 차가운 물에 충격을 느낀 몸이 그것을 겨울이 오는 징후로 받아들였던 것이다. 뿐만 아니라 하늘에 머문 짧은 기간 동안의 산소 부족 사태와 맞물려 포자 형성 분비 기관이 그 즉시 겨울에 대비해 활동을 시작했다.

만약 그렇지 않았다면 라본은 목숨을 잃었을 것이다. 가라앉기 시작하자마자 폐에서 공기가 빠져나가면서 생명의 물이 다시 채워져, 질식사의 위험도 사라졌다. 그러나 심각한 탈수와 3도 화상에 대해서는 물속 세계에서도 치료법이 없었다. 투명한 황갈색의 구가 그를 완전히 감싼 뒤에 포자 분비 기관에서 만들어지는 치료용 양수도 회생의 가능성만 제공할 뿐이었다.

며칠 뒤, 최하층의 영원한 겨울 속에서 조용히 먹이를 찾아 헤매던 아메바 한 마리가 갈색 포자를 발견했다. 그곳의 온도는 계절에 상관없이 언제나 4도를 유지했지만, 표층부가 아직 따뜻하고 산소도 풍부한 이 시기에 포자가 발견되는 일은 전례가 없었다.

한 시간도 지나지 않아 놀랄 만한 소식을 들은 선주민 수십 명이 포자 주위에 모여들어 눈도 없는 무딘 몸 앞부분을 껍데기에 가져다 대려고 서로 밀치는 상황이 벌어졌다. 한 시간 뒤, 수심에 가득 찬 일군의 인간들이 위쪽의 성에서 내려와 투명한 껍질 속을 직접 들여다보았다. 그리고 신속하게 명령이 떨어졌다.

네 명의 파라가 황갈색 구체 주위에 무리를 지어 섰다. 곧 그들의 외피 바로 아래, 섬모의 기단부에 있는 섬모포에서 조용한 폭발이 일어나며 빠르게 고체화하는 성질을 지닌 액체가 얇은 실처럼 물속으로 분출됐다. 네 명의 파라는 포자를 실로 감싼 뒤 들어올렸다.

라본의 포자가 진흙 속에서 부드럽게 흔들리더니 실에 감싸인 채 천천히 떠올랐다. 근처에서 녹 한 명이 맥동하는 차가운 빛으로 작업 과정을 비추고 있었다. 파라는 빛이 필요하지 않았지만, 인간들은 빛이 없으면 곤란할 수밖에 없었다. 고개를 숙이고 무릎을 가슴까지 끌어올린 채 잠들어 있는 라본이 움직이는 포자 안에서 빙글빙글 도는 모습은 어이없게도 장엄해 보였다.

"그를 샤에게 데려가주시오, 파라."

젊은 샤는 자신의 임무에 집중함으로써 선조에게서 물려받은 집무실이 그에게 부여한 전통적인 지혜를 증명하는 사람이었다. 그는 포낭에 둘러싸인 라본을 보는 즉시 자기가 할 수 있는 일이 아무것도 없다는 사실을 깨달았다. 어떤 처치를 하든 쓸데없는 간섭에 불과했다.

샤는 포자를 자기 성에 있는 높은 탑 안에 가져다 두었다. 그곳은 빛이 풍부하고 물이 따뜻해서 동면하는 라본이 봄이 다시 오고 있다고 느낄 만한 곳이었다. 샤는 그 외에 별달리 하는 일 없이 그저 앉아서 라본을 지켜보며 사색에 잠겨 있었다.

포자 안에서는 빠르게 라본의 피부가 벗겨지는 모양이었다. 라본의 몸에서 피부 조각이 얇고 긴 모양으로 떨어져 나왔다. 이상하게 쪼그라들어 있던 몸이 정상으로 돌아오면서 말라비틀어진 팔다리와 움푹 꺼져 있던 배에도 다시 물이 차올랐다.

샤가 지켜보는 동안 며칠이 흘렀고 마침내 샤의 눈에 뚜렷한 변화가 보이지 않기 시작했다. 그는 직감에 따라 포자를 가장 꼭대기에 있는 탑의 총안으로 가져가 햇빛을 직접 받게 했다.

한 시간 뒤, 황갈색 감옥에 갇혀 있던 라본이 몸을 움직였다.

그는 굽은 몸을 펴고 쭉 편 뒤에 멍한 눈길을 빛이 오는 쪽으로 향했다. 아직 끔찍한 악몽에서 완전히 깨어나지 못한 사람의 표정이었다. 몸은 새 피부가 돋아나 기이한 분홍빛을 띠고 있었다.

샤는 포자의 벽을 부드럽게 두드렸다. 라본은 아직 앞을 보지 못하는 상태에서 소리 나는 쪽으로 고개를 돌렸다. 그의 눈에 생명의 빛이 돌아오고 있었다. 라본은 어색하게 미소를 지어 보이고는 양 팔과 다리를 쭉 펴며 껍데기를 밀었다.

구형 껍데기 전체가 갑자기 날카로운 소리와 함께 산산조각 났다. 라본과 샤 주위에 범벅이 된 양수에서는 죽음에 맞서는 쓰라린 싸움을 연상시키는 냄새가 났다.

라본은 조각난 껍질 사이에 서서 아무 말 없이 샤를 바라보았다. 마침내 그가 입을 열었다.

"샤. 전 하늘 너머에 갔다 왔습니다."

"알고 있습니다."

샤가 부드럽게 말했다.

다시 한 번 라본은 침묵에 빠져들었다. 샤가 말했다.

"겸손할 필요 없습니다, 라본. 당신은 역사를 바꿀 업적을 이룬 겁니다. 목숨마저 잃을 뻔했지요. 다른 이들에게 전해줘야 합니다. 전부요."

"다른 이들이요?"

"잠에 빠져 있는 동안 당신은 제게 많은 걸 가르쳐주었습니다. 혹시 지금도 쓸모 없는 지식에 반대하십니까?"

라본은 아무 말도 할 수 없었다. 이제 더 이상 알고 싶은 것과 알고 있는 것을 구별할 수 없었다. 한 가지 질문이 있었지만, 말로 옮길 수가 없었다. 라본은 그저 벙어리처럼 샤의 우아한 얼굴을 보고만 있을 뿐이었다.

"당신은 이미 제 질문에 대답해주었습니다."

샤가 말했다. 더욱 부드러운 목소리였다.

"가시지요, 친구여. 이야기를 나눕시다. 별을 향해 떠나는 여행 계획을 세워야지요."

우주선 제작이 중단된 것은 하늘을 향한 라본의 등반이 재난으로 끝난 이후 두 번의 겨울잠을 보내고 났을 때였다. 그때는 이미 라본도 자신이 인생의 최고 정점을 지난 남자에게 찾아오는 일시적 불로 상태에 공고히 접어들었다는 것을 알고 있었다. 눈썹 위에 생긴 주름이 그 자리에서 더욱 더 깊어지리라는 것 또한 알고 있었다.

'올드' 샤 역시 변했다. 장년기에 접어들면서 외모에서 풍기던 우아함이 줄었다. V자 형태의 얼굴 골격 덕분에 죽기 전까지 은거한 시인 같은 분위기는 유지하겠지만, 이 계획에 참여한 이래 그의 표정에는 약간 실무자다운 느낌이 덧씌워져 있었다. 그래서인지 샤는 기껏해야 가면을 쓴 듯 굳은 표정이거나 최악의 경우 어딘가 모르게 거칠어 보였다.

그렇게 피 같은 시간이 흘렀음에도 우주선은 아직 덩치만 컸지 쓸모가 없었다. 한쪽 벽에서부터 시작되는 모래톱 위에 떨어져 있는 둥근 바위 위에 세운 플랫폼 위에 놓아둔 상태였는데, 쐐기를 박아 만든 거대한 나무 외피에 규칙적으로 뚫어놓은 구멍을 통해서 가공하지도 않은 뼈대가 들여다보였다.

물을 안에 가둔 채로 빈 공간을 뚫고 움직이는 데 필요한 탈것을 떠올리는 건 어렵지 않아서, 처음에는 제작이 빠르게 이루어졌다. 그래도 크기가 워낙 커서 제작하는 데 꽤나 오래, 어쩌면 두 계절은 꼬박 걸릴 거라고 생각은 했다. 하지만 샤나 라본 그 누구도 이렇게 심각한 난관에 빠지리라는 생각은 하지 못했다.

그런 면에서 보면 제작 중인 탈것의 일부가 미완성이라는 이야기도 사실은 눈가림에 불과했다. 내부 시설의 3분의 1은 생물로 이루어져야 하는데, 그 생물들이 실제로 이륙하기 전 충분한 시간 여유를 가지고 자리를 잡을 가능성은 거의 없었다.

게다가 우주선 제작은 여러 차례에 걸쳐서 오랫동안 작업이 중단되었다. 단순하고 평이한 개념을 가지고는 우주 여행을 해결하기 어렵다는 사실이 점점 더 명백해지면서, 전체를 뜯어내고 다시 만든 적도 몇 번이나 되었다.

파라가 완강하게 돌려주기를 거부한 금속판의 부재는 어려움을 가중시켰다. 금속판을 잃자마자 샤는 기억을 되살려 다시 만들려고 했다. 하지만 신앙심이 깊은 다른 사람들과 달리 샤는 금속판을 성스러운 문서로 여긴 적이 없었기 때문에, 단어 하나하나를 외우려는 생각을 해본 적이 없었다. 금속판을 도둑맞기 전에도 샤는 특정 실험을 다룬 내용에 대한 다양한 번역본을 나무에 새겨 서고에 보관하고 있었다. 하지만 원본 금속판의 내용이 모호해서였는지 몰라도 이들 각각의 번역본은 서로 모순되기 일쑤였고, 어느 것도 우주선 건조와는 관련이 없었다.

원본 금속판의 복사본은 아직 한 번도 만들어진 적이 없었다. 그 이유는 단순했는데, 이 세상에 원본을 파괴하거나 혹은 원본의 영구적인 불변성을 흉내 낼 수 있는 물질이 없었기 때문이었다. 나중에야 샤가 만약을 위해서 임시로라도 충실한 번역본을 많이 만들어뒀어야 했다고 지적했지만, 오랜 평화가 지나고 나면 그런 만약을 위한 조심도 재난 앞에 서는 무용지물이다(그런 면에서 보면 물에 젖어 흐물흐물한 나무에 녹조류로 글자를 하나하나씩 새겨야 하는 문화 또한 기록을 여러 군데 나눠서 보관하는 일에 방해가 되었다).

결과적으로 역사 기록에 대한 샤의 불완전한 기억에다가 다양한 번역본의 정확성에 대한 끊임없는 의심이 우주선 건조에 가장 큰 걸림돌이 된 셈이었다.

"허우적대지도 못하는데 헤엄을 치겠다는 꼴이군요."

때늦은 라본의 지적이었다. 샤 역시 동의할 수밖에 없었다.

고대인들이 우주선 건조에 대해 남긴 지식이 무엇이든 간에 아무것도 없는 상태에서 최초의 우주선을 만들려는 사람들에게는 별로 소용이 없는 건 분명했다. 돌이켜보면 작업이 시작된 이래 두 세대나 지났는데도 아직도 거대한 외피가 미완성인 채로 플랫폼에 놓여 점점 강도가 떨어져가는 나무에서 나오는 케케묵은 냄새만 피워대고 있는 건 별로 놀라운 일도 아니었다.

파업을 주동하고 있는 사람은 얼굴에 살이 찐 젊은이로 이름은 필XX라고 했다. 라본보다는 두 세대 젊었고, 샤보다는 네 세대 젊었다. 가장자리에 주름이 잡힌 눈매 때문에 그는 까다로운 늙은이처럼 보이기도 했고 포자 안에 있는 버릇없는 어린아이처럼 보이기도 했다.

"이 말도 안 되는 계획은 이제 끝입니다. 우린 젊은 시절을 마치 노예처럼 여기에 바쳤어요. 하지만 이젠 그렇게 살지 않을 겁니다. 끝이라고요, 끝."

그는 냉정하게 말했다.

"아무도 강요하지 않았어."

라본이 화를 내며 말했다.

"사회가 그랬지요. 부모님도요."

대표단에 속한 수척한 젊은이 하나가 말했다.

"그렇지만 이제 우린 현실 속에서 살 겁니다. 또 다른 세상 따위가 없다는 건 누구나 알고 있어요. 당신들 같은 노인들이야 얼마든지 미신에 사로잡혀 살아도 상관없지만 우린 그럴 생각이 없습니다."

당황한 라본은 고개를 돌려 샤를 보았다. 과학자는 미소를 지으며 말했다.

"가도록 내버려두세요, 라본. 겁쟁이는 우리에게 아무 쓸모없습니다."

필XX의 살찐 얼굴이 붉어졌다.

"그런 식으로 모욕한다고 해도 소용없습니다. 우린 다시는 일하지 않을 겁니다. 아무 짝에도 쓸데없는 우주선은 직접 만드시지요!"

"알겠네."

라본이 담담한 목소리로 말했다.

"마음대로 해. 가버리라고. 괜히 여기서 떠들지 말고. 결정은 이미 내린 것이고 우린 자네들이 스스로를 어떻게 정당화하든 관심 없어. 잘 가게."

필XX의 마음속에는 아직 영웅의식이 꽤나 남아 있는 게 분명했다.

하지만 그걸 드러내 보이려는 마음은 그만 가버리라는 라본의 말에 쑥 들어가고 말았다. 라본의 굳은 얼굴은 승리를 챙길 수 있을 때 챙겨야 한다는 생각이 강하게 들게 했다. 결국 대표단은 별로 영광스럽지 못한 기분으로 아치를 빠져나갔다.

"이제 어떡하죠?"

대표단이 떠나자 라본이 물었다.

"설득해봤자 소용없다는 건 인정합니다, 샤. 그래도 우린 일할 사람이 필요해요."

"저들이 우리를 더 필요로 할 겁니다."

샤가 차분하게 말했다.

"승무원에 지원한 사람은 몇 명이나 됩니까?"

"수백 명은 됩니다. 필 이후 세대의 젊은이들은 모두 함께 가고 싶어 하지요. 최소한 인구 비례에 대해서만큼은 필이 틀렸습니다. 이 계획은 아주 젊은 계층의 상상력을 자극하고 있어요."

"그들의 사기는 좀 북돋워두었나요?"

"물론입니다."

라본이 말했다.

"언제든지 필요하면 부르겠다고 해두었지요. 물론 진지하게 한 말은 아닙니다! 선별된 전문가들을 열정 말고는 아무것도 없는 젊은이들로 교체할 수는 없는 노릇이니까요."

"저도 그럴 생각은 없습니다, 라본. 그런데 녹은 왜 여기에 안 보이지요? 아, 저기 돔에서 자고 있군요. 녹!"

녹은 느릿느릿하게 촉수를 꿈틀거렸다.

"녹, 전할 말이 있소."

샤가 외쳤다.

"선주민들이 모든 인간에게 우주선을 타고 다음 세상으로 떠나고자 희망하는 자는 지금 바로 작업장으로 와야 한다고 전할 수 있게 해주시오. 전부 다 데리고 갈 수는 없고, 우주선을 건조하는 데 도움을 준 자만 고려의 대상이 될 거라고 말하라 이르시오."

녹은 촉수를 다시 구부렸다. 겉보기에는 다시 잠에 빠져드는 것 같았지만, 물론 실제로는 물을 통해 사방으로 소식을 전하는 중이었다.

4
★

라본은 제어반에 부착된 송화관 확성기에서 몸을 돌려 파라를 바라보았다.

"마지막으로 한 번만 더 묻겠습니다."

라본이 물었다.

"금속판을 돌려주시죠?"

"그럴 수 없습니다. 한 번도 당신들의 요구를 거절한 적은 없었지만, 이번만큼은 어쩔 수 없습니다."

"당신도 우리와 함께 가지 않습니까, 파라. 우리가 필요한 지식을 돌려주지 않는다면 우리와 함께 당신의 목숨도 사라지는 겁니다."

"한 명의 파라가 무엇을 의미하겠습니까?"

선주민이 말했다.

"우리는 모두 같습니다. 이 세포는 죽을지 몰라도 나머지 선주민들은 당신들의 여행이 어땠는지 알 수 있을 겁니다. 우리는 이 여행이 금속판 없이 이루어져야 한다고 생각하고 있습니다."

"왜죠?"

선주민은 침묵했다. 라본은 한동안 그 모습을 바라보다가 다시 천천히 송화관으로 몸을 돌렸다.

"모두 주의하기 바란다."

라본이 말했다. 몸이 떨렸다.

"이제 곧 출발이다. 톨, 우주선은 밀폐되었나?"

"그렇습니다, 라본."

라본은 다른 송화관으로 움직였다. 깊은숨을 들이마셨다. 우주선은 움직이지도 않았는데 벌써 숨이 막힐 것 같았다.

"4분의 1 동력으로 출발한다. 하나, 둘, 셋, 출발."

우주선이 순간적으로 움직이더니 다시 떨림이 가라앉았다. 선체 아래에 늘어서 있던 규조류들이 각자의 공간에 자리를 잡았다. 생가죽으로 만든 넓고 끝없이 긴 동력띠에 맞닿아 있는 규조류의 물컹한 몸이 움직이며 동력띠를 회전시켰다. 나무로 만든 기어가 삐걱거리는 소리를 내며 규조류가 만든 느릿느릿한 동력을 가속해서 우주선의 바퀴에 연결된 열여섯 개의 축으로 전달했다.

우주선은 부드럽게 흔들리면서 모래톱을 따라 천천히 움직이기 시작했다. 라본은 바짝 긴장한 채 운모로 만든 현창을 통해 밖을 바라보았다. 힘들게 힘들게 세상이 뒤쪽으로 흘렀다. 선체가 기울더니 우주선이 경사를 따라 올라가기 시작했다. 보조 파일럿으로 뒤쪽에서 대기하고 있는 샤와 파라의 시선이 마치 라본을 꿰뚫고 현창 밖으로 향하고 있는 듯했다. 그들의 침묵에는 긴장감이 가득했다. 라본이 이제 막 떠나려는 세상은 이전과 달라 보였다. 전에는 이 아름다움을 왜 몰랐을까?

442

경사가 급해졌다. 한없이 돌아가는 동력띠는 덜컹거렸고 기어와 축이 삐걱거리는 소리는 점점 심해졌다. 우주선은 멈추지 않고 비틀거리며 계속 올라갔다. 선체 주변에서는 수많은 인간과 선주민들이 급강하하거나 선회하면서 하늘까지 배웅해주었다.

하늘이 점차 낮아지면서 선체를 짓눌렀다.

"규조류들이 좀 더 힘을 쓰도록 하게, 타놀."

라본이 말했다.

"전방에 바위가 있어."

우주선이 천천히 방향을 바꿨다.

"좋아. 다시 천천히. 탄, 자네 쪽을 좀 더 세게. 아냐, 너무 세. 그렇지. 됐어. 정상으로 가동하게. 아직 돌아가고 있잖아! 타놀, 균형을 잡아야 하니 한 번만 더 밀어봐. 좋아. 이제 그대로 전진. 오래 걸리지 않을 거네."

"어떻게 그렇게 한 번에 여러 생각을 할 수 있습니까?"

뒤쪽에서 파라가 물었다.

"그냥 그렇게 할 뿐입니다. 그게 인간이 생각하는 방식이에요. 각 구역 책임자들은 이제 조금씩 추진력을 늘리도록. 경사가 점점 급해지고 있다."

기어가 삐걱거렸다. 선체 앞머리가 위쪽으로 들렸다. 라본의 눈앞에서 하늘이 밝게 빛났다. 예상치 않게 두려움이 밀려들어왔다. 폐가 불타는 듯했고 마음속에서는 차가운 심연을 향해 허공으로 떨어질 때의 충격이 느껴졌다. 예전에 처음 경험했을 때와 똑같은 느낌이었다. 피부가 따갑고 타는 듯했다. 다시 저 위로 올라갈 수 있을까? 불타는 저 빈 공간, 그 어떤 생물도 살 수 없는 거대한 숨 막힐 것 같은 고통 속으로 뛰어들 수 있을까?

모래톱이 평평해지면서 앞으로 가기가 좀 더 쉬워졌다. 고지대에 오니 하늘이 너무 가까워서 거대한 우주선의 움직임이 하늘을 울렁거리게 만들 정도였다. 잔물결이 드리우는 그림자가 모래밭 위에서 일렁였다. 조용히, 두꺼운 원통 모양으로 모여 있는 일군의 녹조류가 기다란 운모를 선체의 중심축과 나란히 놓아 만든 채광창 아래에서 아무 의미 없어 보이는 춤을 느릿느릿 추며 들이마신 빛을 산소로 바꾸어주었다. 격자 구조의 복도와 선실 아래 선창에는 보르태가 회전하면서 우주선 안의 물을 순환시키며 유기 입자를 공급해주었다.

하나 둘씩 우주선 밖에서 선회하던 동료들이 손이나 섬모를 흔들며 물러나 경사진 모래톱 아래의 익숙한 세상을 향해 천천히 사라져갔다. 드디어 선주민의 친척인 식물성 유글레나 단 하나만이 남아 천천히 우주선과 나란히 얕은 물가를 향해 움직였다. 유글레나는 빛을 매우 좋아했다. 하지만 유글레나도 마침내 유일하게 갖고 있는 채찍처럼 생긴 촉수를 느긋하게 흔들며 더 시원하고 깊은 물속을 향해 사라졌다. 유글레나는 그다지 지능이 뛰어나지는 않았지만 그래도 유글레나가 떠나자 라본은 홀로 남겨졌다는 느낌이 들었다.

그들이 가는 곳은 아무도 따라올 수 없는 곳이었다.

이제 하늘은 우주선을 덮고 있는, 얇고 반발력 있는 물의 껍질에 불과했다. 우주선의 속도가 줄었다. 우주선이 모래밭 사이로 가라앉자 라본은 동력을 높이라고 외쳤다.

"그래서는 안 될 겁니다."

샤가 긴장감 가득한 목소리로 말했다.

"제 생각에는 기어 비율을 낮추는 게 좋을 것 같군요, 라본. 그러면 응력을 더 천천히 적용할 수 있어요."

"그렇군요."

라본이 동의했다.

"전원 작동 중지. 샤, 기어 변환 과정을 감독해주시겠습니까?"

커다란 현창 너머 텅 빈 공간의 믿을 수 없는 광채가 라본의 얼굴을 가득 채웠다. 무한으로 가는 길목인 이곳에서 두려움 때문에 그만둔다면 그건 미친 짓이었다. 물론 위험한 일이었다. 라본의 마음속에서 외부 세계에 대한 오래된 두려움이 점점 강해졌다. 한동안 가만히 있다 보니 뱃속에서 차가운 기운이 커지면서 이 난관을 헤쳐나가지 못하겠다는 생각이 들었다.

라본은 기어박스를 거의 전부 해체하는 흔한 방법 외에 더 나은 방법도 분명히 있을 거라고 생각했다. 서로 크기가 다른 여러 개의 기어를 한 축에 배치하면 어떨까? 모두 동시에 작동할 필요는 없고 단순히 축을 수평으로 움직여 원하는 기어를 끼워 맞춘다면? 아직은 조악하겠지만 그런 식으로 함교에서 명령을 내려 조작한다면 기계 전체를 작동 중지시키는―그리고 조종사를 공포에 빠뜨리는―일은 생기지 않을 수 있었다.

샤가 문을 열고 나타나 라본 앞에 섰다.

"모두 완료했습니다. 커다란 감속 기어가 변형에 그리 강하지 않더군요."

"균열이 일어나나요?"

"그래요. 처음에는 천천히 가는 게 좋겠습니다."

라본은 말 없이 고개를 끄덕였다. 자신이 내뱉는 말의 결과에 대해 잠시라도 생각하지 않으려고 애쓰면서 그는 외쳤다.

"2분의 1 동력으로 전진."

우주선은 몸체를 앞으로 기울이더니 천천히, 아주 천천히 움직이기 시작했다. 전보다는 움직임이 부드러웠다. 머리 위의 하늘은 이제 완전히 투명할 정도로 옅어졌고, 엄청난 빛이 쏟아져 들어왔다. 라본의 등 위에서 불안한 기색이 느껴졌다. 전방의 현창이 점점 하얗게 빛났다.

다시 한 번, 보이지 않는 경계에 막혀 우주선의 속도가 느려졌다. 라본은 침을 꿀꺽 삼키고 더 많은 동력을 가하라고 외쳤다. 선체는 죽기 직전의 사람처럼 신음했고, 이제는 거의 멈춘 상태였다.

"더 세게!"

라본이 악을 썼다.

시간이 천천히 흐르기라도 하듯 천천히 우주선이 다시 움직이기 시작했다. 선체가 부드럽게 위를 향했다.

그러더니 갑자기 앞으로 돌진하면서 바닥과 보가 전부 큰 소리를 냈다.

"라본! 라본!"

라본은 외침 소리를 향해 날카로운 목소리로 대답했다. 그 목소리는 선체 후미라고 표시된 스피커에서 들려왔다.

"라본!"

"무슨 일이야? 소리 좀 그만 치라고."

"하늘의 꼭대기가 보입니다! 반대쪽에서요, 하늘의 반대쪽이 보인다고요! 마치 거대하고 평평한 금속 같습니다. 우리에게서 점점 멀어지고 있어요. 우리가 하늘 위에 떠 있는 겁니다, 라본. 우리가 하늘 위에 있다고요!"

 또다시 선체가 격렬하게 흔들리면서 라본은 앞쪽으로 휘청거렸다. 현창 밖에 묻어 있던 물이 놀랄 만큼 빠르게 증발하면서 기이하게 왜곡된 상이나 무지갯빛 패턴도 함께 사라졌다.

 라본은 우주를 보았다.

 처음에는 황량하고 엄청나게 건조한 바닥 같은 느낌이었다. 거대한 바위와 깎아지른 절벽, 그리고 이리저리 갈라지고 부서진 울퉁불퉁한 바위 무더기가 사방에 깔려 있었다.

 하지만 이곳에도 하늘이 있었다. 깊고 푸른 반구 모양의 하늘은 너무 멀리 떨어져 있어서 거리가 얼마나 되는지 계산은 고사하고 존재 자체조차 못 믿을 지경이었다. 게다가 하늘에는 하얗게 타오르는 불덩이가 있어 라본의 눈을 불태울 듯했다.

 바위로 가득한 황무지는 아직 우주선에서 멀리 떨어져 있었다. 우주선이 놓여 있는 곳은 평평하고 반짝이는 평원이었다. 빛나는 표면 아래를 이루는 물질은 익숙하기 그지없는 모래에 불과했다. 라본의 세상에서도 넘칠 정도로 쌓여, 우주선이 타고 올라온 바로 그 모래톱을 만들고 있던 그 모래 아닌가. 하지만 이토록 영롱하고 다채로운 표면의 색은…….

 그 순간 라본은 누군가가 확성기를 통해 외치고 있다는 사실을 깨달았다. 그는 고개를 세차게 흔들며 물었다.

 "무슨 일이지?"

 "라본, 댄입니다. 지금 어떻게 된 겁니까? 동력띠가 움직이지 않습니다. 규조류들이 못 움직이고 있어요. 움직이지 못하는 척하는 게 아닙니다. 껍데기를 부술 만큼 심하게 때려봤지만 여전히 힘을 쓰지 못하고 있습니다."

"내버려두게."

라본이 바로 대꾸했다.

"규조류들은 지능이 떨어져서 우릴 속이지 못해. 힘을 쓸 수 없다면 없는 거야."

"아, 네. 그러면 어떻게 하실 건지요."

댄의 목소리에 두려움이 가득했다.

샤가 앞으로 나와 라본의 옆에 섰다.

"우리는 우주와 물의 경계면에 있네. 표면장력이 아주 높은 곳이지."

샤가 부드럽게 말했다.

"이것 때문에 필요할 경우 바퀴를 지면에서 들어올릴 수 있게 만들자고 주장했던 겁니다. 금속판에 적힌 문헌 중 '접을 수 있는 착륙 장치'에 대한 기록을 한참 동안 이해할 수 없었지만, 결국 우주와 물의 경계면에서는──좀 더 정확히 말하자면 우주와 진흙의 경계면이겠군요──장력이 작은 물체를 아주 단단히 붙잡아둘 수 있다는 사실을 깨달았지요. 바퀴를 접어들이면 한동안은 하단 동력띠를 이용해 쉽게 움직일 수 있을 겁니다."

"좋군요."

라본이 말했다.

"잘들 있었나, 아래쪽 친구들. 바퀴를 접어 올리게. 고대인들이 제대로 알긴 알았나 보군요, 샤."

동력을 하단 동력띠로 전달하기 위해서는 기어박스를 조정해야 했기 때문에 시간이 꽤 걸렸다. 마침내 우주선이 바위로 덮인 해안가를 향해 천천히 움직였다. 라본은 초조한 나머지 쉬는 동안 울퉁불퉁한 모양의 위협적인 장애물을 조사했다. 의심스럽긴 하지만 왼쪽 방향으로 다른 세상으로 이어지고 있을지도 모르는 개울 같은 물줄기가 보였다.

"하늘의 저것이 '별'이라고 생각하십니까?"

라본이 물었다.

"하지만 듣기론 아주 많다고 했는데요. 하나밖에 보이지 않는군요. 하나도 제겐 넘치지만 말입니다."

"잘 모르겠습니다만,"

샤가 말했다.

"이제 슬슬 우주가 어떻게 생겼는지 감이 오기 시작하는 것 같습니다. 우리가 사는 세상이 이 거대한 세상의 바닥에 파인 구덩이인 건 분명해 보입니다. 이곳에도 하늘이 있는 것으로 보아, 어쩌면 이곳 역시 훨씬 더 큰 세상에 파인 구덩이이고, 그런 식으로 계속 이어지는 건지도 모르겠군요. 받아들이기 어려운 개념이라는 건 인정합니다. 아마도 이 하나의 공통적인 표면에 모든 세상이 구덩이로 존재하고 저 거대한 빛이 부분적으로 모든 세상을 비춘다는 가정이 좀 더 그럴듯하겠군요."

"그러면 어째서 매일 밤마다 사라지며 겨울에는 낮에도 어두침침한 걸까요?"

라본이 물었다.

"어쩌면 원을 그리며 운동하고 있을지도 모릅니다. 먼저 어떤 세상을 비추고 이어서 다른 세상을 비추는 식으로요. 지금으로서야 어찌 알겠습니까?"

"음. 맞습니다. 그 말은 곧 우리가 열심히 이곳을 돌아다녀야 한다는 뜻이지요. 다른 세상의 하늘에 도착하면 잠수해 들어가고. 그렇게 힘들게 준비한 것에 비해 어찌 보면 너무 간단하게 보이는군요."

라본이 말했다.

샤가 소리 내어 웃었다. 하지만 재미있어서 웃는 웃음은 아니었다.

"간단하다고요? 아직 온도를 확인하지 않았군요?"

라본은 이미 확인해두었지만 크게 신경쓰지 않고 있었다. 그러나 샤가 지적하고 나자 점차 숨이 막힐 듯한 기분이 되기 시작했다. 다행히 물의 산소 농도는 떨어지지 않았지만, 온도는 늦가을 최악의 시기의 여울목과 비슷했다. 마치 목이 막히는 것 같았다.

"댄, 보르태의 활동을 좀 더 강화하게."

리본이 외쳤다.

"순환을 더 시키지 않으면 참기 힘들어지겠어."

당장 우주선을 조종하는 일에 신경을 집중하기 위해 할 수 있는 건 이게 전부였다.

여기저기 흩어져 있는 모서리가 날카로운 바위 사이로 난 지름길이나 좁은 통로는 좀 더 가까웠지만 아직도 거친 황무지를 완전히 건너려면 먼 길을 가야 했다. 잠시 후 우주선의 속도는 꾸준하지만 고통스러울 정도로 느려졌고, 흔들리거나 갑자기 떨리는 일은 전보다 줄었지만 동시에 그만큼 전진하지도 못했다. 아래에서는 우주선이 미끄러져 나가면서 선체가 갈리는 소리가 들렸다. 입자가 사람 머리통만 한 거친 윤활유 위를 미끄러지는 느낌이었다.

샤가 참다 못해 입을 열었다.

"다시 멈춰야 합니다, 라본. 이곳의 모래는 너무 건조해요. 이런 식으로 움직이는 건 에너지 낭비일 뿐입니다."

"멈춰야 한다고요?"

라본이 숨을 들이키며 말했다.

"최소한 지금은 움직이고 있지 않습니까. 만약 여기서 멈추고 바퀴를 내리고 기어를 바꾸다가는 전부 익어버릴 겁니다."

"그러지 않으면 익어버리겠지요."

샤가 조용히 말했다.

"녹조류 일부가 이미 죽었고 나머지도 시들고 있습니다. 우리도 곧 위험해진다는 확실한 신호지요. 방법을 바꿔서 속도를 올리지 않는다면 시간 안에 그늘로 들어갈 수 없을 겁니다."

기계공 중 한 명이 침을 꿀꺽 삼키며 말했다.

"돌아가야 해요. 애초에 여기까지 오려고 한 건 아니잖습니까. 우리는 물에서 살게 만들어졌습니다. 이런 지옥이 아니라요."

"잠시 멈출 수는 있어."

라본이 말했다.

"하지만 우리는 돌아가지 않네. 더 이상 아무 말 말게."

그 소리는 용감하게 들렸지만 라본은 그 기계공 때문에 생각 이상으로, 심지어 자기 자신에게도 화가 났다.

"빨리 처리해주십시오, 샤."

라본이 말했다.

"아시겠지요?"

과학자는 고개를 끄덕이고는 아래로 향했다.

시간이 점점 늘어졌다. 하늘에 떠 있는 거대한 백색 구체는 끝도 없이 타올랐다. 지금은 하늘 아래로 많이 내려가서 빛이 우주선 안으로 들어와 곧바로 라본의 얼굴을 비췄다. 마치 긴 흰색 띠 같은 광선이 물속을 떠다니는 입자들을 밝게 비췄다. 라본의 볼을 따라 흐르는 물이 뜨거울 지경이었다.

과연 저 지옥을 향해 곧바로 뛰어들 수 있을까? '별' 바로 아래의 땅은 여기보다 훨씬 뜨거울 터였다!

"라본! 파라를 보세요!"

라본은 억지로 몸을 돌려 선주민 협력자를 바라보았다. 파라가 섬 모를 보일 듯 말 듯 움직이며 누워 있던 그 자리에 거대한 몸체가 쓰러져 있었다. 몸 안의 액포가 부어올라 모양이 일그러지기 시작했다. 원형질이 과다해지면서 어두운 색의 핵을 짓눌렀다.

"세포가 죽고 있습니다."

언제나처럼 냉정하게 파라가 말했다.

"하지만 계속 가십시오. 계속. 많이 배우십시오. 우리는 죽는다 해도 당신들은 살 수 있을지 모릅니다. 계속 가십시오."

"이제…… 우리를 지지하는 겁니까?"

라본이 속삭였다.

"우리는 언제나 당신들 편이었습니다. 인간의 어리석음을 극한까지 밀고 나가게 하라. 종국에 우리는 이익을 취할 것이다. 또한 인간도."

속삭임이 사라졌다. 라본은 파라를 다시 한 번 불렀지만 응답이 없었다.

아래쪽에서 나무가 부딪치는 소리가 들리더니 확성기에서 높은 음색으로 변한 샤의 목소리가 흘러나왔다.

"라본, 전진하십시오! 규조류들도 죽어가고 있어요. 이러다간 동력을 잃게 됩니다. 가능한 한 빨리 최단 경로로 전진하세요."

라본은 수심에 가득 차 대답했다.

"우리가 가려는 땅 바로 위에 별이 있습니다."

"그렇습니까? 어쩌면 별이 더 낮아지면 그림자가 더 길어질지도 모릅니다. 그게 우리의 유일한 희망이에요."

라본은 미처 그 생각을 못했었다. 라본은 쉰 목소리로 확성기에 대고 소리를 질렀다. 다시 한 번, 우주선이 움직이기 시작했다.

더 뜨거워졌다.

라본의 눈앞에서 별이 알아차릴 수 있을 정도의 움직임으로 꾸준히 가라앉았다. 그러자 갑자기 새로운 공포가 라본을 휘감았다. 만약 별이 이대로 움직여 완전히 사라져버린다면? 지금 당장 너무 뜨겁다고는 해도 유일한 열의 원천이었다. 별이 사라지는 즉시 우주가 모진 추위에 휩싸이고 얼음덩어리가 된 우주선은 팽창으로 인해 산산조각 나는 게 아닐까?

전진하는 우주선을 향해 점점 늘어지며 다가오는 그림자가 위협적으로 보였다. 선실은 침묵에 잠겨 있었다. 기진맥진한 숨소리와 기계가 삐걱거리는 소리만 들릴 뿐이었다.

얼마 뒤 울퉁불퉁한 지평선이 빠른 속도로 다가왔다. 돌로 된 이빨이 불덩이의 아랫부분을 덥석 물더니 게걸스럽게 먹어치웠다. 별이 사라졌다.

그들은 절벽에 가려진 안전한 곳에 도달했다. 라본은 우주선을 바위와 나란히 정렬하라고 지시했다. 우주선은 힘겨운 듯 천천히 움직였다. 저 위에서는 푸른 하늘이 점차 남색으로 물들고 있었다.

샤가 아무 말 없이 들어와 라본 옆에 서서 짙어지는 하늘과 자신들이 살던 세상을 향해 늘어지는 그림자를 바라보았다. 샤는 아무 말도 하지 않았지만 라본은 자기와 마찬가지로 샤의 가슴속도 서늘하리라고 여겼다.

"라본."

라본은 깜짝 놀랐다. 샤의 목소리에는 단호함이 깃들어 있었다.

"네?"

"우리는 계속 전진해야 합니다. 무엇이 기다리고 있든 빠른 시간 안에 다음 세상에 도달해야 합니다."

"어디로 가는지 볼 수 없는 상황에서 어떻게 이동할 수 있겠습니까? 일단 밤을 보내고——그나저나 추위 때문에 가능할까요?"

"가능합니다."

샤가 말했다.

"이곳이 위험할 정도로 추워지지는 않습니다. 만약 그렇다면 하늘이——혹은 우리가 하늘이라고 생각했던 것이——매일 밤마다 얼어붙을 겁니다. 아무리 여름이라고 해도요. 제가 걱정하는 건 물입니다. 이제 식물이 잠들 텐데 우리 세상에서라면 아무 문제가 없습니다. 산소 농도가 충분해서 밤을 보내기에 무리가 없으니까요. 하지만 이 한정된 공간에 수많은 생물이 들어 있는 상황에서 신선한 물을 공급받지 못한다면 질식하고 말 겁니다."

남의 이야기를 하는 듯한 말투가 마치 샤가 아닌 불변의 물리 법칙이 직접 말하는 느낌이었다. 샤는 무심하게 미지의 세계를 응시하며 말했다.

"게다가 규조류 또한 식물이지요. 다시 말해서 우리는 산소와 동력이 있는 한 움직여야 합니다. 그리고 성공하기를 기원하는 수밖에 없습니다."

"샤, 이 우주선에는 꽤 많은 선주민이 타고 있었습니다. 그리고 저기 파라도 아직 완전히 죽지 않았습니다. 파라가 죽었다면 이 선실은 머물기 고약한 곳이 되었겠지요. 선주민들이 박테리아를 계속 잡아먹어온 데다가 산소와 마찬가지로 외부 공급이 전혀 없기 때문에 우주선 안은 거의 멸균 상태이긴 합니다. 하지만 그렇다 해도 어느 정도는 부패가 일어나야 합니다."

샤가 허리를 굽혀 꼼짝 않고 있는 파라의 외피를 손가락으로 검사했다.

"당신이 맞군요. 아직 살아 있습니다. 이건 무슨 뜻이지요?"

"보르태 또한 살아 있습니다. 물이 순환하는 게 느껴져요. 이건 곧 파라가 열 때문에 쓰러지지 않았다는 뜻입니다. 범인은 바로 빛입니다. 제가 하늘로 기어 올라갔을 때 제 피부가 얼마나 심하게 손상됐는지 기억하시지요? 별빛을 그대로 받는 건 치명적입니다. 금속판에 적힌 정보에 추가해야 합니다."

"아직 무슨 말인지 모르겠습니다."

"바로 이겁니다. 우주선에는 서너 마리의 녹이 타고 있습니다. 빛이 차단되어 있기 때문에 분명히 살아 있을 겁니다. 규조류들이 있는 곳에 녹을 모두 배치한다면 어리석은 규조류들은 녹이 발하는 빛을 보고 아직 낮인 줄 알고 일을 계속하겠지요. 아니면 녹을 우주선의 축을 따라 집중시켜도 됩니다. 그러면 녹조류들이 산소를 더 만들어낼 겁니다. 이것만 결정하면 되는 겁니다. 무엇이 더 절실한가, 산소? 동력? 아니면 나눠서 할 수도 있겠지요."

샤가 기뻐하며 웃었다.

"정말 기발한 생각이군요. 당신이 샤가 되는 게 낫겠습니다, 라본. 제 생각에는 나눠서 하는 건 바람직하지 않습니다. 낮에 비치는 빛에는 녹이 발하는 빛에 없는 어떤 특성이 있습니다. 당신이나 저는 알아챌 수 없지만, 식물들은 차이를 압니다. 그 특성이 없으면 산소를 만들지 않아요. 따라서 규조류, 즉 동력에 집중해야 합니다."

라본은 우주선을 절벽 아래의 바위 지대에서 멀리 떨어진 부드러운 모래 위로 움직였다. 직접 비추는 빛은 흔적도 없이 사라졌지만, 아직도 하늘은 부드럽고 은은하게 빛났다.

"흠. 추측에 따르면 저 계곡에 닿기만 하면 물을 찾을 수 있을 겁니다."

샤가 주의 깊게 말했다.

"그러면 저는 아래로 내려가……"

라본이 놀란 듯 숨을 들이켰다.

"무슨 일입니까?"

조용히 라본이 손을 들어 가리켰다. 심장이 두근거렸다.

머리 위의 남색 하늘 전체가 믿을 수 없을 정도로 밝은 작은 광점으로 가득했다. 수백 개나 되는 광점이 있었고, 어둠이 깊어지면서 점점 더 많은 수의 빛이 보이기 시작했다. 그리고 저 멀리 바위 지대의 가장 끄트머리에는 붉고 어두침침한 원반이 있었다. 원반의 가장자리는 희미한 은빛으로 빛나며 초승달 모양을 하고 있었다. 천정 부근에는 그와 비슷하지만 훨씬 작고 전체가 은빛으로 빛나는…….

하이드롯의 두 달과 불멸의 별빛 아래서 5센티미터 크기의 우주선과 그 안의 미시생명체들은 말라가는 작은 개울을 향해 힘들게 경사를 따라 내려갔다.

5

그들은 계곡 바닥에서 남은 밤을 보내기로 했다. 거대한 사각형 문이 열리며 외부에서 생기를 불러일으키는 자연 그대로의 물이 들어왔다. 생명을——그리고 신선한 먹이인 꿈틀거리는 박테리아를——주는 물이었다.

라본은 문가에 불침번을 세웠지만, 그들이 자는 동안 호기심이나 잡아먹기 위한 목적으로 접근해온 생물은 없었다. 우주의 바닥에 해당하는 이곳에서도 고도로 조직된 생물은 밤에는 활동하지 않는 모양이었다.

하지만 날이 밝으면서 물속으로 빛이 침투하기 시작하자 문제가 생겼다.

무엇보다 먼저 둥근 눈의 괴물이 있었다. 그 괴물은 녹색의 몸체에 낚아채는 용도로 쓸 수 있는 두 개의 갈고리가 있었는데, 갈고리 하나만으로도 우주선을 두 동강 낼 수 있었다. 짧은 원통처럼 튀어나온 부분의 끄트머리에 붙어 있는 검은색의 눈은 작은 원이 모여 있는 모양이었고, 긴 더듬이는 나무줄기만큼이나 굵었다. 괴물은 마치 격노한 듯이 물을 차며 스쳐 지나갔지만 우주선을 눈치채지는 못했다.

"저런 게…… 우리가 다음 세상에서 보게 될 생명체일까요?"

라본이 속삭였다. 아무도 대답하지 않았다. 정답을 아는 사람은 아무도 없었다.

잠시 후, 라본은 위험을 무릅쓰고 느리지만 육중한 물의 흐름을 거슬러 배를 전진시켰다. 시들어가고 있는 거대한 벌레들이 우주선 옆을 스쳐 지나갔다. 그 중 하나가 선체에 강하게 부딪쳤지만 곧 아무 일 없다는 듯 지나가버렸다.

"저들은 우리를 보지 못합니다."

샤가 말했다.

"우리가 너무 작기 때문이에요. 라본, 고대인들이 이미 우주의 광대함에 대해 경고해주었지만 직접 목격한 지금도 도무지 믿을 수 없을 지경이군요. 게다가 수많은 별들이라니——과연 별의 의미가 내 생각과 일치할까요? 이건 상상할 수, 아니 믿을 수 없는 일이라고요!"

"바닥이 경사지고 있습니다."

유심히 전방을 바라보고 있던 라본이 말했다.

"계곡의 양옆이 좁아지고 있어요. 물에도 유사가 늘어나고 있고요. 별 이야기는 나중에 합시다, 샤. 우리는 지금 새로운 세계의 입구에 가까이 가고 있는 겁니다."

샤는 다소 머쓱한 기분으로 입을 다물었다. 자신이 그려낸 우주의 모습에 마음이 너무 크게 동요된 모양이었다. 당장 일어나고 있는 중요한 일에 신경 쓰는 대신 혼자서 너무 서둘러 사고를 확장시킨 것이다. 라본은 샤와 자신 사이에 존재했던 오래된 간격이 다시 넓어지는 것을 느꼈다.

이제 바닥이 다시 위를 향하고 있었다. 강이 없는 세상에서 살아온 라본은 삼각주를 겪어보지 못했다. 어떤 현상이 벌어질지 걱정스러웠다. 하지만 그런 걱정은 우주선이 꼭대기를 넘어 다시 하강하면서 다가온 경이에 휩쓸려 사라졌다.

앞쪽에서 바닥이 다시 아래로 기울어지면서 무한히 넓고 은은하게 빛나는 심연으로 이어지고 있었다. 익숙한 하늘이 다시 머리 위에 놓였고 라본은 수많은 플랑크톤 무리가 그 아래서 평화롭게 떠다니는 모습을 볼 수 있었다. 또한 거의 그 즉시 라본은 좀 더 작은 종류의 선주민들을 보았다. 그들 중 일부는 이미 우주선을 향해 접근하고 있었다…….

그 순간 돌연히 심연에서 소녀가 뛰어나왔다. 공포로 인해 얼굴이 일그러진 모습이었다. 처음에 소녀는 우주선을 보지 못했다. 소녀는 유연한 동작으로 몸을 비틀고 회전하며 물속을 헤쳐 나갔다. 삼각주 너머의 황량한 개울을 향해 뛰어들려는 몸짓으로밖에 보이지 않았다.

라본의 몸이 굳었다. 이곳에 인간이 있기 때문이 아니라——그건 바라던 일이었다——자살이라도 하려는 듯한 소녀의 맹목적인 움직임 때문이었다.

"저게……."

그때 라본의 귀에 희미하게 웅웅거리는 소리가 들렸고, 그는 상황을 이해했다.

"샤! 댄! 타놀!"

라본이 외쳤다.

"석궁과 창을 꺼내! 창문을 막아!"

그는 발을 들어 바로 앞에 있는 커다란 현창을 통해 박차고 나갔다. 누군가가 손에 석궁을 쥐어주었다.

"대체 무슨 일입니까?"

샤가 어찌된 영문인지 물었다.

"로티퍼예요!"

라본의 외침이 엄청난 충격으로 우주선을 휘감았다. 라본의 세상에서 로티퍼는 사실상 멸종한 존재였지만, 인간과 선주민들이 그들과 맞서 싸웠던 오랜 전쟁에 대한 음울한 역사는 누구나 아주 잘 알고 있었기 때문이다.

소녀는 우주선을 발견하고는 새로운 괴물에 절망한 나머지 멈춰 섰다. 그리고 달려오던 관성으로 표류하면서 최면에 걸린 듯 우주선을 바라보다가 웅웅거리는 소리가 점점 커져오는 어깨 너머의 심연을 번갈아 보았다.

"멈추지 말아요!"

라본이 소리쳤다.

"이쪽으로, 이쪽으로 와요! 우린 친구들입니다! 도와줄게요!"

거대한 반투명의 확성기 같은 매끄러운 몸체가 솟아올랐다. 몸에 나 있는 수많은 두꺼운 섬모가 탐욕스럽게 꿈틀거렸다. 디크란, 이터들 가운데서도 가장 탐욕스러운 종족이었다. 그들은 움직이면서 탁한 목소리로 자기들끼리 말다툼을 하고 있었다. 불분명하고 상징성이 미숙한 몇 개 안 되는 소음이 소위 그들의 '언어'를 이루었다.

조심스럽게 라본은 석궁을 매겨 조준한 뒤 발사했다. 화살이 물살을 가르며 날아갔다. 화살은 순식간에 운동량을 잃었고 물살에 휩쓸려 라본이 맞추려 했던 이터보다 오히려 소녀 쪽으로 더 가깝게 날아갔다.

라본은 입술을 깨물고 석궁을 내린 뒤 다시 매겼다. 거리를 과소평가하면 안 되는 법이다. 그는 효과적으로 발사할 수 있을 때까지 기다렸다. 측면의 현창에서 발사된 다른 화살 하나를 본 라본은 발사를 중지하라는 명령을 내렸다.

로티퍼들이 돌연히 모습을 드러내자 소녀는 결정을 내렸다. 미동도 않고 있는 나무 괴물은 이상하게 보였지만 아직 위협을 끼치지는 않았다. 하지만 디크란 세 마리가 자기를 덮친 후 조금이라도 더 뜯어 먹기 위해 싸우는 광경이 어떨지는 눈에 선했다. 소녀는 커다란 현창을 향해 곧바로 몸을 날렸다. 이터들이 분노와 탐욕에 휩싸여 소리지르며 소녀를 쫓았다.

마지막 순간에 선두의 디크란이 미약한 시력으로 나무로 건조된 우주선을 보지 못했다면 소녀는 아마 무사히 도착할 수 없었을 것이다. 디크란은 물러서며 웅웅거리는 소리를 냈고 다른 두 마리도 충돌을 피하기 위해 방향을 바꿨다. 그 뒤 디크란들은 다시 한 번 말다툼을 벌였지만, 자기들이 무엇을 가지고 싸우고 있는지도 확실히 알지 못했다. 그들은 '아아~'나 '죽어버렸어', '너는 다른' 따위의 말보다 복잡한 이야기를 할 수 있는 능력이 없었다.

그들이 서로 으르렁거리고 있는 사이 라본은 가장 가까이 있는 몸을 활로 완전히 꿰뚫었다. 활에 맞은 이터는 곧바로 분해되어버렸고—로티퍼는 비록 흉포했지만 섬세한 조직을 지닌 생물이었다—남은 두 마리는 그 즉시 시체를 두고 치명적인 싸움을 벌이기 시작했다.

"댄, 한 부대를 이끌고 나가서 저들이 싸움을 멈추기 전에 창으로 꿰어버리게."

라본이 명령했다.

"잊지 말고 알도 파괴하도록. 이 세계는 손을 좀 봐줄 필요가 있겠어."

소녀가 현창을 통해 들어오더니 먼 벽 쪽에 가서 섰다. 두려움에 몸을 격렬히 떨고 있었다. 라본이 가까이 가려 했지만, 어느 정도 다가가자 소녀는 칼을 휘둘러 녹조류 하나를 잔인할 정도로 잘게 부숴 보였다. 라본은 제어반 앞의 의자에 앉아 소녀가 선실과 라본, 샤, 조종사, 기력이 쇠한 파라에 익숙해지기를 기다렸다.

마침내 소녀가 말했다.

"당신들——혹시——하늘에서 내려온 신인가요?"

"우리가 하늘에서 내려온 건 맞습니다."

라본이 말했다.

"하지만 신은 아닙니다. 우리는 당신과 똑같은 인간입니다. 이곳에도 인간이 많이 살고 있나요?"

아직 미개해 보였지만 소녀가 상황을 판단하는 속도는 매우 빨랐다. 라본은 왠지 소녀를 알고 있는 듯한 기이하고 말도 안 되는 인상을 받았다. 소녀는 헝클어진 머리카락 뒤에 칼을 다시 집어넣고——아, 기억해둘 만한 수법이군 하고 라본은 생각했다——고개를 저었다.

"우리는 아주 적어요. 이터들은 어디에나 있죠. 조만간 마지막 남은 우리들도 당할 거예요."

비참한 운명에 대한 확신이 너무 강해서인지 전혀 개의치 않는 모습이었다.

"뭉쳐서 싸운 적은 있습니까? 아니면 선주민들에게 도움을 요청하거나?"

"선주민이요?"

소녀는 어깨를 으쓱해 보였다.

"선주민은 우리와 마찬가지로 무력해요. 우리에겐 당신처럼 먼 거리에서 죽일 수 있는 무기가 없죠. 이젠 그런 무기가 있다고 해도 너무 늦었어요. 우리는 너무 적고 이터는 너무 많으니까요."

라본은 세차게 고개를 저었다.

"언제나 단 한 가지 무기만 있으면 됩니다. 이터들 상대로 숫자란 아무 의미가 없어요. 어떻게 사용하는 무기인지 보여드리죠. 일단 익숙해지면 우리보다 훨씬 더 잘 사용할 수도 있을 겁니다."

소녀가 다시 어깨를 으쓱했다.

"우리도 그런 무기를 꿈꿔오곤 했지만 한 번도 발견하지 못했어요. 당신 이야기가 사실인지 의심이 가는군요. 도대체 그 무기가 뭔가요?"

"두뇌입니다."

라본이 말했다.

"한 명의 두뇌가 아니라, 여러 명의 두뇌인 겁니다. 함께 일하는 거죠. 협동."

"라본의 말이 옳습니다."

갑판에서 미약한 목소리가 들려왔다.

파라가 미세하게 몸을 떨었다. 소녀가 눈을 휘둥그레 떴다. 인간의 언어로 말하는 파라의 목소리가 우주선이나 그 안의 사람들보다 더 큰 인상을 준 모양이었다.

"이터를 정복하는 건 가능합니다."

가늘게 울리는 목소리로 파라가 말했다.

"선주민들은 협력할 겁니다. 우리가 살던 세상에서와 마찬가지로요. 그들은 인간의 역사 기록을 빼앗으면서까지 우주 여행에 반대했지만 인간은 기록 없이도 해냈습니다. 선주민들은 앞으로 다시는 인간에게 반대하지 않을 겁니다. 저는 이미 이 세상의 선주민들과 대화를 나누었고, 그들에게 인간이 무엇을 꿈꿀 수 있고, 무엇을 할 수 있는지 이야기했습니다. 선주민이 원하건 원하지 않건 말입니다."

"샤, 금속판은 당신의 것입니다. 이 우주선 안에 숨겨두었지요. 제 형제들이 안내해줄 겁니다.

이제 이 유기체는 죽습니다. 지성체가 죽을 때처럼 지식에 대한 확신을 갖고 죽습니다. 인간이 우리에게 가르쳐준 것입니다. 지식으로…… 할 수 없는 것은 없다. 지식을 이용해 인간은…… 우주를…… 건넜다……."

목소리가 가냘퍼졌다. 빛나는 몸체는 변함이 없었지만, 뭔가가 사라졌다. 라본은 소녀를 바라보았다. 두 시선이 마주쳤다.

"우리는 우주를 건넜습니다."

라본이 부드럽게 반복했다.

샤의 목소리가 먼발치서 들렸다. 노인이지만 마음은 젊은이인 인간이 속삭이고 있었다.

"과연 우리가 우주를 건넜을까요?"

"제게 묻는다면, 전 그렇다고 답하겠습니다."

라본이 말했다.

The Nine Billion Names of God

Arthur C. Clarke

아서 클라크 지음 : 박상준 옮김

"흠흠, 이건 좀 보기 드문 경우군요."

와그너 박사는 애써 태연한 듯이 말했다.

"제가 아는 한, 티벳의 수도승에게서 자동연산 컴퓨터를 제공해달라고 요청을 받은 것은 이번이 처음입니다. 꼬치꼬치 캐묻고 싶지는 않습니다만, 여러분들이 그런 기계를 사용하리라고는 거의 생각하지 못했습니다. 혹 실례가 안 된다면, 그것으로 뭘 하려는지 설명해주실 수 있겠습니까?"

"기꺼이 그러죠."

라마승은 비단 승려복의 매무새를 가다듬고는 화폐 환산에 사용했던 계산자를 조심스럽게 챙기면서 대답했다.

"당신들의 마크 5 컴퓨터는 십진법을 포함한 어떤 수학적 연산도 수행할 수 있습니다. 그러나 우리가 하려고 하는 일은 숫자가 아니라 문자에 관련된 것입니다. 그러니까 그 기계가 숫자들의 나열이 아니라 문자들을 인쇄하도록 컴퓨터의 출력회로를 수정해주시기 바랍니다."

"저는 좀 이해가 안 됩니다만……."

"이것은 우리가 지난 3세기 동안 추진해온 계획입니다. 사실 라마 사원이 설립되었을 때부터지요. 당신들의 사고방식과는 좀 동떨어진 것이긴 합니다만, 제가 설명하는 동안 마음을 열고 들어주시기 바랍니다."

"물론이지요."

"실제로는 매우 단순한 작업입니다. 우리는 가능한 모든 신의 이름을 수집하여 목록을 작성해오고 있습니다."

"네? 뭐라고요?"

"우리는 우리가 고안한 문자로 모든 신의 이름들을 아홉 글자 이내로 표시하여 기록할 수 있다고 믿습니다."

라마승은 침착하게 얘기를 계속했다.

"그래서 당신들은 그 작업을 3세기 동안 계속 해왔군요. 그렇죠?"

"그렇습니다. 그 일을 마치려면 1만 5000년가량 걸리리라고 예측하고 있습니다."

"아하!"

와그너 박사는 멍해진 듯이 보였다.

"당신들이 왜 우리 컴퓨터를 쓰려는지 이제야 알겠습니다. 그런데 이 작업의 목적은 정확히 무엇이지요?"

라마승이 잠깐 동안 머뭇거렸으므로, 와그너는 그를 화나게 만든 것이 아닌가 생각했다. 그러나 대답하는 라마승의 목소리에 성난 기색은 전혀 없었다.

"괜찮다면 그것을 하나의 의식이라고 생각하시오. 그러나 우리 신앙에서는 기초적인 부분입니다. 그 수많은 초월적 존재들의 이름, 여호와, 알라 등등은 모두가 그저 사람이 만든 호칭에 불과합니다. 여기에 좀 미묘한 철학적 문제가 있습니다. 논쟁을 하자는 것은 아닙니다만, 생각할 수 있는 모든 가능한 글자의 조합들 중에는 진짜 신의 이름이 있을지도 모릅니다. 체계적인 글자들의 순열에 의해 우리는 그것들을 모두 목록으로 만들려고 노력해왔습니다."

"아아, 알겠습니다. 당신들은 AAAAAAAA……부터 시작해서 ZZZZZZZZ……까지 작성해오고 있었겠군요."

"바로 그렇습니다. 비록 우리 자신의 특별한 문자를 사용하는 것이긴 하지만 말입니다. 이 문자를 다루기 위해 전동 타자기를 좀 손보는 것은 물론 간단한 일입니다. 사실 더 중요한 문제는, 필요 없는 조합들을 반복하지 않기 위해 적당한 회로를 고안하는 것입니다. 예를 들어 어떤 조합도 세 번 이상 발생해서는 안 됩니다."

"세 번이라고요? 두 번을 말씀하시는 거겠죠?"

"세 번이 맞습니다. 그 이유를 설명하자면 너무 길어질 것 같군요. 당신이 우리 문자를 이해한다고 하더라도 말이지요."

"그야 그렇겠지요. 계속하십시오."

와그너는 급히 말을 받았다.

"다행히 이 작업을 당신들의 자동연산 컴퓨터로 수행하면 간단한 일이 될 것입니다. 일단 처음에 한 번 알맞게 프로그램되기만 하면, 계속해서 각각의 글자들을 순서대로 나열하고 그 결과를 인쇄할 것입니다. 1만 5000년 정도 걸려야 될 일을 100일이면 해낼 수 있습니다."

와그너 박사는 저 아래 맨해튼 거리에서 희미하게 들려오는 도시의 소음을 거의 의식하지 못하고 있었다. 그는 지금 다른 세계, 즉 사람이 만들지 않은 자연 그대로의 산들이 있는 세계에 와 있는 것만 같았다.

그 외딴 산꼭대기에서 이 수도승들은 자손 대대로 끈질기게 그 일을, 즉 아무 의미 없는 문자들의 조합 목록을 작성하고 있었다. 인간의 어리석음에는 어떤 한계가 있는 걸까? 여전히 그는 원초적인 의문의 실마리를 잡을 수가 없었다. 아무튼 고객은 언제나 옳은 것이니까…….

"물론 우리는 마크 5 컴퓨터를 개조해서 그 목록을 인쇄할 수 있습니다. 저는 그것보다도 설치와 유지 문제가 좀 걱정됩니다만. 티벳으로 나가는 것은 쉽지 않을 것 같군요."

"그건 해결할 수 있습니다. 이 컴퓨터의 각 부품들은 비행기로 나를 수 있을 만큼 충분히 작습니다. 그래서 바로 당신들의 기계를 선택한 거지요. 당신이 인도까지 부품들을 가져오면, 거기서부터는 우리가 운반할 수단을 제공하겠습니다."

"아, 그리고 저희 엔지니어 두 명을 고용하겠다고 하셨죠?"

"예. 그 프로젝트가 완성되는 석 달 동안이면 됩니다."

"노련한 기술자들이 갈 테니까 잘 해낼 겁니다."

와그너 박사는 간단히 메모를 했다.

"이제 다른 문제가 두 가지쯤 더 있습니다만……."

와그너 박사가 말을 다 마치기도 전에 수도승은 작고 얄팍한 종이를 한 장 꺼냈다.

"이건 아시아 은행의 예금 잔고 증명입니다."

"고맙습니다. 음, 적당해 보이는군요. 나머지 문제는 아주 사소한 거라서 얘기하기가 좀 망설여집니다만, 종종 생각지도 못한 것 때문에 낭패가 되는 경우도 있어서 말이지요. 저, 전력은 어떻게 공급하고 계십니까?"

"110볼트에 50킬로와트를 내는 디젤식 발전기가 있습니다. 50년 전에 설치한 것인데 지금도 꽤 쓸 만합니다. 그것 때문에 라마 사원에 있는 사람들이 훨씬 편한 생활을 하고 있지요. 물론 그것은 경전의 내용이 적혀 있는 회전식 예배기를 돌리는 모터에 동력을 제공하기 위해 설치된 것입니다."

"물론 그렇겠지요. 당연하지요."

와그너 박사는 얼른 되받아 말했다.

그 절벽에서 내려다보는 광경은 현기증 나는 것이었으나 사람은 시간이 지나면 어떤 것에든 익숙해지기 마련이다. 석 달이 지난 뒤 조지 헨리는 600미터 높이로 까마득히 솟아 있는 절벽이나, 저 멀리 계곡 아래에 펼쳐진 서양 장기판 같은 들판에도 별로 감동하지 않았다. 그는 바람에 깎여 반반해진 바위에 등을 기댄 채 멀리 보이는 산봉우리들을 시무룩하게 응시하고 있었다. 그는 한 번도 그 산들의 이름을 알아내려고 애써보지 않았다. 조지는 지금이 그동안 살아오면서 겪은 일들 중에서 가장 미칠 노릇이라고 생각하는 중이었다.

"샹그릴라 프로젝트."

실험실에서 어떤 재치 있는 사람이 이렇게 명명했다. 지금 몇 주일째 마크 5 컴퓨터는 뜻 모를 말로 빽빽이 뒤덮인 종이들을 소란스럽게 토해내고 있다. 그 컴퓨터는 참을성 있게 꿈쩍도 하지 않고 가능한 모든 문자의 조합을 맞추어보고, 다음 조합들로 넘어가기 전에 각각의 항목들을 샅샅이 조사하면서 문자와 조합들을 재정렬하고 있었다. 프린터에서 목록이 찍혀 나올 때마다 수도승들은 조심스럽게 그것을 잘라서 거대한 책에다 풀로 붙였다. 고맙게도 한 주만 더 지나면 모든 일이 끝난다. 그렇게 되면 수도승들은 조지가 알지 못하는 열, 스물, 혹은 백 개의 글자들을 갖고 아무 의미 없는 작업을 계속하느라 애쓸 필요가 없었다는 사실을 깨닫게 될 것이다. 갑자기 라마승이 나타나서는, 계획이 좀 변경되어 작업을 서기 2060년까지 계속하게 되었다고 말하는 악몽을 꾸기도 했다. 사실은 정말 그럴 가능성도 없지는 않았다.

조지는 무거운 나무문이 바람에 쾅 하고 닫히는 소리를 들었다. 처크였다. 그는 난간에 서 있던 조지의 옆으로 다가왔다. 처크는 보통 때처럼 담배 한 대를 물고 있었는데, 그 담배 때문에 그는 수도승들에게 인기가 있었다. 수도승들은 인생의 크고 작은 모든 즐거움들을 기꺼이 포용하는 것처럼 보였다. 담배는 그들이 상당히 마음에 들어 했던 것들 중 하나였다. 그들은 신앙에 열정적인 것 같았으나 청교도적이지는 않았다. 예를 들어 자주 마을에 다녀오곤 하는 것만 봐도 그랬다.

"이봐, 조지."

처크가 다급하게 불렀다.

"문제가 뭔지 알아냈어."

"문제라니, 무슨 문제? 컴퓨터가 돌아가질 않아?"

그것은 조지가 생각할 수 있는 가장 최악의 사고였다. 그렇게 되면 귀환이 연기되는 것이다. 그것 이상으로 끔찍한 일은 있을 수 없다. 지금 그에게는 TV의 광고 한 장면이라도 몹시나 간절했다. 적어도 그것은 고향과 조금이라도 연관이 있으니까.

"아니야. 그런 게 아니야."

처크는 난간에 자리를 잡고 앉았다. 평소에는 떨어질까 봐 두려워했으므로, 상당히 예외적인 행동이었다.

"나는 이 일에 대해서 모든 걸 알아냈어."

"무슨 소리를 하는 거야. 우린 이미 알고 있잖아?"

"물론 우리는 수도승들이 무엇을 하고 있는지 알아. 그러나 그 일을 왜 하는지 이유는 모르잖아. 이건 미친 짓이라고."

"도대체 뭐야? 속 시원히 말해봐."

조지는 투덜거리며 말했다.

"늙은 수도승이 내게 털어놓았어. 그가 새로 나온 목록을 보려고 매일 오후에 여기 들르는 거 알지? 그런데 이번에는 약간 흥분해 있더군. 아니면 적어도 흥분하기 직전이었던 것 같아. 그에게 작업이 거의 마지막까지 왔다고 말해줬더니 능숙한 영어로 묻더군. 자기네들이 왜 이 일을 하는지 궁금하지 않으냐고 말야. 난 물론 궁금하다고 대답했지. 그랬더니 말해주었어."

"잠자코 들을 테니 빨리 말해봐."

"그는 신들의 모든 이름을 목록으로 작성하는 작업을 마치면 신의 목적이 성취되는 거라고 믿고 있어. 그리고 그들은 신들의 이름이 모두 합쳐 약 90억 개가 있다고 생각하고 있어. 그 작업을 마치면 인류는 스스로가 창조된 목적을 달성하게 되는 것이라는군. 더 이상 수행할 일이 없어진대. 다른 일을 생각하는 것은 신성모독과 같은 것이라나."

"그럼 그들은 우리에게 뭘 바라는 거지? 일이 다 끝나면 자살이라도 하라는 건가?"

"아니, 그럴 필요도 없어. 그 목록이 완성되면 신이 직접 끼어들어 간단히 모든 것을 끝장낼 테니까…… 한순간에 휙!"

"아, 알겠어. 우리가 일을 다 마치면, 그때가 바로 세상의 종말이 된다는 거로군."

처크는 신경질적인 코웃음을 던졌다.

"바로 그 수도승에게 그렇게 얘기했지. 그랬더니 어쨌는지 알아? 그가 아주 야릇한 눈초리로 나를 노려보는 거야. 내가 마치 학교의 열등생이라도 된 것처럼. 그러고는 '그건 그렇게 사소한 일이 아니오'라고 말했어."

조지는 잠시 곰곰이 생각했다.

"그게 바로 내가 폭넓은 안목이라고 부르는 것이지."

그는 곧바로 덧붙였다.

"그렇다면 자네는 우리가 어떻게 해야 한다고 생각하나? 그것 때문에 우리가 달라질 건 없잖아. 결국 그들이 미쳤다는 얘기 아냐?"

"그래. 그러나 무슨 일이 일어날지 뻔히 보이지 않나? 그 목록이 완성되었는데도 종말의 나팔이 불지 않으면, 그들이 기대하는 게 나팔 소리든 뭐든 간에, 비난 받는 것은 우리야. 그들이 사용하고 있는 건 우리 기계거든. 나는 그런 상황이 오는 것을 조금도 바라지 않아."

"알겠어."

조지가 천천히 말했다.

"자네가 말하려는 요점은 그거로군. 그러나 자네도 알다시피 이런 종류의 일은 그 전에도 있었지. 내가 어릴 때 루이지애나에서 다음 주 일요일에 세상의 종말이 온다고 말하던 정신이 돈 목사가 있었네. 수백 명의 사람들이 그를 믿고 따랐지. 집을 파는 사람까지 나올 정도로. 그러나 결국 아무 일도 일어나지 않으니까, 그들은 자네가 생각하는 것처럼 일상생활로 돌아가지는 않았어. 그들은 그 목사가 계산을 잘못했을 뿐이라면서 계속 종말이 온다고 믿었어. 아마 아직도 그 말을 믿고 기다리는 사람들이 있을 거야."

"그렇지만 여기는 루이지애나가 아니야. 우리는 둘 뿐이고 수도승들은 수백 명이야. 나는 그들을 좋아하네. 좋은 사람들이지. 나이 많은 수도승의 일생의 과업이 허망하게 실패로 끝나는 것을 보면 나도 마음이 아플 거야. 나는 어디 다른 곳에 있었으면 하고 바란다네."

"나도 몇 주 동안 그걸 바라고 있었지. 하지만 계약이 끝나고 우리를 데려갈 비행기가 도착할 때까지는 우리가 할 수 있는 일이 아무것도 없잖나."

"물론이지. 하지만 우리는 일종의 태업을 일으킬 수 있어."

처크는 사려 깊게 이야기했다.

"태업이라고? 이런, 젠장! 그건 사태를 더 악화시킬 뿐이야."

"그게 아니야. 한번 생각해봐. 컴퓨터를 지금처럼 하루 20시간 작동시키면 앞으로 나흘 안에 작업은 끝날 거야. 그런데 우리를 태울 비행기는 일주일 뒤에나 오게 되어 있잖아? 바로 이거라고. 그러니까 우리가 할 일은, 뭔가 수리할 일을 일부러 만들어서 2~3일간 작업을 지연시키는 거야. 물론 우리는 수리를 하긴 하지. 그러나 너무 빠르지 않게 말이야. 만약 우리가 적당히 시간을 벌면, 우리는 마지막 목록이 찍혀 나올 때쯤 비행장에 도착할 수 있을 거야."

조지가 말했다.

"난 별로 마음에 들지 않는군. 내가 일하다가 일부러 그런 일을 저지른 적은 이제껏 없었는데. 게다가 그들이 의심할지도 모르고. 아냐, 나는 꼼짝하지 않고 앉아서 어떤 일이 닥쳐오나 지켜보겠어."

일주일 뒤, 그들은 조그마한 조랑말을 타고 구불구불한 산길을 내려가고 있었다. 조지가 입을 열었다.

"나는 아직도 기분이 좋지 않아. 내가 두려워서 도망가고 있는 것처럼 보이지 않나? 난 저 위에 있는 가엾고 늙은 사내들이 불쌍할 뿐일세. 자신들이 얼마나 멍청했는지를 알게 되었을 때 옆에 같이 있어주고 싶다고. 그 늙은 승려가 결과를 어떻게 받아들일지 궁금하지 않나?"

"참 재미있더군."

처크가 대답했다.

"내가 작별인사를 할 때 보니까, 우리가 자기들로부터 도망간다는 사실을 아는 눈치였어. 그리고 컴퓨터의 작업 속도를 일부러 늦춘 것도. 하긴 작업이 거의 끝났다는 것도 알고 있었으니까…… 아무튼 전혀 걱정하는 기색이 없더군. 모든 신의 이름들을 다 기록하는 작업이 끝나면, 그 뒤는 아무것도 없다는 태도였어. '그 뒤'라는 것은 아예 존재하지 않는 것처럼……."

조지는 말안장에서 고개를 돌려 등 뒤의 산길을 응시했다. 그곳은 라마승들을 뚜렷하게 볼 수 있는 마지막 장소였다. 작달막하고 둥근 건물들이 황혼을 배경으로 윤곽을 드러내고 있었다. 원양 여객선의 현창들처럼 건물에 난 둥근 창들이 빛나고 있었다. 마크 5 컴퓨터와 같은 발전기에서 전기를 공급받고 있는 저 전깃불들은 얼마나 더 빛을 내게 될까? 조지는 궁금했다. 라마승들이 실망과 분노로 컴퓨터를 부숴버리지는 않을까? 지금 저 산 위에서 무슨 일이 진행되고 있는지는 보지 않고도 알 수 있다. 라마승들이 비단 승복을 입은 채 모여 앉아 컴퓨터가 찍어낸 종이들을 커다란 책에다 옮겨 붙이고 있을 것이다. 물론 그 종이에는 문자들의 조합이 빽빽하게 찍혀 있다. 이 세상의 모든 신들의 이름이 찍혀 있는 것이다. 승려들은 모두 그 종이를 주의 깊게 살펴보고 있을 것이다. 아무도 입을 열지 않은 채. 오로지 프린터가 문자를 찍어대는 소리만이 침묵을 깨고 있을 것이다. 마크 5 컴퓨터는 1초당 수천 번의 연산을 하며 번쩍거리지만 아무런 소리도 내지 않는다. 라마승들처럼. 이런 곳에서 석 달을 보냈다니, 아마 벽을 기어오르는 법이라도 배울 수 있었을 거야. 조지는 쓴웃음을 지었다.

"바로 저기 있다! 오, 나의 사랑스러운 비행기여!"

골짜기 아래를 가리키며 처크가 외쳤다.

조지의 눈에도 분명히 비행기가 보였다. 찌그러지고 오래된 DC-3기가 조그마한 십자가처럼 길 저쪽 끝에 앉아 있었다. 두 시간 안에 그 비행기는 자유와 온전한 정신을 가진 문명 세계로 그들을 데려다줄 것이다. 감미로운 술을 맛보는 것처럼 생각만 해도 기분이 좋았다. 조랑말이 내리막길을 참을성 있게 터덜터덜 내려갈 때, 그 위에 탄 조지는 그런 생각을 하고 있었다.

히말라야 고산 지대에선 밤이 빨리 다가온다. 다행히도 길은 매우 상태가 좋았다. 추위가 좀 심해서 불편할 뿐, 위험한 것이라곤 조금도 없었다. 머리 위 하늘은 아주 맑아서 눈에 익은 친숙한 별들이 다정스럽게 빛나고 있었다. 조지가 생각하기에 적어도 날씨 때문에 비행기가 이륙하지 못할 염려는 전혀 없었다. 사실 그 점이 유일한 걱정거리였는데.

그는 흥얼흥얼 노래를 부르기 시작했다가 잠시 뒤 그만두었다. 사방에 흰 수건을 쓴 유령 같은 것들이 희미하게 빛나고 있는 이 광대한 지역에서는 그런 식으로 흥겨움을 북돋울 수가 없었다. 조지는 슬쩍 시계를 보았다.

"한 시간 남았군."

그는 어깨 너머로 처크를 흘깃 돌아보곤 잠시 생각한 뒤 덧붙였다.

"컴퓨터가 작업을 마쳤는지 궁금하군. 아마 지금쯤은 다 마감했을 것 같은데."

처크가 아무런 대답도 하지 않았으므로, 조지는 안장에서 몸을 빙 돌려 뒤를 돌아보았다. 하늘을 향해 쳐들린 처크의 턱과 하얀 달걀 같은 얼굴이 보였다.

"……저기 좀 보게."

처크가 들릴 듯 말 듯 속삭였다. 조지는 눈을 들어 하늘을 올려다보았다(모든 것에는 항상 마지막 때가 있는 법이다).

머리 위 하늘에서 하나 둘씩 별들이 사라져가고 있었다.

차가운 방정식

Tom Godwin **The Cold Equations**

톰 고드윈 지음 : 박상준 옮김

    그는 혼자가 아니었다.

    이상한 낌새는 전혀 없었다. 단 하나, 생체 감지기의 자그맣고 하얀 바늘을 제외하고는. 조종실에는 혼자뿐이다. 그는 그렇게 생각하고 있었다. 들리는 것은 희미한 엔진 소리뿐이지만, 그러나 감지기의 바늘이 분명히 나타내고 있다. 모선인 스타더스트 호에서 발진할 때에는 0을 가리키고 있던 바늘이 한 시간쯤 지난 지금은 분명히 기어 올라가 있다. 조종실 건너편 화물칸에 무언가가 있다. 분명히 열을 방사하고 있는 어떤 생물체가 저기에 숨어 있다.

    감지기에 포착된 물체가 무엇인지는 고민해볼 필요조차 없는 일이었다. 그건 살아 있는 인간의 몸이었다.

그는 조종석 뒤쪽으로 등을 기대고 천천히 깊은숨을 들이마셨다. 무엇을, 어떻게 해야 할까? 오랫동안 긴급연락선의 조종사로 일해왔던 그는 항상 생명의 위협과 맞닥뜨리며 살아온 까닭에, 다른 사람의 죽음을 접해도 무덤덤하게 보아 넘길 수 있을 만큼 감정이 무디어져 있었다. 지금 이 순간에도 그가 할 일은 사실 선택의 여지가 없었다. 그렇다. 다른 해결책은 애초부터 있지도 않았다. 그러나 그는 마음의 준비가 필요했다. 아무리 닳고 닳은 긴급연락선 조종사라고는 하지만, 터덜터덜 화물칸으로 걸어가서 마치 쓰레기를 갖다 버리듯이 생판 모르는 사람의 목숨을 빼앗을 수는 없는 것이다.

그러나 결국 그는 그렇게 할 것이다. 그건 법이니까. 우주항행법 제8장 제12절에는 참으로 무정하고 단호하게 우주의 철칙이 한 문장으로 명시되어 있다.

긴급연락선에 탑승한 밀항자는 발견 즉시 제거되어야 한다.

그것은 어떠한 호소나 항변도 허용하지 않는 절대원칙이었다.

이 냉엄한 조항은 그러나 인간들의 무자비함에서 비롯된 것은 결코 아니었다. 우주 개척자들의 생명을 보장하기 위한 피할 수 없는 극약처방이었다.

초광속 항행기술이 발전을 거듭하면서 인류의 우주탐험 범위는 은하계 변경까지 점차 넓어졌고, 시간이 지날수록 우주 곳곳에는 미지의 별에서 한계상황과 싸우며 힘겹게 개척 작업을 하는 사람들이 늘어갔다. 은하계 구석의 외딴 별에 고립된 탐사대나 개척 식민지들은 지구와의 연락을 유지하는 것이 가장 중요하고 심각한 문제였다. 아득한 우주의 심연을 가로지르며 날아가는 거대한 우주선 모선은 인류 전체의 지혜와 노력이 총결집된 눈부신 성과였다. 초광속 우주선 한 척을 건조하기 위해서는 오랜 시간과 엄청난 비용이 필요했다. 따라서 우주 곳곳에 흩어져 있는 수많은 개척지들마다 일일이 들러가며 필요한 지원이나 보급 활동을 펼 만큼 많은 수의 모선을 만들 수는 없었다.

모선의 주 임무는 새로이 개척된 외계 행성에 이주자들을 실어 나르는 것이었고, 그런 대규모 식민지들만 정기적으로 방문하였다. 그럼에도 불구하고 우주선 모선들의 운항계획표는 아주 빡빡했고, 항행 도중에 멈추거나 방향을 바꾸어 예정에 없던 다른 개척 행성으로 간다는 것은 상상조차 할 수 없는 일이었다. 그런 일이 한 번이라도 발생하면 운항계획표가 엉망이 되어버려, 지구와 다른 모든 우주개척지들과의 연락체계는 완전히 혼란에 빠지게 되는 것이다.

따라서 당분간 우주선 모선이 방문할 계획이 없는 식민지에서 긴급 사태가 발생할 경우에는 별도의 비상 연락 방법이 필요했는데, 그것이 바로 '긴급연락선'이었다. 긴급연락선은 조그맣게 접힐 수 있어서 모선에 실어도 부피를 많이 차지하지 않았다. 자그마한 로켓 엔진에다 가벼운 경금속과 플라스틱으로 만들어진 긴급연락선은 최소한의 연료만을 소비하도록 설계된 것이었다. 우주선 모선은 보통 네 대의 긴급연락선을 탑재하고 다녔는데, 항로 주변의 개척 행성이나 다른 우주선에서 긴급 호출이 있을 경우 보급품이나 필요 인원을 긴급연락선에 실어 보내는 것이다. 긴급연락선은 초광속 추진이 불가능한 일회용 장비였다. 우주선 모선은 예정된 항로에서 벗어나는 일 없이 긴급연락선만을 투하한 채 우주의 저편으로 사라져버리고 마는 것이다.

우주선 모선에 장착된 엔진은 액체 연료를 사용하는 재래식 로켓이 아니라 핵에너지 변환장치였다. 긴급연락선처럼 작은 우주선에 달기에는 너무나 복잡하고 거대한 물건이었다. 우주선 모선들은 긴급연락선용의 액체 연료를 일정량 싣고 다녔지만 제한된 공간이나 무게 때문에 넉넉한 양은 아니었다. 연료는 아주 정밀하게 미리 계산되어 실렸다. 꼭 필요한 만큼만. 컴퓨터는 조종사, 화물, 긴급연락선의 무게를 목적지까지의 비행경로와 함께 계산하여 연료의 최소 필요량을 한 방울의 오차도 없이 산출해냈다. 물론 그 방정식에는 '밀항자의 체중' 같은 변수는 애초부터 없는 것이다.

 스타더스트 호는 우주를 항행하던 도중에 우덴 행성의 개척기지들 중 하나로부터 긴급 구호 요청을 받았다. 그곳에 있는 여섯 명의 탐사대원들은 '칼라'라는 녹색 곤충 때문에 지독한 열병에 걸렸는데, 때마침 닥쳐온 무시무시한 회오리바람 때문에 기지 전체가 풍비박산이 나면서 치료 혈청들이 모두 유실되고 말았던 것이다. 스타더스트 호는 이 구호요청을 관례대로 처리했다. 혈청을 실은 긴급연락선을 발사하고는 예정된 항로에서 한 치도 벗어남 없이 우주공간 저편으로 사라져버린 것이다. 그런데 그로부터 한 시간이 지난 지금, 긴급연락선의 계기가 뭔가를 말하고 있다. 화물칸에 혈청 말고도 뭔가가 있다고 한다.

 그는 화물칸의 좁고 하얀 문 위에 시선을 고정시켰다. 저 안에 살아 있는 인간이 있다. 이젠 조종사가 자신을 발견해도 쫓아내기에는 너무 늦었으리라 생각하고 있을 것이다. 사실이다. 밀항자에겐 정말 너무 늦었다. 끔찍한 일이지만.

 조종사에게 발견되는 순간, 밀항자는 이미 선택의 여지가 없는 것이다. 긴급연락선이 대기원에 진입하여 감속하게 되면 밀항자의 몸무게 때문에 착륙하기 훨씬 전에 연료탱크가 바닥날 것이다. 그리하여 300미터나 3000미터 상공에서 속수무책으로 추락하기 시작할 것이다. 조종사와 밀항자는 긴급연락선과 함께 지상으로 떨어져 박살이 나고, 금속과 플라스틱, 살점과 핏덩이들의 잔해가 한데 뒤엉킨 채 처참한 종말을 맞을 것이다. 밀항자는 긴급연락선에 올라탄 순간 자신의 시한부 인생 계약서에 서명을 한 것이나 다름없다. 긴급연락선의 조종사와 혈청을 기다리는 탐사대원 여섯 명의 목숨까지 함께 담보로 삼고.

생체감지기의 하얀 바늘이 다시 꿈틀거렸다. 그는 단호하게 자리에서 일어섰다. 그가 이제부터 하려는 일은 불청객에게나 그 자신에게나 몹시 끔찍한 일이다. 빨리 해치울수록 좋다. 그는 조종실을 가로질러 걸어가서 작고 하얀 문 앞에 우뚝 섰다.

"나와!"

웅웅거리는 기계 소리들보다도 더 거칠고 냉엄한 목소리였다.

안쪽에서 살금살금 움직이는 소리가 들리다가 곧 조용해졌다. 밀항자가 한쪽 구석으로 몸을 움츠리는 모습이 보이는 것 같았다. 자신감이 사라지면서 들키면 어떻게 될까 걱정하기 시작하는 듯했다.

"나오라고 했잖아!"

그는 밀항자가 움직이는 소리를 들었다. 긴장한 채 문을 주시하면서 손을 옆구리에 찬 총 가까이 가져갔다.

문이 열렸다. 밀항자는 미소를 지으며 걸어 나왔다.

"알았어요. 항복이에요. 자, 이제 어떻게 해야 하죠?"

밀항자는 어린 소녀였다.

그는 아무 말도 못하고 쳐다보기만 했다. 그의 손이 총으로부터 툭 떨어졌다. 한 대 세게 얻어맞은 듯한 기분이었다. 밀항자는 남자가 아니었다. 10대 소녀가 작고 하얀 집시 샌들을 신고 그의 앞에 서 있는 것이다. 그 갈색 곱슬머리 소녀의 키는 겨우 그의 어깨를 넘을락 말락 했다. 달콤한 향수 냄새가 희미하게 풍겼다. 소녀는 약간 기우뚱하게 서서 미소를 짓고 있다. 대답을 기다리는 동안 소녀의 눈은 아무것도 모른 채 두려움도 없이 그의 눈을 마주보고 있었다.

'자, 이제 어떻게 할 거요?' 라고 만약 낮고 탁한 남자 목소리가 질문했다면 그는 즉시 행동을 취함으로써 대답했을 것이다. 일단 밀항자의 신분증명 기록을 빼앗고는 에어록 안으로 들어가도록 명령했을 것이다. 밀항자가 반항하면 그는 총을 발사했을 것이다. 그건 오래 걸리지 않는 일이고, 1분 안에 밀항자의 몸은 우주공간으로 튕겨나갔을 것이다. 밀항자가 남자였다면 말이다.

그는 조종석으로 돌아왔다. 소녀에게 손짓을 해서 벽 쪽에 있는 계기판 아래 상자에 앉도록 지시했다. 소녀는 순순히 따랐다. 그가 아무 말이 없자 소녀의 얼굴에서 미소가 사라졌다. 대신 못된 장난을 하다 들킨 강아지처럼 죄스런 표정을 지어 보이고 있었다.

"아무 말씀 안 하시네요. 잘못했어요. 어떻게 되는 거죠? 벌금을 내야 되나요, 아니면……?"

"여기서 뭘 하고 있는 거야? 왜 긴급연락선에 숨어들었지?"

"오빠가 보고 싶어서요. 오빠는 우덴에 있는 탐사기지의 대원이에요. 오빠가 일하러 지구를 떠나고 나서 10년 동안이나 만나지 못했어요."

"원래 스타더스트 호를 타고 있을 때의 목적지는 어디였나?"

"미미르요. 제가 일하러 가는 곳이에요. 오빠는 항상 집에 돈을 부쳤고 저를 위해서 언어학 특별과정의 수업료를 내주었어요. 저는 생각보다 빨리 그 과정을 졸업했고, 그러고선 미미르에 일자리를 얻게 되었어요. 게리 오빠는 1년 뒤에나 우덴에서 일을 마치고 미미르로 올 수 있어요. 그 전에는 오빠를 보기가 어렵기 때문에 여기에 숨어들었던 거예요. 여길 보니까 공간도 충분했고. 벌금을 낼 각오는 진작부터 했어요. 우리 남매는 게리 오빠와 나, 둘뿐인데 너무 오랫동안 못 봤어요. 또다시 1년을 기다리고 싶지는 않았어요. 비록 규칙을 어기는 건 줄은 알고 있었지만요."

'규칙을 어기는 줄은 알고 있었어요.' 소녀가 법에 무지하다고 탓할 수는 없다. 소녀는 이제까지 지구에서 살아왔고, 따라서 우주 개척지의 법이 그 법을 탄생시킨 환경만큼이나 거칠고 무자비할 수밖에 없다는 사실을 몰랐던 것이다. 하지만 소녀처럼 개척지의 가혹한 환경에 무지한 사람들을 위해 스타더스트 호의 긴급연락선 격납고에는 다음과 같은 팻말이 붙어 있다. 누구든 신경 써서 살펴보기에는 너무나도 평범한 팻말이.

승무원 외 절대 승선 금지!

"오빠는 아가씨가 스타더스트 호를 타고 미미르로 가고 있다는 사실을 알고 있나?"

"예, 지구를 떠나기 한 달 전에 오빠에게 전보를 쳤어요. 졸업했다는 얘기랑 미미르에 한 1년 정도 일할 자리를 얻었다는 얘기를요. 오빠는 그때쯤에 승진해서 미미르로 올 예정이거든요. 오빠는 한 곳에 1년 이상 머물지 않아도 돼요."

우덴에는 탐사기지가 두 군데 있었다.

"오빠 이름이 뭐지?"

"크로스, 게리 크로스예요. 오빠는 우덴 제2기지에 있어요. 주소에 그렇게 쓰여 있었어요. 아저씨, 오빠를 아세요?"

혈청을 요청한 곳은 제1기지였다. 제2기지는 서쪽 바다를 가로질러 1만 3000킬로미터나 떨어져 있다.

"아니, 난 모르는 사람이야."

그는 계기판으로 몸을 돌려 약간 감속을 줄였다. 이렇게 한다고 해서 결국 닥쳐올 결말을 피할 수는 없지만 그나마 시간을 연장시키기 위해 그가 할 수 있는 유일한 일이었다. 갑자기 긴급연락선이 떨어지는 듯한 진동이 일었다. 소녀의 몸은 무기력하게 흔들려 그녀가 앉은 상자 위로 반쯤 들렸다.

"어…… 속도를 빠르게 하셨죠? 왜 그렇게 했어요?"

그는 사실대로 얘기했다.

"연료를 조금이라도 아끼려고."

"우주선에 연료가 많지 않은가요?"

그는 대답을 머뭇거렸다. 소녀는 다른 질문을 던졌다.

"아저씨는 밀항자를 어떻게…… 처리하세요? 저는 아무도 안 볼 때 살짝 들어왔어요. 누군가 우덴으로 보낼 보급품 지급 명령서를 가지고 보급품 사무실에 들어왔을 때 제가 마침 거기에 있었거든요. 청소부 여자애가 겔란 태생이라서 그 애랑 겔란어를 연습하고 있었어요. 떠날 준비가 다 되고 아저씨가 들어오시기 직전에 몰래 화물칸에 숨어들었어요. 솔직히 말하지만 이건 순간적으로 저지른 일이에요. 오빠를 볼 수 있을 것 같아서. 그런데 아저씨가 그렇게 무섭게 쏘아보시니까 아무래도 아주 잘못한 일인 것 같네요. 하지만 전 얌전한 모범 죄수가 될게요. 너무 야단치지 마세요."

소녀는 다시 미소를 지었다.

"벌금이 아주 비싸더라도 다 낼 수 있어요. 요리도 잘하고 바느질도 잘해요. 뭐든지 자질구레한 일은 다 할 수 있어요. 간호도 약간 할 수 있고요."

그는 질문을 하나 던졌다.

"우덴 기지에서 요청한 보급품이 뭔지 아니?"

"아뇨. 그건 왜요? 탐사 장비 같은 것이라고 생각했는데요."

왜 소녀는 음흉한 동기를 가진 사람이 아닌 것일까? 경찰의 수배를 피해 도망 다니는 범죄자라면, 그래서 낯선 개척 행성에 숨으려고 밀항한 사람이었다면. 혹은 일확천금을 노리고 새로운 식민지에 숨어들려는 기회주의자였다면. 아니면 어린양들을 구원할 생각으로 개척지 포교에 나선 괴짜 전도사였다면.

긴급연락선의 조종사를 하다 보면 일생에 한 번쯤은 그런 밀항자와 맞닥뜨릴지도 모른다. 뒤틀려진 인간, 비열하고 이기적인 인간, 잔인하고 위험한 인간을. 그러나 푸른 눈을 하고 귀여운 미소를 짓는 소녀는 결코 아니다. 기꺼이 벌금을 내겠다고, 그리고 오빠를 보기 위해 어떤 궂은일이라도 하겠다는 그런 소녀는 아니다.

그는 조종계기판으로 돌아앉았다. 스타더스트 호와 연락을 취하기 위해 송신 스위치를 올렸다. 부질없는 일일 것이다. 하지만 마지막 희망마저 사그라지기 전에는 소녀를 무정하게 에어록에 밀어 넣을 수가 없다. 짐승을 다루듯이, 아니면 사나이를 다루듯이. 대기권에 돌입하기 전에 긴급연락선의 감속을 잠시 줄이는 것이 위험하지는 않을 것이다.

통신기로부터 목소리가 들렸다.

"스타더스트다. 신분을 밝히라."

"긴급연락선 34G11호의 바튼. 비상사태다. 델하트 사령관을 대 주시오."

접속 회선이 바뀌는 동안 희미하게 소음이 깔려 나왔다.

소녀는 그를 쳐다보고 있었다. 그 얼굴에는 더 이상 미소가 감돌고 있지 않았다.

"저를 잡으러 오라고 부르실 건가요?"

통신기에서 찰칵 소리가 났다. 감이 멀게 조그만 목소리가 들렸다.

"사령관, 긴급연락선에서 교신 요청입니다."

소녀는 걱정스럽게 재차 물었다.

"저를 잡으러 올 건가요? 결국 오빠는 볼 수 없는 거예요?"

"바튼인가?"

델하트 사령관의 퉁명스럽고 거친 목소리가 통신기를 통해 흘러나왔다.

"비상사태라니, 뭔가?"

"밀항자입니다."

"밀항자라고?"

약간 놀란 목소리였다.

"예삿일은 아니군. 그렇지만 비상호출이라니. 시간 안에 밀항자를 발견했으니 위험은 없을 것이고, 그냥 처리하면 되지 않나? 그리고 운항기록실에 통보만 하면 가장 가까운 친척에 연락이 갈 테니까."

"그것 때문에 연락했습니다. 밀항자는 아직 승선 중이고 상황이 좀…… 미묘합니다."

사령관은 성급한 목소리로 되물었다.

"미묘하다니, 무슨 소린가? 자네, 규칙은 잘 알고 있겠지. 긴급연락선 안에서 발견되는 밀항자는 누구를 막론하고 우주선 밖으로 내보내야 돼."

소녀는 숨을 헉 멈추더니 더듬거렸다.

"무슨…… 뜻이죠?"

"밀항자는 소녀입니다."

"뭐라고?"

"오빠를 만나보겠다고 몰래 탔습니다. 아직 어린아이입니다. 게다가 상황이 어떻게 되어야 하는지 아직 잘 모르고 있습니다."

"……알았다."

사령관의 목소리는 더 이상 퉁명스럽지 않았다.

"날 왜 불렀지? 어떤 희망을 기대한 건가? 자네도 잘 알다시피 난 아무것도 할 수가 없네. 스타더스트는 예정대로 운항해야 해. 한 사람의 생명이 아니라 많은 사람들의 생명이 달려 있어. 나도 자네의 심정을 이해하겠네. 하지만 자네에겐 선택의 여지가 없어. 그렇게 해야만 해. ……운항기록실로 연결해주지."

통신기가 희미하게 칙칙거렸다. 그는 소녀 쪽으로 돌아앉았다. 소녀는 긴 의자에 축 늘어져 있었다. 눈을 커다랗게 뜬 채 경악한 표정이었다.

"무슨 뜻이죠, 그렇게 해야만 한다니. 절 우주선 밖으로……, 그렇게 해야만 한다는 게 무슨 말이죠? 정말 그렇게 하는 거예요? 저를 우주선 밖으로 내보내는 거예요? 그럴 순 없어요. 정말로 뭐라고 한 거죠?"

거짓말로 잠시나마 안심하도록 해주기에는 너무나 시간이 없었다. 오히려 잔인한 일이 될 것이다.

"……아가씨가 방금 들은 그대로야."

"안 돼요!"

소녀는 마치 그가 때리기라도 한 것처럼 뒷걸음질을 쳤다. 공격을 막아내려는 듯이 두 팔을 반쯤 들어 올린 채로. 소녀의 눈은 불신과 거부감으로 가득 차 있었다.

"그렇게 해야만 돼."

"아니에요, 농담이죠? 저를 놀라게 하려고 그러시는 거죠? 미친 짓이에요. 그럴 순 없어요!"

"미안하다."

그는 부드러운 목소리로 천천히 말했다.

"미리 얘기해줬어야 했는데. 하지만 나는 가장 먼저 할 수 있는 조치를 취한 거야. 스타더스트 호에 먼저 연락을 해야만 했어. 사령관의 이야기는 아가씨도 들었지."

"그래선 안 돼요. 우주선 밖으로 나가면 전 죽어요."

"알고 있어."

소녀는 그의 얼굴을 살폈다. 자신의 눈에 어린 믿기지 않는다는 거부감을 그에게서도 찾아보려는 것 같았다. 소녀의 얼굴에 천천히 공포의 그림자가 드리워지고 있었다.

"알고…… 있다고요?"

소녀는 말을 더듬었다. 얼이 빠진 듯한 괴상한 모습이었다.

"그래야만 돼."

"정말인가요? 그렇게 해야만 돼요?"

소녀는 벽에 몸을 기댄 채 축 늘어졌다. 조그맣고 낡은 인형처럼 흐늘거리고 있었다. 저항과 거부감이 갑자기 모조리 빠져나가버린 듯한 모습이었다.

"나를…… 죽게 할 작정이에요?"

"미안해."

그는 다시 침통하게 말했다.

"아가씨는 내 심정을 모를 거야. 이건 규칙이야. 전 우주의 누구도 예외 없이 지켜야만 하는. 그렇게 할 수밖에 없어."

"나는 죽을 만한 죄를 짓지는 않았어요. 난 안 했어요……."

그는 힘없이 깊은 한숨을 내쉬었다.

"나도 알고 있어. 아가씨는 죽을 죄를 짓진 않았지."

"긴급연락선!"

통신기에서 금속성의 삑삑 소리가 났다.

"운항기록실이다. 밀항자의 신분증명 자료를 보내라."

그는 의자에서 일어나 소녀 앞에 섰다. 소녀는 의자의 모서리를 꽉 움켜쥐었다. 갈색 머리 밑의 얼굴이 새하얗게 질려 있었다. 입술이 큐피드의 활처럼 새빨갛게 보였다.

"지금…… 인가요?"

"아가씨의 신분증명 기록이 필요해."

소녀는 의자를 붙들고 있던 손을 놓았다. 두려움에 떨면서 목에 걸린 플라스틱 원판의 고리를 초조하게 더듬거렸다. 그는 소녀 대신 손을 내밀어 고리를 푼 다음 원판을 가지고 말없이 자리로 돌아갔다.

"자료를 보내겠소, 기록실. 신분증명번호 T-8-3-7……."

"잠깐만."

기록실에서 말을 끊었다.

"이건 물론 회색 카드에 기입할 내용이겠죠?"

"그렇소."

"실행시간은?"

"나중에 알려주겠소."

"나중이라니, 무슨 소립니까? 밀항자의 사망시각은 발견 즉시가 아닙니까?"

그는 목소리를 가라앉히려 애썼다.

"지금은 대단히 예외적인 상황입니다. 먼저 신분증명 내용부터 받아주십시오. 밀항자는 어린 여자아이고 지금 우리가 말하는 걸 그대로 듣고 있소. 이해하겠습니까?"

충격 뒤에 오는 침묵이 흘렀다. 이윽고 기록실에서 부드러운 목소리가 흘러나왔다.

"미안합니다. 계속하십시오."

그는 원판을 읽기 시작했다. 가능한 한 오래도록 이 피할 수 없는 일을 지연시키려고 천천히 읽었다. 소녀가 이제껏 겪어보지 못했을 이 절망적인 공포를 견디도록 1초라도 더 시간을 주고 싶었다. 그가 할 수 있는 유일한 방법이었다. 그는 체념과 감내 속에서나마 소녀를 도우려고 애썼다.

"번호 T8374-Y54. 성명, 마릴린 리 크로스. 성별, 여성. 출생일 2160년 7월 17일. 열여덟 살밖에 안 되었다. 신장, 160센티미터. 체중, 50킬로그램. 너무나 가볍다. 하지만 얇은 물거품 정도밖에 안 되는 긴급연락선에는 치명적이다. 모발, 갈색. 눈, 푸른색. 피부, 백색. 이게 다 무슨 소용인가. 혈액형, O형. 목적지, 미미르 포트 시티. 무의미한 자료들이다……."

기록을 다 불러준 뒤 그는 말했다.

"나중에 다시 연락하겠소."

그는 다시 소녀를 향해 돌아섰다. 소녀는 벽에 등을 기대어 웅크리고 앉아서 무감각한, 그러나 놀라우리만치 매혹적인 눈빛으로 그를 쳐다보고 있었다.

"그 사람들, 기다리고 있는 거죠? 아저씨가 나를 죽일 때까지 기다리고 있죠? 내가 빨리 죽어 없어지기를 바라고 있는 거죠?"

긴장이 풀어졌다. 놀라고 당황스러워하는 어린아이의 목소리였다.

"모두들 내가 죽기를 원해요. 난 아무 짓도 안 했는데. 아무도 다치거나 해롭게 하지 않았는데. 난 단지 오빠가 보고 싶었을 뿐이에요."

"아가씨 생각처럼 간단한 게 아니야. 전혀 아니지. 아무도 아가씨가 죽기를 바라지는 않아. 만일 인간의 힘으로 막을 수만 있다면 아가씨는 절대로 죽지 않아."

"그런데 왜죠? 난 도저히 이해할 수가 없어요. 왜 그래야 하는 거죠?"

"이 긴급연락선은 '칼라'라는 열병의 혈청을 우덴의 제1기지로 운반하고 있어. 회오리바람이 몰아쳐서 보급품들이 다 파괴되었거든. 아가씨의 오빠가 있는 제2기지는 거기서부터 바다를 가로질러 1만 3000킬로미터나 떨어져 있기 때문에 제1기지를 도우러 갈 수가 없었어. 이 긴급연락선이 예정대로 시간 안에 도착하지 않으면 제1기지 대원들 여섯 명은 모두 죽고 말 거야. 긴급연락선들은 원래 목적지에 도착하는 데 꼭 필요한 최소한의 연료만 싣게 되어 있어. 정기우주선에 여유 공간이 별로 없기 때문이지. 그런데 아가씨가 탔기 때문에 이 우주선의 무게가 늘어나서 연료가 일찍 바닥이 나버리게 되었어. 우덴에 착륙하기 전에 연료가 떨어져서 공중에서 추락하게 될 거야. 그러면 아가씨도 나도 우주선과 함께 박살이 나서 죽게 되겠지. 물론 혈청을 기다리던 여섯 사람도 같은 운명이 되고."

    1분이 넘도록 소녀는 아무 말도 없었다. 시간이 갈수록 소녀의 눈은 점점 무감각해지는 듯했다.

    "그 때문인가요?"

마침내 소녀는 입을 열었다.

    "연료가 충분치 않아서. 단지 그 이유로군요."

    "그래."

    "혼자 죽든지, 아니면 일곱 명의 목숨을 함께 데리고 가든지, 그거로군요."

    "그렇지."

    "내가 죽기를 바라는 사람은 아무도 없는 거고요."

    "아무도."

    "저…… 정말로 방법이 없는 건가요? 모두들 함께 애쓰고 궁리해 보면 저를 구할 길이 있는 것 아닌가요?"

    "모두가 너를 돕고 싶어 하지만 도저히 방법이 없어. 내가 할 수 있는 유일한 일은 스타더스트 호에 연락을 취하는 것뿐이었어."

    "하지만 스타더스트 호는 다시 돌아오지 않지요? 혹시 다른 정기 우주선이 이 근처를 지나가지는 않나요? 저를 도울 만한 사람이나 장소는 전혀 없는 건가요? 정말로 희망은 없는 건가요?"

소녀는 애타는 마음으로 몸을 앞으로 내민 채 대답을 기다렸다.

    "없어."

차가운 돌덩이가 떨어지는 것 같았다. 소녀는 다시 벽에 몸을 기댔다. 표정에서 희망이 완전히 사라져 보였다.

    "정말로 확실한 건가요? 어쩜 그렇게 쉽게 대답이 나와요?"

"확실한 거야. 이 근처 40광년 안에는 다른 우주선은 하나도 없어."

"아무도, 그 누구도 제 운명을 구원할 수 없는…… 거예요?"

소녀는 자신의 무릎을 한참 동안 내려다보고 있었다. 결국 이 냉혹한 사실을 받아들이기 시작한 듯 말이 없었다. 소녀는 손가락으로 스커트 자락을 꼬기 시작했다.

더 다행일지도 모른다. 모든 희망과 기대가 두려움으로 바뀌었다. 모든 것이 체념으로 옮겨진 것이다. 소녀는 시간이 필요할 것이다. 하지만 조금밖에는 여유가 없다. 얼마나 남았을까?

긴급연락선에는 선체 냉각기가 설치되어 있지 않았다. 그래서 대기권 진입 전에 속도를 절반 정도 감속해야만 한다. 중력 0.10 정도까지 감속할 것이다. 컴퓨터가 계산했던 것보다 훨씬 빠른 속도로 착륙예정지에 접근할 것이다. 긴급연락선이 스타더스트 호에서 떨어져 나온 곳은 우덴에서 가장 가까운 지점이기 때문에 지금 아주 빠른 속도로 시시각각 착륙예정지에 접근하고 있다. 감속을 해야만 하는 시기는 곧 닥칠 것이다. 그러면 피할 수 없는 운명의 순간도 바로 그때 닥치는 것이다. 감속을 시작하면 소녀의 몸무게는 두 배가 된다. 그러면서 연료도 갑자기 대량으로 소비되기 시작할 것이다. 컴퓨터가 긴급연락선의 필요 연료량을 계산할 때에는 전혀 알지 못했던 변수. 소녀는 감속이 시작되기 전에 우주선을 떠나야 한다. 다른 방법은 없다. 언제쯤이 될까. 얼마나 오래 소녀를 머물게 할 수 있을까.

"얼마나 남았죠?"

그는 자신의 생각을 들키기나 한 것처럼 흠칫 놀랐다. 그 역시 정확히 알 수 없었다. 컴퓨터에게 물어보아야 한다. 긴급연락선은 대기권에 돌입한 뒤 뜻하지 않은 상황이 발생할 것에 대비하여 극히 소량이지만 여분의 연료를 갖고 있기는 하다. 그러나 그것은 이미 소비되고 있는 중이다. 모선의 컴퓨터에는 긴급연락선이 항로를 유지하기 위해 필요한 모든 자료들이 입력되어 있었다. 목적지에 도착할 때까지는 입력된 자료들을 손댈 수 없고, 단지 추가 입력만 할 수 있게 되어 있다. 소녀의 몸무게와 중력 0.10으로까지 감속을 시도해야 할 정확한 시각을 얻기 위해 추가 입력이 필요하다.

"바튼?"

델하트 사령관의 목소리가 갑자기 통신기에서 흘러나왔다. 그가 막 스타더스트 호를 불러내려고 입술을 떼려던 찰나였다.

"기록실에 알아보니 아직도 보고서가 다 채워지지 않았더군. 감속을 줄이고 있나?"

사령관은 이미 그가 어떤 방법을 시도하고 있는지 짐작하고 있었다.

"중력 0.10에서 감속할 생각입니다. 17시 50분에 감속을 멈추었고 소녀의 체중은 50킬로그램입니다. 컴퓨터가 계산해주면 가능한 오랫동안 중력 0.10을 유지할 작정입니다. 컴퓨터에 입력해주시겠습니까?"

원래 긴급연락선의 조종사는 항로 변경을 할 수가 없다. 규칙 위반이다. 감속 시기도 물론 마음대로 변경할 수 없다. 그러나 델하트 사령관은 잠자코 그의 말을 듣고 있었다. 이유도 묻지 않았다. 물어볼 필요가 없기 때문이다. 지성을 가졌을 뿐만 아니라 인간의 본질적인 감성을 이해할 수 있는 사람만이 정기우주선의 사령관이 될 수 있다.

"입력해주겠네."

단지 그 말뿐이었다.

통신기가 조용해졌다. 그와 소녀는 아무 말 없이 기다렸다. 오래 기다릴 필요는 없었다. 컴퓨터는 불과 몇 초 뒤면 결과를 알려줄 것이다. 새로운 자료들이 기억장치의 입력용 금속 구멍 속으로 들어간다. 전기 신호가 복잡한 회로를 통과하고 중계장치가 찰칵찰칵거린다. 조그만 톱니바퀴의 이도 돌아간다. 그러나 자료를 찾아내는 것은 본질적으로 전기신호가 해낸다. 옆에 창백한 얼굴을 하고 서 있는 소녀의 운명을 결정하는 것은 형태도 없고 마음도 없는 전기신호인 것이다. 그러고 나서 연산장치 속의 금속조각들이 잉크가 묻어 있는 리본 위에서 빠른 박자로 군무를 출 것이다. 그 다음 출력장치의 금속 구멍은 자료가 인쇄된 종이를 잘라서 토해낼 것이다.

계기판의 정밀 시계가 18시 10분을 가리켰을 때 델하트 사령관이 다시 나왔다.

"19시 10분에는 감속을 시작해야 한다."

소녀는 계기판의 시계를 쳐다보았다. 그러고는 재빨리 그곳으로부터 멀어졌다.

"제가 떠나야 할 시간을 말한 거지요?"

소녀가 물었다. 그는 고개를 끄덕였다. 소녀는 다시 무릎 위로 시선을 떨구었다.

"항로를 수정해주겠다."

사령관의 목소리가 울려 나왔다.

"예외는 있을 수 없지만 특별히 상황을 참작하는 것이다. 더 이상은 도울 수가 없다. 새로운 지시에 반드시 따르도록 하라. 19시 10분에는 보고서 작성을 완료해야 한다. 자, 수정된 항로 좌표를 불러주겠다."

낯선 기술자의 목소리가 수정된 항로를 불렀다. 그는 계기판 가장

자리에 있는 메모판에 좌표를 받아 적었다. 이제 감속의 시기가 결정되었다. 대기권 가까이 진입하여 중력 5 정도가 되면 시작할 것이다. 중력 5에서 50킬로그램은 250킬로그램이 된다.

기술자는 항로 좌표를 불러준 뒤 짧은 인사말을 남기고 통신기에서 사라졌다. 그는 주저하면서 통신기의 스위치를 내렸다. 18시 13분이다. 19시 10분까지는 달리 보고할 일이 없다. 소녀가 마지막 순간에 하는 이야기들을 다른 사람들이 듣게 놔둘 필요는 없을 것 같았다. 그건 온당치 못한 일이다.

그는 계기판을 점검하기 시작했다. 불필요하리만치 느리게 일을 진행했다. 소녀는 상황을 받아들여야만 한다. 그에겐 소녀가 상황을 이해하도록 도와줄 만한 방법이 없었다. 동정 어린 말은 오히려 혼란만 초래할 것이다.

미동도 않던 소녀가 몸을 움직였다. 18시 20분.

"그 길뿐이군요."

소녀를 마주보기 위해 그는 뒤로 돌았다.

"……이해하겠지. 방법이 있다면 모두들 아가씨를 그냥 내버려두지는 않아. 절대로."

"알아요."

소녀가 대답했다. 얼굴빛이 좀 회복되어 있었다. 입술도 더 이상 파랗게 질려 있지 않았다.

"나를 태우고 갈 만큼 충분한 연료가 없다는 거지요? 긴급연락선 안에 몰래 숨어 탄 순간 나도 모르는 엄청난 일을 저질러버린 거군요. 대가를 치러야겠죠?"

소녀는 인간이 만든 '승선금지'라는 법을 어겼다. 그러나 그 법은 사실 인간이 의도하지도, 원하지도 않은 것이었다. 인간의 힘으로는 도저히 바꿀 수 없는 자연의 법칙이 있다. 자연법칙 제1조는, 1만큼의 연료로는 1만큼의 질량만을 가진 긴급연락선을 목적지에 안착시킬 수 있다는 것이다. 제2조는, 1만큼의 연료로는 1만큼의 질량에다 '소녀'만큼을 더한 긴급연락선은 목적지에 안전하게 도착시킬 수 없다는 것이다. 긴급연락선은 자연법칙에만 충실하게 순응한다. 소녀를 향한 인간들의 연민의 양이 아무리 많아도 자연법칙 제2조를 거스를 수는 없다.

"무서워요. 난 지금 죽기 싫어. 살고 싶어요. 모두들 나를 그냥 포기하고 있어. 마치 아무 일도 일어나지 않을 것처럼 말하면서. 난 죽어야 하는데, 아무도 관심이 없어요."

"아가씨, 그렇지 않아. 나도, 스타더스트 호의 사령관도, 그리고 운항기록실의 기록원도 모두들 걱정하고 있어. 아가씨를 도우려고 다들 최선을 다한 거야. 물론 충분치 못하지만, 아니, 사실상 아무 일도 못한 거나 다름없지. 하지만 우리가 할 수 있는 최선이었어."

"연료가 모자라서…… 난 이해할 수 있어요."

소녀는 그의 말은 듣지도 못한 것처럼 중얼거렸다.

"하지만, 그 때문에 난 죽어야 해. 나 혼자서."

소녀가 운명을 받아들인다는 것은 너무나 힘든 일이다. 소녀는 죽음이라는 위험과 언제나 공존해야 하는 환경을 알지 못한다. 바다의 파도 거품이 바위투성이 해안을 향해 밀려가 부서지듯이 인간의 생명이 그처럼 허약하게 무너져버릴 수 있는, 그런 환경을 알지 못한다. 소녀는 평화로운 지구에서만 살아왔다. 젊음을 즐기고 또래들과 함께 웃고 떠들 수 있는 안전하고 평화로운 지구. 삶이 언제나 소중하게 보호되는 곳. 내일이 올 것이라는 믿음이 항상 존재하는 곳. 소녀는 이제껏 부드러운 바람, 따뜻한 태양, 신비스런 달빛, 우아한 예의가 있는 세계에 속해 있었다. 거칠고 차갑고 음산한 개척지가 아니었다.

"어째서 나에게 이런 일이 일어났죠? 이렇게나 끔찍하게도 빠르게? 한 시간 전에 난 스타더스트 호에 타고 있었어요. 미미르로 갈 예정이었죠. 그런데 스타더스트 호는 떠나버리고 나는 죽어야 한다니. 난 게리 오빠도 엄마도 아빠도 다시는 못 봐요. 아무것도 다시는 못 본다고요."

그는 어색하게 머뭇거렸다. 어떻게 설명해야 할까. 무정하고 잔인한 불의의 희생자가 되었다고 느끼지 않도록 소녀에게 이해시켜야 한다. 소녀는 외계의 개척지가 어떤 곳인지 모른다. 안전한 지구의 원시림 정도로나 생각할 것이다. 지구에서는 귀여운 소녀가 우주선 밖으로 쫓겨나는 일은 없다. 사람들이 그런 잔혹한 짓은 절대로 용납하지 않을 것이다. 지구에서는 소녀가 곤경에 처했다면 재빨리 검은색 경찰차가 출동할 것이다. 모든 뉴스 화면이 소녀의 이야기로 가득 찼을 것이다. 모든 나라의 모든 사람이 마릴린 리 크로스란 소녀를 구하려고 노력을 아끼지 않았을 것이다. 그러나 여긴 지구가 아니다. 경찰차도 없다. 그들을 남겨둔 채 빛보다 빠른 속도로 사라져버린 스타더스트 호만이 있을 뿐이다. 소녀를 도와줄 사람은 없다. 내일 뉴스에서도 마릴린 리 크로스의 미소는 없을 것이다. 단지 한 긴급연락선 조종사의 가슴에 영원토록 아픔을 주는 이름으로만 기억될 뿐이다. 단지 스타더스트 호의 기록실 회색 카드 위에나 남을 이름일 뿐이다.

"여기는 지구와는 달라. 아무도 관심이 없는 것이 아니라 도울 수가 없기 때문이야. 개척지는 죄다 지구와는 아득하게 먼 곳들이야. 서로들 멀리 떨어져 있고 사람들도 얼마 없지. 우덴을 봐. 전체를 통틀어 열

여섯 명뿐이야. 그저 탐사기지 둘에 대원 몇 명들. 처음 개척하는 식민지들은 상상을 초월하는 험난한 환경과 전력을 다해 싸우고 있어. 나중에 올 정착민들을 위해 기반을 닦아두려고 애쓰면서 말이야. 낯선 외계의 환경에서 한 번의 실수란 곧 죽음을 의미하지. 외계 개척지에 안전이란 없어. 정착민들을 위한 기반시설이 완성되어 새 세계가 어설프게나마 안정될 때까지는 안전이란 있을 수가 없지. 그때까지 사람들은 실수에 대해 가혹한 대가를 지불해야 돼. 그들을 도와줄 사람은 아무도 없어. 왜냐하면 아무도 도울 수가 없기 때문이지."

"전 미미르에 가고 있었어요. 개척지는 몰라요. 단지 미미르에 갈 예정이었다고요. 거긴 안전해요."

"미미르는 안전하지. 하지만 거기로 가던 정기선을 떠난 것은 바로 아가씨 자신이야."

소녀는 한동안 침묵했다.

"처음엔 너무 신났어요. 여기엔 공간도 충분해 보였고, 곧 게리 오빠도 볼 수 있을 테니까. 연료에 대해서는 전혀 몰랐어요. 나에게 무슨 일이 생길지 겁나지도 않았어요. 야단맞고 벌금을 내면 그만이라고만 생각했으니까요."

소녀의 이야기는 꼬리를 끌며 사라졌다. 그는 화면으로 고개를 돌렸다. 아무 말 없이 절망에 찬 용단을 내리려고 끔찍한 공포와 싸우고 있는 소녀의 모습을 보고 있을 수가 없었다.

연락선 선창에 둥근 공처럼 떠올라 보이는 우덴은 대기가 푸른 안개로 완전히 뒤덮여 있었다. 별들이 반짝이는 죽음의 암흑을 배경으로 우주를 유영하는 듯했다. 엄청나게 큰 매닝 대륙이 동해에 아무렇게나 흩뿌려놓은 모래무덤처럼 무질서하게 뻗어나가 있었다. 보다 작은 동쪽 대륙은 서쪽의 절반가량이 아직 시야에 들어왔다. 우덴 행성의 오른쪽 가장자리를 따라 가느다란 그림자 선이 있었는데, 동쪽 대륙은 우덴이 자전하면서 점점 그 선 안으로 사라지고 있었다. 한 시간 전에는 대륙 전체가 보였지만 지금은 1600킬로미터 정도가 얇은 그림자 선 안의 그늘로 들어가서 행성의 밤을 향해 반대편 쪽으로 돌고 있다. 짙은 파란색 점으로 보이는 로터스 호수가 그림자를 향해 다가가고 있다. 제2기지가 있는 곳은 로터스 호수의 남쪽 가장자리 어디쯤이었다. 그곳은 곧 밤이 될 것이다. 그리고 또 우덴의 자전 때문에 제2기지는 머잖아 무선 통신이 불가능한 위치로 들어가버릴 것이다.

소녀가 오빠와 통신할 수 있는 시간이 지나버리기 전에 미리 말해주어야 한다. 어쩌면 연락이 닿지 않는 것이 둘 다에게 더 좋을지도 모르지만, 그건 그가 결정할 문제는 아니다. 두 남매는 마지막 순간에 나눌 이야기들을 길이 간직할 것이다. 칼날처럼 가슴을 에는, 그러나 너무나도 소중한 기억이 될 것이다. 소녀에게는 마지막 순간을 위해서, 오빠에게는 남은 삶을 위해서.

그는 단추를 눌러 화상스크린에 격자망을 띄우고 행성의 지름을 이용해서 거리를 측정했다. 제2기지가 있는 로터스 호수의 남쪽 끝자락은 머지않아 무선 통신 범위 밖으로 벗어나버릴 것이다. 800킬로미터, 30분 남았다. 계기판의 정밀시계가 18시 30분을 가리켰다. 오차를 감안하더라도 19시 05분을 넘어서는 안 된다. 우덴의 자전 때문에 소녀 오빠의 목소리가 중간에 끊어져버릴 것이다.

서쪽 대륙의 가장자리는 이미 행성의 왼쪽 편을 따라 시야에 들어와 있었다. 6400킬로미터를 가로질러서 서해안이 있고 제1기지가 있다. 서해에서 발생한 회오리바람이 기지를 강타하여 조립식 가건물들을 절반 이상 휩쓸어버렸다. 그 바람에 의료기기들이 저장된 건물까지도 날아갔다. 평소에 고요하던 서해의 해상에는 회오리바람이 발생하기 이틀 전부터 거대하고 부드러운 공기덩어리가 형성되고 있었다. 제1기지는 일상적인 탐사활동을 계속하고 있었지만, 가까운 바다 위에 거대한 공기덩어리들이 뭉쳐지고 있다는 사실은 전혀 알지 못했다. 물론 그 공기덩어리가 어떤 힘을 만들어낼 수 있는지도 깨닫지 못했다. 그 힘은 아무런 경고도 없이 기지를 덮쳤고, 앞에 놓인 모든 것을 철저히 망가뜨리려는 듯이 천둥소리를 내며 광폭하게 지나갔다. 포효하는 파괴자가 지나간 자리에는 쓰레기 같은 잔해 몇 가지만이 남았을 뿐이다. 그리고 그 돌풍은 마치 임무를 다했다는 듯이 다시 부드러운 공기덩어리로 분해되기 시작했다. 치명적인 상처를 남겼지만 그것은 어떤 사악함이나 고의성을 가진 것은 아니다. 그것은 마음도 없는 장님이며, 단지 자연의 질서에 순응했을 뿐이다. 언젠가 그것은 그 격렬한 위력으로 또다시 외계에서 온 인간들을 찾아올 것이다.

존재는 질서를 필요로 하고 질서는 존재한다. 돌이킬 수도, 변경할 수도 없는 자연의 법칙들. 인간은 그들을 사용하는 법은 배울 수 있지만 바꿀 수는 없다. 원의 둘레는 항상 파이(π) 곱하기 지름이다. 인간의 과학은 결코 자연의 법칙을 바꿀 수 없다. 화학품 A와 B를 C의 조건하에서 결합하면 반드시 D라는 반응이 일어난다. 중력의 법칙은 불변의 방정식이다. 그래서 나뭇잎이 떨어지는 것과 두 개의 별이 하나의 중심을 도는 거대한 공전 사이에는 차이가 없다. 핵분열 과정은 정기우주선이 인간을 다른 세계로 운반하도록 동력을 준다. 새로운 별이 생성될 때와 똑같은 과정은 동일한 효과로 세계를 파괴할 것이다. 자연은 그랬다. 우주는 자연에 순응하면서 움직였다. 우주의 개척지에도 모든 자연의 법칙들이 예외 없이 줄지어 서 있다. 때때로 그들은 지구 밖에서의 삶을 개척해가는 사람들에게 뼈아픈 좌절감을 안겨주었다. 개척지의 사람들은 섣불리 자연을 다루려는 것이 쓰디쓴 무모함임을 이미 오래전에 깨달았다. 그것은 장님이고 벙어리이기 때문이다. 자비를 구하기 위해 하늘을 쳐다보는 일은 무의미하다. 은하계의 별들은 증오도 연민도 모르는 냉엄한 자연법칙에 의해 태초의 순간부터 우주공간을 떠돌아왔던 것이다.

개척지의 사람들은 그러한 사실을 잘 알고 있다. 그러나 지구로부터 온 순진한 소녀가 그걸 완전히 이해할 수 있을까. 1만큼의 연료로는 1만큼의 질량에 '소녀'를 더한 긴급연락선을 목적지에 안착시키지 못한다. 긴급연락선의 조종사에게나, 그녀의 오빠나 부모에게는 귀여운 10대 소녀지만 자연의 냉혹한 방정식에서는 불필요한 변수일 뿐이다.

소녀는 다시 의자에서 몸을 움직였다.

"편지를 쓸 수 있을까요? 엄마와 아빠에게 편지를 쓰고 싶어요. 그리고 오빠하고 얘기를 하고 싶은데…… 할 수 있어요?"

"지금 시도하려는 참이야."

그는 대답하면서 통신기를 켰다. 그리고 호출 단추를 눌렀다. 거의 동시에 누군가가 응답했다.

"아, 여보세요? 지금 사람들은 좀 어때요? 긴급연락선은 오는 중이오?"

"여긴 제1기지가 아니오. 긴급연락선이오. 게리 크로스란 사람 있소?"

"게리요? 그는 오늘 아침에 대원 두 사람과 같이 헬리콥터를 타고 나갔소. 해가 거의 지고 있으니 한 시간 안으로 돌아올 겁니다만."

"헬리콥터에 있는 그와 통신 연결이 가능합니까?"

"으음, 곤란합니다. 통신기가 접촉 불량으로 고장 난 지 두 달이 넘었소. 기관의 회로 몇 개가 엉망이 되어서 다음 번 정기선이 올 때까지는 고칠 수가 없을 것 같은데…… 중요한 일입니까? 나쁜 소식? 아니면……."

"아주 중요한 일이오. 그가 돌아오면 가능한 한 빨리 연락을 달라고 전해주십시오."

"그러지요. 대원 하나를 트럭에 태워 내보내서 들판에 나가 기다리도록 하겠습니다. 다른 할 일은?"

"없습니다. 그거면 됐어요. 가능한 한 빨리 부탁합니다."

그는 신호 단추를 작동시킬 때 지장이 없도록 소리를 최저음까지 낮추어 들리지 않게 했다. 그러고는 계기판 구석에서 메모판을 떼어 새로운 비행좌표를 적은 종이를 찢어낸 뒤 연필과 함께 소녀에게 건네주었다.

"게리 오빠에게도 편지를 쓰는 게 좋겠어요."

소녀가 받으면서 말했다.

"시간 안에 기지에 돌아오지 못할 수도 있으니까."

소녀는 편지를 쓰기 시작했다. 어색하게 연필을 쥔 소녀의 모습은 무척 힘들어 보였다. 마치 써야 할 이야기들 더미에 놓여 이리저리 치이는 것처럼 연필이 떨고 있었다. 그는 그 모습을 더 이상 보지 못하고 고개를 돌렸다. 그러고는 무의미하게 화상스크린을 노려볼 뿐이었다.

소녀는 마지막 인사를 하려고 애쓰는 외로운 어린아이였다. 소녀는 사랑했던 모든 사람들에게 자신의 마음을 전할 것이다. 그들을 얼마나 많이 사랑했는지 말할 것이다. 그리고 아무렇지도 않다는 듯이 자신에게 일어난 일들을 적을 것이다. 그들이 충격을 받지 않기를 바라면서. 누구에게든 일어날 수 있는 그런 일이라고 말할 것이다. 자신은 두려워하지 않는다고. 마지막은 거짓말이겠지. 고르지 못하게 쓰여진 글들 속에서 거짓말임이 드러날 것이다. 받는 사람들에게 훨씬 더 커다란 상처를 남길, 용감하고 작은 거짓말이 될 것이다.

소녀의 오빠는 개척지에 있다. 오빠는 상황을 이해할 것이다. 긴급연락선의 조종사가 소녀를 구하지 못했다고 해서 증오하지는 않을 것이다. 그는 긴급연락선의 조종사가 할 수 있는 일이 무엇인지 알고 있을 것이다. 그리고 이해할 것이다. 하지만 그렇다고 해서 누이동생이 죽었다는 소식을 들을 때의 충격과 고통이 덜하지는 않으리라. 그러나 다른 사람들, 소녀의 부모는 이해하지 못한다. 그들은 지구에 있고, 생사가 오로지 가느다란 선 하나에 매달려 있는 곳에서 살아보지 못했다. 때로는 생명이 전혀 보장되지 않기도 하는 곳을 그들은 모른다. 그들은 딸을 그냥 죽게 내버려둔, 얼굴도 모르는 조종사에 대해 어떻게 생각할까.

소녀의 부모는 그를 끔찍하게 증오할 것이다. 그러나 그건 정말로 중요한 문제는 아니다. 그가 소녀의 부모를 만나거나 알게 될 가능성은 거의 없다. 그에게는 단지 쓰라린 기억만이 남는다. 단지 냉엄한 자연의 법칙 때문에 죽어야 했던 푸른 눈의 예쁜 소녀가. 그런 그녀를 속수무책으로 바라보고만 있어야 했던 그는 앞으로 매일 밤마다 집시 샌들을 신은 그 소녀가 나타나서 죽어가는 모습에 괴로워할 것이다.

그는 굳은 얼굴로 화상스크린을 보며 생각을 감정이 무딘 곳으로 몰아넣기 위해 애쓰고 있었다. 그는 소녀를 도와줄 수가 없다. 소녀는 청춘이나 아름다움을 전혀 모르고 연민이나 관용도 베풀 줄 모르는 자연법칙에 따르려 하고 있다. 후회는 비논리적이다. 후회가 비논리적이라는 사실을 안다고 해서 지워버릴 수 있을까?

소녀는 알맞은 단어를 찾으려 애쓰는 듯 때때로 펜을 멈추었다. 그러고는 다시 연필로 종이에 속삭이곤 했다. 18시 37분, 소녀는 다 쓴 편지를 네모꼴로 접고 그 위에 이름을 적었다. 그리고 소녀는 또 쓰기 시작했다. 편지를 마치기도 전에 운명의 시각이 닥칠까 봐 두려워하면서 두 번이나 시계를 쳐다보았다. 두 번째 편지를 마치고 이름과 주소를 적은 것은 18시 45분이었다.

소녀는 편지를 내밀었다.

"이 편지들을 책임지고 부쳐주실 수 있어요?"

"물론."

그는 편지를 받아서 회색 유니폼 셔츠의 주머니 속에 고이 넣었다.

"다음 번 정기선이 오기 전까지는 보낼 수 없겠지요? 스타더스트호가 돌아오려면 오래 걸릴 거구요."

그가 고개를 끄덕이자 소녀는 계속 말했다.

"너무 오래되면 소홀히 다룰지도 모르겠군요. 이 편지들은 저나 부모님이나 오빠에겐 굉장히 중요한 것이에요."

"알고 있어. 잘 알고말고. 꼭 전해줄 거야."

소녀는 시계를 흘끔 쳐다보았다.

"저 시계는 점점 빨리 가는 것 같아요."

그는 아무 말도 하지 않았다. 할 말이 생각나지 않았다. 소녀가 다시 물었다.

"게리 오빠가 시간 안에 기지로 돌아올까요?"

"그럴 거야. 그 사람들이 돌아올 시간이라고 했으니까."

소녀는 손바닥으로 연필을 굴리기 시작했다.

"제발 그랬으면. 전…… 어쩔 줄을 모르겠어요. 오빠의 목소리를 듣고 싶어요. 그러면 아마 덜 외로울 거예요. 날 겁쟁이라 해도 할 수 없어요."

"아니야, 넌 겁쟁이가 아니다. 두려운 거지. 그건 겁내는 것과 달라."

"차이가 있나요?"

그는 고개를 끄덕였다.

"많은 차이가 있지."

"난 외로워요. 전에는 전혀 느끼지 못했는데. 나 혼자만 있는 것 같아요. 나에게 무슨 일이 일어날지 아무도 관심이 없는 것 같아요. 전에는 항상 엄마와 아빠가 있고 친구들이 있었는데. 전 친구가 많거든요. 떠나기 전날 밤에도 친구들이 송별파티를 열어주었어요."

기억해야 할 친구들, 음악, 그리고 웃음. 화상스크린에 비친 로터스 호수는 밤의 그늘 안으로 들어서고 있었다.

"게리 오빠도 마찬가지 처지가 되나요? 제 말은, 만일 오빠가 이런 상황에 처하면 도와줄 사람도 없이 그냥 혼자서 죽어야 하냐구요."

"개척지에서는 다 똑같아. 어떤 개척지라도 다 그럴 거야."

"게리 오빠는 이런 얘기를 하지 않았어요. 그냥 봉급이 많아서 보낸다며 항상 집에 돈을 부쳤어요. 아빠의 작은 가게에서 나오는 수입은 식구들이 겨우 먹고살 정도거든요. 그밖엔 자기 일에 대해서 별로 얘기를 안 했어요."

"자기가 위험한 일을 한다는 걸 말하지 않았다고?"

"아뇨. 아마 했을 거예요. 하지만 우리가 이해하지 못했겠죠. 개척지의 위험이라면 아주 재미있고 흥분되는 모험일 거라고 생각했죠. 3차원 쇼에서처럼."

애잔한 미소가 잠시 소녀의 얼굴을 스쳤다.

"하지만 아니에요. 전혀 달라요. 왜냐하면 진짜니까. 쇼가 끝난 뒤에 집에 돌아갈 수 없을 테니까."

"그래. 돌아갈 수 없어."

소녀의 눈은 정밀시계에서 에어록의 문으로, 다시 메모지와 자기가 쥔 연필 위로 가볍게 지나갔다. 소녀는 옆쪽에 메모지와 펜을 놓아두려고 약간 자리를 옮겼다. 그는 소녀가 신고 있는 것이 베가 행성에서 만든 진짜 집시 샌들이 아니라 값싼 모조품이라는 것을 처음으로 깨달았다. 귀한 베가 산 가죽 대신 잘 갈린 플라스틱으로 만들어져 있었다. 버클은 은이 아니라 잘 닦아서 윤이 나는 철이었고, 보석들은 색유리였다. '아빠의 조그만 가게에서는 겨우 먹고살 정도의 수입만이 생기거든요.' 소녀는 학교를 1년만에 그만두고 직업을 얻기 위해 언어학 과정에 등록했을 것이다. 집안 살림을 돕기 위해 수업이 끝난 뒤에는 시간제 아르바이트를 했을 것이다. 스타더스트 호에 남아 있을 소녀의 개인소지품들은 집으로 돌려보내지겠지만, 그 소지품들은 결코 비싸지도 않고 지구로 돌아가는 정기선의 창고를 많이 차지하지도 않을 것이다.

"저, 여기……."

소녀가 말을 하다 멈추었다. 그는 의아한 표정으로 소녀를 쳐다보았다.

"여기 춥지 않아요?"

소녀의 질문은 마치 변명처럼 들렸다.

"아저씬 춥지 않은 것 같아요."

"아니, 추워."

그는 온도계를 보았다. 방의 온도는 정상이었다.

"그래, 평소보다 추워."

"오빠가 늦기 전에 돌아왔으면…… 정말 시간 안에 돌아올까요? 날 안심시키려고 그렇게 말한 건 아니죠?"

"오빠는 시간 안에 돌아올 거야. 기지 사람들이 곧 돌아와야 된다고 했어."

화상스크린의 로터스 호수가 그림자 안으로 들어섰다. 호수 서쪽 가장자리의 가늘고 푸른 선도 머지않았다. 그가 시간을 잘못 추정한 것일까.

그는 주저하다가 애써 입을 열었다.

"오빠가 있는 기지는 몇 분 안에 통신 범위를 벗어날 거다. 오빠는 저기 저쪽, 우덴의 그림자 안에 있어."

그는 화상스크린을 가리켰다.

"우덴이 자전을 하기 때문에 조금만 지나면 통신을 할 수 없게 될 거야. 오빠가 곧 돌아온다 해도 남은 시간이 별로 없어. 얘기를 거의 못 할 거야. 어떻게든 해봐야 할 텐데. 지금 연락을 취해볼게."

"내가 머물 수 있는 시간보다도 더 짧은가요?"

"그럴 것 같구나."

"그렇다면……."

소녀는 똑바로 서서 차갑게 에어록을 쳐다보았다.

"그렇다면 게리 오빠와 얘기할 수 있는 시간을 넘어버리면 난 떠나겠어요. 그 뒤까지 기다리진 않겠어요. 아무것도 기다리지 않겠어요."

그는 할 말이 없었다.

"차라리 기다리지 말았어야 했나 봐요. 제가 이기적이었는지도 모르지요. 나중에 아저씨가 오빠에게 말해주는 편이 더 나았을 텐데."

소녀는 통신이 안 될 것 같다는 불안한 마음을 감추려는 듯 무의식적으로 변명을 하고 있었다.

"오빠는 아가씨가 기다리기를 원할 거야."

"오빠가 있는 곳은 이미 어두워지고 있잖아요. 오빠에겐 긴 밤이 남아 있어요. 엄마와 아빠는 내가 돌아가지 못한다는 사실을 아직 몰라요. 난 내가 사랑하는 모든 이들에게 상처를 줄 거예요. 전혀 원하지 않았지만. 그럴 생각도 없었지만."

"네 잘못이 아니야."

그가 말했다.

"결코 너의 잘못이 아니다. 모두들 알고 있어. 이해할 거야."

"처음에 저는 아주 겁쟁이였어요. 죽음이 너무 무서웠어요. 제 생각만 한 거죠. 하지만 이제는 내가 얼마나 이기적인가 하는 생각이 들어요. 죽는 게 무서운 이유는 내가 떠나야 한다는 사실이 아니에요. 진짜 이유는 모두를 영영 볼 수 없다는 것이에요.

그들의 존재가 내게 얼마나 고마운 일이었는지 이젠 얘기할 수 없어요. 또 나를 위해서 모두가 해준 일들을 전부 알고 있다는 것도 말해줄 수 없어요. 지금까지 얘기했던 것보다도 훨씬 더 많이 그들을 사랑한다는 것도 얘기하지 못해요. 난 아무것도 말해본 적이 없어요. 누구든 철이 들기 전에는, 자기 앞에 있는 모든 것이 삶이라고 생각할 때에는 그런 얘기를 하지 않을 거예요. 감상적이고 바보스럽게 들리는 게 두려울 거예요.

하지만 죽음을 눈앞에 두고 있다면 완전히 달라지겠죠. 할 수 있을 때 꼭 얘기를 하고 싶을 거예요. 여태껏 사람들에게 했던 사소한 잘못들에 대해서 모두 사과하고 싶을 거예요. 사실은 그들의 마음을 다치게 하려는 생각이 아니었다고. 여태껏 나 스스로도 몰랐지만, 내가 그들을 얼마나 깊이 사랑했는지 꼭 기억해주기만을 바랄 거예요."

"직접 말하지 않아도 괜찮아."

그가 말했다.

"그들은 이미 다 알고 있어."

"그럴까요?"

소녀가 물었다.

"어떻게 확신할 수 있어요? 아저씨는 그들을 모르잖아요."

"아가씨가 어디에 가 있든 인간의 본심은 다 같은 거야."

"그러면…… 내가 모두를 사랑한다는 걸…… 그 마음을 꼭 전하고 싶다는 것을 알겠지요?"

"그럼, 알고 있지. 오히려 말로 표현할 수 있는 이상으로 훨씬 더 잘 알고들 있어."

"난 모두가 날 위해 해주었던 일들을 언제까지나 기억할 거예요. 아주 사소한 것도. 지금 내게는 모두 너무나 소중해요. 게리 오빠 일이 생각나요. 오빠는 내 열여섯 번째 생일날 다섯 개의 루비로 된 팔찌를 보내줬어요. 무척 예뻤어요. 오빠는 한 달치 월급을 몽땅 털었을 거예요. 또 내 아기고양이가 거리로 달려 나가버렸던 날 밤에도 오빠는 나를 팔에 안고서 눈물을 닦아주었어요. 여섯 살 때였어요. 울지 말라고, 플로시는 털갈이를 할 동안만 잠시 나갔다 올 거라고, 내일 아침이면 언제나처럼 침대 발치에 플로시가 있을 거라고 했어요. 난 오빠 말을 믿고 울음을 그쳤고, 아기고양이가 돌아오는 꿈을 꾸며 잤어요. 다음날 아침 눈을 떠보니까, 아주 멋지게 하얀 털 코트로 갈아입은 플로시가 침대 발치에 있었어요. 오빠 말대로요.

며칠 뒤에 엄마가 말해줬어요. 오빠는 새벽 네 시에 애완동물 가게에 가서 주인을 깨웠대요. 당연히 주인은 마구 화를 냈고, 게리 오빠는 주인에게 당장 하얀 고양이 한 마리를 팔든지 아니면 목이 부러지든지 선택하라고 그랬대요."

"어떤 사람의 기억이란 항상 그처럼 사소하고 소박한 일로 인상이 남기 마련이지. 너를 위해서 사람들이 해주었던 조그마한 일도. 아가씨도 마찬가지야. 아가씨도 오빠나 부모님들께 조그맣지만 마음이 담긴 일들을 해주었어. 스스로는 다 기억하지 못하겠지만 그들은 결코 잊지 못할 거야."

"그러길 바라요. 저를 그렇게 기억해주기를 바라요."

"그럴 거야."

"나는……"

소녀는 울음을 삼키려고 목에 힘을 주었다.

"나는…… 내가 어떻게 죽었는지…… 그걸 다른 사람들이 몰랐으면 좋겠어요. 난 우주에서 죽은 사람들의 모습이 어떤지 알아요. 책에서 읽었어요. 내장이 모두 파열되어 터져나가고 입으로는 폐가 튀어나오고 몇 초 뒤에는 완전히 형체도 없게, 끔찍하고 추한 모습이 되어버려요. 난 그렇게 끔찍한 모습으로 기억되고 싶지는 않아요."

"아가씨는 부모님의 딸이고 또 오빠의 누이동생이야. 모두들 아가씨가 원하는 바와 다른 모습으로는 결코 기억하지 않을 거야. 모두들 아가씨를 마지막으로 보았을 때의 모습으로 기억할 거야."

"난 아직도 무서워요."

소녀가 말했다.

"어쩔 수 없어요. 하지만 오빠에겐 이런 모습 보이고 싶지 않아요. 만일 오빠가 제시간에 돌아오면 난 전혀 두려워하지 않는 것처럼 말할 거예요. 그리고……."

통신기의 신호음이 날카롭고 단호하게 소녀의 말을 막았다.

"게리 오빠!"

소녀가 벌떡 일어섰다.

"게리 트로스요?"

"그렇습니다."

소녀의 오빠는 작지만 긴장된 목소리로 물었다.

"무슨 일입니까? 나쁜 소식이라뇨?"

소녀는 그의 뒤에 바짝 다가서서 통신기 쪽으로 몸을 내밀었다. 소녀의 작고 찬 손이 그의 어깨 위에 얹혔다.

"오빠야?"

애써 가라앉힌 소녀의 목소리에는 그러나 가느다란 울림이 떨고 있었다.

"오빠가 보고 싶었어."

"마릴린!"

소녀의 이름을 부르는 오빠의 목소리는 놀라움으로 가득 차 있었다.

"긴급연락선에서 뭘 하고 있는 거야?"

"오빠가 보고 싶었어."

소녀는 잠시 끊었다가 다시 말했다.

"오빠가 보고 싶어서 여기에 숨어들었어."

"숨어들었다고?"

"난 밀항자야. 그러면 어떻게 되는지는 정말 몰랐어."

"오, 맙소사. 마릴린!"

그 목소리는 이미 영원히 그로부터 떠나간 누군가를 덧없이 절망적으로 부르는 외침이었다.

"무슨 일을 한 거니?"

"난…… 아니……."

소녀는 더 이상 억제하지 못했다. 차갑고 작은 손이 그의 어깨를 격렬하게 움켜쥐었다.

"오빠, 그러지 마. 난 오빠가 보고 싶었을 뿐이야. 오빠 마음을 아프게 하고 싶지 않아. 제발 그러지 마."

그의 손목 위에 따뜻하고 축축한 액체가 방울방울 떨어졌다.

그는 가만히 의자에서 미끄러져 나왔다. 그리고 소녀를 자리에 앉힌 뒤 마이크를 입 앞에 대주었다.

"슬퍼하지 마……, 오빠가 슬퍼하는 모습을 생각하면서 떠나고 싶지 않아."

소녀는 북받치는 울음을 참으려고 애썼지만 뜻대로 되지 않았다.

"울지 마, 마릴린. 울지 마."

게리의 목소리는 갑자기 모든 고통을 삭인 듯 차분히 가라앉아서 따뜻하고 온화하게 얘기하고 있었다.

"울지 마, 울지 말아야 해, 마릴린. 모두 괜찮아. 다 괜찮다고."

"난……."

소녀의 아랫입술이 떨렸다. 소녀는 입술을 깨물었다.

"난 오빠가 슬퍼하지 않았음 좋겠어. 곧 떠나야 하기 때문에 그냥 안녕이란 인사를 나누고 싶었을 뿐이야."

"그래, 그래야지. 그런 뜻은 아니었어."

게리는 갑자기 빠르고 다급한 어조로 말했다.

"긴급연락선, 스타더스트 호에는 연락했소? 컴퓨터로 항로를 알아 보았습니까?"

"약 한 시간 전에 스타더스트 호에 연락했소. 돌아올 수도 없고, 40광년 이내엔 다른 정기선도 없소. 그리고 연료도 부족하오."

"컴퓨터의 자료는 정확한 겁니까?"

"그렇소. 내가 이대로 그냥 가만히 있었겠소? 할 수 있는 일은 다 해보았소. 지금이라도 방법이 있다면 나는 절대로 주저하지 않을 거요."

"아저씬 나를 도우려고 애썼어요, 오빠."

소녀의 아랫입술은 더 이상 떨리지 않았다. 짧은 블라우스 소매가 눈물로 흠뻑 젖어 있었다.

"아무도 도울 수 없어요. 더 이상은 울지 않겠어. 오빠와 아빠, 엄마 모두 잘 지낼 거지, 그렇지?"

"그래, 우린 잘 지낼 거야."

게리의 말소리가 점점 희미해지기 시작했다. 그는 소리를 최대로 올렸다.

"오빠가 점점 통신 범위 밖으로 나가고 있어."

그가 말했다.

"1분 안에 끊어질 거야."

"오빠, 오빠가 멀어지고 있어."

소녀가 말했다.

"오빠는 통신 범위 밖으로 나가고 있어. 하고 싶은 말이 많은데 다 할 수가 없어. 곧 안녕이라고 해야만 돼. 하지만 난 다시 오빠를 볼 수 있을 거야. 난 머리를 땋아 늘인 채로 오빠의 꿈속에 나타날 거야. 죽은 새끼고양이를 안고 울기도 할 거고. 아마 난 소곤거리는 미풍처럼 지나가면서 오빠를 만질 수도 있을 거야. 어쩌면 오빠가 얘기해준 황금 날개를 가진 종달새가 될지도 몰라. 그래서 오빠가 보고 싶어 바보같이 서둘렀던 나의 어리석음을 노래할 거야. 오빠는 나를 볼 수 없더라도 내가 항상 곁에 있다는 것을 알겠지? 게리 오빠, 그렇게만 생각해. 항상 그렇게. 다른 식으론 말고."

우텐의 자전 때문에 게리의 목소리는 갈수록 희미해졌다. 꺼질 듯이 조그맣게 대답이 돌아왔다.

"그래, 항상 그렇게, 마릴린……, 항상 그렇게. 절대 다른 식으로는 생각하지 않을게."

"시간이 됐어, 오빠. 이제 가야만 해. 안……."

소녀의 말은 중간에 끊어졌다. 입술이 격렬하게 떨리고 있었다. 소녀는 손으로 입을 꽉 눌러 막았다. 잠시 뒤 다시 말을 시작했을 때는 또렷하고 맑은 목소리였다.

"안녕, 오빠."

형언할 길 없이 뼈에 사무치는 마지막 말이 차가운 금속 통신기를 따라 가녀리게 흘러나왔다.

"안녕, 마릴린……. 안녕, 내 귀여운 동생."

소녀는 고요함 속에서 꼼짝도 않고 앉아 있었다. 마치 말소리가 사그라져가면서 남는 메아리의 흔적을 들으려는 듯이. 그리고 나서 소녀는 조종석에서 일어나 에어록으로 걸어갔다. 그는 입구 옆에 있는 검은색 손잡이를 잡아당겼다. 에어록의 문은 마치 소녀가 오기를 기다리고 있던 감옥처럼 가볍게 미끄러지며 열렸다. 소녀는 망설이지 않고 머리를 똑바로 든 채 걸어들어갔다.

갈색 곱슬머리가 소녀의 어깨에서 찰랑거렸다. 하얀 샌들을 신은 두 발은 연락선 안의 미약한 중력에도 아랑곳없이 확고하게, 천천히 걸음을 옮겼다. 계기판의 파랗고 빨간 전등빛들이 샌들의 장식에 반사되어 반짝였다. 그는 자리에 가만히 서 있었다. 소녀가 결코 도움을 원치 않는다는 것을 그는 잘 알고 있었다. 에어록 안에 완전히 들어선 소녀는 그에게로 얼굴을 돌렸다. 목에 나타나는 격동만이 소녀의 심장이 강하게 고동치고 있다는 것을 알려줄 뿐이었다.

"준비됐어요."

소녀가 말했다.

그는 손잡이를 밀어 올렸다. 두 사람 사이에 순식간에 벽을 만들며 문이 닫혔다. 소녀의 생에서 마지막 순간은 칠흑같이 검고 어두침침한 공간 안에 갇혀버렸다. 문이 잠기는 딸깍 소리가 났다. 그는 잠시 머뭇거리다가 단호하게 빨간 손잡이를 끌어당겼다. 에어록에서 공기가 쏟아져나가면서 연락선 선체가 가볍게 떨었다. 마치 지나가다가 뭔가 부딪힌 듯, 에어록 쪽의 선체 벽에서 울림소리가 났다. 그러고는 곧 고요해졌다. 긴급연락선은 우덴의 대기권으로 계속 하강하고 있었다. 그는 붉은 손잡이를 잡아당겨 텅 비어버린 에어록의 문을 닫았다. 그리고 늙고 병든 사람처럼 느릿느릿 걸음을 옮겨 조종석으로 돌아와 앉았다.

그는 조종석에 기대어 앉아 통신기의 단추를 눌렀다. 응답은 없었다. 물론 그는 응답을 기대한 것은 아니었다. 소녀의 오빠가 제1기지를 통해 연락하려면 밤이 지나야 한다.

아직 감속을 시작할 시간은 아니다. 그를 태운 긴급연락선은 아직도 하강을 계속하고 있다. 그는 기다렸다. 로켓추진기가 부드럽게 진동소리를 내기 시작했다. 그는 생체감지기의 바늘이 0을 가리키고 있는 것을 확인했다. 1만큼의 연료에 1만큼의 질량. 냉혹한 방정식의 균형은 이제 이루어진 것이다. 긴급연락선에는 그 혼자뿐이다. 바깥 공간에서 형체도 없는 추한 모습의 무엇인가가 연락선을 앞질러서 바삐 내려가고 있다. 소녀의 오빠가 뜬눈으로 밤을 새울 우덴으로 가고 있다. 그러나 텅 빈 긴급연락선 안에는 아직도 소녀의 존재가 머물고 있는 것 같다. 냉혹한 방정식에 대해서는 전혀 몰랐던 소녀가 아직도 있는 것 같다. 금속상자 위에 앉아 있는, 놀라고 당황하는 소녀의 모습이 아직도 보이는 것 같다. 소녀가 떠난 공허한 공간에는 소녀가 남긴 말만이 끊임없이 분명하게 메아리치고 있었다.

나는 죽을 만한 일을 하지 않았어요……. 난 안 했어요…….

작품 해설

황금시대를 빛나게 하는 것들

고호관

　미국의 SF 작가인 테오도어 스터전은 "SF의 90퍼센트는 쓰레기다"라고 말했다. 여기저기서 지겨울 정도로 인용을 해댄 말이라 아마 웬만한 독자들은 이 뒤에 "하지만 모든 것의 90퍼센트는 쓰레기다"가 붙어야 맥락을 이해할 수 있다는 것도 알 것이다. 여기서는 어쨌든 앞부분에만 주목해보자. 90퍼센트가 쓰레기라……, 열 편은 읽어야 제대로 된 한 편을 건질 수 있다는 말인데, 그렇다면 손에 잡히는 대로 읽는다는 건 꽤나 손해 보는 장사가 아닐 수 없다.
　그러면 어떤 작품을 골라야 할까? 보통은 작가의 명성, 편집자의 능력, 출판사의 신뢰도 등을 따져보고 나름대로 기준을 세워 작품을 고른다. 리뷰나 수상 실적처럼 다른 사람들이 어떻게 평가했는지도 중요한 요소다. 물론 기왕이면 SF를 잘 아는 사람들의 평가를 참고하는 게 좋을 것이다. 그런 면에서 보면, SF 작가 본인들이 추천하는 작품이라면 믿을 수 있지 않을까?

　미국과학소설가협회 회원들이 선정하는 네뷸러 상 수상작은 SF 작가들이 뽑은 최고의 SF라고 할 수 있다. 영어권에 한정된다는 지역적인 한계는 있지만 10퍼센트 안에는 너끈히 들어가는 작품을 고를 수 있는 기준이 된다. 하지만 네뷸러 상이 시작된 것은 1965년. 그러면 그 전에 나온 작품은? 그래서 미국과학소설가협회 회원들은 네뷸러 상이 생기기 전의 작품을 대상으로 가장 훌륭한 작품을 선정했다. 이 책 '과학소설 명예의 전당'은 이렇게 태어났다.

　여기 실린 작품은 대부분 1930년대에서 50년대 사이에 발표되었다. 이때를 흔히 SF 역사의 황금시대라고 부른다. 〈어스타운딩〉의 편집장인 존 우드 캠벨을 중심으로 일군의 뛰어난 작가들이 활발한 활동을 펼치며 현대 SF의 전형을 확립한 시기다. SF의 황금시대라는 명칭이 다분히 미국 중심적인 사고라는 비판은 충분히 일리가 있지만, 그 점을 감안해도 이 시절의 작품이 지니는 의미가 크게 퇴색하지는 않는다.

　캠벨 휘하의 작가들이 엄격한 수련을 거치며 쓴 작품에는 과학적인 논리 기반, 광대한 우주 속의 인간으로서 느끼는 경이감 등 SF 고유의 속성이 잘 드러나 있다. 또한 이 시기에 이룩한 중요한 업적 중 하나는 과학적인 방법론이나 기술적인 발달을 과학기술을 넘어 사회와 인간 정신에 대한 고민에 적용했다는 것이다. 이에 따라 SF의 힘도 커져, 문화는 물론 과학 자체에까지 영향을 끼치기 시작했다.

　서두가 길었는데, 이제 명예의 전당에 오르는 영광을 얻은 작가와 작품의 면면을 살펴보자. SF의 황금기를 화려하게 수놓은 작가들은 과연 어떤 사람들이었을까?

1910년에 태어난 존 캠벨은 약관의 나이에 「원자가 붕괴할 때」를 〈어메이징 스토리〉에 발표하며 작가로 데뷔했다. 그는 곧 우주활극류의 작품으로 명성을 얻었고, 몇 년 뒤부터는 기존의 펄프 픽션보다 다소 진지한 투의 작품을 발표하기 시작했다. 캠벨은 1930년대를 거치며 「어스름」, 「밤」, 「거기 누구냐」 등을 발표하며 성공적인 경력을 쌓았다.
　하지만 오늘날 캠벨은 작가보다는 편집자로 더욱 잘 알려져 있다. 1937년 〈어스타운딩〉의 편집장으로 임명된 그는 우주활극이 대세를 이루던 당시의 SF에 과학적인 정합성을 강조하며 소위 SF의 황금기를 이끌었다. 이때 캠벨의 주도 아래 엄격한 수업을 거치며 SF를 형성하는 데 혁혁한 공로를 세운 이른바 '캠벨' 사단에 속하는 이들이 바로 아이작 아시모프, 로버트 하인라인, A. E. 밴 보그트 등이다. 아시모프는 캠벨을 가리켜 "SF의 역사에서 가장 큰 영향을 끼친 인물"이라고 부르기도 했다.
　「어스름」은 호기심을 비롯한 인류 발전의 원동력이 사라진 세계를 목격한 시간여행자의 이야기로, 이 우주에서 인간의 본령이란 어떤 것이며, 또 어떠해야 하는 것인지에 대한 작가의 시선을 담고 있다.

　캠벨 사단의 주요 인물인 아이작 아시모프는 SF계에 큰 족적을 남겼다. 『나는 로봇』, 『강철도시』, 『벌거벗은 태양』 등 로봇공학의 3원칙이 등장한 로봇 소설과 미래사 시리즈인 '파운데이션'으로 SF의 황금기를 닦아나갔다. 이후에는 교양과학서적 집필에도 열을 올렸고, 1992년 세상을 떠날 때까지 온갖 분야에 관한 글을 썼다.
　명예의 전당에 오른 「전설의 밤」은 아시모프가 1941년 〈어스타운딩〉에 발표한 단편이다. 아시모프에 따르면, 랄프 왈도 에머슨의 글 중

한 구절을 읽고 함께 토의한 뒤 캠벨이 그 주제로 소설을 써볼 것을 권유했다고 한다. 작품이 발표된 이후 아시모프는 일약 SF계의 스타가 되었고, 「전설의 밤」은 발표 이후 지금까지 수십 권의 선집에 수록되었다.

A. E. 밴 보그트 역시 캠벨 사단에 속하는 작가로 우주활극풍의 소재를 자유롭게 활용하며 대중적인 소설을 많이 썼다. 캠벨이 〈어스타운딩〉을 맡은 뒤 SF를 쓰기 시작해, 1939년 「검은 파괴자」로 데뷔했다. 1000여 명을 태우고 우주를 여행하는 스페이스 비이글 호의 여행을 다룬 이 단편은 시리즈로 이어져 훗날 『우주선 비이글 호』라는 장편소설로 다시 태어났다. 이후 『슬랜』, 『비-A의 세계』 등을 발표하며 활발한 활동을 펼쳤지만, 말년에는 작품의 질이 떨어지면서 캠벨 사단에서는 가장 단명한 작가가 되었다.

「무기 상점」은 자유를 위해 투쟁할 수 있는 개인의 권리――총으로 대변되는――에 대해 다룬 이 시기의 드문 작품이다. 「무기 상점」 시리즈에는 두 작품이 더 있으며, 보그트는 이 셋을 묶어 1951년 하나의 장편소설로 출간했다.

프레드릭 브라운은――기존에 출간된 단편집을 읽은 독자라면 익히 알고 있겠지만――유머와 기발한 발상을 담은 초단편 소설로 유명하다. 대표작으로는 유머러스한 동시에 SF 장르에 대한 비평서 역할을 하는 『미친 우주』와 같은 작품이 있으며, 대중보다 오히려 동료 작가들에게 인기가 높은 작가였다. 명예의 전당에 오른 「아레나」는 인류 전체를 대표해 외계인과 대결을 벌이는 사람의 이야기를 다룬 작품으로, 훗날 〈스타트렉〉의 한 에피소드로 쓰이기도 했다.

클리포드 시맥은 어린 시절 H. G. 웰즈의 작품을 읽고 SF에 관심을 가지기 시작했다. 1931년 펄프 소설로 데뷔했지만, 곧 작품 활동을 중단했다가 캠벨이 〈어스타운딩〉의 편집장이 되면서 다시 SF에 뛰어들었다. 대표작으로는 과학기술의 발달에 의해 도시가 기능을 잃고 사람들이 전원으로, 그리고 태양계 이곳저곳으로 떠나 살아가는 시대를 배경으로 한 연작소설인 『도시』가 있다. 시맥은 특이하게도 목가적인 배경을 많이 묘사했으며, 공격적이거나 적대적이기보다는 주로 관조적인 모습의 외계인이 등장한다. 여기 실린 「허들링 플레이스」 역시 그의 이런 작풍을 잘 보여준다.

머레이 라인스터는 20세가 채 되기도 전에 유명한 회의주의자인 H. L. 멘켄이 발간하던 문학잡지 〈스마트 셋〉에 작품을 발표하면서 데뷔했다. 이후 SF는 물론이고 미스터리, 서부극, 로맨스 등 다양한 장르의 작품을 여러 잡지에 발표하며 활발하게 활동했다. 라인스터는 1930년대 〈어스타운딩〉의 편집자인 캠벨의 까다로운 기준을 만족시키며 꾸준히 작품을 발표한 몇 안 되는 작가이다. 「최초의 접촉」은 인류가 외계인과 최초로 조우한다는 SF의 주요 테마를 확립한 작품이다. 또한 이후 SF에 단골로 출연하는 이른바 '만능 통역기'가 등장하는 거의 최초의 작품이기도 하다.

미국의 작가이자 극작가로 판타지, 공포, SF 장르에서 활동한 리처드 매디슨은 영화로도 유명한 『줄어드는 사나이』, 『나는 전설이다』 등의 작품을 남겼다. 「남자와 여자의 소산」은 모종의 이유로 기형으로 태어나 부모로부터 학대받는 아이의 관점에서 바라본 짧은 단편으로 매디슨을 주목받는 작가로 올라서게 한 작품이다.

연극배우인 부모에게서 태어난 프리츠 라이버는 부모의 영향을 받아 연극에 관심이 많았으며 체스와 펜싱에도 굉장히 능한 작가였다. 데뷔 초기에는 H. P. 러브크래프트의 영향을 많이 받았고, 이후에는 칼 융의 연구에도 영향을 받았다. 대표작인 『빅 타임』은 역사를 바꿔 전쟁에서 승리하려는 두 집단의 전쟁을 그린 소설이다. 이 책에 실린 「커밍 어트랙션」은 미국과 소련이 전쟁을 벌이고 있는 미래의 기이한 풍경을 그리고 있는 작품으로 미국 사회의 혼란스럽고 위선적인 모습을 풍자하고 있다.

뉴욕에서 태어나고 자란 시릴 콘블루스는 10대 시절에 이미 SF 팬과 작가의 모임이었던 '퓨처리안'의 회원이었다. 1958년에 34세의 나이로 요절할 때까지 『우주 상인』, 『임계질량』, 『두 운명』 등의 작품을 남겼다. 「작고 검은 가방」은 1950년 〈어스타운딩〉에 발표되었고, 2001년 레트로 휴고 상을 받았다. 콘블루스는 뒤이어 같은 배경을 공유하는 후속편 격인 「바보들의 행진」을 쓰기도 했다.

앤소니 바우처는 작가이면서 동시에 편집자로서 뛰어난 영향력을 발휘했다. 1949년부터 10년 동안 〈매거진 오브 판타지 앤드 사이언스 픽션〉의 편집자로 활약했으며, 1957년과 1958년에는 잡지 분야에서 휴고 상을 받았다. 1951년 발표한 「성 아퀸을 찾아서」는 종교가 금지된 기술문명의 시대에 기적을 찾아 여행하는 이야기를 통해 로봇과 이성, 그리고 종교의 관계에 대한 화두를 던지고 있다.

제임스 블리시 역시 시릴 콘블루스와 함께 '퓨처리안'의 회원이었다. 콜롬비아 대학에서 생물학을 전공한 그는 1940년에 작가로 데뷔했다. 대표작으로는 반중력 기관을 내장하고 우주를 돌아다니는 도시에 대한 이야기인 『우주 도시』 시리즈, 원죄 개념이 초래한 딜레마를 다룬 『양심의 문제』 등이 있다. 「표면 장력」은 1952년 발표됐으며, 인간의 유전자를 물려받은 수생생물의 모험을 통해 인간의 끝없는 호기심과 발전 욕구를 묘사하고 있다.

아서 클라크는 영국 태생으로, 『2001 스페이스 오디세이』, 『유년기의 끝』, 『낙원의 샘』 등의 걸작을 남겼다. 아이작 아시모프, 로버트 하인라인과 함께 빅3로 불리기도 했던 그는 거시적인 관점에서 인류의 진화에 대해 생각하기를 즐겼다. 단편에서는 하드 SF의 대가라는 평과 달리 유머러스한 면도 많이 보여준다. 세상의 종말을 간결하면서 섬뜩한 문장으로 보여준 「90억 가지 신의 이름」은 2004년 레트로 휴고 상을 받았다.

톰 고드윈은 세 편의 장편과 서른 편의 단편소설을 남겼다. 1954년 발표된 「차가운 방정식」은 많은 논란을 불러일으킨 작품이다. 전통적인 SF는 주로 독창적인 방법을 이용해 위기를 해결하는 결말을 많이 사용하는 데 비해 이 작품은 어쩔 수 없는 상황에 처한 캐릭터에 주목했기 때문이다. 논란이 된 결말은 〈어스타운딩〉의 편집장인 캠벨의 입김이 크게 작용했다. 캠벨은 고드윈이 계속해서 소녀를 구할 수 있는 독창적인 아이디어를 가져와서 원하는 결말을 얻을 때까지 세 번이나 원고를 돌려보냈다고 한다.

★ ★ ★

　오늘날의 SF를 만드는 데 튼실한 기초를 세운 작가들의 대표 단편을 한자리에서 보는 것은 대단한 경험임에 틀림없다. 현대의 첨단 과학기술에 익숙한 독자라면 이들 작품의 외견이 다소 촌스럽다고 느낄지 몰라도, 화려한 현대 SF도 아이디어와 주제의식을 따라가다 보면 결국 이쪽으로 수렴하게 마련이다. 이들이 없었다면 오늘날의 SF도 없는 것이다.

　한 권의 책으로 그 시절 SF가 거둔 최상의 성과를 모두 본다는 건 사실 무리지만, 그래도 10퍼센트, 아니 1퍼센트에 속한다고 할 수 있는 작품들이 아닌가? SF 명예의 전당과 함께 SF를 읽는 즐거움을 누리기를 바란다.

편집자 주

원서 『The Science Fiction Hall of Fame Vol.1, 1929-1964』의
한국어판은 두 권으로 나뉘어 출간되며, 이 책은 그 중에 첫 번째 권이다.

SF명예의전당1: 전설의밤
The Science Fiction Hall of Fame ; Volume I

초판 1쇄 발행 2010년 6월 30일
초판 19쇄 발행 2025년 2월 24일

지은이 아이작 아시모프 외 **옮긴이** 박병곤 외

발행인 이봉주 **단행본사업본부장** 신동해
편집장 김예원 **마케팅** 최혜진 강효경 **홍보** 반여진 허지호 송임선
국제업무 김은정 김지민 **제작** 정석훈

브랜드 오멜라스
주소 경기도 파주시 회동길 20
문의전화 031-956-7362(편집) 031-956-7088(마케팅)
홈페이지 www.wjbooks.co.kr
인스타그램 www.instagram.com/woongjin_readers
페이스북 https://www.facebook.com/woongjinreaders
블로그 blog.naver.com/wj_booking

발행처 ㈜웅진씽크빅
출판신고 1980년 3월 29일 제406-2007-000046호

ISBN 978-89-01-10493-5 04840
978-89-01-10492-8 (세트)

오멜라스는 ㈜웅진씽크빅 단행본사업본부의 브랜드입니다.
이 책은 저작권법에 따라 국내에서 보호받는 저작물이므로 무단전재와 복제를 금지하며,
이 책 내용의 전부 또는 일부를 이용하려면 반드시 저작권자와 ㈜웅진씽크빅의 서면 동의를 받아야 합니다.
• 책값은 뒤표지에 있습니다.
• 잘못된 책은 판매처에서 교환해드립니다.